当代中国古代文学研究文库

丛书主编 傅璇琮 黄霖 罗剑波

杏园陇人诗思

韩经太 著

复旦大学出版社

"当代中国古代文学研究文库"总序

中国古代的文学源远流长、光辉灿烂,从远古朴实的民谣、奇幻的神话,到《诗经》、楚辞、汉赋、唐诗、宋词、唐宋古文、元曲、明清小说……花团锦簇,美不胜收。它以无数天才的作家、优美的作品、多变的文体、鲜活的形象、生动的故事、独特的风格与鲜明的民族特点,充分地表现了中华儿女的传统美德、人生理想、聪明才智、崇高精神,以及审美情趣与艺术才能。它们是中华民族五千年传统文化珍贵的结晶,也是全世界文学之林中耀眼的瑰宝。

有文学,就有欣赏,就有批评,就有研究。早在先秦时代,对文学的批评就随处可见,如《左传》中写到季札在鲁国观乐,对《诗》中的众多作品一一作了点评。后来逐步产生了一批理论批评与研究专著,如刘勰的《文心雕龙》、锺嵘的《诗品》、严羽的《沧浪诗话》、刘熙载的《艺概》等,为中国古代文学的研究树立了典范。到20世纪初,在中西融合、古今通变的潮流中,中国古代文学研究的思维模式与书写方式都发生了明显的变化,截至1949年,已陆续产生了一批现代形态的中国古代文学研究成果。新中国建立以后,历史翻开了新的一页,近七十年来,特别是从上世纪 80 年代以来,当代的中国古代文学研究尽管有时也不免遇到这样或那样的干扰与曲折,但总体而言,不论是文献的整理或考辨,还是理论的概括与分析;不论是纵向或横向的宏观综论,还是对作家或作品的具体探索;不论是沿用传统的方法作研究,还是借用了外来的新论来阐释,都取得了可喜成绩,其人才之多、论著之富与质量之高都是前所未有、举世瞩目的。

这批当代的中国古代文学研究成果也是一笔宝贵的财富,特别是一些名家的代表性论著,本身也有学习与传承、总结与研究的重要价值。为此,在复旦大学出版社的倡议与支持下,我们陆续邀请了一批当代在世的研究中国古代文学有实绩、有影响的名家,由他们自选其有代表性的专论结成一集,每集字数在 30 万字左右。第一辑选有十位学者,年龄不等,照顾到各自研究对象的不同方面。以后将还陆续推出,计划本文库的总量在 50 本左右。

我们相信,本文库的每一集文字都曾经为学术史的推进铺下过坚实的一砖一石,都曾经如一股强劲的东风吹开过读者的心扉,拨动过大家的心弦。如今重温他们精到的论断、深邃的思考、严密的逻辑、优美的文字,乃至其治学的风范、人格的魅力,都可以为后来者提供学习与承传的典范,也为总结与研究新中国古代文学研究的辉煌历史铺路开道。我们这样重视中国古代文学的研究,希望能推动学界进一步深入地去研究中国古代文学的历史渊源、发展脉络、基本走向,搞清楚中国古代文学的独特创造、价值理念、鲜明特色,增强文化自信和民族自信,并积极地去发掘与阐发古代文学的当代价值,从中汲取优秀的思想精华、道德精髓和美学情趣,使之成为涵养社会主义核心价值观的重要源泉,为实现中国梦起到积极的作用。

最后,不能不说的是,正当我们这套丛书的第一辑即将付梓问世之时,傅璇琮先生于 2016 年 1 月 23 日突然病逝。在这套丛书的筹划与出版的全过程中,曾得到了病中的傅先生的悉心指导与全力帮助。他的逝世,是学界的重大损失,也直接影响了这套丛书的后续工作。我们将沿着既定的思路,编辑与出版好这套丛书,以作为对傅先生永远的纪念。

目 录

前言 ·· 1

第一辑 ·· 1

中国古典诗学新探四题 ·· 3
论中国古典诗歌的悲剧性美
　　——对一种典型诗学现象的文化心理透视 ············ 27
中国诗学的平淡美理想 ·· 50
传统"诗史"说的阐释意向 ·· 76
中国诗学的语言哲学内核与语言艺术模式 ············· 96
从抒情主体的心态模式看古典诗歌的美学特质 ····· 115
诗艺与"体物"
　　——关于中国古典诗歌的写真艺术传统 ············ 129
中国诗画交融若干焦点问题的美学思考 ············· 147
"清"美文化原论 ··· 170

韵味与诗美 ······ 193

第二辑 ······ 207

论唐人山水诗美的演生嬗变 ······ 209
唐宋词学的自觉与乐府传统的新变 ······ 233
宋诗学阐释与唐诗艺术精神 ······ 255
宋诗与宋学 ······ 285
论宋人平淡诗观的特殊指向与内蕴 ······ 299
论宋诗谐趣 ······ 313
宋词与宋世风流 ······ 334
宋词：对峙中的整合与递嬗中的偏取 ······ 352
词体：两大声律系统的复合 ······ 369

第三辑 ······ 383

论汉魏"清峻"风骨 ······ 385
论儒家"风骨"的清虚化 ······ 411
"在事为诗"申论
　　——对中国早期政治诗学现象的思想文化分析 ······ 432
道德文化的生成与异化
　　——中国传统道德文化反思四题 ······ 454
自然之道与雕缛成体
　　——《文心雕龙》的自然雕饰美学思想 ······ 481

韩经太学术编年 ······ 505

前　言

有机会通过编选自家论文来实现学术自评,是学者人生之幸事。值此回望三十年学术路径之际,如果说真有一点值得总结的精神性的东西,那就是在学术研究的道路上始终坚持着的自我追求——"严密的思辨理性"与"独到的美感体悟"之间的契合。在我的理解中,对于真理的不同界面,我们需要不同的方式去分析和描述,比如说美感世界的妙谛,我们就要用赏心悦目的语言去解读,即所谓美文谈美,而对于思想世界的思辨,就要用逻辑理性的语言去推理和论证,亦所谓论言说理。记得20世纪80年代社会上曾有过"赏析词典热"的一段时光,某部古典诗歌鉴赏辞典的前言,就曾表述过如下意思:一篇优秀的赏析文章,应该是作者人格与学养的充分体现,自然也是作者学术造诣的充分体现。然而,当我在某次有诸多前辈学者在座的学术座谈会上转述如是意见时,却当场感受到一些前辈学者的不屑一顾。如果说上述生活细节至少折射出学术研究与文学审美的某种疏远,那么,就像高等学府中文系的文学教育,在"学科"意识的引领下,已经身处文学创造与文学研究两极分化的裂变场域多年而无法超越一样,文学研究的"文学性"似乎正在衰变之中。惟其如此,我们才需要坚持不懈地呼吁重视文学作为艺术的文学艺术研究,也因此,在近期的论文题目中我才特意标明"古典文学艺术"的"艺术讲求"。而这,恰恰是此次选文以自评之际所首先想到的问题。

提出"古典文学艺术"这一概念,意味着确认文学的艺术本质,意味着学术主体自觉的两点论:既要执着于"价值追问",又须钻研于"艺术讲求";如果说前者可以归结为"文化诗学"的学术理路,那后者便可以对应性地概括为"艺术诗学"的学术理路。不言而喻,聚合两点论的学术主体自觉,将充分展现人文研究主体的"思想者"意识和"艺术家"本色。在我看来,"文化诗学"的自觉,是当今人文学界主体理性日渐凸显的表现,说明我们所处的这个学术时代,并非沉浸于"泡沫学术"而不知自省。由此亦可见,我们并不缺少富有天下意识和忧患意识的"思想者"。本集选入的第一篇论文,写成于20世纪80年代中期,其酝酿过程正好伴随着社会上的"文化热"和学术界的"方法热",而两者在古代文学研究领域的投射,则是由中国社科院文学所《文学遗产》杂志所倡导的"宏观研究"。在某种程度上,本人三十年学术历程的逻辑起点,正是这个"宏观研究"。也正是本着如此这般的逻辑线索,这本被我起名为《杏园陇人诗思》的论集,就集中选取以中国诗学及诗性文化之"宏观性"问题展开叩问探寻的已经正式发表的研究论文,以便凸显身处历史进程之中的主体进境和学术生态。

说到近三十年来的学术生态,不能不再次提起中华传统文化的现代阐释这一跨世纪的人文课题。从三十年前"新三论"之方法论自觉立场上的中华文化阐释,到当今时代"大数据"自觉意识引导下以典藏编修为标志的"海""藏"文献整理,其间贯穿着批判性阐释与传承性诠释的思想争锋。当时过境迁,人们再来回望反省之际,现代系统论与传统混沌学之间的某种契合之妙,仓促间似乎未及充分阐释就迁想别境了。惟其如此,当今日全社会崇尚儒学并倡导"中国儒学阐释学"时,如何基于"致广大而尽精微"之古训以实现中华文化阐释学领域的"中国创造",恰恰是当代文化诗学的中心课题。或许,有人会质疑这种使文学研究向文化研究深度延伸的"文化诗学"理路,认为应该回归并坚守"文学性"。对此,我的看法是,如果我们所关注的对象不是形而上的"文学性",而是那真正体现中国古典文学精神的"文学性",那就不能不首先面对此"文学性"非彼"文学性"之文学本质确认上的差异。以普适人文价值观的阐释理性,确认中国古典文学的"文学性",给"文章多体"而"美以致用"的中国古典文学传统一个明确的"说法",应该是新世纪"文化诗学"研究的历史使命。本论集所选文章,缘此而普遍带有这个意义上的"文化诗学"的特色。

中国古代文学以"诗歌"为中心的历史事实,奠定了中国自立于世界文学之林的"诗国"地位,并在人类文明史上创造了一个无可替代的艺术高峰。无论人们习惯性地确认"唐诗"为中华诗国之巅,还是历史主义地视"唐诗宋词"为艺术双峰,同时又确认"唐宋诗之争"为中国诗学体系建构之内在动因,古代文学研究领域里最具学术诱惑力的研究方向,多年来始终是"唐宋方向",并且始终以"唐宋诗词"为主要内容。历史塑造个性,本人固然有志于探寻关乎中国诗学本体的问题,但选题的着眼点和讨论的着力点,毕竟相对集中在唐宋文学范围。这,具体而微地体现于本集所选的相关论文。或许,以下特意的说明并非多余:本集选入《宋诗学阐释与唐诗艺术精神》一文,文中提出"唐宋诗之合"的新命题,旨在对应"唐宋诗之争"的传统命题而提醒世人注意唐宋诗的历史集成之美。实际上,我们不妨超越"一代有一代之文学"的学术思维模式而同时确立"通古今之变"的通观视野,于是就将发现,与汉唐气象南北融合的雄浑清明相对应,魏晋南北朝与两宋辽金则属于南北分立的历史文化形态,而其中"晋宋间人"与"两宋士人"之间的精神契合,未尝不透出整体上以中原文化为中介而北人南化的中华南国文化气息。换言之,两宋辽金时代,安见得不是又一个"南北朝"!与此相关的一系列问题,必将使两宋文学的研究延伸到涵涉广泛的"宋研究"各个领域,最终生成所谓"宋型文化"阐释的生动气象。

问题恰恰在于,关于"宋型文化"的阐释,就其"诗学"之阐释方向而言,也分明存在着儒学复兴的"文化诗学"视角与诗法钻研的"艺诗学"视角之间的并行不悖。基于这种"思想之美"与"艺术之美"的并生现象,我以为,在中华"诗国"艺术研究的深化问题上,需要提出"艺术诗学"来作为"文化诗学"的必要补充。不仅如此,如果我们能将"艺术诗学"视为"文化诗学"进行到一定深度以后的必要延伸,甚至将"艺术诗学"视为"文化诗学"的内在进境,那将更有意义。我甚至这样想,沿着当今文化诗学"人文关怀,提倡诗意"的精神追求和价值追问,"文化诗学"的深处就将生长出"艺术诗学"的生命之树。在世人习以为常的思维实践中,文化批评与艺术讲求经常被置于对立的两极,某种程度上,这还是"思想性"与"艺术性"一分为二并且此长彼消的思维模式的遗传,在这种思维模式的推理逻辑中,注重思想精神者必然轻视艺术形式和艺术技巧,反之亦然。而在视人文关怀与诗意追求为一体者看来,艺术讲求乃是人文关怀的一种必要内容,特别是当关于人文关怀的讨论是在中华文化传承创新与现代社会文化建设相统一的意义上实际展开的时候,树立如是价值观,实在非常必要。

"艺术诗学"的研究,意味着"文学"与"艺术学"的通观阐释。举例而言,鉴于中国古典诗歌艺术之诗画互补与诗乐相配的传统艺术范式,只有展开文学、美术学、音乐学以及其他相关学科融会而通观的研究,才可能克服单一学科研究难免隔靴搔痒的弊病,才有望达到真正融会贯通的学术境界。学界同好通过本集入选的有关诗画交融若干焦点问题的文章,可以窥见本人有意在这方面作出尝试的学术理路,与此相关的延伸性思考,也已经写入即将由人民文学出版社出版的《中国审美文化焦点问题研究》,希望得到学界名家的指教。其中,包括重新命名被确认为中国旅游标志物的青铜奔马造型,即将原来的"马踏飞燕"易名为"马乘飞燕",以此来阐释中国造型艺术"适意写实"的艺术精神,并因此而同时凸显南朝山水美学自觉之际宗炳《画山水序》所提出的"山水以形媚道"的审美文化意义。尽管中国美学界很早就注意到顾恺之好以嵇康诗意入画的创作现象,及其所提出的"手挥五弦易,目送归鸿难"的视觉艺术难题,但是,由于人们长期以来总是循着"写意"与"传神"统一于"表现型"艺术精神,而"表现型"恰恰是中国艺术区别于西方"再现型"艺术精神的民族特色所在的思路来思考问题,所以也就始终无法领会"晋宋间人"已然阐述过的某些精彩观点。本集所收入的《诗艺与"体物"——中国古典诗歌的写真艺术传统》《中国诗画交融若干焦点问题的美学思考》《唐人山水诗美的演生嬗变》《自然之道与雕缛成体——刘勰自然雕饰的美学思想》等论文,其中贯穿着一个从不同角度探寻中国古典艺术精神之核心秘密的"叩问"意识,相信读者诸君能够领会其间的学术用心。其实,说透了,讲求言外之意的诗学精神,与讲求诗意化的视觉艺术自觉,彼此恰好形成一种美学上的"默契",基于这种"默契",自南朝诗歌"巧构形似之言"开始,尤其是那些寄托情怀于山水丘壑之间的雅流文士,就坚持不懈地探索着语言艺术的超语言艺术表现力,与此相应,古典诗学批评也就形成了"状溢目前"而"情在词外"的诗学批评标准。不言而喻,"情在词外"的诗学话语本身,已然再清楚不过地显现出诗学精神超越"诗缘情"的历史进程,这也就充分说明,中国诗学本体论的历史构建,不是一元论的"诗言志"和"诗缘情",而是二元论的缘情体物和情景合一。

循着中国诗学的阐释学逻辑,缘情体物从而情景合一的审美世界,也就是诗画交融的艺术世界。而众所周知的是,正是在诗画交融的审美文化史发展过程中,那种以古典诗情画意为艺术载体,而以士大夫理想人格为精神支柱的"文人艺术"得以生成并日渐凸显。宋元以来,"文人艺术"逐渐成为审美文化的主流,尤其是在格外显露潇洒风度的书画艺术领域,文学艺术的集成创新,在某种程度上就意味着集成于"文人艺术"。惟其如此,究竟如何阐释"文人艺术"之主体精神和艺术本质,就成为一个事关中国审美文化之近代转型的重大课题。有关这一课题的论著已然汗牛充栋,但问题在于,当下书画市场的过度繁荣培育出一种虚骄浮躁的文化氛围,沉浸其中的书画艺术爱好者,往往用其心目中的"文人艺术"来为自己的随性挥洒辩护,殊不知,真正"致广大而尽精微"的文人艺术精神,除了当年司空图所推崇的王维、韦应物诗歌艺术之"澄淡精致,格在其中,岂妨遒举"的风骨内化讲求之外,尚有黄庭坚所谓"临大节而不可夺"的历史担当。换言之,"萧散风度"是与"人文关怀"直接相关的,而作为中国传统文化之人格力量正面实践的"人文关怀",最终体现在代表社会良知的批判精神上。有鉴于此,本论集特意选入讨论儒家"风骨"清虚化之历史命运和"早期政治诗学"的文章,其主旨有二:一是总结早熟的政治诗学的历史属性及其正反两面的经验,二是探究当历史造就儒学复兴之机遇时,心性儒学的义理探寻和实学主义思潮之间的思想张力,到底是怎样一种具体的历史形态,而它们对于当代思想文化建设的借鉴意义,最终如何确认。

当今时代,民族复兴大背景下的传统文化创新阐释方兴未艾,时代课题与历史使命将统一于中国解释学的建构。汤一介先生临终前就曾三论"中国解释学",而我们则有不可推卸的责任来"接着说"。值此之际,还原古典文学研究对象那种原生的文史一体的思想文化形态,进而深入探寻其内在的"思想者"主体的观念意识和思维方式,正是我辈学术活动的精神寄托和思想追求之所在。譬如,当我们落实中华传统文化传承工程于儒家经典文本解释之际,又岂能不首先注目于孔子思想的第一代解释者如子贡呢!《论语·子张》篇记子贡之言凡六章,余五章都是子贡针对孔子生后所遭遇的质疑所作的辩护,唯有"纣之不善,不如是之甚也"一章,看似例外,实则更显出子贡质疑精神的彻底:"子贡曰:'纣之不善,不如是之甚也。是以君子恶居下流,天下之恶皆归焉。'"将这一章内容,置于《子张》篇子贡六章的整体语境之中,才能领会其间深意,而子贡之精神意态,亦格外彰显。无论如何,原典文本自身已然客观地显示出一种固有的思想逻辑:只有当辩护可以同样实施于政治生活中的对立面双方时,辩护本身才会因为其超越性而获得普适的合理性,而这也正是孔子仁学"己所不欲,勿施于人"原则的深刻体现。显而易见,这其中包含着一种超越"成王败寇"之历史逻辑的道德主义价值判断,与此相伴随,也就早在两千五百年前已经生成了这种就核心政治制度的设计来讨论道德基本原理的思想智慧,其充满现实生活感的"恶居下流"之"好恶"选择与充满历史理性的"善恶"判断,展示出异常丰富的思想文化内蕴,难怪司马迁《史记·仲尼弟子列传》要为子贡花费最多的笔墨！如果说司马迁"通古今之变"的主体精神和思想方法理应传承于当代学人创建中国解释学的实践之中,那么,有待于我们开拓探索的思想文化空间,该是多么深邃而宽广！

衷心感谢傅璇琮先生、黄霖先生与复旦大学出版社,使我有此难得的机遇来回望自己走过的学术道路,并从中收获自我确认的欣慰和自我批评的警醒。中华文化的绵延不绝造就了中国古代文学的博大精深,自然也造就了古代文学研究人才的兴旺发达,即便只是放眼当代社会,也可以说是名家辈出,不仅各有学术擅长,而且渐成学派气象。自己有幸沉浸其间,深感切磋琢磨之有益学术。也因此,如今以千虑一得之文字结集,祈大家先进不吝指教！

韩经太

2015年2月4日立春之际

第一辑

- 中国古典诗学新探四题
- 论中国古典诗歌的悲剧性美
- 中国诗学的平淡美理想
- 传统"诗史"说的阐释意向
- 中国诗学的语言哲学内核与语言艺术模式
- 从抒情主体的心态模式看古典诗歌的美学特质
- 诗艺与"体物"
- 中国诗画交融若干焦点问题的美学思考
- "清"美文化原论
- 韵味与诗美

中国古典诗学新探四题

研究者是接受主体中的特殊层次,尤其是当以文学遗产作为研究对象的时候,他必须站在当代的理论高度而又具有科学的历史的眼光。同是面对文学遗产,鉴赏者不妨在领悟中大胆地建构具有再造特性的文学世界,而研究者却只能在辨析中小心地接近本来固有的文学特质。混同了鉴赏与研究的这种区别,其后果只能是以自由的推想和当代人的好尚代替客观的、科学的论证。对于古典诗学的研究,已经经历了漫长的道路,但我们的研究者是否都具有对于上述问题的清醒认识呢?在实际研究中,有的研究者不仅人为地制造了古典诗学的"第二面貌",而且每每武断地以此为"第一面貌"而作出自由的推理和主观的判断。当然,近年来席卷各个领域的反思之风,使古典诗学研究者也进行了反思,许多人已着手恢复"第一面貌"的工作,这是令人欣慰的。不过,局部的修复倘若不能与整体的审视结合起来,就容易修而不复。因此,反思中的当务之急,应是对古典诗学的整体构成作出客观的、科学的把握。

一、孔子《诗》教、儒家诗论与诗学体用观

儒家诗论并不等同于肇自孔子《诗》教的儒家诗教,这是首先必须说明的。

先说孔子《诗》教。它乃以《诗》三百篇为教,即以教《诗》服务于政治。唯因如此,其所论说大都是对学《诗》者而言的。"小子何莫学夫

《诗》,《诗》可以兴,可以观,可以群,可以怨。迩之事父,远之事君,多识于鸟兽草木之名。"①在这里,学《诗》既不是为了文学创作,也不是文学鉴赏本身,而是被视作修身齐家治国平天下的必修功课,包括从中学习一些知识。那么,很清楚,"可以兴"者,可以《诗》而兴,"可以观"者,可以《诗》而观,"可以群"者,可以《诗》而群,"可以怨"者,可以《诗》而怨。"可以"的主体是指学《诗》者,而绝非《诗》作者;"兴、观、群、怨"的内容也在于"达政""专对"的社会政治,而不在于《诗》的共鸣世界。一句话,与此相关的诸般内容本在于从我如何用《诗》的角度去探究《诗》有何用,而并非对《诗》本身特性的把握。孔子《诗》教的这种特征,正是当时社会思潮的反映。《汉书·艺文志》云:"古者诸侯卿大夫交接邻国,以微言相感。当揖让之时,必称《诗》以喻其志,盖以别贤不肖而观盛衰焉。"并且"赋《诗》断章,余取所求焉"。② 这一切,都说明孔子《诗》教乃立足于致用。不仅如此,"诗言志"之本义,当缘此"称《诗》以喻志"而来,因此,这"志"的内涵便是与称《诗》的目的相关合的,而"兴、观、群、怨"者,又可概之以一言,曰"微言相感"。

　　后世儒生论诗,多继承孔子《诗》教精神,于是形成了儒家诗教传统。而这个传统,正是曾被我们誉为现实主义传统的风雅美刺传统。程廷祚《诗论》以为:"《论语》所载圣人以诗为教者,无非治心治身、事父事君之道,曰不学于此,则无以从政,无以能言,其犹面墙而立。"③沈德潜《说诗晬语》更道:"诗之为道,可以理性情、善伦物、感鬼神,设教邦国,应对诸侯,用如此其重也。"从"以诗为教"之道到"诗之为道",虽则同归于古典诗学的致用观——"用如此其重也",但其间却经历了一个重要变化。春秋之世,盛行称《诗》之风,论《诗》者亦非诗人立场,而当时的学术形态也是杂体浑成,因此,孔子《诗》教之立足于致用,是有一定的历史合理性的。时过境迁,到后世儒生那里,作诗见志已替代了称《诗》喻志,论诗者已处在诗人立场,文学的自觉、诗学的自觉早已

---

① 《论语·阳货》。
② 《左传·襄公二十八年》引卢蒲癸语。
③ 程廷祚:《诗论十五》。

成为事实,那么,以教化为诗之为道者,就成为某种主体心理的必然性了。如白居易之所谓"风雅比兴外,未尝著空文",便是以"惟歌生民病,愿得天子知"为明确宗旨的,而讽谕诗的创作,正是其"兼济之志"的体现。如果说,在孔子那里是政治家论诗而讲致用,那么,在白居易这里,诗人的创作意识与政治家的致用意识便相统一了。问题在于,为什么会有这种主体心理的必然性呢?

我们须从分析《毛诗序》入手来解答这个问题。《毛诗序》论诗之立场,显然在于教化:"风,风也,教也;风以动之,教以化之。"但《毛诗序》的理论特质又不能简单地归之为诗学功用论,因为它实质上是明本致用论。首先,它开卷明义地提出"在心为志,发言为诗",之后又紧接着指出:"情动于中而形于言,言之不足故嗟叹之,嗟叹之不足故永歌之,永歌之不足,不知手之舞之,足之蹈之矣。"前后之间,似觉突兀,这"志"与"情"之间该是什么关系?《乐记》云:"诗,言其志也;歌,咏其声也;舞,动其容也。"显而易见,"志"同"声""容"一样,都是内心感情的外现形态。《毛诗序》先言"志"而后言"情",乃是递进一层而探其本体的表述方式。其次,"在心为志","人心之感于物"者为"情","情""志"同属一心,非可于心外另求。以上两点既明,打开儒家诗论之奥秘的钥匙就算找到了。"发乎情,民之性也"①,"情动于中"而形于言、叹、歌、舞,层层开放,自由表现,乃是必然之势。但考虑到诗的"经夫妇、成孝敬、厚人伦、美教化、移风俗"的作用,须使"情动于中"而归于正,因"未有性情不正而能吐劝惩之辞者",于是,要求"君子反情以和其志",也就是"发乎情"而归于温柔敦厚。尤其重要的是,这"反情和志"的过程乃完成于自心之中,也就是个性主体要由情的自发到达志的自觉。一言以蔽之,由《毛诗序》启端的儒家诗论不仅继承孔子《诗》教精神并明确了"反情和志"的致用规范,而且阐明了诗缘情的本体特质,其所谓"情动于中""发乎情",显然与后世之"缘情""根情""本乎情"是一脉相承的。唯因如此,儒家诗论便体现着诗学的自觉与诗教

---

① 《乐记》。

的自觉的统一,亦即体现着诗人抒情的创作意识与政治家教化的致用意识的统一。我们知道,"承门户之业,受过庭之训,是以得接冠带之末,充乎士大夫之列"①,是古代士阶层之自我意识中的基本内容,他们甚至会"不羞污泥丑辱而宦"②,因此,作为诗人的主体意识与作为政治家的主体意识原本是相统一的,明本致用的诗学观恰恰是这种二元合一的主体意识的理论表现,也正因如此,以教化为诗之为道才成为主体心理之必然。

如果再深入一层探究,那么,这种使教化规范化为个性自觉的诗学精神,实质上是导源于孔子之仁学思想的。首先是,"仁者人也"③,这可以看作是体现着人本哲学精神的人的发现;其次是"克己复礼为仁"④,要求个性主体的自我克制。所谓"为仁由己""我欲仁,斯仁至矣"⑤,这种自我克制也正是自我发现,在主体之自觉中二者相统一了。现在的问题是,这种表现为自我克制的自我发现是否会导致个性的消泯呢?回答是否定的,又是肯定的。在《论语·先进》中云"回也,非助我者也,于吾言无所不说",在《论语·宪问》中谈事君之道又说"勿欺也,而犯之"。这是尊卑秩序与个性独立的矛盾统一。《易·系辞上》云"天下之至动而不可乱",天地万物有千差万别与千变万化,它们共化于阴阳合德、刚柔和济之道,但依然不失其千差万别与千变万化,这是"至动"与"不乱"的矛盾统一。孔子将此辩证统一的关系概括为"君子和而不同,小人同而不和"⑥。"不同",就是差异,就是彼此独立的个性。"和",就是共融,就是"合德""和济"。这种思想观念实际上已接近于黑格尔那"差别是谐和的本质"⑦的判断,亚里士多德不是也反对

---

① 《晋书·夏侯湛传》。
② 《韩非子·诡使》。
③ 《礼记·中庸》。
④ 《论语·颜渊》。
⑤ 《论语·述而》。
⑥ 《论语·子路》。
⑦ 列宁:《哲学笔记·黑格尔〈哲学史讲演录〉一书摘要》,见《列宁全集》第38卷第288页,人民出版社1959年版。

那将使"我体消失而合于彼体"①的单一性吗？几乎与孔子同时的古希腊哲学家赫拉克利特也指出："自然是由联合对立物造成最初的和谐，而不是由联合同类的东西，艺术也是这样造成和谐的，显然是由于模仿自然。"②从这样的比较中，我们发现了孔子思想的合理性。儒家论诗的总体精神也完全可以归结于此，一方面肯定"情动于中"之"不同"，这是阐明诗缘情的本体特质，一方面又强调"反情和志"之"和"，这是阐明诗言志的致用价值，二者的统一便是体用一致。在这个意义上，"情、志一也"，就是体用一也。由此看来，儒家诗教固然是一个封闭的系统，但儒家诗论却包含着合理的内核，后世缘情之论，每以"绮靡""浮艳"而与儒家诗教"乐而不淫、哀而不伤"之温柔敦厚的规范相冲突，但不知它却与"情动于中"而自然流露的本体认识相一致，而儒士文人又该作了多少乐而淫、哀而伤的篇章！事情既然是这样，那么，仅仅以"温柔敦厚"来概括儒家诗论的精神，便显得不尽合理，因为它只是诗教的精神，我们以为，全面而准确的概括，应该是"和而不同"。

而且，说中国诗学的本体特质在于缘情，实际上还是不完全的。因为，中国诗学中的缘情说总是同物感说同体存在的。上古艺术哲学认为，人的哀、乐、喜、怒、敬、爱之情，都是"感于物而后动"③。刘勰亦道："人禀七情，应物斯感。"④朱熹也说："诗者，人心之感物而形于言之余也。"⑤到明人徐祯卿，仍说："情无定位，触感而兴。"⑥看来，中国古典诗学的本体特质应完整地表述为"缘情感物"才是。明确了这一点，也才能够真正弄清为什么儒家诗教的美刺传统总是与比兴说结合在一起而称作"美刺比兴"。从本来的意义上讲，比喻和起兴，是民族童年时期艺术思维的特点，因为无力去明确地把握描写对象，只好进行

---

① 《政治学》第51页。转引自阎国忠《古希腊罗马美学》第144页，北京大学出版社1983年版。
② 《西方美学家论美与美感》第15页，商务印书馆1980年版。
③ 《乐记》。
④ 《文心雕龙·明诗》。
⑤ 朱熹：《诗集传序》。
⑥ 徐祯卿：《谈艺录》，见《历代诗话》第765页，中华书局1981年版。

简单的类比联想,但这种艺术思维与表现方式却被儒家提到了与"风"相等的"六义"的地位。何以会如此呢?原来,《周易》之观物取象就旨在"以通神明之德,以类万物之情",思维活动是沿着类比推理的方向发展,孔子的"智者乐水,仁者乐山"也正是"比德拟象"精神的体现,《淮南子·要略》也认为理想之"大人","其形骸九窍取象与天合同,其四气与雷霆风雨比类,其喜怒与昼宵寒暑并明"。一言以蔽之,这种"天亦有喜怒之气,哀乐之心,与人相副,以类合之"①的哲学观念,显然正是缘情感物之诗学本体论的思想基础。但是,这种"天人合一""心物感应"在当时并不被认识为广泛样式上的自由契合,而是被嵌入了"比德拟象"的规范,于是,就不仅使儒家在解说《诗经》时将那初始艺术的表现方法上升到天经地义的神圣地位,而且最终导致了"善鸟香草以配忠贞,恶禽臭物以比谗佞"这种作茧自缚的比兴程式。如同儒家诗教的美刺传统是一个封闭的价值判断系统一样,这程式化了的比兴方法也同样具有封闭性,因为这实际上是对缘情感物之自由形态的机械规范,在本质上,是与古典诗学的本体特质相冲突的,就如同温柔敦厚的诗教规范与"情动于中"而形于言、叹、歌、舞的诗学本体特质相冲突一样。

既然存在着自身的矛盾性,那么更新式的变化就是迟早要发生的事。魏晋以后,在尚自然而重本体的时风作用之下,随着诗学的本体观念突破致用观念的牢笼而独立,"比、兴"这一对范畴也被赋予了新的意义。在刘勰看来,已是"风通而赋同,比显而兴隐"②,理论家注目于比、兴二者的不同,并显得倾心于后者了。于是在比兴说的内部,发生了或视比兴为一事、或分比兴为两物并独标兴体的裂变。裂变意味着新体的诞生。殷璠论诗已称"兴象",愈演愈新,遂有"兴趣""意兴"以及"寄兴""寄托"诸说。实际上,它们都是离开了比兴说的新诗学范畴了。儒家论诗之初,比兴说是与美刺说为一体的,标《诗》之六义,主风雅传统;在后世的发展中,主要在张扬诗教的精神。而独标兴体一

---

① 董仲舒:《春秋繁露·阴阳义》。
② 《文心雕龙·比兴》。

支,却渐入诗学的深层。其实,挚虞就指出"兴者,有感之辞也"①,他已经自觉或不自觉地意识到了中国诗歌那"应物斯感"的特性,从而在有意无意地强调"感发志意"的作用。这样一来,"兴"这一范畴便由对表现方式的概括转化为对诗歌基本特性的表述了。钟嵘称"兴"为"文已尽而意无穷",这要同他强调"直寻"的诗学精神结合起来看待。显然,这与刘勰在称"比显而兴隐"的同时崇尚"情在词外""状溢目前"的"隐秀"之美的诗学精神是一致的。而他们的共同追求,在梅尧臣那里又得到了热烈的响应:"必能状难写之景如在目前,含不尽之意见于言外,然后为至矣!"②这种最终成了中国古典诗学之理想的内容,当它被表述为"兴寄""寄托"说的形式时,则是清代词论家的"无寄托不入,专寄托不出"说。"此物此志,千首一律"的比兴程式被超越了,"即性灵,即寄托,非二物相比附也"③,理想的境界是"流露于不自知,触发于弗克自已",即在"铺叙平淡,摹绘浅近"之中,自然"万感横集,无中无主"④。

总之,儒家论诗的精神在于明本致用,而这种体用统一的观念又体现着儒家"和而不同"的审美理想。既然这样,我们就应当透过温柔敦厚的诗教规范而看到它对情感个性的肯定,也就是透过其封闭的外壳而发现其本质上的可塑性,从而以批判性的认同态度去对待它。

二、体现释、道精神的意境说

秦汉时期,几乎是儒家诗论的一统天下,既没有异曲新声的交响,又缺乏自身系统的新变。而到了魏晋时代,历史似乎又进入了一个"礼崩乐坏"的阶段,本来属于儒家经典的《周易》和《论语》,人们却以老、庄的精神去阐释它,来自印度的佛教文化也像流水渗入沙土那样

---

① 挚虞:《文章流别论》。
② 见欧阳修《六一诗话》。
③ 况周颐:《蕙风词话》。
④ 周济:《宋四家词选目录序论》。

融进了中国固有的文化肌体,并与老、庄哲学如逢故知般地胶结在一起了。其实,这异邦新学与本土旧道的融会,早在汉世之末就很有些气候了。《后汉书·楚王英传》载,其人便"诵黄老之微言,尚浮屠之仁祠"。而在东汉桓帝延熹九年襄楷所上书中也写着:"又闻宫中立黄老、浮屠之祠。此道清虚,贵尚无为。"魏晋以还,此风更炽,且不说东晋孙绰作《道贤论》以七位名僧比于"竹林七贤",其时之学术思想,也多呈释、道互用的势态。如晋世道安便以玄讲佛,用王弼、何晏的贵无论去宣扬般若之学。而支道林则又结合着般若学去发挥庄子的《逍遥游》。降及宋、齐,周颙其人,既笃信佛教又兼善《老》《易》。而身为道教徒的张融,也认为:"佛也与道,逗及无二。寂然不动,致本则同。"①总而言之,这是一个学术思想空前活跃的时期,思辨空气弥漫于朝野,争鸣之风吹拂于士林,其思辨的重心与争鸣的焦点,在于释、道两家所共同关注的本末体用问题,而本体精神之所归,便在"清虚无为""寂然不动"之道。在玄学系统,有王弼的贵无说与向、郭的崇有说;而在释学系统,则有道安之本无义及支道林之即色义。其中,贵无者与本无同流,而崇有者与即色共义,它们都是魏晋南朝源远流长的重要学说。这时的中国人,似已不满足于知自然之然,而企望于知自然之所以然。但佛学须倚玄学而立足,玄学又须倚《易》理而推衍,所以,人们穷究自然奥秘的尝试便不是像西方人那样从具体的现象分析入手,而是继续本着《周易》那"弥纶天地"的精神去作整体浑然的把握。于是其难乎哉!"王弼与向、郭均深感体用两截之不可通。故王谓万物本于无,而非对立。向、郭主万物之自生,而无别体。王既着眼在本体,故恒谈宇宙之贞一。向、郭既着眼在自生,故多明万物之互殊。二方立意相同,而推论却大异。"②推论大异,是因为着眼点不同;立意相同,是因为同归于对清虚无为之道的体认。当时讨论很热烈的"言意之辩",结论也在于"得意而忘象",亦即执其"贞一"之本体而舍其互殊之万象。总

---

① 见张融所撰《门论》(《南齐书》本传作《门律》),转引自《中国佛教思想资料选编》第1卷第268页,中华书局1983年版。
② 汤用彤:《魏晋玄学流派略论》,见《汤用彤学术论文集》第238页,中华书局1983年版。

之,一场深刻的诗学革新,就是在这样的思想氛围中酝酿的。

魏晋之初,人们似乎还被秦汉儒家诗教的观念所笼罩着,曹丕视文章之事为"经国之大业",实质上不过是对儒家致用观念的发挥。但时代已在促使人们去作新的思考,诗学精神不能不随着时代精神而转变。不过,这种转变是在各家思想的击撞与交融中实现的,因而不能不具有多元性。至少,我们要注意其中的两个方面:一方面,舍功用而执本体的思想观念使明本致用的儒家诗论得到改造,从而导致了对缘情感物之本体特质的确认,并因此促成了"穷情写物"的创作繁荣;另一方面,对"清虚无为""寂然不动"之道的体认,又使挣脱儒家致用观念束缚的诗学走进了释、道合一的新规范。本文的目的,就在于深入探究后者之所以然。正像释支遁所著之《即色游玄论》的精神一样,诗人之气质多趋于高蹈,多企冀于与生化万物的自然之道融合一体,在此崇尚虚无的时风之中,创作主体意识遂有对心境空灵的追求,诚如心无义宗所说的那样:"种智之体,豁如太虚。虚而能知,无而能应。居宗无极,其为无乎。"①既然万物皆为本无而末有,那么感知的主体与主体的感知之间不也应该是一种本无而末有的关系吗?这就意味着,"应物斯感"的感觉真实应归向虚豁无为的意念本体,而体现这一新的诗学精神的,正是酝酿着的"意境"说。

意境,作为一个诗学范畴,是受了佛义的启迪而产生的。魏晋之世,时风尚"意","言意之辩"的结果,首先是肯定"尽象莫若言""尽意莫若象",尔后却推理为得象忘言、得意忘象。玄学如此,佛说亦然,认为:"一切诸法,从意生形",②"象者理之所假,执象则迷理"。③"理"与"意"相通,皆指"任远而动则乘虚照以御物"的"虚照"之神。其实,玄学之辩言意,本为了阐释《易》经"立象以尽意"的秘旨,所以,尚"意"观念对于中国人来说是根深蒂固的,但是,这一哲学范畴在玄风释气的

---

① 《世说新语·假谲篇》注,转引自《汤用彤学术论文集》第241页。
② 见郗超《奉法要》所引《维摩诘》经语,转引自《中国佛教思想资料选编》第1卷第21页。
③ 《广弘明集》楚玉林《道生法师诔》。

熏陶下,已同老、庄的无为之道与佛家的虚豁之神合而为一了,也就是说,酝酿着意境说的尚"意"之风是充满着玄味与佛香的。离开了这一特定的历史背景而谈论意境说的生成,恐有差排历史之嫌。同时,我们知道,魏晋南朝的哲学思维,焦点在本末体用之关系,人们的意念倾向在于舍末求本、舍用持体,用佛语来说,就是舍末用之俗谛而求本体之真谛。既如此,在这种时风与学术空气中酝酿出的意境说,就不能不带着舍俗谛而求真谛的理论特征。如果说,意境说的"意"是指对无为之道与虚豁之神的体悟,那么,意境便是指寄写此"意"的诗歌世界。

"境",本是佛家常用语,它之所以被诗学所借用,并不是偶然的。中国诗学自始就讲"应物斯感",而"境"在佛说中的一个主要定义,正指感觉的真实。"所言境者,谓六尘境:一,眼对色;二,耳对声;三,鼻对香;四,舌对味;五,身对触;六,意对法。"①于是,借用"境"这一范畴来表示"物之感人,故摇荡性情"的种种感象,就再恰当不过了。是故,钟嵘所谓"既是即目""亦惟所见"之"直寻"所得者,正是"境"。而刘勰所谓"物沿耳目,辞令管其枢纽"者,正是借文辞以写"境"。从而,皎然之所谓"取境之时,须至难至险"者,便是要求诗人写作不可滥用境象,必须精加选择严于淘汰。总之,在这个意义上,佛学的影响实有助于诗学思维的深入。中国历史上的沙门僧人,多精诗学,与此不无关系。然而,感觉的真实,只是常境而非意境。在魏晋南朝的玄、释气氛中形成的美学观念,在于超凡入圣、去俗体真,在于超越有形之象而持其无形之道。这一切,在佛说中是阐释得异常清楚的。《妙法莲花经疏》云:"夫至象无形、至音无声,希微绝朕思之境,岂有形言者哉?"②《维摩诘经注》云:"法身者,虚空身也。无生而无不生,无形而无不形。超三界之表,绝有心之境。"③又云:"夫实相幽深,妙绝常境。"此外,或曰:

---

① 智顗:《修习止观坐禅法要·正修行第六》,转引自《中国佛教思想资料选编》第2卷第1册第98页。
② 竺道生:《妙法莲花经疏·序品》,转引自《中国佛教思想资料选编》第1卷第203页。
③ 僧肇:《维摩经注·方便品第二》,转引自《中国佛教思想资料选编》第1卷第172页。

"若能空虚其怀,冥心真境。"①或曰:"既得法身,入无为境。"②如此等等。总归一义,意境非常境,而类于"真境""无为境"。这里的"无为",是指"虚怀冥心"。所以,意境者,既非感觉的真实,亦非想象的真实,它自有其特定的诗学内涵。

相传为王昌龄所撰的《诗格》,是这样表述诗中之"意境"的:"张于意而思之于心,乃得其真。"可见"意境"之"意",乃是对"真"的思悟。而"真"者非他,正是神智虚豁宅心玄远之谓。顾恺之《虎丘山序》云:"含真藏古,体虚穷玄。"陶潜诗亦云:"此中有真意,欲辩已忘言。"山水林泉本系常物,诗人感知亦是常事,但若"空虚其怀"便能"冥心真境"。陶潜之所以欲辩忘言,正是因为实相真境"妙绝常境,非有心之所知,非辩者之能言。"③于是,全清楚了,意境者,乃是以超凡入圣的释、道精神去规范"应物斯感"的诗学个性。

既然如此,那么,作为诗学范畴的意境究竟具备怎样的审美特征呢?我们以为,它主要包括以下三方面的内容,即"意守空静"的主体精神,"畅神而已"的表现方式,"味外之旨"的艺术效果。

第一,意守空静。皎然《诗式》论"取境"云:"有时意静神王,佳句纵横,若不可遏,宛若神助。不然,盖由先积精思,因神王而得乎?"言辞之间,已透出消息,"神王"者须得"意静",或者得"先积精思"。皎然评谢灵运诗说:"及通内典,心地更精,故所作诗,发皆造极。"④可见,"精思"者,正指对佛义的体悟。佛家称坐禅以养心神为"守意",或称"持息念",即自守虚豁空静之心念——无念之念。刘禹锡道:"虚静境亦随",⑤"因定而得境"。⑥ 苏轼亦言:"欲令诗语妙,无厌空且静"。⑦

---

① 僧肇:《维摩经注·文殊师利问疾品第五》,转引自《中国佛教思想资料选编》第1卷第179页。
② 僧肇:《维摩经注·佛国品第一》,转引自《中国佛教思想资料选编》第1卷第168页。
③ 僧肇:《维摩经注·弟子品第三》,转引自《中国佛教思想资料选编》第1卷第175页。
④ 皎然:《诗式·文章宗旨》。
⑤ 刘禹锡:《和河南裴尹侍御祈雨二十韵》诗云:"人稀夜复闲,……"
⑥ 语出刘禹锡《秋日过鸿举法师寺院便送归江陵引》。
⑦ 《送参寥师》。

皎然自己也尝言:"诗情聊作用,空性惟寂静。"①"作用"者,构思之谓也。构思活动不是自由的想象,而是进入空性寂静的心态,正所谓"意守空静"。因为意境类于无为之真境,故诗人不可以日常之心意待物,否则,"应物斯感"只是常境。对此,况周颐论词曾有形象的描述:"据梧瞑坐,湛怀息机,每一念起,辄设理想排遣之,乃致万缘俱寂。吾心忽莹然开朗如满月,肌骨清凉,不知斯世何世也。"②一言以蔽之,"夫空者,忘怀之称"。既然忘怀,自然心静。如果说儒家诗教要求主体"反情以和其志",即"应物斯感"而归于中和,那么,这体现着释、道精神的意境说,却是要求主体息情以静其意了。

第二,畅神而已。意境既非常境,故诗人刻画物象就不是为了描述现实世界,而是借象以明意,从而达到畅其虚豁无为心神的目的。《广弘明集》载陈代庾僧渊语云:"妙忘玄解,神无不畅。""玄解"者,即忘却有无。意守空静是为了应物而无累于物,作诗畅神则是为了写物以传其心神,而此心神又是"空性惟寂静"者。既然如此,畅神就必然不执著于感觉世界的丰富形态,而只选取那清静淡远之境了。如果说,儒家诗教是让诗人用同一种和谐雅正的形式去表现"应物斯感"的种种内容,那么,意境说却是让诗人用应物写物的不同形式去实现寄写空性的同一个目的。

第三,味外之旨。滋味之说,钟嵘所倡。其《诗品序》云:"五言居文词之要,是众作之有滋味者也,故云会于流俗。岂不以指事造形,穷情写物,最为详切者耶!"然如此之有滋味者,却非意境之所要求,它倒是近于王昌龄"三境"说中的"物境"与"情境"。意境所求者本不在"穷情写物",当然就不在滋味本身,而在于追求味外之旨。老子曰:"五色令人目盲,五音令人耳聋,五味令人口爽。"《老子本义》云:"爽,差也,谓失正味也。"正味,即本味,亦即至味,就像"大音希声"一样,理想的境界是至味无味,亦即美在味外。再依佛家之义,"舌对味"为世俗尘

---

① 语出《答俞校书冬夜》诗。
② 况周颐:《蕙风词话》。

境,而无为之真境须"妙绝常境",那么,也只能求真谛于味外了。实际上,后世如神韵派大师王士禛早已将此中消息披露:"唐人五言绝句,往往入禅,有得意忘言之妙,与净名默然,达摩得髓,同一关捩。……皆一时伫兴之言,道味外味者,当自得之。"①如果说,儒家之"和而不同"是要求众味皆持中和,那么,意境说却为了追求无味之至味而不得不只取清远一味了。

综上三项而概之以一言,意境说的本质特征便在于"即色游玄",总之,如果说儒家诗论的"和而不同"是一个伦理规范与诗学个性的矛盾统一体,那么,意境说的"即色游玄"便是一个先验规范与诗学个性的矛盾统一体了。其实,翻检古人有涉意境说的言论,不是出自沙门僧人,便是出自笃信佛说之士,或者见于与僧人交往的文字。中国古代的士大夫常抱经国济世之志,所以儒家诗教才得以发达;同样,古代士大夫多好佛道,所以意境说才得以生成并发展。如果说,儒家有美刺比兴的诗教,那么,释、道两家便有无教之教的意境说。

诚然,道家之庄子的思想中,包含着"直致任真,率情而往"与"深观物化""与物为一"的精神,这都足以使"缘情感物"的诗学本体精神得到充分发扬。然而,导致了意境说的道家思想,却是迎合了佛教空性静心之说的贵无体虚观念。而佛学演化为禅宗之后,其顿悟之义与诗家之灵感启兴的特性深相契合,其惟执"现量"的精神又与诗家执著于直觉感受的精神恰相一致,这些也都足以促进人们对诗学本体的深入把握。然而,导致了意境说的佛学精神却不在于此。因为诗学之顿悟在于"即景会心",在感觉的真实中自然兴发感情的真实;而意境说却是以虚豁无为的意念去规范感觉的真实,要么,也只是静心空性之悟,而非自然之悟。此外,玄学得意忘象之说,具有把握"品物之宗主"的意思。"宗主"者,"无形无名"。唯因如此,无为而无不为,无象故能生万象,所谓"空故纳万境,静故了群动",在这个意义上,尚"意"之风亦可导致对想象的真实的追求。然而,意境说之"空性""虚静"的具体

---

① 王士禛:《带经堂诗话》。

规范,将使想象的热情归于寂灭,所以,想象的真实并非意境说的特质所在。最后,王昌龄分诗境为三,"物境"可以"了然境象","情境"可以"深得其情",而"意境"在于"乃得其真",三者分述而并立,可见"意境"之"真",既非"了然境象",亦非"深得其情"。既然如此,今人每以情与景的统一去阐释意境说,实在属于主观臆断。当然,意境不仅是古代诗学的范畴,而且已经是当代诗学、甚至整个文艺学的范畴,因此,从当代诗学乃至文学之建设的立场出发,借用传统的概念而赋予新时代的美学精神,那是完全可以而且应当如此的。比如,使"意境"之"意"不再作为释、道精神的体现,而以主观意念、思绪、想象为其内容,那么,意境便成为感觉真实与想象真实的统一,成为内在心念与情绪的直觉外现,一句话,成为当今人们心目中的意境。但是,在古典诗学的研究领域,却只能以探其本义为宗旨,任何主观的推想都是要不得的。

  这里,有必要予以澄清者,莫过于那种将近代王国维的"境界"说与古代意境说视为一体的说法了。王国维的"境界"说,是在明中叶以后出现"以情反理"的文艺思潮之后产生的,它深受西方近代艺术理论尤其是叔本华美学思想的影响,受动于戏曲、小说等俗文学之兴盛,与体现释、道精神的意境说有着实质性的区别。如果说,古代意境说具有超凡入圣的高蹈意味,那么,王国维的境界说却充满着写实的现实精神,他自己明确说过:"境非独谓景物也,喜怒哀乐,亦人心中之一境界。故能写真景物真感情者,谓之有境界,否则谓之无境界。"①又说:"词人之忠实,不独对人事宜然。即对一草一木,亦须有忠实之意,否则所谓游词也。"②很清楚,此处之境界恰如王昌龄所谓之"物境"与"情境",是对古代意境说之蹈虚倾向的反正,将它们视为一体,岂不荒唐!诚然,王国维在论元杂剧时曾以"有意境"为其最佳处,在专论诗学的《人间词话》中也曾以"不于意境上用力"而惋惜于白石之作,很多人也正是着眼于此而认定意境说大成于王氏。其实,只须看看王氏怎样阐

---

① 《人间词话》六。
② 《人间词话删稿》四四。

释其所谓"意境",问题就一目了然了。其《元剧之文章》云:"何以谓之有意境?曰:写情则沁人心脾,写景则在人耳目,述事则如其口出是也。古诗词之佳者,无不如是。元曲亦然。"①试以此对照于其《人间词话》之论"境界",二者精神之一致不是显而易见的吗?而他对白石词之"不于意境上用力"的遗憾,又是同他对白石词其病在"隔"的批评相统一的。如此看来,王氏言中之"意境",亦正其倡扬之"境界",二者的区别仅仅在于,一者是以旧概念表示新内容,一者是以新概念表示新内容。不仅如此,这新、旧概念的同时出现,恰好说明他曾潜心于旧说而终于对它进行了扬弃。也许,在究竟是旧瓶装新酒还是新瓶装新酒之间,他曾有所踌躇,但反虚入实的美学追求在他毕竟是明确而坚定的,岂不闻他道:"然沧浪所谓兴趣,阮亭所谓神韵,犹不过道其面目,不若鄙人拈出'境界'二字,为探其本也。"②本者,本体之特质,对于中国诗学来说,即是缘情感物,执著于感觉之真实。一言以蔽之,王国维不是于古代意境说之外另创境界说,而是在深入把握古代意境说的诗学实质以后,以新的美学精神去改造它,让"穷情写物"的诗学传统从体虚穷玄的主观意识下解放出来,使其通向表现生活现实而又能引发联想与共鸣的康衢。既然这样,王氏之于古代意境说,就不在于毕其大成之功,而在于扬弃更新之。

三、庄禅意识、证实精神与诗学理想

中国古典诗歌的艺术世界是一个时空参融而心物契合的奇妙世界,其中活跃着一颗东方民族的诗的心灵,当历史的脚步向诗学理想的境界攀登时,这诗的心灵便化成情感共鸣的无积空间,而它寄寓其中的那个形象世界恰是一个富有质感的艺术直觉天地。古代诗学家曾将此理想的境界概括为:"状难写之景如在目前,含不尽之意见于言

---

① 《海宁王静安先生遗书·宋元戏曲考》第十二章,商务印书馆出版。
② 《人间词话》九。

外。"既不是"比德"观念制约下的主客体间程式化的对应,也不是意境说要求中那被虚豁的主观心神所超越了的物象世界,而是执著于"应物斯感",将"身之所历,目之所见"提炼成一个可以兴发丰富情感内容的感象世界。

值得注意的是,这一诗学理想的基本内容,在南朝刘勰那里就得到了明确的表述:"情在词外曰隐,状溢目前曰秀。"[1]虽则"隐秀"的观念在刘勰的理论体系中并不占突出的地位,但它的出现却告诉我们,在魏晋时代诗学也经历着微妙而深刻的变化。如果说,释、道的融汇酝酿了"即色游玄"的意境说,那么,玄学对儒家诗论的改造却解放了诗缘情的本体观念,同时,两汉征实之风的深远影响,不仅使诗人们执著于"应物斯感"的感觉真实,而且,这种征实精神最终积淀在禅宗的"现量"之说中,使其"顿悟"之义成为对诗学特性的最好概括。

我们知道,中国的儒家与道家思想,都是以人本哲学的精神为其基础的,但历史又造就了它们之间的区别。孔子仁学,是让社会伦理规范成为个性主体的自觉追求,从而让个性主体在自我克制中实现其独立的人格价值。这种观念在诗学中的体现,便是"和而不同"的审美原则,缘情感物的艺术个性是在对温柔敦厚之诗教规范与"比德"拟象之形式规范的自觉追求中实现其独立价值的。庄子则不同。如果说,孔子是以赋予实现秩序以合理性的方式来肯定个性、人格的价值,那么,庄子则是以批判现实的方式来肯定个性、人格的价值:"泉涸,鱼相与处于陆,相呴以湿,相濡以沫,不若相忘于江湖。"[2]这就是说,要将自我克制前提下的人为的现世和融变为"莫之为而常自然"[3]的自由境界,从而使个性主体不再"皆自勉以役其德"[4],而能"直致任真,率情而往"[5]。显而易见,这种观念作用于诗学,就能给"缘情感物"的诗学本体观以充分的自由,温柔敦厚的诗教和比德拟象的形式都将随着对

---

[1] 张戒《岁寒堂诗话》引。
[2] 《庄子·大宗师》。
[3] 《庄子·缮性》。
[4] 《庄子·天运》。
[5] 郭庆藩:《庄子集释·大宗师》引成玄英疏。

"自勉以役其德"的否定而被否定,艺术个性将因此而"莫之为而常自然"。当历史进入魏晋时代,儒学衰微而道学兴盛之际,庄子思想对古典诗学的这种积极作用就充分显示出来了。

如在前面早已说过的那样,由魏晋肇端的思辨时代是一个各种思想相击撞、相渗透、相融会的时代,因此,我们须注意其时代思潮的多元性,其中最主要者是释、道的合流与老庄对儒学的改造。在这里,与释学合一的道学同改造了儒学的道学,显然属于同一系统中的不同层次。比如,同是"真"这一范畴,在释、道合一的思潮中是指个性主体对作为宇宙本体的无为空寂之道的把握,从而又是指主体心念的虚豁空静;而在改造了儒学的道学那里,却是指庄子的"直致任真,率情而往","真"的实质在于"情"。《庄子·渔父》云:"真者,精诚之至也。不精不诚,不能动人。故强哭者虽悲不哀,强怒者虽严不威,强亲者虽笑不和。真悲无声而哀,真怒未发而威,真亲未笑而和。真在内者,神动于外,是所以贵真也。"所以刘勰也提出,"为情者要约而写真"。不仅如此,庄子"率情"之"真",又是"与物有宜"的,所谓"喜怒通四时,与物有宜而莫知其极"①。总之,如果说释、道合一的思想观念使诗学在挣脱了儒家诗教的规范之后又蹈入了新的规范,那么,庄子的这种思想观念却使诗学本身得到了真正的发展。由《毛诗序》的"发乎情,止乎礼义",到陆机的"诗缘情而绮靡",演进的轨迹是异常清晰的。

"率情而往""与物有宜"的诗学精神,显然不是只能处在体虚穷玄的时风之中,当时还有一股征实之风与体虚之风同在。这个对往后诗学产生了重大影响的因素,却往往被人们所忽略了。汉世之风尚实,汉赋几乎可以说是一种再现性的文学,陆机所谓"赋体物而浏亮",就是对赋体创作特性的总结。左思那"美物者,贵依其本;赞事者,宜本其实"②的思想,也正是对尚实传统的进一步阐扬,尽管走得有点过远。其实,事情是明摆着的,陆机论文,焦点在于如何解决"文不逮意,意不

---

① 《庄子·大宗师》。
② 左思:《三都赋序》。

称物"的难题,而钟嵘论诗,也指出五言之所以长出者正在于"穷情写物,最为详切"。以往谈论晋宋诗坛,不管是说"庄老告退,而山水方滋",还是说"山水方滋,庄老未退"①,都不曾真正解答由玄言诗到山水诗之转变的所以然,究其原因,便在于不曾重视导源于汉世赋体的征实精神。试想,玄学之主旨在执本体,而其本体意识又在于相通于佛学空寂之义的虚无之说,假如没有征实之风使诗学终返现实,"嗤笑徇务之志,崇盛忘机之谈"者,怎么会突然转为"情必极貌以写物,辞必穷力而追新"呢?不仅如此,作为禅宗之肇始的顿悟义,也正由生活在晋宋之际的竺道生所倡导,而禅宗之顿悟又具有唯执"现量"的鲜明特征,这中间,又怎能忽略"缘情感物"而任真征实之时风的影响呢!我们以往只是说禅学影响了诗学,其实,安见得诗学就不曾影响禅学呢?总之,征实,对于诗学来说,就是执著于"应物斯感"之真实,亦即描述"直寻""即目"所得,创造缘情感物的诗歌世界。如果说,魏晋玄学使诗学摆脱了教化的规范与比德的程式,那么,征实之风又使诗学执著于感觉的真实,于是,一个真正体现中国古典诗学之本体特质的诗学理想便渐趋于成熟了。

这样的诗学理想,必然是对那表现丰富现实世界的诗歌创作实践的理论总结。如《姜斋诗话》之论王维《终南山》诗云"欲投人处宿,隔水问樵夫',则山之辽廓荒远可知。"《六一诗话》载梅尧臣论诗之语亦云:"又若温庭筠'鸡声茅店月,人迹板桥霜',贾岛'怪禽啼旷野,落日恐行人',则道路辛苦、羁旅愁思,岂不见于言外乎?"显而易见,诗歌形象已不是作为某种既定意念的载体或投影而存在,而是对"身之所历,目之所见"之直觉的现实世界的真实描述。

与此诗学理想的特定内容紧密相关的两个概念,便是"兴象"与"妙悟"。"兴,起也","有感之辞也","应物斯感"之直觉感受呈现于诗歌形象世界,便是兴象,故兴象亦不妨称作直觉感象。对作者而言,是来自"身之所历,目之所见";对读者来说,可因此象而触起自家之"身

---

① 葛晓音:《山水方滋,庄老未退》,载《学术月刊》1985年第2期。

之所历,目之所见",于是在两度创作的过程中实现心境契合,产生情感共鸣。清代词论家所谓"无寄托之寄托",即于"铺叙平淡,摹绘浅近"中自然"万感横集,五中无主",正指这种境界。由此可见,儒家诗论经更新而产生的"兴寄"说是接近于诗学理想的。至于"妙悟",本系禅语,言非由推理而因启发以解会。傅玄早在《连珠序》中就曾说过:"必假喻以达其旨,而贤者微悟。"黄培芳的《香石诗话》更说:"诗贵超悟,……孔子谓商赐可以言诗,取其悟也。"但此悟不过是触类旁通而已,虽似悟而实未"妙"。理想之悟,是执著于"即景会心""应物斯感",如禅家之"现量",执其自相而毫无分别推求之念。何谓"现量"?"现者,有现在义,有现成义,有显现真实义。现在,不缘过去作影;现成,一触即觉,不假思量计较;显现真实,乃彼之体性本自如此,显现无疑,不参虚妄。"①"不缘过去作影",是现实性的体现;"不假思量计较",是直觉性的体现;"显现无疑,不参虚妄",是真实性的体现。一言以蔽之,唯执"现量"就是执著于感觉的真实。如禅宗《传灯录》云:"老僧三十年前参禅时,见山是山,见水是水。及至后来亲见知识,有个入处,见山不是山,见水不是水。而今得个体歇处,依然见山只是山,见水只是水。"一句话,"妙悟"之所以妙,恰在于以不作悟解为透彻悟解,无论诗人创作还是读者鉴赏,绝不舍"应物斯感"之现实的直觉感受而去作其他推想,这也就是严羽所谓"不涉理路,不落言筌"。总之,"妙悟"与"兴象"乃相依而存在,因而"兴象"也就必然具有"现量"的种种特性。可见此处所谓"兴象",与神韵派的"兴会超妙"并不是一回事。

宋、元以后,诗话著者多好以情与景之关系来论诗,而对于中国这样一个持有心物合一观念并强调"应物斯感"的诗国来说,理想的境界只能是情景天然一体而勿须人工组合。所以王夫之说:"情景名为二,而实不可离。神于诗者,妙合无垠。巧者则有情中景、景中情。"②巧者

---

① 王夫之:《相宗络索》。
② 王夫之:《夕堂永日绪论内篇》。

已露匠气,唯神者合乎理想。但此所谓"妙合",乃是情感自在景中而非移情比附,所以王夫之又补充道:"不能作景语,又何能作情语耶?古人绝唱句多景语。"况周颐论词亦曰:"盖写景与言情非二事也。善言情者,但写景而情在其中。"① 这些都是深得诗学三昧的话。因为只有这再现了感觉之真实的形象世界,才能真正给读者以广阔的联想天地与无限的共鸣空间。长期以来,人们总是认为中国诗歌是一种倾向于表现的抒情艺术,而不曾注意到这种抒情艺术的具体形态恰在于感物即景,于是,所谓倾向于表现的既定之论,就很有再加推求的必要。实际上,中国诗歌很少去直接地表现深层的心理活动和情感内容,连长于言情的词曲也多将心曲外现为感觉兴象,要之,中国诗歌的表现主观多是在描述客观的形式中实现的。唯因如此,借景抒情才成为中国诗人所最擅长的艺术技巧,而"状难写之景如在目前,含不尽之意见于言外",则无疑是借景抒情的理想境界。不仅如此,古人常道"诗贵自然",以"自然高妙"为最上乘之作。而所谓"自然"者,正指"缘情体物,自有天然","感物吟志,莫非自然"。王夫之曾道:"'僧敲月下门',只是妄想揣摩,如说他人梦,纵令形容酷似,何尝毫发关心:知然者,以其沉吟'推敲'二字,就他作想也。若即景会心,则或'推'或'敲',必居其一,因景因情,自然灵妙,何劳拟议哉!'长河落日圆',初无定景;'隔水问樵夫',初非想得,则禅家所谓'现量'也。"② 这一段精彩的议论中有以下几点很值得注意:其一,作诗不能"如说他人梦",也就是说,须写自家亲身感受;其二,作诗不能"就他作想",也就是说,想象的真实须与感觉的真实相统一;其三,"因景因情,自然灵妙",其中之景,乃是"初无定景"之景,其中之情,乃是"初非想得"之情。换言之,景者,兴情之景,情者,应物之情,二者统一于"应物斯感"。显见古人崇尚的"自然"境界,恰是诗学理想之所在,因此,我们不妨将此诗学理想完整地表述为"情在词外""状溢目前"之"自然"境界。

---

① 况周颐:《蕙风词话》。
② 王夫之:《姜斋诗话》。

四、儒、释、道的击撞、参融与
诗学形态的多元性

中国诗学在发展的过程中,儒、释、道各家思想乃至它们之间的击撞与参融,都会在诗学形态上留下浓重的投影,打上深深的烙印。中国古典诗学的理论著述,不是出自儒士之手,便是出自沙门僧人,而且为儒士者也不仅以儒学为本,他们或迷于道,或笃于佛,或耽于禅,凡此种种,都不能不造成诗学形态的多元性。且由于儒、释、道的合一并不是自身消失而共化为一身,而是一种击撞中的参融,参融中的击撞,同时,论诗之人也往往各种思想兼备,具有多极组合的心理结构,因此,中国古典诗学的形态又呈现出多元交错与异质同体的特征。唯因如此,试图以一种自我构想的模式来框定古典诗学者,最终会显出捉襟见肘的窘态。真正有效的研究方法,应该是用开放的思维和多层多方的视角去面对古典诗学的复杂形态。在前面几节的论述中,我们已经尝试着这样去做,这里,还应当作出几点必要的补充。

前面,我们在阐释古典诗学理想的时候,曾经强调指出,魏晋以来诗坛上存在征实与体虚两种倾向,如果说,征实在于对感觉真实的执著。那么,体虚便是对想象真实的执著了。但问题并不这么简单,肇自魏晋的体虚之风又有其特定的历史内容与思想内涵,诚如我们在阐释意境说的时候所指出的,它是释、道合一之虚无精神的体现,是与高蹈超逸的名士风度相一致的。如此体虚之风,长驻诗坛吹拂诗林,自然要使中国古典诗歌的形象世界别开清虚空灵一境,它包括意境而不限于意境。如谢榛《四溟诗话》云:"凡作诗不宜逼真,如朝行远望,青山佳色,隐然可爱,其烟霞变幻,难于名状。及登临非复奇观,惟片石数树而已。远近所见不同,妙在含糊,方见作手。"显而易见,对于"必能状难写之景如在目前"的诗学理想来说,这恰恰是一种虚化、淡化的处理,无疑可以看作虚实参融的结果。而这种"隐然可爱""妙在含糊"的艺术世界,恰是中国古代文人诗画的审美情趣所在。王世贞说:"王右丞诗云'江流天地外,山色有无中',是诗家极俊语,却入画三昧。"①而董其昌亦云:"画家之妙,全在烟云变灭中。"②二人之说,一脉相承,都是追求感觉真实的隐约化、朦胧化,亦即以虚间实。应该看到,这种"隐然"之境与意境所要求的空静清远之境是有区别的,前者只追求"含糊"之妙,而后者却要求主体的"湛怀息机",如果说前者是虚化之实,那么后者便是虚者之实。

中国古典诗学形态的多元交叉,不仅表现为诗学整体之这种多种倾向的交合,而且不可避免地要表现为各家诗论的多质结构,以儒论诗者未必不参以释、道,以释、道论诗者未必不参以儒。这里,我们举两例略作分析。

一是《文心雕龙》。如前所述,刘勰是最早窥见那诗学宇宙理想之光的人。而他的这些精彩绝伦的见解,都被纳入一个本于释、道而参以儒学的理论框架之中。在其论著之总纲的《原道》篇中说:"道心惟微,神理设教。光采玄圣,炳耀仁孝。"在《明诗》篇中又说:"神理共契,政序相参。"其中"仁孝""政序"显为儒教内容,而"神理""玄圣"则是佛说之义。"神理"非他,即宗炳所谓"玄圣至极之理"。"玄圣"者,相别于"素王"而言。唐初释法琳《九箴篇》云:"玄圣创典,以因果为宗;素王陈训,以名教为本。"孙绰也早已说过:"周孔救极弊,佛教明其本耳。"③刘勰的思想观念并未逸出这种玄佛明本而儒教设用的思想体系,所以,他虽已看到诗学理想似在"情在词外""状溢目前"的"隐秀"之美,但当论及具体创作活动时,便不由蹈入了虚豁空静一路了。如论及《神思》,则要求"陶钧文思,贵在虚静,疏瀹五藏,澡雪精神"。论及《物色》,则要求"四序纷回,而入兴贵闲。物色虽繁,而析辞尚简"。看来,时风促使理论家去作新的探讨,时风又影响了理论家深入探究的自由度。

另一是司空图的诗论与《诗品》。其《与李生论诗书》云:"诗贯六

---

① 《黄大痴〈江山胜览图〉》。
② 《画禅室随笔》,见《历代论画名著汇编》第251页,文物出版社1982年版。
③ 《广弘明集·喻道论》。

义,则讽谕、抑扬、渟蓄、温雅,皆在其间矣。"这完全是儒家论诗的口吻。他接着说:"倘复以全美为工,即知味外之旨矣。"《荀子·劝学》尝道:"不全不粹不足以为美。"司空图所谓"全美",在这里显然有包蕴六义而集讽谕、抑扬、渟蓄、温雅于一体的意思,故"味外之旨"在这里是指集合众味而不限于一味。正如苏轼所说"咸酸杂众好",经参融交汇,彼此间"济其不及,以泄其过"①,终于到无过无不及的境界,于是"中有至味永",成为"和而不同"的儒家理想之品。由此看来,司空图是深得儒家诗论之精华的,确乎比胶执于诗教的白居易等人要高出一筹。唯因如此,当他以诗品诗之际,才能"诸体皆备,不主一格"②。然而,若细细品味,推敲其二十四诗品,又会发现,其中凡有议论处必以道家玄理相发挥。列于诗品第一的"雄浑"曰:"大用外腓,真体内充。返虚入浑,积健为雄。……超以象外,得真环中。"说它是一首玄理诗,恐怕毫不为过。此外,品"冲淡"曰:"素处以默,妙机其微。"品"高古"曰:"黄唐在独,落落玄宗。"品"洗炼"曰:"体素储洁,乘月返真。"品"自然"曰:"俱道适往,著手成春。"品"委曲"曰:"道不自器,与之圆方。"等等。难怪美国刘若愚认为"司空图的二十四首四言诗具有一贯的基本诗观",那就是"诗是诗人对自然之道的直觉领悟以及与之合一的具体表现"。③ 不仅如此,即便是就其每一品所构成的诗境而言,也多系冲淡闲逸之品,如"冲淡"似写修篁处士,"沈著"似写野屋逸思,"高古"似写方外之游,"自然"似写空山幽人,"疏野"似写松下隐士,"清奇"似写江雪孤舟,至如"实境"所现,似是松涧幽客,而"典雅"与"旷达"又俱似陶潜《饮酒》旨趣,如此等等。既然司空图的"全美"是深得儒家诗论"和而不同"的精神,在这里我们又不得不指出,"全美"也深契于道家本无体虚之说。如同司空图的整个理论体系一样,其以"全美"为有"味外之旨"的诗学观念,在理论价值上也是具有二元性的。汤用彤先生对此论述最为精辟:"宇宙全体之秩序(道)为有形有名之万形之所

---

① 《左传·昭公二十年》载晏子语。
② 《四库全书总目提要》卷一九五。
③ 引自王丽娜《司空图的〈二十四诗品〉在国外》,载《文学遗产》1986年第2期。

从出,而其自身则超乎形名之上。万有群生虽千变万化,固未始不由于道。道虽长育亭毒,而其自身则超乎变化。盖宇宙之全如有形名,则为万物中之一物,如有变化,则失其所谓全。"[1]在这个意义上,司空图所谓"全美"者正是恒守贞一之意,而其所谓"味外之旨"者正是至味无味之意。这样看来,司空图的理论体系显系本于玄道而参以儒学,而这样的一个理论结构,必然要框定一些本当自由发挥的诗学因素,从而造成了其中观念的模糊性与不确定性。

鉴于上述种种情况,我们的诗学研究就应该有清醒的眼光和具体分析的态度,否则,就很可能在某个理论的交叉口迷失方向,以致在误解的沙滩上垒筑我们新诗学的理论大厦。

概括中国古典诗学的总体理论构成,我们终于认识到,它的发展演进绝不是沿着一条单线的轨迹,而它的形态也绝不是一种单项结构。这样看来,把中国古典诗学的演进历程仅仅描述为肇于"言志"、进乎"缘情"、深于"传神"后而臻于"意境",是不够的。正确的态度应是多层次的多分法:首先,须认识到儒家诗论那明本致用的理论特征,并且不能忽略了孔子《诗》教与后世诗论的不同价值;再次,须认识到无论是儒家论诗系统还是释、道论诗系统都不是凝固的板块,在诗学的演进中,它们都具有一定的可变性与可塑性;最后,我们还要认识到,中国古典诗学之理想的创作精神,正是写实的现实精神,虽则它只能在中国诗学之本质特征所限定的实践范围内体现出来。当然,我们同时也会意识到,那诗教的传统和意境说的规范,怎样导致了诗以致用和诗意蹈虚的现象,并且怎样至今还在潜移默化地影响着人们的艺术心理。总之,可以这样说,我们的一切努力,并非要重新阐释——以当代人的眼光和需要来阐释——古典诗学,而是要努力对它的价值作出客观判断。

---

[1] 《王弼大衍义略释》,见《汤用彤学术论文集》第250页。

论中国古典诗歌的悲剧性美

——对一种典型诗学现象的文化心理透视

和西方同类诗歌之偏于欢喜明快者相比,中国古典的抒情诗歌则多写忧愁哀怨,这早已是世人皆知的诗学现象了。然而,对于这种现象的产生,人们至今尚不免于困惑。当然,这并不意味着人们未曾有过关于这一问题的探究。如明人屠隆就曾说:"夫性情有悲有喜,要之乎可喜矣。五音有哀有乐,和声能使人欢然而忘愁,哀声能使人凄怆恻恻而不宁。然人不独好和声,亦好哀声,哀声至今不废也。其所不废者可喜也。"①显然,这里涉及了悲剧的喜感这一普遍性的美学原理。遗憾的是,悲剧的喜感只能解释"人不独好和声,亦好哀声",却无助于解释人们何以更好哀声,以至于不仅"哀声至今不废",而且历久弥其。此外,人们习惯于将古典诗歌之好忧愁哀怨归结于古代诗人的不幸命运。此说自然合理,但它只能部分地而不能全面地解答问题,欧阳修便说过:"予闻世谓诗人少达而多穷,夫岂然哉!"②以诗人多穷的实例来说明诗多悲愁,充其量是偶然性因素的堆积罢了。看来,哀声亦可喜和穷人写愁诗这种浅易的解释,是不可能深入揭示中国诗人每每吟咏愁思以至于"少年不识愁滋味"者亦"为赋新词强说愁"的心理秘密的。因此,新的探究理应向诗学现象的深层掘进,在审美理想与文化精神、主体心理与社会形态的联系中去把握古典诗歌之悲剧性美的内

---

① 《唐诗品汇选释断序》。
② 《梅圣俞诗集序》。

在动因,并进一步通过分析其感伤世界的深层结构和典型意象的构想心理来领会其独特的悲剧意味。

一、"悲之为言,仁之端也":审美理想与文化精神

只要深入领会传统的文化艺术观念就会发现,对悲剧性美的崇尚,在我们这个以儒家思想为建构基础的文化系统中,乃是自然而必然的。

"雍雍穆穆,风人咏之。"①古代称诗人作"风人",显然具有深长的意味。班固有云:"大儒孙卿及楚臣屈原,离谗忧国,皆作赋以风,咸有古诗恻隐之义。"②这种观念一直延续到清代程廷祚的《骚赋论》:"且骚之近于诗者,能具恻隐,含风谕。"显而易见,无"恻隐之义",则无诗人之"风"。而《毛诗序》又道"风,风也。风以动之,教以化之",在这里,诗学原理的逻辑依据是教化原则,而教化原则的逻辑依据则是儒家的德性感化思想。孔子曰:"君子之德风,小人之德草,草上之风必偃。"③作为"风"动之源与教化之本的"恻隐之义",是与儒家的理想主义道德规范相统一的,于是,"诗者,先王诱天下之人,而归之于善也",④问题最终便归结到以恻隐之心为本源、以人心向善为目的而以道德感化为机制的文化——美学思想了。

《论语·八佾》载:"子谓《韶》尽美矣,又尽善也。谓《武》尽美矣,未尽善也。"朱熹解释道:"美者,声容之盛;善者,美之实也。"就是说,"善",乃是直觉审美形式的内在尺度,而这种尺度又主要是人格尺度。孟子曰"可欲之谓善,有诸己之谓信,充实之谓美",⑤这意味着"美是个体的全人格中完满地实现了的善,并且它自身就具有同善相融洽统一

---

① 《三国志·魏志·陈思王传》。
② 《汉书·艺文志》。
③ 《论语·颜渊》。
④ 刘开:《论诗说》。
⑤ 《孟子·尽心下》。

的外在形式"。① 如此看来，导源于儒家文化精神的美学理想，是不能用"美善相兼"的范畴来表述的，因为美与善不是平行关系，而是内外里表的关系，二者的完满统一，在于人格力量的内在充实以及与此相应的审美直觉活动。

对此，需要从以下两个方面具体说明。

首先，"善"是"尽善尽美"之理想的内在规定性，换言之，非"尽善"则不能"尽美"。问题关键在于如何"尽善"。先儒有主性善者，亦有主性恶者，但是，在非"尽善"则不能"尽美"这一点上却又相一致。② 孟子曰"恻隐之心，仁之端也"，③从而"仁"的实现就在于由此出发并"举斯心（恻隐之心）并加诸彼"，这样一来，以"仁"为内涵的道德理想就只能以恻隐之心的扩张为其情感心理之基础了。恻隐之心，即同情怜悯之心。宋人余靖尝曰："释氏之为道也……以悲智为修者也，悲之为言，仁之端也。"④其论佛性而归于儒家之"仁"，是很值得玩味的。佛典《唯识论》有云"或依悲愿，相应善心"，佛教利他而"以大悲心观众生苦"⑤的精神，分明与儒家"举斯心（恻隐之心）而加诸彼"的精神相通，在这个意义上，"悲之为言，仁之端也"不啻是"恻隐之心，仁之端也"的生动注解。正是由于儒家文化本身具有一种悲悯意识，才使东土儒士很快认识到佛教"益仁智之善性"⑥的特质并因此实现了彼此间的认同。不过，佛门精义与儒家德性又是格格不入的。佛家的悲悯人世旨在逃避人世，其悲悯意识与精神愉悦的统一在于去苦求乐的情感生活方式，并通过追求彼岸世界的虚幻形式来实现"去苦求乐"的"人生之道"，所以其悲悯意识最终是与四大皆空、万般俱幻的空幻意识相统一的。至于儒家，则"志尽于有生，语绝于无验"，⑦其悲悯意识和精神愉悦的统

---

① 李泽厚、刘纲纪：《中国美学史》第 1 卷，中国社会科学出版社 1984 年版，第 183 页。
② 荀子主性恶，认为"人之性恶，其善者伪也"（《性恶》），但又认为"无伪则性不能自美"（《礼论》），可知其文化美学思想还在尽善以尽美。
③ 《孟子·公孙丑上》。
④ 《韶州开元寺新建浴室记》。
⑤ 《法华经》八《普门品》注。
⑥ 《魏书·释老志》。
⑦ 《太炎文录·驳建立孔教议》。

一正在于苦中求乐并乐而忘忧的情感生活方式,所以,其悲悯意识最终是与先天下之忧而忧的忧患意识相统一的。这表明"尽善"的过程正是尽其悲悯忧患之思的过程,因而所谓非尽善者不能尽美与尽其"悲之为言"者为美乃是一同义语。

其次,"美"是"尽善尽美"之理想的外在形式,它固然具有审美感觉的独立价值,但美学理想本身的统一性却要求它必须符合内在的规定性,而这种规定性,将在审美的直觉化过程中,表现为以悲悯忧患之思为情感心理尺度的主观选择。早在上古"乐"教中,就已经暗示着这种选择的指向。《荀子·乐论》曰:"夫声乐之入人也深,其化人也速,故先王谨为之文……乐者,圣人之所乐也,而可以善民心,其感人也深,其移风易俗,故先王导之以礼乐而民和睦。"唯其"感人也深"者须受移风易俗而"善民心"之教化目的的定向制约,所以,尽管乐音声情有噍杀哀感与啴缓乐感之种种不同,而那为既定情感心理尺度所认可者,却不能不是哀怨之调。自然,最初这种选择是不自觉的,在很大程度上只是上古风俗的自然情态。佛家文化重伦理,而伦理之本在血缘,于是有了尊老敬齿的情感心理和"慎终追远"的思想意识,而这种思想情感的具体表现形态,正是上古时代以祭祀为主的礼仪活动。"礼有五经,莫重于祭",[1]祭者"教民反古复始,不忘其所由生也",[2]于是,因为认识到"万物本乎天,人本乎祖"[3]而注重祭祀祖宗,又因为认识到"礼者,谨于治生死者也"[4]而注重丧葬之礼。这些"和祭祀有关的礼,其中还包括媚神(悦祖)的诗歌(舞蹈和音乐)",[5]正须体现出"哀而敬"的思想感情。[6] 诚然,随着时间的推移,尚祭之风势将消散,比如,到战国之际,已不复如春秋之盛。然而,仪礼形式所具有的特殊意味,却在早熟的伦理文化思想的阐发中,形成为社会情感心理的先赋结

---

[1] 《礼记·祭统》。
[2] 《小戴礼·祭义》。
[3] 《礼·郊特牲》。
[4] 《荀子·礼论》。
[5] 《杜国庠文集》,人民出版社1962年版,第274页。
[6] 《荀子·礼论》又云:"故丧礼者,无它焉,明死生之义,送以哀敬而终周藏也。"

构,从而使先前自然情态的内容成为后来自觉选择的对象。于是,不仅"京师宾婚嘉会,皆作魁垒,酒酣之后,续以挽歌"①的现象不足为怪,而且如"美色不同面,皆佳于目;悲音不共声,皆快于耳"及"师旷调音,曲无不悲"②的观念亦不难理解了。

其实,"古人以音悲为善"③的审美心理,亦可从"以声为用的诗的传统"中体味出来。从《古诗》中的"上有弦歌声,音响一何悲",到曹丕《燕歌行》中的"弹琴援瑟鸣清商,短歌微吟不能长",说的是滋育了汉魏五七言诗的清商乐。而后来渐兴的胡夷之乐,亦"歌音全似吟哭,听之者无不凄怆",④及其时好者自习之新声,亦多"争新哀怨",⑤至唐李八郎以能歌擅名天下,当其"转喉发声,歌一曲,尽皆泣下",⑥这又说的是滋育了唐宋曲词的燕乐了。唯其心理如此,故"非必丝与竹,山水有清音。何事待啸歌,灌木自悲吟",⑦大自然中的天籁之声,在诗人的歌吟中也是悲哀的。难怪嵇康《琴赋》要说"称其材干则以危苦为上,赋其声音则以悲哀为主,美其感化则以垂涕为贵",其内在规定性所导致的审美心理的定向选择,就是这样的鲜明和突出。

于是,"恻隐之心,仁之端也"的文化思想,就这样在"尽善"与"尽美"的统一中具体表现为以悲为美的审美理想。

现在,让我们再回到"风"的话题。不错,"古人以诗观风化,后人以诗写性情",⑧但风化观念既已成为文化思想所赋予情感心理的理性规范,则诗之性情亦必以风化为内在结构。倡言"诗缘情而绮靡"的陆机便将为文之道归结为"济文武于将坠,宣风声于不泯"。⑨"风声"者,

---

① 《后汉书》刘昭注引《风俗通》。
② 王充:《论衡·自纪》。
③ 黄晖:《论衡·自纪》校释,商务印书馆出版。
④ 《文献通考》乐二。
⑤ 参看《隋书·音乐志》及《南齐书》卷三三《王僧虔传》。按:和新声燕乐相比,清商乐"从容雅缓,犹有古士君子之遗风"(《宋书·乐志》),但无论雅缓者还是烦淫者,却都主于哀怨之声情。不仅如此,王充早有"善雅歌,于郑为不悲"的概叹,是知后来的繁声淫奏,更"极于哀思"。
⑥ 李清照:《词论》。
⑦ 左思:《咏史》。
⑧ 钱泳:《履园谭诗》。
⑨ 《文赋》。

"立其善风,扬其善声",①陆机借"乐"理来发挥,并以和而悲、悲而雅者为理想之品。当这种认识具体表现为诗的创作规范时,便有《文心雕龙·风骨》所云:"诗总六义,风冠其首。斯乃化感之本源,志气之符契也。是以怊怅述情,必始乎风;沈吟铺辞,莫先于骨。"首先,吟咏性情须发端乎"风人"之志,故其述情也怊怅;其次,艺术感染本之于怊怅述情,故其感染可至于化感之道。毫无疑问,怊怅述情者必有所怨,于是,这一规范自然与"诗可以怨"的原则相统一。孔子论《诗》,所言有"兴、观、群、怨"四项,其中直接涉及情感心理者,则在于"群、怨"两项。"以其群者而怨,怨愈不忘;以其怨者而群,群乃益挚。"②仁者之诗当为怨诗,而怨诗之作非出于嫉恨而本于恻隐,故怨愈甚则愈能使人向乎"亲亲"之"人道"。一言以蔽之,"风人"本"恻隐古诗之义"而吟咏性情,就必能以其怊怅之怨益于风化之道,而这样的诗歌创作也就正合乎"尽善尽美"的审美理想。明晓了这层道理,则"世所传者,多古穷人之诗"③这种读者社会的选择性接受和"贫老愁病,流窜滞留,人所不谓佳者也,然而入诗则佳;富贵荣显,人所谓佳者也,然而入诗则不佳"④及"和平之音淡薄,而愁思之音要妙;欢愉之辞难工,而穷苦之言易好"⑤这种诗美价值的倾向性判断,就都是不难理解的了。

至此,问题已经明朗。不过,尚有一个概念表述的问题——古典诗歌以悲悯为善为内在规定的审美理想,是否可以表述为对悲剧性美的追求呢?须知,悲剧本是西方古典诗学的范畴呵!看来,很有必要从中西诗学比较的角度再作进一步的阐说。

亚里士多德认为,悲剧之所以成为悲剧,实质上主要是由情节和性格所决定的。情节是指对行动的模仿,而"悲剧所模仿的行动,不但

---

① 《书·毕命》孔传。
② 王夫之:《姜斋诗话》。
③ 欧阳修:《梅圣俞诗集序》。
④ 王世贞:《艺苑卮言》。
⑤ 《荆潭唱和诗序》。

要完整,而且要引起恐惧与怜悯之情"。① 为此,悲剧的情节最好以"突转"——比如,主人公在将要进行恐惧的凶杀时突然发现对方正是自己的亲人,于是悔悟来表现主人公的"发现"——"性格必须善良"的自我觉悟。这是因为,"剧中人物的品质是由他们的性格决定的,而他们的幸福与不幸,则取决于他们的行动"。显而易见,悲剧性因此正在于性格与行动之间的善恶冲突,而主人公因悔悟而"明白表示某种抉择",正意味着对"人类由于志趣善良而有所成就"这一真理的发现。②看来,无论中西,对悲剧性美的崇尚,总是以向善的文化精神为其理性支柱的。这就涉及了悲剧在陶冶情操方面的功能问题。亚里士多德认为,悲剧应引起"恐惧与怜悯之情",并因此"使这种情感得到陶冶"。这里所谓"陶冶",人们或解之为"消散",或解之为"净化"。我们则认为,应当将二者统一起来,从而成为"净化"式的"消散"——积极的"消散",而不再是单纯的消极的"消散"。消极的"消散"实质上是一种缺乏主体道德自觉的心理活动势态,或者以自身的安全而静观他人之不幸,或者以灾难本身的普遍性来使自身的痛苦相应地减弱。③ 积极的"消散"则不同,须受到发掘良知的理性的引导,"如果说悲剧的目的是激起同情的激情,形式是赖以达到这个目的的手段,那么,对动人的行动的模仿,必须包含着最强烈地激起同情的激情的全部条件,即最有利于激起同情的激情的形式"。④ 一言以蔽之,西方悲剧的悲剧性美,亦在于"恻隐之心"的发现和扩张,尽管其赖以实现这种目的的手段——对动人的行动的模仿,是不同于重在缘情感物的中国古典诗歌的。不仅如此,悲剧的这种目的性,恰恰表现出对体现道德理性的社会生活规范的期望。在西方,"艺术从此被看成是教育的工具,艺术教育成为

---

① 此处所引亚里士多德言论,除注明者外,均见其《诗学》,人民文学出版社 1962 年中文版。
② 亚里士多德:《政治学》,商务印书馆 1981 年中文版,第 9 页。
③ 参看卡斯忒尔维屈罗《亚里士多德〈诗学〉疏证》第 4—5 页,见《古典文艺理论译丛》1963 年第 6 辑。
④ 席勒:《论悲剧艺术》,转引自《西方古典作家谈文学创作》。

社会教育的重要组成部分",①这正如同在东方的中国将"怊怅述情"的创作规范视为风化之道的必然内容一样。基于以上分析,我们完全可以说,那体现着化感善心之文化精神的中国古典审美理想,其指向正在于悲剧性美。

当然,和西方以恐惧般的快感为直觉形式的悲剧性美相比,中国古典诗歌的悲剧性美则主要倾向于和雅之悲,古人因此又有"音不和则不悲"②的观念。不仅如此,中国文化儒、道互补的内在机制,又使这和雅之悲的审美理想有着向虚无空寂演化的一面。老子以"大音希声"为至乐,庄子认为"真悲无声而哀",③于是,诗人便向往着于"万缘俱寂"中去体味那"无端哀怨帐触"之情。④ 由传统文化精神所制约着的古典审美理想,就是对这样一种呈现内敛势态的悲剧性美的追求。

二、"士不遇"主题:悲剧性心理与社会历史形态

如果说古典诗歌在整体倾向上表现出悲剧性美,那么,这必然意味着古代诗人作为抒情整体的心理结构是悲剧性的。进而,如果说"悲剧是尚处于被压抑状态然而开始觉醒了的人的形象",⑤那么,悲剧性心理就是尚处于被压抑状态然而已经具有主体自觉的人格理想。为此,我们也许需要说明两个问题:首先,古代知识分子的人格理想本身就具有悲剧意味;其次,这种人格理想的现实命运是悲剧性的。不过,两个问题可以归结为一个问题,那就是探究使人格理想处于被压抑状态的社会历史原因。这样一来,就必然要涉及中国古典诗歌"士不遇"的主题了。

李白说:"哀怨起骚人。"这骚人的哀怨之辞,作为诗坛千年的咏唱

---

① 阎国忠:《古希腊罗马美学》,北京大学出版社1983年版,第318页。
② 《鬼谷子·本经阴符七篇》。
③ 《庄子·渔父》。
④ 况周颐:《蕙风词话》。
⑤ 阎国忠:《古希腊罗马美学》,第318页。

之调,自然有着感召后来的巨大力量。的确,如果说后人对于屈原"莫不拟则其仪表,祖式其模范,取其要妙,窃其华藻",① 那么,作为后来诗人词客"吟讽古制""感而生思"的范例,宋玉亦不让于屈原。杜甫诗云:"摇落深知宋玉悲,风流儒雅亦吾师。"李商隐诗亦云:"楚天长短黄昏雨,宋玉无愁亦自愁。"而柳永词也道:"当时宋玉悲感,向此临水与登山。"宋玉的悲愁似乎比屈原的幽愤更能引起后人的共鸣,而其《九辩》也确已具有为后来诗人所反复吟咏的多种抒情意象,并初步形成了将羁旅廓落之情、失职不平之气和惆怅自怜之意统一于登临悲秋、感物伤逝的抒情模式。凡此,都说明屈、宋首唱的定调作用是不可忽视的。不过,"士不遇"主题的贯穿始终,毕竟不能只用首唱者的示范作用来解释,换言之,我们不能满足于对后人"哀其不遇,而愍其志焉"的共鸣,而有必要深入去分析屈、宋自己的不遇之叹和后人的哀愍之悲中所包含着的理性内容。

屈原道:"忳郁邑余侘傺兮,吾独穷困乎此时也。"这正像李白之悲慨于"大道如青天,我独不得出"一样,都是一种基于个人不幸的牢骚之语。唯因"此人皆意有所郁结,不得通其道也,故述往事,思来者",② 从屈原开始,古人就在自悲不遇的同时,借反思历史而探究其命运之所以然。这样一来,就有了"与前世而皆然兮,吾又何怨乎今之人"这种类似解嘲的自释,而在心理深层则确立了"鸷鸟之不群兮,自前世而固然。何方圆之能周兮,夫孰异道而相安"这种关于命运之历史必然的理性意识。于是,因"吾独穷困乎此时"而生的愤世嫉俗之情便上升为超越于个体与时代矛盾之上的历史意识,而这种历史意识的内涵,正是后来鲍照所说的"自古圣贤皆贫贱",李白所说的"自古圣贤皆寂寞"和杜甫所说的"自古圣贤多薄命"。这意味着,个体与时代的矛盾已转化为理想人格与历史现实的矛盾,那带着个别性与偶然性的人生经验已转化为"君子道穷,命矣"③ 这种带有普遍性与必然性的决定论

---

① 王逸:《离骚经序》。
② 《史记·太史公自序》。
③ 班固:《离骚序》。

意识,从而诗人所要吟咏的幽愤悲愁,就必将包含着对在历史现实压抑下的理想人格的悲剧性的体味了。可见,早在屈、宋时代,"士"阶层的悲剧性心理就已经形成,而导致这种心理的主要原因,正在于"士"之不能自主命运的历史现实。

令人感慨不已的是,这种历史现实所造成的心理压抑,随着时间的推移而变得更其沉重了。贾谊在《吊屈原赋》中所发出的"历九州而相其君兮,何必怀此都也"的喟叹,分明与宋玉"当世岂无骐骥兮,诚莫之能善御;见执辔者非其人兮,故跼跳而远去"的心迹相投,这异代人之间的心灵共振,未尝不体现着知识分子希望自主命运的历史要求。他们一方面珍视"历九州而相其君"的历史现实,一方面则表现出"何必怀此都也"的独立意识。遗憾的是,那种唯一可借以从横向相对自由的选择来打破那建立在"与前世而皆然"之纵向反思之上的悲观意识的现实基础,随着秦汉大一统的完成而一去不复返了。如果说贾谊只是以反问屈原的方式暗示出对先此之世的追恋,那么,在东方朔和扬雄那里,就明显表现出一种悲凉深沉的反思意识。"彼一时也,此一时也",①东方朔今不如昔的喟然长叹,在后来的扬雄那里上升为"上世之士"与"今世之士"的行为原则必不能同的理性认识:"上世"之时,"士无常君,国无定臣,得士者富,失士者贫",故"上世之士"可以"矫翼厉翮,恣意所存";而"今世"之时,"言奇者见疑,行殊者得辟",是以"今世之士"只能"欲言者卷舌而同声,欲步者拟足而投进"。② 待到更后来的卢照邻,则将此一番悲慨概括为"彼一时也,此一时也,易时而处,失其所矣"③的生不逢时之感。也许,韩愈的自白来得更加痛快淋漓:"古之士三月不仕则相吊,放出疆必载质。然所以重于自进者,以其于周不可,则去之鲁;于鲁不可,则去之齐;于齐不可,则去之宋之郑之秦之楚也。今天下一居,四海一国,舍乎此,则夷狄矣,去父母之邦矣。故士之行道者,不得于朝,则山林而已矣。山林者士之所独善自养而不

---

① 《答客难》。
② 《解嘲》。
③ 《对蜀父老问》。

忧天下者之所能安也,如有忧天下之心,则不能矣。故愈每自进而不知愧焉。"①这种从思考自身命运的角度出发而进行的历史反思,使"士"人从此坠入了永久的、普遍的悲观情绪的深渊。如果说在屈原的悲剧性心理结构中还包含着"恣意所存"与"受命不迁"的矛盾冲突,从而其悲剧性心理带着一种主体矛盾的悲壮色彩,那么,后来诗人的悲剧性心理结构便主要是主、客观冲突所导致的主体意志遭受压抑的忧郁孤寂了。耐人寻味的是,这种带着"无可奈何花落去"般的颓伤情调的悲剧性心理,恰恰来自在"上世"与"今世"之间权衡比较的历史反思,这就意味着,其所以颓伤恰恰是因为社会历史形态的演进形成了一种压抑"士"之自主要求和独立意识的客观力量。诚然,大一统的专制的社会历史形态形成之后,"士"而"仕"的出路并未因此而遭堵绝,"士"亦未曾因此而放弃其"兼济之志","士可遇"的现实可能性依然激励着"士"去发扬先贤之精神。然而,"易时而处,失其所矣"的认识却是致命的,这使"士"在深层心理上存有一种失落感,当他们考虑到"士"作为一个整体的历史命运时,总是悲观的。唯其如此,"士不遇"的主题就成了古典诗歌创作中的永久性主题。

在明确意识到"今世"不同于"上世"之后,"今世之士"的心理结构必然在适应客观环境的过程中有所调整。中国诗人的人生志趣总是以达政而济世为正途的,尽管"上世之士"可以"矫翼厉翮,恣意所存",有着实现其人生志趣的多种机缘,但其志趣毕竟还以入仕为主。待到"上世"变而为"今世",其志趣依然,而实现此志趣的机缘却由多样而变为单一了。这样一来,犹如韩愈"每自进而不知愧焉","忧天下之心"便与"不羞污泥丑辱而宦"②的庸俗之心成了矛盾的统一体,先前"踯跳而远去"的行动上的再选择,变成了"自进而不知愧"的道德上的再选择。诚然,"上世之士"并非没有不羞丑辱者,只不过那时毕竟存在着"去故而就新"的现实条件,所以,不羞丑辱还不是无可回避的选

---

① 《后二十九日复上书》。
② 《韩非子・诡使》。

择。至于"今世之士",除非自甘退避,否则,就只能顺迎君主之意以图进身。元结《自箴》曰:"有时士教元子显身之道,曰:'于时不争,无以显荣;与世不佞,终身自病;君欲求权,须曲须圆;君欲求位,须奸须媚。不能为此,穷贱勿辞。'"中国古代知识分子之志于仕进者,其理想在"以兴尧舜孔子之道,利安元元为务",从而其志乃"以中正信义为志",①不料现实的需要恰恰是"大伪斯兴"的温床,而其心所尚的道德精神却往往不切实用,于是,体现此道德精神的人格理想便不能不受到实用生存意识的压抑,终于,对这种人格理想的追求本身,就成为可悲的事情了。杜诗有云:"杜陵有布衣,老大意转拙。许身一何愚,窃比稷与契。"此"拙"非"大巧若拙"之"拙",而是愚拙。愚拙者自不能为曲圆奸媚之态,从而其"穷贱勿辞"的命运就是注定的了。诚然,明知如此,却又许身不移,这正是如杜甫者之可敬处。不过,从自叹愚拙这一点看来,即便诗人自己也深感此志太过可悲。如果说"易时而处,失其所矣"的悲哀表现了一种历史反思中的失落感,那么,这种自叹愚拙的悲哀,不啻是表现了道德反思中的失落感。因此,"士不遇"的主题不仅包含着命运的悲剧,也包含着人格的悲剧。

  看来,我们应该明确地认识到,如果将"士不遇"主题仅仅视为对"贫士失职而志不平"的个人牢骚的抒写,就会使我们对问题的探讨失之于肤浅。诚然,"民吾同胞,物吾与也"的文化精神,将导引着诗人依"古诗恻隐之义"而悲吾悲以及人之悲,从而在咏怀与咏史、自怜而怜人的统一中表现"士"之群体的失所之悲与途穷之恸。不过,倘若没有对"君子道穷,命矣"这种人格理想之悲剧性的理性认知,那以悲为美的审美理想就会因为缺少主观心理的基础而不能深深地植根于诗的心灵之中。对于我们来说,认识到"士不遇"主题的这种特定内涵,不仅将有助于发现其思想价值与历史意义,避免将其悲观情调当作消极之物而轻易地加以排斥,而且还会在对此悲剧性主题的沉静反思中,悟解到建构中华民族——首先是中国知识分子——新文化心理的症

---

① 柳宗元:《寄许京兆孟容书》。

结所在。

三、刻意伤春复伤别:感伤世界的深层结构与农耕生活背景

当历史铸就的悲剧性心理成为诗人创作的主观基础,而那导源于传统文化精神的审美理想又使他们倾心于哀美之情时,诗人所创造的情感世界就必然是一个感伤的世界。我们知道,古代诗人秉受"登高能赋"的先贤遗风而习惯于登临咏怀,他们往往会将"千古兴亡,百年悲笑"浓缩于"一时登临"之感中,而此登临之感又会触发他们那伤春悲秋、思乡念远的无限惆怅。这种惆怅虽因人因事而异,但又不妨以一言概之,那就是吴文英所说的"人间万感幽单"。这"人间万感幽单"的情怀,实际上正是由逝者如斯的伤感和天涯沦落的悲哀所构成的时空双度的失落感。

让我们来作具体的分析。

"除是无身方了,有身长有闲愁。"①这闲愁虽有种种,而最为基本的却正是与"有身"相关的生命的哀伤。当人们从蒙昧无知中走出,来到意识觉醒的新天地中时,首先意识到的,就是生命个体所受到的死亡的威胁。"生就意味着死",②这是人之自觉的最基本的层次,任何一种表现人的情感心理的艺术,都不可能不首先接触到生死冲突的课题。中国诗人之不同于西方古典悲剧诗人的地方,在于他总是把对死的恐惧转化为对生的哀怜,并由此而倾向于表现"人生几何"的困惑。中国诗人总是把关于宇宙永恒而生命短暂的悲哀表征为"逝者如斯"的感物之叹,而此一感物情怀又主要表现为对节候物象之与时移易的惊觉。这里分明有一种特殊的时间心理在起作用。我们认为,这特殊的时间心理,是与华夏民族作为一个农耕民族的生活背景直接相

---

① 刘克庄:《清平乐》。
② 恩格斯:《自然辩证法》,见《马克思恩格斯全集》第 20 卷,第 639 页。

关的。

中国民间素有"人生一世,草木一秋"的说法。这种将生命意识的自觉同对草木荣枯现象的认知相对应的观念,无疑是农耕生活经验的积淀所造成的。当然,在某种意义上,对自然植物荣枯的周期性变化的直观认识,是世界各古代民族之生死意识的经验基础,因此,中国古代那由老子的"谷神不死"之说演化而来的道教之所谓"谷道",其文化性质实与西方人因此而创造出"每年死一次,再从死者中复活的神"[1]的现象相去无几。然而,中国古典诗歌所着重表现的内容,却在于与那"谷道"迷信相反的哀怜生命之意,道教所展示的想象的快乐世界,只有作为诗歌感伤世界的反衬背景才具有价值。要之,古代诗人从那"一岁一枯荣"的周期性变化中所感受到的,主要并不是"不死"的幻想和复生的希望,而是四时推移、生命流逝的无告之哀。本来,对于一个农耕民族来说,其生产与生活的节奏感,就主要是由对自然植物依四时推移而荣枯的经验来调节,它因此形成一种独特的时间观念和时间心理。早在战国末期就已完备而至今仍然起着一定节律作用的"二十四节气"说,就是生动的例证。况且,在古人所向往的"桃花源"世界里,也分明是"草荣识节和,木衰知风厉。虽无纪历志,四时自成岁"。一言以蔽之,古人的时间心理就是这样一种在农耕生活背景下形成的基于感物之自然的特殊心理。唯其如此,当诗人在生命的自觉中意识到"生就意味着死"的时候,便不能不将逝者如斯的伤逝情怀表征为惊心节物的直觉敏感,从而导致伤春悲秋的普遍思绪。

如果说宋玉以"悲哉,秋之为气也"的摇落之悲[2]开了千古悲秋之风,那么,在屈原那"日月忽其不淹兮,春与秋其代序"的喟叹中,就已经隐含着伤春之意绪。也许,谢灵运的诗句更耐人寻味,其《登池上楼》诗云:"衾枕昧节候,褰开暂窥临。倾耳聆波澜,举目眺岖嵚。初景革绪风,新阳改故阴。池塘生春草,园柳变鸣禽。祁祁伤豳歌,萋萋感

---

[1] 转引自张隆溪《二十世纪西方文论述评》,三联书店1986年版,第57页。
[2] 杜甫《咏怀古迹五首》云"摇落深知宋玉悲",故云。

楚吟。"当诗人"病起即目"而感受到新春的欣欣景象时,他并没有因此而感到快慰,而是由自己"惊心节物"的怵惕而共鸣于古人的"逝者如斯"之叹。这表明古代诗人是从春秋代序中具体感觉到生命之流逝的,唯其如此,那生命无形流逝的悲哀便每每"感物吟志,莫非自然"①地表现为春色匆匆中的叹惜和秋气萧瑟中的悲慨了。这时,在诗人眼里,春花春草亦如同秋风秋蝉,它们都不过是"春与秋其代序"之岁月逝波中偶然的浪花,于是,如同每每悲叹于"西风愁起碧波间"一样,诗人也每每要伤神于"东风无力百花残"了。总之,古典诗歌中的伤春悲秋之思,实际上表现了抒情主体在永动不息的时间长流面前不胜悲凉的自觉意识,而其具体的感觉形式,则正是以农耕生活为背景的心物感应。

时间意味着生命,而生命的代序又意味着历史。于是,伤逝情调便自然而然地表现于大量的咏怀古迹之作中。孟浩然《与诸子登岘山》诗云:"人事有代谢,往来成古今。江山留胜迹,我辈复登临。水落鱼梁浅,天寒梦泽深。羊公碑尚在,读罢泪沾襟。"此中意蕴,透露了千百年来文人诗客登临怀古的心理秘密。由人事之代谢所形成的历史长河,正如同由春秋之代序所形成的岁月长河,于是,哀怜个体生命的伤逝情怀便很自然地,同时也是必然地要发展为悲慨人事——哀怜群体生命的伤逝情怀。这种伤逝情怀的发展,实质上正是"举斯心(恻隐之心)而加诸彼"从而悲吾悲以及人之悲的活动。昔日羊祜曾悲叹:"自有宇宙,便有此山,由来贤者胜士登此远望如我与卿者多矣,皆湮没无闻,使人伤悲!"②孟浩然之伤悲亦如羊祜之伤悲,并且预示着后来苏轼在《赤壁怀古》词中所表现的同样性质的伤悲。黄蓼园评此词曰:"开口'大江东去'二句,叹浪淘人物,是自己与周郎俱在内也。"③而苏轼又曾叹道:"古今如梦,何曾梦觉?但有旧欢新怨。异时对、黄楼夜景,为余浩叹。"他已明示读者,当后人咏怀古迹时,其所悲于湮没无闻

---

① 《文心雕龙·物色》。
② 《晋书·羊祜传》。
③ 《蓼园词选》。

者,将是"自己与苏轼俱在内"了。就这样,由伤春悲秋之思所表现的哀怜生命之意,便在现实与历史的交融中延展为普遍意义上的生之悲哀。不仅如此,既然"人事有代谢,往来成古今"已纳入伤逝情怀,那么,建功立德之想,帝王将相之业,也就同样成了诗人悲悼的对象。在"节物风光不相待,桑田碧海须臾改"的怅惘心理中,诗人不再去热心讴歌新盛事物,而是执拗于悲悼旧日残迹,并且每每将沧海桑田的悲凉感慨寄寓在逝者如斯的感物之中,如"六朝旧事随流水",如"可怜赤壁争雄渡,唯有蓑翁坐钓鱼"。总之,关于人生与历史的痛苦思索,就这样归依于生命难恃的无尽哀思了。

对于中国诗人来说,从一开始,这种生命迫促、岁月无情的悲哀就是同山川阻隔、人事离散的悲哀交织在一起的。的确,与伤春悲秋紧相关联的,便是羁旅之思和别离之苦。如果我们试图从古典诗歌的情感世界中寻找一个诗人自我模写的典型形象,那么,它只可能是"游子"的形象。抒不尽的漂泊之苦与别离之恨,因此而可以概括为"游子"之"客愁"。如果说人生如匆匆过客的哀愁是一种面对岁月逝波的无可奈何之情,那么,人生如远游之客的伤悲则是一种面对山川重阻的无可奈何之情;如果说前者是在抒写一种处于无尽时间之流中的幽单感,那么,后者便是在抒写一种处于无极空间之界中的幽单感。

不言而喻,这种"游子"之"客愁",同样与农耕生活的背景有关,具体地说,它实际上是导源于古代诗人所具有的"士"意识与其先天秉赋的农耕生活情调的冲突。孔子曰:"士而怀居,不足以为士矣。"①因而"士"意识就是一种"游子"意识。从游说四方到宦游天下,尽管一者是自我驱使而一者是供人驱使,其为"游子"却是始终如一的。问题在于,这"游子"意识原本又是一个复杂的矛盾体。李白尝道:"达则兼济天下,穷则独善一身……申管晏之谈,谋帝王之术,奋其智能,愿为辅弼。使寰区大定,海县清一。事君之道成,荣亲之义毕。然后与陶朱、

---

① 《论语·宪问》。

留侯浮五湖、戏沧州，不足为难矣。"①显而易见，其"事君之道"与"荣亲之义"是统一的。"辞亲远游"正因勿忘乎其"亲"。然而，这样一来，便必然与植根于农耕经济的血缘伦理情感相冲突了。元人王祯曰："孝悌力田，古人曷为而并言也？孝悌为立身之本，力田为养生之本，二者可以相资而不可以相离。"②力田养生之道使人们依恋乡土，孝悌立身之道又使人们眷恋亲故，两种心理的相资与交融，自然要导致看重故园故人与乡里乡亲的情感类型。于是，一面有"父母在，不远游"的训条，一面则有安土重迁的社会心理。农耕生活的历史现实使我们的民族难有游牧民族那逐水草而居式的迁徙心理，更不用说像有些西方民族那样的海上冒险精神了。在古代思想家的观念中，或以为"轻徙则国有患"，③或以为"理民之道，地著为本"④，循此而进，自然会到"使民重死而不远徙"⑤的地步。总而言之，农耕生活的自给自足导致了封闭而凝滞的社会意识，与此相关，则又有以封闭性的生存空间为经验背景的封闭性的空间心理。诚然，"士之本在学，农之本在耕"，⑥"士"意识并不能等同于农耕意识。但是，"士"之学与"农"之耕却又是一体的东西，直到清代后期，曾国藩还在说："以耕读二者为本，乃是长久之计。"⑦可见，耕读之相依，犹如孝悌力田之相依。于是，就有了"士"意识与农耕生活情调之间既相依存又相冲突的复杂现象。如果说"士"的人生志趣毕竟要以"士"意识为主导，那么，二者间的矛盾冲突就主要是作为情感心理内容而表现于其抒情咏怀的诗章中了。唯其如此，当他们"辞亲远游"而浮沉于宦海或奔波于仕途时，总不免于"远游无处不消魂"的悲怆。羁旅行役之悲，别离相思之情，自然也就成为永远也写不尽的情思内容了。

值得注意的是，作为复杂的矛盾体的"游子"意识，当其表现为诗

---

① 《代寿山答孟少府移文书》。
② 《农书·孝悌力田篇第三》。
③ 《吕氏春秋·上农》。
④ 《汉书·食货志》。
⑤ 《老子》。
⑥ 《农书·孝悌力田篇第三》。
⑦ 《曾文正公家书》，同治六年五月初五日。

歌吟咏中的"客愁"时，同样呈现出复杂的形态。在这里，我们想着重指出以下两种情况，以引起人们的关注。首先，当诗人天涯伤沦落而"愁来赋别离"时，由于其倦游厌旅的情绪中已包含着游无所成的牢骚和愤郁，所以其情思所系，往往并不局限于诗歌形象的表层指向，而是有着"别有感发"的隐喻与象征意味。且以李白《长相思》为例，诗云："长相思，在长安。络纬秋啼金井栏，微霜凄凄簟色寒。孤灯不明思欲绝，卷帷望月空长叹。美人如花隔云端。上有青冥之高天，下有渌水之波澜。天长路远魂飞苦，梦魂不到关山难。长相思，摧心肝。"此中意绪，不仅是"情人怨遥夜，竟夕起相思"的孤寂冷清，也不仅是"当时轻别意中人，山长水远知何处"的怅然失落；在那"秋风吹不断，总是玉关情"式的悲愁中，隐含着"大道如青天，我独不得出"的幽愤，而此间的"天长路远"之叹，不又分明有着"欲渡黄河冰塞川，将登太行雪满山"的言外之意？至于这里的"长相思，在长安"，岂不又与"总为浮云能蔽日，长安不见使人愁"的意蕴相同？总之，古代诗人之所以每"借遥役思归之情，以喻其忧谗畏讥，进退维谷之意"，①是因为所有这一切原本属于"游子"之"客愁"的组成部分，而诗人之所以每以山川重阻来隐喻和象征仕途艰险，又是因为特定的空间心理和人生经验正是其艺术感觉结构的物质性基础。其次，由于"游子"之"客愁"与生命哀伤属于同一抒情主体的情感心理内容，故而那苦于空间阻隔的思乡念远之情未尝不与惊心节物的生命怵惕相交织。且让我们将下面两首诗联系起来看。杜审言《和晋陵陆丞早春游望》诗云："独有宦游人，偏惊物候新。云霞出海曙，梅柳渡江春。淑气催黄鸟，晴光转绿蘋。忽闻歌古调，归思欲沾巾。"勿庸解说，此诗乃是写惊心节物而倦游思归者。王昌龄《闺怨》诗则云："闺中少妇不知愁，春日凝妆上翠楼。忽见陌头杨柳色，悔教夫婿觅封侯。"忽见柳色而顿生伤感，不正是惊心节物吗？而此间的悔其远游岂不正与前诗所写之倦游思归相为呼应！不难看出，两诗虽所取角度不同、所用口吻不同，实际上都在抒写着"游子"之

---

① 吴淇：《六朝选诗定论》卷五。

"客愁"——人生如寄的客愁和遥役思归的客愁。

这样,我们最终可以说,中国古典诗歌的感伤世界,可以在深层透视的过程中概括为"人生几何"与"人世间阻"之悲的交织。

四、夕阳天,明月夜:典型意象与艺术构想的心理动因

既然"人间万感幽单"的感伤情绪在深层结构上正是一种在永恒之时间与无限之空间中的如寄之感,那么,临照四海和辉映万川的日月形象,作为宇宙之永恒与无限的直觉化,必将常驻于诗的世界。不仅如此,古典诗歌的悲剧性美理想又使诗人的审美创作活动具有特定的选择性,于是,那永照着诗之感伤世界者实际上主要是具有特殊意味的夕阳与明月这两种典型意象。在一定程度上,夕阳西下与明月徘徊已成为中国诗人悲剧性审美活动的敏感点,它所表征着的意象结构模式未尝不生动地体现着诗人审美创作心理的建构模式。

此中底蕴,不也很值得我们去探究一番吗?

首先,我们发现,中国诗人在对日与月的审美态度上有着微妙的区别。一般说来,当"日""月"不是作为直观对象而被描写时,它们时常并出且不具有除指示岁月之外的其他特殊意义。一旦它们作为直观对象而分别出现,则"日"的形象远不似"月"的形象那样与人亲近并显示出不胜哀怜人世之情。也许,我们需要首先来解答一个问题:中国诗人何以会有疏于"日"而近于"月"的审美心理呢?

当然,审美心理的建构总是以审美直觉的经验为基础的,而在人们的直觉经验中,耀眼的太阳远不如柔和的月光能使人在凝视中兴发无穷的联想,恰恰相反,它每使人有敬畏感。不过,这种一般性的分析远不能使我们满足,因为问题的关键还在于文化心理的作用。要之,"皇之本义为日,犹帝之本义为日。日为君象,故古代用为帝王之称"。[①]

---

① 张舜徽:《郑学丛书》,第 429 页。

由"日为君象"的观念出发,遂有"龙犀日角,帝王之表"①的星相之说。缘此,士人往往以"日边"喻皇帝之侧,并以"日下"喻京都之地。此类例子很多,不遑列举。既然如此,忠君之诚,自可比为向阳之性。曹植《求通亲亲表》云:"若葵藿之倾叶,太阳虽不为之回光,然终向之者,诚也。"而杜诗亦云:"葵藿倾太阳,物性固难夺。"这样,太阳作为一个具有特定象征意义的意象,已经和诗人特定的比兴原则相统一,同时,更由于诗人"许身一何愚"的心理作用,太阳的光辉形象反显出不为倾叩者回光的无情特性。传统伦理原以孝为本,忠与孝本为一体,但随着封建体制的发展,统治者却越来越强调"忠",而强调的结果,正好使人们体悟到忠君之情实际上是有违于人之自然的情感生活的。朱熹就说过:"父子、兄弟、朋友皆是分义相亲。至于事君,则分际甚严。人每若有不得已之意,非有出于忠心之诚者。"②唯其如此,赫赫当空的太阳形象就在敬畏与疑惧心理的作用下渐渐远离于诗人的吟咏世界了。

  当然,这并不等于说诗人除以日喻君外不再描写"日"的有关意象,更不意味着诗人对太阳的观照未有关情之处。须知,朝来之旭日与晚来之夕阳毕竟是光景可人的啊!然而,事实告诉我们,古代诗人笔下的朝阳光景又远远不及夕阳光景之多且美。当诗人将斜辉余照的点染与悲凉的历史感慨和人生喟叹融为一气时,其内在的情思意绪便在同客观境象的心物感应中成为可以感觉的哀美世界了。之所以如此,还在于下面将要说明的心理因素在起作用。首先,《诗·王风·君子于役》曰:"日之夕矣,羊牛下来。"千百年来,中国民族经验着日出而作日入而息的生活节奏,无数次的重复导致了条件反射式的习惯性心理,每当夕阳黄昏,便不免思家念归。于是,不仅像孟浩然"移舟泊烟渚,日暮客愁新"的诗句所表白的那样,游子之客愁每借日夕景象来兴发,也不仅像"渡头余落日,墟里上孤烟"和"斜光照墟落,穷巷牛羊归"的诗句所描摹的那样,诗人的田园情趣亦多寄寓在夕阳黄昏的氛

---

① 《文选》刘峻《辩命论》。
② 见《朱子语类》卷二一。

围之中,而且每有将寻求精神归宿的深刻意义借夕阳境象来表现的倾向,如陶渊明在《归鸟》诗中以"日夕气清,悠然其怀"的意象表明其"岂思天路,欣反旧栖"的心迹,又进而演化为《饮酒》诗中"山气日夕佳,飞鸟相与还。此中有真意,欲辨已忘言"的著名诗句。其次,诚如李商隐《乐游原》诗所云:"夕阳无限好,只是近黄昏。"不管是人生易老的迟暮之叹,还是世事沧桑的无常之哀,其所要表现的,不啻是一种既钟情于斯又哀怜于斯的矛盾心理。好景不长仍是好景,好景纵好争奈不长,虽则这里有失落感亦有执著意,但失落中的执著毕竟不免于执著者的失落。唯其如此,夕阳残照便成了诗人悲悼往事残迹或自写人生失意的敏感触点。如辛弃疾词,当其叹惋英雄业绩随风雨而凋残时,便出现"斜阳草树,寻常巷陌"的境象;而当其悲慨英雄失路时,又出现"落日楼头,断鸿声里"的境象。最后,由于夕阳天的景象给人的直觉感受就是凝重而浑厚的,所以,诗人自会刻意于借此景象来抒发其悲凉深沉的思想感情,不管是周邦彦的"斜阳冉冉春无极",还是柳永的"关河冷落,残照当楼",抑或是马致远的"夕阳西下",都能因此而使整个意境进入悲壮高深之界。一言以蔽之,斜阳残照感悲凉,日暮黄昏伤凄楚,分明已成为古代诗人遣悲怀、抒牢骚的艺术构想模式,而斜日沉沉、暮云重重的感觉结构,也正契合着诗人内在意念结构的迟暮消沉和忧郁悲慨。

  饶有兴味的是,古代诗人对夕阳天的吟赏恰恰是同他们对明月夜的吟赏相吻合的。如果说夕阳再好却近黄昏的迟暮之感与明月长在而人生易逝的无常之哀常常是融洽相合的,那么,"山光忽西落,池月渐东上",当直觉世界里的日沉月升内契于诗人心灵世界中的黄昏愁与静夜思,从而使随着夕阳而沉落的现实希望在夜的梦幻中随明月流光而徘徊时,明月意象便别具一种韵味了。和夕阳所带有的冷漠情味不同,明月的凄凉具有追忆迁想的意味。只要我们不满足于对诸如"烟笼寒水月笼沙"这种凄迷境象的吟赏,而能去仔细品味一下"秦时明月汉时关"的深沉之意和"明月几时有,把酒问青天"的超逸之思,就不难发现,寂寞清冷的月夜,又该给人以几多心驰神往的追索和如梦如醒的迷惘呵！本来，神话传说中的嫦娥，在世人的理解中，早成了被遗弃的孤独者的象征。加之古人每以"美人"喻君子，更以臣妾况自身，于是，寂寞月宫的嫦娥就往往在诗人的咏月自遣中化为穷独幽居的典型意象了。这大概就是中国古典诗歌中屡见"孤月"意象，①而"孤日"却十分罕见的原因吧！

自从《诗·陈风·月出》开人月同赋之先例，历代诗人或望月念人，或对月思乡，或顾月自怜，或觅月怀古，确实与明月结下了不解之缘。古代诗人的人生感伤主要是一种天涯失路、山川阻隔的游子之客愁，诗人每有超越山川重阻而与彼地彼人相会合的主观愿望，这时，"月映万川"的经验正好为他们提供了借审美想象以实现其主观愿望的基础，于是，"海上生明月，天涯共此时"式的抒写模式便反复地出现在古典诗歌的意象世界中了。在这里，"何处春江无月明"的明月，成了维系身处两地而互相怜惜的孤独心灵的纽带，成了人生期望的象征物。然而，"但愿人长久，千里共婵娟"的期望毕竟是虚幻的，而人远天涯近的感触却是实在的，于是，临照四海的明月在进入诗的感伤世界时，便往往被间隔性地处理了。无论是杜诗"今夜鄜州月，闺中只独看"，还是沈佺期的"可怜闺里月，长在汉家营"，其艺术构想显然是受主体那被间阻所苦的心理状态影响的，正是月映万川而人困一隅的矛盾，导致了这种以"永夜月同孤"去化解"天涯共此时"的构想方式。此外，清亮柔和的月亮既然使世人习惯于凝视而遐想，那么，诗人的情思活动自然会在诗的想象中共月华而徘徊。于是，"月行却与人相随"的直觉经验，便兴发出"我寄愁心与明月，随风直到夜郎西"的灵妙之想，而它无疑是"此时相望不相闻，愿逐月华流照君"之主体企望的艺术表现。当然，月亮的阴晴圆缺使人们在直觉中领悟到宇宙变化不息的原理，并因此产生了"月有阴晴圆缺，人有悲欢离合，此事古难全"这种不无悲凉的超旷之语。同时，月之缺而复圆的周期性变化是那样鲜明，给每生无常之叹的诗人以强烈的刺激，于是，或者以月相有常反衬人

---

① 如王昌龄《卢溪别人》有"莫将孤月对猿愁"，杜甫《江汉》更有"永夜月同孤"。

生无常,如李陵与苏武诗之"安知非日月,弦望自有时",或者以月之满圆寄托人间离散之情,亦即将人间的合欢团圆之想化为望月抒怀之际的梦幻之思,不管是牛希济的"新月曲如眉,未有团圆意",还是王沂孙反用其意而咏"新月"的"便有团圆意,深深拜",实际上都是将月有团圆期的直觉经验内化为企求人生完美的心理内容,并在艺术构想的过程中将望月祈拜的日常心理升华为寓意深远的隐喻格式。"明月如月,何时可掇",那清柔的流光带着淡淡的哀伤临照人世,似要抚平诗人心头的创伤;那朦胧缥缈的氛围,又如梦如幻,给失意伤神者以想象中的希望。诗人于此,其情思意绪亦如醉如醒,难怪那诗里的景象要似真似幻亦实亦虚了。

至此,我们想这样来总结自己的心得:首先,中国古典诗歌的悲剧性美,是一种表现为特殊性的普遍性,也就是说,在悲剧的快感这一普遍美学原理中,包含着民族性的独特内蕴;而此所谓民族性,主要在于传统文化的精神和农耕生活的情调。如果说前者赋予中国诗人以悲悯情怀,那么,后者则为他们提供了一种感物吟志的独特方式。二者的统一,可以看作是意识结构与感觉结构在审美创作之直觉思维中的融通契合,它导致了我们这个东方诗国在发挥悲剧陶冶性情功能时的独特情貌。其次,中国古典诗歌的悲剧性美,正是中国诗人之悲剧性心理的艺术表现,"士不可以不弘毅,任重而道远"[①]的历史使命感被"易时而处,失其所矣"的沉重反思所压抑着,终于形成了作为共性自觉的"士不遇"主题。最后,人生几何与人世间阻交织而成的"人间万感幽单"的思绪,在夕阳与明月这两种典型的中心意象的创造中,形成为具有东方诗情画意的悲凉风格,同时也给那和雅乃至于宁静式的悲剧性美赋予了最富神秘魅力的感觉形式。

悲之为言,其韵远矣。

[①] 《论语·泰伯》。

中国诗学的平淡美理想

当世界上其他民族的人们想要寻找一种最能体现东方情调和华夏风格的诗意氛围时,当这样的寻找不会因为猎奇式的搜求而偏嗜于蛮荒混沌或怪诞神秘时,他们大多要倾心于那与山水园林、甘泉清茶相融洽的风格情调。这种风格情调,实际上也正是中华民族所长期沉浸其中而自我陶醉的,并且在悠长的体验玩味中升华为所谓平淡美的诗学理想。为此,考察其建构历史,探寻其诗学内蕴,就显得格外必要而意义深远。

一、平淡美的诗学自觉历程

平淡美的诗学自觉当以"平淡"这一范畴在观念形态上的确立为标志。一般说来,具体而微的界定,自以宋初梅尧臣提出"作诗无古今,唯造平淡难"[①]者为宜。不过,实际上早在南朝诗学那里就已经出现了"平淡"这一范畴,而当时人们对所谓"平淡之体"的态度,也绝非习惯上认为的一概否定。

1. 南朝诗学:否定中的肯定

不言而喻,南朝诗学之所谓"平淡之体",是特指"辞谢雕采,旨寄玄虚,以平淡之词,寓精微之理"[②]的永嘉玄言诗。现在看来,问题并不

---

① 《读邵不疑学士诗卷杜挺之忽来因出示之且伏高致辄书一时之语以奉呈》。
② 陈延杰:钟嵘《诗品》注。

在于玄言诗之该不该被否定,而在于这种否定是否只是一种简单的否定。

玄言诗被称为"平淡之体",是由其内容与形式两方面的特征所决定的。就内容而言,"正始明道,诗杂仙心",①"诗必柱下之旨归",②亦即刘勰所谓"淡思",钟嵘所谓"玄宗",换言之,"平淡"者首先是指思虑性情之平夷玄远。就形式而言,有所谓"篇体轻淡",③"理过其辞,淡乎寡味",④"平典似道德论",⑤一言以蔽之,"平淡"者同时又指语言之不能雕润绮丽。

综合上说,南朝时人对所谓"平淡"的体认,实质上是确证其作为慷慨之志与雕采之词的对立面的特质。而问题恰恰在于,"平淡之体"的如许特质,并不都在时论排斥之列。如钟嵘《诗品》评郭璞,一面在肯定其"始变永嘉平淡之体"的功绩,一面却又指责他"词多慷慨,乖违玄宗","乃坎壈咏怀,非列仙之趣"。这无异于说,郭璞以"宪章潘岳"的"彪炳""艳逸"一改玄言诗之"轻淡"的变创之功,固然可嘉,但其"乖违玄宗"的意向却不可取。不错,从曹丕的"诗赋欲丽"到陆机的"诗缘情而绮靡",吟咏性情与辞采文章,已近于同义语。就以那濡染了诗坛的清谈之风来说,人们的赏誉也往往只取其谈辞华美,如裴松之感叹于何晏"辞妙于理",⑥如支道林与许掾论辩而众人"共嗟咏二家之美,不辨其理之所在",⑦等等。清谈终究是清谈,对言辞华美的追求并无违于崇尚忘机之旨。于是,诚如刘勰之推重"简文勃兴,渊乎清峻,微言精理,函满玄席,淡思浓采,时洒文囿",⑧南朝诗学,在"干之以风力,润之以丹采"⑨的"风力""丹采"之理想规范外,还有着"淡思浓采"的理想规范。如果说,当时对浓采华藻的追求,体现了"古者事事醇素,今

---

① 《文心雕龙·明诗》。
②③ 《文心雕龙·时序》。
④⑤ 《诗品·总论》。
⑥ 《魏志·管辂传》注引《辂别传》。
⑦ 《世说新语·文学篇》。
⑧ 《文心雕龙·时序》。
⑨ 《诗品·总论》。

则莫不雕饰,时移世改,理自然也"①的文化观念,那么,对淡思玄宗的崇尚,则体现了魏晋以来好老庄而近般若的思想精神。二者合一,"淡思浓采"的价值观因此而集中地反映了魏晋南朝哲学思想与文学艺术的基本形势。

由于意惬于精微之理而情寄于忘机之界的"淡思",已在潜移默化着"情与物迁"的感知活动和"神与物游"的想象活动,闲远平淡的境界已绝非作茧自缚的玄言诗所能完全表征,这样,以"淡乎寡味"而批判玄言诗者,不过是希望其辞理俱妙而有"淡思浓采"之好罢了。当然,又因为这"淡思浓采"的理想并不是唯一的,而那以"风力"为尚的诗美理想,又同雅润清丽的形式美追求一起主导诗学批评,故在南朝诗学那里,平淡美作为诗学理想尚不能正式被确认,它还藏在幕后,等待着舆论的呼唤和适当的机会,如此而已。

2. 皎然诗论:质的飞跃

随着"时移世改",当陈子昂大声疾呼"汉魏风骨,晋宋莫传",并痛心于"齐梁间诗,彩丽竞繁,而兴寄都绝",②当李白以复续风雅自任,并声言"绮丽不足珍"③"雕虫丧天真"④时,南朝诗学崇尚绮采的倾向便被历史地否定了。物极必反,浓极求淡,雕琢润饰再也不被认为是"理之自然"——至少,不再被确认为终极目的了。在这种情势下,基于雕润绮丽的立场而厌弃平淡之体,也就不再是理所当然,而那"淡思"之"淡"与"浓采"之"浓"间的矛盾,自然也就历史地消解了。当然,就像萧纲曾说裴子野"质不宜慕"⑤那样,为使对"随华习侈,流通忘反"的反动不致重蹈于"了无篇什之美"的旧路,诗学思维的取径和指向绝不能满足于单纯的反雕琢和斥绮丽,它需要一种既不唯尚绮丽也不唯反绮丽的辩证机制,以便在无违于艺术辩证规律的前提下建构起平淡美的理想。正是在这个意义上,中唐皎然的诗学思想,有着格外重要的

---

① 葛洪:《抱朴子·钧世》。
② 《与东方左史虬修竹篇序》。
③ 《古风》其一。
④ 《古风》其三五。
⑤ 《与湘东王书》。

地位。

皎然诗论涉及许多课题,若就其关于平淡美诗学理想者言,则在于对"淡乎寡味"这一观念的重新审视以及因此而赋予它的全新意义。众所周知,李白曾盛称"清水出芙蓉,天然去雕饰"的美,这意味着,李白虽然反对雕琢绮丽,却又神往于如南朝大谢的清丽自然。不仅如此,早在谢灵运的时代,人们就已经在"初日芙蓉,自然可爱"与"铺锦列绣,雕缋满眼"的对比中,表露出其倾向于前者的审美旨趣。由此可见,南朝诗学已有矫其雕琢过度之病的自觉。但是,直到皎然,才以创造性的诗学思维使矫正偏嗜的自觉发展为充满辩证意味的精彩思想。

皎然评诗,亦推谢灵运为极致,言其"真于情性,尚于作用,不顾词彩,风流自然",言其"但见情性,不睹文字,盖诗道之极也"。① 不过,在他看来,"风流自然"的造极之境,绝非"不假修饰""不要苦思",须知"希世之珍,必出骊龙之颔",所以"固当绎虑于险中,采奇于象外,状飞动之趣,写真奥之思"。这样,虽"取境之时,须至难至险",而"成篇之后,观其气貌,有似等闲,不思而得",此亦即"至丽而自然""至苦而无迹""至难而状易"。显然,如此阐释,不仅切合谢灵运诗作本身每"惨淡经营,钩深索隐,而一归自然"②的实际,更重要的是,它已经使平易自然的风貌具有了涵容其对立因子的辩证特质。这样,皎然既扬弃了雕润绮丽的诗美观,也扬弃了质朴天真的诗美观,使一种新的平淡美的诗学理想,由此而得以水到渠成地建构起来。

谢诗妙境,人多以为在池塘春草之美、明月积雪之好,而皎然又借点评二句之机,进一步申说了"似淡而无味"者其美在"隐秀"的诗学思想。他说:"客有问予:谢公二句优劣奚若?予因引梁征远将军评为'隐秀'之语。且钟生既非诗人,安可辄议,徒欲聋瞽后人耳目。且如'池塘生春草',情在言外,'明月照积雪',旨冥句中,风力虽齐,取兴各别。……抑由情在言外,故其辞似淡而无味,常手览之,何异文侯之听

---

① 以下所引,凡不注者,皆出皎然《诗式》。
② 沈德潜:《古诗源》。

古乐哉!"在刘勰那里,"隐秀"之论还带有修辞学的色彩,还侧重于讲警策之句与深文隐蔚之相得益彰的道理。而皎然则针对钟嵘只强调"即目""所见"而发,他对"隐秀"的阐释,已为宋人梅尧臣及张戒之先声,所指分明在"状难写之景如在目前,含不尽之意见于言外"①了。尤为重要的是,皎然在这里明确提出,"隐秀"诗美必然具有貌似"淡而无味"实则"情味隽永"的审美特征,后来苏轼在《书黄子思诗后》中所谓"发纤秾于简古,寄至味于淡泊",亦无非再阐此理而已。于是,诗学思维完成了建构寓浓于淡之理想风范的辩证运动,平淡美作为诗学理想而所必需的理论准备,应该说,已经充足了。

3. 宋初形势:必要的现实契机

虽然以平淡美为诗学理想的价值选择已成必然的趋势,但任何理想的明确建立毕竟有待于现实需求的呼唤,而理论的成熟也只有与实践的效益相统一时,才能真正发挥其指导作用。宋初的诗文革新,正是将平淡美升华为诗学理想的必不可少的现实契机。

吴之振《宋诗钞》云:"元之(王禹偁)独开有宋风气,于是欧阳文忠得以承接流响。"而王禹偁诗是堪称白居易之后继的,故能在那"士大夫皆宗白乐天诗"②的风气中"主盟一时"。诚然,诗学白居易者,或不免于"多得于容易",③不过,诗风平易毕竟已成为当时诗学关注的中心。再说那时的文章,为要反对"淫巧侈丽,浮华篆组"的西昆流弊,竟又走上了"崎岖其词"以致于"俾人不得其句读"④的险仄之路。正是在这样的情势下,承接王禹偁之流响的欧阳修,才冒着"士人纷然惊怒怨谤"的风险而将"凡以险怪知名者,黜去殆尽",⑤借助于"场屋"之权有效地推行起"平易流畅"的文风诗风。毫无疑问,此所谓"平易",固然有"变官样而就家常"的意味,但它既不是"小家气,驵侩气",⑥也不是

---

① 《六一诗话》。
② 《蔡宽夫诗话》。
③ 《六一诗话》。
④ 何亮:《复孙冲书》。
⑤ 《欧阳文忠公文集》附录卷五。
⑥ 毛奇龄:《西河诗话》。

如《箧中集》中之"淳古淡泊,绝去雕饰"者,至少,在其理性的自觉中,是企希于皎然所谓苦思雕琢而终成平易自然之境界的。

如果说宋初那旨在革新诗文的平淡美原则,是以不流为"容易"也不失于"险怪"为基本尺度,从而以其普遍的匡救作用而使自身实际上已成为理想化的标准,那么,当风格迥异的诗人无不向往于此平淡之境时,这种理想化的存在便又获得了丰富的内涵。以宋初名家梅尧臣、苏舜钦来说,欧阳修《六一诗话》尝言:"(苏)子美笔力豪隽,以超迈横绝为奇,(梅)圣俞覃思精微,以深远闲淡为意;各极其长,虽善论者不能优劣也。"[①]其实不仅"以深远闲淡为意"的梅尧臣尝在《依韵和晏相公》诗中自道其"因吟适性情,稍欲到平淡"的志趣,即便是"有时肆颠狂,醉墨洒滂霈"的苏舜钦,也在《诗僧则晖求诗》中明言其"会将趋古淡,先可去浮嚣"的见识。如果我们因此而可以说,正因为平淡诗美是一种为不同创作个性的诗人所共同追求的境界,所以才被确认为诗美理想,那么,这堪作理想之美的平淡,必不是俗常之所谓平淡。"平淡而山高水深",[②]这是黄庭坚称美杜诗的话,它正好可以用来为平淡美的诗学理想作形象的注释。

总而言之,正是宋初诗文革新的现实需求使平淡美成为当时诗学关注的中心,自兹以往,平淡美便始终作为诗学理想建构的关键而被再三阐释,甚至在一定程度上成为终极性的追求目标。

二、平淡诗美的两种基本形态及其交融

"作诗无古今,唯造平淡难。"这首先是说平淡美乃诗美之极,无论"参古定法"还是"望今制奇",皆当以平淡为成功气象;其次是说此平淡之美非"系乎时序"的一代风尚或缘于个性的独家风格,而当具有涵容"古今之体势"的丰富内蕴。当我们审视整个文化历史的宏观格局

---

① 《六一诗话》。
② 黄庭坚:《与观复书》。

时,将会发现,平淡诗美的基本形态受文化精神之分流的影响而分流,并受其汇合大势的影响而汇合。

1. 儒家"平和"思想与骚雅式平淡

朱熹有言:"古人之诗,本岂有意于平淡哉? 但对今之狂怪雕锼、神头鬼面则见其平,对今之肥腻腥臊、酸咸苦涩则见其淡耳。"[①]不难发现,在这种意义上,平淡美的自足性是具体地表现在反对各种险怪僻仄之流弊的调整运动中的;换言之,这是一种相对意义上的平淡美理想,它因此而可能涵容所有无偏激之过的风格情调。但是,若因此以为这种形态的平淡美将缺乏自在自足的价值规定,则又不啻是天大的误会。问题的症结,即在于怎样理解那古远而悠久的文化艺术观念——"平和"。

历来阐释儒家文化思想者,多关注于所谓"中和",从而认定"和"者必无违于"中庸"之道。殊不知,所谓"和"的状态,实质上又离不开"平"的运动,也就是说,有必要确认"平"乃"和"之内在动因这一基本原理。《国语·周语下》云:"夫政象乐,乐从和,和从平。声以和乐,律以平声。……物得其常曰乐极,极之所集曰声,声应相保曰和,细大不逾曰平。"此间指意明确,所谓"和从平",可见"平"正是"和"的价值规定性,至少,在一定程度、一定范围内是这样。那么,"平"究竟意味着什么呢?《国语·郑语》云:"夫和实生物,同则不继。以他平他谓之和,故能丰长而物归之。若以同裨同,尽乃弃矣。"《左传·昭公二十年》云:"和如羹焉。水火醯醢盐梅,以烹鱼肉,燀之以薪。宰夫和之,齐之以味,济其不及,以泄其过。君子食之,以平其心。"在这里,"和"分明是"同"的对立面,唯其如此,"和"的状态就不仅指谓"中庸",而且同时指谓"中庸"赖以存在的正反两面。与此相应,"平",一方面意味着"济其不及,以泄其过"的调谐活动,而同时在价值规定上更意味着所谓"以他平他"的否定运动。

如果说先儒"和"的观念十分接近于古希腊人所谓的"和谐",那

---

① 《答巩仲至》。

么,当赫拉克利特说"互相排斥的东西结合在一起,不同的音调造成最美的和谐;一切都是斗争所产生的"①时,其所谓"斗争"——对立面的矛盾冲突,也就必然接近于先儒之所谓"以他平他"。于是,我们便可以得出结论说,先儒"平和"思想的实质在于冲突与和谐的统一,二者互为因果、互为表里,离开了冲突的和谐与离开了和谐的冲突,都不符合"平和"思想的价值规定。换言之,"平和"思想所可能导致的文化运动与艺术运动,是以宽容共存为宗旨的相互批判,是以稳称平衡为宗旨的彼此冲撞。因此,源自儒家"平和"思想的诗歌美学观念,就必然包含着以下两方面的内容:一方面,表现为对形式美的讲求,反对任何一种倾向的极端化发展,并本着"济其不及,以泄其过"的原则,使"以他平他"的运动具体化为振起柔弱或平抑险怪的现实方针;另一方面,表现为对内在情志的规范,它同时提倡温柔敦厚和讽谕怨刺,并且在二者一旦发生矛盾时,每每自觉地强调后者。

  诗学历史演进中的价值选择,再清楚不过地证明了上述结论。众所周知,唐初陈子昂倡导"汉魏风骨",强调"兴寄",以慷慨雅制"横制颓波",对此,宋人刘克庄评曰:"陈拾遗首倡高雅冲淡之音,一扫六代之纤弱,趋于黄初、建安矣。"②而明人张颐亦循此在《陈伯玉文集序》中言其"首唱平淡清雅之音,袭骚雅之风,力排雕镂凡近之气",并赞誉他"尽扫六朝弊习,譬犹砥柱矻立于万顷颓波之中,阳气勃起于重泉积阴之下。"显而易见,借评说陈子昂而流露出来的平淡诗观,其主要内蕴正在于形式上的反雕镂浮侈和内容上的倡骚雅风骨。值得注意的是,这里所谓"平淡"(冲淡),不仅意味着与"彩丽竞繁"相对的平淡自然,而且分明意味着与纤弱夷泰相对的慷慨雅怨。换言之,它实际上是在倡导以"平淡之词"去抒写愤世嫉俗的不平之气。看来,这源自儒家文化精神的平淡诗美,乃是平淡中饶有不平淡!

  让我们再回到朱熹诗论。在批评汉代拟《骚》之作时,朱熹《楚辞

---

① 《古希腊罗马哲学》,三联书店1957年版,第19页。
② 《后村先生大全集》卷一七三《诗话前集》。

辩证》曾谓其"词气平缓,意不深切""如无所疾痛,而强为呻吟",在此前提下,当他说"漱六艺之芳润,以求真淡,此诚极至之论"①时,其所谓"真淡"的诗美内蕴,实已包蕴"词多慷慨"的"坎壈咏怀"传统于其中了。朱熹的"真淡"诗观是与其"忠信所以进德"的心性修养观相关联的,而后者必将给"真淡"之中饶有不平之气的诗美理想赋予性命义理之本体论的意义。

众所周知,孔子论诗,有"可以兴,可以观,可以群,可以怨"之说,而其中"可以群"与"可以怨"的矛盾统一最生动地体现了"平和"思想的精神实质。王夫之在《姜斋诗话》中曾说:"以其群者而怨,怨愈不忘;以其怨者而群,群乃益挚。"孔子既说过"君子和而不同",又说过"君子群而不党",可见,"和"与"群"相通,既然如此,"怨"亦可与"平"相通了。在这样的价值推阐中,"平和"思想之表现为诗"可以怨"的原则,显然是合乎逻辑的。其实,当梅尧臣将"因吟适性情,稍欲到平淡"的创作心理归之于"文字出肝胆"的思想认识,并使"雅章及颂篇,刺美亦道同"的认识包括了对"有作皆言空"与"人事极谀谄"②的双重批判时,"真淡"之诗所含发愤不平之气的特殊内蕴,就已经昭然若揭了。潘德舆尝云:"彼一味平和而不能屏绝俗学者,特乡愿之流,岂风雅之诣乎?"③在这里,他确认"平和"绝不意味着"乡愿",其精神分明与前述诸贤相通,他们共同阐明了源自儒家"平和"思想的平淡美诗学理想的特质,而这一特质的关键所在,恰是对屈原史迁以来那种"贫士失职而志不平"的发愤著作精神的肯定,只不过此发愤之意气须气敛神藏而成就为平易自然之风貌。

总而言之,由儒家"平和"思想所推阐演化而成的平淡诗观,其价值判断的相对性,具体表现为诗歌现象批判中既反对浮艳险怪又反对纤弱柔顺的双重建树,从而,最终使其平淡诗美的体现有强劲的"风骨"之力。

---

① 《答巩仲至》。
② 《答韩三子华韩五持国韩六玉汝见赠述诗》。
③ 《养一斋诗话》。

2. 道家"冲和"思想与清虚式平淡

"冲和"与"平和",虽一字之差,有时亦互相通借,却有着不可不辨的价值规定的区别。《老子》曰"大盈若冲",在道家思想观念中,"冲"乃是空虚之义。如果说"平和"之"平"赋予"平和"思想以发挥幽郁的不平之气,那么,"冲和"之"冲"则赋予"冲和"思想以湛怀息机的虚静之韵。

当然,道家也说"平"。《庄子·天道》云:"水静则明烛须眉,平中准,大匠取法焉。水静犹明,而况精神。圣人之心静乎?天地之鉴也,万物之镜也。"并进一步说:"夫虚静恬淡寂寞无为者,天地之平而道德之至。"不难发现,此间所谓"平"已绝非"以他平他"之"平",因为它实质上是对无为空静状态的抽象界定,其价值取向恰恰与强调对立冲突的儒家之"平"相反。同样,道家之所谓"和"也自有其绝不同于儒家所识者在。《老子》云:"终日号而不嗄,和之至也。"而此又诚如魏源在《老子正义》中所解:"心动则气伤,气伤则号而哑。今终日号而泰然,是其心不动而气和也。"既然其心不动,必将无关乎哀乐,足见其所谓"和"者恰在恬淡虚静之精神状态。要之,道家虽也有"平和"之词,但指意毕竟在虚无,正如儒家虽亦有"冲和"之词,而指意终不舍风骨一样。

一般说来,阐释平淡美之诗学理想而推源于古人关于朴素自然的思想观念,是习见而又合乎情理的。但必须看到,即便在这一点上,儒、道两家的精神歧异也是不可不辨的。儒家之尚朴素,有如刘勰在《文心雕龙·情采》中所云:"是以衣锦䙅衣,恶文太章,贲象穷白,贵乎反本。"在这里,关键是"恶文太章"。于是,"白贲无咎"的《易》象便与"绘事后素"的原理相通了。郑玄于此有注曰:"凡绘事先布众色,然后以素分布其间,以成其文。"[①]不难理解,彩色与素白之间因此而有一种相互映衬又彼此制约的关系,此亦即"以他平他"之谓。尤其重要的是,孔子以"绘事后素"启发子夏而使他领悟到了"礼后"的道理,而所

---

① 《论语·八佾》郑玄注。

谓"礼后"者,即先情后礼——"发乎情,止乎礼义"。① 总之,儒家所尚之"素"乃是相对意义上的"素",而且这种"素"更有着使雕采倍见鲜艳的独特作用,如同其所尚之"礼"非但不排斥情感的自然冲动,反有益于情感之合理发展一样。那么,道家呢?"能体纯素,谓之真人。"何谓"纯素"?"纯素之道,唯神是守",而"圣人休休焉则平易矣,平易则恬淡矣,平易恬淡,则忧患不能入,邪气不能侵,故其德全而神不亏"。②有道是"朴素而天下莫能与之争美"。③ 争美来自相形比较,必须以多元并存而彼此竞争的存在为前提,而道家持守无为之道,绝去有为之心,故其所谓"莫能与之争"者,精神实质正在无为胜有为。这样一来,"纯素"之美就超越"争美"而高居于无须比较的绝对性层次上了。以上所论,虽极简略,但儒、道两家之朴素观的差异,却可见一斑。如果说平淡美的诗学理想必有源于朴素观者在,那么,道家朴素观的这种绝对性,自会导致绝对意义上的平淡诗观,而这种诗观的美学内蕴自然要大异于源自儒家思想的相对意义上的平淡诗观。

　　应该看到,原始道家的"冲和"思想,后来又经过了玄学的发挥。魏晋玄学,以本无末有为思维主题,其立意实与释家涅槃之学相会通。诚然,魏晋学术,未尝明弃儒学,诗学理论依然秉持风雅之教,不过凡有义理毕竟还以老庄乃至佛学精神去阐说发挥。诗歌缘乎情性,情性贵乎神明,而玄学的发挥又将导向何处呢?"何晏以为圣人无喜怒哀乐,其论甚精,钟会等述之。弼与不同,以为圣人茂于人者神明也,同于人者五情也。神明茂,故能体冲和以通无;五情同,故不能无哀乐以应物。然则,圣人之情,应物而无累于物者也。"④显而易见,何、王之分歧,只是"冲和"思想之展开方式上的分歧,至于其出发点和归结处,则是完全一致的。且以王弼之言而论,怎样才能应物而无累呢?关键自然在他所谓"体冲和以通无"。"人禀七情,应物斯感",⑤感物之情,随

---

① 《毛诗序》。
② 《庄子·刻意》。
③ 《庄子·天道》。
④ 何邵:《王弼传》。
⑤ 《文心雕龙·明诗》。

在多变,但只有万变不离其宗,"清虚静泰,少私寡欲","外物以累心不存,神气以醇白独著;旷然无忧患,寂然无思虑",①才能应物以无心而神契乎无为。要之,道家那万有归无的宇宙观和本无末有的价值观,就这样化作性情持守的规范了。在如此规范的制约下,"嗤笑徇务之志,崇盛忘机之谈"②者,自属当然,因此而"世极迍邅,而辞意夷泰"③者,也就毫不足怪。须知,"凡动息则静,静非对动者也。语息则默,默非对语者也"。④ 需待体认的"静"与"默",并非"动"与"语"的相对存在,而是"必求静于诸动,故虽动而常静"。⑤ 嵇康《述志》诗曰:"冲静得自然。"冲和虚静的主体心态应成为恒守不移的价值本体,而这样一来,源自道家"冲和"思想的平淡美诗学理想,就必然只可能是执著于"闲和严静之趣,萧条淡泊之意"的清虚式平淡了。

经过南朝诗学对"永嘉平淡之体"的批判后,这清虚式的平淡诗美,便主要受南朝企希隐逸之风与爱尚山水之趣的影响,每每依"目击道存"的原则,借对清境静界的观照模写来寄寓闲适淡远的情趣。宗炳曰"圣人含道应物,贤者澄怀味象",⑥一旦如此,自然能做到"山水闲适,时遇理趣"。⑦ 否定了"永嘉平淡之体"的玄言却保存了其旨寄玄远的"淡思",而这种"淡思"又以"寓目理自陈"的原理而外契于自然清景,于是,清虚式的平淡美诗学理想便最终导致了王渔洋那以"清远相兼"为特定内蕴的"神韵"诗观。

王渔洋曾明确指出:"顾瞻世道,恝焉心忧,于是以太音希声药淫哇锢习。《唐贤三昧》之选,所谓乃造平淡时也。"⑧而翁方纲也说王渔洋"于唐贤独推右丞、少伯诸家得三昧之旨,盖专以冲和淡远为主,不

---

① 嵇康:《养生论》。
② 《文心雕龙·明诗》。
③ 《文心雕龙·时序》。
④ 《周易·复卦》王弼注。
⑤ 僧肇:《物不迁论》。
⑥ 《画山水序》。
⑦ 沈德潜:《古诗源》。
⑧ 俞兆晟:《渔洋诗话序》。

欲以雄鸷奥博为宗"。① 显然,这种"心眼抑别有在"的诗美选择,本是以道家那"大音希声"的境界为极致的。唯其如此,司空图诗品二十有四,而王渔洋只以"冲淡""自然""清奇"三者为上,并说:"严沧浪以禅喻诗,余深契其说。"② 以禅喻诗者,或只讲禅机,或兼重禅趣,前者只关思维方式,而后者兼及人生志趣。如果只从"不涉理路""不落言筌"的意义上讲,禅家所谓"妙悟",即诗学所谓"兴趣",感物吟志而别有感发,其趣未尝不与本于儒家精神的讽谕兴寄相契,而况尚理而又化理为趣,亦与平典枯燥的玄言禅偈无缘。然而,以禅喻诗者往往又企希于一种"两忘"的境界,这就如禅宗亦须体悟佛性一样,入禅之诗自然应是超脱于"常境"的"希夷境""太玄乡"。当然,"去向那边会了,却来这里行履",③ 佛性借"现量"而发光,忘机恬淡之心每投射为山水清晖、田园幽境中的自适之趣。诚如梅尧臣《林逋诗集序》所云:"其顺物玩情为之诗,则平淡邃美,吟之令人忘百事也。其辞主乎静正,不主乎刺讥,然后知其趣向情远,寄适于诗尔。"总而言之,这种辞气静正而情趣闲远的平淡诗美,绝不同于骚雅式平淡之每寓慷慨气骨。如果说骚雅式平淡每每包含着对谀谄绮靡的批判精神,那么,这清虚式平淡则始终秉持着彻底的超脱意识。

3. 参融:悲壮寓于闲淡之中

胡应麟尝云:"陈子昂独开古雅之源,张子寿首创清淡之派。"④ 胡震亨亦持此说,而沈德潜则进一步说:"陈正字起衰而诗品始正,张曲江继续而诗品乃醇。"⑤ 我们已经知道,在首倡"唯造平淡"的宋人那里,陈子昂曾被认为有申扬风雅平淡之功,并且"太白、韦、柳继出,皆自子昂发之"⑥。相形之下,明人胡应麟等的论说体现出一种新的动向:首先,平淡诗美的观念由兼指而变为专指,如胡应麟就曾确指"开

---

① 《七言诗三昧举隅》。
② 《蚕尾续文》。
③ 《古尊宿语录》。
④ 《诗薮》。
⑤ 《古诗源》。
⑥ 《后村诗话前集》。

千古平淡之宗"者是陶渊明；其次,当人们在平淡诗美的两种基本形态中作出选择时,其选择过程并不是简单的取舍,而是企希于某种有参融之妙的理想境界。这样一来,有所专指的平淡诗观就自然地具备了涵容骚雅与清虚两项的新构机制,只不过这种涵容是融骚雅于清虚之中就是了。

在这里,沈德潜所论最耐人体味。所谓"始正"之"正",即"雅正"之谓,雅正之体能"运雄伟之斤,斫衰靡之习,而使淳风再造,不愧骚雅元勋"①,但是,如此诗体或"意不加新,而词稍粗率",或筋节外露而含蓄不足,于是,就需要益之以精深圆熟、玲珑透脱,从而趋之于清虚而"醇"的境界。众人皆以为继续张九龄之清醇者,在唐则为王、孟、韦、柳,而司空图极称许于"王右丞、韦苏州"者,正以其"澄淡精致"而"岂妨于遒举"②。随着古代诗学对平淡美的规范日渐趋于专指清醇之格,一种堪称骚雅平淡之新进之境的理想,遂以其不可替代的地位而日益受人重视了。

就像骚雅式平淡与清虚式平淡各有其文化思想的渊源一样,这种因参融运动而生成的新的平淡诗美也自应有其文化思想的动因。早在魏晋时代,人们就曾认为,"孔子是'无心',庄子只是'知无心'"③,其尊儒崇圣的方式在于将圣贤视为道家精神的体现者。如果这种思想观念可以解析为以道家的思维方式展开儒家的人生价值观,那么,陶渊明在《时运》诗中所写的"延目中流,悠想清沂。童冠齐业,闲咏以归。我爱其静,寤寐交挥。"如此情怀,便很难说是单纯的宗儒或者崇道了。值得注意的是,如此旨趣恰为后世理学家们企羡不已。"二程见周茂叔后,吟风弄月而归,有吾与点也之意"④,邵雍在《读陶渊明〈归去来〉》诗中也说:"可怜六百余年后,复有闲人继后尘。"如果说陶渊明追慕孔子闲咏清沂之志,乃是以"应物而无累于物"的方式去实现其原

---

① 黄子云：《野鸿诗的》。
② 《与极浦论诗书》。
③ 王瑶：《中古文学史论》,北京大学出版社 1986 年版,第 47 页。
④ 《陆九渊集》卷三四。

道企圣的人生价值,那么,当理学家以"虽日吟咏性情,曾何累于性情"①的意识支配其人生实践时,缘此而得的"萧散之趣",②自然也只能是以道家"冲和"之气融会儒家"风骨"的结果了。于是,儒家思想与道家思想在文化历史变迁中的会通交融,体现为一种以无为恬淡的方式去展开经济之志的形态,即以道行儒,而诗学观便自然是寓骚雅风骨于清虚之中。

不言而喻,文化思想的变迁真正影响到吟咏性情的诗学风格,必须通过主体情感经验的历史积淀这一中介。这意味着,古代诗学之所以最终产生了寓骚雅风骨于清虚之中的理想建构,必然存在着重要的原因。苏轼尝言:"唐末司空图崎岖兵乱之间,而诗文高雅,犹有承平之遗风。其论诗曰:梅止于酸,盐止于咸,饮食不可无盐梅,而其美常在咸酸之外。"③必须指出,倘只就表层意思来看,苏轼此说所指谓者,难免与"世极迍邅,而辞意夷泰"的"永嘉平淡之体"相近。但是,司空图之所以会有"诗中有虑尤须戒,莫向诗中著不平"④的自警,除去体认佛老的原因外,一个不可忽略的方面,便是基于"须知世乱身难保"⑤而"不平便激风波险"⑥的痛苦经验。唯其如此,他那释尽不平之气的冲淡情怀,其深层里颇与"身仕乱朝,常恐罹谤遇祸"⑦的阮籍相近。这样,当苏轼将司空图的这种倾向同其所谓"味外之旨"的诗美理想联系起来而加以阐扬时,其中就自然包含着对"志在刺讥,而文多隐避,百代之下,难以情测"⑧这种"兴寄无端"的表现方式的选择。

骚雅式平淡是执著于兴寄风骨的,而风骨的精神支撑正是"慷慨靖乱"的诗人兼济之志。然而,不仅儒、道思想的异向导引使诗人总有

---

① 《伊川击壤集序》。
② 朱熹:《答巩仲至》。
③ 《书黄子思诗后》。
④ 《白菊》诗。
⑤ 《任题二首》其一。
⑥ 《狂题十八首》其一六。
⑦ 《文选》卷二三《咏怀诗》李善注。
⑧ 沈德潜:《古诗源》。

着出处之间的随机选择,而且理想与现实的冲突更使诗人常常不免于志行之间调整。汤用彤曾指出:"夫老氏卑弱之术,汉初原为刑名所利用,然固亦慎密惧祸之表现。西汉以来,蜀庄之沉冥,扬雄之守玄,冯衍之显志,刘劭之释争,其持隐退之道者,盖均出于戒慎之意。"①北齐颜之推也曾发出过"加以砂砾所伤,惨乎矛戟,讽刺之祸,速乎风尘,深宜防虑,以保元吉"②的警告。难怪白居易批评秦汉以来之诗时,曾有"于时六义始刓"之说。"刓,谓刓团无棱角也",③换言之,就是磨削讽刺之志而使之平夷。凡此,都说明了惧祸而怵惕之心理,实为诗人敛藏其锋芒的直接原因。如果说"不堪匡圣主,只合事空王"④的感叹,颇能道出如白居易在"志未就而悔已生,言未闻而谤已成"⑤之后的心理状态,那么,当他因此而说:"仆志在兼济,行在独善,奉而始终之则为道,言而发明之则为诗"时,兼济与独善的矛盾冲突,却在志行合一中会通融化了。毫无疑问,因志行合一而使异质同体的这种创作心理,必将导致所谓讽谕诗的风雅别境,⑥而此风雅别境的诗美特质,正如诗学家评王安石晚期创作时所指出的,乃是"悲壮即寓闲淡之中"。⑦

作为两种诗美形态的矛盾统一体,必然包含着彼此间既相冲突又相融通的两个方面。因此,被称为风雅别境的诗美风貌,若换一个角度,未尝不可以称为清虚别境。但这并不是问题的要害。值得指出的是,所谓"悲壮即寓闲淡之中",究其实,只可能是寄慷慨不平之气于言辞之外,否则,"感激悲伤"又岂能与"风怀澄淡"融洽无碍呢?而这就意味着,为骚雅式平淡所倡扬的"兴寄",将被"不著一字,尽得风流"的理想规范所改造。诚然,这种为王渔洋所称赏不已的清远境界,本是企希着以"目击道存"的原理去抒写虚静恬淡之趣的,不过,这种"无字

---

① 《汤用彤学术论文集》,中华书局1983年版,第274页。
② 《颜氏家训·文章篇》。
③ 《后汉书·孔融传论》李贤注引《前书音义》。
④ 《郡斋暇日忆庐山草堂》。
⑤ 《与元九书》。
⑥ 参见拙文《论宋人平淡诗观的特殊指向与内蕴》,《学术月刊》1990年第7期。
⑦ 吴之振:《宋诗钞·临川诗钞序》。

处皆其意"从而"一'势'字宜着眼"①的艺术表现方式,同样可以用来表现"感时悯己"的慷慨雅怨之志,因为"势"者非实,本在清空虚灵之处,是"羚羊挂角,无迹可求"的。正因为古代诗学有着这样的演化趋势,所以,清代词学便提出了"非寄托不入,专寄托不出"②的理论,并且认为,那"铺叙平淡,摹绩浅近,而万感横集,五中无主"③的境界,才是最高理想。尽冲和闲远之趣于题内,寄慷慨悲壮之意于言外,这就是平淡诗美的两种基本形态因参融运动而生成的新特质。

三、平淡诗美的价值范畴

中国诗学的平淡美理想,其内蕴之丰富一方面表现为历史发展过程中的递变更新,一方面则又表现为逻辑展开过程中的推阐生发。唯其如此,尽管有关的范畴相当繁复,但只要把握住其历史发展的程序和逻辑展开的原理,就不难总结出平淡诗美的方方面面。当然,不分巨细的一一罗列,是不可能也不必要的。这里仅就以下诸问题进行简要的探讨。

1."诗家清境最难":④平淡与清美

胡应麟《诗薮》有云:"靖节清而远,康乐清而丽,曲江清而淡,浩然清而旷,常建清而僻,王维清而秀,储光羲清而适,韦应物清而润,柳子厚清而峭。"各家体性虽自有别,却无不可以"清"相贯通,这显然意味着,平淡诗美的基本特性,首先可以"清"这一范畴来概括。不过,在作出这一判断的同时,又必须意识到,区分"清"在指谓"美"或指谓美的某种形态时的意义差别,乃是至关重要的。

吴庠曰:"在天有清气浊气,在地有清水浊水,在人得清则灵,近浊则秽。文辞亦然,无论长篇短制,古义今情,凡字里行间,有清气往来

---

① 王夫之:《姜斋诗话》。
② 周济:《介存斋论词杂著》。
③ 周济:《宋四家词选序论》。
④ 贺贻孙:《诗筏》。

者,方为佳作。"①袁准曰:"凡万物生于天地之间,有美有恶。物何故美? 清气之所生也;物何故恶? 浊气之所施也。"②以上两说,虽能证明中国人之普遍尚"清",却无助于此间课题,因为如此这般的推演下去,犹如说美者自美。唯其如此,有必要探询"清"在指谓某种特定的美的形态时的具体内蕴,及其发展演变的大致轨迹。

实际上,南朝诗学对于"清"这一范畴已有特定的界说。"若夫椎轮为大辂之始,大辂宁有椎轮之质?"③在肯定踵事增华为文艺进步之必然的前提下,"择源于泾渭之流,按辔于邪正之路",④成为诗美判断的郑重选择。刘勰云:"四言正体,以雅润为本,五言流调,则清丽居宗。"⑤"雅"的反面自然是"郑","清"的反面自然是"浊"。本来,雕采绮丽乃吟咏诗歌之必然,但结果必定是或者失于"郑"而"浊",或者成于"雅"而"清"。南朝诗学,每以"清"字誉人,如曰"清怨""清雅""清便""清巧""清靡"等等,而此所谓"清"者皆指"丽"而能"清"。如《古诗十九首》,刘勰称"古诗佳丽",而钟嵘称"清音独远"。从南朝到隋唐,其间虽经历了重大的诗文革新,但在讲求"清丽"这一点上,却始终不渝。陈子昂所说的"光英朗练",不正是声色清丽吗? 杜甫云"清词丽句必为邻",⑥也是说不能舍"清"而言"丽"。

那么,"清"在这里究竟指谓一种什么样的美呢? 当它作为对直觉美感经验的表述时,本指"光鲜""新华"⑦式的美。这是一种有着出淤泥而不染的纯净、与初日相映焕的新鲜、如天地所造就的自然,以及同朝气共氤氲的明爽的美。借用诗人的语言来形容,便正是所谓"初日芙蓉""清水芙蕖"般的景象。既然如此,平淡而具清美之姿者,当无质木枯槁之象,亦无斧凿痕迹,而以明快、流利、爽朗、新鲜、自然为特征。

---

① 《清空质实说》。
② 《才性论》。
③ 萧统:《文选序》。
④ 《文心雕龙·情采》。
⑤ 《文心雕龙·明诗》。
⑥ 《戏为六绝句》其五。
⑦ 参看《山海经·西山经》注,及《汉书·广川惠王越传》颜师古注。

不仅如此,西晋陆云针对其兄陆机"思能入巧,而不制繁"①的倾向提出了自己的"清省"②观,要求作者以洗炼省净的语言表现"深情远旨",它一方面发展为后来陈师道所谓的"语简而益工",③一方面又发展为杜甫所谓"诗罢地有余,篇终语清省",④从而为平淡而清美者提出了简约、纯净、含蓄、通透的审美要求。此外,钟嵘在品评鲍照诗作时明确指出其"不避危仄,颇伤清雅之调,故言险俗者,多以附照"。这种观念显然与宋初以平淡之风革除险怪之习的文学运动消息相通,说明平淡诗美之"清"具有与险仄危峭相区别的平易、闲适与敦厚。综上所述,这主要由"清丽""清省"与"清雅"所构成的"清"美规范,决定了平淡诗美将给人以明快爽朗、新鲜自然、洁净洗炼、悠闲自在而通脱轻越的审美感受。

不过,问题尚不能就此了结。对"清"美境界的爱赏,之所以首先兴起于魏晋南朝,必然与旨寄玄远的清谈和流连江南的感受有关。刘师培在《南北文学不同论》中曾发出过"岂非北方文体,固与南方文体不同"的疑问,而他自己的解答正是"南方轻绮"而"北方劲直"。唐人卢照邻就说过"南国轻清"而"北方重浊"⑤的话。的确,南国多水,于是有幽壑清溪、平湖曲岸、小桥流水、茂林修竹,其清灵轻约自与北方的厚重质实不同。谢灵运诗写得好,"山水含清晖",⑥唯其如此,才有诗坛上"庄老告退,山水方滋,晋宋以还,清音遂畅",⑦诗之美得于江山之助者多矣。正是这由池塘春草、水木清华所构成的江南山水的风韵,以其特有的平远清润滋养着诗人的心灵,尤其吸引着那久已沉浸在"游心太玄"之趣中的诗人心灵。于是,不仅使诗歌对山水情趣的追求,总要在不同程度上向江南清绮的格调倾斜,而且又因虚无空寂之

---

① 《文心雕龙·才略》。
② 《与兄平原书》。
③ 《后山诗话》卷一。
④ 《八哀诗·张九龄》。
⑤ 《南阳公集序》。
⑥ 《石壁精舍还湖中作》。
⑦ 纪昀批点:《苏文忠公诗集》卷八。

旨的导引而使这清绮格调更有着向清冷荒寒之境延伸的一面。江淹《杂诗》曰:"亹亹玄思清,胸中去机巧。物我俱忘怀,可以狎鸥鸟。"山水清晖经过清虑玄思的过滤,那平远清润的境界自然要变得幽静冷寂、平旷荒远。从郭璞的"中有冥寂士,静啸抚清弦",①到王维的"独坐幽篁里,弹琴复长啸",②分明透出清冷的情调,从而使平淡之清美者多造次于清秋节物与幽寂处所。此诚如殷仲文诗所云:"四运虽鳞次,理化各有准。独有清秋日,能使高兴尽。景气多明远,风物自凄紧。爽籁警幽律,哀壑叩虚牝。"③亦犹如司空图《诗品·清奇》所道:"神出古异,淡不可收。如月之曙,如气之秋。"而与此清秋明月之色相融洽的清弦静啸之音,也不再是《大子夜歌》所谓"丝竹发歌吹,假器扬清声"的"清声"了,而是"泠泠七弦上,静听松风寒",④在清越中隐含着幽冷。自然,与如此声色相表里的诗情诗思,相应地也将偏向于萧散寂寞。

必须指出,这种由平远清润之"清"境向幽静冷寂之"清"境演化的诗学理想规范,体现着中国诗人在性情人格上的进一步追求。如果说"清"美人格在"举世皆浊我独清"的价值层次上意味着道德上的自我完善,并每以幽独自怜式的清高含纳着幽郁不平之气,那么,当它演化为以"神清骨冷无由俗"⑤为特定内蕴时,就不能不意味着主体精神的绝对超脱了。从这里,我们兴许才可以真正领悟,柳宗元何以写出"千山鸟飞绝,万径人踪灭。孤舟蓑笠翁,独钓寒江雪"⑥的诗,原来,绝对的"清"美境界乃如道家所神往的"大音希声"!"风怀澄淡推韦柳,佳句多从五字求。解识无声弦指妙,柳州那得并苏州。"⑦朱熹说韦诗"无声色臭味",⑧方南堂亦言其"高简妙远,大音希声,所谓舍利子是诸法

---

① 《游仙诗》。
② 《竹里馆》。
③ 《南川桓公九井作》。
④ 刘长卿:《听弹琴》。
⑤ 苏轼:《书林逋诗后》。
⑥ 《江雪》。
⑦ 王士禛:《论诗绝句》。
⑧ 见许学夷《诗源辨体》。

空相",①诗境至此,显然已是道家"无为自化,清静自在"②与佛家"五阴清净,故般若清净"③的艺术表征了。

综合上说,诗之"清"美实含有诸般境界,而随着由一般之"新华""光鲜"到偏指轻绮清润、复由水木清华之境到秋水寒松之境的演化,其所表征的诗人之性情人格也相应地由雅淡而清高、复由清高而超逸了。

2."诗家姿态在老":平淡与生涩

贺贻孙《诗筏》有云:"美人姿态在嫩,诗家姿态在老。"而吴雷发《说诗菅蒯》亦云:"入手时须讲一'清'字,成功则不外一'老'字,诗之初终略尽矣。"此中究竟,很有探询之必要。

对老姿老境的看重,大约始于宋人。欧阳修之称誉梅尧臣诗,便曾说:"梅翁事清切,石齿漱寒濑。作诗三十年,视我犹后辈。文字愈新清,心意虽老大。譬如妖韶女,老自有余态。"④黄庭坚《答洪驹父书》亦云:"寄诗语意老重,数过读,不能去手。继以叹息,少加意读书,古人不难到也。"无论是"心意老大"还是"语意老重",其中关键,都在一个"老"字。那么,这一"老"字对平淡诗美理想来说究竟意味着什么?

首先,"诗家老境"意味着"老造平淡"。苏轼尝曰:"凡文字少小时须令气象峥嵘、采色绚烂,渐老渐熟,乃造平淡。其实不是平淡,绚烂之极也。"⑤苏轼此说的第一层意思,是说平淡之美乃是绚烂之美的扬弃,而不是简单的否定。如他自己的《和陶诗》,前人就曾指出,乃"以绮而学质,以腴而学癯",⑥亦即非绚烂不能入,专绚烂不能出。苏轼之评陶渊明诗,曾谓其"质而实绮,癯而实腴",⑦又评韦、柳诗,称其"发纤秾于简古,寄至味于淡泊",⑧这固然是对陶潜、韦、柳诗风的审美描述,

---

① 《方南堂先生辍锻录》。
② 《史记·太史公自序》。
③ 《放光般若经》十一《问相品》。
④ 《六一诗话》。
⑤ 《与侄论文书》。
⑥ 周锡王赞语,见《楹书偶录》卷五《宋本注东坡先生诗》条下。
⑦ 苏辙:《子瞻和陶渊明诗集序》。
⑧ 《书黄子思诗后》。

但同时也是对主体理想的形象表达。其实,自皎然以来,平淡自然的诗美理想就与苦思雕琢的构想润色实现了理论思维中的统一,不过,"颓然寄淡泊,谁与发豪猛?"①要想使本来彼此对立的美学倾向统一起来,必须有一种合理而自然的基础,否则,理论上的统一终究会因为缺乏实践基础而沦为空谈。而这种基础,正是诗人常说的"工夫"。"字字觅奇险,节节累枝叶。咬嚼三十年,转更无交涉。"②但这并不意味着可以不必去咬嚼,须知,"学诗浑似学禅,竹榻蒲团不计年。直待自家都了得,等闲拈出便超然。"③一朝顿悟的质变有赖于长年咬嚼的积累,当纯熟到不能再纯熟的地步时,技巧便由刻意讲求而进境于下意识的挥洒,此即所谓"工夫深处却平夷"。"看似寻常最奇崛,成若容易却艰辛",正是教人不可以浅近平直、枯槁荒率为平淡。唯其如此,苏轼才说"渐老渐熟,乃造平淡",在这个意义上,平淡实意味着老到精熟。当然,此所谓"老"者,同时也正指年岁之老大,由此,可以领会苏轼之说的第二层意思。"老去诗兴浑漫与",固然是成功气象,但同时还包含着对人生自然、心理规律的体认。范温曰:"后生好风花,老大即厌之。"④以风花绮丽、血气方刚的后生性情而强就于闲适恬淡的艺术情趣,势难有真实自然之好,而当"老合投闲"之际,就易得缘情之真了。不仅如此,一方面,诚如李商隐诗所云:"永忆江湖归白发,欲回天地入扁舟。"⑤少壮企希功业,老大意在闲散。另一方面,这种老少异志的人生设计未尝不积淀着厚重的情感经验。纵观历史,无数骚人墨客,多是在屡遭挫折后于晚岁自放于萧散之境的。综合上说,诗家工夫老到而精熟之时,亦诗人老去而恬淡之日,于是,以"等闲拈出便超然"的形式技巧去表现"老合投闲"的人生志趣,便自然产生出了平淡美的理想诗境。

其次,相对于诗家"清"境,老大之姿、老重之语,又意味着老硬生

---

① 《送参寥师》。
② 周紫芝:《竹坡诗话》。
③ 吴可:《学诗诗》。
④ 《潜溪诗眼》。
⑤ 《安定城楼》。

涩式的平淡。我们知道,"唯造平淡"之说始倡于宋人,而"宋人生唐后,开辟真难为",①故其欲造或能造之"平淡",将有大不同于唐人者在。缪钺云:"唐诗之美在情辞,故丰腴;宋诗之美在气骨,故瘦劲。唐诗如芍药海棠,秾华繁采;宋诗如寒梅秋菊,幽韵冷香。唐诗如啖荔枝,一颗入口,则甘芳盈颊;宋诗如食橄榄,初觉生涩,而回味隽永。"②因为宋人的"开辟"之途,用叶适的话说,在于"天下以杜甫为师,始黜唐人之学,而江西宗派章焉。"③众所周知,江西派师法杜甫,原就侧重于其老成之境。黄庭坚云:"但熟观杜子美到夔州后古律诗,便得句法,简易而大巧出焉,平淡而山高水深,似欲不可企及,文章成就,更无斧凿痕,乃为佳作耳。"④杜甫晚年的"平淡",乃是"渐于诗律细"与"诗兴浑漫与"的矛盾统一;而此"漫与"之兴,既有精纯圆熟的一面,又有新创生造的一面,值得注意的是,江西派所刻意学习者,恰在于后者。朱熹道:"杜诗初年甚精细,晚年横逆不可当。"⑤江西诗人承此"横逆"之力追攀"平淡而山高水深"之境,其风貌气象必不能类同于六朝之陶与唐之王、孟、韦、柳等人的。这正如同宋元文人书画所追求的"平淡天真"之趣,乃形诸于以木强之气运拙涩之笔一样,诗家老重之语必然导致枯劲生涩的别一种平淡美境界。

　　将上述两个方面的内容联系起来,平淡而"姿态在老"的诗学指向就一目了然了。如果说非功夫老到则难能气貌等闲的认识,体现了平淡诗观对创作技巧之辩证规律的深刻领会;那么,避熟就生的创变意识又使那"等闲拈出便超然"饶有奇崛盘郁的特殊韵致。还因为"老合投闲"从而"乃造平淡"的艺术情趣中本就含有一种虽"困于嵁岩"却"屈而不挠"的诗人意气。唯其如此,"姿态在老"的平淡美诗学理想,就不仅具有在审美风貌上寓甘芳于生涩之中的含蓄,而且具有在主体人格上不因投闲自适而知足保和的坚韧。

---

① 《忠雅堂诗集》卷一三。
② 《诗词散论·论宋诗》。
③ 《水心文集》卷一二。
④ 《与王观复书三首》之二。
⑤ 《清邃阁论诗》。

3. "语淡而味终不薄"：平淡与韵味

韵味深长是中国诗学之审美理想的重要内容，在最基本的诗学推阐中，平淡诗美之所以堪称理想境界，正以其平淡中饶有韵味。

黄子云曰："理明句顺，气敛神藏，是谓平淡。"①此间虽不曾言及"韵味"，却已触到问题的敏感处。应该说，"辨于味，而后可以言诗"的传统，是始于钟嵘的，而钟嵘"滋味"说的要领，其实有二：一主于"指事造形，穷情写物，最为详切"，二主于"文已尽而意有余"以"使味之者无极"，②换言之，即曲尽情景之美而又不失含蓄隐秀之妙。黄子云所谓"理"，自然不单指道义之理，而同时指谓生活情理和景物神理，唯其如此，"理明"者自能穷情写物而探幽入微。此中委曲，有如日僧遍照金刚所云："诗不可一向把理，皆须入景，语始清味"，"其景与理不相惬，理通无味"，而"诗一向言意则不清，及无味；一向言景亦无味。事须景与意相兼始好"。③ 总之，就是我们所说的情景交融和"不涉理路"。当然，诗之滋味固在缘情体物而曲尽其妙，若雕琢有痕、绮丽过度，或苦吟求奇而不避险仄，则难成平淡之美，这就是为什么黄子云要提出"句顺"的缘由。顺，既指平易流畅、自然天成，又指顺物应情而准确生动，所谓生于所当生而止于不得不止。不仅如此，韵味以耐品者为佳，故尽吐其妙则无有韵味，这里所谓"气敛神藏"，便是示人以厚积薄发、深入浅出、以简驭繁而举重若轻之理。以简淡清省之语写奇情异景，以平易悠闲之调寄慷慨沉郁之志，因此而得有蕴藉之妙者，才是韵味隽永的平淡诗美。"风云月露，虫鱼草木，以至人情世故之托于诸物，各不胜其迹也，而善诗者用之，能使之无迹。"④于是，诚如黄庭坚之称颂杜诗，平淡之中自有高山深水，对作者来说是"气敛神藏"之妙，而对读者来说则有品味不尽之趣。总之，有韵有味者方是真美之平淡。

此外，平淡诗美之于韵味，更有被视为其极致的一层。《老子》曰：

---

① 《野鸿诗的》。
② 《诗品·总论》。
③ 《文镜秘府论》。
④ 戴表元：《许长卿诗序》。

"乐与饵,过客止。道之出口,淡乎其无味。视之不足见,听之不足闻,用之不足既。"这里存在着一种二律背反:滋味者适口之谓,故钟嵘有"会于流俗"一说,但"观听殊好,爱憎难同",①依着个性化的审美原则,"殊类而生,不必相似,各以所禀,自为佳好",②此其一;然而,"偏嗜酸咸者,莫能知其味,用思有限者,不能得其神",要想超越有限之域而达于无限之境,并因此而"变化不系滞于规矩之方圆,旁通不凝阂于一途之逼促",③就必须舍弃个性偏嗜的现实选择而臻于体兼众妙的理想境界,此其二。大音希声,至味无味,因为"宇宙之全如有形名,则为万物中之一物,如有变化,则失其所谓全",④但是,执著于诗之韵味者又不能不考虑到"淡乎寡味"之不足持,这样,个性化的原则和包容无限的理想,由于同样重要而使人们陷入了难于两全的困境。然而,妙不可言的是,中国诗学终于超越了这两难之境,其所实现的两全境界,生动地体现在司空图那与"以全美为工"的理想相统一的"韵外之致""味外之旨"的范畴中。

早先王弼就曾表露过如下思想:"淡乎其无味"的存在固然与"道"为体,却又"不如乐与饵应时感悦人心"而"令过客止"。⑤既然如此,解脱于二律背反的唯一出路,就在于使"淡乎其无味"者同时成为感悦人心之一味;换言之,它既应是应时会俗之一味,又应是体兼众妙之全美。司空图在指出"直致所得,以格自奇"的同时,又指出:"王右丞、韦苏州,澄淡精致,格在其中,岂妨于遒举哉!"⑥这就是说,"空故纳万境,静故了群动"的空静境界,以其澄明恬淡、寂寞无为的特质而具有涵容包孕宇宙万有的可能;但它并不是耽于冥想的虚幻影相,而是触发于眼前实境的直觉真实,只不过其心既静,其境亦清,"目既往还,心亦吐纳",在主客观两相调谐的融洽中,感觉世界与想象世界共同契合于

---

① 葛洪:《抱朴子·广譬》。
② 王充:《论衡·自纪》。
③ 葛洪:《抱朴子·尚博》。
④ 《汤用彤学术论文集》,中华书局1983年版,第250页。
⑤ 《老子》三十五章王弼注。
⑥ 《与极浦论诗书》。

"澄淡"的艺术情趣了。具体说来,作为韵味美之极致的平淡境界,乃是将"心远"所致的"闲和严静之趣,萧条淡泊之意"直觉化为对清远风物的感应兴会,乃是将运思无限与博辩无碍的奇想妙悟形象化为对偶然触动的艺术把握。这样,虽其旨趣在韵外味外,但其自身又固有简淡清远之韵味,于是,它就既无违于个性化的审美原则,又切合于体兼众妙而得全美的终极理想。

总之,当韵味之美是指缘情体物而得情景生动之妙时,平淡诗美的韵味便只是情景生动的某种形态,而当韵味之美是指含蓄蕴藉而有余味可玩时,平淡诗美的韵味就在于深衷浅貌、常语奇境的微妙,这是问题的一个层面。至于当平淡诗美作为韵味美之极致时,其风范就非"高风绝尘"之"逸品"而莫属了,这是问题的又一个层面。

最后,我只想强调一点,那就是中国诗学对平淡美理想的执著恰恰表明了其自身涵泳陶冶的丰厚与深长,就像只有饱经风霜、体验过形形色色的众生相的人方能自足于淡泊一样,东方诗国的心灵因此而更显得高深而明净。

传统"诗史"说的阐释意向

"诗史"是中国古典诗学中的一个重要概念,以此为中心而历史地展开的人文阐释活动,实际上是古代知识分子在面向现实之际,依托于对传统的确认来争取批评权力的精神行为,其中积淀着大量的思想经验和历史隐秘。唯其如此,尽管它早就引起了现代学人的注意,并有了多维角度的探究论述,但其底蕴和意义,仍然大有可以阐发者在。

一、由杜诗学引出的"当时"消息

一般说来,"诗史"首先是杜诗学中的一个话题。孟棨《本事诗·高逸第三》因述李白本事而及于"杜所赠二十韵,备述其事。读其文,尽得其故迹"。然后道:"杜逢禄山之难,流离陇蜀,毕陈于诗,推见至隐,殆无遗事,故当时号为诗史。"自兹以后,"诗史"之美,便成为杜诗成就不可或缺的部分,而承传杜诗的这一创作意识和创作方法,也相应成为后来者追求"诗史"之美的精神基础。在这个意义上,"诗史"的传统,可以说是杜诗开创的。

问题是,只要认真一想,就不难发现:这一传统,更应该说是"当时号为诗史"的那个时代和那个"号"的主体开创的。看来,有必要去探询"当时"消息。

孟棨所谓"当时"的语意语气,主要在强调"号为诗史"这一评价形态的过去时态,表示这已是一种既定的认识。而我想,从"诗史"说之主体阐释意图的角度考虑,兼顾到动乱之后方有痛定反思这一常情常理,所谓"当时",应指中唐贞元、元和之际。须知,那确实是一个崇尚"良史才"的时代,在重建意识形态的政治文化行为中,"诗"的传统和"史"的传统都被重新清理整顿,然后在时代主流思潮的导引下整合为一。"当时"之所以号杜诗为"诗史",正因为"当时"恰恰有"诗史"意识的自觉。

陈寅恪《元白诗笺证稿》考论《新乐府》有云:"然则乐天之作新乐府,乃用毛诗、乐府古诗及杜少陵诗之体制,改进当时民间流行之歌谣。实与贞元元和时代古文运动巨子韩昌黎元微之之流,以太史公书、左氏春秋之文体试作《毛颖传》《石鼎联句诗序》《莺莺传》等小说传奇者,其所持之旨意及所用之方法,适相符同。"陈氏从文体更新必自传统清整中来的角度立论,颇能启人思考,犹如他称《新乐府》"乃一部唐代《诗经》"这话本身就很富于启示意义一样。

众所周知,中唐贞元、元和之际,李绅及元、白创作乐府诗,其所以改革"拟赋古题"为"即事命篇",本有一种对古传统的确认在起作用。关于这一传统的实质,元稹《乐府古题序》云:"况自风雅至于乐流,莫非讽兴当时之事,以贻后代之人。"我认为,"当时之事"的"当时"二字,才真正是问题的实质所在。如李绅《新题乐府二十首》中的《阴山道》,乃讽兴"元和二年有诏悉以金银酬回鹘马价"之时事。李诗虽佚,而元稹和作亦以"以回鹘马价缣为非"①为主,并旁及豪贵踰制问题。至于白居易同题之作,则仿毛诗小序而标明"疾贪虏也"的主旨,同时,为克服元氏主题旁出之病,别为《缭绫》一诗以表现"念女工之劳"的主题。由此不难发现,不论是"遂作秦中吟,一吟悲一事"②的《秦中吟》,还是结构严整,以时代组织,俨然一部有唐之诗史的《新乐府》,不论是白氏的一题一事,还是元氏的不免繁复和庞杂,有一个尚未经人点破的要点是,其"讽兴当时之事",不是从润色事件的叙事才情出发,而是从批评时政的"问题意识"出发的。

---

① 参陈寅恪《元白诗笺证稿》第五章"新乐府",上海古籍出版社1978年版。
② 《伤唐衢》二首之二,《白氏长庆集》卷一。

恰恰是这至为关键的一点,赋予"诗"和"史"以独特的意义。和陈鸿《长恨歌传》所谓"希代之事,非遇出世之才润色之,则与时消没而不闻于世"者有别,白居易《新乐府序》标明了"其事核而实",其《和答诗·和阳城驿》又云:"一一皆实录,事事无子遗"。如果说传统史学意识中确有叙事学的传统,那么,在文化史的演进发展中,至少存在着分化为二的迹象,一方面是故事演绎的兴趣,一方面是事实记录的宗旨。中唐时代"史"意识的兴发,显然同时包含了这两个方面,而其时"诗"学所取者,恰恰是后者。不仅如此,元、白诸人分明又格外强调事实判断之上的价值判断:"故惩劝善恶之柄,执于文士褒贬之际焉;补察得失之端,操于诗人美刺之间焉。"①"《春秋》之褒贬",作为渗透在诗学之中的经典话语,使"当时"清理传统而整顿合一的"诗史"意识,明确指向特定的《诗》学传统与《春秋》学传统;而其合二为一的复合点,应该说,就是"病时之尤急"者的"问题意识"和"文士褒贬""诗人美刺"的批评态度。

也许,有人已经厌倦甚至厌烦了这种关于诗歌兴讽时事的观念和立场,或者认为它将损伤诗歌的艺术讲求。而我则认为,深入体会中唐贞元、元和之际诗学阐释的用心和意向,将有助于加深以下认识:在中国几千年以政治权力为最高权威的社会历史结构中,诗性精神的内核和史家意识的中心,都不能不是一种政治的存在方式;这也就是说,对"文士褒贬""诗人美刺"的倡导,看似老生常谈,实际上却涉及有关政治批评权力的根本性问题。元稹《和李校书新题乐府十二首序》指出:"予友李公垂赐予《乐府新题》二十首,雅有所谓,不虚为文。予取其病时之尤急者列而和之,盖十二而已。昔三代之盛也,士议而庶人谤。又曰:世理则词直,世忌则词隐。予遭理世而君盛,故直其词以示后,使夫后之人谓今日为不忌之时焉。"显而易见,如同白居易"选观风之使,建采诗之官"②的提议关系到制度建设,对"士议而庶人谤"

---

① 《策林六十八·议文章碑碣词赋》,《白氏长庆集》卷四八。
② 《策林六十九·采诗以补察时攻》,《白氏长庆集》卷四八。

的三代理想社会的向往,实质上就是在吁求"议""谤"的权力和容许"议""谤"的体制。在这个意义上,"问题意识"的背后,有"权力意识"在支撑着。

中唐古文运动和新乐府运动,连同当时流行的异儒学派的思想,都以"当代礼法"的建设为首要目的。所有这些思想论说的意义,就其主体意向而言,首先是实践的意义。也正因为如此,从对"当代礼法"的关注,到"兴讽当时之事",凸显出鲜明的现实感和当代意识。不言而喻,其"问题意识"和"权力意识"因此也就同样具有现实和实践的色彩。在这样的人文背景和历史际遇中,人们来评价杜诗,并引发"诗史"观的阐释,其意向就不难推断了。毫无疑问,史家司马迁所反复申说的"述往事,思来者",将改其"述往事"为"陈时事"。"往事"与"时事"虽一字之差,却使史家的笔法由过去时变成了现在时,在历史还没有成为历史的时候,史家之自觉需要更大的勇气和胆识,同时也相应需要"议""谤"自由的社会机制。而史家一旦关注于当代时事,就与诗人"即事命篇"的创作相契合。史家之褒贬,诗人之美刺,以"问题意识"为共同关注方式,以"权力意识"为共同的意志支撑,因此而整合为一体。如果说"权力意识"只是一种潜在的精神与思想吁求,是一种赖以支持自我的理想和信念,那么,"问题意识"却是实实在在的写作宗旨,其自我实践者如此,品评前贤者亦如此。白居易《策林序》云:"元和初,予罢校书郎,与元微之将应制举,闭门累月,揣摩当代之事,构成策目七十五门。"而其诗作,不仅《秦中吟》是"一吟悲一事",《新乐府》也无不如此。总之,是在思考着"当代之事"。由此联系到白氏对杜诗的评说:"杜诗最多,可传者千余首,然撮其《新安吏》《石壕吏》《潼关吏》《塞芦子》《留花门》之章,'朱门酒肉臭,路有冻死骨'之句,亦不过三四十首。"①"三吏"之作,今人多解其深义所在,诗人对战乱中搜捕男女老幼以充兵役的事实,作了生动的描写。至于如《塞芦子》者,钱谦益笺云:"是时贼据长安。史思明、高秀岩重兵趋太原,崤函空虚,公以

---

① 《与元九书》,《白氏长庆集》卷四五。

为得延州精兵万人,塞芦关而入,直捣长安,可以立奏收复之功也。"①这就像浦起龙所说:"史家只载一时事迹,诗家直显出一时气运。诗之妙,正在史笔不到处。"②所谓显示一时气运,得力于诗人对当时形势的分析判断,而这也正就是白居易所说的"揣摩当代之事"。看来,白居易点出杜诗几篇,并不是随意的。而在这种意义上将杜诗"号为诗史",其意向所指,又岂止是"毕陈于诗""殆无遗事"之记事详明而已!

当然,说"当时号为诗史"之"当时"为中唐贞元、元和之际,并无直接证据。但元、白之推崇杜诗,已为众所周知,而其"新乐府"诗观的精神实质又确如上文所述,具有整合《诗》学与《春秋》学于时事关怀的特定内容,那么,至少作出如是推论是不无意义的。尤其重要的是,我们由此可以进而认识到,附着于"当代之事"而意在"褒贬""美刺"的主体志趣,乃是依托在一个古老而又永远富于"当代"启示意义的人文传统之上的。于是,越是深究启动于杜诗学的"诗史"之说,就越能探寻出隐微在文化历史话语之字里行间的思想信息。

二、在"诗"与"史"之间的宋人思想

杜诗学于宋代大兴,而论杜之际,宋人便好言"诗史"。和"当时"情形相比,除"善陈时事""寓意褒贬"乃至于"《春秋》笔法"等可以想见的评论话语之外,一种可以概括为道德忧患说的内容,分明凸显出来了,这是我们应该予以关注的。

"千古是非存史笔,百年忠义寄江花。"③黄庭坚的这两句诗,的确"可作为宋人'诗史'意识的典型代表"。④ 而《潘子真诗话》尝引黄庭坚语云:"老杜虽在流落颠沛,未尝一日不在本朝,故善陈时事,句律精切,超古作者,忠义之气,感发而然。"在这里,黄庭坚的阐释逻辑是:

---

① 《钱注杜诗》卷二,上海古籍出版社 1979 年版。
② 《读杜提纲》,见《读杜心解》卷首,中华书局 1961 年版。
③ 《次韵伯氏寄赠盖郎中喜学老杜诗》。
④ 张高评:《和合集成与宋诗之新变》,见《宋代文学研究丛刊》第二期,台湾丽文文化事业公司 1996 年版。

"诗史"之美乃以"忠义"性气为本源。苏轼品评杜诗《北征》也道:"识君臣大体,忠义之气与秋色争高,可贵也。"①俞文豹更进一步说:"杜子美爱君之意,出于天性,非他人所能及。"②要之,宋人显然是将"诗史"看做伦理人格力量之所致。在一个讲求心性修养之学的时代,这样的阐释意向本极自然。而颇为耐人寻味的是,当时士人似乎有一种"诗史"优于"史笔"的态度。杨亿《读史敩白体》诗云:"易牙昔日曾蒸子,翁叔当年亦杀儿。史笔是非空自许,世情真伪复谁知。"联系白居易原诗《放言》那是非须留后人说的言外之意,我们分明可以体会到,"明是非"实在要比"陈时事"重要得多。"史笔是非"一旦遭遇到"世情真伪",就被导引到性情修养的问题层面上了;而在那里,始终被视为性情之所致的"诗"意识,似已先入为主。邵雍《诗史吟》云:"史笔善记事,长于炫其文。文胜则实丧,徒憎口云云。诗史善记事,长于造其真。真胜则华去,非如目纷纷。"接下来盛称"诗史"之功,排比十六项内容,从"可以辨庶政,可以齐黎民",到"可以赞天地,可以感鬼神"。说穿了,也无非是在重弹政教合一的诗教老调。只不过,如此明显地抑"史笔"而扬"诗史",正如其"行笔因调性,成诗为写心。诗扬心造化,笔发性园林"③所言,确实已有将"史笔"纳入心性大义的主观意向了。

宋人思想,每亲近或出入于理学。理学的天理人欲之辨,具有张扬普世道德理性的意义,而这种意义也恰恰是宋人"诗史"之说的思想基础。当时邵雍所谓"性公而明,情偏而暗",④张载所谓"性者,万物之一源,非有我之得私也",⑤黄庭坚所谓"因物而不用吾私",⑥无不表现出对穷理尽性以达大公无私之境的精神企希。"近世诗人,穷戚则职于怨憝,荣达则专于淫泆。身之休戚,发于喜怒,时之否泰,出于爱恶。

---

① 仇兆鳌:《杜少陵集详注》卷五引。
② 《吹剑三录》。
③ 《无苦吟》。
④ 《观物外篇》。
⑤ 《正蒙·诚明篇》。
⑥ 《刘明仲墨竹赋》。

殊不以天下大义而为言者,故其诗大率溺于情好也。"①天下大义,自然正是性理所存处,其别于私情所好,故能真正伸张公理而明断是非。他们或许正是从这里体会出"诗史"优于"史笔"的意味的。

　　从阐释重心历史性转移的角度看问题,可以认为,随着人文思潮由中唐的偏重事功发展转化为宋代的偏重心性,对"诗""史"整合的价值确认,也便由强调其"褒贬""美刺""当代之事"的时事关怀,转化为追究其"陈时事""寓褒贬"之本心的公明与否了。苏轼《王定国诗叙》云:"太史公论《诗》,以为'国风好色而不淫,小雅怨悱而不乱'。以余观之,是特识变风变雅尔,乌睹诗之正乎!昔先王之泽衰,然后变风发乎情,虽衰而未竭,是以犹止于礼义,以为贤于无所止者而已。若夫发乎性,止于忠者,其诗岂可同日而语哉?古今诗人众矣,而杜子美为首,岂非以其流落饥寒,终身不用,而一饭未尝忘君也欤!"苏轼此论,与俞文豹言杜甫爱君出于天性相通,都可为上述邵雍、张载诸人之说下注脚。其他如张戒等,论杜诗每言"微而婉,正而有礼",旨意大可会通。如此论杜,是否合乎杜甫本心原意,已是另一个问题。这里应该讨论的是,在这种看上去陈腐过时的思想背后,是否隐藏着别的意向?朱熹曾说:"父子、兄弟、朋友皆是分义相亲。至于事君,则分际甚严。人每若有不得已之意,非有出于忠心之诚者。"②那么,在"不得已"的"忠"和"公而明"的天理之性之间,又潜伏着怎样的思考?

　　黄庭坚是最为推崇杜甫的。后人确认:"黄鲁直则推为诗中之史。"③黄庭坚诗亦有云:"臣结春秋二三策,臣甫杜鹃再拜诗。"④就像宋人每喜欢以"《春秋》笔法"论诗品诗一样,抑扬褒贬本是其诗心自觉的必然内容。但是,褒贬美刺需要主观的胆识气魄和客观的环境条件,更需要关于褒贬本身之合理性的思想依据。中唐"新乐府"诗观以三代之制、先王遗法为思想依据,"士议而庶人谤"的权力意识是其潜

---

① 邵雍:《伊川击壤集自序》。
② 《朱子语类》卷二一。
③ 仇兆鳌:《杜少陵集详注凡例》。
④ 《书摩崖碑后》。

在的思想基础。入宋之后,在追问"诗史"褒贬是否为"忠义"感发之际,虽然已使"诗史"问题的阐释意向"内游"于心性领域,但是,同时又在怎样实践这种权力的现实机制上展开思考。于是,分歧出现了。如刘克庄评杜诗:"直笔不恕,所以为'诗史'也。"①评白居易,又言其"肆言无忌""刚稜嫉恶"。② 沿着这一阐释路线,自会有刚直不恕的"诗史"传统在阐释中发扬光大。在这一传统中,主观世界的"忠义"意味着"忠臣义士,欲正君定国,惟恐所陈不激切,岂尽优柔婉晦乎?"③而如此"忠义"的对应物,则犹如杨时所言:"禁止谤讪,自出于后世无道之君,不是美事,何足为法。"④显而易见,在"有道之君"与"忠臣义士"如白居易当初所谓"两尽其心"的前提下,直笔激切,凛然不恕,"诗史"的批判现实精神被高扬起来。然而问题是,反对"禁止谤讪"的杨时,同时又极力主张"温柔",以为"若谏而涉于毁谤,闻者怒之,何补之有?"⑤不仅如此,宋人在阐发温柔敦厚的诗教传统时,往往与微婉显晦的《春秋》笔法联系起来,从而赋予此微婉的修辞方法以多重意味。其中,最关紧要者有二:一是由"诗味"说所表征的诗贵"体会"的艺术自觉,二是围绕着人主之怒而透露出来的诗心史笔所共同的主体心理的两难。和提倡直笔不恕或微婉温厚这种表象上的分歧相比,宋人"诗史"阐释中真正深刻的思想,显然在于就上述两项内容所展开的思考。

在这里,南宋杨万里的思考很值得关注。杨万里以"《诗》与《春秋》纪事之妙"⑥——微婉显晦为切入点,以"去词去意"的"味"为聚焦点,就中唐以来有关"诗史"的阐释发表了总结性和建设性的意见。在《颐庵诗稿序》中,他把有"去词去意"之妙的诗之"味",直接同诗之"刺"联系起来,而其阐释要领在于,因为"今求其诗,无刺之之词,亦不见刺之之意也",所以,闻之者便"外不敢怒,而其中愧死矣"。不言而

---

① 刘克庄:《后村诗话》后集卷二。
② 刘克庄:《后村诗话》新集卷一。
③ 黄彻:《䂬溪诗话》卷一〇。
④ 《龟山先生语录》卷三。
⑤ 蔡正孙《诗林广记》后集卷四引《龟山语录》语。
⑥ 《诚斋诗话》引《左传》有关微婉显晦之称,以为《诗》《春秋》"纪事之妙"。

喻,一面是刺诗作者存其刺义于词外意外,只留得其"味"让人去体会,一面是被刺者内心有愧而外不敢怒。两相沟通,其所以"不敢怒",大有无从怪罪的意思,因为"去词去意",已近乎无迹可求了。这不妨看做是针对讽谏者每得讪谤之罪的历史和现实的经验教训而设计的防范性措施,无违于诗美的追求和史笔的书法传统。不过,杨万里的思考,并非以此为止境。在其《诗论》中,诗被看做是"矫天下之具",而其用以矫正的原理是:"盖天下之至情,矫生于愧,愧生于众;愧非议则安,议非众则私;安则不愧其愧,私则反议其议。圣人不使天下不愧其愧,反议其议也,于是举众以议之,举议以愧之。则天下之不善者,不得不愧。愧斯矫,矫斯复,复斯善矣。此诗之教也。"很清楚,前所谓"不敢怒",此所谓"不得不愧",分明有一种权威性的制约力量存在,这就是"举众以议之"的"众议"。"圣人引天下之众,以议天下之善不善,此诗之所以作也。"杨万里在唐代白居易诸人对"士议而庶人谤"吁求的基础上,进一步强调"天下之众"的普遍性,这是一个本质性的进步。而这里的"众议"观念,又与其《春秋论》所言"《春秋》者,夫子之所以政也。……然则夫子之赏罚非孔氏之私政也,天下之公政也"彼此会通,最终构成了"众议"与"公政"相互补的《诗》《春秋》之最高宗旨。

杨万里的《诗论》与《春秋论》,本出于其《心性论·六经论》,因此,其"众议""公政"观念,就与理学家和文学家共同阐扬的"廓然而大公""不用吾私"的意识有着内在的联系。如果说"不用吾私"意味着对"诗史"主体的道德要求,那么,"众议""公政"实质上是对道德化主体的必要生存境遇的要求。而特别值得指出的是,这样一种《诗》之教与《春秋》之政相整合的政教观念,所强调的并不是对诗心史笔的规范约束,而是赋予它特定的使命和权力,并且为这种使命和权力提供必要的社会基础。"诗果宽乎?耸乎其必讥,而断乎其必不恕也。""《易》《礼》《乐》与《书》,暄也;《诗》,凛也。"其中没有列出《春秋》,可谓意味深长。以其天赋赏罚之柄的本质规定,当然应是"凛也"。试想,若是只有"发乎性,止乎忠",而同时没有"举天下之众以议之",诗心史笔,岂敢"断乎其必不恕也"!同样,若没有"议非众则私"的"众议",便缺少令无道之君"不得不愧"的权威力量,而那结果便只能是"私则反议其议",于是,兴讽便被视作讪谤,褒贬"当代之事"便等于"引颈以承戈,披襟而受矢"①了。由此看来,宋人继续中唐诸子整合"诗""史"而作的人文社会思考,已经达到了相当的深度和高度,在中国传统的君主民本观念的大历史框架内,以"众议""公政"为核心理念,实则已触及以民权相对制约君权的本质课题,尽管这都在阐释孔儒经典意义的前提笼罩之下。

综上所述,宋人在就"诗史"问题而展开的人文阐释活动中,既表现出"心迹"追问的意向,也表现出机制设计的意向,而一旦具有"举天下之众以议"的大前提,则"忠义之气,感发而然"者,就不再是纯粹的世乱见忠贞的道德风范,在提倡封建伦理的同时,分明又呼唤着大众批评的权力。最后的结果,可能依然是无法两全的两难,但这种意向,显然是值得肯定和为之再作阐发的。实际上,正是这种深层的两难,可以看做宋人一面强调"直笔不恕"一面又称许"微婉显晦""正而有礼"的内在原因。

当然,所有这些,都已远远超出了杜诗学的范围,也超出了像文天祥那样自觉承传杜诗"诗史"传统的意志自觉和写作原则。但是,"诗史"之阐释,从一开始就是非杜诗之学则不得入,而专杜诗之学则不能出。能入能出,方才有阐释的广阔空间。而在出入之际,有一个起着枢纽作用的意识内容,那就是将"诗史"之旨与古老的《诗》《春秋》之学联系起来。这提示我们,如果要讲"诗史"传统的话,由杜诗所开创的不过是小传统,在其背后还有那肇自孔子《诗》《春秋》之大义的大传统。

三、《诗》《春秋》,学之美者也

除了中国传统的叙事学因素之外,那使《诗》之学与《春秋》之学发

---

① 黄庭坚:《书王知载朐山杂咏后》。

生血肉联系的,主要是儒家"思想者"的阐释。这一认识,首先来自"折衷周秦诸子""可谓结古代思想之总账"[1]的淮南作者群的历史叙述。《淮南子·氾论训》道:"王道缺而《诗》作,周室废、礼义坏而《春秋》作。《诗》《春秋》,学之美者也,皆衰世之造也,儒者循之以教导于世,岂若三代之盛哉!以《诗》《春秋》为古之道而贵之,又有未作《诗》《春秋》之时。夫道其缺也,不若道其全也。"这一节文字记述明确告诉我们:首先,汉代虽已有"六经"之名和"五经博士"之职,但汉人确认,存在着一个由《诗》《春秋》两经单独整合的学问体系;其次,这一学问体系由"儒者循之教导于世",被视为"古之道而贵之",说明《诗》《春秋》之学在周秦之际的儒家思想文化中,具有特殊的地位;最后,在淮南作者心目中,《诗》《春秋》之学,美诚美矣,可惜其同为"衰世之造"。所有这些明确的信息,对于我们真正深入揭示"诗史"大传统的人文底蕴,无疑有着重要的价值。

在思考"诗史"大传统的生成境遇时,我们面前有三种不同的说法:其一,是孟子的"《诗》亡,然后《春秋》作";[2]其二,是明末清初的黄宗羲所提出的"史亡而后诗作";[3]其三,则是前引《淮南子》所言"王道缺而《诗》作,周室废、礼义坏而《春秋》作"。尽管三者无不强调着"诗"与"史"之间的融通互补,但着眼点的不同毕竟透露了历史隐秘的某些线索。黄宗羲的"史亡"说更多地凝聚着家国沦亡则诗人感愤的意味,其"史亡"未尝不是"沦亡之史"的意思。它与淮南作者以《诗》《春秋》为"衰世之造"的看法共同告诉我们,"诗史"传统,始终关系到治乱兴亡的大课题。不过,孟子的"王者之迹熄而《诗》亡"和《淮南子》的"王道缺而《诗》作",前提相同而结论相反,还是让人困惑。而摆脱困惑之道,我以为关键在于以下这样的认识:无论孟子还是淮南作者,其阐述之宗旨,并不在辨史迹之先后,而在发明《诗》与《春秋》间的依存会

---

[1] 胡适:《淮南鸿烈集解序》,见刘文典《淮南鸿烈集解》,《新编诸子集成》第一辑,中华书局1989年版。
[2] 《孟子·离娄下》。
[3] 《撰杖集·万履安先生诗序》,《四部丛刊》本。

通关系。与此相关,真正需要加以注意的,是这种关系赖以形成的历史文化背景——衰乱之世,以及这种关系的具体表现形态——微言大义,而这两者又共同指向春秋称《诗》以"微言相感"的人文氛围和思维方式。于是,可以说问题的症结就在孔子所谓"不学《诗》,无以言"①的"言"这一点上。换言之,"《诗》《春秋》,学之美者也",在一定程度上,其学是不妨称之为"言"——"微言"——之学的。

从班固所谓"仲尼没而微言绝,七十子丧而大义乖"②的语意语气来体会,向所谓"微言大义",实际上是指一种非如文字记述之可以流传后世的口头言论。司马迁的记述在强化这种认识:"是以孔子明王道,干七十余君,莫能用,故西观周室,论史记旧闻,兴于鲁而次《春秋》……七十子之徒口受其传指,为有所刺讥褒讳挹损之文辞不可以书见也。"③沿着这样的阐释意向去思考推想,在现存《春秋》文本之外,应有着大量生发于孔门师徒授受之间的思想言论,且其性质应该是批判性的,所以司马迁才说:"弟子受《春秋》,孔子曰:'后世知丘者以《春秋》,而罪丘者亦以《春秋》。'"④如果说司马迁、班固在"述往事"的同时又想借此告诉后人什么的话,那么,他们无疑是想说,历史的真实是大于史书的文本世界的。不仅如此,《史记·匈奴列传》太史公曰:"孔子著《春秋》,隐、桓之间则章,至定、哀之际则微,为其切当世之文而罔褒,忌讳之辞也。"《公羊传》定公元年亦曰:"定、哀多微辞。"刘勰《文心雕龙·史传》则曰:"至于记编同时,时同多诡,虽定哀微辞,而世情利害。勋荣之家,虽庸夫而尽饰;迍败之士,虽令德而常嗤,吹霜煦露,寒暑笔端,此又同时之枉,可为叹息者也。"值得注意的是,刘勰在《程器》一篇中又一次感慨道:"将相以位隆特达,文士以职卑多诮。此江河所以腾涌,涓流所以寸折者。"鲁迅《摩罗诗力说》值此而曰:"东方恶习,尽此数言。"只要我们多一分对"东方恶习"的反省,存一点对"世情利

---

① 《论语·季氏》。
② 《汉书·艺文志》。
③ 《史记·十二诸侯年表》。
④ 《史记·孔子世家》。

害"的体会,自然就能理解"时同多诡"一语所含蕴的无奈。唯其有无奈之苦,所以,即便是那见于文本的话语,只要涉及"当代之事",也便"时同多诡"了。这里的一个"诡"字,自然又使我们想到《毛诗序》的"主文而谲谏",《春秋》之学与《诗》学于是交会于"诡""谲"之辞,从而折射出有序的人文传统背后隐伏着的精神扭曲。当然,这也就说明,以微言大义来阐发《春秋》价值,原有双重的阐释意向,文本中的"微言"和"不可以书见"的"微言",共同构成一条特殊的思路,引导人们去寻求历史表象和史书明言背后的真实世界。

这种思路,实际上显示着当时人们表达思想和交流思想的特定方式,它们都是《春秋》称《诗》的时尚培育出来的。清人劳孝舆《春秋诗话》卷一云:"盖当时只有《诗》,无诗人。古人所作,今人可援为己诗,彼人之诗,此人可赓为自作,期于'言志'而止。人无定诗,诗无定指,以故可名不名,不作而作也。"不言而喻,正是这种"人无定诗,诗无定指"的不确定性,为人们提供了相对的自由:一面是"赋《诗》断章"①的自由,另一方面则是"兴于《诗》"②的自由。在此双向自由的展开中,培育出擅于类推联想和引申发挥的思维习惯。于是,当人们需要阐发某种不便明言正说的意见时,也便以此为有效途径。而孔夫子正是运用这一方式来笔修《春秋》并口授大义的。只不过从称《诗》之际的言语思维的相对自由,到"时同多诡"的价值判断的艰难,在学《诗》之举与《春秋》旨趣之间,毕竟包含着创造性的精神劳动。

众所周知,汉人论《诗》,往往还是用春秋称《诗》的方法,而且他们还明确透露,《春秋》笔法者,要领正在于此。"五行异气而皆适调,六艺异科而皆同道。"③这里的和合会通思想,包含有思维方式上的会通:"《关雎》兴于鸟,而君子美之,为其雌雄之不乖居也;《鹿鸣》兴于兽,君子大之,取其见食而相呼也。泓之战,军败君获,而《春秋》大之,取其

---

① 《左传·襄公二十八年》。
② 《论语·泰伯》。
③ 《淮南子·泰族训》。

不鼓不成列也；宋伯姬坐烧而死，《春秋》大之，取其不逾礼而行也。"①所谓"大之"，就是主体阐释上的推广和倡导，就像兴于《诗》而可以自由感发一样，诗性史笔贵在超越事实判断而作价值判断。"诗史"大传统，其重心并不在描述事实。

于是，"儒者循之以教导于世"，不啻是在传播一种特殊的言说方式，而且最终是在倡导一种独到的价值判断系统。《史记·孔子世家》云："孔子在位听讼，文辞有可与人共者，弗独有也。至于为《春秋》，笔则笔，削则削，子夏之徒不能赞一辞。"司马迁言外有意，分明在说，孔子《春秋》之辞乃是其"独有"的。班固"孔子没而微言绝"，应该也有类似的意思。值此，或以为会有以下悖论：应该承传发扬的传统，其本身又为原创者所"独有"；传统赖以历史延伸的内容，原是不可重复的。或者，悖论并不存在，"儒者"的教导，只是要确认一种精神，同时传授一种特殊的言说方式，以此实现对现实的批判性参与。在这个意义上，由孔子开创的"诗史"大传统，实际上也是当时"儒者"的实践形态——在整合《诗》学与《春秋》之学的阐释体系中，寄托自身的理想追求和现实经验，包括在"世情利害"面前"时同多诡"的苦涩和无奈。

看来，在儒家元典精神中，本来含有诗性史学的重要内容。相对于六经皆史观念的深入人心来，诗性史学传统的真正价值，还有待人们的阐扬。

四、变风变雅与达于事变

经典文本的叙述，往往提供一种同样富于经典性的思路，这是最可关注的。《淮南子》所言"王道缺而《诗》作，周室废、礼义坏而《春秋》作"，分明与《毛诗序》的如下叙述相合："至于王道衰，礼义废，政教失，国异政，家殊俗，而变风变雅作矣。"这种明显相吻合的叙述，已经再清楚不过地告诉人们，当时"儒者"视为"古之道"的《诗》《春秋》之学，其

---

① 《淮南子·泰族训》。

精神与"变风变雅"是一体相共的。而这又等于说,孔子开创的"诗史"大传统,也就是变风变雅的传统。由此看来,黄宗羲倡言"必于变风变雅归焉",①实质上是旨在复兴一种古老的传统了。

确认"变风变雅"乃"诗史"大传统之精神所在,其实也来自《毛诗序》叙述的内部消息。如上文所引述,紧接着"变风变雅作矣"之后,其说有云:"国史明乎得失之迹,伤人伦之废,哀刑政之苛,吟咏情性,以风其上,达于事变而怀其旧俗者也。"显而易见,"变风变雅作"的主体,应是"国史"。在"诗人"与"国史"这两种人文角色的重合中,必定隐藏着很多文化思想史的秘密。解密需要突破口,而"达于事变"正是一把解密的钥匙。

"事变",首先应该从"国史"主体的角度去考察和思考。于是,我们便发现,"事变"的消息,关系到"史"的自觉,具体流露在关于"《春秋》之教"的两种定义之间。《礼记·王制》云:"乐正崇四术,立四教。顺先王《诗》《书》《礼》《乐》以造士。"《左传》僖公二十七年又载云:"说《礼》《乐》而敦《诗》《书》。《诗》《书》,义之府也。《礼》《乐》,德之则也。"《史记·孔子世家》也说"孔子以《诗》《书》《礼》《乐》教"。人们因此而早就认识到,"先王"之教乃是"四教",其中并不包括《春秋》。但《庄子·天运》有"丘治《诗》《书》《礼》《乐》《易》《春秋》六经"的说法,而《礼记·经解》更于"孔子曰:'入其国,其教可知也'"下,列出"六经"之教来,一者称"丘治",一者云"孔子曰",无非透露消息,先王有"四教",经孔子发展而有"六经"之教。问题在于,《礼记·经解》所述孔子论六经之教的内容,有关于《诗》者,其温柔敦厚之旨,与其余典籍所述,皆相吻合,而关于《春秋》,其所谓"属辞比事",就与《淮南子》的"刺讥辩议"、司马迁的"辩是非""采善贬恶",②有着明显的区别了。或怀疑《经解》引述孔子之语的可靠性。其实,孟子阐释孔子《春秋》价值时,有说云:"其事则齐桓、晋文,其文则史。孔子曰:'其义则丘窃取之矣。'"③

---

① 《万贞一诗序》。
② 《史记·太史公自序》。
③ 《孟子·离娄下》。

言下之意,事实为现实,文辞为史官之专长,只有"义"是孔子"独有"的。既然如此,当孔子阐述原有史家传统时,必然合"事"与"文"而言之了。更何况,孔子自己曾说"文胜质则史",《左传》成公五年有"祝币,史辞",昭公十七年又有"祝用币,史用辞",而《仪礼·聘礼记》则曰"辞多则史",将向所谓"记事""记言"的职能和这里所言用辞属文的专长统一起来,恰恰构成"属辞比事"的基本特性。因而,在先王"四教"之外,还有先于孔子《春秋》之义的"《春秋》之教"。"属辞比事而不乱,则深于《春秋》者也",尽管我们也可以把"不乱"理解作使人事符合于名分的书法规范,但这里却主要强调编排叙述的有序化讲求。总之,和"国史"之角色自觉相关,史家《春秋》之学,因此有着两个阐释系统,一为讲修辞记事的系统,一为讲褒贬辩议的系统,而孔子则是这两个系统之历史联系中的关键人物。

《庄子·天下》论道术之历史演变,谓"其明而在数度者,旧法世传之史,尚多有之。其在于《诗》《书》《礼》《乐》者,邹鲁之士搢绅先生,多能明之"。这说明,"四教"之外,尚多"世传之史",只不过先王不以入教罢了。何以如此呢?因为"国史秘密,非可公布",①史记本具档案性质。不仅如此,《史记·六国年表序》称"史记独藏周室",这多少证实了一种看法:"各国史官与周天子似有从属关系,大概各国史官最初多系周天子派充,而非各国所自设。"②如是,则史官就是"王官",其"属辞比事"之际,代表着天子的权威,如果说值此之际确有一种"史的审判"③的威慑力量,那么,这力量的源泉只能来自王权。实际上,后人每言孔子修《春秋》而当"一王之法"者,分明也折射出这样的事实。而这就意味着,王权衰则"国史"无所依恃。试想,在礼崩乐坏的形势下,中央王权既然已不具权威,其"义法"相应也便不具威慑力,对于史官来说,这岂不是最大的"事变"!同样道理,"暨于诸侯,国自有史",④这便

---

① 章太炎:《国学讲演录》,华东师范大学出版社1995年版,第417页。
② 周谷城:《史学与美学》,上海人民出版社1980年版,第70页。
③ 徐复观:《两汉思想史》卷三"原史",台湾学生书局1989年版。
④ 《后汉书·班彪传》引班彪《史记论》。

是诸侯之策,诸侯之策作为史的判决所具有的威慑力,同样也需要必要的后盾,如《左传》襄公二十一年所述卫宁殖逐卫君而有悔于将死之际,所谓"吾得罪于君,悔而无及也,名藏在诸侯之策,曰:孙林父宁殖出其君。君入,则掩之"。不难理解,在惧怕"名藏在诸侯之策"的现象背后,恐怕正是"强乘弱,兴师不请天子,然挟王室之义,以讨伐为会盟主"①的形势在起作用。"挟王室之义"的行为与"书法不隐"的史官"书法",应该是相统一的。唯其如此,一旦连"王室之义"都不再顾及,则史官书法就毫无威慑之力可言,谁还在乎一个行将灭亡的政权关于往事和时事的"说法"呢!"国史"必须认清这一形势,此即所谓"达于事变"。

从《毛诗序》阐释"变风变雅"的语意中,可以得出明确的推论,"变风变雅"亦即"变风"。"风"本身就有"刺上""谲谏"之义,从而,"变风"之旨,在"吟咏情性,以风其上"之外,增生了"明得失之迹"而"达于事变"的内容,亦即反思历史以认识现实。不言而喻,这里有情绪哀伤与理性清醒的双重底蕴。不仅如此,《毛诗序》虽是在说《诗》,却不能不表现汉人自己的思想意识和心理状态。也因为如此,"达于事变",就须与汉人感慨于"士不遇"而反思于"上世"与"今世"之间时,痛切感受到的"世异事变"的意识内容相联系来思考。② 对照孟子"孔子成《春秋》,而乱臣贼子惧"之企希权威,与司马迁《太史公自序》中不敢比之于《春秋》的惶恐,不难体会到,当他们在确认前人对"一王之法"的追求时,同时已表露出身处大一统威权之下的怵惕和苦闷。于是,在这双重的精神内容的交织状态中,在企希"一王"权威而又试图以更大之权威相威慑的意识活动中,寻找新的威慑力之源泉的课题就被提上思想文化史的日程了。

《墨子·明鬼》云:"由此始,是以天下乱。此其故何以然也?则皆以疑惑鬼神之有与无之别,不明乎鬼神之能赏贤而罚暴也,今若使天

---

① 《史记·十二诸侯年表》。
② 参看东方朔《答客难》、扬雄《解嘲》等,其心理不难明晓。

下之人,偕若信鬼神之能赏贤罚暴也,则夫天下岂乱哉?"秦汉之际,墨家之学虽然衰微,但墨学"明鬼"的人文意识,却依然在起作用,因为人们需要找到一种高于现实从而可以制衡现实的权威,否则,他们便无法坚持对现实的批判立场。董仲舒《春秋繁露·精华》云:"所闻《诗》无达诂,《易》无达占,《春秋》无达辞,从变从义而一以奉仁人。"《玉英》又云:"《春秋》有经礼,有变礼。""明乎经变之事,然后知轻重之分,可与适权矣。"凡此,都可以视为《毛诗序》"国史""达于事变"一说的时代语境。而正是"从变从义"的思路,引出了"《春秋》灾异之变"的学说,引出了"国家将有失道之败,而天乃先出灾害以谴告之,不知自省,又出怪异以警惧之,尚不知变,而伤败乃至"①的天意谴告之说。"天谴"说的发生,曲折反映出士人无法完成其"谴告""警惧"使命的苦闷与焦虑。由此所体现出的儒家之神学化,至少在某种程度上,说明了秦汉一统的社会发展所索取的文明代价实在是很高的。

前此春秋战国之交,在君主与民本思想相互辅翼的思想空气中,《诗》之学与《春秋》之学相会于劝谏戒惧之道。《国语·晋语六》云:"吾闻古之言,王者政德既成,又听于民,于是乎使工诵谏于朝,在列者献诗,使勿兜,风听胪言于市,辨祆祥于谣,考百事于朝,问谤誉于路,有邪而正之,尽戒之术也。"这里的"辨祆祥于谣",与后来五行家所说的"诗妖"意蕴相合,《汉书·五行志》云:"君炕阳而暴虐,臣畏刑而拑口,则怨谤之气发于歌谣,故有诗妖。"在正面提出"君尊臣卑"之后,"尽戒之术"相应也须在天人合一的前提下展开,也因为如此,汉人所谓"诗妖",就与《春秋》灾异之变"的认识一样,共同将士民"怨谤之气"的积郁归结为天人失和的灾变,然后,仍用天意谴告的神秘威慑力来达到批评政治的目的。和先前直接主张"听于民"者相比,此时的民意不得不借天意来表现自己。于是,如同其以"灾异之变"来阐发《春秋》大义一样,基于"《诗》无达诂"而"从变从义"的前提,《诗》学要领中凸显出来的"变风变雅"意识,归根结底,无非是风诗谲谏之道与"国

---

① 董仲舒《举贤良对策》。

史""达于事变"之反思智慧的统一。

总之,赋予孔子《春秋》所开创之"诗史"大传统以"变风变雅"性质,关键在为诗家兴讽之道注入史家反思而警世的精神,其永远鲜活的启示在于,无论世事如何变幻,对"当代之事"的诗人兴讽与史家褒贬,都需要一种在现实秩序之外的权威来提供支持。

五、结语:"诗史"传统的命脉

以上的讨论,其首要之义是想说明,当人们试图确认"诗史"作为特定人文传统的核心精神时,必须整合杜诗学之"诗史"说与《诗》《春秋》学之"诗史"说,才有可能超越现象而把握本质。这种本质,可以概括为直面时事而感发褒贬的主体意识,以及包括主体之艰难在内的现实真实的情感体验和理性反思。其最可贵之处还在于,对已经习惯于说"这已是历史"("述往事")或"让历史来评价"("思来者")者而言,传统"诗史"说的阐释意向,有助于确立当下的史家姿态,而且是批判性而非辩护性的姿态。

兼综历来显在和隐在的"诗史"阐说,不难发现,"诗史"的光辉,多闪烁在衰乱之世的阴霾风雨之间,混乱中的真相和危难中的真情,是同样珍贵的,"诗史"之美因此而带有抹不去的悲壮色彩。不过,和这种事实上的悲剧性内容相比,那种因"不可以书见"而永远消失的"义法"辩说,构成了中国史家的真正的悲哀。幸好,作为补偿,从中唐元、白的"新乐府"说,到南宋杨万里的《诗论》《春秋论》,以及由此引出的更为久远的《诗》《春秋》之学,分明提出了价值判断的终极权威问题,这实在是意义深远的。而令人欣慰的是,从司马迁所谓"一王之法"到杨万里所称"众议""公政",尽管无不依托于圣人之道,但那隐在"诗史"说背后的政治文化意识,毕竟体现出由王法到民意的发展迹象。

在"诗史"说的历史框架里,诗人的感事而吟,对应于史家实录;诗人的比兴艺术,对应于史家书法;诗人的兴讽之旨,对应于史家褒贬之义;诗人的忠爱之忧,对应于史家殷鉴之用。在对应互通的多层契合中,蕴含着极其丰富的中国历史文化的思想内容。唯其如此,"诗史"说,不仅应是诗学研究的对象,也应是思想史的研究对象。而在这个意义上,本文所讨论的"思想者"的思想轨迹,必将引出一些有意义的人文学术课题,比如,作一部"诗史"史,那将会发现多少问题!

本文酝酿之际,曾作为专题与北京师范大学中文系诸博士学友共同研讨,切磋之际,多受启发,在此深表谢忱。又蒙过常宝、张廷银惠寄相关资料,一并致谢!

中国诗学的语言哲学内核与语言艺术模式

站在前此曾经持续了十余年的"回顾与前瞻"的学术高台上,在世纪之交结账式的学术热潮悄然退去,从而事实上已拉开一定的思维距离以后,重新冷静地审视关于中国诗学原理的阐释历程与诗歌艺术批评史的描述经验,并真诚地期望着对此前"回顾与前瞻"之际所提出的问题,诸如"元理论""核心范畴"的确认与阐释问题,以及传统文论话语的现代转换问题等等,能有实际的深入和突破,那就非再次凸显"问题意识"不可。而首要的"问题"无疑应该是基于诗歌是为语言艺术之精华这一点,从而探寻其语言哲学内核与语言艺术模式。

一、《老子》名道论正读

任何关于中国诗学精神的终极提炼,都无法不与"道"这一范畴发生关系,而在中国先哲关于"道"的阐说中,最富有语言哲学意味,也最富有诗学意味的,无疑正是《老子》。如果说由《论语》载述的孔门《诗》教内容,以及新近发现的《孔子诗论》,蕴含着中国诗学与政治教化密切相关的丰富思想,那么,以《老子》围绕"名""道"的论说为焦点,则可以透视中国哲思诗学的深奥内容,尤其可以窥见诗歌艺术作为语言艺术之精华的语言哲学的奥秘。

讨论诗学而循"原道"理路,已然成为学术传统。从郭绍虞在20世纪30年代初就指出,一个"道"字实在是中国文学批评史上最重要的问题,①直到当今学人展开有关传统诗学思想的本体价值阐释,无不视传统哲学思想与诗学理论共言之"道"为核心范畴。"'道'作为中国传统文化最崇高的概念",②经历了三千余年漫长的阐释历史,尽管其具体意义可因阐释之角度不同而分别为"道路之道""天人之道""太一之道""虚无之道""佛之道""理之道""心之道""气之道""人道之道"等,③但"道"作为"崇高""终极"概念的阐释立场,却又始终未变。或者如海外专家所言,这是一个具有诠释的伸缩性和开放性的论说体系。而同样毋庸置疑的是,由于这一伸缩与开放的论说体系的中心,正是那唯一的本体——"道",因此,完全可以说,实际存在着一个"道中心主义"的思想阐释传统,在中心位置上,"道"的唯一性、第一性是不容怀疑的。恰恰在这里,我想提出一个问题:中国思想史上各家共同言"道"这一事实,除了说明"道"的终极价值外,是否同时又赋予这一事实类似于"我说(道)故我在"的性质?需要注意到,具有中国哲学之元性质,从而也就具有中国诗学之元性质的《老子》,其首章阐说所显示者,恰恰具有在"道"这一中心存在身边并排安置"名"的特性。与此相关,陈鼓应曾比照《老子》通行本和郭店本在四十二章文字上的不同,指出郭店本"天下之物,生于有、生于无"较之通行本"天下之物生于有,有生于无"而更接近祖本,也更与首章义涵相通。④ 他因此又指出,实际上可能存在着一个漫长的哲学的误读史。既然如此,就需要正读。

首先,需要考察相应的思想言说的大语境。《庄子·知北游》云:"大道,窅然难言哉!将为汝言其崖略。"一面感叹其"难言",一面又表示"将为汝言",从而造成一种"言难言"的特殊言语态度。《庄子·外物》云:"筌者所以在鱼,得鱼而忘筌;蹄者所以在兔,得兔而忘蹄;言者所以在意,得意而忘言。吾安得夫忘言之人而与之言哉?"这应该是深

---

① 郭绍虞:《中国文学批评史上文与道的问题》,载《武汉大学文哲学刊》1930 年第 1 卷第 1 期。
② 金岳霖:《论道》,商务印书馆 1987 年版,第 16 页。
③ 张立文:《道》,中国人民大学出版社 1989 年版,第 10 页。
④ 陈鼓应:《老子的有无、动静和体用观》,载《华中师范大学学报》2005 年第 6 期。

刻影响到中国诗学思想的一种集观念性和方法论于一体的论述了。问题在于,人们长期只关注于"得意忘言",而忘记了"安得大忘言之人而与之言"这句关键性话语中的"与之言"。《庄子·寓言》云:"言无言,终身言,未尝言;终身不言,未尝不言。"在这里,除了言说是"言"而沉默也是"言"这一浅显的意思之外,既有对言说之澄明的追求,也有对言说之不得已的说明,其意蕴复杂,未宜片言论断。其中关于"忘言"之义,人们已经阐发得十分透彻了。现在需要关注的,恰恰是"得夫忘言之人而与之言"的"言"。

《史记·老子韩非列传》云:"老子修道德,其学以自隐无名为务。居周久之,见周之衰,乃遂去。至关,关令尹喜曰:'子将隐矣,强为我著书。'于是老子著书上下篇,言道德之意五千余言而去,莫知其所终。"这一段为人熟知的史书描述,竟然也用了"强为我著书"这样的语气,实在耐人寻味!司马迁是否因为《老子》曾明言"强为之名""强字之""强为之容"而模拟其语意语气呢?值得认真考虑。在习惯性的阐释方向上,司马迁之所以如此描述者,是为了显示"不得已著书,故郑重于发言之首,曰道至难也"①之意,是为了表示"五千言不过是权宜性的假说"。② 如此阐释的合理性也是不言而喻的。但是,同样显而易见的是,先哲们面对"难言"之"道"时又曾表现出执著于"言"的主观努力,从而使其所谓"强"者,除了勉强的意味外,还有执著而强行的意味。

从一般的思想史发展的逻辑上推求,这种对"言"的执著,与社会发展进步过程中人类认识世界的理性自觉直接相关。《老子》二十五章曰:"有物混成,先天地生。寂兮寥兮,独立而不改,周行而不殆,可以为天地母。吾不知其名,故强字之曰道,强为之名曰大。"十五章亦云:"古之善为道者,微妙玄通,深不可志。夫唯不可志,故强为之容。"两章都用了一个"强"字,细心体悟,其中既有勉强之义,也有强行之

---

① 魏源:《老子本义》,见《诸子集成本》第三册,第1页。
② 周裕锴:《中国古代阐释学研究》,上海人民出版社2003年版,第34页。

义,前者表现出先哲对终极之超然存在的敬畏、崇拜以及难言其妙的无奈,而后者则表现了先哲对自身认识理性与言说功能的自信与执著。正是这种自信与执著,培育了中国士人哲思诗意的修辞传统,在"强为之名""强为之容"的不断实践中,养成了情寄于"微妙玄通"的诗性言语思维习惯。

《老子》辩证思维的特点,必将首先表现为其道论的辩证言语模式。不错,《老子》有云:"道隐无名""道恒无名",但同样真实的是,《老子》又有云:"道之为物,惟恍惟惚。自古及今,其名不去,以阅众甫。"我们不能面对《老子》的"两端"言说而只取一端。

只有在以上这样的认识基础上,才可以再来读解《老子》首章:"道可道,非常道;名可名,非常名。无,名天地之始;有,名万物之母。故常无,欲以观其妙;常有,欲以观其徼。此两者同出而异名。同谓之玄。玄之又玄,众妙之门。"应该看到,其"道可道,非常道"是和"名可名,非常名"骈然而同出的。这就意味着,此章之所谓"道"和"名"、"可道"和"可名"、"常道"和"常名",应有互相依存、互相发明的一层关系。这其实也就意味着,在中国先哲那里,"道"的本体地位具有与"名"的本体地位互相依存的特定关系。惟其如此,与其固执于"道中心主义"而称此为"道"论,不如辩证地称其为"道""名"论,并参照当时之"以名命物"而阐释为"名道"论。

《老子》首章结句有云:"此两者同出而异名。"此所谓"两者",若基于文本特定语境而逐层上溯,依次应该是"常无"与"常有"、"无"与"有"、"常道"与"常名"、"道"与"名"。《老子》"名道"论的元始意图,显然是想一开始就说明一切思维和言说的奥妙归根结底就在于"道"与"名"的玄同之机:可视为终极本体者,不仅仅是作为"有物混成,先天地生"的那个"物",同时还有"强为之名"的"名"这个人类的思想创造物,而正是在这个终极性的"以名命物"的思想创造过程中,"道"论体系得以形成。这个体系的哲学性质,对应于当时已然兴起的"名物"学,可以说具有"名道"学的性质。"名道"与"名物"自然不同,因为"道之为物,唯恍唯惚",需要命名的这个特殊之"物",它本身就是一种假说,一种哲学思想者的终极假说;不过,它们又相仿佛,因为这其间有一个思想主体对自己创造物的客观化,"道"之外之所以需要有并列的"名",恰是为了证明"道"的"物"性,也因此,与"道可道,非常道"并列的"名可名,非常名",才具有充分体现此哲学假说价值的特殊意义。

诚然,人们早已注意到了老、庄一面讲"大辩不言",一面却辩言不已的矛盾现象,却未曾深究其所以如此之原因。现在看来,问题的关键在于,无论你怎样理解和阐释道家之"道",都需要同时关注以"强为之名曰大""强字之曰道""强为之容"这样的表述为实际语境的"名"这一范畴。而在"道"与"名"两者之间,又因此而形成特定的玄同名物观。《老子》"名道"论的开山一说,就提示世人要记住"同谓之玄,玄之又玄,众妙之门",此众妙之门的秘密,就在于"道可道,非常道;名可名,非常名"之间的玄化同构,亦即哲学意义上"言"之"无"与"有"的微妙融通。"妙不可言"与"玄妙之言"的同出并行势必形成张力,而在相当程度上,非曲尽"玄妙之言"者将无以传达"妙不可言"之所以妙,反之亦然。《庄子》"得夫忘言之人而与之言"的奥妙,也许正在这里。中国诗学的语言哲学自觉之内核,也许正在这里。

《老子》"名道"论是充满主体实践理性的。正是这一主体实践理性,使《老子》以"道"为指称对象的哲理言说带有当时名物辩说的思想实践色彩,也正是在这个意义上,《老子》"名道"论可以看作是"名物"学的特殊层面,可以看作"名物"学的形而上的拓展。我们之所以认为《老子》"名道"论堪当中国诗学语言哲学自觉的内核,原因就在这里。借鉴西方先哲"我思故我在"的著名话语,《老子》"名道"论的思想史意义,颇有"可道非常道"与"我名故我在"的双重意蕴。无论如何,其间都有着中国先哲对人的思想认识能力和语言指称能力的高度肯定,当然也有着深刻的质疑在其中,也正是因为如此,我们才需要称其为名物玄同观。有鉴于此,我们不仅需要矫正只视"道"为中国诗学思想之元的诗学阐释学思维,使之包含"名""道"说的必要内容,而且需要从思想认识方式与言语指称方式的有机统一中,使相关的元理论探寻更富有语言哲学的辩证法和实践论色彩。

二、春秋战国之际诗艺模式的生成

《老子》在形而上层面"以名命物"的思想言说行为,并不是孤立的,春秋战国作为中国文化发展史上的元典时代,历史地形成过带有"名物"学性质的思想文化大环境,《老子》的"名道"论,可视为哲学的"名物"学。而我们试图对这一思想文化大环境展开的考察,恰恰又关联到"赋"义的历史辨析。

考察赋体起源的新近研究成果①,已经注意到《毛诗传》"建邦能命龟,田能使命,作器能铭,使能造命,升高能赋,师旅能誓,山川能说,丧纪能诔,祭祀能语,君子能此九者,可谓有德音,可以为大夫"的特定话语,注意到这"九者"其实都属于语言表达功能,是可谓"言语九能"。"言语九能"自然应该被视为一个整体。有鉴于此,在以"赋"义辨析为线索而展开相关考察时,尽管着眼于"赋"这一特定文体而探究其起源机制者乃属题内之义,但综合"言语九能"而考察其言语思维方式,则同样关键。

以荀子《赋篇》为赋体最早的书面文本,辨析其典型的语言表达形态,我们不能不注意到"爰有大物……臣愚不识,敢请之王""皇天隆物……臣愚不识,愿问其名"这种特殊的言语方式:其一,其"辨其名物"的性质是显而易见的,只不过其所谓"物"者乃是"大物",而那被称为"大物"者如"礼""知",都是抽象的存在;其二,这种视"礼""知"为"大物"而求识其"名"的"言语"思维意向,与《老子》针对"有物混成,先天地生……吾不知其名"而"强为之名曰大,强字之曰道"的原创性哲学名物观,显然存在着某种思想史的关联。

何炳棣曾考老子年代之"晚"②,而自宋代以来,就有人认定《老子》书中的有关内容应属于战国时人对《老子》"经文"的"注疏",近来又有

---

① 钱志熙:《赋体起源考》,载《北京大学学报》2006 年第 3 期。
② 何炳棣:《读史阅世六十年》,广西师范大学出版社 2005 年版,第 459—466 页。

学者辨析郭店楚简《老子》甲组属"经文",乙、丙二组属于"解说文"。①总之,《老子》文本作为一个整体,其成书历史过程应包含战国时代,这一点如果成立,则上述老、荀之间的那种"立言"方式的类似,便易于理解了。而紧接着还需要关注另一种类似:老、荀"立言"方式与稷下学派之言语思维方式的类似。据《史记·孟子荀卿列传》,齐驺衍"乃深观阴阳消息而作怪迂之变,终始、大圣之篇十余万言。其语闳大不经,必先验小物,推而大之,至于无垠。先序今以上至黄帝,学者所共术,大并世盛衰,因载其禨祥度制,推而远之,至天地未生,窈冥不可考而原也","荀卿,赵人。年五十始来游学于齐"。荀子作为稷下学派的代表人物之一,对驺衍那种"先验小物,推而大之,至于无垠"的思维与言语方式,应有发扬光大之可能,这一点容易理解。至于《老子》与稷下学派的关系,以稷下学派兼容并蓄的作风以及其自身固有的道家文化色彩,如若《老子》成书较晚,其濡染稷下学风者并非没有可能,反之,若《老子》成书在前,稷下学派接受先存《老子》"立言"方式而作特异发挥的可能同样存在。所有这一切,至少可以间接地说明,和驺衍"立言"方式相仿佛,《老子》"名道"论和荀子《赋篇》所具有的特殊"名物"言语,实质上具有一种知性探寻和感性想象彼此相长的"体物"精神。

《毛诗传》所谓"升高能赋"即《汉书》所言"必称《诗》以喻其志",这显然是最早就中国诗学之语言艺术模式作出经典性概括的尝试,而这一概括则是以春秋"赋《诗》"的社会文化生活方式为背景的。《汉书·艺文志》云:"古者诸侯卿大夫交接邻国,以微言相感,当揖让之时,必称诗以喻其志,盖以别贤不肖而观盛衰焉。故孔子曰:'不学诗,无以言。'春秋之后,周道寝坏,聘问歌咏,不行于列国,学诗之士,遗在布衣,而贤人失志之赋作矣。"人们不难从中发现一种历史叙述的逻辑:"学诗之士"这一特殊社会群体的历史命运的变迁,使言语辞章的传统跨越"诗"与"赋"的文体界限而与时延伸。这种言语辞章传统,体现于春秋"赋《诗》"之"赋"时,其特点自然在于"微言相感"。这种"微言"演

---

① 高华平:《对郭店楚简〈老子〉的再认识》,载《江汉论坛》2006年第4期。

变而为战国士人的"好辞""娴于辞令"。《韩非子·显学》云:"自愚诬之学、杂反之辞争,而人主俱听之,故海内之士,言无定术,行无常议。""言无定术"的时代,必定是自由争鸣的时代,必定是富有"言语"创新的时代,前此"学《诗》之士"所熟稔的"微言",因此而面临着创新而转型的命运。宋玉《登徒子好色赋》序云:"体貌闲丽,所受于天也;口多微辞,所学于师也。"这里的"所学于师"一句,恰是班固"学《诗》之士"一说的具体印证,说明了先秦"言语""好辞"之士因师承而传递"微言"之术的历史事实。和韩非言下"言无定术"的形势描述相比,这种"学于师"的"微言"之术,应该说是一种"定术"。这样一来,在"无定术"和"有定术"之间所存在过的微妙变化,就成为一个颇具诱惑力的问题了。考察宋玉赋正文中自"秦章华大夫在侧,因进而称曰"以下部分,尤其是"臣少曾远游"直到结束部分,其中有"因称诗曰:'遵大路兮揽子袪,赠以芳华辞甚妙","复称诗曰:'寤春风兮发鲜荣,洁斋俟兮惠音声,赠我如此兮,不如无生。'"其诗句在语言风格上与赋文无异,却在形式上明确标示为"称诗",这一细节,可以看作是春秋称《诗》风习在辞赋初兴之际的遗留痕迹,说明在辞赋家初始的创作意识中,保留着源出于春秋称《诗》之风并通过师承而延续的"微言"传统。

像宋玉那样"口多微辞"者所承传的并不仅仅是一种"言语"之术。《左传·昭公十二年》载:"宋定华来聘,通嗣君也,享之,为赋《蓼萧》,弗知,又不答赋。昭子曰:'必亡!宴语之不怀,宠光之不宣,令德之不知,福之不受,将何以在?'"足见这是文化命脉之所系。惟其关系到礼乐文化的维系,所以,当礼崩乐坏,也便赋《诗》不兴。然而,亦惟其如此,志在维护礼乐文化传统者,也就自然心好"微言"之术。明确了这一点,似可把握住"微言相感"延伸其言语艺术模式于千年文学传统之中的命脉。

接下来的问题是,这一"微言"传统作为"言语"之术,是否仅仅如人们所常说的那样就在于"连类譬喻"呢?《汉书·艺文志》说得明白:"必称《诗》以喻其志。"首先,必须"称《诗》",或曰"赋《诗》",尽管是断章取义，那也首先得赋引"断章"才行。要之，先要有"赋""引""称""诵"，然后才是类比联想，即所谓"喻"，如果说这里所谓"喻"者就是后人习言之"比兴"，那么，"称《诗》以喻"的言语艺术模式，一言以蔽之，即"赋兼比兴"："赋"体与"比兴"体的历史合成。荀子之《赋篇》，就是这种历史合成的最早的艺术结晶之一。

需要注意的是，《赋篇》起句标示"辨其名物"的性质，而结句则云"天下不治，请陈佹诗"，首尾呼应，不仅原创性地赋予"赋"以"体物"的文体特性，而且先行实践了《毛诗序》所阐释的"主文而谲谏"的讽喻诗旨。随着春秋"赋《诗》"中彼此之间的"微言相感"转化为此时作《赋》的自主抒写，孔子屡屡强调"始可与言《诗》"的那种譬喻引申而推求于《诗》外的言语传统，也便转化为作《赋》者自己藉设问与对答而表达出来的自譬喻和自引申，社会生活形态内化为文学创作方式，文体的特征乃与思维特征与言说特征相统一。而在这一转型过程中起着思维方式之引导作用的，便是以上所辨析和阐说的"推而大之"的特殊"体物"精神。

如果说从魏晋文学理论批评中的"赋体物而浏亮"一说出发，可以追溯到荀子《赋篇》以确认其文体原生之特征，那么，如上所述，我们同时又认识到其间远远超出于赋体文学范围的诗学历史内容，特别是始作赋者"体物"之际"推而大之"的特殊艺术思维方式，它不仅是推小及大的经验扩充式和想象虚构的形象类推式的，而且包含着超越具象而及于抽象的理性体悟。在这个意义上，完全可以说，在所谓元典时代，中国诗学就奠定了其"赋兼比兴"之艺术思维的基础，那就是直接陈述或描述与连类引譬或兴发寄托的结合，并且通过这种结合而实现了"推而大之"的表达目的，或引发于历史"大义"，或引申于政治"微词"，或启示于哲理"妙旨"，如此等等。

三、诗缘情观·言意之辨·神思论

在先秦时代已然历史地形成的诗歌语言艺术模式，以及其内在的语言哲学精神,在魏晋这一新的崇尚哲学思辨和艺术探寻的时代,得到了进一步的历史合成性的发展,向来得到较为充分阐释的"诗缘情"观,与"神思"论以及"言意之辨"一体相关,整体上具有承接并深化先秦玄同名物观念和赋兼比兴模式的基本倾向。

先秦道家之哲意玄思历史地延伸到魏晋玄学时代的具体表现之一,就是"言意之辨"。被认为是执"言不尽意"说的荀粲说道:"盖理之微者,非物象之所举也。今称立象以尽意,此非通于意外者也;系辞焉以尽其言,此非言乎系表者也。斯则象外之意,系表之言,固蕴而不出矣。"①有必要指出,当荀粲明确地在"象外之意,系表之言,固蕴而不出矣"的意义上来讲"言不尽意"时,其思想观念中实际上是包含有"言尽意"内容的。换言之,荀粲之论是旨在揭示那用以表达"理之微者"的另一种"言尽意"关系,亦即超越于《易》学阐释之"象""意"与"辞""言"对应系统的另一种阐释系统。有鉴于此,在本质上,与其称荀粲为"言不尽意"论者,不如称其为"言不尽意"与"言尽意"辩证论者,而其言意辩证观的核心,又可以用超越的言尽意观来概括。与此相应,被认为是"言尽意"论者的欧阳建,其见解也就未必那么简单。《艺文类聚》卷十九"人部三·言语"载其说云:

> 夫天不言,而四时行焉;圣人不言,而鉴识存焉。形不待名,而方圆已著;色不俟称,而黑白以彰。然则,名之于物,无施者也;言之于理,无为者也。而古今务于正名,圣贤不能去言,其故何也?诚以理得于心,非言不畅;物定于彼,非言不辩。言不畅志,则无以相接;名不辩物,则鉴识不显。鉴识显而名品殊,言称接而情志畅。原其所以,本其所由,非物有自然之名,理有必定之称也。欲辩其实,则殊其名;欲宣其志,则立其称。名逐物而迁,言因理而变,此犹声发响应,形存影附,不得相与为二,苟其不二,则无不尽,吾故以为尽矣。

---

① 《三国志·魏志》卷十《荀彧传》注引何劭《荀粲传》。

汤用彤《魏晋玄学论稿·言意之辨》分析道:"欧阳建主张言可尽意,而其论中亦述及言不尽意之义。"其实,问题的关键并不仅仅在汤先生所言之"述及",完整地理解这一文本的意思,须注意其前面所言"天不言,而四时行焉;圣人不言,而鉴识存焉",与后面所言"古今务于正名,圣贤不能去言"之间的逻辑关联,在这里,之所以揭示出"圣人不言"与"圣贤不能去言"的矛盾,而且分明是在"名之于物,无施者也;言之于理,无为者也"的前提之下,其用意显然是在凸显对于"名"与"言"的主体需求:明知"无为""无施"而依然要"言",一方面是因为"诚以理得于心,非言不畅;物定于彼,非言不辨",而另一方面则是因为"鉴识显而名品殊,言称接而情志畅",一言以蔽之,这是人之所以为人的主体需求。人类的认识活动本身就是创造性的,在追寻于无限世界的创造性认识实践中,始终是"名逐物而迁,言因理而变,此犹声发响应,形存影附,不得相与为二",这样的"言尽意"观自然是实践的、发展的、不断自我超越的"言尽意"观,其主体精神与期许于"象外之意""系表之言"者,谁说不是互补而契合的!

看来,魏晋"言意之辨"的真正价值,是接续先贤课题而作可持续探讨,而"言意之辨"的思辨实践所实际形成的思想观念和言语方式,乃是以哲思和诗意的言说为价值追求和精神满足,并且始终显现出叩问于"无为"与"有为"两端的辩证理性与超越意向。不仅如此,认识客观世界的精神活动和抒写主观世界的精神活动一样,都成为"情之所钟,正在我辈"者的实践追求,是以才有"言称接而情志畅"一说见诸于"言意之辨"。"言称接而情志畅"的思想观念,明确标示着"言意之辨"的思想史课题与"畅神""缘情"的文艺学课题实现了整合,在这一整合性观念的提示下,人们将会顿悟,所谓"缘情"和"畅神",除了指谓表现主体情感这一传统内容之外,分明还有指谓展现主体思维与想象功能这一新的内容。

萧子显《南齐书·文学传论》曰:"属文之道,事出神思,感召无象,变化无穷。"此"事出神思"一说,不仅明显地是在赞叹文学创作中艺术思维的出神入化,而且同样明显地是在标示文学创作就是心思若神的心智活动。从《庄子·达生》之"用志不分,乃凝于神"到《论衡·卜筮》之"夫人用神思虑",再到《抱朴子·尚博》之"用思有限者,不能得其神"。一路阐释,将"志"这样的范畴与"神"这样的范畴统一于"思虑",具体显示出所谓"神的人化"是沿着怎样的思想路径在往前伸展,显示出人们所谓"人的自觉"是如何基于"思虑"——思辨力和想象力的自信而具体实现。在一定程度上,这就是中国式的"我思故我在"。在先秦而至于魏晋南朝的历史推进中,扬雄《法言·问神》之说尤其值得注意:

> 或问"神"。曰:"心。""请问之。"曰:"潜天而天,潜地而地。天地,神明而不测者也,心之潜也,犹将测之,况于人乎?况于事伦乎?"

读完扬雄之说,再看宗炳《画山水序》:

> 夫理绝于中古之上者,可意求于千载之下,旨征于言象之外者,可心取于书策之内。况乎身所盘桓,目所绸缪,以形写形,以色貌色也。夫以应目会心为理者,类之成巧,则目亦同应,心亦俱会,应会感神,神超理得。虽复虚求幽岩,何以加焉!又神本无端,栖形感类,理入影迹,诚能妙写,亦诚尽矣。于是闲居理气,拂觞鸣琴,披图幽对,坐究四荒。不违天励之藂,独应无人之野,峰岫峣嶷,云林森渺,圣贤映于绝代,万趣融其神思。余复何为哉?畅神而已。神之所畅,孰有先焉。

不难发现,两者的推理逻辑是一致的,其思维走向也是前后贯通的。以往人们阐释扬雄此处论说时主要关注于文如其人这一观念,殊不知,他同时在强调主体自我实现的特殊价值趋向,不妨说,这里同时有着"我思故我在"和"我说故我在"的观念。在这里,思想活动超越时空的无限追求,是被作为人心思虑足以超越神明的标志而得到肯定的,人作为一个"思维—言说"主体的性质,得到了鲜明的阐发。在这个意义上,扬雄以"心"释"神",就具有思想史的重要意义。而刘勰《文心雕龙》特设"神思"专题,也就显示出承接扬雄思路而作持续探寻的思想史轨迹。换言之,"神"这一概念入乎"文心"之际,恰恰是"人的自觉"意识凸显之时,在这一自觉意识的引导下,文艺创作满足人们情感生活的需求,已不仅在于抒发情感本身,而是包含着表现想象力世界乃至于思辨力世界的重要内容。

完全可以说,历史缘此而进入一个崇尚思辨力和想象力的自我崇拜时代。"言不尽意"实际是被作为"难题"而提出的,而"难题"恰恰是吸引思想和艺术探寻的动因所在。惟其如此,魏晋"言意之辨"的思想实践,并不与崇尚"神思"的自信意识相冲突,而是恰恰相反。如果说以往对所谓"人的自觉"的阐发,主要集中在强调"越名教而任自然"文化背景下"缘情"的自觉方面,那么,以上讨论则又说明,对"神思"的自觉——包括"我思故我在"与"我说故我在"之内容——需要给予同等的重视。

四、唐宋之际的诗艺学境界

中国诗学至唐宋而大成精熟,诗坛上名家林立,批评界诗话丛集,历代积累而递进的理论探寻与实践摸索,使中国诗学那源于内在语言哲学自觉的语言艺术自觉,实现了自先秦、魏晋以来的第三次跃迁。从唐宋诗话中最饶灵妙之思的《沧浪诗话》切入,同时又关注于受沧浪批评而实则代表革新诗艺之趋势的诗坛苏、黄一路,显然是把握这第三次跃迁态势的有效视角。

《沧浪诗话》中为历来阐释者所一再申说的核心观念"兴趣",实则可以进一步解析为"兴"之"趣"。《诗辨》所说"惟在兴趣""不问兴致",《诗评》所说"词理意兴",所围绕的核心概念显然在于"兴"。此中底蕴,各家早有阐释,无须重复。值得提出的是,《沧浪诗话》同时又以"言语"只眼透视诗歌世界,如"大历以前,分明别是一副言语;晚唐,分明别是一副言语；本朝诸公分明别是一副言语"。其《诗法》一节，集中所论者即是"句法"问题。将此两者联系起来分析，可见得沧浪诗论是侧重于"兴"的"言语"艺术的。而问题的症结又在于，沧浪意中的"兴"的"言语"艺术，并非传统所谓"比兴"，而恰恰是我们所说的"赋兼比兴"——"体物比兴"。

初看起来，认为沧浪论诗有"言语"只眼，似乎违背了其以禅喻诗的特性，因为《碧岩集》第一则"圣谛第一义"有云："不立文字，直指人心，见性成佛。若怎么见得，便有自由分，不随一切语言转，脱体现成。"殊不知，就在禅学流行之际，叶梦得《避暑录话》卷上就曾说："大抵儒以言传，而佛以意解。非不可以言传也，谓以言得者未必真解，其守之必不坚，信之必不笃，且堕于言，以为对执，而不能变通旁达也。此不几吾儒所谓'默而识之，不言而信'者乎？两者未尝不通。自言而达其意者，吾儒世间法；以意而该其言者，佛氏出世间法也。若朝闻道，夕可以死，则意与言两莫为之碍，亦何彼是之辨哉？"这里提出的"两莫为之碍"，显然符合禅宗不离世间而求出世间的基本理念。看来，值此人文历史进境于禅悟阶段之际，其具体情形是：一方面，那些主张"不随一切语言转"的禅门中人，实际上却是既借重于"文字"又觅看着"话头"；另一方面，则有如上述文坛人士者，主张何妨"叩其两端"，使"两莫为之碍"。无论你从调和儒、佛的角度去考察，还是从"言意之辨"的角度去考察，所谓两不妨碍的境界，实质上反映出单极化思维的实践困境。禅宗本身的修践经验就充分证明，"不随一切语言转"，作为一个思想实践课题，"非知之难，能之难也"。因此，最终仍然要发扬《老子》"名可名，非常名"而又须"强为之名"的语言哲学精神。

沧浪论诗，自诩为"参诗精子"，颇有将诗学真谛一语道穿的意图。这一语可以道穿的诗学真谛，究竟是什么呢？就是"非多读书多穷理不能极其至"而又"不涉理路，不落言筌"，就是"主意兴而理在其中"。《沧浪诗话》中被引用频率最高的自家"言语"，应该说就是"羚羊挂角，无迹可求"一段，而若结合下文对"以文字为诗，以才学为诗，以议论为诗"的直接否定，这里所谓"无迹可求"者，毫无疑问，是指化去"文字"

"才学""议论"的痕迹。但必须指出的是,化去痕迹,绝不等于本体消失,而是让文字、才学与议论这些学问和理性的东西,存在于"言有尽而意无穷"的"言外之意"之中。而如此一来,诗歌文本的言语自身,将主要表现什么呢?佛教因明学讲比量、现量,"比量者,以因由譬喻比度也",而"现量者,亲自现见,不假推度,自然定也",禅宗以及受禅宗影响的诗学是确认"惟现量发光"的,这样一来,便产生双重影响于诗学:一方面,对"比量"的否定,影响到诗学,自然是对连类譬喻这一传统的扬弃,一路"推度"下去,进而就会影响到对"比兴"传统的再阐释,而其基本倾向则可以用舍"比"言"兴"来概括;另一方面,对"现量"之"亲自现见"的讲求,必然意味着直觉内容的凸显,而自魏晋以来的诗歌创作与批评经验的积淀,又使这样的讲求必然意味着对诗歌"景语"的执著,从而,也就连带地推进了"体物"艺术的新探索。于是,以往讨论中似乎觉得彼此关系并不密切的诗家议论,就显出固有的内在联系了。

　　欧阳修《六一诗话》载梅尧臣论诗云:"诗家虽率意,而造语亦难。若意新语工,得前人所未道者,斯为善矣。必能状难写之景如在目前,含不尽之意见于言外,然后为至矣。"葛立方《韵语阳秋》卷一引此说,认为"真名言也"。司马光《温公续诗话》举先公《行色》诗句,谓"岂非状难写之景也"。足见梅尧臣之说颇能代表入宋以来人们的诗学观点。而和前此论诗话语比较起来,梅尧臣论诗的独到处,显然并不在一如既往地强调"言有尽而意无穷",而恰恰在凸显"状难写之景如在目前",他不仅强调"体物""状景"的重要,而且进一步推出"难写之景"这一诗学概念。这显然是关键的关键,解开唐宋之际诗学思想递变之谜的钥匙,其实就在这里。须知,梅尧臣"难写之景"之所谓"难写",是与其"造语亦难"的前提判断相一致的,两个"难"字,彼此说明,将问题的实质确立在"难写"上。而之所以"难写",从其言说本身的内在逻辑上就可以看出来,一是因为要追求"如在目前"的艺术效果,二是因为同时要追求"含不尽之意见于言外"的艺术效果,如果说讲求后者本是一个传统的诗学课题,那么,这一课题的新进展便在于对前者的讲求,而这一新讲求的时代大语境,是不能不关注的。

值此,我们需要关注两个现象之间的特殊关联:其一是欧阳修倡导而为苏轼所继续的"禁体物语"实践原则,其二是苏轼关于"求物之妙"的诗学思想。笔者在《诗艺与体物》①一文中曾涉及过"禁体物语"这一问题,这里需要进一步阐发的是,"禁体物语"实际意味着诗学思想领域里"体物"和"辞达"的双向掘进,意味着将梅尧臣"意新语工"的"造语"难题与"状难写之景"的"体物"难题综合为一个实践性课题,在自觉排斥熟悉"言语"的审美陌生化过程中,实现"求物之妙"与"辞达而已"的双重超越。苏轼《聚星堂雪(并叙)》有云:"忽忆欧阳文忠作守时,雪中约客赋诗,禁体物语,于艰难中特出奇丽,尔来四十余年莫有继者。"诗句有云:"……醉翁诗话谁续说。当时号令君听取,白战不许持寸铁。"这里鲜明表示的"白战"诗艺观,充分体现出"于艰难中特出奇丽"的创作思想,从而也就充分展现出一种挑战极限的诗学精神。苏轼《答谢民师书》云:"夫言止于达意,即疑若不文,是大不然。求物之妙,如系风捕影,能使是物了然于心者,盖千万人而不一遇也,而况能使了然于口与手者乎?是之谓辞达。辞至于能达,则文不可胜用矣。"苏轼显然是有意识地在批驳那种以"达意"为"不文"的观念,不仅如此,苏轼对"辞达"说的新阐释,分明又体现在对扬雄辞赋观的批驳上:"扬雄好为艰深之辞,以文浅易之说,若正言之,则人人知之矣。此正所谓雕虫篆刻者,其《太玄》《法言》,皆是类也。而独悔于赋,何哉?终身雕篆,而独变其音节,便谓之经,可乎?屈原作《离骚经》,盖《风》《雅》之再变者,虽与日月争光可也。可以其似赋而谓之雕虫乎?使贾谊见孔子,升堂有余矣;而乃以赋鄙之,至与司马相如同科。雄之陋如此比者甚众,可与知者道,难与俗人言也。因论文偶及之耳。欧阳文忠公言:'文章如精金美玉,市有定价,非人所能以口舌定贵贱也。'纷纷多言,岂能有益于左右,愧悚不已。"这里颇有为辞赋文章翻案的意味,其所强调者有二:其一,"以艰深之辞,文浅易之说",绝非真正的

---

① 韩经太:《诗艺与体物》,载《文学遗产》2005年第2期。

"辞达";其二,"正言之",亦即正面的直接描写和抒写,其实是"辞达"的最佳路径。一言以蔽之,这里凸显而出的,是一种建立在深入体察生活和忠实反映生活基础上的文学语言创新观。换言之,艺术语言的陌生化追求,是和探求事物微妙特性的审美体察相统一的,是具有否定之否定这样一种语言哲学意味的。

不言而喻,"禁体物语",绝同于"禁体物",作为一种诗歌创作的实践原则,其所体现的诗学原理,反映了将艺术语言的创新与认识事物的深入统一起来的思想观念。惟其如此,便具有挑战极限式的诗学指向:其一,正因为要"禁体物语",所以必须面对否定了"体物语"传统之后的语言创新课题,"造语亦难"的原因就在这里,而"意新语工"的具体内涵也在这里;其二,企希于"求物之妙"而臻于"了然"境界,从而体现出的彻底的客观认识理性,由于包含着"了然于心"且"了然于口与手"的全过程,因此而具有整合客观认识、审美想象和创作技艺的复合特性,在这样的意义上来阐发的"辞达"观,自然富有集大成而扬弃单纯比兴传统的意义。综合而言,"求物之妙"而又"禁体物语",实质是在不懈地追求客观体物之际艺术表现的主观独创性,中国诗学经过长期理论探索和实践尝试后所形成的不偏执于主客观任何一端的特殊品性,在这里有着鲜明而深刻的体现。此中奥秘,最是难解,但也最应该去探寻。

前些年学术界曾高度关注过司空图的诗学思想,围绕着《二十四诗品》的著作权问题,学术界展开了热烈的讨论,虽然最终并未形成共识,但连锁反应的推动,使人们对唐宋之际诗学思想的整体建构形势,毕竟有了更多的关注。其实,诚如王运熙先生所指出的,即使撇开《二十四诗品》不论,司空图的诗学思想仍然是值得关注的。[①] 譬如司空图《与极浦书》,先引述戴叔伦以"蓝田日暖,良玉生烟"为喻之诗说,并指出此乃"象外之象,景外之景,岂容易可谈哉",然后,语意一转,道:"然

---

① 王运熙:《〈二十四诗品〉真伪问题之我见》,载《中国诗学》第五辑,南京大学出版社1996年版。

题纪之作,目击可图,体势自别,不可废也。"在以往的研究阐释中,人们的关注点只在"象外之象"一端,司空图强调"不可废也"的内容,实际上已被人们废弃了。如果我们能从此清整思路而不再偏执,那就可以发现,司空图所说的"目击可图",与宋初梅尧臣的"状难写之景如在目前",显然有着递传关系。不仅如此,司空图论诗,每举自己诗作为例,接下来又道:"愚近作《虞乡县楼》及《柏梯》二篇,诚非平生所得者。然'官路禽声好,轩车驻晚程',即虞乡入境可见也。又'南楼山最秀,北路邑偏清',假令作者复生,亦当以著题见许。"此所谓著题,应该就是宋末方回《瀛奎律髓》卷二十七所谓"着题",其说有云:"着题即六义所谓赋而有比焉,极天下之最难。"又是这个"难"字!何以会有这样极限性的感叹?正因为"赋而有比"的境界不仅意味着"求物之妙"而臻于"了然",同时还意味着"含不尽之意见于言外"而"兴寄深远"。问题的症结于是自然呈现出来,那"岂容易可谈哉"的"蓝田日暖,良玉生烟"境界,与"目击可图"而"以著题见许"的境界,一者看似虚拟而空灵,一者则写实而真切,司空图究竟是因为前者艰难才主张后者呢,还是别有意图?推求于其上下文意之间,合理的解释应该是这样:面对"岂容易可谈"的理想境界,而又特意提出"不可废也"的另一课题,其寓意只能是通过"不可废"者而解决"岂容易可谈"的难题。换言之,"以著题见许"的"象外之象,景外之景",才是司空图心目中的诗学理想。这种境界,就是方回所说的"赋而有比",也就是本文所说的"赋兼比兴"。

万事难两全,艺术亦如此。但也正是因为这样,中国先哲与历代诗家的探寻摸索才显得格外珍贵。从老、庄那里开始,哲人之思形乎诗笔,诗家意向隐含哲思,虽留连于生活经验世界,亦彷徨于自然山水之间,但凡诗学深思之际,总会聚焦于"极天下之最难"的课题,从而不断叩击"众妙之门"。这是一个总体性的典型的诗学文化现象,透过这一现象的表层,我们可以窥见语言哲学的内核与语言艺术的模式通过实践而内外整合的历史轨迹,可以体会到中国诗哲之士警觉于言语自缚的特殊言语自觉,怎样与执著于言语创造的主体自信相契合,以及因此而探求于"极天下之最难"的哲学与诗学课题的独到心得。体会并阐发这种独到的心得,本身就是叩问汉语诗学奥秘的探寻活动,其解读传统诗学思想的学术意义和启发当代诗学之思的现实意义,都是非常重大的。

从抒情主体的心态模式看古典诗歌的美学特质

说到底,在文艺科学的更新浪潮中人们所作的种种努力,都是在寻求一种最佳的审视角度。当然,这种寻求,绝不能被主观随意性所支配,从而成为研究者的自由选择,而应当同对研究对象之本体特质的认识相统一,从而使寻求本身成为深化研究的过程。将这种认识落实到古典诗歌的研究上,那么,人们所寻求的最佳审视角度,当在于对抒情主体之心态模式的分析。这是不言而喻的,因为中国古典诗歌的传统,是抒怀言情,诗的形象世界无疑是诗人心曲的外现。从抒情主体的心态分析入手,我们就有希望把文学研究与人学研究统一起来,从而透进到诗歌思维的内在层面上展开对古典诗歌的考察。当然,这种性质的考察,既可以是微观的,也可以是宏观的,而在这里,我们则是从宏观的角度为自己提出探讨的课题。这意味着,我们将要努力于对普泛性的高度概括,即试图去把握群体心理的典型模式,也就是说,我们是把古代诗人作为一个群体,同时把古典诗歌作为一个整体来对待的。

一、性灵所钟,实天地之心:表现与再现的统一

中国诗学的精神在于表现,西方诗学的精神在于再现,这差不多成为不易之论了。其实,它恰恰是值得怀疑的。

这个既定的论点,是在以往中西诗学的比较中形成的,因此,我们也必须从比较入手才能澄清这个问题。如果仅只是接触一些中西诗学中的个别观念,那么,我们甚至会惊讶于它们的不谋而合。比如,中国人说"诗缘情",而西方人也说"有一个确定的原则,即诗是情感的表现";①又比如,中国人说"人禀七情,应物斯感"(《文心雕龙·物色》),而西方人也把感情视为"第六感官";②如此等等。当然,这样的比较显然是滞留在表层的。如果问题被推进一层,从而接触到情感主体在审美活动中的自觉意识,中西观念的差异就明显地表现出来了。苏珊·朗格曾把情感与情绪视为一种"主观现实"和"内部经验",这是很值得重视的。当然,这种西方现代人的观念,同西方古代人的观念必然有着历史的差异,但是,在这种历史差异的背后,却存在着不容忽略的主体意识的历史统一。古希腊人早就提出了"认识自己"的课题,苏格拉底已在呼吁艺术家去注意"精神方面的物质",从而"表现出心灵状态",③至于德谟克利特则明确声言:"人是一个小宇宙。"不错,这些西方古代的哲人都曾谈到艺术的模仿性,但他们又不约而同地强调主观世界对于客观世界的独立价值。诗的热情与灵感,最初被归之于神力驱遣所导致的主体迷狂,后来,神秘主义被科学的精神分析所替代,迷狂遂被确认为内在的现实经验,在这个历史的进程中,作为艺术哲学之基础的主观独立于客观的宇宙观是始终如一、贯注到底的。与此大异其趣的是,中国古人认为情感主体与客观世界是相互合一的。产生这种观念的思想基础,正是"天人合一"的哲学信念,在中国古代的哲学意识中,人格本体与宇宙本体是相统一的,"仰观吐曜,俯察含章,高卑定位,故两仪既生矣。惟人参之,性灵所钟,是为三才,为五行之秀,实天地之心"(《文心雕龙·原道》)。阴阳化合,五行相适,然后有万事万物,而"人者,五行之秀气也"(《礼记·礼运》),所以,人的主观世界也就是天地万物之客观世界。进一步,"心之体甚大,若能尽我之心,

---

① 法国人特吕布莱特语,转引自中译本克罗齐《美学的历史》。
② 这是《关于诗画的批判性思考》一书的作者、法国人杜博斯的看法。
③ 请注意色诺芬《苏格拉底回忆录》所载苏氏与画家的对话。

便与天同"(《陆九渊集》),既然如此,情感,就自然被认为是一种天人共感、心物相应的节律,所谓"天亦有喜怒之气、哀乐之心,与人相副,以类合之"(董仲舒《春秋繁露·阴阳义》)者是也。基于这样的观念,中国古人自不会如西方人那样认为艺术情感只能在人的主观世界里产生审美共鸣的效应,在他们看来,艺术情感的共鸣世界远远逸出了人类社会的范围,而展延到包容整个宇宙万物。这里,存在着一个无往不复的对流圈。"岁有其物,物有其容,情以物迁,辞以情发"(《文心雕龙·物色》),这是由物到心的元气流荡。然后,情动于中而形于外,从而有诗,而诗则能"动天地,感鬼神","上自圣贤,下至愚骏,微及豚鱼,幽及鬼神,群分而气同,形异而情一,未有声入而不应,情交而不感者"(白居易《与元九书》)。这又是由心到物的元气流荡。总之,这里只有主客观浑然一体的现实,只有内外通感的经验。

　　由于西方人强调主观世界对于客观世界的独立性,所以,就可以在纯粹的意义上来谈论表现和再现这一对诗学范畴。模仿说的形成,体现了对事物之客观性的强调,那么,随着人们对主观能动性的强调,模仿说就会自然地被超越。亚里士多德之后,模仿说固然还被沿袭着,但其美学实质已在于对创造性想象的强调,认为应该将"摹仿的活动视为自然对象的双度的创造性实践"[①]。到19世纪的浪漫主义文学,就更多地关注于内在意识和潜意识,文学观念已由模仿转化为表现了。然而,像这样的演化趋势,在东方的中国却是难得把握的,至少,不曾显示出明确的轨迹。还是让我们回到柏拉图,他认为,现实的客观存在是真实本体之理式的影子,而艺术创作则是现实客观存在的影子,客观反映理式,艺术反映客观,三者的关系是一种线性递进的逻辑关系。那么,再让我们看看刘勰怎么说:"玄黄色杂,方圆体分。日月叠璧,以垂丽天之象;山川焕绮,以铺理地之形;此盖道之文也。"同时,"心生而言玄,言玄而文明,自然之道也"(《文心雕龙·原道》)。自然现象为"道之文",文学现象为"自然之道",恰如宗炳所说:"圣人以

[①] 见克罗齐《美学的历史》中"亚里士多德之后的摹仿说"一节。

神法道而贤者通,山水以形媚道而仁者乐"(《画山水序》),艺术创作已超越了对客观的模仿而直接与"道"为一了。不难看出,刘勰所谓"道"很接近于柏拉图所谓理式,但在刘勰这里,艺术与客观同为理式的影子,它们因为都与道相通而彼此共融为一体了。唯其如此,中国诗学的特质便不在于以表现性而区别于西方的再现性,而在于表现性与再现性的统一。

那么,这种表现与再现相统一的具体形态究竟是怎样的呢?我以为,古人的艺术敏感正在于那心物交接层面上的微妙变化。在中国的诗学观念中,情感之种种,或者因为"感于物",或者因为"感于事",从而,描述客观物象和叙述客观事件的因素,在古典诗歌中是处处存在的。但是,无论写景还是叙事,其艺术思维的基点都在于主客之间的"感应"——感觉、感受、感触,等等,诗的形象世界,既是一种主观化了的客观现实,又是一种客观化了的内部经验。唯其如此,当我们说中国古典诗歌主要是一种抒情诗时,实际上担有一定的理论风险,因为它的美学特质并不在于单纯地表现主观现实,而是或者即事抒怀、缘事感叹,或者即景会心、咏物寄意。根据中国古典诗歌的这种特质,我们可以将其审美创造方式概括为"内化模仿",以有别于西方诗学之"模仿",也可以概括为"物化表现",以有别于人们所常说的"表现"。两种表述,实质相同,都指那在心物交感中展开的创作思维活动,以及由此所导致的抒情式的叙事和写心式的摹景。

亚里士多德在谈到史诗时曾指出:"史诗的情节也应像悲剧的情节那样,按照戏剧的原则安排。"(《诗学》)但对于中国古典诗歌来说,客观情节的发展与主观情绪的发展相统一了,从而,客观行动的戏剧性也就与抒情主体心态的戏剧性相一致了。这样一来,就形成了中国诗人独特的叙事模式——主体抒情式的叙事,行为与情节的主体因此也就往往是抒情主体自身,诗人每每就是事件的参与者和主角,从而,情节的发展变化就与情绪的起伏跌宕完全融合了。这种特质在写景诗中表现得更其充分,王夫之尝言"古人绝唱句多景语"(《姜斋诗话》),但岂不知这些景语皆是情语,二者本无法分开。如谢灵运,是第一个以寻山问水为志趣,并不惜"以繁富为累"地"以形写形,以色貌色"的诗人,表面看去,他确乎在纯客观地描摹自然:"朝旦发阳崖,景落憩阴峰。舍舟眺回渚,停策倚茂松。侧径既窈窕,环洲亦玲珑。俯视乔木杪,仰聆大壑淙。"其实,他未尝不是在抒写自己顾瞻自如的情怀,而那景物的组合也并非依据自然的秩序,而是依着阴阳相对、俯仰相称的主观心念。这即是所谓"内化摹仿",化身外天地为心中丘壑,而此心又是包孕天地之心。众所周知,中国的诗画是相通的,绘画中"以大观小"的透视方法,体现着"以物观物"的主体意识,如杜甫《望岳》与王维《终南山》这样的诗篇,正是这种主体意识与透视方法的生动体现,诗人仿佛游目于空间各处,对岱岳、太乙作多层多方的观照。在这里,阴阳相对、俯仰相称的秩序虽被打破了,但那种主体观照的绝对自由又何尝不是其顾瞻自如之情怀的体现呢?在客观现实中,人对自然的观照是不可能"以大观小"的,所以,这种观照方式本身就意味着一种抒写怀抱的创作倾向。然而,奇妙的是,也正是这种观照方式,使诗人在描述客观对象时突破了主观视角的局限和束缚,从而能再现一个立体的自然景观。从这个意义上说,中国古典诗歌的美学特质不是有着兼胜之长吗?

看来,只有确认表现与再现相统一是中国古典诗歌的美学特质所在,我们才有可能把捉古代诗人的创作思维特征,才有可能真正体味到古典诗歌境界意象的奇妙之处,从而最终领悟到那千百年来使人吟赏不已的艺术魅力所在。

二、"不堪其忧"而"不改其乐":抒情主体的现实体验与审美超越

当前,对传统文化的讨论已形成热潮,这使我们古典文学的研究者也每每将自己的考察对象放在传统文化的阔大背景下去进行审视。然而,这未尝不会导致新的迷惘与困惑,当人们涉足于传统文化的莽古天地之中时,首先就感到这文化本身的特质是难以把握的。分歧是

不可避免的,有人称它为"耻感文化",有人又称它为"忧患文化",而有的人则称它为"乐感文化"。观点虽然歧异,但有一点却是相同的,那就是对中国文化之人本哲学精神的认可。实际上,所谓"耻感文化",是基于"行己有耻"这样的主体精神;所谓"忧患文化",又是基于"作《易》者其有忧患乎"这样的主体意识;而所谓"乐感文化",则是基于"乐以忘忧"这样的主体情怀。这彼此共同的一点,就是当它表现在作为审美创作活动的诗歌艺术之中时,正是抒情主体所具有的文化精神。既然如此,我们就可以通过对古典诗歌之抒情主体的心态分析来把握中国文化的基本精神,换言之,即是通过把握中国文化的基本精神去审视古典诗歌之主体世界的美学特质。

必须指出,无论是"耻感"说,还是"忧患"说与"乐感"说,在一定程度上,都符合中国文化的实际。问题在于,人们因为要张扬自认为是精华的东西,从而以偏概全了。如果是从宏观的总体出发,那么,正确的认识无疑在于将这彼此歧异的观点统一起来。于是,我们才真正触到了问题的关键,即这种统一的形态究竟是怎样的。我们知道,中国文化的奥妙之处,全在于修身养心之道,也就是企冀于某种自身内在的精神超越。毋庸置疑,这种内在超越的过程,正是"乐以忘忧"的过程。孟子说:"反身而诚,乐莫大焉。"而"诚者,天之道也;诚之者,人之道也"。"反身"的精神活动,正是自我超越的契机,藉此才能由现实的人升华到"为天地立心",[①]然后尽性穷神而至于"乐莫大焉"的境界。显然,如果只是着眼于哲学层次,也就是只注目于精神生活的目的,那么,"乐感文化"确乎是中肯而又准确的概括。但是,人,首先是一个现实的人,作为古典诗歌之抒情主体的诗人,更不能脱离现实人生的体验。实际上,即便是就古代思想家所标榜的理想人格而言,其自我超越也必然是与现实体验相统一的。不仅如此,超越本身正是一种体验——超越于现实体验的体验。孔子云:"一箪食,一瓢饮,在陋巷,人不堪其忧,回也不改其乐。贤哉,回也!"(《论语·雍也》)以"不改其

[①] 转引自李泽厚《中国古代思想史论》。

乐"的主体精神坚持着"不堪其忧"的现实体验,才能成为理想人格的体现者——贤者。孟子也说:"人之有德慧术知者,恒存乎疢疾。独孤臣孽子,其操心也危,其虑患也深,故达。"(《孟子·尽心上》)可见,"乐莫大焉"正存于"操心也危""虑患也深"之中,主体的自我超越正表现为现实体验的执着与深入。戴东原尝言:"人生之道,去苦求乐而已,无他道矣。"的确,对一般人来说,处于穷苦之中而"不堪其忧",是自然而然的。诗人首先也是一个平常的人,有常人之情意思绪,而且诗人的敏感使他的"不堪其忧"之情更显得深沉。但是,诗人的创作活动却是一个审美超越的过程,主体要在这里实现其人格的完善和个性精神的升华,于是,古代思想家所设计的理想人格的塑造方式,就与诗歌创作的审美超越相统一,"不堪其忧"的现实体验遂转化为诗歌创作中的审美愉悦。诗学之道与"人生之道"相背反,"去苦求乐"已转化为"就苦求乐"了。

翻检古代诗人的篇章,我们会发现,其中多在抒发自身的逸冤、谴逐、征戍、行旅、冻馁、病老、别离之悲。当然,这是与他们在现实人生体验中的贫困、偃蹇、流贬、刑辱之苦紧密相关的。但是,这更与他们切入现实生活的特殊角度有关,这个角度的选择取决于创作心理的定向定势,而最终则归依于那处于"不堪其忧"之境而"不改其乐"的理想人格所导致的主体心态模式。钟嵘论诗尝云:"诗可以群,可以怨,使穷贱易安,幽居靡闷,莫尚于诗矣。"(《诗品序》)这里共涉及了三个问题:首先,对于创作主体来说,抒写自己对于现实痛苦的体验,可以使自己在审美活动中实现精神超越,即以情感"净化"或"释散"的方式使体验的痛苦得以消除,从而处于穷幽之境而自相怡悦;其次,就作品本体而言,其特质恰在于塑造一个"操心也危""虑患也深"的抒情主体形象,换言之,即给痛苦的现实人生体验以审美愉悦的形式;最后,对于接受主体来说,他可以借进入诗歌共鸣世界的机会,在审美快感的积极作用下,实现自我超越,获得一种体验人生痛苦的生命冲动。杰姆逊说过,文学创作是针对现实中不可忍受的巨大矛盾而发的,同时,又是对那种矛盾的象征性的解决。所谓"穷贱易安,幽居靡闷",正在于象征性地解除了自身的痛苦。① 当然,由于中国古典诗歌之抒情主体的心态模式在于"反身而诚",因此,就主要的、基本的倾向而言,"象征性解决"并不意味着借文学想象来实现被现实所压抑着的欲望,而是指在反躬自省中实现自我超越,从而身处"不堪其忧"之境而心常"不改其乐"。

中国民族所特有的这种文化精神,凝聚在作为文化主要载体的文人作者身上,并生动地体现在其诗歌创作活动中,这样,最终就形成了"欢愉之辞难工,穷苦之言易好"的审美观念。此说虽系韩愈所倡,实则其先已有司马迁发愤以抒忧愁幽思的精神导夫先路,而其后又有欧阳修为之再作申说。欧阳修道:"予闻世谓诗人少达而多穷。夫岂然哉! 盖世所传诗者,多出于古穷人之辞。"读者社会的选择正说明了一种无形的力量在制约着人们的审美心理,所谓"穷苦之言易好",当是指容易见好而言。欧阳修接着道:"盖愈穷则愈工。然则非诗之能穷人,殆穷者而后工也。"(《梅圣俞诗集序》)不深入体验现实人生的痛苦,便不可能工于穷苦之言,而不真正具有处"不堪其忧"之境而"不改其乐"的主体精神,又不可能去深入体验,这是一个问题的两个方面,是互为因果的。由这种就苦求乐的审美心理出发,就必然会有"刻意伤春复伤别"、甚至"为赋新词强说愁"的创作倾向。李白尝叹道:"哀怨起骚人",穷苦之言本出自对人生痛苦的审美体验,如同身病而呻吟,是因情而造文。但是,当这一切终于积淀为审美心理模式以后,就难免于为文而造情,如同无病呻吟一样。无病呻吟者当然不足取,但它的存在不也正好从反面证明了古典诗歌之抒情主体的心态模式究竟是怎样的吗?

探讨至此,就可以进一步去探究抒情主体之审美超越的具体特征了。我们知道,并不是任何一种对现实人生的体验都具有审美意义,特别是对于中国古典诗歌的抒情主体而言,这种体验必须是一种自觉的体验,而这种自觉又正来自"反身而诚"的精神生活,仿佛有两个自

---

① 参看伍晓明、孟悦《杰姆逊的文艺理论》一文,载《文学评论》1987年第1期。

我,一个观照着另一个。这两个自我的关系,导源于儒、道两家之理想人格的不同精神,从而决定了抒情主体的不同审美心态。儒家理想人格的特质倾向于感情型,"士不可以不弘毅,任重而道远。仁以为己任,不亦重乎,死而后已,不亦远乎!"(《论语·泰伯》)这其中,包含着殉道的激情和献身的热忱,那个与既重且远的使命共在的人格本体,分明给人以崇高的感觉。当诗人以此儒家精神去体验痛苦的现实人生时,他甚至会心甘情愿地献身于这种体验而毫无退避之意,他的执着可以将此体验的痛苦推向极端,直到坦然地面对死神。屈原就是这样的典型,他在对悲剧命运的深切体验中愈益感到自身的高洁,"民(人)生各有所乐兮,余独好修以为常。虽体解吾犹未变兮,岂余心之可惩"。正是这种九死未悔的执着,使他面对死亡而表示:"定心广志,余何畏惧兮!"从对人生痛苦的执着发展到对死的选择,意味着不惜以死来实现自我人格的完善,这正是悲剧心态的最典型、最强烈的表现形式。展现这种悲剧心态的抒情诗篇,将不仅使人们在审美共鸣中体会到深沉的人生悲剧感,更能使人们感受到一种崇高的精神力量的压迫,于是,在自我"净化"的精神活动中,产生否定那人生悲剧之现实基础的情感冲动。与儒家理想人格的精神特质不同,道家理想人格的精神特质倾向于理智,"历记成败、存亡、祸福、古今之道,然后知秉要执本,清虚自守,卑弱以自持。"(《汉书·艺文志》)如果说儒家是愚执的,那么道家便来得变通,在道家那里,似乎有一个超然的自我冷眼旁观着另一个体验着人生悲剧的自我,就像苏轼所说的那样:"阅世走人间,观身卧云岭",高卧云岭者的超然,将导引着那阅世人间的自我之身走向解脱之路,并时刻给他以清醒而透脱的理智。不待说,这正是一种喜剧性的主体心态。苏轼在《定风波》词的小序中写道:"三月七日,沙湖道中遇雨,雨具先去,同行皆狼狈,余独不觉。"若就实际情形讲,苏轼未尝不狼狈,但由于他能以超然的冷静反观自身的体验,于是,便只觉那苦于狼狈者的狼狈,而不觉自身之狼狈。这就仿佛喜剧中的角色由于不能超脱于角色体验,所以意识不到自身行为的乖讹狼狈,而作为旁观者的喜剧观众却明显地发觉它一样。苏轼于此,当发出超然的一笑,在轻快与释然中,他从那乖讹狼狈的现实体验中超脱而出了。毫无疑问,当我们披阅展现这种喜剧性主体心态的抒情诗篇时,我们会觉得自己被一种理智的力量提升到优越的地位,从而对那人生悲剧的现实基础投去轻蔑的一瞥。

总之,"乐以忘忧"的审美超越,就这样表现为似乎是互相逆反的主体心态,这也就导致了中国古典诗歌的创作精神也似乎有着互相逆反的内容。其实,如同儒、道两家是相非而又互补的一样,这种悲剧性或喜剧性的主体心态也是相互反拨而又相互交融的。在"穷苦之言易好"的审美心理制约下,它们都在塑造着一种"操心也危""虑患也深"的抒情主体形象,都在展现一种"不堪其忧"而"不改其乐"的抒情主体的情怀,只不过二者所采取的方式不同,从而所产生的审美共鸣效果也就不同。

三、"轩冕之志"与"皋壤之趣":创作主体的心理结构与诗歌创作的风格流向

"达则兼济天下,穷则独善其身",这是古代士大夫文人奉为人生圭臬的格言,由此而导致了进取与守拙的人生志趣,并最终制约着诗歌创作的题材选择与风格流向。这已是众所周知的了,无须再多加说明。但是,这并不是问题的全部,或者毋宁说只是问题的表层。倘若我们能深入拓向古代诗人——古典诗歌的抒情主体的心理深层,从而剖析整个文化精神在其心理结构中的积淀,然后随着心理的审美外现走向诗歌世界,又在那里把握与此相应的风格情调,无疑我们将会有新的收获。

首先需要说明,所谓"轩冕之志",当它表现在诗人的作品之中时,主要是指"兼济天下"的人生理想,指一种导源于儒家思想的精神追求与心理需要。原因在于,审美创作本身是一种对现实的超越,它具有净化主体灵魂的作用,可以滤去那些"不羞污泥丑辱而宦"的心理杂质。唯因如此,诗人所歌吟咏叹的,多是济世救民的热忱和"怵于危

亡,超于利禄"的忧患。当然,由于欲"达"的主观愿望与可"达"的客观现实往往是相冲突的,因此,抒写"兼济之志"者就不能不同时表现壮志受挫的悲愤和不满现实的牢骚,白居易不是将自己的讽谕之作视为"兼济之志"的体现吗?看来,在中国古典诗歌的传统中,创作主体的"轩冕之志"主要包括着用世之志、讽世之意与愤世之情,至于建功立业之想,倒在其次。正是在这个意义上,我们可以说,那些诗的精灵们,往往是时代的先觉,他们"先天下之忧而忧",从而能洞见幽微,敏感于现实矛盾和社会危机。然而,正如尼采所说:"吾行太远,孑然失其侣……吾见放于父母之邦矣!"(《查拉图斯特拉如是说》)先觉者,总是孤独而寂寞的,因为"贤者虽独悟,所困在群愚",于是,志在兼济而悲于不遇,就成为古代诗人的咏叹主调了。屈原不就发出过"吾独穷困乎此时"的悲吟吗?翻翻历代诗人的篇章,"吾独穷困"的悲沉之音将不绝于耳。当然,又如孔子所说"君子固穷,小人穷斯滥矣",导源于儒家思想的人生志向必与儒家所倡扬的理想人格相统一,于是,先觉者在孤独寂寞中实现了精神自足,处"不堪其忧"之境而"不改其乐",感士不遇的情怀常表现为孤芳自赏的意趣,是所谓"自怜幽独"。自怜者,自悲自悯而又自美自重,正是现实的情感体验与理想的人格完善的统一。曹植笔下那"盛年处房室"的美女,杜甫笔下那"日暮倚修竹"的佳人,苏轼笔下那"拣尽寒枝不肯栖"的孤鸿,以及感遇诗中"幽独空林色"的兰若,"自尔为佳节"的丹橘,等等,无不是体现着"自怜幽独"情怀的典型意象。不难看出,诗人歌吟咏叹中的"轩冕之志",或者表现为直抒其志式的慷慨,或者表现为悲其不遇式的怨愤,或者表现为孤芳自赏式的幽雅。

由于中国古代诗人不只是奉守儒家的济世思想,而是在儒、道、释三家的交汇氛围中不时地调整着自己的心理结构,以使其处于平衡状态,所以,在"轩冕之志"之外,又有"皋壤之趣"。众所周知,儒、道两家相非而互补,汉魏以后,道家与释家又融会而交通,这样,士大夫文人于"兼济天下"的志趣外复有自放于江湖林泉的志趣,乃是自然而然的。一面是积极用世之心,另一面是淡泊世事之心,这正是古代文人心理结构之两端。这里需要说明的是,"皋壤之趣"之所以成为古代文人的人生理想与心理需求,仅仅归结于释、道思想的影响是不够的,还有其他一些因素也必须考虑在内。首先,汉魏以来,由清议而清谈,在野的声名与在朝的功名同等重要,甚至有时还要超过后者,这自然要导引文人志趣至于功名之外;其次,中国古代的修身养心之道中自始就包含着一种生死智慧,从屈原的朝搴木兰而夕揽宿莽,到陶渊明的采菊东篱,都以自然植物为养生延寿之药,从而使古代文人多以山林田园为怡养性命之所;再者,古代文人常奔波于宦途,往往行旅数州,足迹遍于江河关山,大自然的魅力使他们心驰神往,而那颗疲倦的心灵也正需要在湖光山色中栖息。总而言之,"皋壤之趣"不仅表现为深爱自然之心,从而使诗人们去寻山问水或者沉浸于田园,而且表现为淡泊人事而归返自然之志,从而使诗人们去向清静的自然中寻找精神寄托。唯其如此,诗歌世界里不仅有湖光山色、林籁泉韵,亦有野兴逸趣、恬淡情怀。不仅如此,同为诗人的"皋壤之趣",又有"达"者之趣与"穷"者之趣的区别。"达"者之趣,体现着"与物有宜而莫知其极"的逍遥情怀,在寻山问水或沉浸田园之际,作者心神与自然风物契合无间,不仅写物缱绻多情,而且中有与道俱往的高蹈自放之意。至于"穷"者之趣,多是不遇之士自放于山巅水涯,借虫鱼草木、风云鸟兽之状类以寄托忧思感愤之情怀,其所引发的审美共鸣,并非对自然的深爱与向往,而是对抒情主体的悲悯与叹惜。显而易见,这"穷"者之趣,与那系于"轩冕之志"而悲于不遇的主体情怀是相通的,在这个意义上,"自怜幽独"的诗歌世界就包容着来自诗人心理之两端的内容。既然如此,作为古代文人心理结构之两端的"轩冕之志"与"皋壤之趣",就如同儒、道两家之相非而又互补一样,也是彼此对立而又相互交融的。

由以上论述可以看出,"轩冕之志"与"皋壤之趣"使古代文人的心理结构成为二元组合,当然,这是一种动态的组合。于是,我们想,受动于创作主体之心理定势的诗歌风格,会不会也因此而呈现出二元分化的特征呢?在这里,我们不禁踌躇者再三,因为风格总是同创作个性联系在一起的,将古典诗歌的创作风格分作两大流向,意味着对繁富复杂的风格流派的忽略,再说,造成风格差异的原因往往是多方面的,由创作主体的心理定势直接导出诗歌创作的风格特征,总不免于机械简单的嫌疑。但是,这种从宏观上去作总体把握的努力,又是非常必要的,因为这样一来,我们将获得一种典型性的认识,即排除了大量个体偶然性的、着眼于诗人心理与作品风格之必然联系的基本认识。

众所周知,自古人论诗而言及风格之时起,汉魏风骨,始终是备受推崇的,而此"风骨"的审美特质,正在于刘勰论建安文学之所谓"雅好慷慨",和钟嵘论曹氏父子诗之所谓"情兼雅怨"。如果我们滤去其中特定的时代内容,从而使这一范畴成为一个高度概括的风格典型,那么,它显然是可以容涵诗人的用世之志、讽世之意与愤世之情的,它是将儒家那"可以托六尺之孤,可以寄百里之命,临大节而不可夺"(《论语·泰伯》)的弘毅之气与"发愤之所为作"的创作精神凝成一种典雅沉郁的格调了。诚然,表现创作主体之兼济胸怀的作品,可因具体题材的不同而呈现出不同的风格,但是,它们总会以不同的方式、在不同程度上贯注着这慷慨之气与雅怨之情。正是在这个意义上,也只有在这个意义上,我们说,当创作主体的心理定势倾向于兼济之志时,作品风格便会相应地倾向于慷慨雅怨。慷慨雅怨多因情思郁结所致,而"皋壤之趣"却使创作主体倾向于心意高远,造极者更要臻于道家所谓"相忘于江湖"的精神境界,这样一来,慷慨之气自要转为清远之气,而雅怨之情亦将成为自然之趣了。不管是名川风光,还是小园景致,也不管是田野风情,还是林泉高致,其中总会透出一种自然清远的韵味。既然如此,我们又可以说,当创作主体的心理定势倾向于皋壤之趣时,作品风格便会相应地倾向于自然清远。当然,当这心理两端彼此交融而成为"自怜幽独"的情怀时,作品的风格将倾向于雅怨之情与清远之境的融合,亦即流向清雅幽怨一派。诚如前面业已指出的那样,这种对风格流向的总体描述不是绝对化的,正像人们把词分为豪放与婉约两派一样,它实际上反映了古典诗歌在风格流变中兼有众调而不失主调这样一种势态。

当然,随着社会历史的发展,新的生活内容会使固有的心理结构发生变化,比如城市文化生活的繁盛,就使古代文人的"皋壤之趣"与"坊陌之趣"结合起来了,所谓"不下堂筵,坐穷泉壑",正是这种心理的体现。于是,心理二元在一定程度上变成了心理三极,因此而有"忍把浮名,换了浅斟低唱"者,亦有"回头谢、冶叶倡条,便入渔钓乐"者。创作主体之心理结构的更新,自然会导致作品风格流向的新变,在慷慨雅怨与自然清远之外,不又出现了婉约轻丽一路吗?这一事实,再次说明,抽其要略而求取典型者,势不能穷其众相而兼及全面。从总体的、典型的角度出发,在中国古代社会的发展历史中,商业性的城市经济和带有商品社会色彩的城市文化生活,并不曾形成真正独立的地位,尤其是在道德观念和文化意识领域。"教之者,莫先于士;养之者,莫重于农。士之本在学,农之本在耕。"(王祯《农书·孝悌力田篇第三》)这就是中国古代社会之价值结构的二元。既然如此,古典诗歌所表现的士大夫文人的心理结构又怎能不是二元组合式的呢?横向和纵向的变异当然是不可避免的,但若求其典型状况,大约只能如此。

诗艺与"体物"
——关于中国古典诗歌的写真艺术传统

在中国诗歌发展史的几个阶段上,出现过一些实践与理论所共有的艺术课题,将它们串联起来,就会形成一个基本的认识:中国古典诗歌创作及相应的理论批评,其有关语言艺术的技艺自觉是同体物写真的审美意识彼此契合的。要之,这里所要提请学界同仁重视的问题,说到底,是如何正视和重视中国古典诗歌艺术那借助辞赋和绘画艺术资源而历史地形成的整合"体物"与"尚辞"意识的实践与理论传统。正是这一传统的实际存在,导致了中国古典诗歌艺术在审美倾向上并不偏执于主观表现的历史性格,导致了中国古典诗歌艺术的技艺自觉每与穷情写物而曲尽其妙的审美讲求相契合的艺术传统。

一 从"识名"到"称物""体物"

诗歌史与诗学理论批评史的发展轨迹,其实比人们习惯上认为由"诗言志"演进为"诗缘情"的线索要复杂得多。

首先,"言志"与"缘情"本有着原生的统一性。近期出土的《孔子诗论》云:"诗无泯志,乐无泯情,文无泯意。"其中所谓"志""情""意",确可相通,而这样一来,孔子的思想实际上就是诗文乐舞均主于性情真实的"情""志"一体论。而到晋代陆机《文赋》说"诗缘情而绮靡,赋体物而浏亮"时,其先曹丕已表达过"诗赋欲丽"这样诗、赋相近的观念,陆机接着说而进一步细分诗、赋为两体,其叙述逻辑是沿着"分体"

的方向展开,所以凸显出诗、赋分异之处,至于相通相同之处,便被遮蔽了。惟其如此,我们就有一个将被遮蔽者揭示出来的任务。而所要揭示者,无疑正是诗、赋一体而会通于"缘情体物"的观念。

其次,朱自清就曾指出:

> "形似"不是"缘情"而是"体物",现在叫做"描写",却能帮助发挥"缘情"的作用。

他还指出:

> 从陆氏起,"体物"和"缘情"渐渐在诗里通力合作,他有意的用"体物"来帮助"缘情"的"绮靡"。①

显然,朱自清已经认识到,诗学诗艺发展中的"绮靡"化倾向,乃是"缘情"与"体物"共同作用的结果。这一认识,反映着文学史的客观真实。曹植《七启序》云:"昔枚乘作七发,傅毅作七激,张衡作七辩,崔骃作七依,辞各美丽。"阙名作者《徐干〈中论〉序》云:"见辞人美丽之文,并时而作。"如此等等,已然显示出汉魏人士视辞赋为"美丽之文"的共识。卞兰《赞述太子赋并上赋表》谓曹丕"著典宪之高论,作叙欢之丽诗"。这也正是《文心雕龙·明诗》所说"并怜风月,狎池苑,述恩荣,叙酣宴"的内容。刘桢《公宴诗》云:"投翰长叹息,绮丽不可忘。"此间难忘者,或是美色,或是欢情,或是美景,或是高咏,先前属于辞赋的"美丽之文",此时已然扩展到诗歌艺术领域,而所以"美丽"者,也已经指称一切赏心悦目的对象了。如陆机《拟今日良宴会》之"高谈一何绮",《拟青青陵上柏》之"名都一何绮",《当置酒》之"日色花上绮",等等,从清谈之言辞藻采,到京华之城阙气象,再到花木之光色印象,凡令人产生美感愉悦者,皆以"绮"相形容,而所有这些赏心悦目的对象,早已远远

---

① 朱自清:《诗言志辨》,见《朱自清古典文学论文集》,上海古籍出版社1981年版。

超出单纯主观情志的范围了。也许,问题的关键恰在于,此时所谓"缘情",已经具有与"体物"相统一的新兴意味,魏晋新兴之文学观念,与其认为是以"缘情"为标志,不如认为是以"缘情体物"为标志。

这样,自然需要在超越"赋体物"这一单纯文体自觉的层面上来理解"体物"的意义。于是,就必然要关注陆机《文赋》序所言之"称物":

> 每自属文,尤见其情。恒患意不称物,文不逮意。盖非知之难,能之难也。

其中所谓"物",不仅指与主观情致思虑相对的客观事物,而且指所有文章写作所要表达的内容。换言之,陆机将文章分为十体,这十体都有一个"恒患意不称物,文不逮意"的问题。于是,"物"在这里便有主客观事物之总名的意思。以往,我们似乎过多地关注于文体分类自觉的意义与价值,而对于事关文章文艺总体的思考分析反而关注不够,更不用说其中所体现的思维理性了。文学创作本身原是一种创造性的感知思维活动,而且是一种较之其他活动尤见神秘奇妙的感知思维活动,是以魏晋时人才以"神思"相概括。而同时,人们也已将这种带有神秘性的感知思维活动视为一"物"而加以体认。我以为,魏晋时代之所以当得起人们所谓"人的自觉时代"或"文学的自觉时代"而无愧,除了个性解放因素、思想解放因素所引发的以"缘情"为主的思潮及创作倾向之外,执著于客观认识而"体物"的理性精神,以及文学创作上以"称物"为最高目的的艺术反映论精神,至少具有同等的意义和价值。学界习言先秦理性,其实还应有魏晋理性,以及后来的宋学理性。而魏晋理性的实质内容,应包括这里所说的客观认识论与艺术反映论相统一的思维理性。

这一思维理性,并非无源之水。在先秦孔子的《诗》学体系中,"学夫《诗》"的内容就包括"多识于鸟兽草木之名"。孔子当时所谓"多识于鸟兽草木之名",既不能尽归于后来的名物考据之学,也不能尽归于比兴寄托之用。本来,在《诗》,可以兴、可以观、可以群、可以怨,迩之事父,远之事君,多识于鸟兽草木之名"①的具体语境中,兴、观、群、怨四者,都是学《诗》之功能,而非诗学之宗旨,四者为手段,而"事父""事君"才是目的。问题在于,紧跟其后的"多识于鸟兽草木之名",按文理引申,也应是学《诗》目的之一。完整地看问题,孔子之所以强调学《诗》之必要,乃有"事"与"识"两方面的目的,前者关系到社会,后者关系到自然,尽管前者重而后者轻,前者为主而后者为辅,但"事"与"识"的分异而并存毕竟是一个事实存在。

当然,从孔子《诗》学到魏晋诗、赋合一之论,需要有一个历史与理论的中介,而它无疑就是赋体文学的繁荣。

《文心雕龙·诠赋》说:"赋者,铺也,铺采摛文,体物写志也。"又云:"原夫登高之旨,盖睹物兴情。情以物兴,故义必明雅;物以情观,故词必巧丽。"倘若我们联系《明诗》的"人禀七情,应物斯感,感物吟志,莫非自然",大致不难得出如下基本认识:尽管存在着诗、赋文体自觉的差异,但主张情志与物色统一、言志与体物统一的思想观念却是贯穿始终的。也就是说,魏晋六朝的文学思想,在文体辨别的同时,又具有整合先前传统的思维趋势。

诚然,魏晋六朝人依然常说"感物",说明"物感心动"说依然是人们解释情感发生原理时的基本认识。但他们同时已在强调"体物""称物",无论情感本身,还是抒写情感的文学创作活动,都是"体物"之"物",客观"物色"就更不用说了。而随着"文"自身和"恨""别""江""海""雪""月"一样成为"赋体物"的体认对象,也就是随着文章用心这一本来主观性的存在也被客观化为"物"而进入"体物"的对象世界,"体物""称物"的意识就体现出普遍的客观认识理性了。不仅如此,由于"体物"之"物"实际上包括情与物两个方面,所以,"称物"这一最高目的就意味着一种诗艺讲求的历史新高度。作品之成败,不必看其是否有兴讽效果或教化功能,只看其能否曲尽题内应有之情感、情景、情事之妙。

诗而"称物"的理想境界,在魏晋六朝人士心目中,无他,就是钟嵘

---

① 《论语·阳货》。

言下"详切"二字。钟嵘《诗品》总序云:"五言居文词之要,是众作之有滋味者也,故云会于流俗。岂不以指事造形,穷情写物,最为详切者耶!"①在关于"滋味"的阐释中,只要将陆机《文赋》序中"恒患意不称物,文不逮意。盖非知之难,能之难也"的艺术实践诉求,与这里钟嵘所言"会于流俗"之"指事造形,穷情写物,最为详切"的大众化品味标准联系起来,那兴起并成熟于魏晋六朝之际的诗学思想及诗艺讲求的主流导向,本来是异常清晰的。"详"者,非"略",自然有详细、详明、详备之义;"切"者,不"隔",自然有切近、切实、真切之义。不仅叙事如此,也不仅抒情如此,写物亦如此,更要综合一体,整体上追求完整、真实、准确地描写对象(无论叙事对象、抒情对象还是写景对象)具体特征的艺术境界。

问题的关键还在于,诗歌艺术之滋味,乃与"造形"这样的批评范畴相关联,实在耐人寻味。除了《诗品》中屡屡出现的"巧构形似之言"这一显在意义外,是否还有会通于绘画造型艺术的底蕴?真可深长思之。

总之,陆机《文赋》在理论上确认了"恒患意不称物,文不逮意"的艺术课题,而开创了山水诗传统的谢灵运,在《山居赋》自注里也说:"此皆湖中之美,但患言不尽意,万不写一耳。"理论与实践彼此应和,共同凸显出时代性艺术自觉的关键所在。基于这样的事实,我倒是觉得,不妨以"称物"观念为核心来理解和阐释具有深远影响力的中古诗学诗艺思想。而值此必须说明的是,"称物"观念总体引领下的"缘情体物"之诗艺实践,导致了丰富的诗歌艺术现象,非仅单纯的物色描写一项,当诗人"穷情写物"而追求"最为详切"的境界时,对诗歌抒情艺术的推动,也是非常值得关注的。

二 "应物"观与"言意之辨"

由于陆机生当魏晋玄学兴盛之际,其思想不可能不受玄学影响。

---

① 钟嵘:《诗品》,上海古籍出版社1994年版。

比如，其"恒患意不称物，文不逮意"的思想意识，就具有"言尽意"论的色彩。

本来，在当时的"言意之辨"中，就既有持"言不尽意"论者，也有持"言尽意"论者，惟其所持相反，才有所谓"辨"与"辩"。只缘人们多年来受一种"整体理性思维"的制约，习惯于接受历史沿唯一合理方向发展的观念，习惯于将历史描述成只被一种主流思潮所支配着，所以，当人们有意呈现历史发展的脉络主线时，历史原生的丰富性、多元性、多向性就被遮蔽了。如王弼《周易略例·明象》有云：

> 夫象者，出意者也。言者，明象者也。尽意莫若象，尽象莫若言，言生于象，故可寻言以观象；象生于意，故可寻象以观意。意以象尽，象以言著。言者所以明象，故得象而忘言；象者所以存意，故得意而忘象。犹蹄者所以在兔，得兔而忘蹄；筌者所以在鱼，得鱼而忘筌也。然则，言者，象之蹄也；象者，意之筌也。是故，存言者，非得象者也；存象者，非得意者也。象生于意而存象也，则所存者乃非其象也；言生于象而存言也，则所存者乃非其言也。然则，忘象者，乃得意者也；忘言者，乃得象者也。得意而忘象，得象而忘言。

王弼此说所重点阐发的，其实已经不再是纯粹的"言尽意"与否的问题，而转换为"存意"还是"存言"的问题了，前者是能不能的问题，后者是忘不忘的问题，两者自然密切关联，但毕竟是两个问题。而若就前一个问题来看，王弼未见得就是"言不尽意"论者。

何况，即使在《易》学的阐释领域里，王弼之外，还有如《魏志》引何劭《荀粲传》所云：

> 粲诸兄并以儒术论议，而粲独好道。常以为子贡称夫子之言性与天道不可得闻，然则六籍虽存，固圣人之糠秕。粲兄俣难曰："《易》亦曰：'圣人立象以尽意，系辞焉以尽言。'则微言胡为不可

得而闻见哉?"粲答曰:"盖理之微者,非物之象所举也。今称立象以尽意,此非通于意外者也。系辞焉以尽言,此非言于系表者也。斯则象外之意,系表之言,固蕴不出矣。"

显而易见,荀粲所论,与王弼所见,有其一致的地方,那就是在以"象"说"意"、以"言"说"象"的自我阐释系统内部,总体上确认了由《易》学一系所体现的带有普遍意义的"言尽意"观。但荀粲在引申论题之际,则超越于现有"言""意"对应系统而涉及"象外之意""系表之言",也就是指出了《易》学阐释系统之外,有关"性与天道"的义理阐释问题。其所谓"固蕴不出"者,非"言不尽意",而是"此言尽此意,彼言尽彼意"。说到底,仍然是"言尽意"论者,不过,问题因此而有了新的层次。

于是,问题的症结就在于,"言""意"的对应关系,并不是只有一个层次,"意"外有"意","象"外有"象","言"外有"言"。和"得意忘言"说相比,倒是"象外之意"的概念也许更有诗学的启示意义。后来刘禹锡的"境生于象外",司空图的"象外之象",或许与此有关,思维脉络,真可探寻。总之,笼统地对待当时"言意之辨"之"辨"与"辩"的实际,又偏执性地认为其辨析思辨的结果惟有"言不尽意"和"得意忘言",这样的研究态度和方法本身就是不辩证的。

于是需要讲辩证的"言尽意"观。所以如此者,乃基于当时虽圣人亦不能不"应物"的相关思想。何劭《王弼传》有云:"何晏以为圣人无喜怒哀乐,其论甚精,钟会等述之。弼与不同,以为圣人茂于人者神明也,同于人者五情也。神明茂,故能体冲和以通无;五情同,故不能无哀乐以应物。然则圣人之情,应物而无累于物者也。今以其无累,便谓不复应物,失之多矣。"不难看出,所谓圣人与俗人的区别,即"应物"之是否为物所累,而在"应物"这一点上,圣、俗一体相同。体冲和而无累者,不能不"应物",终得意而忘言者,不能不"言尽意",这里显然隐藏着一个共同的推理逻辑。这一逻辑的走向,总体上体现出一种在"应物——体物——称物"的实践中实现主体价值的思想精神。

仅举一例,以提请人们注意。《世说新语·文学》载:

> 王丞相过江左,止道"声无哀乐""养生""言尽意"三理而已。

就是这位王丞相,当别人坐叹"风景不殊,正自有山河之异"而相视流泪时,他发出"当共勠力王室,克复神州,何至作楚囚相对"①的呼声!这样一位可以说是"东晋初期清谈的领袖人物"②的人,并不持"言不尽意"论,而持"言尽意"论,总是值得关注的吧!何况,就当时名士"清谈"的实际情形来看,也分明存在着讲求辞采以穷尽思理情趣的鲜明倾向。《世说新语·文学》另载:

> ……刘便作二百许语,辞难简切,孙理遂屈,一坐同时抃掌而笑,称美良久。

又:

> 支作数千言,才藻新奇,花烂映发。王遂披襟解带,留连不能已。③

《世说新语·赏誉》载王衍称郭象云:"语议如悬河泻水,注而不竭。"《晋书·胡毋辅传》亦云:"澄与人书曰:'彦国吐佳言如锯木屑,霏霏不绝,诚为后进领袖也。'"似此动辄百千言而如"悬河泻水"的辞风,或许有"文无止泊"的"芜漫之累",这都无须讳言。然而,问题的关键在于,这种对言辞表达的执著,对应于钟嵘品评谢灵运诗所谓"内无乏思,外无遗物"的创作心态,实际上正好与陆机所说"恒患意不称物,文不逮意"的宗旨相一致,也与萧统《文选序》所言"踵其事而增华,变其本而加厉"的沉思翰藻观相协调,共同实践着一种"言尽意"并"意称物"的思想意识和艺术语言观念。

---

① 《世说新语·言语》。
② 罗宗强:《玄学与魏晋士人心态》,浙江人民出版社1991年版,第287页。
③ 余嘉锡:《世说新语笺疏》,中华书局1983年版。

其实，在一定程度上，魏晋玄言诗的流行，未尝不显示着当时士人试图以"玄远之言"尽"象外之意"的努力，如同名士"清谈"中动辄数百千言的"辞喻丰博"，实际上都是一种"言尽意"的尝试。然而，它终因"淡乎寡味"而被诗歌艺术史所扬弃，于是通过"庄老未退，山水方滋"的历史过程，逐渐使"象外之意"的追求与"指事造形，穷情写物"的追求相融合，以意境的复合性而完成"美言"与"忘言"的兼顾。陶渊明诗句"此中有真意，欲辨已忘言"所表明的态度，恰恰只是对玄远之言的忘却，而非普遍意义上的"忘言"。

综上所述，所谓"言意之辨"的"辨"或"辩"，如同一切争辩论辩，其所以有价值的前提条件，就是彼此分歧的认识和绝不苟同的精神，"辨""辩"的本质就是矛盾对立，凡有"辨"及"辩"者，凡可"辨"及"辩"者，必然没有既定的唯一的结论，价值的形成过程恰恰就是那"辨"及"辩"的过程。这个过程，乃是可持续的。比如欧阳修就曾说道：

> "书不尽言，言不尽意"，然自古圣贤之意万古得以推而求之者，岂非言之传欤！圣人之意所以存者，得非书乎？然则书不尽言之烦而尽其要，言不尽意之委曲而尽其理。谓"书不尽言，言不尽意"者，非深明之论也。①

这不就是颇具辩证思维的"言尽意"论吗？显然，欧阳修所谓"深明之论"者，非深入于"辨""辩"之思而不可得。

三 纪实写真与"目击可图，体势自别"

将中国诗学诗艺的"体物"传统与司空图诗学思想相联系，有人会觉得奇怪：司空图最有代表性的诗学概念不是"味外之致""韵外之旨"吗？怎么会与"体物"传统相关并标示以"纪实写真"呢？

---

① 《四部丛刊》本《欧阳文忠公文集·系辞说》。

苏轼是称美司空图之诗学诗艺的。这一点，众所周知。但苏轼何以欣赏司空图之诗说诗作，着眼点究竟何在，人们的讨论仍嫌不够充分。洪迈《容斋随笔》初笔卷十云：

> 东坡称司空表圣诗文高雅，有承平之遗风，盖尝自列其诗之有得于文字之表者二十四韵，恨当时不识其妙。又云："表圣论其诗，以为得味外味，如'绿树连村暗，黄花入麦稀'，此句最善。又'棋声花院闭，幡影石坛高'，吾尝独自入白鹤观，松阴满地，不见一人，惟闻棋声，然后知此句之工，但恨其寒俭有僧态。"予读表圣《一鸣集》，有《与李生论诗书》一书，正坡公所言者。

需要关注的是，不管怎么说，苏轼在这里明确表示了对司空图两联诗句之"善"及"工"的评价态度。而从苏轼基于自己亲身经历而肯定司空图诗句这一角度出发，联系司空图《与李生论诗书》之核心论点所在，问题的症结便有可能被真正把握住。请看《与李生论诗书》：

> ……然直致所得，以格自奇，前辈诸集，亦不专工于此，况其下者耶！王右丞、韦苏州，澄淡精致，格在其中，岂妨于遒举哉？

许印芳解此论说，认为"功候深时，精义内含，淡语亦浓；宝光外溢，朴语亦华。既臻斯境，韵外之致，可得而言；而其妙处皆自眼前实境得来。表圣所云直致所得，以格自奇也"。[①] 这种对"直致"之"格"的理解是否符合司空图本人的诗学思想实际呢？司空图《与极浦书》云：

> 戴容州云："诗家之景，如蓝田日暖，良玉生烟，可望而不可置于眉睫之前也。"象外之象，景外之景，岂容易可谈哉？然题纪之

---

① 郭绍虞集解《诗品集解》、郭绍虞集注《续诗品注》合订本，人民文学出版社1981年版，第49页。

作,目击可图,体势自别,不可废也。愚近作《虞乡县楼》及《柏梯》二篇,诚非平生所得者。然"官路好禽声,轩车驻晚程",即虞乡入境可见也。又"南楼山最秀,北路邑偏清",假令作者复生,亦当以著题见许。其《柏梯》之作,大抵亦然。浦公试为我一过县城,少留寺阁,足知其不怍也。

许印芳解读之际,说道:"可见古人作诗,以真切为贵。"[①]我想,任何一位读过以上文字的人,都会以为许印芳的解读无疑是准确的。这里,司空图提议"浦公"不妨亲身到虞乡县城走一趟,那自然就能感受和体会到自己诗句描写的真实性。而后来,苏轼也正是因为有了"独入白鹤观"的亲身经历,故而才领会到司空图诗语之"工"。要之,苏轼所谓"工",对应于司空图所谓"直致",所谓"目击可图",最终是就"纪实写真"性诗歌创作而肯定其诗境如画的"直致"之"工"。用司空图的诗学话语来说,如戴叔伦所形容者,倾向于虚构妙想,故称之为"象外之象""景外之景";而"体势自别"的另一种境界,则是"目击可图"而诗境如画,以其追求实境真实的艺术自觉而表现出纪实写真的别一倾向。虚构妙想与纪实写真之间,自然有交叉渗透,但终究是为两端。

于是可以来看关于"澄淡精致,格在其中,岂妨遒举"的问题。在笔者看来,其间关键性的词语实际上是那个"妨"字。只要品味一下"王右丞、韦苏州"所以被称为"澄淡精致"的诗歌艺术境界,就不难得出结论,其精妙处恰恰在于就真实景象的刻画来寓含超越俗常的精神意向,亦即人们所说的"目击道存"。对此,苏轼显然是心领神会的,所以感慨于世人不能解会其中精妙。而苏轼"恨当时不识其妙"的感叹,又明明白白地反映出"早得我心"的言外之意,从而赋予司空图的诗学思想和诗艺境界以承先启后的特殊地位。如果说在诗歌创作实践中具体追求诗歌与绘画艺术的交融,王维可为代表,而在理论批评上明

---

① 郭绍虞集解《诗品集解》、郭绍虞辑注《诗品辑注》合订本,人民文学出版社 1981 年版,第 52 页。

确提出"诗中有画""画中有诗"的艺术美理想者,则是苏轼,那么,正好处在两家之间的司空图,就分明是一位承先启后的人物,他于"诗家之景"之外提出"目击可图,体势自别"的"题纪之作"为另一境界,分明为后来苏轼的"诗中有画"说作了铺垫。

四 "求物之妙"与"禁体物语"

苏轼的文艺思想,是丰富而复杂的。一般说来,人们将苏轼列入讲求"士气"之"逸品"文人诗画传统中作中坚人物,是没有什么问题的。他在这方面的论说既多且妙。但是,若只见这一面,便不能得苏轼"其人之天"。比如,苏轼的"辞达"观就很耐寻味。

孔子早有"辞达而已"[①]之训。后人阐释,各取角度。苏轼之同代人司马光《答孔文仲司户书》曰:"明其足以通意,斯止矣。无事于华藻宏辩也。"简言之,司马光是反对"华藻宏辩"的"言尽意"论者。苏轼《答谢民师书》则云:"夫言止于达意,即疑若不文,是大不然。求物之妙,如系风捕影,能使是物了然于心者,盖千万人而不一遇也,而况能使了然于口与手者乎?是之谓'辞达'。辞至于能达,则文不可胜用矣。"苏轼之说,仿佛就司马光所言而"接着说",司马光说多余的可不要,苏轼说分内的就不易,两者互补。苏轼更以其杰出的艺术修养和思想境界,将古老的"辞达"问题和"言意之辨"引领到"求物之妙"的理路上来。

苏轼所谓"求物之妙"的"妙",即他在别处所谓"妙理"。其《书吴道子画后》云:"道子画人物,如以灯取影,逆来顺往,旁见侧出,横竖平直,各相乘除,得自然之数,不差毫末。出新意于法度之中,寄妙理于豪放之外。所谓游刃有余,运斤成风,盖古今一人而已。"这里的"自然之数",与老庄哲学的"无为"或佛学的"空静"理念有关,但绝不限于它们的精神领域。而那另外的一种价值讲求,正是体物写真的艺术自

---

① 《论语·卫灵公》。

觉,如其《书李伯时山庄图后》云:"虽然,有道有艺。有道而不艺,则物虽形于心,不形于手。"此间语意,需要辨明者在于,所谓"有道有艺"的"道",乃有关于"使是物了然于心",从而"道艺不二"亦即"得心应手"。也因此,这里的"道",本来就是"艺"之"道"。而这样一来,苏轼此论之重心,显然就在于"艺"。基于此,我们可以说,苏轼是在诗艺画艺的意义上来谈论"辞达"问题的。苏轼的"有道有艺"说,直接强调了诗艺画艺的关键作用,揭示出为大量宏论空谈所遮蔽的艺术创作的实际问题,最有实践指导意义。而耐人寻味者还在于,其论吴道子画时所说的"自然之数",联系其"以灯取影"的喻说和"各相乘除"的解释,应该是指那种基于认识理性的对审美对象特征的把握。可以"乘除"的"数",与其解释作"客观规律",不如理解为形象轮廓之比例。再就其"出新意"两句而言,实际上是在强调法度与妙理的重要,须知,在他看来,求新意固然是文艺创作的题内应有之义,但也不可逸出法度之外。同样道理,创作时的性情解放,情思与想象的自由驰骋,均在情理之中,然而,又必须明白,更有"妙理"在豪放之外,所以,豪放必然是理性制约下的豪放。那么,何谓"妙理"?"妙"者即"求物之妙"的"妙","理"者"自然之数"。以苏轼之性情风格,如此强调物理探求与技艺讲求,其于诗学史的意义,是怎么强调也不过分的。古今一理,中外一理,文学理论批评如若一味作宏大议论,耽于论"道"而耻于论"艺",以至于导致"道""艺"割裂,亦必"道将不道"!

更有必要指出,"求物之妙",与"体物""称物"的意识相比,显然已有一种历史性的超越,其所欲体认者,其体认之过程,此一过程与艺术表现方式的统一,因此而具有新的"难"度。显然,所谓"妙理"之"妙"者,本身就是一个含蕴主、客观真实在内的充满原创性的范畴,"求物之妙"的探求过程本身,又岂能不是"妙"的过程呢?从这里入手,才能深入理解苏轼他们"禁体物语"的深刻用心。

"禁体物语",既非禁止"体物",亦非不作体物语,而是禁用世人熟知的体物语言。这于是就有些类似于所谓"陌生化",人们常说宋诗避熟就生,此即例证之一。然而,这里的"陌生化"并非以自身为目的,而是试图以"陌生化"手段而"求物之妙",这就意味着以"造语"的"陌生化"工程来推动"求物之妙"的主客一体化创造。

其实,在一定程度上,梅尧臣所说"状难写之景如在目前,含不尽之意见于言外"①的"难写",未尝不与"禁体物语"这样的艺术"禁忌"有关,而其间有些"为文之用心"的曲折,需要人们细心去体会。人们所熟知的苏轼《聚星堂雪》诗前小引云:

> ……忽忆欧阳文忠公作守时,雪中约客赋诗,禁体物语,于艰难中特出奇丽。尔来四十余年莫有继者。仆以老门生继公后,虽不足追配先生,而宾客之美殆不减当时,公之二子又适在郡,故辄举前令,各赋一篇。

其中"于艰难中特出奇丽"一句,所透露出的创作心理,与"状难写之景如在目前"者之间的关联,是显而易见的。而之所以"尔来四十年莫有继者",与这种艺术写作的"艰难"多少也是有关联的。如果说当年陆机"恒患意不称物,文不逮意,非知之难,能之难也"者,是客观存在的难题,那么,如今的"于艰难中特出奇丽",就近乎主观设置的难题了。惟其如此,热心提倡及热心响应者,就存有"因难出奇"的创作心理内容。恰恰在这一点上,诗歌艺术发展中所具有的艺术竞技性元素,无论如何是不能排除的。艺术的发展需要推动力,而这种力量的来源就包括艺术竞技,艺术竞技能激励艺术家不断地向"高难度"挑战,并不断地创造新的"难度"。欧阳修作为开有宋一代文风的人,他来提倡"禁体物语",其与宋调的塑造,意义不可小觑。尽管他和韩愈等人专押险韵、生创新语的艺术探险有着精神上的某种一致,其醉心于艺术竞技的心态甚至可以追溯到魏晋"清谈"中不管义理而只赏辞采的风气,但在"体物"进而"求物之妙"的艺术课题中设计艺术的"禁忌",仍然有其全新的价值。

---

① 见欧阳修《六一诗话》。

在解读这一全新的诗学诗艺意识时,需要将这种"因难出奇"的创作心理,与"状难写之景如在目前,含不尽之意见于言外"的创作目的联系起来,于是就可以发现,不管诗人在实际写作过程中的得失如何,在诗学诗艺观念上,这意味着向另一个审美创造层次的开拓。到底是"景"自身的特征"难写"呢,还是"写"的"艰难"化追求使"景"变成了"难写之景"?我认为这两者是重合的。非但如此,这两重意义上的"难写之景",必然还包含着第三重意义:"景"之难以把握的特征,"写"之生新原创的语言,同时表达着"意"之深远不尽的延伸。这三重意蕴是彼此相互生成的,因为,说到底,诗,是诗人"写"出来的,所以,"写"赋予"景"和"意"以具体的美感形式。一旦诗学原理具体化为诗艺写作学——中国古代诗学中最为丰富的内容恰恰是诗艺写作学的内容,抽象原理便与实践方法合二而一,我们在这里遇到的,正是这样的情形。

显而易见,这首先就是一个诗歌艺术语言的更新课题。欧阳修所述梅尧臣的论说中,就有"诗家虽率意,而造语亦难"的中心意思。后来黄庭坚也明确说"自作语最难",①并且进而分析道:"诗意无穷,而人才有限,以有限之才,追无穷之意,虽渊明、少陵不得工也。"②很清楚,这些作为江西诗派诗艺思想之核心内容的论说,主要是基于艺术语言的创新问题的。初读上引山谷话语,也许会以为他是一位"言不尽意"论者,因为"无限"与"有限"的矛盾必将导致诗人永恒的心长力短之慨。仅仅就此而言,包括欧、梅、苏、黄在内的宋代诗人,似乎都在重复着当年陆机的感叹:"非知之难,能之难也。"而实际情况则是,苏轼他们不仅感叹"能之难",而且自出难题使其难上加难。这里,不仅有知其难而为之的主导意志,而且直接以"难"者为艺术原创的动源所在。只有在这个意义上,我们才可能充分理解江西"诗法"的"当时"意义和诗史意义。

---

① 黄庭坚:《豫章黄先生文集》卷十九《答洪驹父书》。
② 释惠洪:《冷斋夜话》卷一。

如若细心体会宋初以来"禁体物语"之所禁者,大体会发现,那往往是一种比拟性的艺术语言。欧阳修《雪》诗题下自注曰:"时在颍州作,玉、月、梨、梅、练、絮、白、舞、鹅、鹤、银等事,皆请勿用。"①梅尧臣的和作中又把"粉"字列入所"禁"范围。不难发现,所列出的词语,尽管不限于颜色、形状,却大体都是比拟性的。再看苏轼《聚星堂雪》诗,如"窗前暗响鸣枯叶""映空先集疑有无,作态斜飞正愁绝""未嫌长夜作衣棱,却怕初阳生眼缬""幸有回飙惊落屑""模糊桧顶独多时,历乱瓦沟裁一瞥",初看起来,似乎回避了对雪景的正面描写而采取间接手法,实则不尽然。细心的读者,相信能够领会到苏轼"求物之妙"而"状难写之景如在目前,含不尽之意见于言外"的艺术努力,诗人所着力描写者,都是充满直觉真实的细节,他的确侧重在初雪与雪晴时的景况,从而有绕开正面的意图,但绕开以后的描写并没有采用比喻、象征、暗示的手法,而几乎笔笔工细,形神兼备。由此上溯到欧阳修《雪》诗,如"新阳力微初破萼,客阴用壮犹相薄。朝寒棱棱风莫犯,暮雪矮矮止还作。驱驰风云初惨淡,炫晃山川渐开阔。光芒可爱初日照,润泽终为和气烁。美人高堂晨起惊,幽士虚窗静闻落",并且再连接到梅尧臣的《次韵和永叔对雪十韵》,三家之作,自然是苏轼最好,但其间贯通一气者,首先是"体物每入幽微",其次则是"造语生新别致"。"禁体物语",不仅没有改变诗人"求物之妙"的创作动机,而且推进诗人之"体物"深入到更加丰富的细节世界和质感世界,从而使这些每有切肤之真的"物态"呈现于诗意世界之中。

　　刘克庄尝曰:"夫品题泉石,模写景物,惟实故切,惟切故奇。"②此说之启示意义,在于能打破人们的偏执心理,从而可以认识到:艺术创作未尝不是分为"虚""实"两端,"虚"者以想象力之丰富独特见称,"实"者以体察之深入精确见称,简言之,"虚"者正以其"虚灵"而见长,"实"者正以其"质实"而见长,二水分流,两峰对峙,各行其道,各放

---

① 《欧阳文忠公集》之《居士外集》卷四。
② 《后村题跋》卷四《题丘攀桂月林图》。

光明。两端之间,自然有中间状态,其丰富多彩,难以尽言,但这一切的前提,恰恰是需要有"虚""实"两端。"虚"的一端,人们讲得太多,颇有遮蔽"实"之一端的趋势。于是,笔者约略提示,并为之申说如上。无论抒情、写景或叙事,凡旨在表现实境真实者,始终有一个"恒患意不称物,文不逮意"的课题,亦即"语征实而难巧"的课题,随着"体物"由"巧构形似"到"求物之妙",其客观化艺术思维的倾向愈加要求作者排除主观意志的干扰,而这种对主观意志的排除同时也反映在对习惯性词语的排除上。不言而喻,"求物之妙"而旨在"得此无人态"[①],与"禁体物语"而体现"辞达之旨",分明是一种追求的两个相应的方面,其共同体现着中国古典诗学诗艺与画学画艺互补共荣的纪实写真传统。而同样不言而喻的是,这一传统自始至终都用心于艺术技艺的讲求。

五 余论:关注"真山之法"

关于与诗人"状难写之景如在目前"的艺术追求相契合的画家之艺术讲求的分析,有如关于北宋著名山水画家李成"仰画飞檐"之典型例证的评说。众所周知,李成不仅如此作画,而且自有一说,《梦溪笔谈》所述"其说以为"云云,便是。然而,李成其说遭到了沈括的批评。沈括在批评中提出了"以大观小,如人观假山"[②]的著名论点,并明确称李成之说为"真山之法"。沈括之说,被许多文艺美学研究者的论著引述和阐发,以为足以标示中国传统诗情画意的典型艺术思维特征。殊不知,沈括"假山之法"外,还有李成"真山之法"。俞剑华曾道:

> 关于仰画飞檐并非始自李成,在敦煌的壁画上,从初唐起已经在仰画飞檐了。直到南宋的马、夏还在仰画飞檐。元四家以

---

① 《东坡题跋·题陈直躬画雁诗》。
② 沈括:《梦溪笔谈》卷十七《书画》。

后,就无人再画了。初期的山水画因为是实地写生,从下望上,所以仰画飞檐,这与现在的西洋画写生同法。①

如果说中国画艺术因此而包含着与西画"同法"或"异法"两种传统,那么,追求"诗中有画"境界的中国诗歌艺术,其古典的审美理想以及相应的艺术技艺传统中,按理也是应该有"真山之法"的。兹撮合司空图与沈括语意作结:以大观小,如观假山,折高折远,岂容易可谈哉?然写生之作,真山之法,体势自别,不可废也。

---

① 俞剑华:《中国画论选读》,1962年南京艺术学院油印本。转引自周积寅《中国画论辑要》,江苏美术出版社1985年版。

中国诗画交融若干焦点问题的美学思考

在一个呼唤中国风格的理论创新的学术时代,需要树立焦点问题意识,以便直面前人曾经面对的重大课题,并通过"接着说"的探寻式阐释来发现中国美学的典型特征。诗画艺术的交融和诗画交融的艺术,就是这样的焦点问题。显然,这是一个聚合了诗画艺术之相关史实和诗画交融美学思想的复合型问题,需要展开富有历史广远度和学理纵深度的双向探究。相信在若干焦点问题的探讨过程中,我们可以更加准确地把握中国美学的独到精神。

一、绘事后素:儒家《诗》学阐释方式与先秦技道参融的美学思想

先儒孔门师生在讨论《诗》学时引入"绘事后素"问题,意味着《诗》学与"绘事"首次发生了联系,从而也就形成了中国诗画交融史上第一个值得关注的焦点问题。

1. "君子之于学"与"百工之于技"参融一体的文明史观

《论语》所载,孔子与弟子讨论《诗》学而终曰"始可与言《诗》矣"者,涵涉两则内容,其一即"绘事后素",[①]其二即"如切如磋,如琢如磨"。[②] 耐人寻味的是,此两者都与上古时代艺术技术的发达直接关

---

① 《论语·八佾篇第三》,杨伯峻:《论语译注》,中华书局1995年版,第25页。
② 《论语·学而篇第一》,同上书,第9页。

联,这就说明,儒家原创的美学思想体系,具有参照艺术技术发明以自我建构的特征。《周礼·冬官·考工记》云:"知者创物,巧者述之守之世,谓之工。百工之事,皆圣人之作也。"①后世苏轼据此而曰:"知者创物,能者述焉,非一人而成也。君子之于学,百工之于技,自三代历汉至唐而备矣。"②这种将"君子之于学"与"百工之于技"视为一个文明史整体的思维方式,正是本文所谓技道参融的思维方式。孔子当时用以统一"绘事后素"与"礼后"者,正是这样的思维方式。儒家原生的"躬行君子"的人格讲求,充满着"如切如磋,如琢如磨"这种参悟于艺术技术的实践特征。

儒道互补。从《老子》的"有物混成,先天地生"之"混成",到《庄子·应帝王》的"中央之帝曰混沌"之"混沌",乃是道家关于宇宙未化之原生态的整体描述。惟其如此,那根据"人皆有七窍"的人文自觉而去回报"混沌",以至于"日凿一窍,七日而混沌死"的著名寓言,③本质上具有宇宙混沌观念与技术文明理性历史性冲突的特殊寓意。庄子的态度是极其微妙的,与其说是单极化地否定人为凿窍而维护"混沌"原生态,不如说是以"两行"智慧化解文明难题。作为对技术文明成就的赞赏,《庄子》一书刻画了众多身怀绝技的工匠形象,如庖丁解牛、轮扁斫轮、痀偻承蜩、津人操舟、梓庆削镰等等,对这些能工巧匠之绝技神妙所展开的充满诗意的想象,构成了《庄子》文本特殊的魅力,在这个意义上,庄子美学含有充足的艺术技术论思想。而作为对混沌原始的确认,《庄子》以"所好者道也,进乎技也"④的著名判断为中心,并借重古代神秘主义的人神沟通经验,让道体与技术之间的微妙关系,成为自己哲学美学论述的核心课题。

惟其如此,我们首先需要树立技道参融的文明史观。

---

① 《周礼》卷三十九《考工记》,《汉魏古注十三经》上册,中华书局1998年版,第253、254页。
② 苏轼:《书吴道子画后》,《三苏全书》第十四册,语文出版社2001年版,第67页。
③ 《庄子·内篇·应帝王》,陈鼓应:《庄子今注今译》上册,中华书局1983年版,第228页。
④ 《庄子·内篇·养生主》,同上书,第96页。

2. "素以为绚"的审美意象范式与视觉美感特征

若问：究竟是子夏提问中的哪一点敏感内容，使孔子的思维直接跃迁到"绘事后素"这一关乎绘画技艺的艺术领域？与此相关的思考，将促使我们更多地关注"素以为绚"和"绘事后素"的语义语境联系。而无论怎样理解，"素以为绚兮"一句，在语意上都与《诗·卫风·硕人》中的"巧笑倩兮，美目盼兮"一脉相承，共同构成了浑然一体的审美意象。这不仅是一种关于女性美颜素白、巧笑顾盼的美丽形象刻画，而且是一个曾经普遍存在的审美意象范式。如宋玉《登徒子好色赋》云："眉如翠羽，肌如白雪，腰如束素，齿如含贝"，"是时，向春之末，迎夏之阳，……此郊之姝，华色含光"，其中的白雪束素之喻，又可见于《庄子·逍遥游》关于"神人"形象的刻画："肌肤若冰雪，绰约若处子。"而宋玉赋中的"华色含光"之美，则又仿佛其《神女赋·序》之"其始来也，耀乎若白日初出照屋梁"。时光推移，基因遗传，又如曹植《洛神赋》之"远而望之，皎若太阳升朝霞"，《美女篇》之"容华耀朝日，谁不希令颜"。凡此种种，共同塑造出一个以女性美白光鲜为典型特征的美女、神人艺术形象，而她们又共同具有与朝阳光明相互辉映的审美特征。宗白华曾称赏魏晋名士"都是一派光亮意象"的人格理想，[①]并认为《庄子》"神人"意象"是晋人美的意象的源泉"。殊不知，儒家乃至于诸子心目中原来也"都是一派光亮意象"。

值得注意的是，韩非寓言关于"巧术"的描写，居然也涉及"日始出时"的审美观照："画荚者曰：'筑十版之墙，凿八尺之牖，而以日始出时加之其上而观。'周君为之，望见其状尽成龙蛇禽兽车马，万物之状备具。"[②]民间巧艺也具有朝阳初照透视下的美感自觉，难怪早有国画史家指出："当时于绘画已若另眼相看，不独不与髹工同视，且研及如何赏鉴之方位矣。"[③]而更加耐人寻味的是，在道家先哲的阐释话语中，竟

---

① 宗白华：《美学与意境》，人民出版社1987年版，第187页。
② 陈奇猷：《韩非子新校注》卷十一《外储说左上第三十二》，上海古籍出版社2000年版，第672页。
③ 郑午昌：《中国画学全史》，东方出版社2008年版，第16页。

然又将主体超越境界的体验与初日之际光明澄澈的景象联系起来,如《庄子·大宗师》描述"坐忘"境界:"吾犹告而守之,三日而后能外天下……九日而后能外生;已外生矣,而后能朝彻;朝彻,而后能见独;见独,而后能无古今……"关于"朝彻",成玄英疏云:"死生一观,物我兼忘,豁然如朝阳初启,故谓之朝彻。"①这里的"朝阳初启",即便看做是一种神秘的喻象,仍然是"一派光亮意象"。

上述种种,无不提醒我们,孔儒师生《诗》学讨论中灵感跃迁的"灵犀一点通"处,正是美颜与朝日相辉映的视觉美感经验,"素以为绚"之诗意形象,因此而富有视觉审美的特殊赋性,而儒家乃至于先秦各家美感心理的聚焦点,已然透出视觉审美的鲜明画意了。

3. 先秦"绘事"三家说的美学新阐释

先秦诸子间,儒家孔子有"绘事后素"的引申阐说,道家庄子有"解衣盘礴"的意象刻画,法家韩非有"犬马最难"的画学命题,三家所言,就"绘事"而各自立说,在先秦技道参融美学思想的共同基础上,异质阐述而各具深远影响。

儒家"绘事后素"之义,历代阐说不断,或者据《考工记》"凡画缋之事,后素功"②而从绘画技艺角度展开阐释,或者据《礼记》"甘受和,白受采。忠信之人,可以学礼"③而从礼乐文化角度展开阐释,前者新有出土文物为证明,④后者不乏文化研究之推论。本文认为,从《论语》所载本事着眼,原是引"绘事后素"以解读"素以为绚",然后再引出"礼后"之义理,美丽形象与绘画技艺之间,绘画技艺与礼乐义理之间,原是彼此参照而融会的,此正所谓技道参融。当然,中国古代美学批评曾将"绘事后素"的阐释引向"文质彬彬"的方向,从而有所谓"文质半取,风骚两挟"。⑤ 而"半取"之义,绝非"各取其半",而是彼此兼容,含有当今所谓"双赢"的意味。在"双赢"的意义上,子贡所谓"文犹质也,

---

① 《庄子·内篇·大宗师》,陈鼓应:《庄子今注今译》上册,第185页。
② 《周礼》卷四十《冬官·考工记》,《汉魏古注十三经》上册,第269页。
③ 《礼记》卷七《礼器》第十,《汉魏古注十三经》上册,第89页。
④ 参看邵碧瑛:《从出土漆画、帛画看"绘事后素"》,《江西社会科学》2007年第4期。
⑤ 殷璠:《河岳英灵集》,陕西人民教育出版社1984年版。

质犹文也。虎豹之鞟,犹犬羊之鞟",①就很值得琢磨。总之,以"素以为绚"与"绘事后素"的整合阐释为基础,儒家"文质彬彬"的美学思想,应有各极其妙而相得益彰的内容。

对庄子笔下"解衣盘礴"之"真画者"形象的体认,关键在于如何解读其"裸"体行为的审美文化意义。若视其为后来魏晋名士"裸袒"行为之精神基因,则其实质就在于藉此实现脱略外在形骸的主体内向超越。庄子曰:"能体纯素,之谓真人","纯素之道,惟神是守,守而勿失,与神为一,一之精通,合于天伦"。② 庄子哲学美学对主体精神世界之纯洁无瑕的追求,有着与儒家高度契合的道德文化赋性,为此,才以"吾非不知,羞而不为也"③的道德自觉拒绝"机械"原理类推产生的"机心",而"机心存于胸中,则纯白不备"的批评逻辑,更以彻底的道德主义否定一切技术性思维,为道家的内向精神超越设置了必须绝缘于技术的前提条件。然而,最耐人寻味者恰恰在于,庄子又有"所好者道也,进乎技也"的中心理念,这样一来,就将坚守"纯素之道"的内向超越与"进乎技也"的绝技领悟整合为一,技道参融在庄子这里,表现为内向精神超越与内向绝技领悟的统一。内向的绝技领悟,正是庄子"以天合天"以及"忘适之适"命题的美学实质所在。庄子在像"梓庆削木为镶"这样的寓言里告诉世人,通过"不敢怀庆尝爵禄"及"不敢怀非誉巧拙"的内敛式自我净化,"辄然忘吾有四枝形体"的纯粹精神自觉与"其巧专而外骨消"的艺术审美超越实现了统一。值此,主体脱胎换骨,忘却俗世的形躯,而获得审美的直觉,此即所谓"观天性,形躯至矣"。④ 当纯粹精神主体与形躯直觉感知在审美活动中再度结合之时,"指与物化而不以心稽,故其灵台一而不桎",绝技入神的神秘境界就转化为生理直觉一样的本能反应,这就是庄子内向超越的物化直觉论。从"指与物化"的角度切入,庄子"忘足,屦之适也;忘要,带

---

① 《论语·颜渊第十二》,朱熹:《四书章句集注》,中华书局 1983 年版,第135 页。
② 《庄子·外篇·刻意》,陈鼓应:《庄子今注今译》中册,第 399 页。
③ 《庄子·外篇·天地》,陈鼓应:同上书,第 318 页。
④ 《庄子·外篇·达生》,陈鼓应:同上书,第 489 页。

之适也"①的著名论断,就可以在"履之适""带之适"的审美快感基础上来理解"忘足""忘要"的自我超越,从而充分阐发艺术创造的人文价值,最终确立一切美的创造以"适"于人为第一原则的核心理念。

　　法家韩非以"犬马最难"的绘画美学观念,开启了中国写实主义美学传统,而其理性内核,则是基于科技理性的实证主义精神。有道是"艺术中的实证主义是指纯粹在准确再现直接看到的东西中看待艺术问题",②韩非的画学观念,因此而带有典型的"模仿说"和再现论的特色。需要进一步说明的是:其一,韩非寓言中用以揭露伪巧术的"诸微物必以削削之,而所削必大于削"的技艺原理领会,与庄子"庖丁解牛"之"以无厚入有间,恢恢乎其于游刃必有余地矣"③的绝技境界想象,含有共同的科技实证理性的基础,只不过,一者走向理性分析,一者走向诗性想象;其二,"犬马最难"的美学难易论所揭示的"人所知也,旦暮罄于前,不可类之,故难"的艺术难题,包含着客观生活检验和主体技艺锤炼的双重内容,而庄子所谓"指与物化""以天合天",无异于从艺术哲学的角度阐发了韩非"微难"巧艺的终极境界。

　　一言以蔽之,在技道参融的文明史观视野里,以"绘事"为共生基础,儒家、道家、法家之间异质同构的丰富形态,为我们勾勒出中国美学原创期的某些重要历史细节。正视这些细节,恰是重新发现其历史真相,进而阐释其精神实质的基础。

二、"目送归鸿难":"实对"与"迁想"兼容的诗意画美学旨趣

　　顾恺之,自觉到绘画艺术诗意化和透视造形法则之间的矛盾,基于此而揭示出"手挥五弦易,目送归鸿难"④的美学难题,并展开了富有

---

① 《庄子·外篇·达生》,陈鼓应:《庄子今注今译》中册,第492页。
② 阿道夫·希尔德布兰德:《造型艺术中的形式问题》,转引自《文艺研究》2009年第9期。
③ 《庄子·内篇·养生主》,陈鼓应:《庄子今注今译》上册,第96页。
④ 余嘉锡:《世说新语笺疏》,中华书局1983年版,第722页。

创新价值的探讨,其"悟对通神"以及"迁想妙得"等美学命题,无不与诗意化绘画创作难题的美学求解相关。

1. 中国写实主义绘画美学思想的历史展开

韩非实证主义的画学难易论,并非历史长廊里的孤鸣。汉代实学思潮中张衡申说图谶危害之际有关"好画鬼魅,恶图犬马"①的析说,以及《淮南子·氾论训》中的类似载述,可证韩非其说之历史影响的存在事实。接下来,从表面上看,魏晋南北朝乃至于隋唐五代,似乎未见直接响应。② 直到宋代,释德洪重申韩非论点云:"画工能为鬼神之状,使人动心骇目者,以其无常形,无常形可以欺世也,然未始以为贵。惟犬马牛虎有常形,有常形故画者难工,世之人见其形,则莫不贵之。"③而欧阳修则继承韩非之说并有创新发展:"善言画者,多云'鬼神易为工'。以为画以形似为难,鬼神不可见也,然至其阴威惨淡,变化超腾,而穷奇极怪,使人见辄惊厥;及徐而定视,则千状万态,笔简而意足,是不以为难哉!"④欧氏创新之处,是在韩非"犬马最难"之外进而提出"鬼神亦难",从而变单极的难易论为两难论。而苏轼的以下论述,则又道出了其所以两难的个中奥秘:"旧说狗马难于鬼神,此非至论,鬼神虽非人所见,然其步趋动作,要以人理考之,岂可欺哉?难易在工拙,不在所画,工拙之中,又有格焉,画虽工而格卑,不害为庸品。"⑤由此间所谓"人理"者悟入,亦有助于深入领会苏轼之"常理"说的美学实质,显然,其宗旨是探求于"常形"之外而又可验于现实之间,其美学精神,最终是以实学理性为支撑的。

以韩非画学难易论为起始,历经王充疾"虚妄"、张衡斥"图谶",直至宋人如是这般之"接着说",关于造型艺术评价的标准问题的探讨,

---

① 《后汉书》卷九十五《张衡传》。
② 参看郭外岑《中国文艺本体结构论》:"大约在晋以前,我国各门艺术都是摹仿再现、并追求逼真形似的。"《文艺研究》1990年第6期。此说可以参考,说明中国文艺美学史的原生状态具有与西方类似的方面。同时,也说明魏晋以降出现了新的发展趋势。
③ 释德洪:《石门题跋》,转引自周积寅:《中国画论辑要》,江苏美术出版社1985年版,第158页。
④ 《六一题跋》,转引自周积寅:《中国画论辑要》,第158页。
⑤ 《跋内教博士水墨天龙八部图卷》,《三苏全书》第十四册,第96页。

始终与道德诚信问题联系在一起,持续性地揭露"凡可以欺世而盗名者,必托于无常形者",客观上已经造成对虚构艺术的道德批判。这种基于客观生活经验之验证机制的美学评价标准,一经和道德主义的诚信原则相关联,就使艺术真实与诚信人格成为一个整体,从而实际建构起一个道德主义的写实美学思想体系。

2. 诗意化与透视学双重自觉中的绘画美学思想

从韩非专论绘画的"犬马最难",到顾恺之基于诗意画创作而提出"目送归鸿难",画学难易之辨与诗画交融艺术就这样历史地聚合在一起。

"目送归鸿难"的难题首先关乎"目送"——"目既往还,心亦吐纳"的视觉审美文化意识。魏晋时代绘画艺术的自觉,理论上表现为顾恺之"传神写照,正在阿堵中"[①]的著名论断,实践中也相应出现了生动的"点睛"艺术故事。众所周知,汉魏以来风行的人物品鉴,有所谓"观其眸子,足以知人"[②]的观念,其直接的思想源头应是孟子所谓"存乎人者,莫良于眸子"[③]的认知,足见"点睛"情结乃是历史文化积淀之所致。不过,与此相关的审美文化心理又是颇为微妙的,譬如"顾虎头为人画扇,作嵇康阮籍像,都不点睛,即送回。人问其故,答曰'哪可点睛,点睛便活'"。[④] 又譬如张僧繇画"金陵安乐寺四白龙","不点眼睛,每云:'点睛即飞去。'人以为妄诞,固请点之,须臾雷电破壁,两龙乘云腾去上天,两龙未点眼者现在"。[⑤] 无论如何,这都属于神秘化的想象,折射出世人对"点睛"艺术的神秘化心理,而神秘化想象的现实动因,除了"眸子知人"的人物识鉴传统外,实际上正是一种借助想象力以克服艺术难题的审美意识——这才是问题的关键。

---

① 张彦远:《历代名画记》卷五,冈村繁译注,俞慰刚译:《历代名画记译注》,上海古籍出版社 2002 年版,第 263 页。
② 《三国志·钟会传》:"中护军蒋济著论,谓观其眸子足以知人。"
③ 《孟子·离娄上》,朱熹《孟子章句集注》,宋元人注《四书五经》上册,中国书店 1985 年版,第 56 页。
④ 《玉函山房辑佚画》第八帙《俗说》。
⑤ 张彦远:《历代名画记》卷七,第 366—367 页。

顾恺之的"悟对通神"说,就是在这样的审美文化背景下提出的:

> 凡生人,亡有手揖眼视而前亡所对者。以形写神而空其实对,荃生之用乖,传神之趋失矣。空其实对则大失,对而不正则小失,不可不察也。一像之明昧,不若悟对之通神也。①

关于这一重要绘画理论文本的解读,分歧较多。本文认为:

其一,其中含有足可与宗炳《画山水序》相互补充的"透视学"自觉。着眼顾氏文本实际,"实对"是对"以形写神"的直接阐释,这就突破了泛泛的传神论说,而正面给出"以形写神"必须遵循的视觉艺术原理。当然,究竟"实对"是指艺术临摹的"实对",还是指为真人肖像的"实对",或者是指画中人物与其视觉对象的"实对",则是一个歧见纷生的问题。本文认为,即使顾氏此论是基于艺术临摹②而立论,也需要发掘其临摹艺术躯壳里所包含着的绘画透视学思想内涵。问题的症结在于,从艺术临摹之"实对"过渡到真人"眼视"之"实对",意味着从特定技艺过渡到普遍原理,从而以现实生活中人的视觉活动不可能"前亡所对"这一真实经验为基础,进一步推演出人物神情可以借助其"眼中之物"来传达的艺术原理,这就是"悟对通神"的美学实质。鉴于顾恺之在这里反复强调"眼视"之"实对",我们不妨将"悟对通神"表述为"眼视实对"与"以形写神"的统一。由此再进一步,所谓"一像之明昧,不若悟对之通神",也就意味着人物精神写照须传达其"眼视实对"之际的心物关系,如"目送"的神情与"归鸿"作为"眼视实对"形象之间的呼应关系,并且是需要同时出现在一幅画面上! 足见,这最终是一个高度诗意化和高度视觉艺术化怎样复合一体的难题。

其二,顾恺之如此明确地否定"空其实对",无论从哪个角度切入来进行解读,都具有阐扬写实主义艺术精神的绘画美学意义。在此特

---

① 张彦远:《历代名画记》卷七,第289页。
② 周积寅《中国画论辑要》第179页引述相关文字而标题曰"摹拓妙法"。

定意义上,他也就是韩非写实主义绘画美学精神的历史传承者。魏晋玄学思潮影响下的文学艺术,曾有一种偏好抽象说理的倾向,受益于其理性主义的影响,文学艺术形成了脱离两汉谶纬神雾的理性追求,但是,也因此而受制于理性主义,于是新的美学自觉恰恰具有以具象主义扬弃理性主义的倾向。① 当时的客观艺术环境,有如唐人张鷟《朝野佥载》所云:"润州兴国寺苦鸠鸽栖梁上污尊容,僧繇乃东壁上画一鹰,西壁上画一鹞,皆侧首向檐外看,自是鸠鸽等不复敢来。""(大同三年)置一乘寺,西北去县六里……寺门遍画凹凸花,代称张僧繇手迹,其花乃天竺遗法,朱及青绿所成,远望眼晕如凹凸,就视极平,世咸异之,乃名凹凸寺。"俗世传说,往往神化事物,未可尽信。但是,追求绘画形象之逼真,追求视觉立体感,无论如何都体现着空间透视学的普遍自觉。环境如此,顾恺之以视觉透视学自觉为内在规定而发扬写实主义传统,自在情理之中。

其三,顾恺之《论画》又曰:"凡画,人最难,次山水,次狗马。台榭一定器耳,不待迁想妙得也。"② 从韩非的"犬马最难"说,到顾恺之这里的"人最难"说,应该说是一次历史性的飞跃。这一历史性飞跃,不仅突出了"人"的地位,而且突出了"迁想"的作用,所以也就意味着对韩非写实主义的美学改造。但意味深长的是,值此"人的自觉"之际,"山水"也被确认为"迁想妙得"的艺术表现对象,这就提示我们,需要联系魏晋以降山水诗以及山水画的审美自觉来领会顾氏"迁想妙得"的思想精髓;同样,值此突出"迁想妙得"之际,又在强调"实对",这就又提示我们,需要将"迁想妙得"的艺术构思原理与"眼视实对"的透视原理联系起来,然后去探求"目送归鸿难"这一特定艺术难题的求解方式。

3."山水以形媚道":诗意的艺术哲学命题

顾恺之实际开创了诗意画的新传统,即以玄学文化为背景的"心远"诗意主题绘画——诗画交融以表现玄远人学主题。北宋欧阳修

---

① 《文心雕龙·明诗》评述南朝宋初诗坛态势有"山水方滋,而庄老告退"之语;参看葛晓音《山水方滋,庄老未退》,载《学术月刊》1985年第2期。
② 冈村繁:《历代名画记译注》,上海古籍出版社2002年版,第275页。

"接着"顾恺之而有进一步阐发:"萧条淡泊,此难画之意,画者得之,览者未必识也。故飞走迟速,意浅之物易见,而闲和严静,趣远之心难形。"①在顾恺之难易之辩的基础上,欧阳修不仅具体阐明"目送归鸿难"其实就在于"趣远之心难形",而且进一步提出"画者得之,览者未必识也"这一新难题,从而凸显出"文人画"主体意识中超逸自赏的精神元素。由顾恺之到欧阳修,是伴随着诗意画对人物清远神情的表现而逐渐确立"文人画"之"逸品"格调的特殊历史过程,而诗意化的绘画视觉艺术所要表现的特殊文化底蕴,同时也是山水诗与山水画所要表现的深层内容。

王微《叙画》有云:"以图画非止艺行,成当与《易》象同体。"②这显然是一个指向抽象意义的价值判断。如果说王微确认绘画不同于地图乃属于真正意义上的艺术自觉,那么,其"与易象同体"的观念却又使绘画艺术兼有易学符号的特性。王微的绘画观念并非个人独见。张彦远《历代名画记》卷一《叙画之源流》引述:"颜光禄云:图载之意有三:一曰图理,卦象是也;二曰图识,字学是也;三曰图形,绘画是也。"③由颜延之"图载之意有三"之说可知,当时人们具有一种包含"图理""图识""图形"三重内容的"图"学观念。张彦远据此而申说书画同体的艺术观,而王微则进一步论道:"本乎形者融,灵而变动者心也。灵无所见,故所托不动,目有所极,故所见不周。于是乎以一管之笔,拟太虚之体;以判躯之状,尽寸眸之明。"这里的关键,是"拟太虚之体"和"尽寸目之明"的同构,这显然是一种抽象符号意义和实对造形之美的融合境界。在这一点上,王微所论与宗炳《画山水序》"夫圣人以神法道而贤者通,山水以形媚道而仁者乐"的思想完全契合,在以"道"为终极真实的大前提下,人格自觉之"神"与山水审美之"形",实现了彼此依存的有机联系。这样一来,"图理""图识""图形"的三维诉求,在

---

① 欧阳修:《试笔·鉴画》,《欧阳修全集》第五册,卷一百三十,中华书局2001年版,第1976页。
② 冈村繁:《历代名画记译注》卷六,第329页。
③ 冈村繁:《历代名画记译注》卷一,第6页。

实践中化为"神理"与"造形"的两极构成。

回到宗炳《画山水序》"山水以形媚道"这句精妙话语,它不仅从理论观念上确认了"神理"与"造形"统一于山水审美的美学价值,而且用风情万种的一个"媚"字,生动描述了"神理"具象化为山水"造形"之际的人文生命意态,实际上成为山水诗、山水画应运而生的美学宣言。顾恺之"目送归鸿难"的美学难题,也因此而有了寄意山水之间的最佳解决方案。诗意入画的自觉,绘画透视的自觉,山水诗画的自觉,三者融合为一,尽入此语意蕴之中。"山水以形媚道",堪称那个哲学与艺术同样发达的时代所酝酿出的最富于诗意的艺术哲学命题。

三、"窥情风景":走向"诗中有画"的诗学轨迹

中国诗歌美学走向"诗中有画"的历史轨迹,与其讲求情景交融的自觉历程相契合,离不开山水诗、山水画的兴盛。对于具有悠久耕读文化传统的中华民族来说,山水诗和山水画的相继兴盛,显然具有审美文化的重大意义。正是山水诗、山水画艺术的高度发达,推动了中国古典诗歌美学"言志""缘情"传统的转型,从而接受视觉造型艺术的审美自觉,以便发现和描写自然山水的风景世界,最终形成以情景交融为核心内容的价值判断标准和批评话语体系。在这个意义上,情景交融的题内应有之义,就是"诗中有画"。惟其如此,山水诗兴发之际,诗学和文学观念中新兴的"造形"说和"窥情风景"说,就应该成为学术关注的焦点问题。

1. 钟嵘诗学"造形"观与刘勰"窥情风景"说

在由玄言诗的流行演化为山水诗的兴发的历史过程中,诗学观念中生成了"造形"审美——"诗中有画"的自觉意识。钟嵘《诗品》不仅每每以"巧构形似之言"称许诗坛名作,而且在概括新兴五言诗之美学特征时明确提出"指事造形,穷情写物",其中,诗的"造形"美恰恰是"诗中有画"的艺术境界。钟嵘心目中"会于流俗"的诗歌"造形"艺术,

分明是与"山水方滋"的诗坛趋势相协调的,而顾恺之"目送归鸿难"的诗意化绘画课题,也恰恰指向清远山水之间,在这个意义上,魏晋乃至于南朝时代美学思潮的特征之一,可以概括为诗歌艺术在描写山水自然风景之际的"造形"美自觉。

从陆机《文赋》"序"指出"恒患文不逮意,意不称物",到钟嵘《诗品》每以"巧构形似之言"之"巧似"称赏时人山水写照诗篇,另有宗炳《画山水序》也提出"徒患类之不巧,不以制小而累其似",甚至王弼阐发"圣人有情而无累"观念之际,也特意指出:"今以其无累,便谓不复应物,失之大矣。"①在这样的审美文化语境中,宜其有刘勰《文心雕龙·明诗》"人禀七情,应物斯感。感物吟志,莫非自然"和《物色》"近代以来,文贵形似。窥情风景之上,钻貌草木之中"的概括表述。显而易见,以魏晋南朝哲学话语体系中的"应物"说为思想语境,陆机《文赋》序言所谓"称物"和钟嵘《诗品》总序所谓"造形",其美学精神之指向,无不在诗情画意之"画意"世界。尤其是刘勰《物色》论中的"窥情风景"一语,将这一点阐发得最为生动。刘勰论"文贵形似"而曰"窥情风景",是将语言艺术的创新转化为体物写景的讲求,隐含着语言艺术形象与视觉艺术美感交融生成的消息,隐含着"诗缘情"之本体自觉转型为"诗境如画"之审美讲求的消息,最值得深入体味。在这里,文学思想家敏锐地提炼出自然风景描写作为主体情感需求的艺术课题,凸显出风景描写所具有的视觉艺术特征,意义十分重大。"窥情"二字,和《世说新语》中"目曰"②二字一样,作为新生的理论词语,是美学观念转换的话语载体。和人们熟知的"缘情"观念相比较,"窥情风景"那不言而喻的指向格外鲜明,以描写物色风景为主题的语言艺术创新实践,因此而被认为是具有视觉艺术特征的。在这个意义上,岂止"诗中

---

① 汤用彤:《魏晋玄学论稿》,王弼论"圣人有情",本事载于《三国志·魏志·钟会传》裴注引何劭《弼别传》(《弼别传》之名考《世说新语·文学》第六则刘孝标注而得)。《世说新语·文学》:"何晏以为圣人无喜怒哀乐,其论甚精,钟会等述之。弼与不同,以为圣人茂于人者神明也,同于人者五情也,神明茂故能体冲和以通无,五情同故不能无哀乐以应物,然则圣人之情,应物而无累于物者也。今以其无累,便谓不复应物,失之多矣。"

② 《世说新语·言语第二》,《四部丛刊》本。

有画",凡"窥情风景之上,钻貌草木之中"的一切文学描写,皆有"画意"存焉。

2. 王昌龄"物境"诗论的特殊意义

王昌龄"诗有三境"之说,是汉魏晋唐诗歌艺术之历史积淀的必然产物。其"物境"论曰:"欲为山水诗,则张泉石云峰之境,极丽绝秀者,神之于心,处身于境,视境于心,莹然掌中,然后用思,了然境象,故得形似。"①这显然是中国古典诗学关于山水诗的最为系统而深刻的论述。不仅如此,虽为诗境美论,却又涵容画意,也完全可以当作山水画论来解读和阐发。其说以"了然境象"为审美理想,以"形似"美为评价标准,集创作和批评于一体,融诗情与画意于一境,涵涉深广,论说系统,极富阐释潜力。相对而言,"诗有三境"中的"情境"和"意境"论述,远不如"物境"说展开得如此充分,足见其论述重心所在。深入探寻又可发现,这样系统的山水诗美学阐释,固然与山水诗蔚为大观的盛唐诗坛风貌相契合,而其注重于"视境于心"的美学指向,更将"视境"审美的新追求与缘情写心的传统合为一体,尤其值得深入体会。

王昌龄的"视境于心",具有继刘勰"窥情风景"而接着说的理论色彩。若就推进山水诗之美学阐释的贡献而言,首先可注意者,恰在于确认"泉石云峰之境,极丽绝秀者"为艺术表现对象,也就是确认山水诗以客观存在的自然美为对象。这一点十分关键,由此而体现出的美学精神是客观主义的,因此而与前此山水诗美"巧构形似之言"的历史经验相吻合,也与源远流长的绘画美学写实传统相吻合。在传承六朝美学精神的意义上,其"了然境象"的宗旨赋予"形似"诗美以充实的内涵,而在启发宋人美学思维的意义上,"了然境象"之"了然",分明与苏轼的"求物之妙"说相会通,承前而启后,凸显出盛唐诗学的应有地位。

问题在于,对已经习惯于以"神似"为美学理想的中国艺术精神阐释传统来说,这种以"形似"为标准的美学价值判断,无疑是一种挑战。其挑战性首先在于,"巧似"美学价值观并不仅仅是南朝美学思潮的产

---

① 王昌龄:《诗格》,张伯伟:《全唐五代诗格校考》,陕西人民教育出版社1984年版。

物,而分明已经递传推进到唐代诗学领域,成为唐诗美学理想的构成要素。如果说魏晋之际顾恺之提出的"以形写神"画学命题,宗炳已有"神本无端,栖形感类,理入影迹,诚能妙写"的理论阐释,那么,王昌龄的"物境"诗论,不妨看做是相应命题在诗学领域的理论展开。"乃得形似"之美者,须以"神之于心"为审美创造动因,其中已然包含了"处身于境"亦即身临其境的审美体察、"夫置意作诗,即须凝心,目击其物,便以心击之,深穿其境"①的客观认知,以及"然后用思"的艺术构思这一完整过程,而"神之于心"的统领性表述也显然意味着"形似"之中自有"神似"。问题的症结因此而在于,人们似乎早就习惯了用"神似"来统领形神,而不习惯于用"形似"来统领形神。王昌龄《诗格》"诗有三境"说偏重于"物境"阐释,而"物境"阐释又归结为"形似"之美,不仅实际显现出盛唐诗歌审美理想具有承传南朝"巧构形似之言"的特征,而且实际显示出晋唐诗歌美学的历史建构本身带有注重"视境"的绘画性基因,因为相对于诗歌这一语言艺术而言,"以形写神"更是视觉艺术所擅长的。

当然,王昌龄"诗有三境"说终究是分而论之,并且没有直接论述"三境"之间的关系。这一点,就与王微"图理""图识""图形"的画学三分说颇为类似,彼此间有着一种大历史视野中的关联性。基于这种关联性,同时考虑到现存于《文镜秘府论》中可知出于王昌龄的相关诗论,包括"景入理式""理入景式"的模式分析,以及"一向言意""一向言景"均不如"景与意相兼始好"的总体判断,最终可以认为,王昌龄"诗有三境"而分别阐释的理论形态,与其两极兼容的思维模式之间,存在着一种和绘画美学"图理""图形"之兼容相仿佛的大体走向。晚唐司空图诗论,继续这种两极兼容的诗学思维模式,并使之与"诗中有画"的美学追求联系在一起。

3. 司空图诗学的两体辨析与宋代诗学的集成阐释

晚唐司空图《与极浦书》先引戴叔伦"蓝田日暖,良玉生烟"的"诗

---

① 遍照金刚:《文镜秘府论》,中国社会科学出版社1983年版,第278—310页。

家之景"喻说,据此而提炼出"象外之象,景外之景"概念,紧接着提出"题纪之作,目击可图,体势自别,不可废也",①其论述逻辑格外分明,旨在阐释"体势自别"的两种诗美境界,而其中"目击可图"的"题纪""著题"之作,实际上成为"诗中有画"说之先声。从钟嵘以"造形"为诗家功能,至此司空图明言"目击可图","诗中有画"的观念,就这样一步一步走向成熟。

显而易见,司空图所确立的这两种诗美境界,其聚合点正是那个无论如何也不能忽略的"景"字。无论这一"景"字是指诗意构思之景象,还是诗人写实之景物,它都有别于言志抒情或叙述故事,并因此而格外讲求于诗歌世界的视觉形象性。这一点非常重要,因为"诗中有画"之所以逐渐成为中国诗学的题内应有之义,根本原因就在诗人"窥情风景"的主体自觉。毫无疑问,正是这种以"景"为焦点的审美创作与美学批评,导致了中国诗歌历史地形成"情景双收"的美学精神,而司空图的独到贡献,是在突出诗意世界之形象化讲求的基础上,进一步凸显如画写生的实境美的价值。

诚然,"诗家之景""象外之象""景外之景"与"题纪之作""目击可图",司空图如是辨析,涵涉空灵与质实、想象与模仿、写意与写实的并存共生问题,显现了司空图虚实两行而彼此参融的美学精神。但是,司空图对"诗家之景"而曰"岂容易可谭哉",对"目击可图"者则曰"不可废也",其间寓意,又深可玩味。后世许印芳说解《诗品》时指出"诗家妙思都从实境中来",②司空图《与极浦书》也反复申说"即虞乡入境可见也""浦公为我一过县城,少留寺阁,足知其不怍也""假令作者复生,亦当以着题见许",凡此,无不在强调忠实于"目击可图"的客观真实,隐含在背后的美学精神,正就是以客观验证理性为审美判断内在规定的再现性美学精神。由此可见,在诗歌美学领域,实际存在着一条可以和韩非"犬马最难"论所肇始的写实主义绘画美学传

---

① 郭绍虞:《诗品集解》《续诗品注》合订本,人民文学出版社1981年版,第50页。
② 郭绍虞:《诗品集解》《续诗品注》合订本,第52页。

统相契合的诗学传统,而司空图恰恰是这一传统延伸过程中的关键人物。

欧阳修以开有宋一代文风的文坛领袖身份,一面申说梅尧臣论诗宗旨:"意新语工,必能状难写之景如在目前,含不尽之意见于言外,然后为至矣。"①一面赞赏梅尧臣《盘车图》诗"忘形得意知者寡,不若见诗如见画"。② 其诗学意向所指,正是对司空图"目击可图"与"象外之象"之两端追求的集成阐释。这种集成阐释的态势,一直延伸到张戒《岁寒堂诗话》卷上的相关论述:"沈约云:'相如工为形似之言,二班长于情理之说。'刘勰云:'情在词外曰隐,状溢目前曰秀。'梅圣俞云:'含不尽之意见于言外,状难写之景如在目前。'三人之论其实一也。"③此间"形似之言"与"情理之说"之并举,完全可以看作是对王昌龄"诗有三境"之"物境""情境""意境"三境并行的创新表述,一方面将"三境"转换为两端,另一方面将刘勰之"隐秀"阐释为"隐""显"关系,以此实现了状景逼真与寄托遥深的双重审美理想。对于诗歌艺术而言,这意味着"诗中有画"并不见得是诗美最高境界,④最高境界应是"言外之意"与"诗中有画"的融合。

4. 王维山水诗的艺术境界及其审美评价问题

王维作为集诗人、画家于一身的盛唐山水诗派代表,其"诗中有画"的艺术成就,是与情景交融、寄意深远以至于诗境入禅的艺术成就共建而同构的。"王维的诗如同印象派一样,描写景物时宛如在目前一般",⑤但这绝不是王维诗歌魅力——即使是山水田园诗艺术魅力的全部。"盛唐诗人以兴、象相合为中心的艺术境界",⑥就是"言外之意"

---

① 欧阳修:《六一诗话》,《欧阳修全集》第五册,卷一百二十八,中华书局 2001 年版,第1952 页。
② 欧阳修:《盘车图》,《欧阳修全集》第一册卷六,中华书局 2001 年版,第99 页。
③ 张戒:《岁寒堂诗话》,丁福保《历代诗话续编》本,中华书局 2006 年版。
④ 在这个问题上,蒋寅《对王维"诗中有画"的质疑》(《文学评论》2000 年第 4 期)的思考,刘石《诗画平等观中的诗画问题》(《文艺研究》2009 年第 9 期)的反思,很有启示意义。
⑤ 内藤湖南:《中国绘画史》,中华书局 2008 年版,第 28 页。
⑥ 赵昌平:《开元十五年前后——论盛唐诗的形成与分期》,载《中国文化》1990 年第2 期。

与"诗中有画"相整合的境界。对于这种境界,我们有必要运用"大视觉艺术"来作阐释。所谓"大视觉艺术",首先,是指近代摄影摄像技术发明之前,古代绘画艺术审美活动远远大于现代所谓绘画艺术的审美活动内容,在某种程度上,古代绘画艺术自觉是包含着现代摄影摄像艺术的,那是一种处于前艺术分工状态的审美包容;其次,这又意味着诗意寄托与逼真画境的交融所创造的共享美感世界,自苏轼以"诗中有画""画中有诗"品评王维诗画艺术以后,历代围绕着是否"画得成"而展开的讨论层出不穷,殊不知,诗画交融之妙,其实含有"画难画之景,以诗凑成;吟难吟之诗,以画补足"①的意味,惟其如此,分别超出于诗画艺术各自表现能力的"难画""难吟"之处,恰恰是"诗中有画""画中有诗"艺术的特质所在。一言以蔽之,那就是诗的世界的扩容与画的世界的扩容的重合境界。

尝试以此鉴赏王维"诗中有画"之名句,如"白云回望合,青霭入看无",②自然是"画不就"者,却又是再典型不过的视觉艺术形象——在时间性艺术美感中凸显艺术形象的空间深远度、层次丰富性、美感变化度和主体出入其间的自在自如情趣;如"郡邑浮前浦,波澜动远空",怕只有现代影视镜头才能将其转化为可视性"画面",但江上泛舟的真切感受却被传达得惟妙惟肖,生动说明了视觉错觉在艺术创作中的微妙作用;如"大漠孤烟直,长河落日圆",疑似"渡头余落日,墟里上孤烟",同是落日孤烟的意象组合模式,置于"大漠""长河"之间,顿有苍茫辽阔气象,诗题固然是"使至塞上",但究竟是饮马长河、大漠旋风之状,还是饮马长河、晚炊大漠之境,则又不宜死板规定,狼烟、旋风、炊烟,究竟何者为宜? 实有不尽联想空间;如"远树带行客,孤城当落辉",诗美灵魂就在"带""当"两个字,若说后句的的确确具有契合于西方印象派准确把握特定时刻光色美感特征的意向,那前句呢? 这正是艺术世界同时向绘画化和诗意化两极开张的典型表现;如"泉声咽危

---

① 吴龙翰:《野趣有声画》序,见曹庭栋《宋百家诗存》卷三十七,《四库全书》本。
② 此处所引王维诗句,都是世人所熟知者,也是各种选本反复选释者,故而不再注明具体篇名。

石,日色冷青松",前者最充分地发挥了听觉效果与视觉效果的综合效应,后者则真实地把光色直觉和身体触觉统一到冷色调的绘画美感之上。凡此,都是"大视觉艺术"超越单纯绘画视觉艺术的综合艺术表现力的结果,其"诗中有画"之妙,恰恰正是"言外之意"所在。由此可见,"诗中有画"作为诗画交融的成功境界,其成功之奥妙,往往正在曲尽诗画两端之妙处。

四、"以大观小":"真山之法"与"人观假山"之间的诗情画意

长期以来,人们循着中西美术彼此大异其趣的固定思路,提炼出中国绘画以"散点透视"迥异于西方绘画"焦点透视"的美学精神,论述之际,又每每以沈括"以大观小"之说为典型例证,遂使沈括此说早已深入人心。然而,深入探寻就不难发现,类似的讨论往往忽略沈括此说特定的时代语境,从而使原本充满艺术哲学辩证法的美学思维未能得到充分的阐释。

1. 沈括绘画美学批评与其批评对象

沈括堪称中国历史上最著名的科学史家,但是,其基本的思维方式依然是源自先秦的技道参融的思维方式。如《梦溪笔谈》有云:"阳燧照物皆倒,中间有碍故也。算家谓之'格术'。……岂特物为然,人亦如是,中间不为物碍者鲜矣。小则利害相易,是非相反;大则以己为物,以物为己。不求去碍,而欲见不颠倒,难矣哉。"[①]从算家之"格术",类推到"人亦如是",基于"中间有碍"之机理而作跨越科技与人文的推理,这种思维方式,显然仍是先秦儒家所实践的科技与人文契合式思维方式。不过,彼此契合的另一重意味,则是两种事物的并存乃至于冲突:"画工画佛身光,有匾圆如扇者,身侧则光亦侧,此大谬也。渠但见雕木佛耳,不知此光常圆也。又有画行佛光,尾向后,谓之顺风光,

---

① 张富祥译注:《梦溪笔谈》卷三《辩证一》,中华书局2009年版,第47页。

此亦谬也。佛光乃定果之光,虽劫风不可动,岂常风能摇哉!"①不言而喻,所谓"此光常圆""定果之光",都是基于佛教信仰的先验理念,沈括借此而表现出来的,显然是一种绘画透视原理须与人文信念并存并重的创作思想。而沈括批评所针对的"身侧则光亦侧"的佛像描绘法,正是"焦点透视"的必然结果,"画工"如此造型,正好说明普通的"透视学"原理已经深入人心,而这也就意味着,沈括时代是一个科学透视原理的普遍自觉时代。另一个有力的证明,恰恰是同样作为沈括批评对象的李成的山水透视之说,李成是中国山水画史上影响深远的艺术家,其山水透视之法既然被沈括称之为"真山之法",而且有"其说以谓"的字样,那就说明,这种具有再现客观真实的科学透视学自觉已经自成系统。如此"真山之法",连同沈括所批评的"画工"之以为"身侧光亦侧",都体现着"焦点透视"的美学精神,而它们的客观存在显然是一个不争的事实。有鉴于此,准确而又全面的论述分析,应当兼顾"真山之法"与"如人观假山"之两面,进而"叩其两端"以探询中国绘画艺术的美学精神,实质上也正是中国诗情画意的生成机制所在。

2. 对"真山之法"的"以大为小"式艺术改造

这里必须完整引述沈括相关论述如下:

> 画牛、虎皆画毛,惟马不画。余尝以问画工,工言:"马毛细,不可画。"余难之曰:"鼠毛更细,何故却画?"工不能对。大凡画马,其大不过盈尺,此乃以大为小,所以毛细而不可画。鼠乃如其大,自当画毛。然牛、虎亦是以大为小,理亦不应见毛;但牛、虎深毛,马浅毛,理须有别。故名辈为小牛、小虎,虽画毛,但略拂拭而已。若务详密,翻成冗长;约略拂拭,自有神观,迥然生动,难可与俗人论也。若画马如牛、虎之大者,理当画毛,盖见小马无毛,遂亦不摩。此庸人袭迹,非可与论理也。又李成画山上亭馆及楼塔之类,皆仰画飞檐,其说以谓自下望上,如人平地望塔檐间,见其

---

① 张富祥译注:《梦溪笔谈》卷一七《书画》,第184页。

榱桷。此论非也。大都山水之法,盖以大观小,如人观假山耳。若同真山之法,以下望上,只合见一重山,岂可重重悉见,兼不应见其溪谷间事。又如屋舍,亦不应见其中庭及后巷中事。若人在东立,则山西便合是远境;人在西立,则山东却合是远境。似此如何成画?李君盖不知以大观小之法,其间折高、折远,自有妙理,岂在掀屋角也。①

就牛、马、虎、鼠之形体大小、皮毛深浅以及造型刻画所展开的讨论,乃是科学理性认识与创作自由意识深度结合基础上的美学问题。接下来论山水画之所谓"以大观小",因为是紧接着上文论马牛之所谓"以大为小"而作引申论述,其推理逻辑和阐发思理自然就是一脉相承的。和描绘马、牛、虎、鼠相比,描绘自然山水更是"以大为小",类似于将真实山水变成"微缩景观","如人观假山"之说的逻辑依据也就在这里。惟其如此,"以大观小"的透视原理,并非完全颠覆"真山之法"的"假山之法",而是对"真山之法"作"以大为小"式的改造。

郭熙、郭思《林泉高致·山水训》言:"学画花者,以一株置深坑中,临其上而瞰之,则花之四面得矣。学画竹者,取一枝竹,因月夜照其影于素壁之上,则竹之真形出矣。学画山水者何以异此?""花之四面得矣"的讲求,分明与沈括所谓"重重悉见"者相契合,其核心精神在于全知视角。和西方现代艺术基于古典艺术高度成熟的写实主义而展开颠覆性创新不同,中国古典绘画美学的全知视角,是与平面投影以取"真形"的画面造形艺术一体共存的,就像郭熙、郭思此间"四面得矣"的全知体察,分明与基于"因月夜照其影于素壁之上"则"真形出矣"者相并列那样。如果说沈括"如人观假山"而"重重悉见"的全知视角,与郭熙、郭思之"四面得矣"者相会同,那么,沈括所刻意阐发的"以大观小"之法,作为"真山之法"的改造方式,其间"折高折远"之原理,关键正在那耐人寻味的一个"折"字。而问题恰恰在于,关于"折"字之具体

---

① 张富祥译注:《梦溪笔谈》卷一七《书画》,第182—183页。

含义,沈括并无实际交代,致使世人至今多称其妙而不知其所以妙。为此,这里需要参照郭熙、郭思的人物画"三远"论:"其人物之在三远也:高远者明了,深远者细碎,平远者冲淡。明了者不短,细碎者不长,冲淡者不大。此三远也。"①其中,具有仰视效果的"高远"形象,若以"焦点透视"法取象造形,自会产生高度缩短的视觉错觉,郭熙在此特意提出"明了者不短",就透露了中国绘画美学虽仰视而不使对象变形的基本理念,而这种旨在超越视觉错觉的视觉艺术追求,恰恰是我们悟解沈括"其间折高折远,自有妙理"之所谓"妙理"的关键所在。归根结底,在"以大为小"的审美构想中,将"真山之法"所得的视觉内容微缩化,从而纳入到"如人观假山"式的想象性集成空间之内,以便实现"重重悉见"的理想效果。

宗白华先生在《中国艺术的写实精神》一文中写道:"所以写实、传神、造境,在中国艺术是一线贯穿的,不必分析出什么写实主义、理想主义来。近人震惊于西洋绘画的写实能力,误以为中国艺术缺乏写实兴趣,这是大错特错的。"②宗白华先生感悟透彻,中国艺术极富写实兴趣,不仅早于西方艺术而形成空间透视观念,而且实践过焦点透视的"真山之法",但同时又生成了自我超越的艺术模式,本着"以大观小"的审美原理,让"真山之法"所得的山水"真形"重重叠合,通过画幅纵向展开中山水形象的层出不穷或画幅横向展开中山水形象的绵延不绝,最终创造出既不违平面造形基本法则而又深得诗意想象情趣的审美境界。

五、余论:古典诗情画意与诗性写实主义

中国美学精神的历史阐释,意味着要找到中国文学精神与中国艺术精神历史性整合的典型形态,而诗画交融无疑就是其典型形态之一。

中国文学精神可以提炼为诗性文学精神。中国诗性文学精神的

---

① 张富祥译注:《梦溪笔谈》卷十七《书画》,第449页。
② 宗白华:《美学与意境》,第205页。

历史建构,在诗画交融艺术实践的推助下,生成了"诗中有画"的审美讲求,以及相应的诗性文学形象思维的"造形"美特征,致使"情景交融"一语几乎成为中国美学理论批评的经典术语。诗性文学创造中的诗画交融艺术,毕竟以诗性为自身目的,在这个意义上,"状难写之景如在目前"者,恰恰是"含不尽之意见于言外"的形象载体。换言之,"诗中有画"是诗性文学的理想境界,中国文学作为语言艺术的"忘言"精神,中国诗歌的"诗人引退"艺术[①],在这里集中体现为在实境美感中的生发寄托。基于如此事实,我们自然可以将中国美学精神凝练为诗性写实主义。诗性写实主义,是诗画艺术的共同追求。对绘画艺术而言,这不仅表现为魏晋顾恺之就已经实践着的"心远"主题的诗意画创作,以及由此积淀而成的"文人画"美学传统,而且表现在深入普通透视法原理而又改造之、超越之的美学自觉上。中国艺术家对造形艺术的透视学理解,表现为能入能出的自由意态,而不是一味主观表现的放任意态。惟其如此,我们需要深度领会"散点透视"那个"散"字背后的"聚"字意蕴,需要辨识"宋画"与"元画"之间艺术精神的差异,而不能笼统地谈论所谓"宋元意趣"。

  自古以来,文人学者,莫不吟赏玩味中国特有之诗情画意,西学贤哲,亦多有藉此以感悟中华文化者。问题在于,若始终处在感悟形态的赏玩品味,而没有深度解读的理论思考作补充,那赏玩本身的生命力也是要枯萎的。感悟与思辨的互补,应该是一种理想的境界吧!

---

① 叶维廉:《中国诗学》,三联书店1992年版,第35页。

"清"美文化原论

在中国古典诗学中具有相当阐释潜能和重塑空间的理论范畴"清",同时也是一种文化范畴。关于它的诠释阐发,涉及方方面面的问题:思想史上的清、浊之辨以及相关的"清"流道德文化传统;美学理论史上的浓、淡之辨以及因此而历史地形成的崇尚清淡之美的价值选择;文艺创作史上清淡诗派和文人画派交织而成的对特定诗情画意的讲求;以老、庄、禅之精神持养为旨归的超逸型人格范式;由"清议"转而为"清谈"的历史文化轨迹,以及与此相关的精神超越传统与隐逸生活传统的历史契合;等等。总之,真可谓牵一发而动全身。诸如此类的问题,彼此之间都紧密关联着,而正是这种关联本身,使我们面对一种可以称之为"清"美文化的研究对象。对于学界来说,这并不是一个很陌生的对象。但有关这一对象"从哪里来"或"如何生成"的研究,却显得相对薄弱。因此,本文尝试而作"清"美文化原论。

一、"水原"思维与"水镜"玄鉴

作为"清"美文化在价值观念上的体现,"清"这一概念,以及旨在阐发其价值内涵的原生的理论话语,可否证明已经存在着某种相应的思维方式呢?有关这个问题,近年备受关注的郭店楚简文本,为我们提供了深入思考的新线索。

在郭店楚简的研究中人们发现,郭店简《老子》"太一生水"章的宇宙生成论,与古希腊泰勒斯的"水为万物之原"说相通,若再印证于稷下学派《管子·水地》所谓"水者何也？万物之本原也，诸生之宗室也，美恶贤不肖愚俊之所产也"，则可以说，中国古代也存在"水原"说的思想。① 先秦诸子百家与此"水原"思想的关系，是一个需要专门研究的问题。但可以肯定的是，具有这种"水原"说思想的学派中就有道家关尹学派，因为"荆门郭店楚简《老子》可能系关尹一派传承之本，其中包含了关尹的遗说"。②

《庄子·天下》介绍各家学说，关于道家，有所谓"关尹、老聃闻其风而悦之"，又有所谓"关尹、老聃乎！古之博大真人哉！"显然，在庄子心目中，关尹学说的影响是不在老聃之下的。这或许只是庄子所处时代的情形，但考察"清"美文化的原生状态，这种情形便值得重视。《庄子·天下》引关尹之说云："在己无居，形物自著，其动若水，其静若镜，其应若响，芴乎若亡，寂乎若清。"这一番论述，分明具有用"水"象来比拟或描述的特点，而这又可以看做其思维具有"水原"思维特性的体现。不仅如此，像"其静若镜""寂乎若清"这样的话语，在概念术语的运用上，显然与《吕氏春秋·不二》"关尹贵清"的断语相互关联。这样，当我们以"关尹贵清"为理论标志来探寻"清"美文化的原生形态时，道家关尹学派的"水原"思维，以及包含其遗说的"太一生水"思想，就自然应在关注范围之内了。

诚如当今学界所解说，"太一生水"说的特殊意义，不仅体现在"水"与"反辅"这两个概念的关系之中，而且体现在"太一藏于水"这关键性的表述之中。和《易传·系辞上》"易有太极，是生两仪，两仪生四象，四象生八卦"及《礼记·礼运》"是故夫礼，必本于太一，分而为天地，转而为阴阳，变而为四时，列而为鬼神"之说相比，"太一生水"说那"太一生水，水反辅太一，是以成天；天反辅太一，是以成地"以及"太一藏于水"的表述，已赋予"水"以先于"天""地"而包孕生命的终极性与本原性色彩。这说明古人在以"太一"为宇宙本原而展开的哲学思考

---

① 参见庞朴《"太一生水"说》，载《郭店简与儒学研究》，辽宁教育出版社2000年版。
② 参见李学勤《荆门郭店楚简所见关尹遗说》，载《郭店楚简研究》，辽宁教育出版社，2000年版。

中，曾将某种关于"水"的生活知识积淀提升到了宇宙生成论的哲学高度。而参照"关尹贵清"这样的思想史评说，然后印证于《庄子·天下》引关尹之说所谓"其静若镜""寂乎若清"，又可以发现，那被提升到终极思考层面的"水"的知识积淀，主要集中在由"镜"与"清"这两个概念所表征的水清可鉴的经验基础上。也正是在这个意义上，"清"美文化典型的原生形态，可以说是"水镜"识鉴意识。

《尚书·周书·酒诰》云："古人有言曰：'人，无于水鉴当于民鉴。'"《尚书》已称"古人有言"，可见"水鉴"意识之古老。《墨子·非攻》云："君子不镜于水而镜于人。镜于水，见面之容；镜于人，则知吉与凶。"一般说来，"镜于人"相对"镜于水"而言，处于更理性化的文明层次，这也有助于说明"水镜"意识的原生性。请真正设身处地想象一下人类第一次在水中看到自己形象时的情形！所谓人的自觉，首先不正是在感觉上自己发现自己吗？类似的经验积淀为理性的认识，并在"水原"思维的方向上推演开来，就是所谓"水镜"识鉴意识。理性意识与感性经验互相作用，人们缘此而对清澈平静的水有了一种特殊的感情和认识，并以此为基点来展开一系列的联想和思考。其中，老子的"涤除玄鉴"一说最关文艺审美之妙。

《老子》第十章有曰："涤除玄鉴，能无疵乎？"此说之关键，在于对清静境界和涤除工夫的同等重视。后来，《庄子·天道》云："圣人之心，静乎天地之鉴，万物之镜也。"《应帝王》又云："至人之用心若镜。"再后来，《淮南子·修务篇》承此而曰："执玄鉴于心，照物明白。"如此等等，都是沿着老子的思路在阐发。综合其阐发而言之，那"涤除玄鉴"之"涤除"的主体修养，原来是与"照物明白"之"明白"的客观目的相统一的，而两者赖以同构的基础正是人心如水镜而"静"且"清"的思想意识。如果说"涤除玄鉴"会导致对清静虚无、空明透彻之主体精神状态的追求，那么，"照物明白"则又会导致虚心应物而反映客观真实的思想追求和艺术追求。以此为出发点，就不仅会有强调神思澄明的艺术创作论，也不仅会有偏爱清静境界的审美理想，而且同时会有虚心体物、写实传真的美学传统。

在西方,"柏拉图从镜子里形象的特性中推演出模仿的性质",[①]艾布拉姆斯在《镜与灯》中这样描述,因此该书第二章的题目就定为《模仿与镜子》。作者在这一章的开头语中还说:"柏拉图……他在著作中反复引用这个比方(按:即《国家篇》第十卷苏格拉底阐释诗歌的真实性时所举旋转镜子就可得到太阳和天空的那个著名比喻),或者是镜子,或者是水,……人们通常认为,柏拉图引用'反映'这一比方,只是想说明有关艺术本质和宇宙本质的既定概念……"这就是说,西方的"水""镜"喻说是与"模仿"和"反映"这样的观念联系在一起的。一直到 18 世纪,西方美学思想的基本倾向就在这镜子喻象与模仿理论的框架之中。后来,随着浪漫主义诗学思想的发展,创作主体的能动作用被发现和强调,于是才用"灯"这一喻象来提醒人们去注意一个本来已经存在的事实,即"反映"同时也是"发现"。但是,历史地看,西方人确实是先侧重于"镜子"说而后才提出"灯烛"一说的。

中国人呢?实际上也是先有了"镜子"说。只不过,中国人的"水镜"玄鉴意识具有自己民族的文化特色,其"涤除"讲求并不全然是为了"照物明白"的目的,心境如水的"清""静"本身也是终极性的追求。也正是因为这样,那本来就包含在"水镜"玄鉴意识之中的相通于西方"模仿""反映"观念的思想内容,便部分地被遮蔽起来了。再加上在涉及对中国美学思想传统的认识时,现代的人们长期受到中西对立思维习惯的制约,论中国艺术精神则多言表现和写意,以为在中国传统的文学艺术思想中,再现论和反映论是不占主导地位的。于是,"照物明白"的原生观念,就被后来的阐释给淡化了。现在看来,需要在理论认识上做出适当的调整。实际上,原生的中国民族的艺术精神中,既有造境清静的主观表现主义,甚至出现偏爱清冷幽荒意境的审美倾向,但同时也有审美的客观反映论指导下的再现性艺术倾向。不仅如此,又因为这里的主观表现和客观反映是在所谓"用心若镜"而"照物明白"式的"水镜"识鉴意识中彼此交通的,所以,其兼容表现与再现的艺

[①] 艾布拉姆斯:《镜与灯》,北京大学出版社 1989 年版,第 45 页。

术精神，关键在于使心灵净化的类宗教式追求，同真实反映审美对象的艺术创作心理彼此契合。

这种契合境界，作为中国传统文化的精粹之一，具有徜徉于两极之间的文化品格，因而不宜采用单极的标准来分析。合理而又可行的办法，是在人们已经习惯了的西方话语所规约的表现与再现二分法之外，尝试一种适应中国（东方）文化特色的分析和解释系统——会通两极的"玄鉴"系统。关于"玄"，《老子》首章曰："故常无，欲以观其妙；常有，欲以观其徼。此两者，同出而异名，同谓之玄。玄之又玄，众妙之门。"在这里，至少有一点是可以明确的，那就是"此两者，同出而异名"：两种"观"并存并行。与此相关，《庄子·应帝王》云："至人之用心若镜，不将不迎，应而不藏，故能胜物而不伤。"在"应而不藏"之前，先有一个"不将不迎"——不送不迎。这又是一种完全超越于所谓主观、客观或主动、被动的文化姿态。一面说"同出而异名"，一面说"不将不迎"，其精神实质，是不难领会的。换用"镜"与"灯"的话语，按"同出而异名""不将不迎"的精神去阐释，其意向不是很清楚吗？

基于这种"水镜""玄鉴"的"清"美文化意识，中国古代的文学艺术思想就有了一种解释创作奥妙的独特话语。《文心雕龙·神思》云："是以陶钧文思，贵在虚静，疏瀹五脏，澡雪精神；积学以储宝，酌理以富才，研阅以穷照，驯致以绎辞；然后使玄解之宰，寻声律以定墨；独照之匠，窥意象而运斤：此盖驭文之首术，谋篇之大端。"其中所谓"独照"，就颇耐人寻味。尝有学者指出，这里的"独照"，乃本于佛家之语，如刘勰《石象碑》就有"道性自凝，神理独照"之说，而《灭惑论》又有"彼皆照悟神理，而鉴烛人世"之言，如此等等。[①] 现在看来，它又安见得不本于老、庄之"涤除玄鉴"和"用心若镜"呢？或者，也可以看做是老庄与佛家的会通。其实，诚如刘勰所谓"道性自凝，神理独照"，临水自鉴的直觉经验在经过一番修性养神、明道悟真之学的阐发以后，已形成特定的理论思维方式，而且可以引申出多种意义的方式。当类似"独

---

① 参见马宏山《文心雕龙散论·〈文心雕龙〉"神思"辨》，新疆人民出版社1982年版。

照"这样的概念,在哲学思想和诗歌理论相连通的思维走廊里频频出现时,就已经把原生的"水镜"玄鉴意识,引申扩展到诗意与哲思相交织而增生新思想的层面。中国传统的艺术哲学,因此也就有了一种集创作论、鉴赏论、风格论于一体的"清"美阐释系统。

二、"素以为绚兮"的审美意识

传统的"清"美阐释系统,在风格论的领域里有着以素朴为本的价值观念和崇尚清淡的审美理想,这是人们早已熟知的。现在要说明的是,素朴清淡风格的原生内容,其中还包含有对女性素白美艳的欣赏,以及进而心仪清冷型人格境界的文化心理内容。

《庄子·逍遥游》曰:"藐姑射之山,有神人居焉,肌肤若冰雪,绰约若处子。"闻一多《〈离骚〉解诂》①因此而说:"古传神仙必体貌闲丽,婉好如妇人。"同时,他又引《远游》"玉色頩以睆颜兮"、《七谏·自悲》"厌白玉以为面"等为例,进而说明神人如"玉女"的意识是中国古代仙话文化的重要内容。仙话文化的影响,受道教信仰的推动,可谓深入人心。比如通过后来文人游仙意识和民间神仙信仰的交叉影响,仙人冰雪之姿,与美女冰玉之容,就几乎成了同义语。其中典型者如魏晋名士视体貌美白者为"神仙中人",而市井文学甚至视妓女为"神仙",等等。不过,若因此而推断是仙话文化塑造了素艳美白的审美心理,则又未免把问题简单化了。《吕氏春秋·贵直》云:"(晋惠公)淫色暴慢,身好玉女。"其中就以"玉女"一词来形容美色。同时我们又注意到,《礼记》专讲天子诸侯服冕笏佩诸制及行礼之容节的篇章,就叫《玉藻》,而楚辞也以"玉色"来形容美白之颜。这就又提示我们去思考,是否有一种可以称之为"玉"美文化的精神存在并发挥着一定的作用呢?比如"诗三百"中所透露出的"展衣宜白"的礼乐服饰观和"有女如玉"的女性美欣赏心理,便与"玉"有着明显的关系。《诗经·风·君子偕

---

① 闻一多:《〈离骚〉解诂》,上海古籍出版社1985年版,第3—4页。

老》曰:"瑳兮瑳兮,其之展也。"郑玄、朱熹皆以"展衣"之礼相解,其中用以形容者恰如《诗经·卫风·竹竿》之"巧笑之瑳",而"瑳"便有"玉色鲜白"的意思。至于《诗经·召南·野有死麕》的"白茅纯束,有女如玉"就更不用说了。总之,中国古代的确有过对女性冰肌雪肤之美的欣赏和将其比拟为鲜白美玉的习惯。① 由此看来,从仙人到凡人,从体貌到服饰,"有女如玉"的感性美内容,"肌肤若冰雪"的仙人形象,以及"展衣宜白"的礼乐制度内容,隐隐约约中似乎存在着一个崇尚素白清亮之美的文化阐释系统。

在对这一系统的分析中,我们需要特别注意"有女如玉"的"玉"文化内容。

《礼记·聘义》载云:"子贡问于孔子曰:'敢问君子贵玉而贱珉者,何也? 为玉之寡而珉之多与!'孔子曰:'非为珉之多故贱之也,玉之寡故贵之也,夫昔者君子比德于玉。……诗云:"言念君子,温其如玉。"故君子贵之也。'"其实,在这段对话里,子贡所问并非没有意义,他实际上是从常情常理出发来做出推断的,而孔子所答则体现着道德文化的精神。将一问一答结合起来作为一个整体来看待,恰好可以探寻到"玉"文化意识的发生机制:首先以其为稀见之物而为人们所贵重,然后被用来比拟同样被视为贵重之物的道德品行。与此相关,我们还注意到《管子·水地》,其中讲到:"准也者,五量之宗也;素也者,五色之质也;淡也者,五味之中也。是以水者,万物之准也,诸生之淡也,违非得失之质也。是以无不满,无不居也。集于天地,而藏于万物。产于金石,集于诸生。故曰水神集于草木,根得其度,华得其数,实得其量。鸟兽得之,形体肥大,羽毛丰茂,文理明著。万物莫不尽其几。反其常者,水之内度适也。夫玉之所贵者,九德出焉……是以人主贵之,藏以为宝,剖以为符瑞,九德出焉。"首先,沿着"水原"思维的路线,提出"准""素""淡"这样一族范畴,也就是以水的平静清澈为经验基础而提

---

① 李炳海《部族文化与先秦文学》(高等教育出版社1995年版)第八章第二节"淡雅淑女"对此有较为详尽的论述,可参看。

升出崇尚"素""淡"之美的文化观念。这种观念又分内外两种向度展开,或认为鸟兽草木之生机盎然是水神集中所致,或认为美玉之鲜洁润泽乃水之精神内化的结果。《管子·侈靡》尝曰:"珠者,阴之阳也,故胜火;玉者,阴之阴也,故胜水。"透过比德说与阴阳说的话语模式,人们将不难发现,"水原"思维与"素""淡"理念乃是"玉"文化阐释话语的基本语境,在水性清明的经验与认识基础上,道德性讲求与素淡美理想统一于"玉"这一意象。在抽象意义上,这意味着比德而自律的道德文化规范与返朴归真的文化追求相统一了。而反映在审美文化上,就又意味着赋予素淡美以道德理想色彩。于是,有的学者指出:"综观《诗经》婚恋作品对女性的色彩描写,贯穿了崇尚素淡的倾向,反映出先民较强的自我约束机制。"①

至此,才有可能真正理解孔门师生那有关"素以为绚兮"的《诗》学讨论的原生意义。

《论语·八佾》中孔子与子夏那一段人所熟知的对话,实质上正是"素白"审美心理与礼乐制度自觉的微妙结合。上承《诗经·卫风·硕人》之"巧笑倩兮,美目盼兮"而来的"素以为绚兮"一句,不管是否为逸句,都应是诗人所发的感叹赞美之词,而后面的"绘事后素"和"礼后乐",则是由这里引中出来的。关于"绘事后素",历来的解释分为两种走向,一种从郑玄之注来:"凡绘事先布众色,然后以素分布其间,以成其文。"另一种则如朱熹所言:"谓先以粉底为质,而后施五采。犹人有美质,然后可加文饰。"两种解释,立意未尝不相通,走向却未必相一致。朱熹的解释倒是与《管子·水地》所谓"素也者,五色之质也"相通,都是以"素"为"质"论者。但郑玄却是以"素"为"文"论者。同样的"以素为本",实际上却分解为"质""文"两派。虽然孔子以"文质彬彬"为君子之美,但具体分析起来,郑玄所解有以素白相约束之义,而朱熹所解则有以素白为基质之义。就前者而言,乃是以情为采、以礼为素而主张以礼约情,此时素白之美就喻示着后天的理性约束;就后者而

---

① 李炳海:《部族文化与先秦文学》,第391页。

言,则是视素白为本性而主张固本以润色,此时素白之美就喻示着天赋的合理本性。郑玄代表的是汉学立场,朱熹所代表的是宋学立场,从汉学到宋学,有一个逐渐由外而内的思维转向趋势。宋代理学在分析性情之际,尝以"未发""已发"为性与情之分界,曾提倡在体验"未发"境界中领会性理真知,于是,自然就会采取以"素"为"质"的阐释方式。但是,当我们要探寻哪一种阐释更接近于孔门问答的原初真实时,却只能选择汉学的立场。因为我们发现,在孔门师生那里,既言"后素",则与《考工记》"绘画之事,后素功"之"后素功"完全契合,而且郑玄又有"然后以素分布其间"的阐释。要之,孔子"绘事后素"之说原非"白受采"之意,如同他主张先富民而后教化一样,在这里他表现出了在自然情采基础上以素约采的思想观念。换言之,素淡之美与礼乐文明的同构方式实质上正是"后素功"。

看来,并不是只有道家文化才提倡朴素清淡之美。既然如此,儒、道之间的差异就值得注意。道家以"朴素""淡然"为美之极致,视素白为自然,而自然又是终极之道,是可谓以素为本论者。那么儒家呢?《论语·子罕》:"子曰:'吾未见好德如好色者也。'"孔子感受如此,荀子感受依然如此,《荀子·非相》:"今俗之乱君,乡曲之儇子,莫不美丽姚冶,奇衣好饰,血气态度拟于女子;妇人莫不愿得以为夫,处女莫不愿得以为士,弃其亲家而欲奔之者,比肩而起。"其中,荀子那句"血气态度拟于女子"的话十分关键,既然当时存在着以女性美为美的社会心理,那么,"肌肤若冰雪,绰约如处子"的女性特征就会自然成为美感经验中的兴奋点,而正因为有这样的兴奋点,理性的反思和改造的思路也就会选择这里为起点。具体言之,复兴礼乐的思想观念遂与女性美白的时尚奇妙地结合起来:借"好色"之心以兴"好德"之性,不才真正是疏导有方的道德教化吗? 子夏论《诗》,所选者竟是《硕人》之章,竟是"美目""巧笑"之形象,难道纯属偶然? 总之,上文所论"后素功"式的道德自律意识本身,未尝不积淀着"有女如玉"的生活心理内容,就像庄子心目中那冰肌雪肤的神人形象未尝不折射着"血气态度拟于女子"的时代风尚一样。但是,其在儒家,就像以礼约情一样,以素约采就意味着以"好德"来约束"好色","素以为绚兮",因此也就是文质彬彬的生动表现。郑玄明明有言:"以素分布其间,以成其文。""素以为绚兮",亦即"素以为文兮",其在儒家,最终就是以素为文。

以素为文的思想观念,实际上代表着对"好色"风尚的批判理性。正是在这样的道德批判机制中,欣赏女性美白之容的审美好尚,便被德性清白的人格理想所改造。这样一种明显带有儒家修德文化色彩的改造过程,与道家养生论意义上的改造殊途同归,两者最终都是以素白、纯朴、清淡为德性和生命之本。而这样一来,儒、道两家便合二而一,并以其整合之力推动了中国思想文化原创期的返朴归真思潮,并具体影响到中国士大夫的人格塑造。"有女如玉"而"素以为绚兮"的生活美感心理,在经过儒、道互补的加工以后,或者沿道德化路向而赋予素白美的阴柔格调以纯洁清白的人格价值,或者沿超然逍遥的路向而使美如处子的形象具有超凡脱俗的文化品格,或者使儒家的以素约采同道家的涤除玄鉴彼此融合,从而造境于清纯空明的人格境界。在人们所熟悉的思想文化传统和文学艺术传统中,因此就多有具备素白美感的审美意象,而这种意象所寄托的内在价值追求,则是神清骨冷式的人格范式。比如魏晋名士之间的识鉴赏誉,宗白华先生就指出其所常用者"都是一派光亮意象",而这种识鉴习惯的文化源泉,诚如宗先生所指出:"庄子的理想人格'藐姑射仙人,绰约若处子,肌肤若冰雪',不是这晋人的美的意象的源泉么?"[①]源泉如此,其流向可知。深入体会这"一派光亮"式的人物美的精神内涵,我们将发现,原生的女性素白美观念以及男子拟容于斯而导致的意态清柔化倾向,固然历史性地塑造着素白美的雅意文化心理,使之与民间的浓艳美相对立而展现出雅意的风韵;但更为重要的是,素白美的精神内化所塑造的清冷型人格范式,通过后世文人对所谓"晋宋间人"之精神风度的向往,深深影响着士大夫文人的人格自塑,影响着文学艺术的审美理想选择。

---

① 宗白华:《美学与意境》,人民出版社1987年版,第187页。

三、"清"与"直"的悲剧性结合

中国古人对"晋宋间人"的人格赞许，往往偏向于高蹈出尘而萧散淡泊。在人格美判断的话语中，此可谓"清高"或"清远"。同时，另有一种"清白"人格，与此相通却有着别样的价值和异常的魅力。

在中国文学作文与做人相统一的创作精神传统中，屈原是第一个以创作主体形象被塑造出来的，屈原——诗世界里的屈原，就正是一位具有这种"清白"人格魅力的人物。作为士大夫人格理想的"清白"人格，是首先体现在屈原身上的，并因此而借助于伟大个性的人格魅力而投射其精神于千百年来的文学世界。而当人们具体关注于屈原"清白"人格之际，谁都会首先注意到《离骚》里的意志表白："伏清白以死直兮，固前圣之所厚。"那种以精神纯洁为目的的"清白"式人格自觉，原来竟是与"死直"的意志紧紧连在一起的。"清士"形象的原型，原来是从容赴死者的形象！尽管从第一个用文学方式凭吊屈原的贾谊开始，对屈原当初的人生选择就表示过某种不解，但问题在于，设若屈原没有"死直"的意志，他的人格魅力还会那么巨大吗？不仅如此，楚辞《卜居》云："宁廉洁正直以自清乎？将突梯滑稽、如脂如韦以洁楹乎？"清浊选择之际精神主体所经历的思想斗争，与中国文学的一大母题相关联。诚如陶渊明《悲士不遇赋》所云："怀正志道之士，或潜玉于当年；洁己清操之人，或没世以徒勤。故夷皓有安归之叹，三闾发已矣之哀。"正是在此历史的审视中，屈原不再是孤立的一个，而是一类中的典型。通过将"洁己清操""廉洁正直"者的个人命运提升为"士不遇"的历史主题，个体人格的魅力就转化为集体人格的魅力，并且同时鲜明地带上了对社会历史进行悲剧性道德政治批判的抗争色彩。也就是说，"清白"人格的原生文化阐释曾将屈原与伯夷等塑造为同一类型的理想人格。这是值得我们深入思考的。

的确，屈原与伯夷的人格自觉，都有一个"清白"与"死直"相联系的问题。也因此，我们就不能不去关注"清"与"直"这两个概念之间的关系。

《论语·公冶长》载孔子答子张所问,如令尹子文"三仕""三已"而"无愠色"者,孔子谓之"忠",而像陈文子那样再三弃所至之邦而去,以其不合理想者,孔子则谓之"清"。无论"忠"还是"清",孔子认为都不及"仁"。但"忠"与"清"在这里的并列,却引人深思。至少这种评价上的两分,不仅证明了选择时的两难,而且说明了其选择上的两可性。两可而又不至于失去基本的价值标准,这就需要"忠""清"之间的某种兼容。问题的症结是,究竟"忠"于什么两者才能兼容呢?

由孔子而到孟子那里,有道是:"伯夷,圣之清者也;伊尹,圣之任者也;柳下惠,圣之和者也;孔子,圣之时者也。"①都是圣人,其价值选择自然都合乎理想,而正是在此多元的价值选择中,如伯夷之"清"者也就被确认为士人理想人格的历史典型。从孔子认为"清"美人格不及于"仁",到孟子认为其"清"足可及"圣",孔、孟儒学自身的发展就很值得注意,那究竟"忠"于什么的问题,也只有在对这一发展过程的分析中求得答案。

朱熹曾言:"孟子有些英气。"②仔细想来,屈原与伯夷何尝没有些"英气"!甚至庄子也是"有些英气"之人。《庄子》"逍遥",从而给人的印象是,"清"美文化沿道家一脉发展的初始态势就是出世逍遥游。儒家孟子心目中的伯夷之"清",尽管在行迹上似有与出世隐遁相仿佛的地方,从而说明"清"美人格的追求,可以看做是儒家与道家乃至于与释家相融通的思想走廊。但是伯夷之"清",最终并非清虚淡泊、寂寞自守,亦非企仙慕道、神想太清,而是执拗地坚守某种道德政治的信念,所以孔子才说他"不降其志,不辱其身"。③ 也正是在这里,后来屈原的精神追求有承传伯夷之处。而屈原的那种与世抗争的精神,庄子同样具有,陈鼓应便指出:"'庄周家贫'(《外物》)'处穷闾厄巷'(《列御

---

① 《孟子·万章下》。
② 朱熹:《孟子章句集注·孟子序说》,《四书五经》上,中国书店1985年版。
③ 《论语·微子》。

寇》)及其抗击权贵的言论事迹,屡见于庄书。"①可见庄子确"有些英气"。一言以蔽之,无论是孟子还是庄子,也无论是伯夷还是屈原,其"英气"所在,我认为恰如屈原"伏清白以死直兮,固前圣之所厚"的誓言所表白,意味着"清"与"直"之间的价值同构。这一"直"字,才真正是"圣之清者"的精神支柱。"清"之所美,其在"直"乎! 换言之,只有忠于"直"道的"忠",才能实现与"清"美人格的价值共建。

而关于"直",有一些很值得讨论的问题。

我们注意到,针对伯夷那样的选择,孔子曾表示过"我则异于是,无可无不可"②的态度。《论语·子路》又云:"叶公语孔子曰:'吾党有直躬者,其父攘羊,而子证之。'孔子曰:'吾党之直者异于是:父为子隐,子为父隐。直在其中矣。'"又是一个"异于是"! 可见,关于"直",当时就有两种阐释,而孔子则主张与血缘伦理相协调的"直"。就像源远流长的中国史学传统中,既有实录直书的原则,又有尊贤隐讳的原则一样,在孔子那里,"直"也是公理与伦理相兼顾的。当然,若因此而说伯夷、屈原他们坚持着另一种意义上的"直",那将是冒险的推论。不过,针对孔子之说,他们也许会同样表示"异于是"的态度,这样的推断还是可以成立的。问题在于,他们的选择很难被大众所认可。且听听司马迁怎么说,其《屈原贾生列传》云:"及见贾生吊之,又怪屈原以彼其材,游诸侯,何国不容? 而自令若是。"其实,此前在《渔父》中就已经有劝屈原随世混同的意向。显而易见,伯夷与屈原作为"清士"的古典范型,从一开始就是伴随着人们的疑问而又同时被景仰着。问题的实质也恰恰在于,正是这种疑问赋予肯定此人格价值的正面行为以悲剧性。而人们之所以要用这种疑问式的肯定方式,正是出于对其悲剧性命运的喟叹。如贾谊《吊屈原赋》即曰:"历九州而相其君兮,何必怀此都也!"这一感叹的实质有两层意义:其一,是悲慨屈原之志向不与时代潮流相合;其二,则是悲慨自己生不逢时。总之,对"清"美人格的

---

① 陈鼓应:《庄子今注今译·修订版前言》,中华书局1983年版。
② 《论语·微子》。

赞美和景仰,恰恰是同"士不遇"的悲剧性命运自觉相交织的。因而千百年来,所有由此生发的人格体认或文学感叹,都不出司马迁"悲其志"[①]三字的概括。于是,"伏清白以死直"的人间"直"道最终成为一种悲剧性命运的价值追求。忠于"直"道,就意味着甘愿承受悲剧性的命运,如屈原之"虽九死其犹未悔"。

只有坚定不移的信念才能产生如此巨大的精神力量。屈原《橘颂》云:"秉德无私,参天地兮。""行比伯夷,置以为像兮。"这个具有无穷力量的信念,就是秉德无私的公理信念。而屈原心目中真正忠于这一信念的人格楷模,就是伯夷。《尚书·舜典》云:"帝曰:咨四岳,有能典朕三礼。曰:伯夷。帝曰:俞,咨伯。汝作秩宗,夙夜惟寅,直哉惟清。"上古时代的礼乐教化是和沟通神人、经纬社会的祭祀文化融为一体的,所以,恰如蔡沈之注:"夙,早;寅,敬畏也。直者,心无私曲之谓。人能敬以直内,不使少有私曲,则其心洁清,而无物欲之污,可以交于神明矣。"如果说这里所阐明的,乃是一种与祭祀文化意识相关的道德自觉意识,那么,其敬畏神明的祭祀意识在转化为道德自觉之际,将会形成一种"敬以直内"的自律意识。人,必须有所敬畏才能自我约束!敬畏心所导致的是一种"不敢"意识,如同老子屡言"不敢为天下先"那样,在这里,关键在于"不敢为私"。也就是在神圣而神秘的祭祀文化氛围中,用敬畏之心来洗涤自己的性情,使之由自然性情的直率上升到公理信仰的正直。值此之际,与祭祀一体化的礼乐制度也就同时成为"敬以直内"的敬畏对象,于是,公理正直的自觉中也就包含着伦理的自觉。和以往人们大多从伦理文化角度评价儒家思想者有别,这里我们要强调,公理与伦理的结合,尤其是公理对伦理的内在规定,正是儒家学说的合理内核。屈原视伯夷为楷模者以此,伯夷之堪称"直哉惟清"者亦以此。"清白"人格所忠诚的"直"道,其实质也正在于此。

《论语·宪问》云:"或曰:'以德报怨,何如?'子曰:'何以报德?以直报怨,以德报德。'""直",是一个超越于"德"("恩")"怨"对立的价值

---

① 《史记·屈原贾生列传》。

范畴。这段载述有一个潜台词,那就是否定"以怨报怨"。与此相关,司马迁《史记·伯夷列传》云:"……及饿且死,作歌。其辞曰:'登彼西山兮,采其薇矣。以暴易暴兮,不知其非矣。神农、虞、夏忽焉没兮,我安适归矣?于嗟徂兮,命之哀矣!'遂饿死于首阳山。"这里揭示出一个重要的历史观念,那就是对"以暴易暴"的否定。从人际关系上否定"以怨报怨",到事关政权交接时否定"以暴易暴",其所吁求的公理之中,包含着一定的现代性内容。这正像人们至今仍在期盼的"清官"之"清",并不单纯指为官廉洁,而更是期望他能主持公道、坚守公理一样,与"直"相同构的"清",因此而格外富于理想色彩。所谓"清世",因此主要是指公道之世。和"盛世"一词不同,"清世"一词带有鲜明的出于公理政治的道德评价色彩,并因此富于批判精神。伯夷也好,屈原也好,其人格之所以异常高大,是因为他们能超越时代而与公理同在。但是,超越于时代者,将不为时代所容。司马迁说得好:"'岁寒,然后知松柏之后凋。'举世混浊,清士乃见。""清士"的价值,因此就在于以其悲剧性的命运证明其时代和历史的不合理。也因此,标举"清士",就不仅是在树立个体典范,而且是在确立社会历史的公理规范,是在批判历史和现实的不合公理。

然而,伯夷与屈原的命运,以及后来者因此而生发出来的阐释意向,又在反复强化着一种认识:一部中国历史,从"清"美文化史的角度看,不就是一部"清白"者"死直"的历史吗?无论在文学史上,还是在文化史上,有一种超越于入世与出世、兼济与独善的独清人格,反复地被文人所歌吟,而所有这样的艺术表现无不透着悲凉之气。于是,可以说,一面是"清白"者从容"死直"的大义凛然,一面是赞颂"清白"英烈者的悲从中来,负载着深沉文化内涵的"清"与"直"两个概念,就是这样悲剧性地结合在一起的。

四、德音"清和"与诗言"清风"

如上所述,在中国古代的文化阐释中,"清"与"浊",是关系到社会政治和道德伦理的重要范畴,在它们之间所做出的选择,直接体现着人们的价值判断。而同样的"清"与"浊",在另一种情况下却只关系到对声音的技术分析,即所谓声音清浊之说。于是就有一个问题:在此价值判断与技术分析之间,是否有值得我们关注的内在联系呢?

古人在对声音做技术分析而使用"清""浊"这一对概念时,其分析论述往往具有辩证思维的特点。如《左传·昭公》云:"声亦如味,一气,二体,三类,四物,五声,六律,七音,八风,九歌,以相成也;清浊、小大、短长、疾徐、哀乐、刚柔、迟速、高下、出入、周疏,以相济也。"与此相同的一番话,又见于《晏子春秋》。这样的论述,既揭示出"清"与"浊"等对立两体之间的"相济"关系,又以"声亦如味"而透露出声音之说与滋味之说的类比性连通。正因为"声亦如味"而相连通,所以声音清浊"相济"的理想境界,也就同滋味说之所谓"和如羹"者具有价值追求上的一致性。

滋味之说,是周文化的特色之一。①《礼记·郊特牲》即云:"周人尚臭。"周人"尚臭"的意识,是与"尚德"的观念相关联的,而德性、德政之美都系于"和"之境界。于是,就像后来晏婴以"和如羹"②的原理来阐发"和而不同"的道德政治理想一样,中国传统文化遂有了"和羹"美政的阐释话语。而与此相连通,也便以"察和"为声音通于美政的关键。《国语·周语下》道:"耳之察和也,在清浊之间;其察清浊也,不过一人之所胜。是故先王之制钟也,大不出钧,重不过石。……钟声不可以知和,制度不可以出节,无益于乐,而鲜民财,将焉用之!"这里所谓"察和",在价值追求上是高于"察清浊"的。《国语·楚语上》道:"臣闻国君服宠以为美,安民以为乐,听德以为聪,志远以为明。不闻其以土木之崇高、彤镂为美,而以金石匏竹之昌大、嚣庶为乐;不闻以观大、视侈、淫色为明,而以察清浊为聪。"显然,"察清浊"是指声音清浊的技

---

① 参见陈元锋《乐官文化与文学》(山东教育出版社 1999 年版)第三章第二节。
② 《左传·昭公二十年》。

术分析,而"察和"与"听德"相对应,则提升声音清浊分析到道德政治判断的层次。只不过这种价值追求上的提升并不意味着对技术分析的轻视或舍弃,恰恰相反,倒是需要将"察和""听德"的价值追求落实到"察清浊"的实践中去。

《国语·周语下》曰:"夫耳目,心之枢机也,故必听和而视正。听和则聪,视正则明。……夫耳内和声,而口出美言,以为宪令,而布诸民,正之以度量,民以心力,从之不倦,成事不贰,乐之至也。口内味而耳内声,声味生气。气在口为言,在目为明……"如果说这里"声味生气"的"气"与"心之枢机"的"心"相对应,被看做是"耳""目""口"之本,那么,"耳目,心之枢机"和"声味生气"这样的论述又在告诉人们,耳目感官的功能同时又被看做本体的活动方式。《管子·枢言》云:"有气则生,无气则死,生者以其气。"既然如此,"声味生气"是否意味着作为生命之本的"气"又以声音和滋味为本呢?这里是否存在一种互为本体的思维和阐释方式呢?至少有一点是比较清楚的:耳目口舌的感觉体验被赋予了某种特定的道德政治的价值规定,表现在观念层面上,"察清浊"与"察和"在阐释意义上整合为一体,从而有了"清和"概念的出现。

作为哲学与美学双重概念的"和",具有亲和的伦理色彩与中和的美感特征,这是众所周知的。那么"清"与"和"连接以后呢?《韩非子·十过》云:"古之所听清徵者皆有德义之君也,今吾君德薄,不足以听。"这当然是典型的道德主义音乐思想。连法家韩非都以此为立论基础,可见其深入人心。在这里,德义讲求是音乐欣赏的前提和音乐美判断的尺度,而这一尺度又分别以"清"与"和"两个概念为表征。《乐记》云:"……小大相成,终始相生,倡和清浊,迭相为经。故乐行而伦清,耳目聪明,血气和平,移风易俗,天下皆宁。"其中所谓"乐行而伦清",在《荀子·乐论》中作"乐行而志清,礼修而行成,耳目聪明,血气和平"。不难发现,无论《乐记》还是《荀子·乐论》,都在阐发着"乐行而伦(志)清"的核心命题,而从其表述中可以体会出来,这一命题是可以另外表述为"和乐而伦(志)清"的。在"清"与"和"的组合中,"清"更多地体现着道德政治方面的追求。

《乐记》《乐论》之所谓"乐",一般是指包含诗、歌、舞艺术因子在内的古代乐舞歌诗形态。"乐"中有"诗"。因此,"乐行而伦(志)清"的命题中就理应含有与"诗言志"密切相关的诗学思想内容。

以往人们解读"诗言志",多围绕着"志"来作文章。现在不妨将着眼点放在"言"上。《子思子》曰:"昔吾有先正,其言明且清。"《礼记·缁衣》亦云:"子曰:'王言如丝,其出如纶。王言如纶,其出如綍。故大人不倡游言。可言也,不可行,君子弗言也。可行也,不可言,君子弗行也。则民言不危行,而行不危言矣。'……子曰:'君子道人以言,而禁人以行,故言必虑其所终,而行必稽其所敝,则民谨于言而慎于行。'"这里的"其言明且清",作为一种显然带有美学评价色彩的道德文化阐述,其内涵是很丰富的。在最表层,它表示着对言语组织的重视,进一步则是对言语态度之郑重谨慎的崇尚,再深入下去,就发展为提醒人们去关注"言"背后的"行"的世界,尤其是在提醒人们去关注"言""行"之间的微妙关系。不仅如此,《广雅》云:"危,正也。"而《论语·宪问》又云:"子曰:'邦有道,危言危行;邦无道,危行言逊。'"《论语》的"危言危行"与《礼记》的"谨言慎行",分明是有差别的,即便是在"危行言逊"与"谨言慎行"之间作比较,也还是有区别的。无论如何,在对"言"的一般关注之外,还有着对"危言"的特殊关注。从"危,正也"的阐释角度出发,"危言"就是"其言明且清"者。因为先王之世乃是"清世",《吕氏春秋》就有"盖闻古之清世"的说法。"清世"自然是"邦有道"的时代,"邦有道,危言危行",所以"危言"就是"明且清"者,此理易明。这"清世""危言",具体说来,犹如后来唐代元稹所言:"昔三代之盛也,士议而庶人谤。又曰:世理则词直,世忌则词隐。"[①]显然,这就与古代诗学所一再倡导的讽喻原则关系密切了。《毛诗序》尝以"主文而谲谏"来解释"风",先秦典籍之中多有先王采诗观风的叙述,而与上古礼乐制度相统一的乐官诗教传统,乃是一种政治诗学——既有辩护

---

① 《和李校书新题乐府十二首序》。

性政治诗学,也有批判性政治诗学的传统。① 其中,批判性政治诗学传统的文化土壤和思想空间,恰恰与这里所讨论的"清世""危言"有关。在一定程度上,这种以"讽兴当时事实"为宗旨的政治化文学和文学化政治活动,已经具有后来所谓"清议"的某些特征。当人们沿着这种"清世""危言"的阐释方向去发挥"诗言志"的创作宗旨,并使之与采诗观风的古老叙说动机联系起来时,就会出现与"乐行而伦(志)清"相似的诗学理论话语:用具有特定道德文化吁求的"清"理念去规约古典讽喻诗说之所谓"风",从而有"清风"一说。

《诗经·大雅·烝民》:"吉甫作诵,穆如清风。"《诗经·大雅·崧高》:"吉甫作诵,其诗孔硕,其风肆好。"《烝民》一诗,据朱熹《诗经集传》:"昔孔子读《诗》至此,而赞之曰:'为此诗者,其知道乎!'""而孟子引之,以证性善之说。"凡此,足见其意旨之深长悠远。诗中有道:"天生烝民,有物有则。民之秉彝,好是懿德。天监有周,昭假于下。保兹天子,生仲山甫。仲山甫之德,柔嘉维则。令仪令色,小心翼翼。古训是式,威仪是力。天子是若,明令是赋。"仲山甫将勤于王命,而吉甫诵诗送之,诗中赞颂之词,同时也是勉励之词,甚至也可以看做是告诫之词,不然,孔子何以会有"知道"之慨! 而在这样的意义上,所谓"吉甫作诵,穆如清风",就与《乐记》"乐行而伦清"的观念有了契合之处。《崧高》一诗亦然。诗中有曰:"申伯之德,柔惠且直。揉此万邦,闻于四国。"与此间所颂美的对象相协调,我们相信,"作诵"之其诵其诗,"作诵"之作为特定的政治道德文化行为,其"穆如清风"的美,当恰如诗中如下之描述:"人亦有言,柔则茹之,刚则吐之。维仲山甫,柔亦不茹,刚亦不吐。不侮矜寡,不畏强御。"不言而喻,这里的"柔嘉维则"和"柔惠且直",绝不是柔软之美,而是刚柔相生之美,一种充满着精神张力的美。

可以看出,在传统乐教文化范畴"和"与传统诗学范畴"风"借"清"

---

① 韩经太:《"在事为诗"申论——中国早期政治诗学的思想文化透视》,载《中国文化研究》2000年夏之卷。

美文化阐释而历史地组合为一体的过程中,"清"美文化的特殊意义,在于由"伦清""志清""清风"这些概念共同构成为一个合乎伦理规范的讽谏诗学原则。对这一点的充分认识,将使人们有可能注意到其与"清议"传统之间的历史联系。历史地看,东汉方有所谓"清议",而春秋战国时代则有所谓"处士横议","清议"与"横议"间的区别,应该说是不言而喻的。要之,"横议"者有纵横家之作风,而"清议"者有道德家之风范。钱穆《国史大纲·东汉士族之风尚》道:"东汉士大夫风习,为后世所推美。……一则在于过分看重道德。二则东汉士人的道德似嫌褊狭。"①就像其时士人流行"让爵""推财""避聘"等"清节"一样,其时之"清议"因此而不能简单混同于先秦士人之"横议"。非"横议"而"清议"式的诗人讽谏,其"穆如清风"之美,自然烙有深深的道德文化印记,而且是政治化、伦理化的道德文化印记。

五、"清"美思想的逻辑起点

"清"美文化传统,在人们已有的理解和阐释中,主要是指以清淡素朴为审美理想的文学艺术传统,是指老庄之学与佛禅义理所培育起来的崇尚虚无空静境界的精神文化传统,以及由此而辐射出来的其他文化艺术追求。而现在看来,它同时又与儒家文明有着根深蒂固的关系。也正是因为如此,"清"美文化就可以看做是中华民族精神文明史的综合特征之一。综合之焦点,实际上是一个具有中国特色的"人文识鉴"。

"人文识鉴",包括关于世情、政体、人心、文风的评论,并将其整合为总体价值判断,而其识鉴的标准和方式无不可以归结为与"清"这一概念相关的话语体系。或者是作为政治理想的"清世"设想,以及用以评判的"不以水鉴而以民鉴"的清鉴意识;或者是作为士大夫人格理想的"清士"范式,以及具体树立的如伯夷、屈原那样的个体典型;或者是

---

① 钱穆:《国史大纲》(修订本)上册第三编第十章,商务印书馆1999年版,第190页。

作为政教诗学原则的"清和"标准,以及因此而得以合法合理化的"风"诗话语;等等。与此"人文识鉴"相对应,在各种相关文化阐释的交织中,隐然存在着一个具有思想支撑意义的骨干理念,那就是集政治理念、道德人格和审美理想于一体的君子独清意识。我们有充分理由认为,那实际上包含清浊抉择、水镜玄鉴和直道惟清在内的君子独清意识,作为中华民族精神的脊梁,作为中国文人精神的风骨,其价值还远远没有被充分揭示出来。

不言而喻,"水镜"意识在经过"涤除玄鉴"的哲学阐发以后,其"照物"的反映论价值遂与"自鉴"的道德论价值相统一,并且使"心斋"空明的精神涤除同时具备了勿以主观相干扰的客观反映论精神,从而就可以在进一步的阐释中提炼出"水镜清鉴"这样一种理念。它意味着同时作为人格主体和认识主体的心本位的清澄透明,其自我净化的涤除是与客观反映的含纳相同构的。与此同时,这种清澄透明,同社会道德判断领域的清浊辨析相会通,通过对所谓"圣之清者"的确认而生成为可以垂范来世的人格典型,使独清人格不仅意味着一种抽象理念,而且拥有具体的榜样人物。而就在这理念与榜样的融合中,具有出世性质的精神风范被赋予入世的社会意义,一种兼有隐逸与抗争双重性质的人文情怀便形成了。

隐逸而兼抗争,如同清静虚无而与直诚清白同构,意味着无为与无私的统一。这种统一也体现了儒、道文化的会通。《庄子·让王》结尾处就伯夷、叔齐之事而引发的那段评说,便体现着兼有儒、道文化精神的思想意识,而且是具有深远启示意义的思想意识:"今周见殷之乱而遽为政,上谋而行货,阻兵而保威,割牲而盟以为信,扬行以说众,杀伐以要利,是推乱以易暴也。"看来,伯夷、叔齐,已不仅是儒家文化传统中的理想人格了。而作为儒、道文化共同的理想人格,其"让王"意识,实际上是与彻底否定"推乱以易暴"之政治行为的历史观念相一致的。这一点至为关键。我认为,正是在这里,儒家的道德仁政和道家的无为之政相兼容了,因此而产生的价值追求,是一种有可能摆脱中国历史几千年以来"推乱以易暴"之恶性循环的真正的"清世"理想和

"清士"人格。

论者多认为《庄子·让王》一篇是在阐发"重生"思想。其实不尽如此。篇中所述北人无择、卞随和伯夷、叔齐的事迹,都是为坚持自己的信念而从容赴死者,因而《让王》篇的主旨可以概括为:重生命,尤重道德。以庄子学派的这一作品为具体例证,我们可以捕捉到诸家各派彼此会通的历史文化信息。会通之际,难免众语喧哗,呈现为多主题、多旋律的交响,这都是情理之中的事。不过,真正用心灵去倾听的人,将会发现其中明晰可辨的"清"美乐句,并进而去理解背后的思想文化意义:鄙视权力政治而珍视政治公理的辩证理性。由于鄙视权力政治,所以让王辞爵或功成不居。但辞让不居绝不意味着漠不关心。正是在这个意义上,"让王"不能等同于全身远害式的退避和隐逸。也正是因为如此,"让王"倒是与"死谏"相统一。理解了这里所讨论的问题的性质,我们自然就会在心里为独清人格树起一座丰碑。

君子独清的人格美,以其特有的历史悲剧色彩,体现着心如止水般的虚心和平静,体现着清白死直式的刚毅和坦然,体现着冰玉其质似的纯洁和高贵。如果以最简洁的词语来概括其精神内容,那就是:公正,纯洁,平静。而这就是"清"美思想的逻辑起点。"公正"是中华民族传统公理思想的逻辑起点,而公理思想又是传统伦理系统的合理内核,失去了公理内核的伦理追求,难免会成为历史惰性的增长点。中国文学艺术史所体现出来的主体情怀,包括所谓忧患意识和抒愤传统,倘若失去了信仰公理的思想内核,其价值也将大打折扣。不仅如此,即使在评价传统儒家伦理和法家法度时,倘若没有公理意识作为其思维的逻辑前提,关于人治或法治的议论也将失去必要的基础。正是对公理的信仰所产生的精神力量,使历史上的"圣之清者"和士之清者获得了足以抗争污浊社会的勇气和胆魄,而他们人格自塑的道德律令,又恰恰来自透过伦理而显现的公理信念。当然,还有精神的平静,就像清澈平静如明镜的水,涤除了所有的私情杂念,才有可能让纯洁明净的境界与忘我虚无的境界自然契合,才有可能对一切该无所谓的事都无所谓,才有可能不至于把需要认真对待的事也当做无所谓而一忘了之。一言以蔽之,公理信仰,纯洁人格,平静心态,三者交合而成为"清"美思想的逻辑起点,而所有从这一起点引发出来的文化阐释,则共同构成了中国"清"美文化的原生意义空间。

韵味与诗美

自古以来,说韵解味者多矣,但大多只说有韵有味或少韵少味,至于韵味究竟是什么,似都不愿去深究。如果说这意味着韵味本身的难以言说并不等于韵味之有无的不可辨识,那么,"辨于味,而后可以言诗"的"辨",就是最饶趣味的了。当然,分辨与识断,不仅需要通脱,尤其需要透彻,在这里,任何貌似神奇的"清谈"都应当清除,人们所期待着的,是尽可能精确的阐释和合理的剖析,而我们也正希望自己的尝试能有如许这般成绩。

一

"文之难,而诗之难尤难。古今之喻多矣,而愚以为,辨于味,而后可以言诗也。"(《与李生论诗书》)司空图的这番感慨,至少已清楚地表明,辨味品诗,乃比喻性美学批评的一种方式,既然如此,在探寻其喻指何在之前,先索其如此设喻的缘由,显然是十分必要的。

人们向以为魏晋以降才是文学的自觉时代,而诗歌美学中的"滋味"说,也值此而兴,足见其非出于偶然,当然,这未尝不是那种源远流长的文化阐释的传统方式在起作用,从《左传》所载晏子以调和五味来喻说"和而不同"的思想原则,到晋人葛洪之谓"偏嗜酸咸者莫能知其味,用思有限者不能得其神"(《抱朴子·尚博》),滋味之道本是人们以类比方式推阐义理的经验基础和逻辑前提,诗学批评缘此而热衷于辨味,自在情理之中。不过,辨味品诗者既然每合其"韵"而言之,并以此而形成了"韵味"这一特定范畴,那么,其所以兴者更当与"韵"之美的自觉有关。虽说自晋人始而每每舍声言韵,但"韵"的本义毕竟还在声韵,而"有韵者文也"(《文心雕龙·总术》)的观念更告诉我们,彼时之所谓文学的自觉,谁说不是以声韵之自觉为思维动源呢?由此推断,品评诗美而辨乎滋味,亦当与声韵讲习有关。恰好,刘勰为我们透露了这方面的消息。其《声律》篇云:"是以声画妍蚩,寄在吟咏;吟咏滋味,流于字句;字句气力,穷于和韵。"原来,事情之媒因,在于诗歌吟咏的风习。钟嵘也说过"余谓文制,本须讽读",而吟咏讽读,须求"口吻调利",声转于唇齿者,如品味于舌津,南朝时人怕正是因此而体悟到诗之优劣正在滋味之有无吧!请看,刘勰论说和韵之美,即以滋味之道相申说,所谓"声得盐梅,响滑榆槿",若换句话说,不正是"和韵"如"和美"吗?正是在这里,传统的文化阐释方式与文学自觉的新兴敏感相默契了。诚然,声韵美的自觉所引起的连锁反应,使"韵"的指意往往超出声韵之外,从而使辨味品诗者也绝不黏滞于声转口吻之流利宛转,但指出其所以兴生的缘由,总是有益的。

不言而喻,滋味诗说固不囿于吟咏之美,但其指向却未见得能超出于时代的美学思潮。若要探寻韵味诗美在诗歌美学史上的初始面貌,恐怕只能是"五言流调"的清丽声色,因为南朝诗坛的实践追求便是如此。"五言居文词之要,是众作之有滋味者也,故云会于流俗。岂不以指事造形,穷情写物,最为详切者耶?"(《诗品序》)钟嵘尝以"理过其辞,淡乎寡味"批评过永嘉玄言诗,其品刘桢又曰"雕润恨少",足见他与刘勰一样,持着"五言流调,则清丽居宗"(《明诗》)的观点。只不过,"清丽"者非仅谓言辞华净,更是指情貌光鲜、风华清靡。《诗品》之品张协曰:"文体华净,少病累,又巧构形似之言。……词采葱蒨,音韵铿锵,使人味之,亹亹不倦。"品谢灵运又曰:"杂有景阳之体,故尚巧似,而逸荡过之。颇以繁富为累。嵘谓若人兴多才高,寓目辄书,内无乏思,外无遗物,其繁富,宜哉!"此外,如"(鲍照)善制形状写物之词""(谢瞻)务其清浅,殊得风流媚趣"等等,亦不一而足。要之,诗之有味者,与其尚理,不如尚辞,而辞之所用,在穷尽情物之形态,巧构其言,妙得其状,风流调达,鲜华生媚,如是而已。

其实,不仅钟嵘论诗以为"古今胜语,多非补假,皆由直寻",即便到了以"韵外之致""味外之旨"为其理论标志的司空图那里,依然在强调着实境美的艺术价值。"象外之象,景外之景,岂容易可谭哉!然题纪之作,目击可图,体势自别,不可废也。"(《与极浦论诗书》)"然直致所得,以格自奇。前辈诸集,亦不专工于此,况其下者耶!"(《与李生论诗书》)倘说得之于景象之外者即有"韵外之致""味外之旨",那么,不离于景象者不就正是韵味之所由生吗?这意味着,表现直觉真实,曲尽情景之妙,乃是韵味诗美的基本指向,虽有与时推移的观念更新和理论探寻的历史进步,这一基本指向却是始终不变的。

本来,"感物吟志,莫非自然",中国诗歌的基本美学特质在于抒情性,而这一抒情性的独特民族形式又在于"应物斯感",唯其如此,吟咏性情者理当应物状景,而写景入微者,宜其体情有致,须知"写气图貌,既随物而宛转"呵!王夫之因此有说云"以写景之心理言情,则身心中独喻之微轻安拈出"(《夕堂永日绪论内编》),值此之际,一切的情意思绪都直觉化为审美意象的感觉形态,而直觉感知又自然地触发与之相契的情思波荡,于是,情景二体便如云雨相依而自然融洽。明晓了这层原理,就不难理解,何以论诗主于"情韵"的陆时雍要称赏"探景每入幽微"的何逊之作,他尝说"何逊诗,语语实际,了无滞色",又说:"何之难摹,难其韵也。"(《诗镜总论》)看来,征实写真而感物吟志,肇始于实境之美,巧构形似之言,作为韵味诗美的基础内蕴,虽则是南朝诗歌之一代风尚的体现,但由于它本是切合于中国诗歌之基本美学特质的,所以,其意义自当远出于南朝诗学之外。

也许,有人会问:倘以为韵味诗美当其初不过在巧构形似,又该怎样解释南朝画学之主"气韵"呢?说韵解味者既然每视诗画如一体,又岂能任其相悖如此呢?对此疑问的解答正好可使我们的阐说深进一层。不难发现,从钟嵘的"既是即日"到司空图的"目击可图",无非在申说"诗中有画"之理。唯其如此,诗尚巧似而征实者,未尝不主气韵之生动。一般说来,诗擅达意而画善状形,因为彼此的艺术表现符号不同,亦唯其如此,诗尚形似与画主气韵,就共同体现着超越固有物质手段的美学精神。意味深长的是,诗讲"滋味"之日,恰是画讲"气韵"之时,作为同一时代思潮的体现,难道二者之间会没有互补互济的价值自觉?由于诗的语言本不如绘画的线条那样宜于"传模移写",故"巧似"之"巧"恰在于对"意态由来画不成"之所谓"意态"的把捉。"外无遗物"也罢,"每入幽微"也罢,关键都在王夫之所谓"以写景之心理言情",从而,"模写物态,曲尽其妙"者,又岂能不贯注主体的生命意志于其中而令其生气流动呢?苏轼尝言"求物之妙,如系风捕影"(《答谢民师书》),巧构形似而又气韵生动者,关键就在这一"妙"字上。"班姬托扇以写怨,应璩托雁以言怀,皆非徒作。沈约咏月曰:'方辉竟户入,圆影隙中来。'刻意形容,殊无远韵。"(《四溟诗话》)谢榛论诗,主张"妙在含糊",故以为沈约之病在"刻意形容",孰不知刻意形容者同样能情景入妙,如王维之"大漠孤烟直,长河落日圆",不也是巧似之语吗?而其韵味又何其远也。又如杜诗"穿花蛱蝶深深见,点水蜻蜓款款飞",叶梦得赞曰:"深深字若无穿字,款款字若无点字,皆无以见其精微如此。"(《石林诗话》)精微者,体物入微而又刻画精工,其妙处不在含糊,而在于主体游目有情而物象随目赋形的生动情貌。要而言之,就像韩愈写早春景色而曰"草色遥看近却无",而王维状南山气象亦曰"青霭入看无",情景入妙的契机,正在有无因依而随机转化的艺术辩证运动。众所周知,情思无形而物象有形,当情景交融之际,情思的审美直觉化与物象的动态特征相互默契,最终在感觉复合的意象结构中隐喻着情意物理的交合特征。这,便是情景入妙之美。在这样的阐释意义上,诗尚巧似者非但无悖于气韵之讲求,而且显见得非气韵生动则不能有巧似之妙了。

相传王昌龄论诗之"物境"曰:"神之于心,处身于境,视境于心,莹然掌中,然后用思,了然境象,故得形似。"(《诗格》)这不啻告诉我们,巧似而妙者必有畅神之好,所谓"景物兴会,无端凑泊,取之即是,自然入妙"(宗廷辅注查慎行《十二种诗评》),情貌无遗而真切生动者,正以其得"感物吟志"之自然而有韵有味。

二

　　如果说韵味诗美当其初觉之际,乃由吟咏滋味处悟入,而自穷情写物处悟出,那么,当诗歌美学又在"隐秀"观念的导引下探寻着"深文隐蔚,余味曲包"的艺术道路时,穷情写物而宜其繁富的审美旨趣就自然要历史地进境于对简约含蓄之美的崇尚了。那"可望而不可置于眉睫之前"的"象外之象""景外之景",首先就是指隐约含蓄的韵致与滋味。"佛家所谓不即不离,是相非相,只于牝牡骊黄之外,约略写其风韵,令人仿佛如灯镜取影,了然目中,却摸捉不得,方是妙手。"(王骥德《曲律·论咏物》)显然,此中关键,就在"约略写其风韵"而不必穷尽情物形态。含蓄,本与含糊不同,而应与鲜明相亲;有余,本非不足之意,而应是敛约之姿。换言之,能在余韵悠悠中曲尽情景之妙者,才是真正的含蓄美。既然如此,诗人就当有举小包大、指近示远,以消损见涵纳、以隐约见通透的精深造诣,而不能"似是而非,半吞微吐,特作欲了不了之语,多构旁敲侧击之言,故为歇后,甘蹈虚锋"(《筱园诗话》)。诚然,含蓄有余的境界亦自姿态万千,造境如此者亦各有门径,不过,以下三事,毕竟不失为其中之要领,故请为申说如次。

　　1. 兴寄无端。中国诗最讲兴寄,而兴寄艺术却非寻常易道。首先,兴寄之志每每体现着诗人"蒿目其忧世之患"的忧患意识,并固此而表现出讽世谕世的杰出胆识。古人有云:"诗重蕴藉,然要有气魄。无气魄,绝非真蕴藉。诗重清真,尤要有寄托。无寄托,便是假清真。"(薛雪《一瓢诗话》)气魄来自胆识,唯有胆识者敢言他人所不敢言并能言他人所不能言,只不过,这种胆识又须艺术地表现出来,作为气魄之诗化形态的寄托,是以清空而又真切的灵妙之境为其特质的。于是,诚如方东树之所言,"兴最诗之要用也"(《昭昧詹言》)。必须指出,此所谓"兴"的指向必须从"言有尽而意无穷"的意义上去领会,必须从感物寓意的原理上去把握。陈廷焯道:"托喻不深,树义不厚,不足以言兴。深矣厚矣,而喻可专指,义可强附,亦不足以言兴。"(《白雨斋词话》)这是因为,喻可专指者少有余味,义可强附者有失自然,有道是"非寄托不入,专寄托不出",其意趣如"月映万川"无处不在,又如"江清月近人"而切近可亲,但若因此而去寻其确解专指,不免有猴子捞月之诮。须知,寄意本与兴象同在,其感发之势四表无穷,无字处皆其意也。杨万里说得好,"句中池有草,字外目俱蒿"(《和李天麟二首》),将讽世谕世之意艺术地转化为特定的感物情态,使读此诗者应物斯感而自然共鸣,他或许并不曾或不能确认其中寓意之所在,但却必然地要产生某种情感态度的共振。这,即所谓是此诗而非此诗,在不即不离的丰富感发中,酿就品之不尽的情意思绪。诗本是陶冶性灵之物,兴寄无端从而含蓄有余的诗境,恰能在审美共鸣中潜移默化着读者的性情,也就是说,读者因此而将获得一种精神的动源,而绝不仅只是对某人某事的褒贬抑扬。倘接着薛雪的话来说,有气魄而能蕴藉,有寄托而能清真者,方始有深长之韵味。

2. 曲折掩映。径莫便于捷,而又莫妙于迂,审美活动的佳趣多在迂回曲折、掩映有致。如赏风景,境贵乎深而不曲不深,世人以是而以"曲径通幽"为佳境。中国诗人深谙此中奥秘,故每求命意结体之曲折有致,使犹如声韵传情之一唱三叹。郭熙论山水画曰:"山欲高,尽出之则不高,烟霞锁其腰则高矣;水欲远,尽出之则不远,掩映断其流则远矣。"(《林泉高致》)此中原理,正是诗家所谓"大约诗章法,全在句句断,笔笔断,而其意贯注"(《昭昧詹言》)。径路若绝而风云贯通,诗情画意因此而耐人寻味。质言之,曲折掩映之妙乃基于虚实相生之理,比如,诗词中虚字的运用,就多能曲尽情意缠绵的复杂内容。韦应物诗云:"江汉曾为客,相逢每醉还。浮云一别后,流水十年间。欢笑情如旧,萧疏鬓已斑。何由不归去,淮上有秋山。"(《淮上喜会梁州故人》)谢榛评此诗,便谓:"此篇多用虚字,辞达有味。"其实,何止韦诗,李东阳称美唐诗,不也说"盛唐人善用虚字,开合呼应,悠扬委曲,皆在于此"(《怀麓堂诗话》)吗?再说,又何止于唐诗,张炎论词的艺术,不也主张要善以"虚字呼唤"吗?当然,善用虚字,不过是虚实相生之一法,我们举其为例,也不过是欲以一斑而窥全豹,从而领悟到曲折掩映的特殊魅力。不难理解,曲折其径者须有通幽之致,否则,迷障重重,佳趣反成恶趣矣。在这个意义上,"倾城消息隔重帘"便不如"犹抱琵琶半遮面",因为虽说"露则境界小,藏则境界大",但那令人寻味不倦的趣味毕竟在露而又藏、藏中有露。含蓄不是晦昧,曲折不是隔绝,如小溪蛇行,远望去明灭闪现,如叠嶂争现,平览中浓淡有致,丰富的层次感和观照体味中的节奏感,自使人感到无尽的意趣。

3. 清省简约。"莫将画竹记难易,刚道繁难简更难。君看萧萧只数叶,满堂风雨不胜寒。"(李东阳《题柯敬仲墨竹诗》)诗画一理,皆贵清省简约。从晋陆云之倡"清省"美说到宋陈与义之主"语简而益工",其意无非在以消损而见涵纳,从而含蓄有韵味。"大篇决流,短章敛芒",这是由篇体有大小长短的客观条件所决定的。但"大篇约为短章,涵蓄有味"(《四溟诗话》),却是诗人的主观意向。敛约则含蓄有味的现象,固然包含有"意境悠然见长,则篇幅相形见短"(钱锺书《谈艺录》)的内容,它意味着含蓄有余之作每令读者觉其太短而不忍释卷,但为求清省简约而企希于短章体式的现象,则尤其值得注意。诗家论诗云"律难于古,绝难于律"(《沧浪诗话》),词家论词亦曰"词之难于令曲,犹诗之难于绝句"(《词源》),何以如此呢?正缘"作绝句必须涵括一切,笼罩万有,着墨不多,而蓄意无穷"(《唐宋诗举要》)。司空图甚至说"绝句之作,本于诣极",在这里,含蓄有味的诗美理想已经与篇体简约的终极形式相统一了,唯其如此,"绝句于六义多取风兴,故视他体尤以委曲、含蓄、自然为尚"(《艺概·诗概》)。

综上所述,韵味诗美之进境于含蓄蕴藉之界者,自当有无寄托之寄托的感发兴会,自当有顿挫曲折而掩映有致的结构特征以及语言清省、篇体简约的裁损艺术,虽说蕴藉之法不当局限于此,但凡求有余不尽者终须不离乎此。

三

韵味诗说中,能将含蓄蕴藉之美发挥到极致,并使其成就为特定之风貌情调者,无过于企希"醇美"之界而讲求"全美"之工了。那么,诗境醇美者,其风格情调究竟若何呢?如唐张九龄五言诗,胡震亨谓其"首创清淡一派"(《唐音癸签》),而沈德潜则以为至此"诗品乃醇"(《唐诗别裁集》),王维、韦应物等的澄淡风格,向被认定为是继"曲江之清淡而益以风神"者,而提倡"醇美"与"全美"的司空图正以此为诗美典型。由此可见,在中国诗歌美学的阐释中,"醇美"首先就是清淡、平淡(冲淡、澄淡)之美。不仅如此,范温《潜溪诗眼·论韵》曰:"必也备众妙而自韬晦,行于简易闲淡之中,而有深远无穷之味。……惟陶彭泽体兼众妙,不露锋芒,故曰质而实绮,癯而实腴。"这意味着,能造境于平淡醇美,自能体兼众妙。于是,闲淡清远,就不再是多样性风格美中的一种,而是最饶韵味的诣极之品了。

当然,作为对韵味诗美的理论探询,我们不能满足于确认上述现象的存在,而应该努力去作出合理的解释。"无味之味食始珍,无性之性药始匀,无迹之迹诗始神也。"(戴表元《许长卿诗序》)和诗歌美学之企希于"不着一字,尽得风流""羚羊挂角,无迹可求"之境界者相同步,人们对滋味之道的体悟也终于到平淡无味乃至味的层次。很难设想,这一切是在缺乏情感经验积淀和审美心理准备的情况下,直接由"淡然无极而众美从之"(《庄子·刻意》)的道家思想观念中生发出来的。换句话说,尽管问题最终可以在价值观念上归结为老庄美学思想,但我们更有必要从文化心理与审美心理两个方面展开切实的解说。

不言而喻,文化心理实际上不能不是文化思想与文化生活的辩证统一,是思想意志与生活经验的结合体。王士禛尝言:"水味则淡,非果淡,乃天下至味,又非饮食之味所可比也。但知饮食之味者已鲜,知泉味者又极鲜矣。"(《师友诗传录》)传讲诗艺而方之以泉水清淡之为天下至味,从文化心理的角度看,难道不正意味着畅神于林泉清华的人生情趣在起着主导作用吗?在这里,审美趣味作为人生态度的表征物,以其倾向于清淡醇素的品调契合于诗人那意在萧散闲逸的隐逸性文化心理。"何必丝与竹,山水有清音""清晖能娱人,游子憺忘归",对隐逸生活的向往,固然有多方面的原因,固然有各式样的情态,但于此而心旷神怡者实不同于那"蕴借义愤"的所谓"逸民"。我们认为,山水清晖的魅力和老庄玄理的精妙,正是此隐逸文化心理的建构动因。从"在朝者陈力以秉事,山林者循德以厉贪,清浊殊途同归"(《抱朴子·逸民篇》)的价值观到唯以隐逸者为最能体悟天道的养生修德论,无不将人生乐趣与人格价值的实现寄托在江湖放散的澄淡风怀。所谓"志深轩冕,而泛咏皋壤,心缠机务,而虚述人外"(《文心雕龙·情采》)这种"心画心声总失真"的现象,恰好说明林泉情趣已成为一种时髦。一部《世说新语》,记载着晋宋名士的风流,而其间所流露出来的以韵品人的标准,也正好体现着畅神林泉的人生情趣。陶渊明诗云:"少无适俗韵,性本爱丘山。"绝俗而超脱的雅人韵致,因此而以深爱山水为其文化心理底蕴。但看中古艺学之品评识鉴动辄言"韵",而指向大多在高蹈闲逸、淡泊自然。总而言之,第一,神清而心逸的隐逸人品被视为理想人品;第二,丘山林泉的留连吟咏被视为最美的艺术。不仅如此,正是如此这般的文化心理传统,一方面塑造了六朝之陶与唐之王、孟、韦、柳这样的艺术性格典型,一方面促使美学批评的历史发展出现将"逸品"置于"神品"之上的理想追求。如果说上述情形毕竟与魏晋南朝老庄与般若之学的兴盛有关,那么,自宋学阐扬性命义理以来,所谓新儒学的精神又何曾动摇过这种文化心理呢?要知道,理学之推阐义理,原本是善用佛老之长的。唯其如此,朱松、朱熹父子皆心契于晋宋"萧散之趣",及程颐明志,亦自许为渊明后继。一言以蔽之,就像宋元以来的文人书画唯以"萧条淡泊之意,闲和严静之趣"为尚一样,悠悠野兴日长,使烟霞泉壑、冷岫孤云常驻于诗人性灵,而正是这样的江湖习性使诗美理想的导向取着与林泉清淡之味相融洽的势态。

"大味必淡,大音必希。"(扬雄《解难》)与隐逸林泉的文化心理相因依,人们的审美心理也自然倾向于"大音希声"的境界。《晋书·孙登传》载:"好读《易》,抚一弦琴。"《古琴疏》亦载:"孙登鼓一弦之琴,五音俱备。"待到陶渊明,更发展为"蓄无弦琴一张,每酒适,辄抚弄以寄意"(萧统《陶渊明传》)。我们常说,诗求言外之意,乐求弦外之音,韵味之美,多在余韵悠悠间耳。然而,清音有余,终有迹象,既执此象,便难解脱,又怎能体兼众妙而义涵万有呢？正是在这里,"不著一字,尽得风流"的诗美观遂与抚无弦琴以寄意的超脱意识相关合了,而其作为审美心理的特定指向,恰在所谓"欲令诗语妙,无厌空且静。静故了群动,空故纳万境"。不少人,包括翁方纲这样的诗学家,每欲以质实处理解,以为"不著一字,正是谓涵盖万有,岂以空寂言耶？"(《神韵论》)孰不知,此间所谓"涵盖万有",乃是就其"势"而言之,非其实能也。势,是一种潜在的能量和趋向,是审美意象的可塑性,它本是无实在迹象可求的。也就是说,"尽得风流"也罢,体兼众妙也罢,只能是一种意味,而并非既成之现实。如《二十四诗品》,冲淡者不过其中之一,即使再加"清奇""自然",执此者也只是偏嗜而已。要想以一味而兼众味,此一味首先就必须扬弃自我,而这种扬弃的过程,用刘勰的话来说,正所谓"陶钧文思,贵在虚静,疏瀹五藏,澡雪精神"(《文心雕龙·神思》)。虚静而空灵的精神状态,是审美想象得以自由展开的最佳契机,是萌发酝酿各种艺术境界的前构想阶段,它有"涵盖万有"之势而自身并非一味,这是问题的一个层面；微妙处恰又在于,正因为有着"涵盖万有"的理想追求,所以才执着于虚静心境,并使之与相应的感觉兴象相融洽而构成为"澄淡精致"之品调,于是,并非一味者便又实具一味,这是问题的另一个层面；将这两个层面合为一体,则有周妥无缺圆转无憾的效果,既有冲淡清远的品调之"实",复有体兼众妙的万有之"势",当诗人之初衷与读者之再造彼此相长而使此"实"与此"势"妙合之际,以清醇一味而具全美之工的理想境界便实现了。这诚如禅宗大师之所言,"去向那边会了,却来这里行履"(《古尊宿语录》),在对清远冲淡品调执着的后面,潜在着超越之超越的精神运动,当人们沉浸于如许境界而得"疏瀹五藏,澡雪精神"时,自会在神思方运而未运之际体悟到众妙在斯的无限兴味。同时,还必须指出,道家讲忘我,佛学讲息念,传统的养生学也讲清心寡欲,唯其如此,空寂幽静而得清淡无味的艺术境界,就蕴含着从生理调谐到精神超越的无限丰富的文化意味。不过,当你感悟诗境而使身心俱化于澄淡氛围,从而杂念顿消而自觉心灵如清江朗月般通明、如轻风泉韵般悠闲时,任何一种意义都显得无迹可求,而活泼泼的审美灵感也并不使你真的去浮想联翩,你只是陶醉于万象皆备于我而又不劳追寻的精神自足,如此而已。

综上所述,视隐逸为清高的文化心理,和以虚静涵万有的审美心理,必然导致全美之工入清醇的理想范式。既然如此,我们将不再会把平淡诗美仅仅看作是多样性风格美中的一种,而对从司空图开始直到王士禛那种心期于澄淡清远品调的神韵滋味之说,也就不宜再以向所谓"偏嗜"相诮。诚然,平淡,有相对意义上的平淡,它是对绮丽、险怪之风的反对;平淡,又有辩证意义上的平淡,"看似寻常最奇崛,成如容易却艰辛";此外,平淡则又是体兼众妙而不着迹象的韵味美中之理想,它以造极其淡而包孕无限,生动体现了我中华民族以无为而无不为的虚怀与灵想。

四

苏轼《与侄论文书》有"渐老渐熟,乃造平淡"一说,向为人们所称道。孰不知,恰如绚烂之极到平淡一样,老熟之后反生涩,也是诗歌美学变创自新的必然规律。径直地说,评析中国诗歌美学之韵味说,绝不能遗忘了宋元以降对生涩之味的特殊尚好。

众所周知,"宋人生唐后,开辟真难为"(蒋士铨《辨诗》),而其开辟之所向,则不外于陈熟之外求生新、于圆润之外求拙涩。尤其是江西诗派,宗师"老杜句法",而实则是从朱熹所谓"杜诗初年甚精细,晚年横逸不可当"(《清邃阁论诗》)的"横逸"中悟解其妙,故其自作"务为峭拔,不肯随俗为波靡"(赵翼《瓯北诗话》)。自晋而唐,大都欣赏"初日芙蓉"的美,而宋人却特出,对"老树着花"感兴趣。《鲍庐诗话》云:"宋诗能到俗人不爱者,庶几黄豫章。"其实,苏轼也说过:"凡诗须做到众人不爱可恶处,方为工。"(见《石林诗话》)陆游甚至说:"俗人犹爱未为诗!"究其本心,无非是要别创一种完全陌生于习惯的传统审美风范的诗歌品调。无独有偶,宋元以降,文人书画也着意强调以木强之气行难涩之笔,所谓"便则须涩"(韩方明《授笔要说》),自在处恰是拗涩处。如李公麟就"不取流畅而故为粗毛艰涩,用笔从逆中得势"(伍蠡甫《中国画论研究》)。后来董其昌更说:"士人所画,当以草隶奇字之法为之,树如屈铁,山如画沙,绝去甜俗蹊径。"(《画旨》)甜者既俗,则雅者必涩,循此推阐,韵味之美就只能寄寓在苦涩之中了。如果说以平淡无味为至味者乃可内契于神思虚静,那么,若此于苦涩中求真味者就是逆反心理之表征了。欧阳修称梅尧臣诗曰:"梅翁事清切,石齿漱寒濑。……近诗尤古硬,咀嚼若难嚼。又如食橄榄,真味久愈在。"(《六一诗话》)无论如何,作为韵味诗美之变创生新之体的瘦硬枯劲、古拙拗涩品调,就这样为宋元以来的作者所看重了。

且不说诗,那本以清切婉丽、和雅蕴藉为本色的词,同样在讲求生涩之有韵有味。沈祥龙《论词丛稿》云:"词能幽涩,则无浅滑之病;能皴瘦,则免痴肥之诮。观周美成、张子野两家词自见。"的确,先著《词洁》就说过:"美成词乍近之觉疏朴苦涩,不甚悦口,含咀之久,则舌本生津。"陈廷焯也说:"美成词极其感慨,而无处不郁,令人不能遽窥其旨。……妙在才欲说破,便自咽住,其味正自无穷。"(《白雨斋词话》)抒情吞咽,本为含蓄有致,但清真词又特运以逆叙、逆挽之笔,便以"横逆"而拗涩了。再说张先词,晁补之曰:"子野与耆卿齐名,而时以子野不及耆卿。然子野韵高,是耆卿所乏处。"(见《诗人玉屑》)而周济亦曰:"子野清出处,生脆处,味极隽永。"(《宋四家词选序论》)精熟不如生涩,精巧不如生拙,这原本就是一种"逆中得势"的审美心理,唯其如此,所谓生涩、生脆者,就非同于未及成熟者,其清出生脆之格实内饶老大浑成之意。清真词,尝被誉为词中老杜,而张先亦有苏轼称"子野诗笔老妙,歌词乃其余波耳"(侯文灿刻《十名家词·安陆集》),足见拙朴拗涩的品调作为老妙之格,是精熟圆润、玲珑流转而后横逆出之者,否则,又岂能于枯槁苦涩中有无穷韵味呢?

不仅如此,诚如陈衍《槎上老舌》所尝言:"元逸人黄大痴教人画法最忌曰甜,甜者秾郁而软熟之谓也。"在这里,忌甜俗乃是为了不软弱,画笔既须老硬如屈铁,诗语亦当拙涩而瘦劲,而如许气貌又恰是内在气骨之表征。试回顾前此诗学对韵味之美的种种阐说,虽然各尽其趣,但从总体上看,却分明缺乏对气骨之力的倡扬。钱锺书曾说:"瘦、透、皱者,以气骨胜,诗得阳刚之美者也;幽、修、漏者,以韵味胜,诗得阴柔之美者也。"(《谈艺录》)此说确是,然古人却早有于气骨中见韵味的理想追求。前文业已论及,韵味诗美的指向,之所以终于延展到平淡清远的境界,与隐逸文化的制约有关,而隐逸文化,从知足保和、委顺达观到澄怀应物、体悟大道,固有萧散自足的精神价值,但毕竟缺乏与世抗争的悲壮感和民吾同胞的忧患心,一言以蔽之,它缺乏一种慷慨悲凉的气骨美。唯其如此,韵味美观的变创生新便不失为振起气骨的艺术契机,而一旦注阳刚之气于阴柔之体中,其必然的结果就是形成一种屈而不挠的瘦劲拗涩的风格品调。而这样一来,所谓"逆中得势"的生涩韵味,就不能不蕴含着诗人对人生价值的别样体会了。有道是"愁苦甚则有感,欢喜多则无味"(《四溟诗话》),在深层意义上,人生情趣不正在浸于苦涩的甘甜和带着酸辛的欢乐吗?俗话说"好事多磨",只要终成好事,磨难便觉有味,好事值得珍爱,故磨难亦最耐咀嚼,难道不是吗?饱经忧患与磨难的中国诗人,当他们将历史积淀的苦涩体验引入诗美建构的领域,并使理想诗美的韵味体现出人格自足的底蕴时,那生涩而拗拙的品调便意味着情思内蕴的厚重沉凝而又淳朴天真了。从这一角度出发,明代竟陵派针对"童心""性灵"之说而提出的"厚",以及清代况周颐论词而提出的"重、拙、大",就都是诗主韵味而求之于生涩者的题内应有之义。"诗至于厚,无余事矣。然从古未有无灵心而能为诗者。厚出于灵,而灵者不能即厚。"(钟惺《与高孩之观察书》)由"灵"至"厚",有赖涵养,必熟谙世故而不圆滑,人情练达反更执拗,从而既醇且厚者才是理想境界。

由于对生涩品调的讲求有着如上所述的内容,所以,其所谓"涩"者最终就在于神涩而不在貌涩。"涩之中有味有韵,有境界。……虽至涩之调,有真气贯注其间,其至者,可使疏宕,次亦不失凝重,难与貌涩者道耳。"(《蕙风词话》)回过头来再说欧、梅。欧阳修尝称美梅诗古硬苦涩而真味隽永,而梅尧臣自己却又道:"苦辞未圆熟,刺口剧菱芄。"(《依韵和晏相公》)二人所说竟似冲突！的确,诗语圆熟,如弹丸之圆转流美而玲珑剔透者,又岂会"咀嚼苦难嚰"呢？在这里,内在精神的变创与表现形态的传统形成了矛盾,而它们彼此间的统一只可能是所谓貌圆而神涩。不过,这样一来,内在的规定性和外在的表现方式之间又势必要格格不入,于是,其所谓貌圆之"圆",到头来只能是脱略刻意造作之痕迹的自然生涩与拗拙,而不再是变创之前的清润流丽了。总之,即画学所谓"便则须涩",使生涩品调成为自然自在之物,从而拗逆自圆,老妙纯真,其韵致滋味也就是苦涩而非苦涩,令人品之不尽了。

"方将挹溟海,器小已潋滟",面对着韵味诗美这一说不尽的话题,以上探寻式的论说也只能是"约略写其风韵"而已。唯其余言正长,故在结束本文之际,再引前人的两段话：其一是陆时雍所言："诗之可以兴人者,以其情也,以其言之韵也。夫献笑而悦,献涕而悲者,情也；闻金鼓而壮,闻丝竹而幽者,声之韵也。是故情欲其真,而韵欲其长；二言足以尽诗道矣。"(《诗镜总论》)这不啻告诉我们,关键在怎样表现感情的真实,亦即在感情的诗化；其二是杨万里所言,认为诗之有余味者,"读之使人发融冶之欢于荒寒无聊之中,动惨戚之感于笑谈方怿之初"(《唐李推官披沙集序》),这又不啻告诉我们,感情真实的诗化艺术,当参悟于有无、虚实、远近及悲喜、出处、生死的相反相成、相消相长。虽说余言正长,但并非渺远难及,因为规律性的东西毕竟是存在的。

第二辑

- 论唐人山水诗美的演生嬗变
- 唐宋词学的自觉与乐府传统的新变
- 宋诗学阐释与唐诗艺术精神
- 宋诗与宋学
- 论宋人平淡诗观的特殊指向与内蕴
- 论宋诗谐趣
- 宋词与宋世风流
- 宋词:对峙中的整合与递嬗中的偏取
- 词体:两大声律系统的复合

论唐人山水诗美的演生嬗变

唐人的山水吟咏,在前此南朝风范和后此宋元三昧之间,有一个传承发展并新变转型的过程。在这一过程中,唐人塑造了垂范久远的山水诗美典型,成功地实践了多种艺术表现手法,并为后来者拓展出一大片诗情画意的审美创造空间和畅神悟道的精神活动空间。在这一过程中,唐人自我陶冶而形成的风景诗心和意象诗兴,最终影响到唐诗总体上注重景象生动的时代特征。

一、从文化观念与生活意态传承中的山水性情,到诗学理论自觉中的山水诗美

就特定的山水诗文化心理而言,唐人所拥有的,已不再是谢灵运时代那种发现审美新大陆的惊喜和初次尝试着去艺术地表现它的兴奋,而是如何继续保持这种惊奇和兴奋的新鲜度。陈旧的艺术课题会令人生厌,从而也就不可能激起充满活力的创作欲望。在这个意义上,南朝诗人性好山水的审美心理和文化心理,怎样被唐人所继承发扬,应是我们首先需要关注的问题。

南朝山水诗所代表的整体性文化行为,包含着观念上视山水自然为道体显现的玄意山水意识,也包含着生活上视游山玩水为赏心乐事的山水赏心方式,赏心悦目的直觉快感和悟道畅神的超验理念,在诗意化的实践中交融一体,并使形象与思辩联袂,从而,连同当时的玄学背景和名士风流,共构成一种具有强大影响力的精神传统。唐人尽管

是以绝不类同于南朝偏安文化心理的时代心态面对前朝文化遗产,但对这一精神传统,却不可能不自觉传承,因为这样的传承意味着对自身高雅的确证。

　　唐初君臣,面对前朝文化遗产,是以一种正统而又宽容的雅量来作分析的:对梁陈宫体,持严厉的批判态度,而对流连光景、寄意玄远之风,则表示欣赏。唐太宗"必命才学之士,赐以清闲,高谈典籍,杂以文咏,间以玄言"(李百药《封建论》),游乐池园之际,见"异鸟随波容与",则"击赏数四,诏在座为咏"(《旧唐书·阎立本传》)。大臣如杨师道,"退朝后,必引当时英俊,宴集园池,而文会之盛,当时莫比"(《旧唐书·杨师道传》)。值此,对"文会之盛"的追求,也反映出唐代统治集团对具有清远人文意义的文化生活的提倡。所谓"自参墟启祚,重光景曜,大宏文德,道冠前王。迈轴之士风趋,林塾之宾云集。故能抑扬汉彻,孕育曹丕,文雅郁兴,于兹为盛",①已鲜明地扬起宏文德而兴文雅的旗帜。其中所举先朝风范,汉武刘彻固有大汉鼎盛气象,邺下曹丕又岂可相提并论?但这正好反映出,唐初所谓"文雅",含有从吟赏风月、讨论篇籍出发的观念内容。这样一种观念内容到四杰、陈子昂那里,被继续阐扬着。王勃和唐初史臣一脉相承,秉政教尺度以评说历代文学,从而多所指斥,虽屈原亦在批评之列。然而,对"心存江湖之上,诗以见志"(《平台秘略论·艺文》)者,却表示正面的肯定,并明言:"至于兴谐文雅,赏尽烟霞,月庭广辟,风闱洞敞。西园故事,下兰坂而宵歌;东苑遗尘,坐槐庭而晓赋。折旋书艺之园,翱翔舞咏之隙。洋洋乎,亦为乐之一方也。"(《平台秘略论·褒客》)至于陈子昂,在宴会林亭之际,感叹道:"淹留自乐,玩花鸟以忘归;欢赏不疲,对林泉而独得。伟矣,信皇州之盛观也。岂可使晋京才子,孤标洛下之游;魏室群公,独擅邺中之会。"(《晦日宴高氏林亭》诗序)不难发现,在对皇州盛观和新朝鼎兴气象的塑造中,是含有魏晋南朝以来的烟霞吟赏心理内容的。身处唐初宫廷诗人之外,可视为唐代山水诗先驱人物的王

---

① 刘孝孙:《续古今诗苑英华·序》。

绩,作为一位隐于故园亦隐于醉乡的野逸诗人,其情趣自与当时围绕在政治文化中心周围的宫廷诗人大异。然而,细品王绩"烟霞山水,性之所适"(《答处士冯子华书》)的性情底蕴,便发现其中确有其所谓"园林幸足"(《游北山赋序》)的精神内容。自然山水是原生的,园林山水是人为的。王绩《在京思故园见乡人问》有云:"柳行疏密布,茅斋宽窄裁。经移何处竹,别种几株梅?"试以此对照于其《春庄走笔》中的"枕山通菌阁,临涧创茅轩。约略栽新柳,随宜作小园",我们不难发现,诗人分明有着营造生活风景的意识。闲适怡乐的生活意态配置以相宜的自然风物,其营造原则正在"随宜":随自然形势而令其宜于居而游赏。而这种野逸诗人的山水性情风范,又未尝不与宫廷外围池园宴集中的诗意情趣相投合。无论是庶子宅文酒宴集中的"放旷山水情,留连文酒趣"(令狐德棻《冬日宴于庶子宅各赋一字得趣》),"清论畅玄言,雅琴飞白雪"(杜正伦,同题),还是宫廷应制之作中的"去鸟随看没,来云逐望生"(许敬宗《奉和初春登楼即目应诏》),"薄云向空尽,轻虹逐望斜"(李百药《奉和初春出游应令》),抽象的意志抒发和形象的风景写照,共同体现出对雅意林壑之趣的讲求,而那显得格外随宜人意的风景线,更以明显的艺术折光展示出诗意的营造痕迹。这种作风,使当时作者往往倚重于前人山水风景意象的构思经验,于是,系统地整理前人出色篇制,就成了诗艺研习中的重要任务。

初唐,褚亮编《古文章巧言语》,元兢编《古今诗人秀句》,慧净编《续古今诗苑英华》等等,可见一时形势。与此相呼应,继之又有"十体""九意"之格,无不反映出唐人裁选前人英华依类编辑以助其诗意营造的殷切用心。在这里,值得注意的是,无论"十体"还是"九意",其主要内容,都与山水风景的写照有关。《文镜秘府论·地卷》载"崔氏《新定诗体》"十种,其中,非仅"形似"一体涉及状景写物,其他各体,从所举例诗看,也多关系到风景写照。再就各体解说文字看,实已有关于写景手法如白描、类比、润饰的分析,并体现出对景物动态(飞动体)、光色效果(雕藻体)及山水地域风貌的关注兴趣。至于

"九意",①光看题目,便知用心所在,其曰:"一,春意;二,夏意;三,秋意;四,冬意;五,山意;六,水意;七,雪意;八,雨意;九,风意。"其每题之下,又细分品类而示例佳制。其"随身卷子"的性质,颇类现今社会上曾流行过的分类描写手册,只是重心颇偏向于山水风景一边。可见,当时确有一种呼应于风景吟哦的诗艺研习风气。而透过这种风气,我们实可发现,对自然风景的艺术关注,实际上已成为当时审美心理的基本内容之一。

风景审美好尚的扩散,当然是以诗人群体构成的多样化为载体的。随着诗人的人生足迹由傍城池亭拓向南荒北漠,一种超越"园林幸足"格调的山水性情,在新的起点上又把山水观照的眼光引向了名山大川和漫长而多样的行役风景线。在这一过程中,园林吟赏的意义并没有被替代,池园文会的集体吟咏与山程水驿间的个人放歌,仿佛点与线的关系,由点上放射出去,在线上舒展延伸,始终彼此依存着。如此关系,便使自然朴野的气息逐渐冲淡了园林营造的意态自赏,从而使唐人山水诗美在渐近盛唐的历程中同步化地体现出在新文化阐释意义上渐近自然的演化势态。与此相关,则又有必要就以下两个问题展开适当的讨论。

首先一点,凡翻检唐初池园林亭之吟者,定会发现,"烟霞"这一意象,出现的频率不能说不高,而问题在于,除表示风烟云霓之外,它分明有着特定的文化含义。依陈子昂所言,自唐初以来相沿不衰的林亭文酒之会,实质上既是"屈富贵于沉冥,杂薜萝于簪笏",从而实现仕隐平交且相得益彰的生活方式,又是"钟鼎不足以致奇才,烟霞可以交名士"(《秋日遇荆州府崔兵曹使宴》),故而轻轩裳以亲林壑的生活契机,两者之间,是一种相互推助的关系,而彼此推助的结果,便是烟霞名士的身份确认成为能够平交王侯的有效途径。这也正是司马承祯所谓"终南捷径"的底蕴所在。这一底蕴的生成,当然与唐代道教文化的发

---

① "九意"之列,出自何人,尚难确定。不过,其所自出的《文镜秘府·论文意》据考多出王昌龄。而曾奉教分咏十二月风光并泛咏各类事物而作百咏之体的李峤,其《评诗格》中也载有"十体"之说,彼此参照,可见一时风气。

达密切相关。王勃《怀仙》诗序云:"客有自幽山来者,起予以林壑之事,而烟霞在焉。思解缨绂,永咏山水。"尤其重要的是,烟霞之美不仅寄托着诗人的"怀仙"之心,在"杂薜萝于簪笏"的观念笼罩下,它同时又寄托着诗人以此为精神资本而结交王侯以侪身卿士大夫之列的功名之心。这双重的意义,必然激励诗人热心于"林壑之事"。在这个意义上,"苴轴之士风趋,林壑之宾云集"的园池文会风尚,固然存在着拘束于狭小风月的不足,但实际上也潜藏着自我扬弃的内力。而怀仙的内力驱动,同人生行役的外迹牵引相合,才有大唐诗人的漫游之风。

其次,诗学观念上,在提倡"建安体"之外又有兼美"江左风"的追求。王维《别綦毋潜》诗有云:"盛得江左风,弥工建安体。"杜甫《偶题》亦有云:"永怀江左逸,多谢邺中奇。"尽管杜甫与王维立意有别,但以"江左"对举于"建安"则相一致,而由杜甫之"逸"字悟入,参以綦毋潜擅写方外之趣而钟情山水幽寂意境的事实,便可知道,王维意下的"江左风",非如注家所谓南朝宋、齐、梁、陈之风,而是指刘勰"中朝贵玄,江左称盛"(《文心雕龙·时序》)的东晋玄思诗风,而由于玄思引人向往山水,从而又指切合綦氏身为山水田园诗人之性情的山水诗心。更值得注意的是,王维这种兼取"建安""江左"的诗美意识,前此已隐伏在陈子昂倡导"汉魏风骨"的观念之中。历来被视为初唐诗风改革之理论纲领的《修竹篇序》,其批判的对象,是"齐梁间诗,彩丽竞繁,而兴寄都绝",至于正面提倡的,既有"汉魏风骨,晋宋莫传"的"汉魏风骨",又有"正始之音,复睹于兹,可使建安作者相视而笑"的"正始之音"。正始阮、嵇之诗,确有承传建安气骨的诗美内蕴,但也包含着"正始明道,诗杂仙心"(《文心雕龙·明诗》)的因子。陈子昂的《修竹篇》诗本身,托竹起兴,既表"终古保坚贞"之志,亦表"常愿事仙灵"之心,两相交织,兼美世间气节与方外逸兴,"相视而笑"云云,正传达出风骨与逸兴莫逆于心的融洽。

于此,可以来讨论王昌龄的有关论说。

王昌龄"诗有三境"一说,尽管理论形态上深烙着初唐以来品类切分以利实用的印痕,但思理上则已实现质的飞跃。其"物境""情境"

"意境",分别表征山水诗、抒情诗和意念诗,①体现出艺术科学分类的合理性。出于本文论题的需要,我们自然应该多多关注于标明是"山水诗"的"物境",但离开了"诗有三境"的理论语境,问题又难得说透,故而不得不兼其他两境而言之。请细细比较"物境"的"张泉石云峰之境"和"情境""意境"的"张于意",就不难发现,这里已有再现客观和表现主观的区分;再比较"物境"的"处身于境"和"情境"的"处于身",更可发现,作为艺术表现的对象,客观境象与主观身心,都是需要深入体察的。显然,将泉石云峰之境与情意身心都作为艺术体察的对象,而又明确区别其展示内容的性质,无疑是确认了山水诗的客观再现性质。这一点,从"了然境象,故得形似"的结论中是易于明晓的。唐人论诗,而旨归"形似",这似乎难以被人接受,尤其难以被持有由六朝形似到唐人神似这种进化观的人所接受。但这是事实。其实,问题的关键在怎样理解这一"形似"。为此,我们需要具体分析。王昌龄说"处身于境,视境于心,莹然掌中,然后用思,了然境象,故得形似",由此确立的山水诗创作原理,乃是以身临其境的真实感受为基础,以心手不二的艺术修养为中介,最终实现直觉感知、理性认知在诗意化构思中的艺术统一,从而完成以诗化意象再现自然形态的创作目的。"处身于境,视境于心",意味着以整个身心去感受山水美,并据此组合成立体的山水审美意象。而在这里,王昌龄特别强调的,是光色美感的内容:"旦,日出初,河山林嶂涯壁间宿雾及气霭,皆随日色照著处便开。触物皆发光色者,因雾气湿著处,被日照水光发。至日午,气霭虽尽,阳气正甚,万物蒙蔽,却不堪用。至昏间,②气霭未起,阳气稍歇,万物澄净,遥目此乃堪用。至于一物,皆成光色,此时乃堪用思。所说景物

---

① 长期以来,学界人士多以王氏此处"意境"为中国古典诗学之"意境"说的先驱,此论颇可商榷。首先此处"三境"分解中的"意境",显然不同于涵盖一切诗美的"意境";其次,"意境"说本身又存在历史演变的问题,不可笼统而言。为论题所限,此处不能兼顾,但略作注释,还是必要的。

② 此句"昏"字系笔者据上下文意试用。原本作"晓"。校者疑作"晚"。皆与下文"阳气稍歇"不合,亦与上文之"旦"不相对应。尤其是在本引文之前的原文叙述中,明言"昏旦景色",那么,作"昏"字似妥帖一些。

必须好似四时者。春夏秋冬气色,随时生意。取用之意,用之时,必须安神净虑,目睹其物,即入于心;心通其物,物通即言。言其状,须似其景。"①如此敏感于光色透视经验,又如此执着于随物色而生意兴,就不仅使我们强烈地感受到绘画美意识向诗美领域的浸透,而且意识到这是一种近似于法国印象派的绘画美意识。认识到这一点可能很有意义。因为由此看来,诗中有画,便不再是兼擅画艺的王维所独有的造诣,而是渐入盛唐之际普泛的诗美心理内容了。不仅如此,这种执着于景物光色美的诗学论说,实际上意味着诗意构思和语言表达都须导向审美直觉化的形象性,而这种形象性又分明具有一派融朗的光华澄净气色。应和于山水绘画,它本不是宋元文人那寄意翰墨间的带有抽象化迹象的水墨格调,而是兴盛于唐代的青绿彩绘山水。总之,王昌龄的山水诗理论界定,虽然比南朝每称"巧构形似之言"者深化了许多。以光色审美为主的全身心感物吟咏,需要的是"假物不如真象,假色不如天然"的正面直接描写,②最终必然表现为视境写生而令诗境含融绘画之美。

王昌龄以"山水诗"为诗家三境之一的理论概括,显然是与唐人传承前代山水性情而渐有普泛风景审美好尚的诗文化心理相契合的。同时,也反映出针对不同诗意类型而运用相应创作原则的诗学思维的成熟。理论上不再混沌,正是实践中业已精熟的表现。这其中,自然包含着对前人创作难题的超越。如"诗有三境"而"意境"重表思理,但王昌龄论文意时反复申说"景语"与"理道"相契相惬的道理,参照其"十七势"中的"理入景势",不妨将这看作是对南朝诗人状景与明理分立而有凑合之迹的超越。又如,诗本缘情之体,性情哀乐,未必皆与物色相洽,因情则山水顿成寄托之体,因物则性情又无从抒写,两合固好,弄不好则情物两失,为此,分山水诗与抒情诗为两类,从而各极其

---

① 引自《文镜秘府论·南卷·论文意》。其意与"诗有三境"之"物境"说完全契合,且"论文意"之文字多有出自王昌龄者,故可视为王氏之论。
② 《文镜秘府论·南卷·论文意》有论"诗有天然物色"一节,举大谢"池塘生春草,园柳变鸣禽",以为"高手",而举小谢"余霞散成绮,澄江静如练",以为"皆假物色比象,力弱不堪",足见其重视并提倡不假比拟的正面直接描写。

妙,也正体现出唐诗让各类主题自由发展而共同造极其美的广阔的艺术空间。最后,在审美的世界里,纵穷山恶水,经诗意化处理而依然是美,但王昌龄却明确表示"欲为山水诗,则张泉石云峰之境,极丽绝秀者",可见,其山水诗美意识,是倾向于山水天然之美的。尽管美的标准永远都包含着主客观间的互动,但此间"秀""丽"二字,毕竟告诉人们,其倾向于天然山水美的意识又积淀着南朝清丽山水的审美经验。清丽山水,属于优美型,而走向盛唐的山水诗美,显然给人以兼优美与壮美(崇高美)而有之的整体印象,而这正好说明,王昌龄对山水诗的理论定位,代表了唐人传承南朝山水性情而意在真实描写山水天然秀色的诗美心理,它是盛唐山水诗美气象的生成基础,而不是其理论总结。

二、以清纯高远而富于审美质感的山水形象,含融兼得于生活美和人格美的主体意兴

无论是思想领域还是艺术领域,真正够得上气象辉煌的时代,理应是能够激发多样个性并为其创造自由空间的时代。在这个意义上,盛唐山水诗美的题内第一要义,正应是多样并出而众美争胜的格局。这种格局,既包括大唐一统所导致的山水诗境域兼南北地域风貌的广阔,也包括诗人个性的独立和儒、仙、侠、禅不同精神境界的导引所造成的风格歧异,同时还包括山水吟哦与多种诗意主题相交织所带来的诗意诗境的多向展开,如此等等。总之,这一切本都是无须解说的共识性内容,而之所以要在具体讨论前特意提及者,是因为它将为我们提供一个潜在的语境,使下文关于典型特征的分析有一个相为互补的分析和评说层面。

古人每称登山临水,盛唐诗人的登临意态,如那些脍炙人口的名篇名句所展示,每每造极高远而体现出含纳天地于一心的气势。尤其是在歌咏华岳、匡庐或洞庭、黄河等名山广川之际,诗人仿佛提神太虚而作自由观照,为呈示"壮观天地间"的崇高之美,观照主体所采用的

方式,确似"以大观小"。就像杜甫称颂"尤工远势"(《戏题画山水图歌》)的山水图画一样,王之涣也发出过"欲穷千里目,更上一层楼"(《登鹳雀楼》)的精神企望;如果说道教文化的仙心飞腾赋予李白等人以想象性的观照眼光,那么,当诗人以写实写生的心眼面对山水时,也总是喜欢极目远望。盛唐诗人笔下,时常出现这样的风景境象:在开阔而深广的视野尽头,在天地交接的地平线上,最关诗意的中心意象被凸显出来。比如下列诗句:"野旷天低树,江清月近人"(孟浩然《宿建德江》)、"潮平两岸阔,风正一帆悬"(王湾《次北固山下》)、"江流天地外,山色有无中"(王维《汉江临泛》)、"大漠孤烟直,长河落日圆"(王维《使至塞上》)、"星垂平野阔,月涌大江流"(杜甫《旅夜书怀》),等等。这种略去近景和中景的远景山水,着意于天地交接处物象相依相映的生动意态,不仅展示了可见空间的深广,而且引动着向视境以外无限延展的自然生命气息。容易理解,意在千里之势而景象聚焦于极目可见的地平线上,从而实现"远势"之美的视境形象化,正说明盛唐诗人具有一种想象与直觉复合的艺术观照与表现方式。

在这里,与绘画艺术相通的空间透视意识,发挥着重要作用。当诗人以企希高远的时代精神表现意在千里的山水气势和充盈天地的自然气象时,相应地,这种钟情于极目远景的写照心理,又以其注重视境真实的艺术追求,表现为诗人对山水风景之空间层次的有序展开。所谓有序,在这里是指从诗人"处身于境"时作为透视主体而或动或静的视角出发,具体描写视境形象的空间呈示层次及其位移效果,从而使诗意境象犹如一片环绕在人们周围的、有直觉审美质感的动态画面。宋人王安石曾有"意态由来画不成"(《明妃曲》)的说法,诗与画的区别,一般说来,就是表意态与状形态的区别。然而,盛唐山水吟咏,却往往有意态与形态的交合。王维《北垞》诗云:"北垞湖水北,杂树映朱栏。逶迤南川水,明灭青林端。"前两句写由湖上北望之景,后两句写由岸上南望之景,两望复合,令人有置身其间之感,而那湖水光色明灭闪动于青林杪梢的特定景象,恰是透视主体立丘上而远眺的视境真实。又如岑参《与鄠县群官泛渼陂》中的"万顷浸天色,千寻穷地根。

舟移城入树,岸阔水浮村",前两句与杜甫《渼陂行》中的"宛在中流渤澥清,下归无极终南黑。半陂以南纯浸山,动影袅窕冲融间"相映成趣;后两句则与王维《汉江临泛》中的"郡邑浮前浦,波澜动远空"同工异曲:王诗凸出的是泛舟江上时江水波荡浩淼而使泛舟人恍然觉万物皆浮的生动内容,乃以主体意态写远景形态,境象因错觉的真实而显出质感;岑诗突出的是主体移动所造成的视境中各层景物的位移效果,体现出以直觉形象表现动感特征的艺术作风。诸如此类,或者由清晰的观照角度的变化引读者进入特定境界,从而重现诗人当时的审美感受,如李白《望庐山瀑布》五古诗,实由"西登香炉峰,南见瀑布水"的平远角度和"仰观势转雄,壮哉造化功"的高远角度组合成递进式意态,尤其是仰视壮观境象,令人如置瀑水之下,气势极足,而质感极强;或者直接将境象之最突出的特征推到前景,如特写镜头,极简明而又曲尽景物形态,如李白《送友人入蜀》的"山从人面起,云傍马头生",与其《蜀道难》集中写意想中艰难险阻之势者不同,这寥寥十个字,却令人顿有曾经蜀道险栈的感觉,而奇峰险壑之形态,自在言外。他如崔颢《游天竺寺》的"直上孤峰顶,平看众峰小",以平远视角而凸出了众峰遥对的空间深广度,而岑参《武威送刘单判官赴安西行营便呈高开府》的"寒驿远如点,边烽互相望",又非常具体地将大漠戈壁上可望而遥不可及的旷远感直觉化为视境形象。总之,展现富有审美质感的透视空间,因此而使盛唐山水诗美特具造型艺术的感染力。在这个意义上,仅仅说"诗中有画"是远远不够的。如朱熹尝称杜甫"秦州入蜀诸诗,分明如画"(《清邃阁论诗》),而我则想进一层说,这里所谓"画",颇有西方油画强调对象质感的效果,其间如"高有废阁道,摧折如短辕。下有冬青林,石上走长根"(《木皮岭》)、"林迥峡角来,天窄壁面削。礏西五里石,奋怒向我落"(《青阳峡》),令人有践险历奇而身触肤接的逼真感。质感,要求诗人的情感、想象和语言都具有良好的直觉敏感,从这里也可以领会到盛唐诗兴的特点。

  山水诗之能富于审美质感,意味着对山水景物之自然原质的形象刻画,也意味着对诗人感物之际那几乎不可重复的心物碰撞方式的形象性表现。质感,因此而不仅指山水本身固有的质地和形态,自然也包括诗人特定的感受。杜诗《龙门阁》中的"目眩陨杂花,头风吹过雨",将身历绝险时眩晕中的错觉与真实景象融为一体,王维《过香积寺》中的"泉声咽危石,日色冷青松",也是将身入幽僻时的冷寂感与耳目视听之所得融为一体,从而创造出感觉复合型的立体化山水境象美。这种山水诗美境界,往往兼得于写景虚实之妙。只是,这里的虚,指的是没有客观形迹的感觉内容。王维《山中》诗云:"山路元无雨,空翠湿人衣。"张旭《山行留客》云:"纵使晴明无雨色,入云深处亦沾衣。"杜甫《船下夔州雨湿不能上岸》诗云:"晨钟云外湿,胜地石堂烟。"其间所谓"湿",都是虚境,正所谓山水意态,但无论"空翠"还是"晨钟",却因此而反多了一层可以触觉的特性。由此看来,对质感的追求,反映出盛唐山水诗美的可感觉性。祖咏《终南望余雪》诗,正是结句的"城中增暮寒"使视境形象获得了可感觉的生命活力。也正因为如此,如李白之每挟仙心以咏山水者,其间纷纭的神想灵异的意象世界,也多与清澈融朗的自然山水形象相映成趣。

盛唐山水诗美,无论壮美之境还是优美之境,无论远势意态还是特写景象,既然都能体现绘画透视的视境美而又凸显那具有直觉可感性的质感内容,那么,其所运用的艺术语言,自宜为清澈透明的描写语言。李白所谓"天然去雕饰",王昌龄所谓"假色不如天然",都在强调着重天然而弃人巧的诗美观念。此所谓"天然",有直接描写而不假替代之义,也有如实描写而不相雕饰之义。细品盛唐诗人笔下的状景语汇,多熟悉而少冷僻,多平易而少古奥,多朴实而少华藻。从四杰、沈、宋开始,便呈现出状景准确生动而语言纯朴自然的作风。沈、宋,本是律诗定型过程中的关键人物,而恰恰又正是他们似有复兴大谢山水笔法的迹象,这就印证了殷璠"既闲新声,复晓古体"(《河岳英灵集集论》)的论断。律体的省净洗炼,古体的铺叙详明,在艺术整合的过程中,又受到渐入盛唐之际以复古相革新的文学思潮的导引。而复古之旨,其实质内容,一是恶华好朴的价值观念,二是亲近民歌的艺术心理。众所周知,唐统治者固有一种对北国贞刚质气的讲求,以边塞题材入乎科举考试的具体政策,①推助了本来就企希边功的士人心理走向,大量借乐府古题以写边塞风光的作品,必然为诗坛带来北方乐府民歌的朴野之风。与此同时,我们从刘希夷的《洛中晴月送殷四入关》及沈佺期的《入少密溪》等诗中,又不难发现,挟吴声西曲之调以吟写山水,正好又为诗坛吹进了与北国朴野之风相呼应的南国清新气息。这样一来,在诗歌语言总体风格的选择上,盛唐诗人的基本倾向,就正在于以纯朴为基础而实现清省与详明的统一。这样的语言风格,又与其"了然境象"的山水诗美宗旨相结合,必然要进一步淡化语言本身的自我修饰性。于是,盛唐山水诗语,相对于前此往后,较少艺术折光而又特具艺术表现力。如果说在南朝和唐初,山水吟咏之际,诗人每留意用心于描写这一艺术行为本身的雅致多姿,那么,渐入盛唐的过程,也正是将心力越来越投向描写对象的过程,在这个意义上,由晋而唐而盛唐,大体上有一个由刻意描写之描写到无意描写之描写的演进势态。

山水风景诗美,自始就讲求藉景畅神、体悟真意,在风景序列的与时迁换中,可体味到生命的流逝节奏,并因此而引发天地宇宙之思。入唐之后,一方面,使台阁气与山林美相交织的池园林亭文会,本就具有清论玄言的氛围,另一方面,如王勃《春思赋序》便高扬起"禀宇宙独用之心,受天地不平之气"的人格意识;而从陈子昂《登幽州台歌》、王勃《滕王阁诗》和张若虚《春江花月夜》的中心意象中,也不难感受到人事瞬刻而自然永恒的理念,以及立于辽阔苍茫之境而慨然古今沧桑的意念。如此氛围,如此理念意念,自然造就了唐人山水吟咏之际立意高远而取境壮阔的艺术性格,而清江明月或瀚海明月的典型意象,也蕴含着深邃的生命宇宙之思。只是,一方面,"了然境象"的山水诗美宗旨,常使其理念意念依"景入理""理入景"的方式融入眼前景色之中,从而有理趣的兴象化;另一方面,超验的自然理念,随着山水观照的生活化,也相应而融入对景赏心的生活情

---

① 沈佺期有《被试出塞》诗,可为例证。

趣之中,从而有自然的风情化。因此,盛唐诗人绝不热衷于以诗的语言去诠释人生宇宙的哲思玄理,而倒是乐于去表现与山水美含融一气的人格美和生活美。

显而易见,岑参笔下的大漠风光,实际上是与军旅生活的真实体验合二而一的。这正像杜甫人生行役中的山水写照乃是其人生实录的有机组成部分一样。而尤其值得玩味的是,盛唐诗人对人格美的诗意自觉,并不表现为有意树立的孤高奇傲,而倒是每每以亲切近人的形态展现为与自然也与人生融洽相处的平和自在。试以李白、杜甫、王维、孟浩然为例,便不难体会到这种特定的意兴风采。

李白《日出入行》云:"万物兴歇皆自然。"其富于垂范意义的人格美自觉,正以"自然"为实质内容。他的《独坐敬亭山》是家喻户晓的,但与《夏日山中》同读,则兴味更长。"懒摇白羽扇,裸体青林中。脱巾挂石壁,露顶洒松风。"这显然是把刘伶式的放诞置之于更适宜的丘壑环境之中,从而在"众鸟高飞尽,孤云独去闲""有时白云起,天际自舒卷"(《望终南山寄紫阁隐者》)这种万物各适其意的自然状态中,还原出不受羁绊的自然人格。自然的人格,使人与物之间了无隔膜,"相看两不厌",绝不强求,毫无勉强。"两不厌",体现着人与自然间的双向需要,人的自然化与自然的人化实现了同形同构。于是,山水的清亮澄明,便是人格的清亮澄明,山水的壮伟雄浑,便是人格的壮伟雄浑。"吾怜宛溪水,百尺照心明"(《题宛溪馆》)、"清溪清我心,水色异诸水"(《清溪行》)、"黄河落天走东海,万里写入胸怀间"(《赠裴十四》),无论实境写照还是想象意态,都富于透明的深广度,而这恰是其一任自然之人格境界的形象表现。

和李白的自然人格美相为映照,杜甫人格美的基本特性则是伦理范型的。由入蜀诗群[①]表现出的人生忧劳,由草堂诗群表现出的亲和意趣,由夔府诗群表现出的历史忧患,共同构成其爱博与心劳一体两面的人格魅力。读《北征》诗,"靡靡逾阡陌,人烟眇萧瑟,所遇多被伤,

---

[①] "诗群",一个生造的词,意指诗作群落,表现出相对独立自足性的作品集群。

呻吟更流血"的"疮痍乾坤",与"青云动高兴,幽事亦可悦"的"可喜""佳景",共构为感人的真实;"雨露之所濡,甘苦齐结实",坚韧的生命意识和强烈的生存呼唤,正是诗意悲凉而不失昂扬的精神支柱。杜甫先天下之忧而忧,亦先万物之忧而忧,深爱同胞,亦深爱自然,爱而忧之,却毫无侵扰之意,可谓能造于自由的伦理境界。其《江亭》诗云:"水流心不竞,云在意俱迟。寂寂春将晚,欣欣物自私。"而《后游》诗又云:"江山如有待,花柳更无私。"山水无私供人美,春光有限人亦哀,爱物有心,留春无计,故愿其善自珍重。这"自私"与"无私"间的微妙意味,不正也是伦理哲学的核心命题吗?在这里,对山水风光的态度,既是一种生活情感,也是一种哲学精神。

至于王维和孟浩然,向来视其为盛唐山水田园诗人的代表,其主体意兴自然饶有隐者自怡乐的性质。尤其是王维那禅悟色彩浓厚的山水诗篇,澄淡幽静,明丽空灵,夕照青苔,泉石松月,在宜性怡神的诗情画意中,隐含着目击道存的禅机。王维确实完成了超越玄思山水而作悟性山水的课题,玄思有迹,悟性无痕,玄思尚思理,悟性本性情。王维山水田园诗所表现的主体意兴,因此而正是通于禅悟的生活情趣。不过,就像李白的烟霞仙灵之思总与世间快意相萦绕一样,王维那禅境的空静也每与世间生活的安详相邻。只要细品那可视为典范文本之一的王维《山中与裴迪书》,就不会不注意到"邻女夜舂,复与疏钟相间"的复合意象,而《辋川集·白石滩》诗云:"清浅白石滩,绿蒲向堪把。家住水东西,浣纱明月下。"这是山水风景画,也是生活风情诗。"道心及牧童,世事问樵客"(《蓝田山石门精舍》)、"不知栋里云,去作人间雨"(《文杏馆》),道心既可普及于牧童,自然不须外求于世间,隐者的襟怀,原含有对世事的关心,在一片向人间世事开放的山水性情中,自然美与生活美共构为清远醇厚的精神品味。王维那"大漠孤烟直,长河落日圆"(《使至塞上》)的著名意象,本就与"渡头余落日,墟里上孤烟"(《辋川闲居》)者神意酷似,这是否意味着诗人把田园安居的和平气息带进了边塞主题呢?真可深长思之。同样情形,也可发现于孟浩然的山水吟咏。请将其《夜归鹿门山歌》与《秋登万山寄张五》取来合读,自会体悟到,"北山白云里,隐者自怡悦"的"隐者","岩扉松径长寂寥,唯有幽人自来去"的"幽人",都叠印在"时见归村人,平沙渡头歇"的"村人"身上,其神态意趣,全然重合。于是,就如诗句"人随沙岸向江村,余亦乘舟归鹿门"之所呈示,隐者入山的行迹,乃是整个人间黄昏组曲的乐章之一。诗中"余亦"二字,传递着如下人文精神的信息:走向岩松深处的精神之路,是日常生活的自然延伸,非但无违于世间情怀,而简直是对它的一种丰富。这,兴许才真正是盛唐之际山水诗与田园诗合流的内在动因。

综上所述,盛唐山水诗美,分明是兼融并蓄而含纳各种风格、各种样式及各种意趣的复调美。而这一复调美又呈示出艺术境象和主体意兴的清纯高远。清纯,是对繁富与笼统的双重超越;高远,是对玄远与浅近的双重超越。清纯高远之美,兼壮美与优美之胜,却没有自大的张狂和弄姿的俗媚。清纯高远之美,在历历如画中见出诗意的空灵透脱,以安详从容的气度高扬生命的价值和生活的意义。

三、伴随着描写性与叙事性的交织,增生出创意的奇崛和巧慧的别致

中唐文学领域里的新生现象,无疑在于古文的复兴和小说的兴发。由此自然演生出诗的散文化迹象,而这又为小说叙事性因素向诗歌艺术的浸润提供了方便。鲁迅所谓"尤显者乃在是时则始有意为小说"(《中国小说史略》)的小说意识,带着自史传叙事传统中演生的叙事性,也带着自志怪文学转型而来的传奇性,浸入诗苑,为已然形成描写性传统的山水诗创作,注入新机,这就是颇含奇巧情节的叙事性因素。

《山石》诗,可视为韩愈山水诗的代表作之一。何焯谓此"一变谢家模范之迹,如画家之有荆、关也"。方东树谓"夹叙夹写,情景如见","只是一篇游记,而叙写简妙,犹是古文手笔"(俱见钱仲联《韩昌黎诗编年集释》所引)。何焯所言,是说诗中山水如荆、关之画,能再现自然

质感,可见韩愈亦保持着盛唐山水诗美的特色。至于方东树所言,则揭示出韩诗以文笔夹叙夹写的新特点。诗中即景写景,即事叙事,以黄昏到寺、夜静宿寺、天明离寺的情节为线索,依序展示相应景物和感受,使山水形象与游历情节交融一体,以简洁流畅的文笔,实现了描写性与叙事性的有机统一。由于有了叙事性文学因素的注入,诗人吟咏山水之际,便每有如作传奇一般而构想奇巧情节的意识。由于这种意识又必然要受到山水诗创作体物状景之宗旨的制约,于是,在体物幽微中发掘饶有生活奇趣的风物意态,便成为应运而生的现象。此可以著名的《南山诗》为例。其中五十一个"或"字句和十八个联绵字的运用,已可显示诗人在语言形态上的创意出奇,这也完全与《陆浑山火》造语险怪的风格相一致。但是,若因此而以为《南山诗》亦如《陆浑山火》,属于"凭空结撰,心花怒生"(《唐宋诗醇》),则又不然。《陆浑山火》颇含诗意山水传奇色彩,其中水诉于帝,帝不能决,但以结婚为之调解等相关内容,就极富小说诙谐的情趣。至于《南山诗》,则虚拟实写,远眺近察,只是风光。只不过,其山水意象已大异于盛唐的清纯高远,而是呈示出同样也大异于谢灵运的另一种繁富。清纯为美,繁富亦为美。而此诗繁富之美,恰在程学恂所比拟"当如观《清明上河图》"(钱仲联《集释》引)的工笔勾勒式的精审明细。如诗中"尝升崇丘望"以下一节,将登眺远景作工笔勾勒,尤能表现其云霞变幻的神奇意志。"横空时平凝,点点露数岫。天空浮修眉,浓绿画新就。孤撑有巉绝,海浴褰鹏噣",平凝的白云,耸立的青峰,平旷之势与高引之势相得益彰,修长的黛眉给人以婉媚美感,而大鹏海浴,鼓翼啄波,又给人以豪狂美感。特别是海浴大鹏这一喻象,极富动感和雕塑感。难怪程学恂要说"逐一审谛之,方识其尽物类之妙"。而正是在此繁富而警动有力的工笔勾勒中,诗人又不时发掘出风物细节中那别饶戏剧性美感的形态意致。如"昆明大池北,去睹偶晴昼。绵联穷俯视,倒侧困清沤。微澜动水面,踊跃躁猱狖。惊呼惜破碎,仰喜呀不仆",如"林柯有脱叶,欲堕鸟惊救。争衔弯环飞,投弃急哺鷇",前者毕现猿猴神态,在池光山影倒映澄明的背景上演出的这个喜剧小品,颇有寓言艺术与山水诗美联袂的妙趣。后者尤其如此,它更能体现出诗人既"体物幽微至此"而又令"此境奇甚"(钱仲联《集释》引何焯、朱彝尊语)的独到造诣。这样的山水诗美,其描写艺术本身已含创意之奇巧,但这种创意的奇巧,却并不背离体物描写的艺术宗旨。也正因为如此,这种颇多创意的叙事化描写性意象,便使本来擅长于了然境象的山水诗美增生出新的艺术魅力。

和韩愈《南山诗》相比,白居易的《游悟真寺诗一百三十韵》,宛然还是《清明上河图》式的游记山水,工笔勾勒,始终不懈,详明具细,如人亲历。只不过,其语言形态的平易通俗迥异于韩愈之生新险怪就是了。由此看来,描写性与叙事性相交织的山水诗美的增生态,实际上又可分成避熟就生与就熟避生两种景观,它标志着陌生化创意与熟识性经营的分流。这本也是传统诗史描述中韩、孟一派与元、白一派各行其是之格局的题内应有之义。但需要补充说明的是,和白居易那平易而详明的叙事体山水描写相比,倒是韩愈陌生化的创意发现,多能赋予山水意象以新警有力的视境质感和生活情趣,尽管同时也带来了语言形态陌生化所造成的某种隔膜。

与此相应,自然就意味着多写有我之境,也意味着多呈我写之妙。有我之境,容易理解,因为它使山水诗境每含有象征隐喻的意味。柳宗元写于永、柳两地的山水诗篇,便具有如此特性。至于我写之妙,实质上是在"了然境象"之余,又分外显示诗意语言和诗意形象的别致有味。语言别致,当然不同于一般的注重藻采,若打个比方,它类似于画家在形象描写之外兼求笔墨本身的书法韵味,换言之,即在描写山水风景时也让其描写语言具有某种意念化的风味韵致。如刘禹锡《洛中早春赠乐天》诗云:"韶嫩冰后木,轻盈烟际林。藤生欲有托,柳弱不自任。花意已含蓄,鸟音尚沉吟。"其《题招隐寺》诗又云:"楚野花多思,南禽声例哀。"这里,不仅有物色景象的拟人化,而且其所拟之情意态又带着人文寓意的色彩。元稹的山水风景吟咏,表现出新生的铺排风习,《江边四十韵》《春六十韵》《月三十韵》等等,反映出一种有类初唐泛咏风物而又着意于意象经营的迹象。试看其《遣春十首》之二的

"百草短长出,众禽高下鸣",之四的"雪鹭远近飞,渚牙浅深出",以及《表夏十首》之一的"新笋紫长短,早樱红浅深"和《解秋十首》之五的"萤飞高下火,树影参差文",我们究竟是应该不满于诗人状景语汇的贫乏呢,还是应该把握住他对这种错落有致的语意语气的偏爱心理呢?韩愈《答孟郊》诗云:"文字觑天巧。"注释者皆以为,此非谓人工安排之巧,而是"非洞澈天机者不足语此",或曰"观察自然,师法自然,择取其尤美者而写之"(俱见钱仲联《集释》),但据笔者看,尚未搔到痒处。孟郊山水诗篇,确有体物状景而入木三分的精确,但恰恰是这种精确,每每透出主观创意的新警。如其写终南山,或曰"地脊亚为崖,耸出冥冥中""前山胎元气,灵异生不穷"(《登华严寺楼望终南山赠林校书兄弟》),或曰"南山塞天地,日月石上生""山中人自正,路险心亦平"(《游终南山》),或曰"山村不假阴,流水自雨田。家家梯碧峰,门门锁青烟"(《终南山下作》),诗人似乎同时把住了山水的原质和造物的规律,并据此而构想为新颖别致的诗意形象,合创意与写生为一体,亦合人巧与天巧为一体。但是,这又并不意味着无迹可求的心物含融,而倒是透出鲜明可辨的诗思轨迹和辞意棱角。试看《蓝溪元居士草堂》诗中的"清溪宛转水,修竹徘徊风。木倦采樵子,土劳稼穑翁",以及《济源寒食》中的"柳弓苇箭觑不见,高红远绿劳相遮",除了如同上文所引元、刘诸诗的语意语气之俯仰错落、委婉曲折的翰墨韵味外,这里分明多出了拗体运思和谐谑生象的新意向。如果说前者尚在着意我写之妙与了然境象之间,那么后者就显得天机在手而造化即我了。由此看来,中唐之际,山水吟咏确表现出一种诗意思维的新特点:一是在风景描写的热情中增生出赏玩兴趣,描写带有客观再现性,而赏玩则必然要在心物之间介入一个中间物,也就是让赏玩本身显示出相对独立的艺术情趣;二是让主观创意直接切入体物活动,从而以新警奇特的想象力来表现山水物象的典型特征,也因此而每能以夸张甚至诞幻的方式突出山水境象的某种特质。综上两项,都不是纯粹主观虚构的意想山水,但却因为对我写之妙的讲求而新辟出一片不同于写生山水诗的陌生天地——搜研别致的境界。

陌生化,也是艺术进境中的需要。韩愈《题合江亭寄刺史邹君》诗有云:"红亭枕湘江,蒸水会其左。瞰临眇空阔,绿净不可唾。"孟郊《越中山水》诗亦有云:"越水净难污,越天阴易收。"诗人用意都在形容南国清流的澄净透澈,但又感到正面描写之不足以传神,于是,便借此反面着力的方法,将一片珍惜爱赏之心生动传出。尤其需加解释的是,"不可唾",是隐含着净化行为的人文意态,"净难污"更表示一种欲污难能的自信意念,和李白那清水洗我心的典型诗意相比,韩、孟诗思,多了一层曲折,多了一层以人为之内容强化自然特征的新机制。当然,读者值此,往往会面临审美理解的难度,但是,一经悟解,顿觉心中一亮,那本来显着陌生的意象,因此反获得颇能启人思忖的审美内蕴。在这个意义上,陌生化就是深造性的创意。所谓"笔补造化天无功"(李贺《高轩过》),"补"字的要领,正在以深造为创意,藉创意而深造,搜求境象,并作特殊的艺术处理,以使平常的自然风物增生出新的意趣。试比较张继《枫桥夜泊》、柳宗元《渔翁》和李贺的《南园》五律诗,我们将会强烈感受到,一种和写马而曰"向前敲瘦骨,犹自带铜声"相类似的意象特质——最富创意的象征隐喻意味与最直觉性的形象真实,同时被表现出来了。也正是在这个意义上,中唐诗人的山水创意,与其说成是盛唐山水诗美的变异,不如说成是探寻出一种新的表现方式,从而丰富了艺术表现力。

也正因为如此,追求天然之美的山水诗基本宗旨,依然贯穿在中唐前后的创作实践之中。只不过,在喜好创意出奇的时代,其运思之际,总含别致之美。即便是那些看上去并无陌生之感的山水篇章,也会在风物天然之态中显出人力巧智。白居易《钱塘湖春行》《杭州春望》《江楼夕望招客》,韩愈《早春呈水部张十八员外》《晚春》,张籍《夜到渔家》《宿临江驿》《送朱庆余及第归越》,刘禹锡《秋日送客至潜水驿》《客有为余话登天坛遇雨之状因以赋之》,等等,都写得精确有致、清雅自然,并且显得是对盛唐山水诗意境的承传和发展。特别是白居易的《钱塘湖春行》、刘禹锡的《客有为余话登天坛遇雨之状因以赋之》和张籍的《宿临江驿》,可分别代表中唐之际写生山水诗的三种类型。

白诗中"几处""谁家""渐欲""才能"这些传神词语的运用,体现出诗人对春意脉搏的提炼和表现,属于以情韵笔调写生一类;刘诗本属虚拟,却借想象之力以模写物态,极视听之感,穷登眺之趣,意象纷纭,如临其境,属于以想象笔力写生一类;张诗但看"月明见潮上,江静觉鸥飞"一联,便可体会到"看似寻常最奇崛,成如容易却艰辛"的形象力度,尤其是"江静"一句中的"觉"字,凝聚着通感会心的多种内容,就像其《宿江店》中的"夜静江水白,路回山月斜"一样,属于以复合笔触写生一类。综此三类,也可看出,尽管是写生山水,尽管与前此山水诗美的清纯境界有着明显的承传迹象,但作风依然有变,而且依然呈现出对我写之妙的讲求。只不过,就像赵翼谓韩愈以"少陵奇险处尚有可推扩,故一眼觑定,欲从此辟山开道"(《瓯北诗话》)一样,其写生山水的我写之妙,关键便体现在对前贤体物之心与状景之笔的"推扩"——推进深造和扩展出别样的风致。

这样,作为古人心目中"百代之中"(叶燮《己畦集》卷八《百家唐诗序》)和今人心目中"中国文学史前后分期的支点"(林继中《文化建构文学史纲》第9页,三秦出版社)的中唐山水诗美,总体上是由接续递进和新创增生两大走向相交织而构成的。由南朝晋宋到盛唐,是一个渐入化境亦渐至盛境的集大成而创造范型的过程,追求诗意画境,以清省自然之语写清纯高远意境,于兼容并蓄的丰富多样中显示出自然质感与生活真情的冲融意态,想象而不狂怪,写实而主典型,最终凸显出清新融朗俊逸深远的基本特性。而以中唐为转型机杼,实际上已具有开启宋调的势态。特别是其中新创增生的山水诗美走向,大体上以创造诗意山水别境为宗旨,因叙事化而导入传奇性,因陌生化而导入生新创意和构思巧智,最终创制出造极生、熟两极的多样景观,并为后来者新拓出驰骋才情文思的艺术空间。而恰是在这生与熟的两极之间,同时又酝酿着一种与盛唐格调迥然有别的山水诗美范型——既能复兴晋宋雅韵,又能启示宋元三昧,既与画学中水墨情调相亲,又与诗学中雅典意态相契,一言以蔽之,晚唐格调是也。

四、山水诗美的晚唐格调,宜在清雅水墨韵味与荒寒山水意境之间

"晚唐",是一个颇具歧义的概念。至少,在讨论山水诗美问题时,它绝不等同于唐末五代的时间概念。"晚唐"作为诗体诗风的标识,是宋人的见识,因此,这里最好引入宋人的有关思考和议论。宋初,主要由江湖隐士和诗僧组成的所谓晚唐体派,标明师法贾岛,又分明与大历风景诗心相默契。其盟主寇准《春日登楼怀旧》中"野水无人渡,孤舟尽日横。荒村生断霭,古寺语流莺"四句,意境清雅中兼有荒寒之气,而意象又分明从韦应物《滁州西涧》中化出。《湘山野录》谓此作"深入唐人风格",诗僧齐己又尝言"贾岛存正始,王维留格言。千篇千古在,一咏一惊魂"(《寄洛下王彝训先辈》),足见晚唐体派之取径,已涵盛唐与中唐在内。到南宋杨万里,倡导"终须投唤晚唐间"(《答徐子材谈绝句》),而其所推许者,一是"晚因子厚识渊明,早学苏州得右丞"(《书王右丞诗后》)的传承序列,二是"读之使人发融冶之欢于荒寒无聊之中,动惨戚之感于笑谈方怪之初"(《唐李推官披沙集序》)的审美机制,可见其取径更广,绝不局限在唐末格局之内。不过,取径虽广,涵盖虽阔,意趣终在所谓王、孟、韦、柳的大传统和所谓"贾岛格"的小传统之间。实际上,小传统的开创者姚、贾一派,其取径就向上攀认,姚合编《极玄集》,就以王维为首而主要收录大历诗人作品。而对这一小传统的自觉承传,就如方回标明贾岛为"写景之宗"(纪昀《瀛奎律髓刊误序》)一样,未尝不是出于执着乃至于偏执的山水风景诗心。鉴于上述情况,我以为,偏执的山水性情,加上大历山水诗美的独特风貌和贾岛苦吟的独特心境,然后以此为基础而企希于王、孟、韦、柳的清远境界,应是山水诗美中晚唐格调的基本指向。

和盛唐时代王维山水诗境浓抹淡写总相宜的多面体相比,大历诗人笔下多青山白云意象的总体风格,已透露出由青绿山水与水墨山水兼工向偏取水墨格调发展的走向。值得注意的是,如此偏取心态,原

与其特有的时代心理密切相关。安史乱后长期世积乱离的社会心理积淀,形成了"见话先朝如梦中"(刘长卿《与村老对饮》)的失落情绪,而如此情绪又被"废井莓苔厚,荒田路径微。唯余近山色,相对似依依"(耿沛《宋中》)的荒凉景象点染成一片冷漠的风景感受。试以刘长卿著名的《碧涧别墅喜皇甫侍御相访》和《逢雪宿芙蓉山主人》为例,荒村、古路、落叶、寒山、风雪、白屋,已然有元人马致远《秋思》散曲意趣。翻检大历诗人作品,不仅多系风景吟哦,而且意象多有地老天荒、云水清寒的气象,如寒渚孤雁、乱鸦夕阳、古戍寒林、秋风古渡、荒城远塞,等等,都是其典型意象。也正是在这弥漫着荒寒气息的山水诗意境中,诗人的艺术眼光已偏向于水墨点染的韵致讲求,"湖畔春山烟点点,云中远树墨离离"(刘长卿《春望寄王涔阳》)、"青山霁后云犹在,画出东南四五峰"(郎士元《柏林寺南望》),似宋世米家山水画,画面主要由青山白云的青白两色构成,又借云烟的含融和远景的含蓄酿出浓淡有致的水墨韵味。水墨画相对于青绿彩绘,具有笔触疏简与色调清淡的倾向,大历山水诗美,相对盛唐而言,恰恰是一种疏简化和清淡化,并在疏简清淡的格调中渲染出荒远清寒的山水意境。

这种荒寒山水意境,发展到中唐苦吟诗人那里,便透出更加深重的清冷苦涩意味。虽然文学史上常常"姚、贾""郊、岛"并称,但贾岛既不像孟郊那样时作"凿空奇语"(谭元春《唐诗归·中唐七》),也不似姚合那样每"运以爽亮""媚以蒨芬"(胡震亨《唐音癸签》卷七),而确实走着以清苦警动之思营造荒寒意境的路子。苦其吟,吟其苦,上文所谓有我之境与我写之妙,在这里是统一于苦吟荒寒了。荒寒意境,源生于世事荒凉,滋长于身世清苦,折射出士人心态的由热转冷,升华为以清冷心眼吟咏山水的审美心理。如被宋初梅尧臣所称赏的"怪禽啼旷野,落日恐行人"(贾岛《暮过山村》),意象瘦硬,将行役者孤身独处于荒旷陌生之境而又值黄昏日暮的感受,传写殆尽,而那令人不无怵惕的"落日""怪禽",更使这里的风景具有一种穿刺心魂的空旷感和荒凉感。贾岛倾心于苦吟荒寒,代表着一种时尚。韩愈"穷苦之言易好"的观念,透出了悲音动人的道理,而以贾岛为代表的苦吟诗人,又每于我写之妙处求警策效果,孤凿独琢,沉潜深造,于寻常景物处发掘异常特征,终于别开生面而造境奇峭。

  苦吟荒寒的山水诗创作倾向,同样体现在柳宗元身上。贞元、元和之际那种慨然有振兴天下之志的人文思潮,随着韩、柳、刘、白诸公的先后受挫遭贬,已显退潮之势,[①]诗人心理渐趋沉静与冷漠。其中,柳宗元被贬永、柳两州后创作的山水诗篇,以其特殊的幽洁人格感物吟志,发现永、柳山水的幽邃清峭之美,寄寓世事艰险的体验心得,卓然展示出荒寒奇崛的山水意境。"谢客风容映古今,发源谁似柳州深"(元好问《论诗绝句》),元好问因此特意注明:"柳子厚,宋之谢灵运。"朱庭珍也因此道:"山水诗以大谢、老杜为宗,参以柳州,可尽其变矣。"(《筱园诗话》卷一)尽管唐人山水长篇多有效法大谢的痕迹,但像柳宗元《法华寺石门精舍三十韵》《游朝阳岩遂登西亭二十韵》《游南亭夜还叙志七十韵》那样古奥艰深者,尚不多见。如果说这也可以看作是陌生化过程中的现象,那么,更值得注意的是,柳宗元的山水诗境,却又呈现出一种荒寒与清丽并存的风貌。值此,我们既要看到其"窜身楚南极,山水穷险艰"(《构法华寺西亭》)、"投迹山水地,放情咏离骚"(《游南亭夜还叙志七十韵》)的一面,也要看到那"欸乃一声山水绿"(《渔翁》)的另一面。在前者那一面,无论是"桂岭瘴来云似墨,洞庭春尽水如天"(《别舍弟宗一》)的浓重阴影笼罩下的滔天洪波,还是"千山鸟飞绝,万径人踪灭"(《江雪》)的万物沉寂氛围中的寒江独钓,其意境已确有非宜久留的过度的清冷意味。而在后者那里,那桨声波影里泛出的无边绿意,又该唤起几多生命的欢快和生活的兴致!将柳宗元的《渔翁》与《江雪》同读,似可体味到其间的微妙,一种不舍天然清丽而又偏取于清远荒寒的曲折心路,依约可见。由此悟入,晚唐格调,不妨看作是对晋唐以来山水诗美风范的幽偏化发展。其径曲折,而指向清晰。

---

 ① 参王谦泰《论白居易思想转变在卸拾遗任之际》(《文学遗产》1994年第6期)、景凯旋《孟贾异同论》(《文学遗产》1995年第1期)等。

这种格调,在后人兼诗学画学而品鉴的理论阐释中,是被定位于"逸品"的。和盛唐兼融并蓄的清纯高远相比,逸品的追求是一种偏取。但以上简略的论述想必已能告诉人们,这偏取本身也是一种兼综调整的结果。盛唐山水诗美,其间含融着人格的平实与崇高,故其景象相应地表现为写实的清纯高远。而体现着盛唐之外别成一境之美的晚唐格调,其间含融的人格范型,应该说是一种雅意的清高。雅意,是特意表现的文人"士气",而清高者,自有一种高蹈出尘的自赏和孤逸,故其景象也就相应地表现为意态凸出的清冷幽静。在一定程度上,盛唐山水气象与晚唐山水格调的区别,颇类于"神品"与"逸品"的区别。

有必要说明,在唐人山水诗美的总格局中,晚唐格调,实际上也是中唐前后搜研创意或逞才施巧之风的自觉敛约。韩愈式的陌生拗涩或白居易式的平熟流利,共同束敛简约为意新语工境象清冷,从而表现出特具文士幽栖雅意的人文意趣。这种雅意山水,以其绝俗的精神韵致,越来越被赋以高品位的价值认定。但是,对唐人山水诗美而言,这只是其丰富景观中的一个流变层面,而且只有在与盛唐风范和中唐势态的参照比较中才能体认其演生的必然性。同样,唐人山水诗垂范于后世者,也就非此一格了。山水自然,在阳光和风中展示其光色意态,在明月和水中投映其影象意韵,光景常新,随人感吟,至今仍是可喜的诗美课题。作为经验而积淀,作为经典而垂范,唐人山水诗美,不仅独自成妍,而且赋予唐诗总体上以景象见胜的特质。

唐宋词学的自觉与乐府传统的新变

一部诗、词、曲的递进演生史,也就是一部乐府的承传演变史,因为在历史上,词和曲(包括散曲和戏曲)都曾被称为"乐府"。诗、词、曲形态格调均有别,而人们却习惯于以"乐府"一语称之,其中原因,除了它们都和音乐有关这显而易见的一条以外,分明还有将新生艺术纳入传统体系的文化认同心理因素。但,认同和分异,总是相反相成的,每一次新体音乐文学的诞生和发展,都将引发乐府传统的调整重构,从而,在传统借新体而延伸的过程中,传统本身也将增殖更新。将上面这种认识具体应用到唐宋词研究领域,就意味着可以在乐府传统发生历史性变化的大背景前,来辨识唐宋词艺术自觉的轨迹。当然,这同时也就意味着能够通过对唐宋词发生、发展历程的考察来发现乐府老传统值此究竟产生了哪些新变化。

一 词家尊体——乐府正名之际的话语分歧

词体独立的觉醒意识,实际上是伴随着对乐府系统的再认识而出现的。

王国维跋《云谣集杂曲子》曾道:"唐人乐府见于各家文集、《乐府诗集》者,多近体诗;而同调之见于《花间》、《尊前》者,则多为长短句。盖诗家务尊其体,而乐家只倚其声,故不同也。"[①]不难发现,在王国维

---

① 《王国维文集》第 428 页,北京燕山出版社,1997 年 2 月。

的叙述中,已经包含着一个判断:长短句本应属于乐府,只因为《乐府诗集》和《花间》《尊前》各持一端,或尊诗体,或尊词体,所以造成了一调两体式的分流现象。这种分流,实质上正意味着乐府系统的裂变——像细胞分裂而孕育新的生命那样。

只不过,王国维言下之"或尊诗体",应改为"或尊乐府诗体"才贴切。宋人郭茂倩《乐府诗集》之不收长短句词,显然就是出于尊崇乐府诗体的原则而有意为之的。这种"有意",发生在词的创作已经蔚成风气的时期,究竟具有怎样的文学—文化史意义呢?要知道,当北宋嘉祐三年(1058)陈世修为冯延巳《阳春集》作序时,就已有"为乐府新词,俾歌者倚丝竹而歌之"的话语!既然有"乐府新词",就应有"乐府旧词",新旧虽然有别,其为乐府则一,怎么到南宋郭茂倩这里竟排斥词体于乐府之外呢?① 看来,就像一调两体一样,关于"乐府",也存在一名两义的现象:广义者兼取"旧词"与"新词",狭义者只取"旧词"。

裂变之所以发生,实际上是由争取词体独立这一词学主体的意识自觉所引发的。对当时的形势,王灼《碧鸡漫志》卷一有云:

> 故有心则有诗,有诗则有歌,有歌则有声律,有声律则有乐歌。永言即诗也,非于诗外求歌也。今先定音节,乃制词从之,倒置甚矣。而士大夫又分诗与乐府作两科。古诗或名曰乐府,谓诗之可歌也。故乐府中有歌有谣,有吟有引,有行有曲。今人于古乐府,特指为诗之流,而以词就音,始名乐府,非古也。②

不言而喻,这种以"乐府"之名专属于词体的行为,正是词家尊体之理论自觉的体现。而这种自觉在意识内容上有两点值得注意:其一,明明是为新兴词体命名,却要沿袭"乐府"古名,并不惜为此而将"古乐府"并入"诗之流",如此举动,除了争取正统地位,不能再有其他解释;

---

① 郭茂倩生平虽无可考,但据《四库全书总目》称"《建炎以来系年要录》载茂倩……"云云,大致推测,他应是南宋前期的人。其时,词应该说早已被人们所全面接受了。
② 中国戏剧出版社《中国古典戏曲论著集成》本,以下凡引此书者,只注卷数。

其二,不仅以乐府之名专属词体,而且以自己"倚声"的先赋特性规定乐府传统,这等于只追认"倚声填词"者为乐府,其余一律称为诗,如果说第一点反映了试图进入传统的自尊自重意识,那么,第二点就透出独占传统的意思了。如此势头,岂能不引起反响乃至反对!王灼就是旗帜鲜明的反对派。但是,对立两派又共同表现出对"乐府"传统的尊重,这就难免要出现一种命名而两种表述的结果了。当然,彼时词体之名称,尚有"乐章""诗余""琴趣""语业""长短句"甚至"鼓吹""游戏"等等,称谓不一,正说明在词的定性问题上,人们尚未形成统一的看法。但和这一新兴名目的相对随意相比,上述沿袭"乐府"古名者,因为其涉及新生事物与传统规范的历史关系,必然要引发对乐府传统的重新认识,所以格外值得关注。也正是在这个意义上,我们才说,词体独立的意识自觉,必然意味着乐府系统的理论辨识——为乐府正名。

在这个问题上,王灼作为词家尊体的反对派,并非无视词体兴起的事实,他所要强调的是一种历史发展的通变思想,即所谓"古歌变为古乐府,古乐府变为今曲子"(《碧鸡漫志》卷一)从这种通变发展的观念出发,王灼自然主张历史的整合,所谓"非于诗外求歌也",换句话说,就是"今曲子"本在诗的流变长河之中。这样的认识,在下面一节评论中有着明确的体现:

> 东坡先生以文章余事作诗,溢而作词曲,高处出神入天,平处尚临镜笑春,不顾侪辈。或曰:"长短句中诗也。"为此论者,乃是遭柳永野狐涎之毒。诗与乐府同出,岂当分异?若从柳氏家法,正自分异耳。(《碧鸡漫志》卷二)

真是再清楚不过了。王灼的对立面原来就是"柳氏家法"。一派"分异",一派反"分异",两派都就"乐府"立论,但却有诗本位和词本位的区别。王灼的意思无异于视词为诗,其立足于诗本位的观念并顺应着以诗为词的现实需求,当时词坛形势,在理论上有清楚的反映,而理论上的申说又在为创作廓清道路。有鉴于此,前所谓"乐府"广狭之分,实质上就是以诗为词还是词体独尊的分歧。明白了这层内蕴,王灼反对"分异"之所以然,也就不言而喻了。

与此相对峙,前有"柳氏家法",后则有主张"词别是一家"的李清照,他们就是主张"分异"的词家尊体"乐府"论派了。王灼反对分诗与乐府为两科,其理论基础实际上是诗词同源、同本的认识。"柳氏家法"正好相反,其理论基础又是什么呢? 柳永没有留下任何说明。至于李清照,其分乐府与声诗为两科,当然是从以可歌为第一义的论词宗旨出发的,而需要提请人们注意的是,在以可歌为第一义的大前提下,李清照强调的是"乐府、声诗并著",这样,最值得探讨的问题就必然是:既然同样"可歌",为什么还要分"乐府"与"声诗"呢? 比如,郑樵同样主张"以声为主",却不主张"分异"诗词。[1] 是否除了词家所本有的词体独立意识外,还与唐代乐府本身的形态变化直接有关呢?

于是,必须讲到《乐府诗集》。[2]

《乐府诗集》,就其基本倾向而言,也是主张"分异"的。不过,它是尊崇诗体立场上的"分异",所以,它不收长短句词。无论其主观意愿如何,在客观上,这同样给人以词"别是一家"的印象。王国维说"诗家务尊其体,乐工只倚其声",孰知《乐府诗集》是既尊诗体又倚其声的。其分类虽然相对于郑樵《通志·乐略》显然要简明得多,但简明而不失要领,已经体现出对乐府传统之新型变化的历史性把握。其中,《近代曲辞》与《新乐府辞》两类,所描述和揭示的乐府诗发展线索,实际上就不仅密切关系到词的实践发展和理论自觉,而且关系到乐府诗本身的新形态和新价值。作为一部乐府诗总集,其分类自有统一的标准,其所分十二类之中,除《近代曲辞》和《新乐府辞》两种之外,其余十类都是按乐曲、歌曲之性质和内容来分类的。也正因为如此,不仅这例外的两类值得注意,而且其标准本身就有某种二元倾向了。且看郭茂倩怎么说。关于《近代曲辞》,其解题曰:"近代曲者,亦杂曲也,以其出于

---

[1] 见《通志》卷四九《乐略·乐府总论》。
[2] 本文所用系《中国古典文学基本丛书》本《乐府诗集》,中华书局1979年版。

隋、唐之世,故曰近代曲也。"也就是说,为了突出这个"近代"性,才特别在《杂曲歌辞》之外单独列出《近代曲辞》;而关于《新乐府辞》,其解题曰:"新乐府者,皆唐世之新歌也。以其辞实乐府,而未常被于声,故曰新乐府也。""未常被于声"者即为徒诗,徒诗自古有之,《杂歌谣辞》一类已自收集,为什么仅仅以其是为唐代新歌而独列一类?问题的答案,我以为是,就像《近代曲辞》意在凸显"近代"性一样,《新乐府辞》则意在凸显乐府的"新兴"走向。也就是说,在《乐府诗集》的编者看来,有必要确认由汉魏古乐府到"近代""新乐府"的历史新变。

这种新变,包括新型音乐的流行、新乐府运动的推行、歌行传奇的兴起,等等,不仅将引起乐府、乐府诗形式的更新,而且将引起相关价值观念的更新。

应该说,"分异"和反"分异"两派将以不同的方式体现出这种更新。不过,面对共同的新变现象,彼此之间又不可能没有交织和重叠。于是,可以关注一下尊诗体的《乐府诗集》在辨体分类之际的上述动向,与尊词体的李清照在论词之际的有关见解之间的关系。李清照虽有"乐府、声诗并著"一说,但其所谓"乐府"究竟指什么,却语焉不详,那么,只好先解其所谓"声诗"之意旨了。显然,它与后来张炎《词源》里的那句"粤自隋、唐以来,声诗间为长短句"[1]有着一脉相承的关系。只是,隋、唐以来的声诗,不正就是《乐府诗集》所谓"近代曲辞"吗?专门研究唐声诗的任半塘先生就曾说过:"《乐府诗集》有《近代曲辞》四卷,十之九为唐声诗。"[2]尽管郭茂倩尊诗体,而李清照尊词体,但对唐声诗——近代曲辞却都给予了特殊的关注,而恰恰是这种关注,反过来正好折射出唐声诗的双重属性:它既是曲子词之渊薮,又是乐府诗体之承传。声诗虽属一类,在二元的"分异"表述中,却开拓出两个意义空间,同张炎"声诗间为长短句"的单线判断相比,其先李清照"乐府、声诗并著"的双线说,怕是与当时就"乐府"而论词的形势不无关

---

[1] 蔡桢《词源疏证》卷下《序言》,中国书店1985年版。
[2] 《唐声诗》上编,上海古籍出版社1982年版,第26页。

系吧!

实际上,《乐府诗集》的分类编排又何尝不给人以"近代曲辞"与"新乐府辞"同时而"并著"的印象!于是要问,这"新乐府"是否就是李清照"乐府,声诗并著"之所谓"乐府"呢?显然不是。原因很简单,李清照论词首重"可歌",而"新乐府"则是不被于声的。那么,李清照所谓"乐府"是不是指汉魏古乐府的遗存呢?仍然不是。这有王灼的论述可证:

> 唐中叶虽有古乐府,而播在声律则少矣。士大夫作者,不过以诗一体自名耳。(《碧鸡漫志》卷一)

李清照极重入律可歌,其探索词源怎么会选择不播于声律者呢!从李清照论词的内在逻辑上去推测,其所谓"乐府"和"声诗"都应该是"播在声律"而"可歌"的,换言之,李清照有一句未曾明言的潜台词:"乐府、声诗间为长短句。"从而,强调乐府与声诗的"并著",就意味着在讨论词源问题时应该以二元论的方法去看待"最盛于唐开元、天宝间"的音乐文学—文化现象。

"乐府"与"声诗"这二元,有着一个共同的"以声为主"的音乐文化背景,对此,《乐府诗集》卷第七十九《近代曲辞》解题有扼要的介绍:

> 唐武德初,因隋旧制,用九部乐。太宗增高昌乐,又造燕乐,而去礼毕曲,其著令者十部:一曰燕乐,二曰清商,三曰西凉,四曰天竺,五曰高丽,六曰龟兹,七曰安国,八曰疏勒,九曰高昌,十曰康国,而总谓之燕乐。声辞繁杂,不可胜纪。凡燕乐诸曲,始于武德、贞观,盛于开元、天宝。

这种叙述与李清照"乐府、声诗并著,最盛于唐开元、天宝间"的说法显然是相吻合的。既然有共同的音乐文化背景,为什么又要二元"分异"呢?李清照自己没有说明,但《乐府诗集》卷第九十《新乐府辞》解题却能提供某种启示：

> 凡乐府歌辞，有因声而作歌者，若魏之三调歌诗，因弦管金石，造歌以被之是也。有因歌而造声者，若清商、吴声诸曲，始皆徒歌，既而被之弦管是也。有有声有辞者，若郊庙、相和、铙歌、横吹等曲是也。有有辞无声者，若后人之所述作，未必尽被于金石是也。

这一席话告诉人们，乐府系统内部的分类，除了根据乐曲的内容和性质外，同时还可以根据声、辞配合的不同方式。而在声、辞关系问题上，《乐府诗集》的编者显然持一种兼综而辩证的态度。这种态度在当时很有代表性，王灼就明确表示过相同的观点："当时或由乐定词，或选词配乐，初无常法。习俗之变，安能齐一？"（《碧鸡漫志》卷一）可能正是因为考虑到"初无常法"吧，《乐府诗集》于唐代新歌也只是分可歌之"声诗"与不被于声之"乐府辞"而已。但我们必须明白，兼综，必然是针对"分异"而言的，在声、辞配合的问题上，主张"分异"如李清照者，其"乐府"与"声诗"的二元"并著"观，自然就意味着彼此"分异"的两种声、辞配合形态，如果说"声诗"只能是指选诗以配乐，那么，李清照言下的"乐府"不就指向"倚声填词"了吗？于是，"乐府、声诗并著"，就等于"曲子、声诗并著"。词虽然"别是一家"，却具有正统身份：李清照既是词家尊体派，又是乐府正统派；词学自觉俨然是以双重品格出现的。

综上所述，在词体兴起而大行于世的现实基础上，词家因尊词体而为乐府正名，诗家因尊诗体而为乐府正名，因此而形成的论争形势，具有整合与"分异"的基本分野。但是，分野并不等于诗本位或词本位的简单对立，而是因此酝酿出二元论的思维态势。实际上，王灼他们主张通变整合，未尝不与李清照他们主张分异并著者相契合，因为整合与并著都体现出非单线单极的思维方式。显而易见，整合只能是"分异"前提下的整合，而"分异"当然也只能是整合背景前的"分异"，两者的辩证关系不仅反映了词体兴起于乐府新变之际的文学文化史内容,而且留给我们一个重要的启示:二元并著,才能承旧纳新;一体兼二,才能整合分异。

二 新词唱和——乐府复古意识与华夏清音的延伸

以二元论的眼光来看待发生在词体兴起之际的文学文化现象,有两条关于词体起源问题的材料,需要重新解读。

其一,王灼《碧鸡漫志》卷一曰:

> (元)微之分诗与乐府作两科,固不知事始,又不知后世俗变。凡十七名,皆诗也。诗即可歌、可被之管弦也。元以八名者近乐府,故谓由乐以定词;九名者本诸诗,故名选词以配乐。今《乐府古题》具在,当时或由乐定词,或选词配乐,初无常法。习俗之变,安能齐一?

上文讨论已经告诉我们,在由词体自尊而引发的乐府正名问题上,王灼是主张通变而整合的,也因为如此,他便反对元稹那种看上去有点机械地分辨声、辞配合方式的观点。但问题的另一面却是,王灼在此并没有全面理解元稹的意思。在那篇人们熟知的《乐府古题序》[①]中,元稹首先分辨了"操、引、谣、讴、歌、曲、词、调"和"诗、行、咏、吟、体、怨、叹、章、篇"两大类在声、辞配合方式上的区别:

> 由操而下八名,皆起于郊祭军宾吉凶苦乐之际。在音声者,因声以度词,审调以节唱,句度短长之教,声韵平上之差,莫不由

[①] 《四部丛刊》影明嘉靖本《元氏长庆集》卷二三,以下引文凡出于此书者,只注明卷数。

之准度。而又别其在琴瑟者为操,引,采民氓者为讴谣,备曲度者总得谓之歌曲词调。斯皆由乐以定词,非选调以配乐也。而诗以下九名,皆属事而作,虽题号不同,而悉谓之为诗可也。后之审乐者,往往采取其词,度为歌曲。盖选词以配乐,非由乐以配词也。

我以为,上述材料中,有两处需要注意:一是"歌曲词调"一类中有所谓"句读短长之数",这显然不是在说齐言体诗,而只能是指长短句词了;二是"诗"一类中有所谓"皆属事而作",考虑到本序下文中关于"况自风雅至于乐流,莫非讽兴当时之事""尚不如寓意古题,刺美见事""率皆即事名篇,无复倚旁"的再三申说,这乐府之中"皆属事而作"的"诗",其性质分明接近于当时的"新乐府"。这样,元稹之分诗与乐府为两科,实际上就是针对新词体和"新乐府"兴起的客观现实来考虑诗、词分异之性质的。指出这一点并非无关紧要,因为它说明当时的乐府诗学思想中已包含着词学的因素。比如,关于涉及"句读短长之数"的"歌曲词调",元稹又有下面的论述:

> 而纂撰者由诗而下十七名,尽编为乐录乐府等题。……后之文人,达乐者少,不复如是配别,但遇兴纪题,往往兼以句读短长为歌、诗之异。

显而易见,元稹所谓"配别",正就是声、辞配合方式的区别。同样显而易见,"配别"问题的延伸将超出声、辞关系而至于纯粹的诗体句型上的区别,而其关键恰如元稹之所指出,由于大多数作者实际上不懂音乐,所以,识别歌、诗的标准,最终只能落实在是否为长短句这一点上。总之,对上述材料的重新解读,可引申出两点新认识:第一,中唐时代的乐府"配别"意识中,分明同时有着"新乐府"诗和长短句词的自觉;第二,当时既然已经能够提出"达乐者少"故"往往兼以句读短长为歌、诗之异"的问题,就说明在曲子词兴起之初,人们已经认识到,辨识诗、词之体,除是否"倚声"之外,同时可以兼顾其是否为长短句。两条归于一点,又都与需要重新解读的另一条材料相关。刘禹锡《忆江南》二首自注云:

> 和乐天春词,依《忆江南》曲拍为句。

长期以来,学界始终以此处"依曲拍为句"为倚声填词之自觉的理论标志。这一点当然是正确的,但与此相关的一些问题却因此而被遮蔽掉了。刘禹锡明明说"和乐天春词",白居易《忆江南》词又自注:"此曲亦名《谢秋娘》,每首五句。"原唱作者特意说明"每首五句"。唱和作者又特意说明:"依曲拍为句。"显而易见,在当时作者心目中,唱和而用这种不合于齐言诗体的"长短句"及"五句"形式,是需要作出特别说明的。这种形势,颇近似于唐初许敬宗所谓"窃寻乐府雅词,多皆不用六字。近代有《三台》《倾杯乐》等艳曲之例,始用六言。"①唯其罕见,才需说明。而这种说明的重心,与其说在对"倚声"性的强调,不如说在对"句读长短"性的强调,因为对于不懂音乐(或不太懂音乐)的作家来说,只能以"句读短长之数"为识别标准。其实,特意注明"依曲拍为句",正是为了解释长短句和"五句"这种新形式的来历,彼话语之重心仍然在"句度之长短",而其话语之语境则在唱和之行为。要而言之,词体在文人作家中的流行,将不得不依靠以长短句这种新形式彼此唱和的文学活动来推动,就像刘禹锡特意注明"和乐天春词"那样。

其实,早在刘、白唱和《忆江南》之前,已有《渔父》之唱和活动。其中,张松龄"乐是风波钓是闲"一首,即有题曰"和答弟志和",而被冠之以《和词》总题的另十五首,据《金奁集》曹元忠跋称:"和渔父词,系张志和同时唱和诸贤和词。"②这就已经是往复唱和了。此外,日本平安

---

① 许敬宗:《王恩光曲歌词启》,《全唐文》卷一五二。
② 据林大椿《唐五代词·补校》六,文学古籍刊行社(北京)1956年版。

朝嵯峨天皇有"拟张志和《渔父》五首",其题曰"杂言渔歌"。总之,这里的文字迹象表明,文人唱和之际主要是关注于"杂言"形式的。既然如此,从《渔父》词的唱和到《忆江南》词的唱和,便勾勒出一条文人介入曲子词艺术的渐进轨迹:由单纯地关注句读长短到同时关注曲拍与句读。而这一演进轨迹所能告诉我们的是:诗人们开始认识到"杂言"体之所以句读长短不齐的音乐根据了——也就是说,他们开始萌发新一轮的"倚声"自觉意识了。这一点,恰恰可以从元稹的声、辞"配别"理论中得到印证。

然而,也恰恰是这种与"倚声"的音乐性相关的艺术自觉,使文人词的创作从一开始就不能不受动于复古与趋新对流冲撞的音乐文化背景。

中唐元、白等人所倡导和履践的新乐府诗运动,在创作思想上也是一次复古运动,并因此而与韩、柳诸公的古文运动彼此呼应。这里的复古思想,包括对恢复周代采诗官制的吁求、对《诗经》风雅比兴传统的倡导、对文士褒贬精神的承传、对杜甫新题歌行的推广,等等,但我们同时必须注意到,其中还有音乐的复古崇雅思想。而恰恰是这一点,与词的孕育发展关系密切。

白居易《筝》诗云:"赵瑟清相似,胡琴闹不同。"《废琴》诗云:"古声淡无味,不称今人情。"赵抟《琴歌》亦云:"琴声若似琵琶声,卖与时人应已久。"语气间都流露出一种怀旧的情绪,对新兴的胡声胡琴,表现出接受与拒斥并存的矛盾态度。尤其是在集中体现其风雅比兴创作思想的新乐府诗作中,对新兴胡曲歌舞的排斥表现得更为清楚。元稹《和李校书新题乐府》十二首,其中《华原磬》《五弦弹》《西凉伎》《法曲》《立部伎》《胡旋女》诸首都涉及对新兴胡曲歌舞的批评。《法曲》诗云:"雅弄虽云已变乱,夷音未得相参错。自从胡骑起烟尘,毛毳腥膻满京洛。女为胡妇学胡妆,伎进胡音务胡乐。火凤声沉多咽绝,春莺啭罢长萧索。胡音胡骑与胡妆,五十年来竞纷泊。"郭茂倩《乐府诗集》此诗题解引太常丞宋允传汉中王旧说:"玄宗虽雅好度曲,然未尝使蕃汉杂奏。天宝十三载,始诏道调法曲,与胡部新声合作,识者深异之。明年冬而安禄山反。"显然,对胡部新声的反感是以就安史之乱所作的历史反思为基础的。这一点深可注意。可见这是一个思想观念和文化心态问题,而不仅是艺术情趣问题。如果说自隋以来就有胡夷里巷之曲的广泛流行,那么,值中唐之际,因此而有了一种与其流行趋势相反的社会意识流向。白居易《法曲》诗云:"法曲法曲合夷歌,夷声邪乱华声和。以乱干和天宝末,明年胡尘犯宫阙。乃知法曲本华风,苟能审音与政通。一从胡曲相参错,不辨兴衰与哀乐。"我们因此完全可以说,伴随着中唐新乐府运动的展开,在"审音与政通"从而严辨"华声"与"夷声"的政治文化意识导引下,像元、白这样的诗人,将不会无所顾忌地追随、跟进于胡曲夷声之流行音乐文化,其文化艺术心理的内在矛盾应引起我们足够的重视。

对"夷声"流行的顾忌,又是同对俗艳歌诗的顾忌相关联的。白居易《与元九书》尝言:"如今年春游城南时,与足下马上相戏,因各诵新艳小律,不杂他篇,自皇子陂归昭国里,迭吟递唱,不绝声者二十余里。"①元稹《为乐天自勘诗集七绝》题略云:"因思顷年城南醉归,马上递唱艳曲,十余里不绝。"(卷二二)在这里,其自得于"艳曲""小律"的心理跃然纸上。然而,元稹《上令狐相公诗启》又云:"唯杯酒光景间,屡为小碎篇章,以自吟畅,然以为律体卑痹,格力不扬,苟无姿态,则陷流俗。常欲得思深语近,韵律调新,属对无差,而风情宛然,而病未能也。"(集外)白居易《长庆集·自序》亦道:"若集内无而假名流传者,皆谬为耳。"在这里,作者惧怕自身陷入流俗或社会上假名流传的心理,同样跃然纸上。两种心理内容,异质而同构,不也是一种二元并著吗?

既然如此,合情合理地解释当时的形势,就得承认,作为音乐文学文化现象的词的兴起,从一开始,就有一个辨华、夷而分雅、俗从而二元并存的问题。二元并存,矛盾冲突,两难选择,必有妥协,值此而欲求其具体的实践走向,问题的症结于是就在于,当白居易等人排斥胡曲

---

① 文学古籍刊行社影宋本《白氏长庆集》卷四五。

夷声而崇尚乐府雅声时,其崇雅意识便与华声正统的观念相互依存,从而必然导致"华声"即"雅声"的文化心理倾向,而这样一来,实际上就有了对汉魏六朝以来乐府清声的肯定。白居易《新乐府·法曲》以"正华声"为宗旨,其诗或曰:"法曲法曲舞霓裳,政和世理音洋洋。"而其间自注曰:"法曲虽似失雅音,盖诸夏之声也。故历朝行焉。"陈寅恪值此颇发感慨:"然则元、白诸公之所谓华夷之分,实不过今古之别,但认输入较早之舶来品,或以外国材料之改装品,为真正之国产土货耳。"①感慨归感慨,人们因此倒是能够认识到,元、白等人倡导乐府须严华、夷之辨的结果,其实是认可或引导胡曲夷声的"华声"化。在白居易的理论话语中,"诸夏之声"是一个显然要比"雅音"具有宽容性和兼容性的概念,说明在复古和新潮的对流中,存在着一个彼此含融的中间交流地带。陈寅恪责其"尊古卑今,崇雅贱俗,乃其门面语",似乎有点过了。其实,这里有两难心理,就像他们既作"新艳小律"又恐误入文集一样;同时,也有兼两意识,即在宏扬乐府传统的大前提下认可"历朝行焉"之"诸夏之声"。

两难,来自复古与新变的矛盾冲突。兼两,则是摆脱矛盾冲突的务实态度。中唐时代,既有自成体系的古文运动和新乐府运动,也有不成体系的娱情文艺中的新曲新词。成体系者易成气候,如白居易《新乐府》五十首就曾以《白氏讽谏》的单行版本流行于晚唐五代;至于元、白、刘诸人唱和所得的"新艳小律",则因为作者本人的多所顾虑而难得书见了。不过,这只是显而易见的外在迹象,在这迹象的背后,则是为"新艳小律"、倚声新词的新形式、新格调引入"诸夏之声"的传统情调和风格。

这需要从作家与伶工歌伎的关系说起。已有不少学者注意到,"杯酒光景"间的歌女艺伎,对曲子词的兴起发展起着不可低估的作用。② 也正是因为如此,曲词声情的柔媚便是一种先天的禀赋。词为

---

① 陈寅恪:《元白诗笺证稿》,上海古籍出版社1978年版,第144页。
② 请参看沈松勤《唐宋词社会文化学研究》,浙江大学出版社2000年版,沈著对此有中肯分析。

艳科,自始而然。王灼尝言:"古人善歌得名,不择男女。……今人独重女音,不复问能否。而士大夫所作歌词,亦尚婉媚,古意尽矣。"(《碧鸡漫志》卷一)似乎只是到了宋代后才"重女音"从而词"尚婉媚"的。殊不知,还在中唐之时,韩愈就有《辞唱歌》诗云:"抑逼教唱歌,不解看艳词。坐中把酒人,岂有欢乐姿? 幸有伶者妇,腰身如柳枝。但令送君酒,如醉如憨痴。声从肉中出,使人能逶随。复遣悭吝者,赠金不皱眉。岂有长直夫,喉中声雌雌。君心岂无耻,君岂是女儿? 君教发直言,大声无休时。君教哭古恨,不肯复吞悲。乍可阻君意,艳歌难可为。"①又,《病中赠张十八》诗云:"雌声吐款要,酒壶缀羊腔。"韩愈对"艳词""雌声"的反感,既说明了当时"重女音"的时尚,也说明了有人对这种时尚的拒绝。如果说流行与反流行的矛盾在韩愈身上的体现并不具有典型性,那么,如元、白等人者,一方面对浅斟低唱于杯酒光景间的生活津津乐道,诗文集中因此留下了不少与歌伎声词合作的蛛丝马迹,另一方面,却又自扫其迹,惟恐误入文集,从而使当筵应歌之词随酒气而飘散,不留任何痕迹。也因此,文人与歌伎的艺术合作,可说是有花而无果。怎样才能开花结果呢? 在形式上,当然就需要使"依曲拍为句"的新形式进入文人唱和活动,而在内容风格上,则需要寻找一种既不染于胡夷新声也不涉于新艳俗体的艺术资源。

这种资源,蕴藏在南朝乐府的清丽传统中。唐人乐府,本来就有一脉不绝的齐梁情调,再经由杜甫和刘禹锡等人的艺术探索,这清丽传统遂得以进入词的艺术自觉。

陆游《跋花间集二》有云:"唐自大中后,诗家日趣浅薄,其间杰出者,亦不复有前辈闳妙浑厚之作,久而自厌,然梏于俗尚,不能拔出。会有倚声作词者,本欲酒间易晓,颇摆落故态,适与六朝跌宕意气差近,此集所载是也。故历唐季五代,诗愈卑,而倚声者辄简古可爱。"所谓"六朝跌宕意气",所谓"简古可爱",究竟何指? 问题还需要从早期

---

① 钱仲联:《韩昌黎诗编年集释》,上海古籍出版社1984年版,第1287页。

文人词说起。关于刘、白之唱和,黄庭坚曰:"刘宾客《柳枝词》,虽乏曹、刘、陆机、左思之豪壮,自为齐、梁乐府之将帅。"(《黄文节公文集》别集卷八)陆游《跋金奁集》亦道:"飞卿《南乡子》八阕,语意工妙,殆可追配刘梦得《竹枝》,信一时杰作也。"联系陆游跋《花间集》之语意,其间分明含有初期文人曲词格调近于齐、梁乐府的意思。不仅如此,夏敬观《手评乐章集》评柳词雅体道:"雅词用六朝小品文赋作法,层层铺叙,情景兼融,一笔到底,始终不懈。"如此看来,从小令到慢词,都与六朝乐府传统隐隐相关了。而关于这一传统的具体内容,许学夷《诗源辨体》卷二十九云:"梦得七言绝有《竹枝词》,其源出于六朝《子夜》等歌,而格与调则子美也。"据此,不仅六朝乐府具体化为《子夜》民歌,而且中间还有一个杜甫作承前启后的人物。对于这一认识,黄庭坚又有更深入的叙述:"刘梦得《竹枝》九章,词意高妙,元和间诚可以独步。道风俗而不俚,追古昔而不愧,比之杜子美《夔州歌》,所谓同工而异曲也。"(《苕溪渔隐丛话》前集卷二十引)而与此相近的话,后来李东阳也说过:"杜子美《漫兴》诸绝句有古《竹枝》意,跌宕奇古,超出诗人蹊径。"(《怀麓堂诗话》)由此看来,陆游以"跌宕意气""简古可爱"形容《花间集》作风,原是有着特殊寓意的。其诗《杨廷秀寄南海集》之二有云:"飞卿数阕峤南曲,不许刘郎夸竹枝。"而一旦从刘禹锡《竹枝》入手,"跌宕"二字就不能单单以梁纲所谓"立身先须谨慎,文章且须放荡"(《与当阳公书》)来理解,在与杜甫夔州诸绝句"同工而异曲"的意义上,这里当另有一层关于格调拗峭的讲求。杜甫后期创作了不少拗体律诗和拗体绝句,而所谓"拗体"者,如《夔州歌》"中巴之东巴东山,江水劈开流其间"之全然不合律体格律,实际上是由已经规范的格律重新走向民歌的自由歌唱,"跌宕"者,乃不受拘谨之意,所以才说"超出诗人蹊径"。也正是在这个意义上,由近体诗到新兴词体,意味着一次形式的解放:实际上是解构旧格律而建构新格律。而与此同时,无论是杜甫绝句,还是刘禹锡《竹枝》,都别有一种清怨激越、吞吐幽咽的情调,其有别于北方民歌的狂放激昂,分明带有南国情调。

词学界早有所谓词的美学风格带有"南国情调"的观点。① 现在看来,这种"南国情调",几乎是先天带来的,因为词虽然兴起于"胡夷里巷之曲"流行之际,但是,带有"华声"正统意识的中唐乐府复古思想,却使文人词作家有了选择南朝《子夜》清歌来自我定向的努力。其实,刘禹锡的《竹枝词引》说得很明白:"聆其音,中黄钟之羽,其卒章激讦如吴声,虽伧伫不可分,而含思宛转,有淇濮之艳。昔屈原居沅、湘间,其民迎神,词多鄙陋,乃为作《九歌》。到于今,荆楚鼓舞之。故余亦作《竹枝词》九篇,俾善歌者扬之附于末,后之聆巴俞,知变风之自焉。"不言而喻,其创作思想中浸透着同新乐府诗创作完全相通的人文意识,所谓"变风之自",与"含思宛转,有淇濮之艳"相联系,再加上对屈原"骚人"范式的强调,不就是"变风发乎情,止乎礼义"(《毛诗序》)吗?再说,杜甫本来就是新乐府创作的先行者,而这里又将他看作清雅小词的先行者,新乐府运动的影响于是就延伸到曲词艺术的领域里了。于是,这里的一切便不仅来得高雅而又流丽,而且俨然就是风雅传统的延伸。而值此之际,作者对"吴声"的特殊喜好,未尝不带有复兴"诸夏之声"的意思。郭茂倩《乐府诗集·清商曲辞》云:"长安以后,朝廷不重古曲,工伎浸缺……自是乐章讹失,与吴音转远。"乐府雅俗的辨析标准,是与时推移而历史性变化的,面对西凉乐的传播流行,清商乐自然就是华夏雅声了。就这样,载负着多重意义,南国清商乐府的传统遂复兴于词体兴起之际。

诚然,民间艺术和作家创作总是互动的。但是,作家所作出的理性化的价值取向,却导致了民间曲子与作家歌词的"分异":尽管彼此之间存在对流性的相互影响,但两者毕竟又分流而去了。长期以来,我们习惯于认为文人词是跟进于民间曲子之伴随燕乐新声而繁荣的,现在看来,事情不尽如此了,因为有着南朝清商乐府传统借曲词兴起而延伸的事实。如果说西凉新声的传入和流行毕竟是挡不住的潮头,那么,新乐府运动和古文运动所带动的复古文化思潮,同样有挡不住

---

① 参杨海明《唐宋词史》第10页,江苏古籍出版社1987年版。

的势头,两种潮头的冲撞所形成的艺术格局,绝不会是单极化的。对此,我们是不是也应该去作二元论发挥呢?

三 分道偏走——面对乐府传奇与诗意情景的不同走向

其实,不仅在讨论词源问题时需要有二元"分异"的眼光,在分析词学词艺的发展趋向时,也需要同样的眼光。这是因为,后来依然被称为"乐府"的戏曲艺术,并不是由已经自成系统的曲子词演化过去的,而当唐宋时期,在文人词趋向诗化的系统以外,同时还有着注重故事性的民间讲唱曲词系统,这于是就有了一种二水分流的情势:文人词雅化而注重诗意情景之美,民间曲适俗而注重故事传奇之趣。

众所周知,由唐入宋,文人词在由小令渐变为慢词以后,大体形成了上片写景而下片言情的结构模式,词境之美,庶可以情景二字尽之矣。到宋末张炎《词源》论词时,其题目有"用事"而无"叙事",并且于"咏物"曰:"此皆全章精粹,所咏了然在目,且不留滞于物。"于"赋情"曰:"皆景中带情,而存骚雅。"而"离情"又曰:"全在情景交炼,得言外意。"词境之美,分明系于情景而不系于叙事了。实际上,"花间词"就已经透出这方面的消息,就以《花间集》之代表人物温庭筠而言,在著名的《菩萨蛮》十五首中,便不乏如下情景:"江上柳如烟,雁飞残月天""青琐对芳菲,玉关音信稀""灯在月胧明,觉来闻晓莺""门外草萋萋,送君闻马嘶""小园芳草绿,家住越溪曲""杨柳又如丝,驿桥春雨时""雨后却斜阳,杏花零落香""春水渡溪桥,凭栏魂欲消""春露浥朝华,秋波浸晚霞",等等,一派清丽而凄迷的景象,虽然未臻于张炎所谓"清空"境界,但已是"景中带情,而存骚雅"了。《四库全书总目·东坡词提要》云:"词自晚唐五代以来,以清切婉丽为宗。"向所谓"绮罗香泽之态""绸缪婉转之度"者,大都注目在"婉丽"二字上,至于"清切"二字的意味,惜乎没有得到应有的阐发。其实,只要将上列例证与同为"花间"巨子的韦庄词意"人人尽说江南好,游人只合江南老"联系起来,并由此上溯到中唐刘、白唱和所作《忆江南》词之境界，便可以明显感觉到，就像其有意识地复兴华夏清音一样，文人词是自觉地选取那带有南国凄迷情调的风物美景来与艳情本色相配合的。可见，诗客曲子词，从一开始就偏走于情景交融——而且是偏于南国情调的情景交融——的发展道路了。

本来，对新兴的词来说，这并不是唯一的选择。众所周知，文人尝试作词的时期，也正是他们热衷于小说传奇的时期，时当中唐，史才、诗笔、议论的交织，不仅促成了小说传奇的发达，而且引动了人们对叙事性艺术的兴趣。如果我们把唐人白居易《长恨歌》与陈鸿《长恨歌传》并生并传的现实，与宋人赵令畤《商调蝶恋花》合曲词与传文于一体的形式联系起来，诗和词都受叙事性艺术追求影响的事实就不言而喻了。在这种对叙事性的追求中，伴随着内容上对人物塑造、情节设计的讲求，诗歌的篇幅自然也要扩充，而曲词间所谓"联章体"也便应运而生。"联章体"由同调连缀到异调组合，随着音乐形式上更富于变化，文学内容上也就更宜于叙述故事。但就在出现了所谓"诸宫调"的时候，当时的说法仍然是"泽州孔三传者，首创诸宫调古传"（《碧鸡漫志》卷二）。无疑，这里的"古传"应该就是"古传奇"的意思。李公佐《庐江冯媪传》云："宵话征异，各尽所闻。铖具道其事，公佐因为之传。"可见，传奇创作就是"传"。我们因此而可以把借"联章体"与"诸宫调"以咏歌故事的曲词艺术看作是小说传奇的延伸，而这一延伸的趋向，无疑是通到戏曲那里去了。其先，在赵令畤写作《蝶恋花》商调十二首时，便有如此传奇"惜乎不被之于音律，故不能播之音乐，形之管弦"（见词前小序）的感慨，这应该被看作是传奇小说向演唱艺术领域延伸的艺术自觉。待到吴自牧《梦粱录》卷二十"妓乐"条载曰："说唱诸宫调，昨汴京有孔三传，编成传奇、灵怪，入曲说唱。"这时的"传奇"，就已经指说唱艺术了。由说唱而增生为戏曲演出，"传奇"一词遂成为戏曲之专名。在这一演变过程中，最初的推动力，或正如赵令畤所言："至今士大夫极谈幽玄，访奇述异，无不举此以为美谈。"显然，这与唐代陈鸿《长恨歌传》对所谓"希代之事"的浓厚兴趣一脉相通，它们都在说明,故事的奇异往往和其完整性一样受到人们的重视。也正是在这个意义上,可以说,随着词的兴起发展而出现的"倚声"趋势中,有一种曲词讲唱传奇的艺术潮流涌动于文坛。曾布以《水调歌头》排遍七阕歌唱三河义士冯燕的故事,其第七《颠花十八》有曰:"至今乐府歌咏,流入管弦声。"既然如此,这一潮流就不妨称之为乐府传奇的潮流。就可能的发展趋向而言,新兴的词,完全可以在此乐府传奇和前面所说诗意情景之间作出双向的选择。但是,问题在于,和诗意情景之美相比较,乐府传奇之趣属于新潮事物,而当时所有的复古崇雅的意识引导,自然要使文人词家疏离于这一新潮事物了。

于是,就以联章体为例,我们也很有必要确认一个"一体两格"的事实:一方面,诚如学界素来以为的那样,敦煌曲子中那些用联章体演唱故事并且兼有问答形式者,正是日后戏曲之滥觞,而唐宋之际的文人词作中,一些具有鲜明叙事主题和具体故事人物的联章曲词,因此也可以看作是乐府传奇之风气使然;另一方面,文人词至少并没有表现出偏重于乐府传奇潮流的倾向,同是联章体的形式,文人词也多用来写风景风情。从作为早期文人词代表的白居易《望江南》三首(其每首首句重复"江南好""江南忆",有似联章),到宋初潘阆写西湖风景的十首《酒泉子》(每首以"长忆"发唱,无疑是为联章),再到欧阳修用《渔家傲》十二首分写十二月风光,或用《采桑子》十首写颍州西湖风光(每首首句中均有"西湖好",当然都是联章体了),以联章体写风景风情,其承传脉络是清清楚楚的。尽管和敦煌曲子的情形相似,当时也有如被称为"紫阳真人"的张伯端用《西江月》十三首讲述道家秘法者,等等,但是,若讲基本形势,怕是只能以情景美和叙事性两种追求的分流并存来概括。不仅如此,这样的二元形势,又在雅、俗异趣的前提下出现了另一层面的分化,如北宋中期所兴起的诸宫调,当时被称为是"古传",证明时人是以小说传奇相看待的,而且当时士大夫"皆能诵之"(《碧鸡漫志》卷二),说明文人并非不感兴趣,但当时却不能在词林中蔚成风气,为什么呢?我以为原因在于:较之民间艺术,文人创作所受复古崇雅意识的影响,使其所有之叙事艺术兴趣发生了不容忽视的转化。

中国的叙事艺术,分别体现在史传传统和乐府传统之中,而耐人寻味的是,恰在文人初试词体的中唐时代,这两个传统发生了特殊的交流,并因此而实现了整个文、史系统的调整和重组。就乐府本身而言,"感于哀乐,缘事而发"(《汉书·艺文志》)的原生宗旨,以及两汉乐府叙事之际颇含戏剧效果的具体示范,本来预示着客观叙事的创作方法将有大的发展,然而,建安以来,"诗缘情而绮靡"(陆机《文赋》)的观念,"或述酣宴,或伤羁戍,志不出于淫荡,辞不离于哀思"(刘勰《文心雕龙·乐府》)的实际,却又使这一叙事性的艺术方向发生了转折,后来居上的绮丽情思冲淡了诗人对叙述事实的兴趣,乐府叙事的笔触改变为风光描绘的技巧和风情抒写的姿态。也就是说,"缘事而发"的乐府诗并没有自然地形成叙事的传统,南朝唯美主义所营造出来的丽人与美景之描写兴趣,反倒给后人提供了另样的审美资源,当文人词客伴随着对"诸夏之声"的讲求而沉潜于南朝诗美资源时,其所寻取的当然就不是叙事的传统了。更何况,中唐时代,"新乐府"运动的倡导者们,在确认乐府诗的"为事而作"时,又同时倡导了诗人美刺和史家褒贬的现实意义,并把这一切归结为整个风雅乐府以"讽兴当代之事"为最高宗旨的创作原则。于是,乐府讽兴时事的原则,就以其关乎政教的分量制约着士大夫作家对润色故事的艺术兴趣,小说传奇的兴起所造成的叙事艺术的势头,被"新乐府"提倡即事讽兴的理论和实践给冲淡了。总之,尽管当时确实存在着乐府传奇的诱惑,尽管文人词中也确实留下了叙述故事的一线轨迹,但就其重心所偏而言,却毕竟是沿着艳情清景与风雅比兴的融会之路去发展了。

因此,词的创作主体便随着重心所偏而分化,以敦煌曲子为代表的民间词,以刘、白唱和为肇端的文人词,其彼此结合之日,亦即两相疏离之时,其后始终若即若离,又始终平行并进:文人吟咏情景,民间讲唱故事。就文人诗客而言,还是偏走于诗意化的情景吟咏之路了。

当然,有分流与对峙,就有交织与兼容,特别是慢词铺叙之体日渐流行之后,文人词怎样以情景交融手法含纳叙事性因素,就是一个饶有兴味的问题。在这里,柳永词无疑最有关注价值。柳词,实际上是亦雅亦俗的,但无论其雅其俗,都没有市井讲唱艺术以故事情节为主的作风。如果说由小令到慢词的拓展意味着词体艺术表现力的拓展,而慢词铺叙的特性和多叠组合的形式又确使叙事因素的增长成为可能,那么,柳词的创作实际却向人们显示,其艺术兴趣的重心还在点染情景,而非叙述故事。于是,称扬者曰:"状难写之景,达难达之情,而出之以自然,自是北宋臣手。"(冯煦《蒿庵词话》)"层层铺叙,情景兼融,一笔到底,始终不懈。"(夏敬观手批《乐章集》)而批评者亦云:"柳耆卿词,大率前遍铺叙景物,或写羁旅行役,后遍则追忆旧欢,伤离惜别,几于千篇一律,绝少变换,不能自脱窠臼。"(周曾锦《卧庐词话》)或褒或贬,大体都以情景之工为主要话语。这不能只怪词论家偏爱情景之美,要知道,词论家的批评标准往往是词人创作趋向的反馈。当然,同时有如王灼者,便道:"柳耆卿《乐章集》,世多爱赏该洽,序事闲暇,有首有尾。"(《碧鸡漫志》卷二)后来有如刘熙载者,亦道:"耆卿词细密而妥溜,明白而家常,善于叙事,有过前人。"(《艺概·词曲概》)凡此,又都特意指出柳词"善于叙事"的特长。难道这真是一个见仁见智的问题吗?显然不是。说到底,柳词"善于叙事"之擅长处,恰在于"情景交融",吴世昌先生所谓"西窗剪烛型"或"人面桃花型",[①]换句话说,无非是艺术积淀而形成的典型化情景,通过抚今追昔、思前想后、临近念远、怜己悯人这种生活与心理时空的重叠方式来丰富词境的层次,和小说戏曲之讲求完整故事情节线索者相比,从柳词到周词,词家铺叙所注重的,其实是情景的层次感。比如,历来评词者无不指出,由柳词到周词,有一个变平铺直叙为层深顿挫的发展,词学家一般称此为"章法","章法"的讲求显然是与慢词的成熟相同步的,而"章法"作为普遍形式建构的方法自觉,实际上是不利于表现具有"这一个"特征的"故事"的。正因为如此,我们最终可以说,即使是善于铺叙的文人词,也

---

① 《罗音室学术论著》第二卷《词学论丛》,中国文联出版公司,1991年版,第50—62页。

不过是在多层情景的交融之中隐约着叙事的影子而已。

总之,曲词兴起之际,歌行体乐府诗与传奇小说联姻,而"新乐府"诗又借复古而行讽谏之道,词以其"小"而自轻,以其"艳"而自贱,既不能跟进于现实政教主题而讽兴时事,又不能随行于流行热门题材而演唱传奇,于是避重就轻,自觉边缘化,娱情于杯酒光景之间,酝酿于传杯打令之际。然而,文人词兴起的中唐以降时期,尚奇、尚怪、尚荡之风尚,乃与崇雅、复古、挹清之意识相争复又相让,而词的轻艳素质又哪里经得起怪怪奇奇的发挥?于是,只有复古而挹清一路了。值此之际,面对西凉胡夷歌舞进入主流乐舞文化而大为流行,自身即为"新乐府"诗人的早期文人词客,秉着复兴华夏之声的精神,又不能不逆时尚而偏选于南国清商乐府传统,而这一传统,当然不仅是齐梁乐府之遗韵,自晋宋以来兼求情景之美的诗学意识也在其中,唯其如此,词学的自觉,就其新的胎体而言,是倚新声之长短句的自觉,而就其生命元素之遗传而言,则是乐府流丽与诗境雅润的双重自觉。看来,我们真需要在多重意义上引入二元论的学术眼光!

宋诗学阐释与唐诗艺术精神

在古典诗学领域，宋人的诗学思想阐释，包含着对唐诗艺术经验的总结和唐诗艺术精神的提炼，其诗学思想因此而成熟，亦因此而创新。具体而言，在被学界称之为"唐宋诗之争"的诗学史论争背后，实质上潜存着对唐诗之经典地位以及宋诗相应之经典地位的确认，而对这两种诗美典范之间的内在联系的辨识，除了那种诗分唐宋犹如二水分流的既定观念之外，可能还需要唐宋诗意脉相承犹如一水曲折式的辨析理路，因为在某种程度上，宋人的诗学思想体系正是通过提炼唐诗艺术精神来建构的。总结唐诗发展经验并提炼唐诗艺术精神，是宋人诗学思想的中心内容之一，宋诗学的特殊思想魅力，缘此而体现在关于唐诗的精粹阐释之中。惟其如此，本文选题及以下相应之论述，实期待着唐宋诗学之双关双赢式的体悟。

一 "集大成"的艺术哲学底蕴：宋人 "集大成"思想的多重意蕴与 诗国"盛唐气象"的再阐释

以"集大成"称许文坛人物，无疑是对其崇高地位的确认。一代文学之代表人物，都是一定意义上的"集大成"者，如胡仔《苕溪渔隐丛话后集序》所言："余尝闻开元之李杜，元祐之苏黄，皆集诗之大成者。"[①]

---

① 胡仔：《苕溪渔隐丛话后集》，人民文学出版社1962年版，第1页。

循此而推广开来,苏、黄与李、杜之前,自屈、宋以降,完全可以排出一个"集大成"历代相续的谱系。然而,这种适宜于各个时代代表人物的"集大成"说,相对于宋人关于唐代文学艺术"集大成"的论述来,充其量只是"集小成"而已。之所以会有如此判断,除了唐代文学艺术——尤其是唐诗本身的历史地位之外,宋诗学的思想阐释本身,也以其特有的丰富内涵证明了其"集大成"观的特殊意义。要而言之,宋人基于唐人成就而涵涉诗文书画的"集大成"思想阐释,最耐人寻味而又启人深思的地方,其一在于"集大成"说本身所具有的多重意蕴,其二在于那如影随形而出现的所谓"亦少衰矣"的盛衰兴叹,由此而构成了多层审美文化底蕴复合一体的"集大成"说。深入解读并充分阐释此中意蕴,不仅有助于宋诗学思想精华之阐扬,而且有助于唐诗艺术精神之提炼,惟其事关两端,所以意义重大。

学术研究的深度开拓,既需要新发现的文献材料,也需要旧有材料的深入细读。这里,我们需要面对两段已为学界所熟知的文字。

苏轼《书吴道子画后》云:

> 智者创物,能者述焉,非一人而成也。君子之于学,百工之于技,自三代历汉至唐而备矣。故诗至于杜子美,文至于韩退之,书至于颜鲁公,画至于吴道子,而古今之变,天下之能事毕矣。道子画人物,如以灯取影,逆来顺往,旁见侧出,横斜平直,各相乘除,得自然之数,不差毫末,出新意于法度之中,寄妙理于豪放之外,所谓游刃余地,运斤成风,盖古今一人而已。①

其《书黄子思诗集后》又云:

> 予尝论书,以谓钟、王之迹萧散简远,妙在笔画之外。至唐颜、柳始集古今笔法而尽发之,极书之变,天下翕然以为宗师,而

---

① 孔凡礼点校:《苏轼文集》卷七〇,中华书局1986年版,第2210页。

钟、王之法益微。至于诗亦然。苏、李之天成,曹、刘之自得,陶、谢之超然,盖亦至矣。而李太白、杜子美以英玮绝世之姿,凌跨百代,古今诗人尽废,然魏晋以来,高风绝尘,亦少衰矣。李、杜之后,诗人继作,虽间有远韵,而才不逮意,独韦应物、柳宗元发纤秾于简古,寄至味于淡泊,非余子所及也。唐末司空图,崎岖兵乱之间,而诗文高雅,犹有承平之遗风。其诗论曰:"梅止于酸,盐止于咸,饮食不可无盐梅,而其美常在咸酸之外。"盖自列其诗之有得于文字之表者二十四韵,恨当时不识其妙,予三复其言而悲之。①

上引两段文字,近乎家喻户晓,然其中寓意,却大有再作探讨的余地。

就第一段文字而言,其中包含着异常丰富的思想智慧。其一,关于"智者"与"能者"的关系,对应于孟子所谓"智之事"与"圣之事",值得深入玩味。而玩味之际,自然要联系到秦观《韩愈论》阐释杜诗韩文之"集大成"而曲终奏雅地推出孔子原型一节,进而就需要再次回味《孟子》相关议论之寓意。足见,苏轼此间所言,绝非无所谓之词。其二,"自三代历汉至唐而备"的文明发展史观,具有将"君子之于学,百工之于技"视为一个整体的特定前提,由此表现出来的道术与技术并重的思想精神,作为"宋学"典型特征之一,自然不能忽视。惟其如此,诸如"自然之数""游刃余地""天下之能事"这些涵涉艺术技术论的话语,同样不能忽视。凡此,实际上已经构成为一个系统的文明集成观念,其涵涉广而思理深,未可浅表阐发。

细读第二段文字,首先会发现,"至唐颜、柳始集古今笔法而尽发之"一语中的"始"字,分明在告诉我们,"三代历汉至唐而备"的文明历史集成,同时又表现为盛唐诸公的自觉集成,缘此而生成了"集大成"的双重指向:一方面,"集大成"境界乃是历史发展积淀而成的自然境界;另一方面,"集大成"的自觉意识,却是唐人才有并且具体到李杜颜

---

① 《苏轼文集》卷六七,第2124页。

柳的人为造诣。自然境界是无意的，人为造诣是有意的，苏轼"凌跨百代，古今诗人尽废，然魏晋以来，高风绝尘，亦少衰矣"的赞赏与感叹，深层里包含着有意之集成终逊于自然之集成的意思。其次，其间所谓"极书之变"对应于"古今诗人尽废"，显然赋予唐人之"集大成"以鲜明的变创特性，惟其是为变创——尽管是集成式变创，也必然意味着传统境界的某种失落，"少衰"之叹的背后，是那个至为关键的"变"字。再次，"钟王之法，妙在笔法之外"的纯粹艺术评论，与晚唐司空图"崎岖兵乱之间，而诗文高雅，犹有承平之遗风"的知人论世之艺术评论结合起来，在人格与艺境高度统一的意义上，"高风绝尘"与"远韵"所代表的魏晋风度和晋宋雅意，是一种超越于个人与时代苦难的"萧散"境界。苏轼"亦少衰矣"之叹，是否意味着盛唐李杜诗美境界中稍稍欠缺一点这样的超越精神呢？或者，是否意味着需要去发现"盛唐气象"中的"萧散"旨趣呢？这都将成为新的问题。

不仅如此，与苏轼相呼应的秦观《韩愈论》①一文，在基于杜诗韩文而阐释"集大成"思想观念之际，还提出了"成体之文"与"适当其时"这样的范畴和命题。秦文首先确认："先王之时，一道德，同风俗，士大夫无意于为文，故六艺之文，事词相称，始终本末，如出一人之手。后世道术为天下裂，士大夫始有意于为文。"这无异于确立上古文体未分之原初浑成境界为道德文章之理想境界，在此理想面前，文体的区分和个性的别异，统统成为需要被超越的对象，而这也就是集大成的历史合理性之所在。基于此，下文在分述"论理之文""论事之文""叙事之文""托词之文"的文体别异之后，继而总结道："钩《列》《庄》之微，挟苏、张之辩，撼班、马之实，猎屈、宋之英，本之以《诗》《书》，折之以孔氏，此成体之文，韩愈之所作是也。"通过"成体之文"这一富有集大成意味的特定概念，论者赋予韩文以超越个性差异与文体区别的道德文章崇高价值。不仅如此，秦观进一步揭示韩文之所以集大成的原因："然则《列》《庄》、苏、张、班、马、屈、宋之流，其学术才气，皆出于愈之

---

① 徐培均笺注：《淮海集笺注》卷二二，上海古籍出版社2000年版，第750页。

文,犹杜子美之于诗,实积众家之长,适当其时而已。"文章宗旨分明,韩文与杜诗之所以成就为集大成境界,并非个人学术才气所致,关键在"适当其时"。而关键的关键又在于,"适当其时"的思想命题,又是与孟子视孔子为"圣之时者"的文化原型直接相关的,因此,这里必须再读《孟子》。

《孟子·万章下》依次叙述伯夷、伊尹、柳下惠、孔子的人生实践原则,值孔子而有曰:"孔子去齐,接淅而行;去鲁,曰:'迟迟吾行也,去父母国之道也!'可以速而速,可以久而久,可以处而处,可以仕而仕,孔子也。"基于此,孟子有道:"伯夷,圣之清者也;伊尹,圣之任者也;柳下惠,圣之和者也;孔子,圣之时者也。孔子之谓集大成。集大成也者,金声而玉振之也。金声也者,始条理也;玉振之也者,终条理也。始条理者,智之事也;终条理者,圣之事也。智,譬则巧也;圣,譬则力也。由射于百步之外也,其至,尔力也;其中,非尔力也。"① 孟子此意,他处亦有表述。② 其思想实质,乃在阐发孔子"集大成"以"时"而成的基本观念。孔子固有重"时"思想,或曰:"导千乘之国,敬事而信,节用而爱人,使民以时。"③或曰:"时然后言。"④甚至于:"色斯举矣,翔而后集。曰:'山梁雌雉,时哉时哉!'"⑤惟其如此,从孟子之原创命题,到宋人进一步阐释这一命题,其思想意义所在,乃是通过申说《中庸》所谓"君子而时中"而发扬孔子实践理性精神。

问题在于,围绕着"集大成"与"君子时中"的整合命题,"宋学"内部存在着引人深思的思想交锋。

以朱熹为哲学思想家的代表,强调:"孔子集三圣之事,而为一大圣之事;犹作乐者,集众音之小成,而为一大成也。"⑥"此复以射之巧

---

① 焦循:《孟子正义》卷二〇,中华书局1987年版,第672页。
② 《孟子·公孙丑上》:"(公孙丑)曰:'伯夷、伊尹何如?'(孟子)曰:'不同道。非其君不事,非其民不使;治则进,乱则退,伯夷也。何事非君,何使非民;治亦进,乱亦进,伊尹也。可以仕则仕,可以止则止,可以久则久,可以速则速,孔子也。'"
③ 杨伯峻译注:《论语译注》,中华书局1980年版,第4页。
④ 同上书,第150页。
⑤ 同上书,第108页。
⑥ 朱熹:《四书集注·孟子集注》卷一〇《万章下》。

力,发明智、圣二字之义。见孔子巧力俱全,而圣智兼备,三子则力有余而巧不足,是以一节虽至于圣,而智不足以及乎时中也。""智是知得到,圣是行得到。"①毫无疑问,其中的"巧力俱全""圣智兼备"是关键词。如此阐释是否符合《孟子》原义?这是第一个要思考的问题。《孟子》分别"智之事"与"圣之事"的用意究竟何在?而"始条理"与"终条理"最终构成一种什么样的关系?这都需要深入思辨地阐发。朱熹十分睿智地将《孟子》所谓"条理"理解做贯通性的"脉络",进而解释为"犹一条路相似",②在这个意义上,"致知"与"力行"的统一,便是路向选择与路途开拓的统一,这是一种随时需要智慧和力量的事业,朱熹之所以将"孔子时中"解释为"随时而中",③其道理也在于此。既然如此,基于逻辑理性的推论,朱熹再三申说的孔子"集大成"之"无所不该,无所不备",④就不可能一次性完成,无论是最终做到极致处,还是自始认识无偏差,都存在着"随时"选择与开拓的实践课题。而恰恰是在这个焦点性的问题上,看似与朱熹思想相矛盾的苏轼思想,实质上未见得不相会通。

鉴于苏轼"集大成"思想中含有"极书之变""古今诗人尽废"这种变创意识,本文特引其《苏氏易传》解《周易·系辞传上》"变化者,进退之象也。刚柔者,昼夜之象也"的有关论述:

> 夫刚柔相推而变化生,变化生而吉凶之理无定。不知变化而一之,以为无定而两之,此二者皆过也。天下之理未尝不一,而一不可执。知其未尝不一而莫之执,则几矣。⑤

既然"不知变化"和"以为无定"都是错误的,那正确的思想认识必然就是"变化"而又"有定"。这无疑是一种非常精彩的思想。由此而形成

---

① 《朱子语类》卷五八,中华书局《理学丛书》本,第四册,第1369页。
② 同上书,第1367页。
③④ 同上书,第1366页。
⑤ 《苏氏易传》卷七,《三苏全书·经》,语文出版社2001年版,第347页。

的实践主体精神,便是"知其未尝不一而莫之执"的自由的理性。这种自由的理性,在解说"一阴一阳之谓道"时更有生动的表现:

> 阴阳果何物哉?虽有娄、旷之聪明,未有得其仿佛者也。阴阳交然后生物,物生然后有象,象立而阴阳隐矣。凡可见者皆物也,非阴阳也。然谓阴阳为无有可乎?虽至愚知其不然也。物何自生哉?是故指生物而为之阴阳,与不见阴阳之仿佛而谓之无有者,皆惑也。圣人知道之难言也,故借阴阳以言之,曰"一阴一阳之谓道"。一阴一阳者,阴阳未交而物未生之谓也。喻道之似,莫密于此者也。①

只要比较一下"是故指生物而为之阴阳,与不见阴阳之仿佛而谓之无有者,皆惑也"和"不知变化而一之,以为无定而两之,此二者皆过也"这两句话,就可以发现,"叩其两端而竭焉"的自由的理性,恰恰承传着孟子阐释中"可以处而处,可以仕而仕,孔子也"的人生实践哲学精神。在这个意义上,杜诗也好,韩文也好,其犹如孔子原型之复兴的"集大成",在苏轼看来,其核心精神在于"适当其时"地变古创新的自由的理性。无论如何,体现如是自由之理性的"集大成"境界,并非"无所不该,无所不备"。

惟其如此,在唐人自觉变创古法而"集大成"的艺术境界之外,自然还有其无法涵盖的另样境界,不仅如此,这两种境界之间,最终又有着"未尝不一"的艺术哲学意义上的本质联系。其实,秦观《韩愈论》已然提示我们,宋人面向唐人的"集大成"思想阐释,以复兴孔子原型为标志,具有儒学文化的鲜明色彩。而接着需要指出的是,启动于"百代之中"的儒学复兴思潮,在引入释家与道家思想元素以提升自身哲学理性的过程中,相应地重新塑造了儒家理想人格。有如世人所熟知者,两宋之世,无论道学中人还是艺林中人,莫不心仪于"孔颜乐处",

---

① 《苏氏易传》卷七,第351—352页。

并以"吾与点也"之意为孔子人格精神之亮点。正是儒学新变的这种走向,使得宋诗学思想阐释中的三代汉唐整体意义上的文明集成,意味着对魏晋以来"高风绝尘"与唐人始有之"集大成"两种境界的兼容。参照秦观"后世道术为天下裂,士大夫始有意为文"的论断,将苏轼"钟王之法,妙在笔法之外"的纯粹艺术评论,与其晚唐司空图"崎岖兵乱之间,而诗文高雅,犹有承平之遗风"的知人论世之艺术评论结合起来,最终可以发现,在人格与艺境高度统一的意义上,"高风绝尘"与"远韵"所代表的魏晋风度和晋宋雅意,恰恰是被李、杜、颜、柳之"集大成"境界所遮蔽的另一层真实面貌和另一种理想境界。由此看来,苏轼"亦少衰矣"之感叹,旨在唤醒世人之兼容通观意识。

实际上,认真品味苏轼相关论说,其兼取盛唐集成与晋宋超逸的意趣,是再鲜明不过的了。苏轼论唐六家书法有云:"永禅师书,骨气深稳,体并众妙,精能之至,反造疏淡。如观陶彭泽诗,初若散缓不收,反覆不已,乃识其奇趣。""张长史草书,颓然天放,略有点画处,而意态自足,号称神逸。今世称善草书者,或不能真行,此大妄也。真生行,行生草,真如立,行如行,草如走,未有未能行立而能走者也。今长安犹有长史真书《郎官石柱记》,作字简远,如晋、宋间人。颜鲁公书雄秀独出,一变古法,如杜子美诗,格力天纵,奄有汉、魏、晋、宋以来风流,后之作者,殆难复措手。"①其间殊可注意者,首先是直接将颜真卿书法比作杜甫诗歌,并称其"一变古法"而"奄有汉、魏、晋、宋以来风流",这说明"集大成"与"变古法"是统一的;其次,则是"体并众妙,精能之至,反造疏淡,如观陶彭泽诗",这又说明"并众妙"与"造疏淡"是统一的。此外,贯通其间者,即所谓"作字简远,如晋、宋间人",则又是人格与艺术的统一。所有这些,显然远远大于人们通常所说的宋代"文人"书画之艺术精神的相关内容,这也就是说,那种将宋人审美思想之主导精神归结为"文人"艺术精神的认识,显然是偏执的。宋诗学思想之精华,乃在"集大成"而返自然,"并众妙"而"造疏淡",穷尽艺文能事而又

---

① 《苏轼文集》卷六九,第2206页。

尽显无意于此之萧散意趣。

这中间,自然有很多问题需要进一步的讨论,而在宋诗学思想阐释中实际处于中心位置的杜诗问题,更是其中的焦点问题。

韩愈《题杜工部坟》曰:"独有工部称全美,当日诗人无拟伦。……怨声千古寄西风,寒骨一夜沉秋水。……捉月走入千丈波,忠谏便沉汨罗底。"①韩愈此诗,宋人蔡梦弼曾有质疑,②而杜诗集注名家仇兆鳌《杜少陵集详注原序》则有曰:"臣观昔之论杜者备矣,其最称知杜者,莫如元稹、韩愈。"③学者许总据此指出:"对韩诗之真实性,却难以献疑。"④如今提炼韩愈诗意,"怨声千古寄西风""忠谏便沉汨罗底",显见得是将自家《诤臣论》意志与屈骚、杜诗之艺术精神融为一体,从而抒发儒家忠谏气骨支撑下的诗学精神。这一点,不仅与同时元、白倡导"新乐府"的诗学精神相一致,而且与宋世秦观《韩愈论》阐释"集大成"而视孔子为原型的文化观念相契合。元、白新乐府诗学思想,以诗人讽刺和文士褒贬为两翼,归其根本为"三代之盛也,士议而庶人谤"⑤的文明制度。这样一来,便与孟棨《本事诗·高逸第三》"杜逢禄山之难,流离陇蜀,毕陈于诗,推见至隐,殆无遗事,故当时号为'诗史'"⑥的载述相吻合,说明唐人对杜诗成就的高度评价,包含着关于孔子"春秋笔法"的价值诉求。秦观之所以将杜甫与孔子并提,其深层用意,缘此而殊堪体味:就其人生遭遇与事业成就的实践关联而言,孔子不也是"栖栖一代中"⑦吗?宋人是否在杜甫身上看到了孔子的身影,故而以

---

① 屈守元、常思春主编:《韩愈全集校注》,四川大学出版社1996年版,附录一,第3029页。
② 蔡梦弼《杜工部草堂诗笺》:"此退之《题杜工部坟》,惟见于刘斧《摭遗小说》,韩昌黎正集无之,似非退之所作。然大历去元和,时之相去,犹未为远,不当与本集抵牾若是。乃后之好事俗儒,托而为之,以厚诬退之,决非退之所作也。明矣!梦弼今谩录于此,以备后人之观览。"
③ 仇兆鳌:《杜诗详注》,中华书局1999年版,第1页。
④ 许总:《杜诗学发微》,南京出版社1989年版,第13页。
⑤ 元稹:《和李校书新题乐府十二首序》,《元稹集》卷二四,中华书局1982年版,第277页。
⑥ 丁福保:《历代诗话续编》,中华书局1983年版,第15页。
⑦ 唐玄宗:《经邹鲁祭孔子而叹之》,彭定求等编《全唐诗》(增订本)卷三,中华书局1999年版,第30页。

"诗圣"相推许呢？这一点绝非无足轻重，因为它涉及我们在确认诗国"盛唐气象"时，是否包含安史之乱这一国家灾难所造就的杜诗成就，也就是能否赋予"盛唐气象"以悲剧性主题。毋庸讳言，这兴许是一个唐诗研究中的思想难题。《论语·里仁第四》载述孔子语有曰："君子无终食之间违仁，造次必于是，颠沛必于是。"孔子作为"仁"之化身的形象，实际上也正是一个颠沛流离的形象。宋人确认杜诗、韩文"集大成"之际，将其与孔子之"集大成"相提并论，其中的文化寓意，落实在韩愈身上，当属于"文起八代之衰，而道济天下之溺"①的思想担当，而落实在杜甫身上，就应是"千古是非存史笔，百年忠义寄江花"②之所谓"史笔"与"忠义"的集合体——也就是"诗史"与"诗圣"的集合体。对此，学界的阐述已经足够多了。这里需要补充的是，"诗史"与"诗圣"之所以能够集合一体的特定时代条件，实际上也正是秦观"适当其时"的特定寓意所在，其指向是直面安史之乱所造成的盛唐家国大悲剧的。如果说杜诗"集大成"境界应被视为诗国盛唐——非世间盛唐之简单对应物——的应有之义，那么，"盛唐气象"的艺术精神概括就不单是"雄浑"，而应是"雄浑悲壮"了。黄彻《䂬溪诗话》云："东坡问：老杜何如人？或言似司马迁，但能名其诗耳。愚谓老杜似孟子，盖原其心也。"③原"诗史"之心于孟子，岂不正好呼应了秦观视杜诗"集大成"如孔子"集大成"？而如此之"集大成"境界，岂不又正是"圣贤发愤之所为作"的精神创造物？

然而，意味深长的是，在宋人诗学思想阐释中，杜诗价值的确认，却又有着与陶渊明相提并论的特殊倾向。据曾噩《九家集注杜诗序》，杜诗集"乡校家塾，龆总之童，琅琅成诵，殆与《孝经》《论语》《孟子》并行"。④ 如果说这条材料直接说明，宋人推崇杜诗具有儒家文化主导的普遍心理基础，那么，张戒《岁寒堂诗话》"孔子删诗，取其思无邪者而

---

① 苏轼：《潮州韩文公庙碑》，《苏轼文集》卷一七，第508页。
② 黄庭坚：《次韵伯氏寄赠盖郎中喜学老杜诗》，任渊、史容、史季温注《黄庭坚诗集注》诗外集补卷四，中华书局2003年版，第1706页。
③ 黄彻：《䂬溪诗话》，人民文学出版社1986年版，第6页。
④ 华文轩：主编《古典文学研究资料汇编·杜甫卷》，中华书局1964年版，第788页。

已。自建安七子、六朝、有唐及近世诸人,思无邪者,惟陶渊明、杜子美耳,余皆不免落邪思也"①这番话语,就进一步告诉我们,宋人普遍的儒家文化心理,借助陶、杜并称这一诗学阐释方式,具体显现出其进境于"新儒学"时代的特殊追求。苏轼尝曰:"陶渊明欲仕则仕,不以求之为嫌,欲隐则隐,不以去之为高,饥则叩门而乞食,饱则鸡黍以迎客,古今贤之,贵其真也。"②尽管陶渊明之仕隐出处,有其具体的历史条件与个性抉择之间的复杂关系,但苏轼借此而表达的人生观念,却是穿透处世与出世之界限而超然自在的。而此间之"真",恰是新儒学心源探求之本根处,诚如朱熹《答杨宋卿》所言:"是以古之君子德足以求其志,必出于高明纯一之地,其于诗固不学而能之。"③其所谓"高明纯一"者,亦即"心源澄静",④在"心统性情"的心性哲学意义上,这意味着将性情发生学的基本原理确认为以"静"为本,并因此而确立"萧散冲淡之趣"⑤的本真原初意义。不管是黄庭坚对周敦颐"光风霁月"之"胸怀洒落"的赞赏,还是朱熹对韦应物诗境之"气象近道"⑥的认可,其思想理论的根据,皆在于此。不言而喻,以此"心源澄静"为人格建构之本根,其所发扬的儒家精神传统,必将有别于"圣贤发愤之所为作"的忧患意识,倒是苏轼称司空图"崎岖兵乱之间,而诗文高雅,犹有承平之遗风"的言外之意,颇能切中如是人格的精神命脉。归根结底,那是一种超越世间苦乐的从容平和境界,是任真自然的人格自觉沿着返璞归真方向发展的理想境界,同与时变化的社会盛衰、人生际遇比起来,这种回归"心源澄静"的性情讲求,相对富有永恒的意味。苏轼《次韵黄鲁直书伯时画王摩诘》诗云:"前身陶彭泽,后身韦苏州。欲觅王右丞,还向五字求。"⑦陶、王、韦、柳,缘此而富有杜诗之"集大成"所无法替代的人

---

① 丁福保辑:《历代诗话续编》,第465页。
② 苏轼:《书李简夫诗集后》,《苏轼文集》卷六八,第2148页。
③ 《朱子文集》卷八,中华书局1985年版,第366页。
④ 罗大经:《鹤林玉露》卷六"朱文公论诗"条,中华书局1983年版,第113页。
⑤ 黄庭坚:《濂溪诗并序》,《黄庭坚诗集注》别集诗注卷上,第1411页。
⑥ 黎靖德编:《朱子语类》卷一四〇,第3327页。
⑦ 王文诰辑注:《苏轼诗集》卷四七,中华书局1982年版,第2543页。

格价值和诗美价值,同时,却又有着与杜诗精神相通的特定基础,而在此陶、杜一体并称的意义上,性情自然真纯的人格讲求已然契合于心源之澄静冲淡的精神境界。缘于此,诗国"盛唐气象",就不仅意味着雄浑悲壮,而且意味着澄淡清远。

　　明乎此,先前总觉得有些矛盾的宋人盛唐诗美阐释,就显得自然而然了。比如,鲜明指示"不做开元天宝以下人物"①的严羽,一方面在《答出继叔临安吴景仙书》中写道:"盛唐诸公之诗如颜鲁公书,既笔力雄壮,又气象浑厚。"其诗学阐释之话语模式,显然与苏轼等人相契合,并将盛唐诗境概括为雄壮浑厚——简言之就是"雄浑"。另一方面,其《沧浪诗话》则曰:"盛唐诸公,惟在兴趣,羚羊挂角,无迹可求。"确如学界历来所评,严羽此论似乎将"盛唐气象"并入王、孟、韦、柳之清远一派了。其实,这不正意味着两种"盛唐气象"并存于严羽心目之中吗?在追寻其思想脉络的过程中,人们必将发现,南宋道学有朱、陆之争,而旨在朱、陆和合的包恢,恰与严羽同时,而且严羽少时曾师事包恢之父包扬。以此为诗学文化背景,包恢的以下论说便显得很有滋味:"所谓造化之未发者,则冲漠有际,冥会无迹,空中之音,相中之色,欲有执着,曾不可得而自有,尸居而龙见,渊默而雷声者焉!所谓造化之已发者,真景见前,生意呈露,混然天成,无补天之缝罅;物各傅物,无刻楮之痕迹。盖自有纯真而非影,全是而非似者焉。故观之虽若天下之至质,而实天下之至华;虽若天下之至枯,而实天下之至腴。如彭泽一派,来自天稷,尚庶几焉,而亦岂能全合哉!"②真是若合符契,严羽《沧浪诗话》亦曰:"诗者,吟咏性情也。盛唐诸公,惟在兴趣,羚羊挂角,无迹可求。故其妙处透彻玲珑,不可凑泊,如空中之音,相中之色,水中之月,镜中之象,言有尽而意无穷。"其中,同为"空中之音""相中之色"的比喻,包恢用以阐说"造化之未发"气象,而严羽用为诗家盛唐之"兴趣"所在,当哲学与诗学默契地携手,审美理想与人格理想便重合起

---

① 严羽撰、郭绍虞校释:《沧浪诗话校释》,人民文学出版社1983年版,第1页。
② 包恢:《答傅当可论诗》,《宋集珍本丛刊》影清乾隆翰林院抄本《敝帚稿略》卷二。

来,苏轼言下"汪洋澹泊"①的理想风格,就与理学家"正须澄心源,乃许窥道妙"②的"持养"实践相契合,"彭泽一派"值此而成为新儒学心性哲学讲求的诗意载体了。惟其如此,严羽虽然是苏黄诗风的批判者,但当其阐释诗国盛唐气象之际,却又不无默契之处,此中奥妙,也就不难领悟了。

总而言之,宋诗学围绕"集大成"问题的思想阐释,是唐诗接受学与宋诗学自觉的思想焦点之一,事关唐宋诗艺术精神之双向探询。其间阐释旨趣所在,启示我们重新思考关于"盛唐气象"的艺术精神提炼问题,是否需要在"雄浑"这一最为经典的审美范畴之外,补充以"悲壮"与"清和"这样的范畴。以李、杜为当世代表人物,兼容陶、王、韦、柳之特殊传统,超越单极化的盛世文学观,从而认识到诗国"盛唐气象"其实是由盛世情怀与国难体验的巨大矛盾所构成,而矛盾两端的相得益彰,不仅凸显出"雄浑悲壮"与"萧散清和"各尽其妙的丰富精神内涵,而且表现出盛世承平气象与家国动乱悲剧之间的巨大历史张力。诗国"盛唐气象"的如是建构,有赖于宋诗学自身的新儒学思想文化背景和科技人文集成发展的文明语境,同时也与苏轼为代表的"宋学"型文学思想家的人格理想和艺术理想有关。惟其如此,以推出孔子"集大成"之文化原型为标志,包容唐人自觉"集大成"之艺术精神而又超越之,宋诗学以此为载体实现了古道古文复兴与新儒学义理阐释的统一。宋人基于"集大成"的盛衰兴叹,缘此而有丰富的思想内涵。

二 "精意相高"的诗艺学讲求:穿越"宋初三体"的"晚唐"诗艺与"大雅平淡"的诗美理想

杨万里《黄御史集序》尝曰:"诗至唐而盛,至晚唐而工。盖当时以此设科而取士,士皆争竭其心思而为之,故其工,后无及焉。"③生活在

---

① 苏轼:《答张文潜县丞书》,《苏轼文集》卷四九,第1427页。
② 真德秀:《送汤伯纪归安仁》,《西山先生真文忠公文集》卷一,明正德刊本。
③ 杨万里撰、辛更儒笺校:《杨万里集笺校》卷七九,中华书局2007年版,第3209页。

当今之世而每每痛感应试教育之有误者,闻此言语,将今比古,揣摩体会,或将新有所悟。尽管唐诗之盛,是否决定于科举诗赋取士,有容商榷,但"竭其心思"所导致的诗艺精工,被确认为"晚唐"诗的标志性特征,却是值得玩味的。不仅如此,细细体会,杨万里"至晚唐而工"的判断是建立在"至唐而盛"的大前提下的,也就是说,唐诗精工之美,是诗盛于唐的题内应有之义,必先进入诗国盛世,而后才有精工绝妙的诗艺学造诣。这中间的许多道理,似乎还没有被学界充分阐发。

宋诗学关于"晚唐"诗艺学讲求的阐述,是贯通于两宋始终的。

宋初诗坛,先有"白体"与"晚唐体"之流行,"西昆体"相对晚出,缘此而有诗歌史描述话语之所谓"宋初三体"。三体之间,并非简单的依次出场,而是有着内在诗艺讲求的某种一致性。欧阳修尝言:"仁宗朝,有数达官,以诗知名,常慕'白乐天体',故其语多得于容易。"①又有曰:"唐之晚年,诗人无复李杜豪放之格,然亦务以精意相高。如周朴者,构思尤艰,每有所得,必极其雕琢。"②可见,在欧阳修的心目中,由"白体"到"晚唐体"的转型,意味着由"得于容易"到"构思尤艰"的转型。不仅如此,相对于盛唐李、杜的"豪放之格","晚唐"的"精意相高",另成一种"精致"诗格。就像欧阳修在赞赏韩愈诗歌"笔力有余,故无施而不可"③的同时,又极力称赏其"工于用韵"④一样,宋人诗学思想的结构模式是兼容性的,在称赏"雄文大笔"之"笔力有余"的同时,又对"精意相高"境界表示充分认可。如果说"无施而不可"属于通才全能的广度开拓,那么,"精意相高"就属于专一精深的深度开拓;"无施而不可"体现着自由度,而"精意相高"则体现着高难度。当然,由于"无施而不可"的诗学实践本身就有着探险于内部世界的一面,所以,"雄文大笔"也绝不意味着粗疏浅薄,恰恰相反,"笔力有余"之"笔力"本身就包含着"精意相高"的元素。惟其如此,作为"雄文大笔"之

---

① 欧阳修:《六一诗话》,见何文焕辑:《历代诗话·六一诗话》,中华书局1981年版,第264页。
② 同上书,第267页。
③ 同上书,第270页。
④ 同上书,第272页。

典型的韩诗,其变创诗格的实践指向,就不仅与"西昆体"消息相通,而且与"晚唐体"之诗艺学讲求相关。

带有挑战极限性质的高难度诗艺学自觉,是梅尧臣与欧阳修之间的诗学默契之一。欧阳修称赏梅诗曰:"圣俞平生苦于吟咏,以闲远古淡为意,故其构思极艰。"①众所周知,梅尧臣是宋诗学"平淡"理想的首倡者,也是在"意新语工"意义上感叹"造语亦难"的诗艺学自觉者,梅氏之感喟,本应引起世人对"平淡"诗美理想与艰难艺术构思之关系的深刻思考,可惜人们并非真正领会此中"看似寻常最奇崛,成如容易却艰辛"②的诗艺学道理,否则便不会不约而同地鄙夷艰难构思的创作方法。实际上,从先秦时代孔子与弟子讨论《诗》学而关注"如切如磋,如琢如磨"③的技艺切磋,到刘勰《文心雕龙·序志》提出"古来文章,以雕缛成体",并在文章枢纽的导引下沿着文体学和文术论的两翼展开自己的理论系统,④继之有中唐皎然"不入虎穴,焉得虎子"⑤的生动喻说,以及晚唐司空图举王维、韦应物为典范而称其"澄澹精致,格在其中,岂妨于遒举哉",⑥绵延持续而进境于"西昆体"之际,乃有杨亿如是自述:"遍寻前代名公诗集,观富于才调,兼及雅丽,包蕴密致,演绎平畅,味无穷而久愈出,钻弥坚而酌不竭,曲尽万变之态,精索推言之要,使学者少窥其一斑,略得其余光,若涤肠而换骨矣。"⑦深入领会这一段夫子自道式的西昆诗家内心独白,自可发现,其中所谓"富于才调",与欧、苏诸公称许韩文、杜诗者颇为接近,而"兼及雅丽""包蕴密致"以及"演绎平畅",又何尝不与黄庭坚品评杜甫入夔州后诗而曰"平淡而山

---

① 欧阳修:《六一诗话》,见何文焕辑:《历代诗话·六一诗话》,中华书局1981年版,第265页。
② 王安石:《题张司业诗》,《临川先生文集》卷三一,中华书局1959年版,第341页。
③ 程树德:《论语集释》卷二,中华书局1990年版,第56页。
④ 韩经太:《自然之道与雕缛成体——〈文心雕龙〉的自然雕饰美学思想》,《中国文化研究》2007年秋之卷。
⑤ 《历代诗话·诗式》,第31页。
⑥ 司空图:《与李生论诗书》,祖保泉、陶礼天笺校《司空表圣诗文集笺校》卷二,安徽大学出版社2002年版,第193页。
⑦ 江少虞:《宋朝事实类编》卷三四玉溪生条引,上海古籍出版社1981年版,第435页。

高水深"①者相契合？无论从描述李商隐诗美风格的角度领会，还是从宋人开启一代诗风的角度解读，这里基于李商隐诗美境界的诗学阐释，远远超出了世人关于"西昆体""用事精巧，对偶亲切"②的习惯判断，而呈现出将学问书卷的蕴藏丰厚与艺术构思的精密工致整合为一体的新诗艺学讲求。

由此看来，"宋初三体"流行转换过程中的内在动因，至少包含着一种持续性的诗艺学探寻。无论苏、黄，还是黄、陈，甚至此前的欧、王，这些足以代表宋诗新境界的人物，与似乎境界不高的"宋初三体"都有着内在的深度关联，而其间思绪缠绕的线索，前有欧阳修对"晚唐体"和"西昆体"态度的微妙联系，后有围绕王安石"王荆公体"的诸家评说，其间一些问题是有待于深入讨论的。

欧阳修《六一诗话》尝曰："当时有进士许洞者，善为词章，俊逸之士也。因会诸诗僧分题，出一纸，约曰：'不得犯此一字。'其字乃山、水、风、云、竹、石、花、草、雪、霜、星、月、禽、鸟之类，于是诸僧皆阁笔。"与此相应，欧阳修颍州所作《雪》诗题下特意注明："玉、月、梨、梅、练、絮、白、舞、鹅、鹤、银等字，皆请勿用。"③表面看来，这是说明欧阳修不满"九僧"诗风的直接材料，而深入一步，则可见欧阳修接续许洞而实践"禁体物语"④的诗学指向，而其所指最终是通向梅、欧诗学之共识的："诗家虽率意，而造语亦难。若意新语工，得前人所未道者，斯为善矣。必能状难写之景如在目前，含不尽之意见于言外，然后为至矣。"⑤试将欧公此论对照于南宋叶适《西岩集原序》："若灵舒则自吐性情，靡所依傍，伸纸疾书，意尽而止。乃读者或疑其易近率淡近浅，不知诗道之坏，每坏于伪，坏于险……能愈率则愈真，能愈浅则愈简，意在笔先，

---

① 黄庭坚：《与王观复书》，《黄庭坚全集》正集卷一八，四川大学出版社2001年版，第471页。
② 《历代诗话·石林诗话》，第416页。
③ 李逸安校点：《欧阳修全集》第三册，中华书局2001年版，第764页。
④ 苏轼：《聚星堂雪并引序》，《苏轼诗集》卷三四，第1813页。又参拙文《体物与诗艺——中国古典诗歌的写真艺术传统》，载《文学遗产》2005年第5期。
⑤ 《历代诗话·六一诗话》，第267页。

味在句外,斯以上下三百篇为无疚尔。"①不难发现,在南北呼应的诗学思想阐释中,存在着一种超越于江西与四灵体派之别的诗艺学讲求,不管称之为"盛唐"之余的"晚唐"境界,还是笼统地称之为"唐音",这种诗艺学讲求对于宋人来说,不仅是持续性的,而且是与自觉承传三百篇之传统的诗学自觉相统一的。

宋初"晚唐体"诗歌境界,多得于野逸情趣,玩味于物色风景,故而不仅成为唐宋诗艺递进承传的中介,而且成为庙堂江湖之间人生旨趣转换过渡的载体。北宋诗坛大家中,王安石归蒋山后的晚年小诗,自成"王荆公体",苏轼称之为"有晚唐气味",②黄庭坚以"雅丽精绝"③相形容,陈师道亦称其"暮年诗益工,用意益苦"。④叶梦得《石林诗话》的评说尤其值得注意:"王荆公晚年诗律尤精严,造语用字,间不容发。然意与言合,言随意遣,浑然天成,殆不见有牵率排比处。如'细数落花因坐久,缓寻芳草得归迟',但见舒闲容与之态耳。而字字细考之,若经噪括权衡者,其用意亦深刻矣。"⑤而耐人寻味的是,另据《蔡宽夫诗话》:"王荆公晚年亦喜称义山诗,以为唐人知学老杜而得其藩篱,唯义山一人而已。"⑥显然,这里有着沟通"王荆公体""晚唐体""西昆体"乃至于"江西体"的重要消息。李、杜两家诗歌,王安石独尊杜诗,认为:"其诗绪密而思深。观者苟不能臻其阃奥,未易识其妙处。夫岂浅近者所能窥哉?"⑦这里以"绪密而思深"来概括杜诗艺术,自然是基于王安石晚年自身的思想情绪与诗艺讲求,其内蕴所含,既有与"组织工致,锻炼新警之处,终不可磨灭"⑧之《西昆酬唱集》精密诗艺相契合者,也有超乎西昆诗艺而关乎诗学之大义者。欧阳修尝评《西昆集》曰:

---

① 翁卷:《西岩集》,文渊阁《四库全书》第1171册,台湾商务印书馆1983年版,第1页。
② 赵令畤:《侯鲭录》,孔凡礼校点《侯鲭录 墨客挥犀 续墨客挥犀》,中华书局2002年版,第182页。
③ 黄庭坚:《跋王荆公禅简》,《黄庭坚全集》正集卷二六,第696页。
④ 《历代诗话·后山诗话》,第304页。
⑤ 《历代诗话·石林诗话》,第406页。
⑥ 郭绍虞辑:《宋代诗话辑佚》,中华书局1980年版,第399页。
⑦ 魏庆之编:《诗人玉屑》卷一四,上海古籍出版社1978年版,第296页。
⑧ 《四库全书简明目录》卷一九《西昆酬唱集》提要,上海古籍出版社1985年版,第833页。

"盖其雄文博学,笔力有余,故无施而不可,非如前世号诗人者,区区于风云草木之类,为许洞所困者也。"①此间第一个值得注意的线索,是将西昆集诸公与韩愈直接联系起来的"雄文博学,笔力有余"的正面赞赏,而如此"笔力"是足以改造"九僧体"之狭小局促的。沿着如是思路,超越了"九僧"狭小格局的"雄文博学"之"笔力",其可能的诗学走向,或者如韩愈之"以文为诗"而变创诗格,或者如"王荆公体"之精工密致而"以诗为诗",而两种走向的交汇处,则又涉及对杜诗价值的认知与阐释。黄庭坚《大雅堂记》曰:"由杜子美以来四百余年,斯文委地,文章之士随世所能,杰出时辈,未有升子美之堂者,况家室之好邪?余尝欲随欣然会意处,笺以数语,终以汨没世俗,初不暇给。虽然,子美诗妙处,乃在无意于文。夫无意而意已至,非广之以《国风》《雅》《颂》,深之以《离骚》《九歌》,安能咀嚼其意味、闯然入其门耶?故使后生辈自求之,则得之深矣;使后之登大雅堂者,能以余说而求,则思过半矣。彼喜穿凿者,弃其大旨,取其发兴于所遇林泉、人物、草木、鱼虫,以为物物皆有所托,如世间商度隐语者,则子美直诗委地矣。"②而南宋叶适则说:"庆历、嘉祐以来,天下以杜甫为师,始黜唐人之学,而江西宗派章焉。然而格有高下,技有工拙,趣有浅深,材有大小,以夫汗漫广莫,徒枵然从之而不足充其所求,曾不如胭鸣吻决,出豪芒之奇,可以运转而无极也。故近岁学者,已复稍趋于唐而有获焉。"③"初,唐诗废久,君与其友徐照、翁卷、赵师秀议曰:'昔人以浮声切响单字只句计巧拙,盖风骚之至精也。近世乃连篇累牍,汗漫而无禁,岂能名家哉!'四人之语遂极其工,而唐诗由此复行矣。"④比较江西领袖人物与江湖派思想代言人的论说,想必不难发现,叶适批评天下以杜甫为师者"始黜唐人之学",绝不意味着对杜诗本身价值的否定,恰恰相反,黄庭坚与叶适的诗学思想倒是有着内在的契合。如果说黄庭坚对当时

---

① 《历代诗话·六一诗话》,第270页。
② 《黄庭坚全集》正集卷一六,第437页。
③ 叶适:《徐斯远文集序》,《叶适集》卷一二,中华书局1961年版,第214页。
④ 叶适:《徐文渊墓志铭》,同上书,第410页。

社会上一般"穿凿"杜诗以为"物物皆有所托"者的批评,与叶适批评江西后学"汗漫"之失者,毕竟各有所指,那么,叶适引述赵师秀之说"风骚之至精"的诗学旨趣,则深度契合于黄庭坚概括杜甫到夔州后诗律为"平淡而山高水深"的诗美境界。与此同时,黄庭坚《大雅堂记》关于杜诗深得诗骚遗韵的论旨,与杨万里推崇"晚唐"诗最能得"《三百篇》之遗味"①的诗论宗旨,显然又有着思想逻辑上的一致性。总之,"精意相高"的"晚唐"诗艺学讲求,在宋人如是这般的阐释中,被确认为唐人"集大成"之外的另一种理想境界,其"绪密而思精"的诗艺学讲求中,包含着凝练诗国"大雅"志趣与艺术"平淡"格调于一体的"大雅平淡"之诗美理想。

宋人关于"平淡"美的论述极为丰富,世人围绕"平淡"美的讨论也异常丰富。问题在于,"大雅平淡"却是一个有别于"平淡"的理论范畴,如果说"平淡"美论的阐释大多溯源于本土道家文化元典与西来佛教文化意识,那"大雅平淡"的阐释就意味着将释道文化精神纳入到儒学思想精神的建构之中。苏轼《书黄子思诗集后》表示了对司空图"崎岖兵乱之间,而诗文高雅,犹有承平之遗风"的高度认可,其《王定国诗集叙》开篇先论杜甫:"太史公论《诗》,以为'《国风》好色而不淫,《小雅》怨诽而不乱'。以余观之,是特识变风、变雅耳,乌睹《诗》之正乎?昔先王之泽衰,然后变风发乎情,虽衰而未竭,是以犹止于礼义,以为贤于无所止者而已。若夫发于性止于忠孝者,其诗岂可同日而语哉!古今诗人众矣,而杜子美为首,岂非以其流落饥寒,终身不用,而一饭未尝忘君也欤?"②其论旨十分明确,确认杜甫人格与诗艺均进境于"大雅"境界。接着又叙说道:"定国以余故得罪……余意其怨我甚,不敢以书相闻。而定国归至江西,以其岭外所作诗数百首寄余,皆清平丰融,蔼然有治世之音,其言与志得道行者无异。幽忧愤叹之作,盖亦有之矣,特恐死岭外,而天子之恩不及报,以忝其父祖耳。孔子曰:'不怨

---

① 杨万里:《颐庵诗稿序》,辛更儒校笺《杨万里集校笺》卷八三,第3332页。
② 《苏轼文集》卷一〇,第318页。

天,不尤人。'定国且不我怨,而肯怨天乎! 余然后废卷而叹,自恨期人之浅也。"苏轼评说王定国人格诗艺而以杜甫为重要参照,意味深长。一曰"清平丰融,蔼然有治世之音",一曰"发于性止于忠孝",超越个人痛苦而使诗人性情进境于"心源澄静"与"治世之音"的契合处,这是一种足可深长思之的诗学思想。

"大雅平淡"诗美境界,出之于"绪密而思深"之"精意相高"的诗艺学实践,其诗美意象必有鲜明独到的特点。因此,除了必要的纯粹理论的阐述之外,不妨从具体而微的诗歌细节入手,感悟于意象生成之际,亦属本文题内应有之义。《六一诗话》载述梅尧臣论诗话语,以为贾岛"竹笼拾山果,瓦瓶担石泉",姚合"马随山鹿放,鸡逐野禽栖",表现"山邑荒僻,官况萧条",不如"县古槐根出,官清马骨高"为工。① 欧阳修《谢希深论诗》云:"往在洛阳,尝见谢希深诵'县古槐根出,官清马骨高'……希深曰:'清苦之意在言外,而见于言中。'"②笔者值此特意提醒人们注意,"意在言外,而见于言中"这看似寻常的一句话,却点穴式地命中了中国古典诗歌在具体实现"言外之意无穷"这一诗美理想之际的诗艺学实践范式。如今我们再来品味,"马随山鹿放,鸡逐野禽栖",能尽野逸自然情趣,而难传"官况萧条"境况,容易与表现隐逸山林的"野兴"诗境相混淆。相形之下,"县古"两句不仅以逼真细节凸出了富有画面感的荒镇古衙境象,而且通过塑造槐根嶙峋与瘦马嶙峋这一对格调统一的直觉形象,为"官清"这样的点题诗语作了充分的形象渲染,读来确有"状难写之景如在目前,含不尽之意见于言外"的审美效果。清人贺裳《载酒园诗话》对此有评:"姚合形容山色荒僻、官况萧条,曰'马随山鹿放,鸡杂野禽栖',真刻画而不伤雅。至'县古槐根出'犹可,下云'官清马骨高','官清'字太着痕迹,'马骨高'尤入俗诨。梅圣俞乃言胜前二语,真是颠倒。"③而在笔者看来,贺说虽不为无理,然"官清"与"县古"相对,语义发明间自有古风犹存的意味,而"槐根出"

---

① 《历代诗话·六一诗话》,第267页。
② 《欧阳修全集》卷一三〇,第1982页。
③ 郭绍虞选编、富寿荪校点:《清诗话续编》,上海古籍出版社1983年版,第1982页。

与"马骨高"骈然对出,则又以形象逼真的方式展现了古风依然的人文气骨。虽说诗无达诂,见仁见智,然而宋人艺术精神所在处,却须别有会心。这里的古槐老根与瘦马高骨的嶙峋形象,凡是熟悉宋人诗意画意之典型者,当会联想到苏轼"作枯槎寿木丛筿断山,笔力跌宕于风烟无人之境"①的创作现象。由此引申开去,再看有宋一代堪称经典的山水画艺术形象,如李成《寒林平野图》《古碑苍树图》《寒林骑驴图》,范宽《溪山行旅图》《雪景寒林图》,郭熙《寒林图》《早春图》等等,其间寒林古树,无不老根暴露,嶙峋盘郁于山石崎岖之间,令人不胜亘古悠远而骨鲠遒举之感。总结此番来自具体诗情画意的体会,自会理解到,宋人从一开始就奠定的平淡诗美理想,是一种老境沧桑而骨鲠坚硬的平淡,是一种荒远清寒而悠然自适的平淡,运用传统美学范畴来表述,乃是简古而有风骨,沉郁而有逸兴。惟其有此,苏轼所称道的司空图诗文高雅之境,实质上意味着对兵乱崎岖时代之离乱悲苦的一种审美超越,自然也是对承平天下之祥和闲适的一种审美超越。换言之,就性情存养而言,这恰恰是所谓"阅世走人间,观身卧云岭"②的境界;而就诗艺锤炼而言,这又意味着"看似寻常最奇崛,成如容易却艰辛"。

总之,宋人将清淡诗美格调、心源澄静境界与温柔敦厚诗教关联起来,相应地也将陶、王、韦、柳的清美诗境与姚、贾"苦吟诗派"、晚唐深婉精致诗风整合起来,构建起足以同"李杜豪放之格"相对的晚唐"精意相高"诗美范式。《苕溪渔隐丛话》前集卷二佚名氏《雪浪斋日记》曰:"为诗……欲清深闲淡,当看韦苏州、柳子厚、孟浩然、王摩诘、贾长江。"③这是着眼于诗人性情与诗歌风格之"清"的唐诗史论,而王、孟、韦、柳之外,新添一位贾岛。杨万里基于晚唐诗之精简深微而发出感叹:"然则谓唐人自李杜之后有不能诗之士者,是曹丕火浣之论也;谓诗至晚唐有不工之作者,是桓灵宝哀梨之论。"④诚然,杨万里值此是

---

① 黄庭坚:《东坡居士墨戏赋》,《黄庭坚全集》正集卷一二,第 299 页。
② 苏轼:《送参寥师》,《苏轼诗集》卷一七,第 905 页。
③ 胡仔:《苕溪渔隐丛话》前集,第 11 页。
④ 杨万里:《唐李推官披沙集序》,辛更儒笺校《杨万里集笺校》卷八一,第 3289 页。

将"三百篇之遗味"作为特定的品评标准的,但是,其于李、杜之外另立诗美典范的意向,则是格外鲜明的。无论如何,宋人如是阐释中的"晚唐",显然是大于初盛中晚四唐说之晚唐的晚唐,是与陶、王、韦、柳的诗美范式交融一体的"晚唐",从而也是与苏轼所谓"魏晋以来,高风绝尘"有着内在联系的"晚唐"。正是基于这些诗学阐释的事实,我们才说这不仅是穿越"盛唐"的"晚唐",而且是贯穿"晋唐"的"晚唐",进而是承传诗骚精神的"晚唐"。这自然也就意味着,所谓唐诗艺术精神,未尝不可以提炼为"盛唐气象"与"晚唐精意"的诗美组合,而其交融叠合之处,也恰好说明了多界面透视"盛唐气象"的诗学必要。

三 "诗中有画"的诗学生成论:实境感发美学原理与唐诗"视境"想象的意象美感特质

如果说"陶王韦柳一派在中国诗歌史上的崇高地位,是以苏轼的理论奠基的",①那么,同时需要注意的是,苏轼诗学思想对陶王韦柳一派的艺术推崇,又是与其总结晋唐诗歌基于山水诗实践的实境感发艺术经验,进而提出"诗中有画"②这一经典命题的诗学自觉相统一的。在某种意义上,"诗中有画"诗学思想的成熟,也是中国古典诗学"适当其时"而"集大成"的结果。换言之,"诗中有画"作为一种诗学新观念的生成,有一个漫长的历史过程,而其之所以由宋人明确提出,又有其特定的时代条件。③

追溯其诗学思想轨迹,钟嵘《诗品序》云:"五言居文词之要,故云会于流俗,是众作之有滋味者也,岂不以指事造形,穷情写物,最为详

---

① 葛晓音:《论苏轼诗文中的理趣——兼论苏轼推重陶王韦柳的原因》,载《学术月刊》1995年第4期。
② 苏轼:《书摩诘蓝田烟雨图》,《苏轼文集》卷七〇,第2209页。
③ 笔者另有专文《中国诗画交融若干焦点问题的美学思考》详细论述"诗中有画"问题,可以参看。

切者邪!"①其中所谓"造形",对应于具体诗评中的"巧构形似之言",可以说已经透露出"诗中有画"的消息了。至于晚唐司空图,更是能得苏轼"诗中有画"说之先声者。众所周知,晚唐司空图《与极浦书》先引戴叔伦"蓝田日暖,良玉生烟"的"诗家之景"之喻说,并据此而提炼出"象外之象,景外之景"的概念,紧接着又提出"题纪之作,目击可图,体势自别,不可废也"②,其论述逻辑格外分明,旨在阐释"体势自别"的两种诗美境界,而其中"目击可图"的"题纪""著题"之作,实际上正是"诗中有画"说之先声。

显而易见,司空图所确立的这两种诗美境界,其聚合点正是那个无论如何也不能忽略的"景"字。无论这一"景"是指诗意想象所虚构的景象,还是诗人为客观自然写照之景物,它都有别于言志抒情或叙述故事,并因此而格外讲求于诗歌世界的视觉形象性。这一点非常重要,因为"诗中有画"之所以逐渐成为中国诗学的题内应有之义,追根溯源,还在于诗人"窥情风景"③的主体自觉。毫无疑问,正是这种以"景"为焦点的审美创作与美学批评,导致了中国诗歌历史地形成情景交融的美学精神。而司空图的独到贡献,是在突出诗意世界之形象化讲求的基础上,进一步凸显如绘画之写生的实境美价值。诚然,"诗家之景""象外之象""景外之景"与"题纪之作""目击可图"的并列,涵涉空灵与质实、想象与模仿、写意与写实的并存共生问题,显现了司空图虚实两行而彼此参融的美学精神。但是,司空图对"诗家之景"而曰"岂容易可谭哉",对"目击可图"者则曰"不可废也",其间寓意,又深可玩味。司空图《与极浦书》反复申说"即虞乡入境可见也""假令作者复生,亦当以着题见许""浦公为我一过县城,少留寺阁,足知其不作也",凡此,无不在强调忠实于"目击可图"的客观真实,隐含在背后的美学精神,毫无疑问,就是以客观验证理性为审美判断之内在规定的再现性美学精神。反复回味司空图"岂容易可谭哉"与"不可废也"之间的

---

① 曹旭集注:《诗品集注》,上海古籍出版社1996年版,第36页。
② 祖保泉、陶礼天笺校:《司空表圣诗文集笺校》卷三,第215页。
③ 刘勰撰、范文澜注:《文心雕龙注》卷一〇,人民文学出版社1962年版,第694页。

阐释逻辑，其实不难理解，理想境界自然是两者的参融与兼容，而兼容之实践模式，正体现着实境感发的艺术原理。

如果说司空图是发苏轼"诗中有画"说之先声者，那么，盛唐王昌龄的"诗有三境"之说，则是发其先声之先声者。

长期以来，处于主流地位的学术观点，认为中国文学艺术总体上属于"表现"性艺术，以此而迥异于西方文学艺术之倾向于"再现"。受到这一中西比较美学观的深度影响，学界在阐释王昌龄"诗有三境"之内在关联时，无不以"意境"为中心而以"物境""情境"为侧翼。但是，从诗学文献的文本真实出发，至少在王昌龄"诗有三境"的具体语境以及《文镜秘府论》所载相关论述中，却无从得出以"诗有三境"之"意境"为中心的结论。看来，需要调整思维方向。如若我们适当地摆脱习惯思维，从而关注到"诗有三境"说的先后顺序以及详略安排，那么，以"物境"为基础来实现"三境"合一，或许正是作者原意所在，"三境"之言，"物境"最长："欲为山水诗，则张泉石云峰之境，极丽绝秀者，神之于心，处身于境，视境于心，莹然掌中，然后用思，了然境象，故得形似。"①这显然是中国古典诗学关于山水诗的最为系统而深刻的论述。不仅如此，虽为诗境美论，却又涵容画意，也完全可以当作山水画论来解读和阐发。其说以"了然境象"为诗学精神内质，以"形似"美为评价标准，集创作和批评于一体，融诗情与画意于一境，涵涉深广，论说系统，极富阐释潜力。相对而言，"诗有三境"中的"情境"和"意境"论述，远不如"物境"说展开得如此充分，此亦可见其论述重心所在。深入探寻还可发现，这样系统的山水诗美学阐释，固然与山水诗蔚为大观的盛唐诗坛风貌相契合，而其注重于"视境于心"的美学指向，将"视境"审美的新追求与缘情写心的老传统合为一体，尤其值得深入体会。

"视境"审美的自觉，在刘勰"窥情风景"的《物色》阐释中已展露无遗。待到王昌龄时代，在推进山水诗之美学阐释至于新境界的过程

---

① 王昌龄：《诗格》，见张伯伟撰《全唐五代诗格汇考》，江苏古籍出版社2002年版，第72页。

中,首先可注意者,在于确认"张泉石云峰之境,极丽绝秀者"为艺术表现对象,也就是确认山水诗应以客观存在的自然美为对象。这一点十分关键,由此而体现出的美学精神是客观主义的,因此而与前此山水诗美"巧构形似之言"的历史经验相吻合,也与源远流长的绘画美学写实传统相吻合。正因为有此客观主义的写实基础,所以,进一步提出以"了然境象"为审美理想,并确立"形似"美的艺术标准,就显得顺理成章。在承传六朝美学精神的意义上,其"了然境象"的宗旨赋予"形似"诗美以充实的内涵,而在启发宋人美学思维的意义上,"了然境象"之"了然",分明与苏轼的"求物之妙"[①]说相会通,如此承前启后的美学思想,为身处盛唐的"诗天子"所提出,其实是顺理成章的。而同样顺理成章的是,与如此"视境"审美相统一的诗美境界,自然是"实境"感发的艺术境界。

问题的症结在于,"巧似"美学价值观显见得并不仅仅是南朝美学思潮的产物,而分明已经递传推进到唐代诗学领域,成为唐诗美学理想的构成要素。如果说魏晋之际顾恺之提出"以形写神"的画学命题,宗炳已有"神本无端,栖形感类,理入影迹,诚能妙写"[②]的理论阐释,那么,王昌龄的"物境"诗论,就不妨看做是相应命题在诗学领域的理论展开。王昌龄《诗格》"诗有三境"说偏重于"物境"阐释,而"物境"阐释又归结为"形似"之美,不仅实际显现出盛唐诗歌审美理想具有承传南朝"巧构形似之言"的特征,而且实际显示出晋唐诗歌美学的历史建构本身带有注重"视境"的绘画性基因。不言而喻,相对于诗歌这一语言艺术而言,"视境"审美更是视觉艺术所擅长的,如此来说,"诗中有画"的命题,在王昌龄"诗有三境"说以"物境"为基础的诗学思想中就已经呼之欲出了。

当然,必须说明,"诗有三境"说本身含有诗境分类的意思,这就像晚唐司空图在强调"诗家之景,如蓝田日暖、良玉生烟,可望而不可置

---

① 苏轼:《与谢民师推官书》,《苏轼文集》卷四九,第 1418 页。
② 张彦远撰、俞剑华注释:《历代名画记》卷六,上海人民美术出版社 1964 年版,第 130 页。

于眉睫之前"的同时,又提出"然题记之作,目击可图,体势自别,必可废也"一样,在一种显然前后贯通的诗学思想阐释中,分明只是将"视境"诗美确认为不可或缺的诗中一境,而并非诗美理想之全部。但是,与此同时,又须认识到,如若综合王昌龄相关诗学思想,未尝不可以推导其诗美理想为"三境"合一,只不过三境合一的实践模式,与其像如今几乎所有论著所说的那样是整合"物境""情境"而成"意境",不如说是让"情境"和"意境"蕴含在"物境"写照的形象世界里。这一点,其实早已再鲜明不过地表现在宋人诗学理想的相关阐释中,如北宋欧阳修以开有宋一代文风的文坛领袖身份,就是如此申说梅尧臣论诗宗旨的:"意新语工,必能状难写之景如在目前,含不尽之意见于言外,然后为至矣。"[1]张戒《岁寒堂诗话》卷上继而有论:"沈约云:'相如工为形似之言,二班长于情理之说。'刘勰云:'情在词外曰隐,状溢目前曰秀。'梅圣俞云:'含不尽之意见于言外,状难写之景如在目前。'三人之论其实一也。"此间"形似之言"与"情理之说"的两端并举,完全可以看作是对王昌龄"诗有三境"之"物境""情境""意境"三境并行的创新表述,而"如在目前"与"见于言外"并重的表述方式,对于诗歌这种语言艺术来说,不正意味着言内之意当尽其"诗中有画"之妙吗? 基于此,诗歌艺术的审美理想,自然就是"言外之意"与"诗中有画"的融合。

其实,当我们从诗学生成历史的角度考察"诗中有画"问题时,只要将陈子昂对"兴寄"艺术的倡导同王昌龄"诗有三境"以"物境"为基础的讲求联系起来,就自然会发现,诗歌史进境于盛唐之际,一面是基于阮籍《咏怀诗》传统的"兴寄"诗学自觉,一面是源自山水诗的"物境"诗美自觉,两者确有结合为一体的态势,而其结合的结果就是"了然境象"而又"寄托遥深"。长期以来,文学批评史家无不首肯陈子昂倡导"兴寄"而振作唐诗"风骨"的诗学贡献,文学史家也注意到陈子昂等"方外十友"的道教文化活动有助于盛唐山水诗的繁荣,而这两点的历史合力之所造就,按理正是山水刻画艺术与"兴寄"艺术的实践统一。

---

[1] 《历代诗话·六一诗话》,第268页。

然而,诚如陈子昂《与东方左史虬修竹篇并序》中所言:"解君云:'张茂先、何敬祖,东方生与其比肩。'仆亦以为知言也。"①从此处陈子昂"以为知言"者为切入点,将不难发现,其所谓"汉魏风骨"和"正始之音",至少含有"正始明道,诗杂仙心"②的诗史基因,而当这种基因被继承阮籍《咏怀诗》创作精神的主体自觉所激活时,其客观结果难免就是:"过分沉溺于思理,大量的哲学思辨妨碍了直观的欣赏。"③惟其如此,王昌龄"物境"诗论明确标示其实践基础为"山水诗",就显得意味深长,至少在客观事实上,这正好是对陈子昂偏重"思理"的一种补充,从而实际造成"思理"与"物境"之间曲尽两端之妙而不偏执于一端的完美追求,从而建构起"以偏重于感觉而较少理性审视的英特逸越之气为内涵,以'精意玄鉴,物无遗照'为营构的主要手段"的"盛唐诗人以兴、象相合为中心的艺术境界"④。在这个意义上,我们不仅需要像历来推重陈子昂"兴寄"诗说那样,给予王昌龄"诗有三境"说以应有的诗学地位,而且需要发现"兴寄"艺术与"三境"合一艺术之间的契合原理——实境感发艺术原理。

不言而喻,王维作为集诗人画家之才气于一身的盛唐山水田园诗派代表人物,作为苏轼"诗中有画"之说的原型人物,作为以诗画艺术同时表现"方外之趣"的典型人物,其诗美讲求宜其成为"诗有三境"之"三境"合一的典型,也就是说,其诗境如画的艺术特性是与情景交融、寄意深远以至于诗境入禅的多元艺术讲求同构而共在的。需要说明的是,在此"兴、象相合"的诗美创造实践中,王昌龄"诗有三境"说揭示出,在"形似"诗美的形象世界背后,可能含蕴着情感与思理两个层次的"兴寄"内容,从而将诗美世界的意趣涵容推向极致。在这个意义上,王昌龄的"三境"说,某种程度上又比后来"接着说"的梅、欧诸公的两端说来得更为丰富,它提示我们,在解读"三境"合一之诗美境界时,

---

① 徐鹏校点:《陈子昂集》卷一,中华书局1962年版,第15页。
② 《文心雕龙·明诗》,范文澜注《文心雕龙注》卷二,人民文学出版社1962年版,第67页。
③ 葛晓音:《从"方外十友"看道教对初盛唐山水诗的影响》,载《学术月刊》1992年第4期。
④ 赵昌平:《开元十五年前后——论盛唐诗的形成与分期》,载《中国文化》1990年第1期。

一方面，不要止步于情景交融的艺术境界，因为情境背后或许还有哲思理趣的隐喻，另一方面，又不可径直去寻求"字字如禅"的禅意禅趣，须知中间兴许有着情意思绪的内容。惟其如此，这里"诗中有画"之所谓"画"，实质上就是一种具有复调式隐喻意味的"视境"想象艺术。

　　为此，就要求我们引入"大视觉艺术"来阐释"诗中有画"。而所谓"大视觉艺术"，首先是指近代摄影摄像技术发明之前，古代绘画艺术审美活动远远大于现代所谓绘画艺术的审美活动内容，在某种程度上，古代绘画艺术自觉是包含着现代摄影摄像艺术的，那是一种处于前艺术分工状态的审美包容。其次，这又要求我们寻求诗意的想象线索与画境的透视质感彼此交融的美感同构世界。自苏轼以"诗中有画""画中有诗"品评王维诗画艺术以后，历代围绕着是否"画得成"来展开的讨论层出不穷，殊不知，"诗中有画"的正确解读之一，应该是指诗意的想象循着"视境"艺术的规律展开，并在想象中始终保持视觉审美的质感。

　　且略举王维"诗中有画"之名句为例。如《终南山》之"白云回望合，青霭入看无"，这自然是"画不就"者，因为绘画艺术无法将"入看"与"回望"之"视境"真实的质感同时表现在同一画面上。但是，这又是再典型不过的视觉艺术形象，因为其遵循诗律而在彼此对应的语言艺术结构中展开的相应艺术想象，不仅具有视觉美的质感，而且具有视觉美感在时间延展中的微妙变化。正是这种"视境"想象艺术的巧妙运用，使这首旨在全面描写"太乙"气象的诗作，能够实现宏大描述与细节刻画的完美统一。包括结句"欲投人处宿，隔水问樵夫"，为高远幽深的大山境界注入鲜活的生活气息，更何况隔水相问的情景同样富于"诗中有画"的真切感。又如《汉江临泛》的"郡邑浮前浦，波澜动远空"，直接为诗题中的"泛"字写神，其"视境"美感，怕只有现代影视镜头才能将其转化为可视性"画面"，但江上泛舟的真切感受却被传达得惟妙惟肖，其中对视觉错觉在艺术创作中微妙作用的发挥，正是"视境"想象的自由境界。由此可见，"诗中有画"往往大于"诗境如画"，而此间所谓"大"，也正是"大视觉"艺术之底蕴所在。更有值得讨论者，如《使至塞上》之"大漠孤烟直,长河落日圆",历来阐释王维"诗中有画"艺术成就者莫不举为典型,具体解读中又多为"孤烟"之实际所指费尽脑筋,而其中一个原本并不陌生的联想线索,却长期未被发觉,那就是此间塞上"落日""孤烟"之"视境"构图,实与作者《辋川闲居赠裴秀才迪》的"渡头余落日,墟里上孤烟"颇为近似。如同"归鸟"意象在陶渊明诗境中的反复出现具有特殊意味一样,"落日""孤烟"意象在王维"视境"想象的艺术构思中反复出现,使得塞上风貌与田园风情之间发生了某种关联,这种关联其实也正与"欲投人处宿"的意趣相通,蕴含着旅途奔波或田野劳作后对栖息闲和的内心诉求,最终通向和平安定的社会理想。由此引申开去,王维《辋川绝句》中的"禅意",也便不再神秘,《鸟鸣涧》"人闲桂花落"之"闲"字的妙处,如若一味从佛禅心性上去推求,将会远离诗人在《山中与裴秀才迪书》中那"村墟夜舂,复与疏钟相间"的特殊品味吧!须知,"禅"的本意不就在"出世间"与"入世间"的出入自由之体验吗?总之,"大视觉艺术"超越单纯绘画视觉艺术的综合艺术表现力,"视境"想象艺术超越"诗中有画"之"画"境的自由联想,最终的意义指向正是"言外之意"之所在。这,便是"兴、象相合"的艺术佳境,便是"诗有三境"而整合为一的诗美理想,便是实境写照与比兴寄托的实践统一。

以上所述,应该可以提示世人考虑这样一个问题:在熟知的"唐宋诗之争"现象背后,是否另有"唐宋诗之合"的真实存在。本来,宗唐崇宋之别,不管是时代风气所致,还是个人性情使然,都显示出古典诗美"一分为二"的"历史"存在方式与"逻辑"推演方式,从而最终在"历史"与"逻辑"相统一的意义上体现出"一分为二"的诗学思辨精神。殊不知,"一分为二"的另一面恰恰是"合二而一","唐宋诗之争"的另一面恰恰是"唐宋诗之合"——不仅意味着唐诗"接受学"的唐诗艺术精神阐发,而且意味着唐诗艺术精神内化为宋诗艺术追求的要素而一体生长,从而使唐宋诗之间的关系,既不单纯是高峰在前而必须另辟蹊径,也不单纯是同一根基上的再上一层楼,而是两者交织在一起的诗学"和合"景观。惟宋人最能变创唐诗,是因为惟宋人最知唐诗妙处,透过宋诗变创唐诗的轨迹,发现宋诗学阐发唐诗艺术精神以自立的另一轨迹,然后辨析于两种轨迹之间,才能深入一层去窥视中国古典诗学的内核结构。如果说唐诗是自觉"集大成"的实践境界,那么,宋诗学关于"集大成"的思想阐释就是相应的理论境界,而实践与理论之间的互补关系,恰恰是所谓"唐宋诗之合"。如果说诗国"盛唐气象"与"晚唐精意"的并立是一种诗学史自然现象,那么,宋诗学整合晋宋高风远韵与唐人王孟韦柳为一体而推出的"唐音",则是一种诗学自觉境界,自然与自觉之间的契合,亦所谓"唐宋诗之合"。如果说中国传统艺文事业自先秦原创之际就有着道术论与技术论并行不悖的特点,而魏晋南朝时期玄思与形似并存的思想文化精神,进而培育了"视境"想象与"理趣"象征的艺术思维,那么,唐宋诗学一体化阐释的标志性命题之一"诗中有画",就必然是山水风景写照与情思理趣兴托的微妙结合,如是"唐宋诗之合"已然出入唐宋而旨归中国诗学精神之提炼了。

宋诗与宋学

若问：可被视为诗界之宋调的最典型的特性，究竟是什么？世人必答曰：尚思理。唐宋诗之别，亦即情韵与思理之别，这早已是学界之定论了。现在的问题是，应该就此作出令人信服的解释，通过对其历史动因的揭示来确证这一现象产生的历史必然性与价值合理性。而要做到这一点，我以为，很有必要就宋学精神之影响于诗歌者展开讨论。

一、宋诗议论化与自出新意的宋学精神

"宋诗议论多"（朱自清《经典常谈·诗第十二》），这里的关键，是一个"多"字。至于诗中议论，显然早已有之。从宋诗之源渊的角度讲，"国初沿袭五代之余，士大夫皆宗白乐天诗"（《蔡宽夫诗话》），而白诗就不乏议论化倾向，许学夷《诗源辨体》云："其叙事详明，议论痛快，此皆以文为诗，实开宋人之门户耳。""皆议论痛快，以理为胜者也。"此外，宋人推重韩、杜诗，而韩、杜诗之有议论作风，自不待言。如此等等，无非说明，好作议论，并非宋诗之新创。如果说宋诗之议论化作风，乃是对诗歌史之固有传统的主动发扬，并且也正因为主动才使议论之倾向显得格外突出，那么，这种主动性的生成机制，就很值得我们探讨了。

毫无疑问，在一个思想禁锢，世人噤若寒蝉的时代，是绝不可能出现议论蜂出之现象的，不管是在日常生活中还是诗文创作中。因此，

宋诗之长于议论，未尝不意味着宋代社会的思想解放。不过，这里所谓思想解放，不宜作泛泛理解，否则，唐代难道不思想解放？何以唐诗不以议论思理见长呢？我以为，这应是指与思辩理性的发达相统一的学术思想的解放。唯其如此，宋人的主体精神，实与魏晋时人相近。众所周知，魏晋思辩理性的发达是与士人清谈的风气相表里的，而清谈的前身正是清议，议论之风，源远流长，且关系重大。就学术思想而言，玄学之渊源乃在东汉古文经学的兴盛，由"一句之解，动辄千言"的章句之学，到以理为宗的古文经学，是一个意义深远的转折。"这种重视义理而破除家法的解经态度，就是由汉代名物训诂的经学到魏晋玄学的一种过渡"（王瑶《中古文学史论》第37页），"思想自由，则离拘守经师而进入启明时代"（《汤用彤学术论文集》第267页），魏晋时代，正是一个尚思辩而美清谈的思想自由时代。而两宋时代，则相类而神似，就连理学借以标示其学的"理学"一词，也是撷取于中古学术之中的。尤其显得意味深长的是，那使儒学哲学化的新理性主义的高涨，也是从反对章句训诂而提倡自出新意处兴起来的。南宋大儒黄震曰："汉唐老师宿儒泥于训诂，多不精义理"，"自本朝讲明理学，脱去训诂"（《黄氏日钞》卷二）。理学大师张载也说过："志于道者，能自出义理，则是成器。""心解则求义自明，不必字字相较。"（《张载集》第274、276页）宋人因此而疑经、改经、删经，扫荡了汉唐视为神圣的六经尊严。从经学研究的角度讲，"宋儒乃以义理悬断数千年以前之事实"（皮锡瑞《经学历史》）者，固然不可取，但从思想解放的角度讲，敢于怀疑，敢于否定，敢于创造，无疑体现了宋人颇有魄力的思想作风。朱熹甚至给《大学》补进了《格物传》，便是敢于创新之一例。

学术思想的自由必伴之以著书立说的普遍风气。张载《自道》便说："某学来三十年，自来作文字说义理无限。"流风所及，使那"不立文字"的禅门"心法"也变成了大立文字的纷扬禅谈，真宗朝三十六万余言之《景德传灯录》的编定，便是标志。因此而演成陋习，世人秉"嘘枯吹生"之谈锋，"习为春秋战国之态，妄希孔孟历聘之风"，游谈无根，"言行了不相顾，卒皆不近人事"者，自然会使人有"异时必将为国家莫大之祸,恐不在典午清谈之下"(周密《癸辛杂识续集》卷下)的慨叹。不过,弊端的存在并不能否定其正面的意义,以辩证的眼光看去,宋人之好议论因此而成为一种以思维之新鲜活力为内在动因的主观积极性。尽管这种敢于自出新意的积极精神是从治经学术的领域里培养起来的,但它的影响力却早已突破了经学的范围。之所以这么说,并非全出于各文化因素间必相互影响的一般理论,而是基本对宋代文化政策之具体作用的认识。南宋刘克庄不满于时人以文为诗而好议论,尝谓其为"经义策论之有韵者尔,非诗也"(《竹溪诗序》),但这恰好透露了一点信息,由此而寻绎,终于发现,宋诗之有如经义策论的倾向,恰是由宋代以策论代诗赋、以大义替帖经之科举改革所导致的。这种科举改革,具有两种效果:其一,"务通义理,不须尽用注疏"的考试制度,使天下士子努力于独立思考和思想创造;其二,"今先策论,则文词者留心于治乱矣"(《长编》卷147),从而导致了宋诗之议论中那最富现实意义的层面,"开口揽时事,论议争煌煌"(欧阳修《镇阳读书》)。尤其是后者,由于还受到"以类群居,相与讲习"而"当时政事,俾之折衷"(《五朝名臣言行录》卷10)之办学方针的有意培养,所以,和魏晋人的清谈玄远相比,宋人之以议论为诗,便有着切近实际的鲜明特色。

宋人自始就讲"传道明心",因此,理学精神会自然而然地渗透于诗文创作之中。欧阳修尝引述梅尧臣语曰:"诗句义理虽通,语涉浅俗而可笑者,亦其病也。"(《六一诗话》)此间所言之"义理",固与经义之学无涉,不过,"义理"一词的运用,却不妨看作是宋学精神深入人心而使诗学为之潜移默化的例证。如果说上举例证可以视作观念的渗透,那么,下面的例证又将意味着什么呢?周密《齐东野语·诗用史论》在列举出刘贡父《咏史》诗全用司马光之论与胡明仲留侯论全用王安石诗意的事实之后,接着说:"此类甚多,不暇枚举,岂所谓脱胎者耶?"可见,此间之"脱胎",分明属于议论思理之相互渗透。不管是诗用史论还是史论用诗,无非体现出一种诗与议论的密切关系。而这种关系,则与当时文人每以议论发明为能事的文化心理相为呼应。欧阳修之赏识苏洵、苏轼父子,便是基于其人"论议精于物理而善识变权,文章不为空言而期于有用"(《荐布衣苏洵状》)以及"学问通博,资识明敏,文采烂然,论议蜂出"(《举苏轼应制科状》),祖择之以诗赋杂文相示求教,他又回答说:"学不师,则守不一;议论不博,则无所发明而究其深。"(《答祖择之书》)看来,要想被人赏识,就须精于议论并有所发明。唯其如此,宋人不仅以诗议论,而且每有出人意表的思想发明。如王安石尝有《明妃曲》二首,前篇结曰"君不见咫尺长门闭阿娇,人生失意无南北",后篇更有云:"汉恩自浅胡恩深,人生乐在相知心。"后儒详此,以为"持论乖讹",甚至"直斥为坏人心术,无父无君"(《唐宋诗举要》上册,329 页),而在当时,欧阳修、司马光、曾巩却大为赞赏,并纷纷吟写和篇。自春秋战国以来,中国士人就着重知遇之恩,但在宋代这样的历史时期,如此鲜明地将人生相知之乐置于邦国信念之上,而发出这种议论的人,又正是主修《三经义》以使"义理归一"从而"道德一于上,习俗成于下"(《长编》卷 243)的王安石,这是能说明许多问题的。至少,从中可以看出,宋学之发明义理,以其自出新意的学术精神,激励了诗人抒写情志时的思想解放。于是,就如同我们已经看到的那样,宋诗不仅议论多,其议论也每有新警独到之处。

当然,自严羽"近代诸公,乃作奇特解会"说一出,历来菲薄宋诗者,每以好议论为其不解诗艺之表现。其实,宋人自己也未尝没有"诗主性情,不主议论"的自觉。如苏轼《百步洪》诗,在"联用比拟"以状摹长洪险波之后,便接以大段议论文字,但在最后,却又以"多言诶诶师所诃"的警觉结束。如果说苏轼在这里表现出创作心理上的某种矛盾,那么,它显然不仅是性情吟咏与议论思理的矛盾,而是直接涉及"辩也者,有不辩也"的问题了。于是,不妨联系到宋学本身在方法论上的分歧。南宋朱、陆之争,便包括辩言与否的方法论之歧异。针对陆九渊"邪意见,闲议论"的批评,朱熹指出:"既是思索,即不容无意见;既是讲学,即不容无议论。"(《朱文公文集》卷 33、《答吕伯恭》之 44)陆学之"心法"入禅,而认定"口是祸门"(《古尊宿语录》卷 40)的禅学,实际上却养成了机锋犀利的禅门利口。究竟是朱熹之言切中了思维活动之规律呢,还是议论蜂出的时代风尚终于使禅门"心法"异化了？这是很值得人们去思索的。其实，从老、庄那里开始，欲辩而忘言的信念与博辩而美言的实践，就构成了一种互相摄动的运动势态，而在宋代这特定的历史条件下，由于思辩的课题和议论的话题并非如魏晋时代那样只在玄虚之门，而是更多地切合于人生社会之实际，所以，就像禅学本身亦为之所移那样，议论化便成为诗歌创作之不可逆转的趋势。实际上，宋诗并没有失去对缘情感物的兴趣，它只是引进一种新的机制，因为宋学之自出新意的精神使创作主体具有发明见解的冲动。

二、义理的沉潜与宋诗创作思想的建构

张载曰："义理之学，亦须深沉方有造，非浅易轻浮之可得也。"（《张载集》第 273 页）这意味着宋学之思辩是自觉地向心性本体沉潜的。在中国的传统文化思想中，对"心"的价值确认，可以追溯到孟子，他既说过"心之官则思"，又说过"恻隐之心，仁之端也"，这就寓示着，未来儒学的哲学化，将是"心"这一思辩主体和同样是"心"这一思辩课题的有机统一。唯其如此，所谓"深沉方有造"的义理之学，其指向便在于以理性思辩的探寻精神深入于道德性灵的建设问题。不仅如此，孟子便说"万物皆备于我矣"，朱熹更说，求之于心性之际者"众物之表里精粗无不到"（《大学章句》），因此，那作为思辩主体与思辩课题之统一体的"心"，便绝不是封闭的唯"心"体系，而必将有着应物感通的唯"物"精神。以上，便是我们以宋学精神之分析为钥匙而打开宋诗创作思想之建构秘密的切入点。

中国诗歌之创作思想的源头，正是"诗言志"这一开山的纲领。而也正是在对这一既有观念的阐释中，宋人在两个重要的基点上实现了历史的突破。

首先，由于春秋称《诗》之风实乃汉儒诗学思想的建构基础，所以，"诗言志"的基本观念是具体被展开为讽谕比兴以有助教化的创作思想的。在经过魏晋南朝乃至隋唐的漫长岁月而至于中唐再度以儒学

为主导之际,这种偏重于教化致用的诗言志观,并没有太大的变化,杜甫的即事命篇和白居易的新乐府理论,尽管显示了讽谕诗作的某种成熟,但就其作为思想理论而言,却分明是因循多而创新少。而如此形势,待宋人出便有了改变。由于宋学具有沉潜于心性本体的思维导向,因此,尽管同样是倡导美刺讽谕,宋诗之创作思想却不再囿于教化手段之自觉。宋初,由于宋学本身尚处于草创阶段,故关于诗歌风雅之志的阐释仍无甚新意。如梅尧臣慨叹诗道式微以致"遂使世上人,只曰一艺充"时,其所提倡者,亦不过在"因事有所激,因物兴以通",质言之,不过缘事而发、比兴言志而已。等到了南宋杨万里那里,情况便大不一样了。其论诗而以"天下之善不善,圣人视之甚徐而甚迫"(《诗论》)的基本命题出发,就是诗学思维亦沉潜于心性义理的充分表现。朱熹尝再三申言:"总天地万物之理,便是太极,太极本无此名,只是个表德","只是个极好至善的道理","是大地人物万善至好的表德"(《朱子语类》卷94)。宋学义理之沉潜归极处,本在于将作为道德规范的"善"和作为道德实践的"向善"提升到认识并把握宇宙必然规律的高度。既然如此,杨万里以此来阐说"耸乎其必讥,而断乎其必不恕"的怨刺传统,势必具有变教化工具论为诗学本体论的意义,也就是说,怨刺不恕这一批判现实的诗歌创作思想,被他提到"天地万物之理"的必然性意义层次上来确认了。不仅如此,在具体论述"善不善"这一问题时,杨万里又道:"盖圣人将有以矫天下,必先有以钩天下之至情⋯⋯盖天下之至情,矫生于愧,愧生于众;愧非议则安,议非众则私;安则不愧其愧,私则反议其议。圣人不使天下不愧其愧、反议其议也,于是举众以议之,举议以愧之。则天下之不善者,不得不愧。愧斯矫,矫斯复,复斯善矣。此诗之教也。""夫人之为不善,非不自知也,而自赦也。自赦而后自肆。自赦而天下不赦也,则其肆必收。圣人引天下之众,以议天下之善不善,此诗之所以作也。"(《诗论》)初看起来,他不过在继续谈论着诗教话题,而实质上,他却是在心性哲学与诗学的结合点上剖析着道德自律与社会舆论之彼此依存的问题,诗歌创作,作为道德良心与公众意志的双重代表,其怨刺讽谕的原则,因此便具有本乎

"天下之至情"的合理性和顺乎"天下之众议"的权威性,换言之,它既合乎自然情感规律,又合乎社会伦理目的,这合规律性与合目的性的有机统一,便是诗道有怨刺的哲学规定性。显而易见,尽管其"诗果不严乎"的思想,与宋初梅尧臣之提倡"直辞鬼胆惧,微文奸魄悲"者一脉相承,但梅尧臣的理论思想支撑,只是"仲尼著《春秋》,贬骨常苦笞。后世各有诗,善恶亦不遗"(《寄滁州欧阳永叔》)这种传统风范,而杨万里的理论思想支撑,却是缘情与向善相统一、个体与社会相统一的辩证理性,唯其如此,尽管在提倡勇为胆魄这一点上彼此相同,但创作思想所具有的理论深度却具有明显的历史差距。

其次,在以往的诗歌创作思想中,凡提倡风雅美刺者,多排斥或轻视流连光景之作,批评或否定体物摹写之事,而这种情势同样因宋学义理之沉潜于诗歌创作思想而得以改观。宋学之心性义理既然是在宇宙之必然规律的意义上来肯定道德良心的自我发现,那么,这种发现就不可能不具有与天地万物为一的哲学性质,而这样一来,一方面,道德关注的对象便不局限于社会人事,另一方面,创作主体的艺术自觉亦将不限于道德关注,最终,便意味着本相游离的教化观与审美观得以参融会通。于是,"人禀七情,应物斯感"(《文心雕龙·明诗》)的传统的感物心动说,就必然会得到进一层的阐发。和前此诗学每因倡导风雅比兴而忽略模写物象者不同,宋人却是将其融通于缘情体物之审美感知及艺术创作的。张戒尝云:"建安、陶、阮以前,诗专以言志;潘、陆以后,诗专以咏物;兼而有之者,李杜也。"(《岁寒堂诗话》)显然,他已藉推许李、杜而表述了言志与咏物相兼的诗学思想。诚然,他同时指出过:"言志乃诗人之本意,咏物特诗人之余事。"不过,接着却又说道:"古诗,苏、李、曹、刘、陶、阮,本不期于咏物,而咏物之工,卓然天成,不可复及。"这里表达的思想,是志之所之者咏物自工。从逻辑上分析,显而易见,"咏物"本身已潜入到诗心本体之中了。"诗人之工,特在一时情味,不可预设法式也。"(同上)"诗语固忌用巧太过,然缘情体物,自有天然。"(叶梦得《石林诗话》)须知,这"一时情味",乃是心志之本缘情体物的具体形态,强调言志为本,是创作思想之本体观,而强调本于言志者咏物自工,则是创作思想之实践观,体用不二,不再有本末之分。实际上,宋学于心性义理的探讨本就未尝外在于道德实践,而此道德实践又与"应物斯感"的情感活动乃至流连光景的审美活动息息相通:"万物静观皆自得,四时佳兴与人同。道通天地有形外,思入风云变幻中。"(程颢《秋日偶成》)心性修养之学能如此,诗歌创作当更能如此。所以,张戒倡导"风雅""言志"而又不舍咏物形似之工,实在是情理之中事。由此看来,在宋人对诗歌创作思想的阐发中,"诗言志"之"本意"的展开方式,恰恰是基于"感物吟志,莫非自然"(《文心雕龙·明诗》)之"自然"而终造情景交融之境。当欧阳修以赞许的态度引述梅尧臣"必能状难写之景如在目前,含不尽之意见于言外,然后为至矣"(《六一诗话》)的创作思想时,显然已以情景交融为最高理想了。"固知景无情不发,情无景不生","情景相融而一莫分也"(范晞文《对床夜语》卷二),情景交融,因此而成为宋人论诗作诗之共识与定则了。

将上述两点结合起来,将不难发现,就像宋学乃是儒、道、佛之历史整合的产物一样,宋诗之创作思想的建构,显然也体现了某种历史整合的趋势:汉儒的美刺诗观和魏晋南朝以来的穷情写物,分明合二而一了。这种合一的建构趋势,表现在张戒就"言志"玄论而最终认为刘勰"情在词外""状溢目前"之论与梅尧臣所见"其实一也"的结论中,也表现在杨万里"句中池有草,字外目俱蒿"(《和李天麟二首》其二)的评说中。一言以蔽之,正是宋学之心性义理的哲学性质规定了宋诗创作思想的建构势态,使中国诗歌的创作思想在经历了汉唐以来的反复曲折后终于实现了历史的整合,因此,那作为"诗言志"纲领之题内固有之义的情景交融,其所具有的哲学意蕴和美学价值,就很值得我们去思索探讨了。

不言而喻,如果说情景交融在艺术哲学的分析中可以表述为主客观的统一,那么,以言志为本者咏物自工,就意味着主观的实现正在于主客观的统一。让我们从梅尧臣所谓"状难写之景"的"难"字说起。此间之"难",用苏轼的话说,便是"求物之妙,如系风捕影"(《答谢民师书》),风影之动,如"水波烟云,虽无常形,而有常理"(《净因院画记》),所以,"状难写之景",就是执着于把握对象的自身规律。本来,当宋学之义理深进到心性本体时,其伦理学便与人性论和认识论相合一了,朱熹曰:"天理流行,触处皆是:暑往寒来,川流山峙,父子有亲,君臣有义之类,无非这理。"(《朱子语类》卷40)其荒谬处固然在于把伦理规范客观规律化,而其积极意义却在于使义理探讨偕同于探求客观规律的认识活动。"以物观物,性也;以我观物,情也。性公而明,情偏而暗。"(邵雍《观物外篇》)毫无疑问,这种观物态度所导致的诗歌境界,必是无我之境。无我之境,诗中物态乃以自身应有之方式相呈现,其所体现的创作思想,实质上是客观再现性质的。从这里可以看出,宋学义理向心性本体的沉潜,恰恰意味着对个性自我与主观意志的超越。诚如张载所言:"性者,万物之一源,非有我之得私也。"(《正蒙·诚明篇》)而意味深长的是,宋人在艺术领域的探讨中,恰恰以此为指导思想。黄庭坚《刘明仲墨竹赋》曰"盖因物而不用吾私焉",质言之,这种"不用吾私"之"性",即"随物赋形"(苏轼《文说》)的创作意识,亦即顺应客观规律的主观自由精神。宋人热衷于诗画互补互渗之讨论,而在诗歌与书画相会通的认识机制中,显然包含着这样的艺术哲学之自觉内容——最充分的客观再现,同时也正是最充分的主观表现。具体言之,创作思想中的主观性,其实质恰恰是推吾心而至于忘我无我之境界的精神活动。正是在这个意义上,从风雅角度切入诗歌世界的张戒和以禅喻诗的严羽,便有了深层的默契,张戒再阐的"隐秀"之美,与严羽所谓"羚羊挂角,无迹可求"的"兴趣"之妙,实际上已成为同一事物的两种说法了。

当然,自古以来,见识所到者未必就是实践所造者。宋人亦然,其诗学与理学都存在着思想理论与实践形态未必一致的问题。其实,我们探讨的课题本就在宋人的诗歌创作思想,既然如此,关于宋诗何以未能尽如其思想理论之所标举者的问题,自然不在本文所当评说的范围之内。不过,为了消除人们难免会产生的疑惑,就以下现象作出解释,还是必要的。

不错,宋人讲"隐秀"、讲"意兴",企希于情景交融的诗美境界。这,显然与那种执着于议论思理的意志倾向相矛盾。矛盾的具体表现,便是一面在反对"以议论为诗",一面又在议论不休。但仅仅看到这一点是远远不够的。我以为,首先应该看到,宋人所谓"随物赋形",具有超越"感物吟志""指事造形"而去把握事物变态之"常理"的深刻层面,而"常理"所在,按理也需要相应的理性语言来作揭示阐说。于是,一方面,宋人不得不接受情景相生之美与思理议论之言并存的现实,而与此同时,便在摸索并总结着情景兴趣与理致议论相合一的最佳方式。就我们所习见者而言,这种方式,无非是隐喻意会与议论言传之间共时存在而彼此向对方生成,换言之,议论言传的内容往往正是隐喻意义的潜在背景。如苏轼《六月二十七日望湖楼醉书》诗云:"黑云翻墨未遮山,白雨跳珠乱入船。卷地风来忽吹散,望湖楼下水如天。"诗语只写风雨变幻,而言外却有"不信人生长坎坷"的隐喻意义。但问题恰又在于,倘若没有作者《定风波》词及后来《独觉》诗之对"回首向来萧瑟处,也无风雨也无晴"这种任天而动之情怀的反复表白,我们又何以证明自身解读之不误呢?由此可见,只可意会的隐喻与直接言传的表达乃是一种互补的关系。明乎此,本节所讨论的内容便与上节关于宋诗之议论思理的讨论有了联系。执着于义理探寻的理性,始终是诗美理想的制约物,因此,尽管在诗歌创作思想的建构中并没有说理论道的位置,但在创作实践中却不能不留给它一席之地。岂止如此,倘没有这实践形态的存在,严羽那"不涉理路"的原则也就失去了针对性。这,也是我们在讨论义理之学与宋诗创作思想之关系时所不可不注意的问题。

三、诗心雅韵与魏晋文化的历史再阐

总体来看,宋诗具有为文人雅士写心的特性,正如同宋代始有自觉的"文人画"意识一样,而这种诗心雅韵的特定内涵,归结为一句话,便是在心性义理的宋学意义上去再阐魏晋文化。

黄庭坚《论语断篇》云："夫趋名者于朝,趋利者于市,观义理者于会,《论语》者,义理之会也。……近世学士大夫知好此书者已众,然宿学者尽心,故多自得;晚学者因人,故多不尽心。不尽其心,故使章分句解,晓析诂训,不能心通性达,终无所得。"这可说是诗人深明心性义理的生动体现。那么,当其尽心于夫子之道而"心通性达"时,彼灵犀会通处又何在呢?这可以从黄庭坚之推许周敦颐的独特角度中窥见消息。周敦颐是理学的开山祖师,"雅好佳山水,复喜吟咏"(《周濂溪集》卷八引度正《彭推官诗序跋》),而黄庭坚称其"人品甚高,胸中洒落如光风霁月,好读书,雅意林壑"(《濂溪诗序》)。由此联系到陆九渊所说"二程见周茂叔后,吟风弄月而归,有'吾与点也'之意"(《陆九渊集》卷34),于是不难发现,这理学大师与诗坛领袖所共同醉心于其间的夫子风范,原来是大有"宜置丘壑中"之意味的。号称"安乐先生"的邵雍,尝自明其志曰:"安乐先生,不显姓氏。垂三十年,居洛之涘。风月情怀,江湖性气。"(《安乐吟》)如果说心性义理的讲求必然使宋人崇尚某种理想人格的话,那么,这种理想人格的现实形态,实际上正是魏晋名士的风流和晋宋雅人的萧散。亦唯其如此,陶渊明便格外受人尊崇。邵雍,便以步渊明之后尘而自居(见其《读陶渊明〈归去来兮〉》诗),苏轼亦曰:"岂独好其诗也哉?如其为人,实有感焉!"(苏辙《追和陶渊明诗引》引苏轼语)可见,最终的着眼点,还在人格力量的感召。感召宋人者有陶渊明,而感召陶渊明者又有谁呢?陶诗曰:"延目中流,悠想清沂。童冠齐业,闲咏以归。我爱其静,寤寐交挥。但恨殊兴,邈不可追。"(《时运》)其心悟于夫子风范者,即在"吾与点也"之志。宋人仰其人格,亦自可缘此而上迫先儒之乐了。总之,宋人心性修养之根本固在发明孔圣之本心,而其襟怀风度却分明与魏晋文化的历史再阐相符契。

理想人格的选择是与诗美风格的选择相统一的。在《书黄子思诗集后》一文中,苏轼慨叹"魏晋以来,高风绝尘,亦少衰矣",而这种"高风绝尘"的风格特征便是所谓"萧散简远"。此说一出,群起响应,黄庭坚谓其"极有理"(《与王庠周彦书》),曾季狸更称赞"此说最妙"(《艇斋诗话》）。尤其值得注意的是，朱松、朱熹父子，其艺术兴趣与苏、黄多有分歧，但在对"萧散简远"的崇尚方面，却又不谋而合。朱松肯定"魏晋以降，迨及江左"者"皆萧然有拔俗之韵"（《上赵漕书》），朱熹亦曰："且以李、杜言之，则如李之《古风》五十首，杜之秦、蜀纪行，《遣兴》《出塞》《潼关》《石濠》《夏日》《夏夜》诸篇，律诗如王维、韦应物辈，亦自有萧散之趣。"（《答巩仲圣》）不仅如此，张炎论词之主"清空"而扬姜夔，也与此相关。陈郁谓姜夔"襟期洒落如晋宋间人"（《藏一话腴》），其"野云孤飞"的词境风貌，不也正是"萧然有拔俗之韵"者吗！凡此，都在告诉我们，这种诗心雅韵的萧散自足，既然是诗人与理学家的共同追求，就不能不到宋学精神的建构中去寻找其所以然。

程颢曰："夫天地之常，以其心普万物而无心；圣人之常，以其情顺万事而无情。故君子之学，莫若廓然而大公，物来而顺应。"（《明道文集》卷三）显而易见，这种发明心性的思辨理性，实际上出自于魏晋玄学中王弼的有情而无累说。道理再简单不过，若圣人无常情，则人人岂能成圣人？既然"宋学精神在谓圣人可至，而且可学"（汤用彤《谢灵运〈辨宗论〉书后》），那么，它就必然要再阐王弼之义。当然，在有情而无累这一心性义理的命题中，关键是"无累"，而达到"无累"境界的心性修养途径，实即禅宗所谓"法无在世间，于世出世间；勿离世间上，外求出世间"（《坛经》）的二谛义思维。中国士大夫文人的精神世界，始终受到仕隐两极之矛盾的制约，唯其如此，仕隐兼得，便成理想选择。然而，正所谓万事难两全，于是，便有"志深轩冕，而泛咏皋壤"（《文心雕龙·情采》）的现象出现。不过，这也说明，在价值的天平上，江湖风月之襟期要高于朝市轩冕之志意。既然如此，以超然之心入世者，便是雅人高致，而以世俗之心退隐者，则俗不可耐。宋代文士之所以喜欢山水画，据郭熙说，正因为可藉此而"不下堂筵，坐穷泉壑"（《林泉高致》），换言之，便是以"风月情怀，江湖性气"而从容于风尘世俗之间。"阅世走人间，观身卧云岭"，唯其不离世间，所以特别要强调萧然拔俗的精神，这就是为什么宋人并不热衷于退隐却又企希于晋宋逸士风度的道理所在。

宋学之性质，有人说它"善用佛、老之长，而无佛、老之弊"（钟泰《中国哲学史》），也有人说是"其论佛、老也，实与之而文不与，阳挤之而阴助之"（杨东莼《中国学术史讲话》引李屏山语），不管怎么说，宋学之心性义理与佛、老之旨有关，已是人所共知的事实。宋释智圆尝曰："儒者饰身之教，故谓之外典也；释者修心之教，故谓之内典也。"（《闲居编·中庸子传上》）宋学沉潜于心性，自然援佛入儒，以成治心养性之理。不过，若因此而强分内外，则又未免机械。苏轼曰"学佛、老者，本期于静而迟"（《答毕仲举书》），宋人正是要以佛、老静而达之旨来诠释儒家修身治国之义，并特别执着于儒家与佛、老合一的性情铸塑艺术。魏了翁在《费元甫注陶靖节诗序》中说："风雅以降，诗人之词，乐而不淫，哀而不伤，以物观物，而不牵于物，吟咏性情，而不累于情，孰有能如公者乎！有谢康乐之忠而勇退过之，有阮嗣宗之达而不至于放，有元次山之漫而不著其迹，此岂小小进退所能窥其际邪？先儒所谓'经道之余，因闲观时，因静照物，因时起志，因物寓言，因志发咏，因言成诗，因咏成声，因诗成音'者，陶公有焉。"真可谓道艺不二。作为心性修养与诗歌创作之双重楷模的陶渊明，其精神世界就是一个复合体。黄庭坚《次韵谢子高读渊明传》诗有云："袖中政有南风手，谁为听之谁为传？风流岂落正始后，甲子不数义熙前。"其中，将耻事二姓的忠义名教与不让嵇、阮的放诞风流并举，不仅有申说任诞者非弃名教的意味，而且在更深的层次上，是在阐发一种"越名教而任自然"者乃企希于自然之名教的思想。由此，可以联系到朱熹的如下议论："父子、兄弟、朋友，皆是分义相亲。至于事君，则分际甚严。人每若有不得已之意，非有出于忠心之诚者。"（《朱子语类》卷21）显然，这里已表露出"忠心之诚"须不为"分际"所累的自然之名教观。不言而喻，这样的名教观是必然要宏物超然独立之主体人格的。正是在这个意义上，宋人借标举陶渊明而再阐"魏晋以来，高风绝尘"之萧散风度的精神追求，才显得是一种人生哲学的探寻，而不单纯是诗作风格的偏爱了。

既然是人生哲学的探寻，就必然包含着对历史经验的审视以及缘此而产生的人生价值之省悟。要想真正深入地理解宋人以萧散襟怀为心性修养之风范的文化心理动因,不妨听听杜甫这位"诗圣"的自白。杜甫《偶题》诗曰:"法自儒家有,心从弱岁疲。永怀江左逸,多病邺中奇。"其间一个"疲"字,殊堪寻味。须知,这是心灵的疲惫!"悠悠委薄俗,郁郁回刚肠。……我师嵇叔夜,世贤张子房。"(《入衡州》)看来,在人格自觉与世情体验尖锐冲突的情况下,那明知不可为而执意为之的儒家精神,便会由于主体心灵的疲惫而发生转化,于是,自然形成了超然闲适而无所牵累式的入世态度。亦唯其如此,"永怀江左逸"的文化心理,以及由此而产生的平淡胜于奇崛的审美心理,都不能仅仅看作是佛、老文化精神的导引所致,而应该同时认识到这是奉儒入世之历史生活经验的积淀成果。明乎此,才可能真正理解宋学作为新儒学的特殊文化意义。显然,宋学所以要援佛、老以入儒,除了儒学本身缺乏形上思辨的机制外,儒学之实践理性与实践活动本身的矛盾也是促使其不得不有所变化的重要原因。如果我们因此而得出结论,认为宋学心性义理的确在一定程度上体现了士人文化心理的历史选择,那么,我们同时就必须认识到,宋人诗心雅韵之以魏晋、晋宋风格为旨归,便绝不是什么返古复初,尤其是那"萧然有拔俗之韵"者中间所隐含着的悲凉气息,很值得我们去深入领会。一言以蔽之,再阐魏晋文化的诗人心性,无疑是在确证那种历史所可能提供的人格范型的价值。于是,就如同宋人明确了书画艺术之文人情调的特定内蕴那样,宋诗也明确了为士大夫文人写心的特定规范。

长期以来,人们多着眼于理学家的诗文害道说和诗入理障的诗坛弊端,从而倾向于理学有妨诗艺的观点。本文的讨论,却是从另一侧面着眼,意在揭示宋诗与宋学之间相生而无碍的历史事实。

论宋人平淡诗观的特殊指向与内蕴

一、唯造平淡：文人野逸兴趣与宋儒性命之学

宋人以平淡诗境为其诗学理想的消息，在宋初梅尧臣那"作诗无古今，唯造平淡难"的感叹中就透露无遗了。如果说梅尧臣力倡平淡诗美的意义，正如宋人龚啸所言，在"去浮靡之习于昆体极弊之际，存古淡之道于诸大家未起之先"，①从而与唐初陈子昂力倡"风骨"而"横制颓波"者相近，那么，他之以平淡涤浮靡而不用风骨振颓响的意向，就很值得玩味。诚然，依着一般习惯的看法，我们可以用开有宋一代文风的古文革新运动为背景来解释上述现象。不过，这样一来，梅尧臣意中之"平淡"，就与古文家那"句之易道，义之易晓"的主导精神直接相关，从而此平淡之美便指向平易舒畅、流利自然的风格而别无特殊之处了。看来，过于直接的联系反而显得隔膜，实际上，古文革新运动对宋人诗观的影响，毕竟只是一种外在的推助，其影响只有通过诗学本身的内在动因才能产生效应，而这内在的动因无疑当在于可与当时相对于昆体的诗风相契合并与整个艺术氛围相融洽的审美心理。

我们认为，这种审美心理的特质，正在文人野逸兴趣。说到文人野逸兴趣，显然与成熟于宋代的文人书画艺术相关。众所周知，

---

① 《宛陵集》附录。

宋代文人之于山水画，不取唐代盛行的青绿山水，而偏偏独赏董源的"不装巧趣""平淡天然"①的水墨山水画。这就告诉人们一种近乎以冷漠的清闲和表征为疏野的超逸，正是所谓文人野逸兴趣的本质内容。

这种野逸兴趣，是否同样体现为诗学中与"唯造平淡"的理想相一致的审美选择呢？回答是肯定的。首先我们需要更正如下的看法，虽说宋初诗风承晚唐而来，但彼时诗坛却并非西昆一体所独专，实际情形是，在西昆体的华靡精巧之外，尚有疏淡清远一派，只不过前者在朝故声名显赫，仿效者多。而那主要为隐士诗人所组成的在野的诗人群体，虽其中风格有异而成就各殊，但又共同体现出对立于西昆体的审美风貌。其中，林逋之作便深受梅尧臣等有宋巨子的称许。林逋诗，人们向来以为"大数寨王、孟之幽，而撼刘、韦之逸"，②梅尧臣序其集曰："其顺物玩情为之诗，则平淡邃美，咏之令人忘百事也。其辞主乎静正，不主乎刺讥，然后知其趣向博远，寄适于诗尔。"而这种"平淡邃美"的主体精神，亦当在于苏轼《书林逋诗后》所谓"先生可是绝俗人，神清骨冷无由俗"。请注意，可作这野逸诗派之先辈的王禹偁，便尝自道："贫久心还乐，吟多骨亦清。"可见神情气骨的清远冷静正是与"其辞主乎静正"相里表的心理内容，从而也正是"唯造平淡"之诗学理想的审美基础。

两宋诗坛，虽有江西、永嘉的门派之争与离合晚唐的取径分歧，但对野逸兴趣则或者明言企希或者暗自投合，少有不以此为意志情趣之同构点的。诚然，金人元好问曾感叹："百年才觉古风回，元祐诗人次第来。讳学金陵犹有说，竟将何罪废欧梅。"③如陆游曾指出王安石不仅对梅诗"推仰尤至"，且"晚集古句，独多取焉"，而苏轼"多不可古人，惟次韵和陶渊明及先生（指梅尧臣）二家诗而已。"④王安石晚年诗一变

---

① 米芾：《画史》。
② 吴之振：《宋诗钞》。
③ 《论诗三十首》。
④ 《梅圣俞别集序》。

早期作风,由"逋峭雄直之气"而转入"深婉不迫之趣",被称为"王荆公体"的绝句,历来批评家无不以为美在闲淡,可知他的推仰梅诗,无疑出于闲淡美的理想追求并基于遣情世外的野逸兴趣。至于苏轼,虽所长在超迈豪横,但其神往之境却在"魏晋以来,高风绝尘",他推仰柳宗元、陶渊明,谓其"外枯而中膏,似淡而实美",其追和陶渊明及梅尧臣,想来也不会出于其他意趣了。更值得寻味的是,南宋大家之中,非仅陆游以"赵璧连城价,隋珠照乘明"来唱叹梅诗,他如杨万里、姜夔等,虽不明扬,而自身情趣所投处,又未尝不相契合。当然,我们不能忽略了严羽,他显然是不满于仅只投换晚唐间的,所谓"止入声闻、辟支之果,岂盛唐诸公大乘正法眼者哉!"然而,严羽之不满于四灵者,不过如谚所谓"恨铁不成钢",对于其"稍稍复就清苦之风"的取向还是基本肯定的,就像苏轼称林逋"诗如孟郊不言寒"那样,若于清苦中洗去寒俭之病,自可到盛唐诸公之境,而我们知道,严羽意中的盛唐诸公,实质上是"偏嗜于王、孟冲淡一派"的。一盲以蔽之,宋人之以"唯造平淡"为诗学理想,而此理想又以文人之野逸兴趣为审美基础,应该说,是没有疑问的。

如果还有疑问,那只是在于这种文人自赏不已的野逸兴趣,是否有其精神本体上的内在规定呢? 换言之,作为一种特定的审美心理态势,它是否有着观念意识层次上的理性导引呢? 从宋人论诗无不强调吟咏性情之特质的现象出发,将"因吟适性情,稍欲到平淡"的诗人之志与宋儒性命之学注重性情修养而其指向又偏于萧散超逸的义理联系起来,以求得解答。

身为理学大师的朱熹,其论诗固主张"是以古之君子,德足以求其志,必出于高明纯一之地,其于诗固不学而能之",[①]而其所谓"高明纯一之地",却又透出其所谓"萧散之趣"。他说:"漱六艺之芳润,以求真淡。此诚极至之论。"[②]于是,当他评说李白《古风》和杜甫秦蜀纪行及

---

① 《答杨宋卿》。
② 《答巩仲至书》原注。

《遣兴》《出塞》诸诗时,便只称其"自有萧散之趣"。① 萧散者,萧闲淡泊而恬适放散之谓,以此来阐释其所谓"真淡",显然与前文所言之文人兴趣一般无二了。朱熹的这种观念,主要还是由理学那援佛老以入儒而成其性命之说的特性所决定的。宋明理学家都将所谓"孔颜乐处"视作人生最高境界,而这种境界又通过他们对"吾与点也"的新解释而表现出如邵雍《安乐吟》之所谓"风月情怀,江湖性气"那样的内容。明代袁宏道说"颜之乐,点之歌,圣门之所谓真儒也",而此真儒之性情,实在于俗儒不知其妙而斥之为"放诞"的"高明玄旷、清虚淡远"②之趣。这种情趣,自然以亲近于江湖林泉者得之最多,所以他又说:"山林之人,无拘无束,得自在度日,故虽不求趣,而趣近之。"③这一切,又岂可与不知沧江虹月、冷岫孤云之味者道呢!当然,从程、朱到陆、王,理学自身包含着深刻的矛盾运动,而陆、王之"心"与程、朱之"理"的不同又意味着"内圣"之义实际上有一个走入困境到走出困境即自我解体的微妙变化,凡此,都是本文无力亦无意涉及的。然而,无论如何这种伦理哲学以其逼似魏晋玄学的思维特性而透射出来的同样逼似魏晋风度(或者更确切些是晋宋风韵)的情感心理层次上的内容,正如上文所描述的那样,恰恰成了有宋一代乃至尔后文人艺术旨趣的精神导引,却是无可置疑的。

  当然,诗学毕竟不是理学,诗人之所求也不等于理学家之所持。但是,性命之学的精神必然要影响到诗人的人格追求和处世态度,从而最终影响到吟咏性情的诗歌创作和理论。且以苏轼来说,其思想虽包容着儒、佛、道的复杂内容,但并非没有一个基本清晰的建构框架。他曾说:"君子可以寓意于物,而不可留意于物。"这不正是魏晋时王弼之所谓"应物而无累于物"吗?既然如此,那用以调谐心理矛盾而使之不致陷入困境者,正在超然物外而不受物累的佛老思想。他又说:"学佛老者,本期于静而达,静似懒,达似放,学者或未至其所期,而先得其

---

① 《答巩仲至书》原注。
② 《寿存斋张公七十序》。
③ 《叙陈正甫会心集》。

所似,不为无害。"①唯其"静"者非懒,故静中正可寓动,唯其"达"者非放,故达人未尝舍义理,这种"博辩无碍"的思想观念又体现为其"阅世走人间,观身卧云岭"的人生观并进而表现为"欲令诗语妙,无厌空且静。静故了群动,空故纳万境"的诗学观,而其旨趣所归,自然也就以接续"魏晋以来,高风绝尘"之势而契合于理学性命修持之所谓"萧散之趣"了。

总而言之,从性命哲学到审美心理,复从审美心理到诗画风貌,层层透射出来的精神光束,以其清冷幽淡而表征着超旷萧散的野兴逸趣。唯其如此,宋人从一开始便明确的"唯造平淡"之"平淡",本是有其特殊的指向与内蕴的。

二、风雅别境:讽谕诗的韵味与文人怵惕心理

宋人"唯造平淡"的诗学理想,虽说只以它同古文运动的呼应为外在动因,但古文家那文以明道的宗旨无疑会促成对儒家诗教传统的自觉的继承和发扬;其次,如前文所述,由于宋人的平淡诗观又以文人野逸兴趣为审美心理基础,并以宋儒性命之学的义理为哲学依据,因此,他们对儒家诗教传统的复续申扬,尽管较前世显得更为自觉,却又不能不和理学之援佛老以入儒一样,最终使所谓风雅气脉变成别样气象。

不错,宋人论诗,每述其复续风雅之志,似乎在道统和文统之外还要再讲诗统。从梅尧臣在提倡平淡理想的同时,又强调风雅美刺原则和《离骚》发愤抒情传统,到王安石的"适用为本"和苏轼的"有为而作",以及后起杨万里之以能得三百篇之遗味者为上,风雅气脉确实贯注在宋人诗观之中。然而,只要不是以割裂的方式去对待对象,就定会发现,宋人复续风雅之志,实际上是一个矛盾体。这一点,在首唱

---

① 《答毕仲举书》。

"唯造平淡"之义的梅尧臣诗论中就有体现。诚然,当他要求将"所向唯直诚"的主体人格和"直辞鬼胆惧"的创作风格统一于"文之将史,其流一也,固可以方驾南、董,俱称良直"①的先王直法,以挽救风雅道丧所导致的"葩卉咏青红,人事极谀诡"现象时,其诗学精神不仅在有为而作,而且分明有德性良直为诗人之本的意味。这也就难怪刘克庄会有"宛陵出,然后桑濮之哇淫稍息,风雅之气脉复续,其功不在欧、尹之下"②的称颂了。可是,当他又以"因吟适情性,稍欲到平淡"而欣赏于林逋"其辞主于静正,不主于刺讥"时,二者间的矛盾显然非其所谓"因事有所激,因物兴以通"的比兴寄托所能解决了,因为这关系到创作精神和审美风格。

于是,问题的症结就显现无疑了。众所周知,宋人以禅喻诗而主妙悟之趣的诗学观,实质上是继承了司空图的审美思想,舍形迹以求韵味。有关例证,除严羽外,我们还想提一下张戒,他的见解在这里可能更具典型意义。显然,张戒论诗是本于儒家诗教的,岂不闻他不仅称杜诗"微而婉,正而有礼",更称其如"圣贤法言,非特诗人而已"。然而,张戒诗观的建构,乃是言志与咏物兼得观,即本于言志不期于咏物而咏物之工卓然天成。同时,其诗观之中心范畴又正在"韵"之与"味"。他说:"用事押韵,何足道哉?……使后生只知用事押韵之为诗,而不知咏物之为工,言志之为本也。风雅自此扫地矣。"此即风雅之义在工于咏物而本于言志。不仅如此,言志者须"态度温润清和",词婉意微,不迫不露,而含不尽之意,如此方有不可及之"韵";咏物则以"景物虽在目前,而非至闲至静之中,则不能到"。这样,联系他将"形似之言"与"情理之说"的统一视为"情在词外"而"状溢目前"的"隐秀"之美的观念,便不难得出结论,其风雅诗观实质上意味着将托物言志的传统规范与清和闲静的诗美情调统一起来,以使风雅之体饶有韵味之美。难怪他也称赏"韦苏州诗,韵高而气清,王右丞诗,格老而味

---

① 刘知几:《史通·载文》。
② 《后村诗话》。

长。"①不言而喻,如果说宋人之复续风雅气脉并非一味复古,那么,其发展之指向便在合于韵味之美而契于平淡理想。

杨万里说:"句中池有草,字外目俱蒿。"②这意味着,诗人之作须"状难写之景如在目前,含不尽之意见于言外",而"蒿目其忧世之患"的忧患内容,作为言外之意本是"作者得于心,览者会以意,而难以指陈以言"者。③ 这样一来,不仅诗中"无刺之之词,亦不见刺之之意",就连那诗外的刺讥之味,也因为清和闲静情调的融化而来得空灵幽远,只可品味而难得意指了。请看,杨万里尝以为,三百篇之遗味,"惟晚唐诸子差近之",而"近世惟半山老人得之",他因此而有诗云:"受业初参且半山,终须投换晚唐间。国风此世无多子,关捩挑来只等闲。"④不难知道,其所谓"半山老人"所得,正指王安石晚年"遗情世外,其悲壮即寓闲淡之中"的作风,这就意味着,他实际上是从王安石之闲淡与晚唐之幽逸的角度去领会三百篇之风味的,这就最终决定了作为风雅诗观之标志的讽谕精神,在注入了韵味美的诗学情调之后,已和向往平淡深远之境的诗学理想交融了。

如果说任何事物的变迁都必须以自身原因为内在依据,那么,诗人讽谕之志之所以内转而消融于空灵幽远境界者,又岂能没有其自身的原因呢?当然是有的。我们认为,这内在的原因正是诗主美刺(主要是刺)的主观精神与不便刺讥的客观经验之间的强烈冲突,导致了以文人怵惕心理为基础的风雅别境。从这种角度出发,我们便可以在下面将要分析的黄庭坚等人的议论中体会到一种深沉的悲怆意味。黄庭坚说:

> 诗者人之情性也,非强谏争于廷,怨忿诟于道,怒邻骂座之谓也。……

---

① 《岁寒堂诗话》。
② 《和李天麟二首》。
③ 《六一诗话》引梅尧臣论诗话。
④ 《答徐子材谈绝句》。

>其发为讪谤侵陵,引颈以承戈,披襟而受矢,以快一朝之忿者,人皆以为诗之祸。是失诗之旨,非诗之过也。①

在这里,黄庭坚之所谓"诗之旨"分明是以"诗之祸"为思维基点的,唯其如此,我们又怎能离开"诗祸"问题而只去指责黄庭坚逃避现实呢?实质上,黄庭坚所欲逃避的现实,应有其特殊的指向与内蕴,那就是"诗祸"现实。这"诗祸"现实是以苏轼的悲剧性遭遇为具体内容的。当其时也,黄庭坚告诫晚辈曰:"东坡文章妙天下,其短处在好骂,慎勿袭其轨也。"陈师道也说:"苏诗始学刘禹锡,故多怨刺,不可不慎也。"凡此,与其说是对苏轼的普遍的指责,勿宁说是对苏轼之经验的普遍的怵惕。罗大经的议论很能说明问题:"夫小人摘抉君子之诗文以为罪,无怪也;君子岂可亦摘抉小人之诗文以为罪乎?"在恶的面前,善往往是软弱的,于是,道德自觉反而成了对自身的束缚——对那本属于道德自觉之必然内容的刺讥精神的束缚。这样一来,"耸乎其必讥,断乎其必不恕也"的锋芒,便内敛而至于含忍,愤世嫉邪之意只能在作者但求自释而闻者最好自愧的设想中被寄于清虚空灵之处了。

在这方面,王安石就是一个典型的例子,他晚年之所以"细数落花""缓寻芳草"而吟其闲适之趣,又何尝不是出于怵惕心理呢?明白了这层内蕴,则吴之振说王诗"悲壮即寓闲淡之中",就同洪炎说黄庭坚诗"忧国爱民忠义之气,蔼然见于笔墨之外"②相吻合,并最终与杨万里所谓"句中池有草,字外目俱蒿"旨归不二了。这样,我们更为宋人何以企慕陶渊明而又神往于韵味美的诗学倾向找到了现实的社会心理的基础。苏轼晚年独好陶诗,对司空图遭遇亦表同情,其原因正是:陶渊明崎岖易代之际,司空图崎岖兵乱之间,而苏轼亦崎岖党争之中,唯其如此,都有"宅幽而远害"之想,亦唯其如此,诗之有"韵外之致""味外之旨"者,其人亦必有"超然拔俗"的"世表意"。正是在这个意义

---

① 《书王知载朐山杂咏后》。
② 《豫章黄先生退听堂录序》。

上，文人怵惕心理恰恰成了讽谕精神和韵味诗美相统一的现实基础，因此导致的风雅别境，其闲淡清远的审美情调，也就隐含着一种痛苦反思后的怅然若失，每每透出一股苦涩意味。

三、句法简易：平淡而山高水深与尊陶法杜的矛盾统一

既然诗美理想在"唯造平淡"而其主体精神又在发扬魏晋以来之高风绝尘而得其萧散之趣，那么，宋人之推崇陶渊明自当是情理之中事。然而，宋人虽于陶渊明其人其诗唱叹备至，却又同时以杜甫为师法楷模。当然，在但求风雅精神内契于萧散之趣的意义上，宋人推许杜甫的忠君忧国兼爱天下并不与其企慕陶渊明之超然拔俗者相冲突，不过，宋人之师法杜甫，又分明是与其讲究诗法的倾向相联系的，而此中要领又绝非苏轼所谓"学诗当以子美为师，有规矩，故可学"①的见解所能揭示，因为可否学并不等于当否学，而当否学则与其诗学理想紧密相关。如果说宋人师法杜甫的目的并不与"唯造平淡"的原则相矛盾，那么，其所谓"老杜句法"的具体含义也就意味着其理想中的平淡诗美的形式特质。唯其如此，解析宋人诗法之要领，便是论述宋人平淡诗观的必要工夫。

宋人之所谓诗法，主要在江西诗法，而"句法尤高"的黄庭坚，影响格外深远。黄庭坚学杜是以唐彦谦为中介，而唐彦谦诗，本师法于李商隐，以是宋初杨亿称其能"尽李商隐一体"并与刘筠"皆好彦谦诗"。这能说明什么呢？至少，朱弁以为江西诗律"用昆体工夫而造老杜浑全之地"②的见解，并非妄说。《洪驹父诗话》载："山谷言，唐彦谦诗最善用事"，由此可见，"昆体工夫"实与江西派那但求"无一字无来历"的用心相投，缘此而造老杜之地者，亦不过用事博而点化精而已。后人

---

① 《后山诗话》引苏轼语。
② 《风月堂诗话》。

对江西派的指摘,多在其务使事而堕于事障和求点化而类于剽窃,现在看来,这怕正是由濡染昆体工夫之所致吧!不过,若以为江西句法的要领即尽于此,就未免将问题简单化了。黄庭坚道:"学老杜诗,所谓'刻鹄不成尚类鹜'也;学晚唐诸人诗,所谓作法于凉,其弊犹贪,作法于贪,弊将若何!"如果说这是其跳出昆体规模自觉意志的表露,那么,联系"宁拙勿巧,宁朴勿华,宁粗勿弱,宁僻勿俗"的江西派诗法原则即可看出,其终舍昆体而上追老杜者,正由于不满西昆体的华巧柔弱而欲救之以拙朴瘦硬。理解这一点是至关重要的,因为非此则不能解悟江西派之所谓"老杜句法"的特定指向。

江西派之所谓"老杜句法",乃是特指"老杜夔州以后诗"而言的。杜甫曾道"晚节渐于诗律细",然而,江西派所欣赏并习法者,却不在此"细"字,而在于那"苍莽历落中自成音节"①的所谓拗体。换言之,所谓"诗律细"者,有两种含义,一者,以其细而谨守成法,一者,唯其细而创新出奇。江西派所取者,正在律细而奇和法精而拗。我们知道,杜甫晚年更耽于苦吟诗句,不管是为晚唐皮、陆所摹仿的所谓"吴体",还是运乐府歌行之句法入律的所谓"拗体",其奇处正是细处,并因此而造成一种与习惯的精丽相对峙的生拙诗格。江西派既然师此而作,其所作必然"务为峭拔,不肯随俗为波靡",②并"于音节尤别创一种兀傲奇崛之响"。③ 于是,诚如方回所指出,杜诗中固有如"自去自来堂上燕,相亲相近水中鸥"和"风含翠篠娟娟静,雨裹红蕖冉冉香"这种极丽极工的句子,"学者能学此句,未足为难",至于像"不为困穷宁有此,只缘恐惧转须亲"或"幸不折来伤岁暮,若为看去乱乡愁"者,"此等诗不丽不工,瘦硬枯劲,一斡千钧。惟山谷、復山、简斋得此活法。"④显而易见,江西派的学杜取经是与其创新指向相一致的,而其特点正在于别创生新拗涩之格。

---

① 王士禛:《居易录》。
② 赵翼:《瓯北诗话》。
③ 方东树:《昭昧詹言》。
④ 《读张功父南湖集并序》。

更值得注意的是,这种格调独特的句法又被概括为"简易句法",并且确认其无违于平淡诗美。黄庭坚说:"但熟观杜子美到夔州后古律诗,便得句法简易,而大巧出焉。平淡而山高水深,似欲不可企及,文章成就,更无斧凿痕,乃为佳耳。"①因此,他又极力称扬主张"语简而益工"的陈师道,谓"其作诗渊源,得老杜句法,今之诗人不能当也。"②不难理解,之所以用"平淡"来形容"句法简易",原是基于平淡诗美其句必简朴平易的认识,同时,也透露出其理想终在平淡的消息。至于又以"山高水深"来形容"平淡",就颇值得玩味了。黄庭坚《大雅堂记》云:"子美诗妙处,乃在无意于文,夫无意而意已至,非广之以国风雅颂,深之以离骚九歌,安能咀嚼其意味,闯然入其门耶?"我们认为,此处论旨与严羽所谓"诗有别材,非关书也;诗有别趣,非关理也。然非多读书、多穷理,则不能极其至"者可相互补。换言之,严羽强调的是"不涉理路,不落言筌"的妙语与兴象,而黄庭坚强调的是书卷涵养的深厚广博,一者空灵而易流于玄虚,一者质实而易流于填塞,唯相济能得其全,而就其理想追求言之,二者本不相冲突。这就意味着,江西派之所谓"平淡"者,绝非浅近平易之境,而是以"一书之不见,一物之不识,一理之不穷,皆有憾焉"③的创作心理为内蕴的。这,可说是其所谓"山高水深"的第一层指意。此外,黄庭坚自言其志曰:"须要唐律中作活计,乃可言诗,以少陵渊蓄云萃,变态百出,虽数十百韵,格律益严,盖操制诗家法度如此。"④这意味着,既要把握古人立意布局之法度,又要穿凿取新而不因循旧格,"譬如巧女文绣妙一世,若欲作锦,必得锦机,乃能成锦尔",⑤就是说,江西派之所谓"古人之关键",并非指其具体的曲折轨迹,而是指那种曲折变幻与呼唤照应的结构原理。"变态百出"而"格律益严",正是法本一理而运用无穷。这,可说是其所谓"山高水深"的第二层指意。综合上说,一方面是读书识物、研阅

---

① 《与观复书》。
② 《豫章先生文集卷十九》。
③ 陆游:《何君墓表》。
④ 王构:《修辞鉴衡》引《名贤诗话》。
⑤ 《与王生之帖》。

穷理之学问的深厚广博,一方面是命意曲折、章法顿挫之法度的精严善变,它们共同构成了高深难测的艺术构思特征,而这恰恰又是其所谓"平淡"的蕴涵所在。

何以如此"平淡而山高水深"者唯以简易句法出之为妙呢?首先需要解开其以"句法简易"许之杜诗的奥秘。杜甫有诗云:"为人性僻耽佳句,语不惊人死不休。安得思如陶谢手,令渠述作与同游。"其竟以陶、谢并称,用意究竟何在呢?也许,杨万里的悟解对我们有帮助,其诗有道:"晚因子厚识渊明,早学苏州得右丞。忽梦少陵谈句法,劝参庾信得阴铿。"[①]由柳识陶,这是宋人的一致之见。如苏轼,就曾说"柳子厚晚年诗极似陶渊明",而黄庭坚则认为"子厚如此学陶渊明,乃为能近之耳"。这里,不仅关系到宋人以陶诗为极致的问题,而且关系到宋人怎样理解陶诗之平淡的问题。以下从两个方面分析。

第一,历史上每"韦、柳"并称,以为皆自陶渊明来而能尽萧散冲淡之美。但是,一方面,"二公是由工入微,非若渊明平淡出于自然也",另一方面,"韦、柳虽由工入微,然应物入微而不见其工,子厚虽入微,而经纬绵密,其功自见。"[②]以是明人尝谓柳诗"斟酌于陶、谢之间",而元好问更说:"谢客风容映古今,发源谁似柳州真。"皎然论诗,便主张"固当绎虑于险中,采奇于象外,状飞动之趣,写真奥之思",而柳宗元自己也表示:"然而缺其文采,固不足以悚动时听,夸示后学。"[③]唯其如此,柳宗元便有自觉继承谢灵运诗那"经营惨淡,钩深索隐"之精神的倾向。不难理解,持此而学陶者,正意味着以奇峭去发展陶诗的平淡。明晓了这层原委,则杜甫之将陶、谢并称的用心也就不难窥破了。杜甫于陶诗,曾有"颇亦恨枯槁"的看法,这并不奇怪,因为杜甫是个"熟知二谢将能事,颇学阴何苦用心"的诗人,在他看来,陶诗的省净质朴自未免枯槁。亦唯其如此,他之将陶、谢并称,其意正在明辨非大巧不能到拙朴、非奇崛不能到平淡的道理。也正是在这个意义上,宋人的

---

① 《书王右丞诗后》。
② 《诗源辨体》。
③ 《大理评事杨君文集后评》。

陶、柳并称便又近杜甫的陶、谢并称,乃是藉此表明其极雕琢之工而不留斧凿痕迹、极奇险深曲而不失平淡之旨的创作原则。一言以蔽之,宋人法杜而务为奇峭的句法缘此而与其尊陶而唯造平淡的理想取得了辩证意义上的统一。

第二,柳诗风格,向来以为在"明净简峭"。换句话说,他是承谢灵运之风容而能去其繁富之累,从而与陶诗之省净相近。我们知道,谢灵运诗在当时的评论中,"颇以繁富为累",而钟嵘则以"兴多才高,寓目辄书,内无乏思,外无遗物,其繁富,宜哉"来作辩护。到杜甫那里,所谓"熟知二谢将能事",所谓"老去诗兴浑漫与",其意无非亦是"兴多才高,寓目辄书,内无乏思,外无遗物"之谓。不过,杜甫同时又"颇学阴何苦用心","好诗时时改,何妨悦心情",随时敏捷而又思虑精苦,最终造境于陈师道之所谓"语简而益工"。李东阳曾说:"汉魏以前,诗格简古,兴间一切细事长语皆著不得,其势必久而渐穷。赖杜诗一出,乃稍为开扩,庶几可尽天下之情事。韩一衍之,苏再衍之,于是情与事无不可尽,而其为格亦渐粗矣。"①殊不知宋人早明此势而欲有所作为,既要保持住天下情事无不可尽的势头,又要在格局上复续简古气象,从而有繁富之宜而其格不失于粗,有简古之好而其势不失于窘。要之,江西诗法之所持的"语简而益工",乃至作为其余响的"四灵"诗之"篇幅少而警策多"和那为江湖诗人所推崇的陈与义诗的"简严",其蕴涵无不可申发于此。

将以上两点归纳起来,一是以平淡含纳为主义心理学的"第三思潮",后者则是抨击权威的儒家学说的"异端"思想;在本体论上,二者都悬有一个最高的美之本体,将其视为推演出所有美的事物的本原和人必须努力致达的真善美的顶峰,前者将这一美之本体设定为"存在",后者则将其构想为"道";在认识论上,二者都在审美主体与审美客体如何同一的问题上表现出唯心主义和神秘主义的偏颇,前者把审美活动理解为"此在"派生出世界的移情过程,趋于主观唯心论,后者

---

① 《怀麓堂诗话》。

则把审美活动理解为在"道"的统摄之下人与自然往复交流的自由境界,趋于客观唯心论;在价值观上,二者都具有鲜明的人道主义倾向,把那些不人道的社会现象视为美的反面,认为美就存在于人的本性的自由发展之中,但前者是把矛头指向西方现存制度下的异化现象,而后者则是痛心疾首于古代私有制下"人为物役"的黑暗现实;在艺术观上,二者都表现出通俗化甚至泛化的倾向,认为普通群众和一般劳动者都能成为美和艺术的创造者,前者以此否定西方近代美学中流行的尼采式的贵族倾向,聊以告慰堕入苦闷彷徨的西方社会大众,后者虽反映了古代艺术创作尚未从技艺活动中分化、独立出来这一事实,但也体现了把艺术创作从儒家强加的伦理道德标准中解脱出来,让其回到审美心理本位的努力;二者都带有理想主义的色彩,致力于寻求那种桃花源式的美好社会,但是它们的美之理想终究不能不流于空想,因为前者是到隔绝尘世的天涯海角去构筑这种理想,而后者则是到远古蒙昧社会去寻觅这种理想。最后,二者骨子里都残留着它们所否定的传统文化的精髓,前者的思想深处仍然保留着西方基督文化的宗教意识,只是将"圣"与"美"在人的自我实现基础上结合起来,把天堂和上帝从云端搬到了地面,后者则常常以儒家提出的仁义道德作为立论的依据,只是将"善"与"美"在人的天然本性中融为一体,确认人的本性无须外力强制的自由发展本身就合乎仁义道德,这样,这二者就与它们所否定的文化仍保持着某种连续性,并成为其合乎逻辑的发展。

论宋诗谐趣

幽默,是讽刺的孪生姐妹。中国是一个讽刺诗大国,那么,中国诗歌按理也该有极其成熟的谐趣。刘勰深明此理,故论"谐隐"而有曰:"内怨为俳。"①然而,"诗可以怨"早已被确认为经典性原则,必须有益于讽诫的严肃态度,使学界人士很难给谐趣诗歌以应有的关注。而今,中国人已变得越来越懂得潇洒,于是,随着对今日之笑的艺术的兴趣日渐浓厚,其关注于传统艺术的眼光也就富于幽默感。这样,在现代审美心理与传统审美心理的交壤点上,便有可能真正领略并理解我们这一东方诗国所曾经富有过的谐谑艺术。

谐谑,是笑的艺术;而笑,不仅是游戏态度的产物,而且是思想智慧的结晶。如果说宋诗因为具有以诗为戏的特点,值得我们去作重点观照的话,那么,其生成谐谑心态的历史与现实背景、发为谐趣的艺术表现形态,以及超越游戏滑稽之无聊而终造意境深邃之妙界的创作智慧,无疑将构成一个很值得探询思考的学术课题。

一、谐谑心态的生成背景

"打诨通禅。"②"作杂剧打猛诨入,却打猛诨出。"③"作诗如作杂

---

① 《文心雕龙·谐隐》。
② (元)无名氏:《汉钟离度脱蓝采和》杂剧第一折《点绛唇》曲。
③ 吕本中:《童蒙诗训》,哈佛燕京学社本《宋诗话辑佚》卷下。

剧,临了必打诨,方是出场。"①禅、杂剧、诗,三者借"打诨"而会通,这是很可玩味的。至少,我们也会因此而明晓,宋元之际诗歌谐趣的浓重,与禅的风行和杂剧的兴盛有着密切的关系。

不过,"打诨通禅"并不等于"打诨即禅"。若作历史透视,则打诨谑笑者,早在未有禅宗以前就存在了。《史记》有《滑稽列传》,邯郸淳有《笑林》,足见汉魏以来人们已有对谐谑艺术的自觉欣赏。于是,"懿文之士,未免枉辔,潘岳丑妇之属,束晳卖饼之类,尤而效之,盖以百数。"②可算是盛况空前。不过,所有这些,都不过是宋代诗人谐谑心态的表层渊源与间接动因,而其深层渊源与直接动因,则是一种更内在、从而更富于文化意义的存在。

魏晋以来那些被视为名士风流的言语举止中,就包含着谐谑的因素。《世说新语·排调》载:"嵇、阮、山、刘在竹林酣饮,王戎后往,步兵曰:'俗物已复来败人意!'王笑曰:'卿辈意亦复可败邪?'"这是言语戏谑方面的例子。《世说新语·任诞》又载:"诸阮皆能饮酒,仲容至宗人间共集,不复为常杯斟酌,以大瓮盛酒,围坐,相向大酌。时有群猪来饮,直接上去,便共饮之。"这是举止怪诞方面的例子。乔治·桑塔耶纳曾经讲过这样的话:"我们所说的幽默,其本质是:有趣的弱点应该同可爱的人性相结合。无论就机敏、怪癖或诙谐而言,一个有幽默味的人必有其荒唐的一面,或者落在一种荒唐的情境中。然而,我们所应该摒弃的这种滑稽状态,似乎反而使他的性格更可爱。"③令人不胜惊讶的是,桑塔耶纳的这番话,竟像是专门针对魏晋名士风度而说的一样。由此可见,这为后代文人——尤其是宋代文人所心向往之的魏晋风度,其实已体现出相当浓重的谐谑色彩了。

据桑塔耶纳分析,一些现象之所以被人们视为滑稽和怪诞,是"因为我们认为它们背离了自然的可能性,而不是背离了内在的可能

---

① 转引自王季思《打诨、参禅与江西诗派》,载《之江文会》1948年第1期。
② 《文心雕龙·谐隐》。
③ 《美感》,中国社会科学出版社1982年版,第174页。

性。"①魏晋风度的精神实质,在所谓"越名教而任自然",并为此而采用了乖违于世俗习惯的行为方式。"越礼自惊众",②愤世嫉俗之意与脱俗达道之心的交合,使名士们单纯的抗争转化为幽默的智慧。就像阮籍以白眼对待礼俗之辈一样,任诞之风,既是出于鄙夷之心而做给世俗中人看的一种游戏,也是名士自身借以散怀畅神的愉悦方式;所以,在本质上,它就带有谐谑性。当然,深入分析起来,由于名士们是以任诞行为这种形式上的"乖讹"来否定礼俗之失真这一实质上的"乖讹"的,因此,它所显现出来的谐谑性,便具有强烈的形式意味;而正由于这一形式本身是与世俗相乖的,故其谐谑便缺少一种会俗而皆大悦笑的普遍适应性。

宋人在生活态度和精神境界方面的楷模,正是所谓"魏晋以来,高风绝尘"。③ 就其作为主体意识来说,也就是苏轼所说的"观身卧云岭"。④ 以这种"袖手何妨闲处看"⑤的超然眼光去观照人生社会,其兴衰变迁、炎凉转换,便犹如一出出乖相百出的闹剧。然而,宋人之智慧又往往入禅,而在禅宗"以欲止欲"的行为原则指导下,宋人是并不想真正远离尘世而完全置身于这"乖讹"的人生社会之外,反倒要同时"阅世走人间",⑥甚至当其置身于现实之中时,"不妨随俗暂婵娟"。⑦他们既是冷眼旁观者,又是热心参与者;既是看戏人,又是演戏人。与魏晋名士以任诞处世不同,宋人的处世态度,是所谓"俗里光尘和,胸中泾渭分",⑧本质上是非分明,而日常心理却有着随俗波靡的一面。尽管他们同样视世俗为"乖讹",但并不想重蹈"越礼自惊众"的魏晋作风。这样,和魏晋风度所体现的谐谑比起来,宋人的谐谑便自然带有

---

① 《美感》,中国社会科学出版社 1982 年版,第 175 页。
② 颜延之:《五君咏》其一《阮步兵》。
③ 苏轼:《书黄子思诗集后》,文学古籍刊行社版《经进东坡文集事略》卷六〇。
④ 苏轼:《送参寥师》,《四部丛刊》影宋本《集注分类东坡先生诗》卷二一。
⑤ 苏轼:《沁园春》(孤馆灯青),《全宋词》,中华书局 1965 年版,第 282 页。
⑥ 苏轼:《送参寥师》,《四部丛刊》影宋本《集注分类东坡先生诗》卷二一。
⑦ 黄庭坚:《戏答陈季常寄黄州山中连理松枝二首》,《黄庭坚选集》,上海古籍出版社 1991 年版,第 255 页。
⑧ 黄庭坚:《次韵答王慎中》,同上书,第 7 页。

会俗而皆大悦笑的特点,从而也就具有表现形态上的普遍适应性了。当然,"俗里光尘和"的混沌心态与"胸中泾渭分"的警觉意识,作为表里两层的矛盾结构,其所以能异质同构地存在,必然是博辩无碍的禅门二谛义思维使然。唯其如此,宋人亦俗亦真的人生态度便要比魏晋名士更来得通脱。通脱,是对执著的扬弃,包括对唯执任诞的扬弃,灵活机智的思维自然孕育出幽默的"巧慧"。于是,就像禅门中人的言行多饶风趣一样,深契于禅机的宋人,也就更富于幽默"巧慧"的创造了。

毫无疑问,入世随俗而认同于"平常心即道"[①]之平常心的文化意识,使宋代文人特别容易接受现世存在的环境影响。恰好,由于宋代都市商业文化的特别发达,使迎合市民娱乐心理的勾栏诙谐技艺顿然勃兴起来;而值得我们注意的是,有宋一代诗人是自觉地认同于此的。苏轼曾为集英殿秋宴撰有《教坊致语》等乐语,而其《勾杂剧》词有云:"朱弦玉珰,屡进清音;华翟文竿,少停逸缀。宜进诙谐之技,少资色笑之欢。上悦天颜,杂剧来欤!"在这里,重要的事实还不在于宋代杂剧因袭唐代参军戏而以诙谐为主的特性,而在于苏轼作为一个文人雅士对于"宜进诙谐"原则的确认。

与此相关,又有优人诙谐与诗坛风习相结缘的事实。刘攽《中山诗话》云:"祥符天禧中,杨大年、钱文僖、晏元献、刘子仪以文章立朝,为诗皆宗李义山,号西昆体。后进多窃义山语句。赐宴,优人有为义山者,衣服败敝,告人曰:'我为诸馆职挦撦至此。'闻者欢笑。"这条早已为人们所熟知的材料,其实能说明很多问题:首先,在"恩逮于百官者唯恐其不足"[②]的制禄政策的具体作用下,遂有像"晏元献喜宾客,未尝一日不宴饮"[③]的现象,这就为文人雅士接触诙谐杂剧提供了便利条件;其次,这条材料具体而生动地说明,"宜进诙谐"的优人演艺已经参与了当时的诗文批评活动,从而打破了雅俗疆界而直接施加其影响于文人作家。

---

① 慧开:《无门关》。
② 赵翼:《廿二史札记·宋制禄之厚》。
③ 叶梦得:《避暑录话》。

关于这方面的材料,当然绝不止于上引这一条,苏轼门下的李廌在《师友谈记》中曾写道:"东坡先生近令门人作《人不易物赋》。或戏作一联曰:'伏其几而袭其堂,岂为孔子;学其书而戴其帽,未是苏公。'(原注:士大夫近年仿东坡桶高檐短帽,名曰'子瞻样'。)廌因言之。公笑曰:'近扈从醴泉,观优人以相与自夸文章为戏者。一优丁仙现曰:"吾之文章,汝辈不可及也!"众优曰:"何也?"曰:"汝不见吾头上子瞻乎?"上为解颜,顾公久之。'"由此可见,在文人走进优人诙谐艺术世界的同时,优人诙谐也走进了文人的谈笑生活,彼此濡染,相得益彰,难怪黄庭坚要得出"作诗如作杂剧"的结论。

就宋代社会而言,勾栏瓦舍的繁兴,是与堂筵歌席的繁兴同构的。这样一来,"宜进诙谐"的杂剧作风,自然会浸染到浅斟低唱的词曲创作。本来,文人填词的态度就不及写诗那样严肃庄重,从而谐谑之风也就宜其泛滥于倚声之道。王灼《碧鸡漫志》卷二载云:"长短句中作滑稽无赖语,起于至和、嘉祐之前,犹未盛也。熙、丰、元祐间,兖州张山人以诙谐独步京师,时出一两解。泽州孔三传者,首创诸宫调古传,士大夫皆能诵之。元祐间王齐叟彦龄,政和间曹组元宠,皆能文,每出长短句,脍炙人口。彦龄以滑稽语噪河朔。组潦倒无成,作《红窗迥》及杂曲数百解,闻者绝倒,滑稽无赖之魁也。"其中还提到苏轼的门下之士:"赵德麟、李方叔皆东坡客,其气味殊不近,赵婉而李俊,各有所长,晚年皆荒醉汝、颍、京、洛间,时时出滑稽语。"可以想见,当时诙谐于长短句之间者,绝不止提到姓名的这几位。否则,王灼也就不会慨叹"其后祖述者益众,嫚戏污贱,古所未有"了。虽然王灼所述只涉及词曲领域,并且多就潦倒荒醉之士而言,但整个文人阶层的生活与艺术心态,却可以由此而窥见其一个侧面。

其实,嗜谐谑者又何必定要是潦倒荒醉之士呢?刘攽《中山诗话》曰:"王丞相嗜谐谑。一日,论沙门道,因曰'投老欲依僧',客遽对曰:'急则抱佛脚。'王曰:'"投老欲依僧",是古诗一句。'客亦曰:'"急则抱佛脚",是俗谚全语。上去投(谐"头"),下去脚,岂不的对也。'王大笑。"这则材料,不仅说明了王安石使典成对时每以难相高的习气,而且说明，其浓重的书卷气中原来又充溢着谐谑的巧慧。

这类材料，在宋人诗话中是屡见不鲜的。这不禁使我们想去探寻一下宋人兴诗话之作的初衷。开创者欧阳修，在其《六一诗话》开篇的第一句便说："居士退居汝阴，而集以资闲谈也。"闲谈者，谈笑谐谑之谓乎？至少，也应是一个重要的方面。否则，当其评说韩愈诗歌时，何以要说"其资笑、助谐谑、叙人情、状物态，一寓于诗，而曲尽其妙"呢？曲尽人情物态之妙，可谓中国诗歌美学自发端之初便具有的传统宗旨，而曲尽谈笑谐谑之妙，则不能不说是一种新兴的兴趣；尤其是在理论上给予认可，更是如此。唯其美学情趣在于此，所以能平添一种特殊的眼光，不仅能于谐谑处见到谐谑，甚至能于无谐谑处见到谐谑。《六一诗话》尝引梅尧臣语曰："诗句义理虽通，语涉浅俗而可笑者，亦其病也。如有《赠渔父》一联云：'眼前不见市朝事，耳畔惟闻风水声。'说者云：'患肝肾风。'又有《咏诗者》云：'尽日觅不得，有时还自来。'谓诗之好句难得也。而说者云：'此正是人家失却猫儿诗。'人皆以为笑也。"稍加推敲就不难发现，这里的问题，其实倒不在所举两联诗句之浅俗可笑，而在于那位"说者"太善于往滑稽戏谑处发挥。如果说诗的意义空间本自广阔，而读者无妨从主观兴趣出发去作阐释之再创作的话，那么，这种善以谐趣解诗的现象，就只能说明宋人是谐谑成性的。

综上所述，历史的精神递传和现实的环境感染交织在一起，遂使宋代诗人的生活及艺术心理中具备了幽默诙谐的重要因素。所谓"打诨通禅"，何尝不是禅学受到宋人杂剧诙谐作风影响的一种体现呢？不仅如此，凡接受某种影响者，其主体必有相应的内在机制，否则，便不可能有对这一影响的"接受"。而这种内在的机制，便是基于儒、佛、道三教合一从而使真与俗参融的生活态度和创作思想。当宋人试图以方外之意志从容于尘俗之间时，其入俗而随俗的态度，显然不是执迷式的认真，而恰恰有逢场作戏的戏谑意味。禅的谐趣，便由此而来。当然，这禅心通于谐趣的主体意识，乃是与谐谑成风的客观环境彼此相长的；而最终的结果，便是让宋诗呈现出引人注目的谐趣美。

二、宋诗谐趣的形态分析

前引黄庭坚说过"作诗如作杂剧,临了须打诨,方是出场",那么,临了打诨的谐趣诗是怎样的呢?

苏轼《李思训画长江绝岛图》诗云:"山苍苍,水茫茫,大孤小孤江中央。崖崩路绝猿鸟去,惟有乔木搀天长。客舟何处来,棹歌中流声抑扬。沙平风软望不到,孤山久与船低昂。峨峨两烟鬟,晓镜开新妆。舟中贾客莫漫狂,小姑前年嫁彭郎。"关于此诗,纪昀批道:"绰与兴致。惟末二句佻而无味,遂似市井恶少语,殊非大雅所宜。"①殊不知,若没有这临了打诨的轻佻语,则此诗不过寻常题画之品,又何足道!宋人题画诗,每能于描述画面境象之外别寻活泼情趣,而此诗之寻索,便深入于"世俗传讹"之中了:"世俗传讹,……江南有大小孤山,在江水中,巍然独立,而世俗转'孤'为'姑'。江侧有一石矶,谓之澎浪矶,遂转为彭郎矶,云彭郎者,小姑婿也。"②世俗之传讹,固然已带谐趣,而诗人制作,却又另需巧慧。就本诗讲,其巧慧便表现在将传闻之辞落实,然后新造谐机,若没有"小姑前年嫁彭郎"这如述事实的一句,则"贾客莫漫狂"的调侃也就无从谈起了。而更为重要的是,这种巧慧还体现了化俗常为新奇的创作意识:有道是"宋人生唐后,开辟真难为"③,于是,便多从题材的再发掘上下功夫,而平地生谐恰恰是一种有效的途径。人们常言,宋诗乃无事无意不可入,因此难免俗滥之失;亦唯其如此,借助于"世俗传讹"而再造谐趣,也就不失为避免俗滥而使枯木生华的巧妙手段。从这里,我们不仅可以发现宋诗之如何谐谑,而且能体味到宋诗所以要谐谑的某些苦衷。

当然,"打诨"处并不一定要在结尾,兴之所至,随处可谐。不仅如此,这随处谐谑的巧慧,往往与宋人赋诗的特点相互配合。宋人作诗,

---

① 纪昀批点:《苏文忠公诗集》卷一七。
② 欧阳修:《归田录》卷二。
③ 蒋士铨:《辨诗》,见《忠雅堂诗集》卷一三。

长于比喻,精于形容,而其形容比喻处便每每隐含谐机——一种因有意地比喻失当或刻画乖违而造成的谐趣意味。如苏轼的《九日黄楼作》诗,其中有"诗人猛士杂龙虎,楚舞吴歌乱鹅鸭"之句,《宋诗精华录》卷二便谓其"以'鹅鸭'对'龙虎',所谓嬉笑成文章也。"其实,嬉笑成章之句,非止此一处,他如"烟消日出见渔村,远水鳞鳞山齾齾",化用柳宗元《渔翁》诗意,本使人联想于无限清雅之境,但作者值此却又以缺牙之参差来比喻远山形状,真有以丑喻美之意,遂使雅意清远中油然而生谐趣。

宋人作诗,喜掉书袋,甚至明言"词别是一家"的李清照也指"乏故实"为作者之病。于是,宋诗之谐趣,便每每从搬用故实处滋生。如苏轼《章质夫送酒六壶,书至而酒不达,戏作小诗问之》七律云:"白衣送酒舞渊明,急扫风轩洗破觥。岂意青州六从事,化作乌有一先生。空烦左手持新蟹,漫绕东篱嗅落英。南海使君今北海,定分百榼饷春耕。"方回《瀛奎律髓》卷一九评此诗云:"青州、乌有一联,既切题;左手、东篱一联,下'空烦''漫绕'四字,见得酒不至也,善戏如此。"尤其是颔联两句,更饶巧慧,后来杨万里便专袭此格。而值得注意的是,如此巧慧,须以熟谙典故为基础。《世说新语·术解》云:"桓公有主簿善别酒,有酒辄令先尝,好者谓'青州从事',恶者谓'平原督邮'。"若不识此典,则诗中谐趣便领略不到了。由此可见,宋诗之谐趣,也有使死典故变得活泼生动的艺术功能。如词家辛弃疾,是掉书袋的老手,其词"横绝古今,论、孟、诗小序、左氏春秋、南华、离骚、史、汉、世说、选学、李杜诗,拉杂运用,弥见笔力奇峭",[①]而辛词之所以并不显出堆垛填塞之病,实有赖于以谐趣组织书卷。其《水调歌头·将迁新居不成,戏作。时以病止酒,且遣去歌者,末章及之》词云:"我亦卜居者,岁晚望一间。昂昂千里,泛泛不作水中凫。好在书携一束,莫问家徒四壁,往日置锥无。借车载家具,家具少于车。　舞乌有,歌亡是,饮子虚。二三子者爱我,此外故人疏。幽事欲说谁共,白鹤飞来似可,忽去复何

---

① 吴衡照:《莲子居词话》卷一。

如?众鸟欣有托,吾亦爱吾庐。"此真可谓集句词,直引成句,或稍作变化,凡《论语》《楚辞》《史记》《传灯录》《神仙传》及司马相如赋、陶渊明与韩、孟诗,皆入词中,拉杂堆垛至极。然而,读罢掩卷,却又不觉滞塞,而感到戏谑可喜。一种洒脱襟怀,用自我调侃的方式抒写出来,顿然使人生之缺憾化为愉悦之美感了。

诙谐幽默,意味着诗人"以游戏态度,把人事和物态的丑拙鄙陋和乖讹当作一种有趣的意象去欣赏",[①]而宋诗谐趣所在,亦往往能因谐造情,创造性地构想出某种乖讹的人事物态。这说明在某种程度上,宋诗已经把诙谐杂剧制造荒诞情节的轻喜剧手法内化为诗歌自身的构思技巧。杜甫名作有《丽人行》,苏轼新作一《续丽人行》,其诗前小序云"李仲谋家有周昉画背面欠伸内人极精,戏作此诗",分明是就画中仕女情态而成吟,却又借题目而将杜甫牵扯了进去,不仅如此,诗中写道:"画工欲画无穷意,背立东风初破睡。若教回首却嫣然,阳城下蔡俱风靡。杜陵饥客眼长寒,蹇驴破帽随金鞍。隔花临水时一见,只许腰肢背后看。"显然,杜甫在这里成了被调侃的对象,他被塑造成一个为美色所倾倒的穷困浪子,追随于金鞍之后,而最终只得一睹背面腰身。也亏得苏轼想象得出,刻意安排了华美与寒酸相伴随的乖相,如果我们不是从诙谐艺术特有的角度出发,那就免不了要怪罪苏轼对杜甫大不敬了。杜甫原诗具有强烈的批判意义,苏轼续作,反以杜甫为调侃对象,这自然会使我们产生"幽默冲淡了正义感"[②]的印象。不过,假若我们因此而去指责苏轼,那就未免太缺乏幽默感了。其实,在刘过《沁园春》(斗酒彘肩)那纯是在子虚乌有国里上演的幽默小品中,苏轼本人不也成了被调侃的对象吗?金人元好问曾这样批评宋诗:"曲学虚荒小说欺,俳谐怒骂岂诗宜。"[③]尽管元氏太过古板,但他毕竟还是看出了俳谐诗趣与"虚荒小说"相亲。这就说明,宋诗之谐趣的生

---

① 《朱光潜美学文集》第2卷,上海文艺出版社1982年版,第27页。
② 《老舍选集自序》,见《老舍选集》,开明书店1951年版。
③ 《论诗绝句》,见《四部丛刊》影明弘治本《遗山先生文集》卷一一。

动形态之一,正是虚构轻喜剧式的生活情节。中国诗歌素有"感物吟志"[①]的传统,而在这种"曲学虚荒"之风的激荡下,物态刻画也便被纳入到俳谐戏谑的领域之中。在这方面,辛弃疾词尤其典型。如其《沁园春·将止酒,戒酒杯勿近》之作,题目中就有谐趣。至于词意之间,更是谐趣横生。"杯汝前来!"一声呼喝,已使人忍俊不禁,而"杯再拜道:麾之即去,招之须来",则已有点用调侃来对付调侃的意味了:无生命的东西,不仅通情达理,而且能调侃主人!辛弃疾另有《鹊桥仙·赠鹭鸶》一词,格调颇类上举之止酒词,亦在"溪边白鹭,来吾告汝"处立意,接下写道:"溪里鱼儿堪数。主人怜汝汝怜鱼,要物我欣然一处。白沙远渚,青泥别浦,剩有虾跳鳅舞。任君飞去饱时来,看头上风吹一缕。"民胞物与、爱博心劳之襟怀,显露于字里行间,堪称深入理窟之作。然而,一方面,词人已将理性的思想化作了浅会宜笑的语言;另一方面,又将议论说理的内容消融在一个寓言式的情境之中,于是,其理趣便与谐趣相得益彰。由此间悟入,我们亦不难发现,宋诗欲脱"理障"之困扰,也有赖于谐谑艺术的发展。

以上所述诸般形态,其实都是宋诗谐趣作用于喜感心理者,都是轻松而机敏的。而"当幽默变得更深刻,而且确实不同于讽刺时,它就转入悲怆的意境,而完全超出了滑稽的领域"。[②] 由此看来,宋诗谐趣很可能还有它意味深长的另一面。

首先,让我们来看两首立意几乎相同的作品。苏轼《洗儿戏作》诗云:"人皆养儿望聪明,我被聪明误一生。惟愿孩儿愚且鲁,无灾无难到公卿。"查慎行谓:"诗中有玩世嫉俗之意。"[③]信然。不过,一来其玩世之戏态太外露,颇类滑稽,二来其嫉俗之意甚明显,已成讽刺,所以,这首题中标明"戏作"的诗,并不能给读者以深刻的幽默感。再看辛弃疾的《西江月·示儿曹,以家事付之》一词,词曰:"万事云烟忽过,百年蒲柳先衰。而今何事最相宜,宜醉宜游宜睡。　　早趁催科了纳,更

---

① 《文心雕龙·明诗》。
② 乔治·桑塔耶纳:《美感》,第175页。
③ 《补注东坡编年诗》卷二二。

量出入收支。乃翁依旧管些儿,管竹管山管水。"通篇只以琐细无聊之事相叮嘱,牢骚之意,愤世之情,尽化作轻描淡写的表白,使人在领略其潇洒闲散之襟怀的同时,分明意会到无奈而为此的悲苦,而这一切,却又被那如睹父子相对情景的谐趣所溶解,因此,最终便造成一种悲怆乃在谐谑之中的特殊韵味。由以上两首作品的对比可以看出,富于幽默美感的悲怆意境,需要一种能使悲愤怨刺转化为戏谑悦笑的心理机制,也就是需要一种以自我调谐来实现自我解脱的特殊智慧。

车尔尼雪夫斯基曾说过,幽默乃是"自尊与自笑自卑的混合"。①单纯的自卑感绝不能产生幽默,但自尊者的自卑却又当别论。中国的士大夫文人,有着自尊自重的传统文化心理,但是,这只是一个方面。而与此同时,"士不遇"的历史情感经验和"君子道穷,命矣"②的人生社会意识又使其有着致命的自卑心理。当然,这种自卑,绝不是人格上的自卑,而是对自身历史地位之卑下的理性认可。自尊者的人格是不容侵犯的,而自卑者却不能不习惯于被侵犯,两者之间本来势如水火,绝无调和之可能,但唯一的例外,便是诙谐幽默。中国现代文学史上的幽默大家老舍曾说过:"讽刺因道德目的而必须毒辣不留情,幽默则宽泛一些,也就宽厚一些。"③这种宽厚,其实也就是容忍;而对压抑自身之不合理现实的容忍,又必然造成主体心理结构的含忍性。不言而喻,这是无可奈何的含忍,它当然是苦涩的了。而所谓深刻的幽默,其实也正是苦涩的幽默,它因此才真正臻于悲怆的意境。我以为,宋诗谐趣之意味深长的形态,当从这一角度出发去寻索才是。

黄庭坚尝曰:"诗者,人之情性也,非强谏争于廷,怨忿诟于道,怒邻骂座之为也。其人忠信笃敬,抱道而居,与时乖违,遇物悲喜,同床而不察,并世而不闻,情之所不能堪,因发为呻吟调笑之声,胸次释然,而闻者亦有所劝勉……其发为讪谤侵陵,引颈以承戈,披襟而受矢,以

---

① 《美学论文选》,人民文学出版社 1957 年版,第 154 页。
② 班固:《汉书·艺文志》。
③ 《谈幽默》,见《老舍文集》第一五卷,人民文学出版社 1990 年版,第 233 页。

快一朝之忿者,人皆以为诗之祸,是失诗之旨,非诗之过也。"①明确提到"诗之祸"的问题,足见"与时乖违"而又不图"快一朝之忿"者,正想使那争谏怨刺之道转化为"呻吟调笑"的艺术。纵观文化艺术史,自汉代起,就围绕着对屈原"责数怀王,怨恶椒兰"②的评价展开过争论,其后经过魏晋时代嵇康婞直遇害而阮籍韬晦保全的史实,再经过中唐白居易有志讽谏而又慨叹"何有志于诗者不利若此之甚"③的反思,直到宋人如黄庭坚者,终于完成了变怨刺之慷慨为自嘲之幽默的转化。自觉的温柔敦厚与被迫的温柔敦厚,有着本质的区别,而那使被迫之事实转化为自觉之意愿的心理动因,无非是一种苦涩的谐谑、悲怆的幽默。总之,当宋人将诗歌的谐趣艺术推向深层世界时,其艺术心理的建构实际上不能不是前此漫长而苦涩的创作心理历程的浓缩。

和黄庭坚"呻吟调笑"的诗学理论相应,因诗得祸而几乎丢了性命的苏轼,在有幸出狱而贬谪黄州之际所作的诸多诗篇,都可作"呻吟调笑"的生动例证。"饮中真味老更浓,醉里狂言醒可怕",④"饥寒未至且安居,忧患已空犹梦怕",⑤灾祸已过,犹自后怕,怵惕之意,如此反复申说,其心理之压抑可想而知。但是,又诚如汪师韩所说,其"诗狱甫解,又矜诗笔如神,殆是豪气未尽除"⑥,这醒亦怕梦亦怕的心理压抑与豪气未尽除的精神纵任,终于导致了"自尊与自笑自卑相混合"的悲怆的幽默。且看其《初到黄州》诗:"自笑平生为口忙,老来事业转荒唐。长江绕郭知鱼美,好竹连山觉笋香。逐客不妨员外置,诗人例作水曹郎。只惭无补丝毫事,尚费官家压酒囊。"首句为全篇之眼,"自笑"乃立意之本。"自笑"什么?正是其诗中所言之"荒唐"!其中,"为口忙"乃语意双关,一方面暗指祸从口出,方才遭此一厄,可谓"事业转荒唐"之缘由;一方面又指明"鱼美""笋香",可谓"事业转荒唐"之表现。祸从口

---

① 《书王知载朐山杂咏后》,见《宋金元文论选》,人民文学出版社1984年版,第186页。
② 班固:《汉书·艺文志》。
③ 《与元九书》,见文学古籍刊行社影印宋本《白氏长庆集》卷四五。
④ 《定惠院寓居月夜偶出》。
⑤ 《次韵前篇》。
⑥ 《苏诗选评笺释》卷三。

出,却又因祸而得口福,否泰转化之际,良多感慨,这里的"自笑"该是何等苦涩而悲凉!不过,"鱼美""笋香"两句确又写得喜气洋溢,遂令苦涩深隐于戏笑之中。而此诗之结尾,又是临了打诨之笔,明是菲薄,偏言丰厚,明有怨愤,却道惶恐,挨了冤枉板子却道谢,"无功受禄,实在惭愧",其无怨而无不怨便更多谐谑自嘲的意味了。

总之,宋诗谐趣的美学形态是复杂多样的,从可喜的生活缺憾之创造,到悲怆的谐谑自嘲之意境;而宋诗谐趣的价值,也因发生媒介之不同而不同。毫无疑问,我们理当对那饱含着人生苦涩内容的深刻的幽默以予高度评价。当然,苦涩的幽默所带给我们的美学享受,显然只能是幽默的苦涩;在这个意义上,我们对宋诗谐趣的审美接受,并不是轻松的。不过,若完全没有了轻松愉快,也就谈不上幽默了。亦唯其如此,我们认为,即便是那种为谐谑而谐谑的作品,也自有天地间少此不得的价值存在。

三、诚斋风趣的艺术解读

"不笑,不足以为诚斋之诗。"[①]宋诗谐趣到杨万里而呈现出顶峰状态,其标志便是所谓"诚斋体"。杨万里自己就曾说:"从来天分低拙之人,好谈格调而不解风趣,何也?格调是空架子,有腔口易描,风趣专写性灵,非天才不办。"[②]不过,有必要指出,尽管杨万里以"性灵"为"风趣"之本,但其言下之"性灵"与后来甚为推重杨万里的袁枚之所谓"性灵",却是有区别的;袁枚之"性灵"多指性情,而杨万里之"性灵"则表现为与笑的艺术联姻的"风趣"。至于这种"风趣"的具体内涵,前人在品评"诚斋体"时似已有所涉及,如葛天民所谓"死蛇解弄活泼泼",[③]方回所谓"飞动驰掷",[④]等等。但是,所有这类议论,多流于印象描述,未

---

① 吴之振:《宋诗钞·江湖集序》,中华书局本《宋诗钞》,第 2038 页。
② 袁枚:《随园诗话》卷一引。
③ 《南宋群贤小集》。
④ 《读张功父南湖集》诗并序,见《宋金元文论选》,第 504 页。

必能真正揭示出其所以风趣横生的艺术奥秘。有鉴于此,我们不妨通过对其风趣之作的艺术解读,去总结其所以能创造风趣化诗意境界的基本原理和方法。

周必大尝曰:"韩退之称柳子厚云:'玉佩琼琚,大放厥辞。'苏子瞻答王庠书云:'辞,至于达而止矣!'诚斋此诗,可谓乐斯二者。"①韩愈所谓"大放厥辞",其实也就是柳宗元在评说韩愈时所指出的那种狂放恣肆的作风,在这里,显然需要一种陈言务去而独铸新词、摆脱常格的精神。而苏轼的"辞达"观,其实质乃在"求物之妙",使物态曲折变化的规律能"了然于心",并进而能"了然于口与手"。②

杨万里的诗,向有新奇活脱之嘉誉,对于上述二者,它是如何兼擅而并得的呢?且看钱锺书的精彩见解:"以入画之景作画、宜诗之事赋诗,如铺锦增华,事半而功则倍。虽然,非拓境宇、启山林手也。诚斋、放翁,正当以此轩轾之。人所曾言,我善言之,放翁之以古为新也;人所未言,我能言之,诚斋之化生为熟也。放翁善写景,而诚斋擅写生;放翁如画图之工笔,诚斋则如摄影之快镜,兔起鹘落,鸢飞鱼跃,稍纵即逝而及其未逝,转瞬即改而当其未改;眼明手捷,踪矢蹑风:此诚斋之所独也。"③显而易见,"处处山川怕见君"④的杨万里,是极善于捕捉、把握并艺术地表现那存乎几微之间的事物动态的;在这个意义上,他确乎达到了"求物之妙"而竟能"系风捕影"的"辞达"境界。如果说宋诗具有审物精细而形容备至的普遍特性的话,那么,杨万里诗便是循此而出神入化者。但问题又在于,那"大放厥辞"的主体自由,必然要与此了然物态之妙的创作精神发生冲突。既有冲突,就必须调节,否则,又谈什么"乐斯二者"呢!而值得称道的是,杨万里的调节智慧,并不在于像张彦远所谓"既识其了,亦何必了"⑤那样,在相对性中求得统一,而是在于使了然之思多生姿态;也就是说,既识其了,犹有余力,

---

① 《跋杨廷秀饮酒对月辞》,见《省斋文稿》卷一一。
② 苏轼:《答谢民师书》,见文学古籍刊行社《经进东坡文集事略》卷四六。
③ 《谈艺录》,中华书局 1984 年版,第 118 页。
④ 《送〈朝天续集〉归诚斋》,见《白石道人诗集》卷下。
⑤ 《论画》,《历代绘画理论汇编》,文物出版社 1981 年版,第 46 页。

从而谐谑于了然之余。

首先,杨万里是绝不肯放下手中的"摄影之快镜"的,当其以明眼捷手捕捉物态之妙时,每能以丰富的灵感发现那人心应物之际的新颖别致的角度;其次,当其"随物赋形"而铸塑诗意形象时,又善于在对物态之瞬息变幻的动态刻画中酝酿充满喜感美韵的人生体悟,从而以物态人情的曲折同构引发出耐人寻味的谐趣;最后,这种每能曲尽心物联袂之妙的曲折诗意,不仅新颖别致而又触处生谐,而且其谐趣本身也每每在常人意料之外。一言以蔽之,杨万里把自然风物当作生命活体来看待,而这个生命活体与人亲近的方式,则充满着诙谐的生活情趣和深邃的智者巧慧。

诗,本来就是必须细细品味的东西,而诚斋诗的谐趣,更是非细品而难能领会。且看他的一首小诗《小雨》,诗云:"雨来细细复疏疏,纵不能多不肯无。似妒诗人山入眼,千峰故隔一帘珠。"首句写来平实,"细细""疏疏",以家常语道眼前景,毫无新奇可言。但接着就笔底生花了。诗中第二句,使人油然联想到韩愈《早春》诗的"天街小雨润如酥,草色遥看近却无",尽管是一写雨态而一写草色,但妙处都在程度上作文章,而且都能传达出近乎没有而又不至于没有的微妙状态。但是,细细寻味,其趣味又各自不同。韩诗句意的构思,是以主体由远及近的直觉经验为基础的,其引人入胜处在能"状难写之景如在目前";① 而杨万里则不然,他分明已经了然于这"难写之景",但并不以形容之笔出之,却让人情物态谐谑于若有若无的意态之间。"纵不能多",显见得是人物心理活动的内容,其潜台词是"纵不能多当能无",而"不肯无"则俨然是"小雨"被生命化后的意识,这样,在两相乖违的构思情境中,眼前寻常景物便顿生活泼风趣了。再说第三句,若要写来并读来都顺畅,似应作"似妒山入诗人眼",而作者却不这样,其用意何在呢?细想之下,原来正是为了突出一种谐趣所必需的乖讹感。小雨、人物、

---

① 欧阳修:《六一诗话》引梅尧臣论诗语,《历代诗话》上册,中华书局1981年版,第267页。

山峰,构成一个三角关系,而小雨和山峰则因为争相与人亲近而彼此妒忌,于是生出了山色争入眼而小雨相间阻的活泼谐趣。明白了此间谐趣的发生原理,再来看"似妒诗人山入眼"的诗句,便容易体会到其中曲折有致的特殊韵味了。在这寥寥七字之间,包含了两种语意关系:一种是以"小雨"为嫉妒的潜在主体,而另一种则是以它为潜在对象。

由此可见,虽小小谐诗,也须匠心独运。不仅如此,诚斋胜处还在于曲折多致,诚如陈石遗所言:"宋诗中如杨诚斋,非仅笔透纸背也,他人诗,只一折,不过一曲折而已,诚斋则至少两曲折。他人一折向左,再折又向左;诚斋则一折向左,再折向右,三折总而向左矣。"① 不过,杨万里也并非刻意曲折以使诗意晦昧,而是为了曲径通谐,即创造非但无伤于形象鲜明反倒有助于曲尽物态的谐趣。这种谐趣,往往产生于初有不解之新奇而终得喜感之了悟的解读过程中,实际上也正是一种刻画本身的艺术。试看上举例诗,在领会了三四两句的谐谑结构以后,那"不肯无"的潜台词不也就全然明白了吗?

上面的解读分析,似乎并没有超出人们评品"诚斋体"而每曰新、奇、快、活的范围,但实际上,"诚斋体"的"风趣",更有博大高深者在。《重九后三日同徐克章登万花川谷月下传觞》是一首既有"辞达"之妙而更能"大放厥辞"的作品。诗云"老夫渴急月更急,酒落杯中月先入。领取青天并入来,和月和天都蘸湿。天既爱酒自古传,月不解饮自浪言。举杯将月一口吞,举头见月犹在天。老夫大笑问客曰:月是一团还两团?酒入诗肠风火发,月入诗肠冰雪泼。一杯未尽诗已成,诵诗问天天亦惊。焉知万古一骸骨,酹酒更吞一团月。"杨万里诗是从学江西派入手而终于自成机杼的,唯其如此,夺胎换骨之法,对所谓"诚斋体"而言,已到了夺之换之而无迹可求的境界。此诗之意象结构,显然与李白的《月下独酌》有某种联系,"月不解饮自浪言",便从李白的"月既不解饮"处来,不过反用其意就是了。和李白诗相比,此诗已不是以

---

① 黄曾樾编:《陈石遗先生谈艺录》,中华书局1931年版。

流走之笔写清越之思,尽管它具有涵纳此前历代诗人把酒问天而慨叹明月恒照、人世变迁的意境之深广,但终于是以奇峭灵动之笔行谐谑之调的。此诗意境包含有多层曲折:开始,它是以杯酒映月的感觉真实为基础的,于是,和辛弃疾之"杯汝前来"不同,其谐趣意象是不合情理而又合乎情理的,能使读者在笑其荒唐之余转觉其刻画之妙;接着,用"举头见月犹在天"一句,将以上狂醉之言尽化为乌有,从而创造出自觉乖讹的自嘲效果,至此,一个相对独立的谐趣结构已经完成了;但诗意还在向纵深发展:"月是一团还两团?"从常识上讲,问这话者必是醉汉,在这个意义上,"老夫大笑"便是醉态,但从哲理上讲,问这话者必是苦思而有悟之人,所以在这个意义上,"老夫大笑"合是醒态了;亦醉亦醒,实入大悲痛之中:"喜惧战于胸中,固巴结冰炭于五脏矣。"①就此间诗意而言,自以为"举杯将月一口吞"者,喜也,而"举头见月犹在天"者,惧也,喜惧之交战,终成悲凉,因为宇宙之无限与永恒是真实的,而所谓吾心即宇宙者则是虚幻的,至此,谐谑的愉悦已发展为深刻的带有悲怆意味的幽默了;然而,诗人依然不肯作罢,"诵诗问天天亦惊",在永恒的存在面前,诗人提出了一个石破天惊的问题:"焉知万古一骸骨。"永恒若可以度量,则不成其为永恒;若不可度量,则不过是虚无之代名词!既然如此,青天明月之常存便无异于杯酒映月之一瞬,而当诗人"酌酒更吞一团月"时,也就吞下了永恒与无限。至此,我们最终才明白,这首初读起来但觉借酒谐谑的荒唐诗,实际上渗透着关于人生宇宙的哲人式的思考。在有限与无限的永恒冲突面前,诗人并没有故作旷达之语,也没有唯执超逸之想,而是把抽象的思辨全然转化为活泼泼的调侃,使思索的理性轨迹直觉化为感物实象与狂醉情态的自然交合。于是,我们看到,就像韩愈所谓"万类困陵暴"②一样,亘古一月,无垠青天,竟被我们的诗人困在杯酒戏谑之间了。这种幽默,便是哲人的幽默。

---

① 《庄子·内篇·人间世》郭象注,上海古籍出版社《诸子百家丛书》本,第22页。
② 《荐士》,见《韩昌黎诗系年集释》,上海古籍出版社1984年版,第527页。

不言而喻，为轻松之诙谐者易，而为沉重之幽默者难。能在危急关头、庄严时刻仍不失其幽默者，才是真正的大幽默家。宋人中，前有苏轼，后有杨万里，都是这样的大幽默家。对于杨万里，一般人只看到他的"风趣"具有比苏轼等人更普泛的倾向，而没有发现其幽默的深刻处，这无疑是一大遗憾。其实，正因为"诚斋体"之"风趣"有着深刻的人生宇宙之感悟，所以，才能到处显现、随物赋形。要之，充满生活情趣的诗意氛围，表现诗情画意的意境形象，蕴含哲理思辨的深远意味，乃是构成"诚斋体"之"风趣"的三大要素；而这三者相互统一的中介媒体，则是新颖别致而饶有喜感的表现方式和活泼灵动如珠走圆盘的艺术语言。

　　值此必须指出，"诚斋体"的上述特点，固然应视为杨万里个性创造的独特建树，但同时也必须看作是宋诗发展之整体趋势的某种体现。杨万里与辛弃疾是同辈人，两人吟咏之间，是否有相互之影响呢？至少，是不易亦不宜否认的。且举两人同以"云山"为吟的作品来作一比较。辛弃疾《玉楼春·戏赋云山》词曰："何人半夜推山去？四面浮云猜是汝。常时相对两三峰，走遍溪头无觅处。　　西风瞥起云横度，忽见东南天一柱。老僧拍手笑相夸，且喜青山依旧住。"而杨万里亦有《晓行望云山》诗云："霁天欲晓未明间，满目奇峰总可观。却见一峰忽然长，方知不动是真山。"针对同一日常现象而谐谑成诗，正可说明，处于同一时代的诗人普遍具有谐谑之心眼，而且此心眼之所见处又往往不谋而合。当然，相同相共中又有差别，诚斋风趣毕竟是不同于稼轩戏谑的。辛词起句之意，显然与黄庭坚的"有人夜半持山去，顿觉浮岚暖翠空"相近，或者本就是从黄诗中脱胎，而其意趣之生发，都与《庄子》之典故有关。相比之下，杨万里诗则是实赋其事，谐趣横生而无碍于纪实写照。连黄诗在内，三诗同有谐趣，但黄诗之谐，在于将可玩之石落他人之手的常事一桩出之以庄子玄妙之意，可谓以俗为雅、寓庄于谐；而辛词之谐，一如既往，出之于与物戏谑和书卷兴发；至于杨诗，则是寓谐谑之意于"状难写之景如在目前"的快镜摄象之活动中。通过上述比较，我们一方面发现了两宋诗人在谐趣吟咏上的承传性;同时也发现,随着谐趣诗的日益成熟,诗人便不再刻意于乖讹意象的搜求和创造,而是善于以特有的艺术眼光去发现生活中自然发生的谐谑意味了。

当诗人对生活充满爱意,以至于爱到心有余力时,便乐于在闲散中寻找风趣了。如辛弃疾《清平乐·村居》词中对"最喜小儿亡赖,溪头卧剥莲蓬"之生活场景的刻画,就很容易使人联想到杨万里的《闲居初夏午睡起》一诗:"梅子留酸软齿牙,芭蕉分绿与窗纱。日长睡起无情思,闲看儿童捉柳花。"人们一般只欣赏此诗前两句中的"留""分"二字能传物神理而意态丰润,却忽略了诗人深爱儿童意态的隐蔚谐趣。谐趣之尚好,使老人具有顽童之心,于是,吟咏之际,每每喜欢撷取生活中的童趣来作艺术玩赏。在这方面,杨万里是尤其突出的。如其《鸦》诗曰:"稚子相看只笑渠,老夫亦复小卢胡。一鸦飞立勾栏角,仔细看来还有须。"此类作品,或者有滑稽之嫌,姑且不论,且看其《桑茶坑道中》:"晴明风日雨干时,草满花堤水满溪。童子柳荫眠正着,一牛吃过柳荫西。"像这一类的诗,其中隐含的谐趣是很容易被忽略过去的。辛词中"溪头卧剥莲蓬"的"小儿亡赖"之可喜,来自幼童笨拙却又认真的举动和神态,而这里杨诗中"柳荫眠正着"之牧童的"亡赖",却须借助于人们的曲折联想。在牛的动与牧童的静所构成的诗情画意中,隐含着诗人拿"眠正着"的闲适自得与顽皮淘气的儿童赋性相比较的瞬间意识,值此之际,诗的谐趣就和诗人真想去逗弄一下的心理一样,其意味是在言语举止之外的。总之,我以为,当谐趣内化为诗人创作之机杼的时候,也就必然意味着要普泛化为日常的生活心理,于是,便自然能于日常之无聊中发现风趣之诗材。宋诗之所以能无事无意不可入,这不能不说是一个重要的原因。

既然宋诗有着与时推移而泛然风趣化的发展趋势,那么,宋诗尚理的特性也就理当具有风趣化的倾向。宋诗尚理,与理学发达有关,如同玄学的发达导致了中古尚理之诗风一样;不过,理学之展开往往入禅,而禅家之理,实际上是讲求"不思议"之思议的。从言语作风的角度分析,为截断言语而磨砺机锋,从而热衷于公案的必然结果之一,便是让严肃的讨论转化为风趣的调侃。唯其如此,才会形成"打诨通禅"的流行看法。当然,因此而以为所有的思辨争论都变成了打诨,那也是天大的误会。

　　大体说来,所谓思理的风趣化,一是指诗中议论之理语渐饶风趣,二是指即事明理之诗意中颇含谐谑。如苏轼那首家喻户晓的《题西林壁》诗,显然是含有理趣的,对此,黄庭坚评曰:"此老于般若横说竖说,了无剩语,非其笔端有舌,亦安能吐此不传之妙。"①而纪昀却批点道:"亦是禅偈而不甚露禅偈气,尚不取厌,以为高唱则未然。"②一扬一抑,究竟谁是谁非呢?在我看来,倒是拉开了时间距离的纪昀批点颇为中肯。钱锺书尝言:"宋诗还有个缺陷,爱讲道理,发议论,道理往往粗浅,议论往往陈旧,也煞费笔墨去发挥申说。"③世间的道理,不可能处处都深刻,而宋诗的习性,却要时时去议论。久而久之,自己也会悟得其间的得失关键,于是,与其泛泛议论而取厌,不如出之以风趣而能得好。杨万里《过松源晨炊漆公店》诗云:"莫言下岭便无难,赚得行人错喜欢。正入万山圈子里,一山放出一山拦。"此诗有理趣否?当然有。而理趣所在,正是一种人生如被围困的哲思感悟。在这个意义上,这首小诗所表现的思想,实际上是一种沉重的困扰。然而,在杨万里的笔下,沉重的困扰却变成了轻松的幽默。那以"一山放出一山拦"的游戏捉弄着人的自然存在,是否象征着命运之类的东西呢?如果是,那么,这看起来如同戏谑的小诗,便通向悲怆的意境了。和苏轼的《题西林壁》相比,两诗都从山与人之关系上兴发诗思,但一者纯落理路而反觉单薄,一者谐谑出之而顿觉丰润。我们当然绝不能仅仅凭此而在苏、杨之间作出抑扬,但指出下面一点还是必要的,那就是"不笑,不足以为诚斋之诗"的诚斋风趣,确实也体现着宋诗化理为谐的发展趋势。不仅如此,上面的对比分析还告诉我们,单纯的超脱要比游戏其间的超脱来得容易,而戏谑者的痛苦也往往比单纯的痛苦来得深刻。只有

---

① 《苕溪渔隐丛话前集》卷三九引。
② 纪昀批点:《苏文忠公诗集》卷二三。
③ 《宋诗选注·序》,人民文学出版社1982年版。

从这一认识出发,才能更好地理解杨万里,理解苏轼,并进而理解善为谐趣的宋代诗人。

在本文的最后,笔者只想强调一点,幽默的诗篇是写给幽默的读者的。此话有以下两个层次的含义:其一,宋诗之有谐趣,说明宋人的时代性格中有诙谐的一面,而宋诗谐趣与宋人诙谐之间,实际上是互为因果、彼此相长的;其二,宋诗谐趣的审美价值和文学史意义,能在多大程度上被发现,恰好是对我们是否具有幽默感和幽默感到底有多少的一种检验。唯其如此,对宋诗谐趣的研究,自当具有超出这一学术课题的现代文化意义。

宋词与宋世风流

"风流"二字,最俗亦最雅,最明确又最含糊。从"风流薮泽"的紫陌红尘间,到"高迈不羁"的士林清流界,兼清浊标格而有之;小言之则可指个性个体之风韵,大言之则可指一代时尚和历史遗风。"风流"之于宋词,也是如此。

一、宋词大盛的内外动因

"盖自隋以来,今所谓曲子者渐兴,至唐稍盛,今则繁声淫奏,殆不可数。"① 词体至宋而繁荣,自有其超时代的原因,这就是燕乐的发展。对此,人们已多有说解。现在的问题是,唐代乐舞与歌诗均极发达,唐人襟怀亦极开张,既然自隋而有曲子,何以词体不与诗并盛于唐呢?除了酝酿不够这一尚可成立的原因外,是否还有别的更重要的原因呢?

唐圭璋曾指出,盛唐文人词留存至今其数量出乎常情之少者,原因有二:一是"朝廷在有关机构中没有设置专人来收集民间及文人的曲子词,有关的私家著作如《教坊记》中仅存曲名,据此无法得知曲子词的内容";二是文人视其为不登大雅之堂之"艳曲",或不屑尝试,或尝试为之而不屑入集。② 也就是说,唐人词作即使兴盛,也无法从文本

---

① 王灼:《碧鸡漫志》卷一。
② 唐圭璋:《论词的起源》,载《南京师范学院学报》1978年第1期。

中得到证实了。不过,我们对此颇感怀疑。问题的关键在于,"李唐伶妓,取当时名士诗句入歌曲,盖常俗也",①唯其有待伶妓之"取",便反映出作者之缺乏主动,而唐文人词所以不昌的原因,正在于此。既然如此,则宋代文人词所以极盛的原因,就不能不考虑到其创作心态的主动了。

由被动而主动,是一个关键性的转折。而这一历史性转折的迹象,又可以从文人诗客对词体入集的态度上反映出来。唐代情形,诚如唐圭璋所言,已自难考。但自五代而北宋,文人对词体入集态度的变化却十分清晰。五代人和凝,"少年时好为曲子词,布于汴洛,洎入相,专托人焚毁不暇",②表现得不留余地。到宋人万俟咏,"初自集分两体,曰雅词,曰侧艳,目之曰'胜萱丽藻'。后召试入官,以侧艳体无赖太甚,削去之。再编成集,分五体,曰'应制',曰'风月脂粉',曰'雪月风花',曰'脂粉才情',曰'杂类',周美成目之曰'大声。'"③不仅自己结集,而且取舍标准明显放宽;这种由"焚毁不暇"到"无赖太甚"者"削去"的做法,表明文人对词体入集由绝对排斥变成了相对排斥。值得注意的是,其所谓"雅词""大声"者,其实仍以风月情韵为主。这就说明,由不入集到入集的转变,实有赖于观念的转变;而观念转变的关键,又在于视"风月""才情"为"雅词"——援艳体之情入于雅意格调。

词人自结其集与他人编选总集,是一个现象的两面。《花间集》编定于五代,接踵者又有宋初人所编之《尊前集》《家宴集》《兰畹集》等。别集总集的编辑刊行,说明了文人对词体的主动关注,它为那些并不真正懂音乐的人提供了一种倚格律(非倚音律而合声腔)而创作的机会。词之所以能入宋而大昌,与此大有关系。这里主要还是观念转化的问题。欧阳炯序《花间集》曰"自南朝之宫体,扇北里之倡风",而晁谦之跋语谓其"情真而调逸,思深而言婉",陆游跋语亦称其"简古可爱"。诚然,人们完全可以说,这些观点发表在词体既盛之后,未尝不

---

① 《碧鸡漫志》卷一。
② 孙光宪:《北梦琐言》卷六。
③ 《碧鸡漫志》卷二。

是对既成事实的一种认可。但问题在于,这种认可,分明是经过了思想斗争的,分明是与宋世文化精神合拍的,因而不单单是对既成事实的无奈承认,而俨然是出自理性自觉的主动选择了。

众所周知,黄庭坚乃是一位以"治心养性为宗本"①的人,而其《小山集序》尝曰:

> 余少时间作乐府,以使酒玩世。道人法秀独罪余以笔墨劝淫,于我法中,当下犁舌之狱。特未见叔原之作耶!虽然,彼富贵得意,室有请盼慧女,而主人好文,必当市购千金,家求善本,曰独不得与叔原同时耶!若乃妙年美士,近知酒色之娱,苦节臞儒,晚悟裙裾之乐,鼓之舞之,使宴安酖毒而不悔,是则叔原之罪也哉!

这节文字,颇有世人皆如此何故独罪我的调侃意味;但更重要的是,他把词的流行同"近知酒色之娱""晚悟裙裾之乐"的人情自然相互联系起来,而其言外之结论即在于,此乃人性自然,何必笔墨相劝!张耒《东山词序》可与此互相印证:

> 世之言雄暴虣武者,莫如刘季、项籍,此两人者,岂有儿女之情哉?至其过故乡而感慨,别美人而涕泣,情发于言,流于歌词,含思凄婉,闻者动心。为此两人者,岂其费心而得之哉?直寄其意耳。

在这里,张耒反对的是费心矫情而作,肯定的则是英雄未必不多情。从黄庭坚、张耒的言论中不难发现,当他们视艳情歌词之流行为自然现象时,乃是以人性必以儿女之情为自然来作观念指导的。

宋人不同于唐人处,便在其崇尚义理,而宋学义理又往往与禅结缘。《坛经》有云:"法无在世间,于世出世间,勿离世间上,外求出世

---

① 洪炎:《豫章先生迟听堂录序》。

间。"正是在这种此岸与彼岸交壤的思维导引下,超越性的精神追求获得了入世随俗而娱悦的特性。"问:'如何是清静法身?'师曰:'金沙滩头马郎妇。'"①这究竟是怎么回事?"昔有贤女马郎妇于金沙滩上施一切人淫,凡与交者,永绝其淫。死葬后,一梵僧来云:'求我侣。'掘开乃锁子骨,梵僧以杖挑起,升云而去。"②禅师的风流梦,化作诗人的禅悦心,"金沙滩头锁子骨,不妨随俗暂婵娟"。③"设欲真见观世音,金沙滩头马郎妇。"④这简直是对菩萨的亵渎,但从此却足以见出宋人性情的风流。好一个"不妨随俗暂婵娟",不管是历史积淀的无形规范,还是宋世新生的有形规范,都将因"不妨"而开禁。于是,涉艳之吟咏,便成为合理的行为。在尚理之世而能被认为合理,这就至关重要。宋人之所以放手作词,此思想观念不能不说是主要原因之一。

不言而喻,禅悦之风,其来有渐;词集的产生,亦由少而多,因而从总体上讲,词之大盛于宋世,绝非突然之事。不过,历史的渐进与某一时代的突变,是我们必须兼顾的两个方面。上文揭示了宋人词创作的主动心态及其精神理念方面的背景,除此之外,还应进而讨论社会生活方面的激发因素;因为只有两方面力量的交合,才能形成真正有效的推动。

所谓社会生活对词创作的影响,实际上主要指的是文化政策和经济政策的推动。长久以来,人们在探讨宋词兴盛的原因时,总要涉及宋代都市经济的繁荣和市民娱乐文化的勃兴,凡此,人们已是耳熟能详。这里将引入一些新的材料,以期人们就这一问题的既有认识能有所深入。

词是从"浅斟低唱"之中滋长起来的,这当然离不开商业性都市生活的繁荣。唐代的长安固然繁华,但其建筑格局却没有宋代的汴梁那样更富于商业化特性。唐长安共分一百零八坊,每坊有墙有门,虽便于管理却不利于流通;且唐代有夜禁,日暮即关坊门,作为商业化都市生活主要内容的夜生活因此而受到限制。宋代熙宁以后,都城便无夜

---

① 《五灯会元》卷一一《风穴延沼禅师》。
② 叶廷珪:《海录碎事》卷一三。
③ 黄庭坚:《戏答陈季常寄黄州山中连理松枝》。
④ 黄庭坚:《观世音赞》。

禁，而且坊制亦名存实亡，热闹去处，夜市通宵不绝，"新声巧笑于柳陌花衢，按管调弦于茶坊酒肆"，①自然比唐代更宜于"浅斟低唱"。而尤为关键的是，宋代朝廷曾施行"设法卖酒"的政策："宋代酒楼、歌馆的妓女空前发达。为有利于增加国家的财政收入，宋代自太宗起就开始了官卖酒制度，后来至神宗时又开'设法卖酒'之风。所谓'设法卖酒'，起先是分派妓女坐于酒肆弹唱作乐，以诱使人们买酒和饮酒。但由于慕妓女艳名而来饮者猛增，竟至斗殴，政府又只好派军士来弹压，以维持正常的卖酒秩序。直到人们对于妓女卖酒习以为常，不再起哄之后，才取消了军士弹压之制。"②商业活动都带有竞争性，通过"设法卖酒"这一商业性经济文化政策，商业本身的刺激亦同时转化为对弹唱活动的刺激。酒肆之间，歌女之间，为利润计，必须加快词曲更新的速度，而这样一来，自然就形成了一个歌词作品的需求市场。既有出自作者的主动心态，又有来自社会的需求市场，词体焉能不兴！那位"忍把浮名，换了浅斟低唱"③的柳耆卿，"妓者爱其词名，能移宫换羽。一经品题，声价十倍。妓者多以金物资给之"。④ 这条材料生动地说明，这种歌女资助金物的物质刺激方式，是可以大大推动文人词创作活动的。当然，歌女资给词人，原为提高自身身价；而此身价，又与"设法卖酒"中的竞争相关。环环相扣，层层推助，经济文化政策遂起到了文艺政策的作用。正是在这个意义上，我们完全可以说，宋词之所以兴盛，也是特殊政策的作用所致。

说到宋世朝廷的特殊政策，人们自然不会忘记宋太祖大力提倡的"多积金帛田宅以遗子孙，歌儿舞女以终天年"⑤。朝廷"恩逮于百官者唯恐其不足"⑥，于是，导致了官宦人家"未尝一日不宴饮"⑦的奢靡风

---

① 孟元老：《东京梦华录》。
② 武舟：《中国妓女生活史》，湖南文艺出版社 1990 年版，第 112 页。
③ 柳永：《鹤冲天》。
④ 耐得翁：《醉翁谈录》丙集卷二。
⑤ 并见司马光《涑水纪闻》卷一和《宋史·石守信传》。
⑥ 赵翼：《廿二史札记·宋制禄之厚》。
⑦ 叶梦得：《避暑录话》。

气。"人间万事何须问,且向樽前听艳歌",①此是寇准心声,而竟与柳永"忍把浮名,换了浅斟低唱"的心声如此合拍,这就不能不使人想到另一件事,那就是宋徽宗"微行"的风流事,此事又经小说润色,多有虚构,其实真相只在李师师"一曲当时动帝王"。② 总之,上自帝王,次及重臣,下至于文人举子,共同沉溺在朱唇皓齿之间,一并迷恋于艳歌氛围之中,宋词如若不盛,那才是怪事! 当然,宋世亦确有限制官员与官妓交往的政策:"宋时阃帅、郡守等官,虽得以官妓歌舞佐酒,然不得私侍枕席。"③且不论这一规定实际上往往名存实亡,即使就其本身言之,也并未限制"歌舞佐酒"的活动。换言之,对于以"浅斟低唱"为风流的宋人来说,这样的禁令,恰好是一种有形的认可。于是,流连于坊陌之间的宋代词客,不仅有新声巧笑的土壤,而且有歌妓资给的刺激;在朝为官者,亦不仅有官方对歌舞佐酒的认可,而且有上面提倡的鼓励,朝野一气,竞相追逐于应歌之途。词,就这样随着宋世风流之时尚而风靡于士林了。

综上所述,援佛老精神以入儒的宋学背景,通过禅学那亦真亦俗的特殊中介,与宋代空前发达起来的市井商业文化意识彼此交壤,导致了宋世文人尚义理而又随俗逐媚的精神势态;而宋世制禄丰厚,坊间歌妓又出于自身利益而出金资助词客,这种物质力量的推动势必成为词集刊行的有效保证。宋初总集的编辑,显然与歌词市场的需求有关,总集的流行,又转而推动了文人自结词集的决心。以上两方面的动因,分别导致了文人在词创作上的主动心态和词体在社会上流行的现实机遇;两者彼此作用,风激浪高,遂使填词之艺成为一代盛事。

二、倚声应歌与书卷吟咏

在词学史上,李清照提出"词别是一家"的真正意义,在于强调倚

---

① 刘斧:《翰府名谈》。
② 刘子翚:《汴京纪事》。
③ 《西湖游览志余》卷二一引《委巷丛谈》。

声应歌与书卷吟咏有机结合的重要性。然而，这两者之间却又充满着诸多层面的矛盾，其彼此冲撞的客观形势和企望合一的主观意图，导致了宋代词坛上的微妙景观，并最终呈现出由唱曲之风流处切入而由吟咏之风流处化出的轨迹。

唐代声诗虽盛，但唐人并不曾要求诗人知音解律。宋人则不然。宋人要求词人知音解律，一方面表现为如李清照者以"可歌"与否为评价词家的标准，另一方面表现为如苏轼者以"唱曲"为风流之事。

李清照将北宋词坛诸大家词分为三类：一曰可歌；二曰不可歌而可读；三曰不可读。这里的"读"，正是吟咏之谓。其实，认为词以"可歌"为本色，本是宋人的一致之见。如刘克庄，向来认为属于苏、辛一派，好作壮语，旨正而力雄，冯煦以为可"与放翁、稼轩，犹鼎三足"，①而他也说："然长短句当使雪儿、啭春莺辈可歌，方是本色。"②由此可以窥见宋人心理。这里特别要说到苏轼。多少年来，论者从词作不必受音律束缚的角度立论，力辩苏轼词并非不能歌而只是曲子中缚不住者；又有论者从词体必须开放的角度出发，力辩苏轼移诗律入词而解放词体。两说若即若离，使本来清楚的形势反而复杂了。苏轼固然尝"自歌阳关曲"，③也确曾多次骤括诗文使就声律以使歌之，④但他自己却明明白白地表示过："记得应举时，见兄能讴歌甚妙。弟虽不会，然常令人唱为作词。"⑤他人亦证实曰："子瞻尝自言平生有三不如人，谓着棋、吃酒、唱曲也。"⑥苏轼尽管懂音律也能唱曲，但终究不是行家里手，而苏轼亦深以此为憾，故对唱曲入妙者极表企羡。众所周知，宋人性情之不同于前人处，正在其才情多样化，琴、棋、书、画、茶、酒、曲、戏，每求兼通博好，唯其如此，唱曲不如人，自然要减少一成风流了。尽管人人都成为音乐家乃势之不能，大多数词人充其量也只是粗解音律或

---

① 《宋六十一家词选例言》。
② 《后村先生大全集》卷九七《翁应星乐府序》。
③ 《历代诗余》卷一一五引陆游说。
④ 见苏轼《哨遍》词序、《醉翁操》词序等。
⑤ 《东坡尺牍》卷二《与子明兄》。
⑥ 彭乘：《墨客挥犀》卷四。

者仅只是依现成格律填词,但当时确乎存在着视唱曲为风流才调的时尚。唯其有此时尚,遂有了李清照以入腔与否为标准的评判;而苏轼存憾于不能唱曲,想来也不会反对李清照要求过苛,"词别是一家"之说,苏轼不会不首肯。

然而,事情的复杂之处在于,坊间瓦舍、市井酒肆等娱乐场所企望于文人词客者,主要是歌词之词。"教坊乐工,每得新腔,必求(柳)永为辞,始行于兴。"①"东坡守徐州,作燕子楼乐章,方具稿,人未知之。一日,忽哄传于城中。东坡讶焉,诘其所从来,乃谓发端于逻卒。东坡召而问之,对曰:'某稍知音律,尝夜宿张建封庙,闻有歌声,细听,乃此词也。记而传之,初不知何谓。'东坡笑而遣之。"②前一例不待解说,已证当时确有曲借词传之势。后一例中,苏轼此词所依《永遇乐》调,并非苏轼首创,逻卒乃稍知音律者,故能转唱以教人;而城中所以哄传者,则在于苏轼新填之词。两例皆可说明,当时社会上风靡的唱曲,相对于音乐性而言,其实带有很强的文学性导向。这一点,完全可以从当时勾栏瓦舍中兴盛的戏曲演出和小说讲唱中得到证明。而在可歌之词的领域,真正令词人及其词备受世人青睐者,乃是以词之可"歌"为中介而落脚于可歌之"词"的新鲜生动。换言之,正当文人词客以企羡唱曲之心理而合拍于社会时尚时,社会时尚却在酝酿着可歌性包装下的文学性导向。

这是一种全然不同于唐人声诗的艺术导向。从《集异集》所载"旗亭画壁"的事中可以看出,唐世伶人取诗人之作入歌,是不顾其固有的文学完整性的。如其中所歌高适诗"开箧泪沾臆,见君前日书。夜夜何寂寞,犹是子云居",就截取了《哭单父梁九少府》的开头。如此情形,俯拾即是:唐大曲《伊州》之第三遍,乃截取沈佺期五律"闻道黄龙戍"之前一半;《陆州》第一遍又截取王维《终南山》五律之后一半,如此等等。不妨说,唐世歌诗颇有牺牲文学性以满足音乐性的倾向。与此

---

① 叶梦得:《避暑录话》卷三。
② 曾敏行:《独醒杂志》卷三。

相反,同宋代市井讲唱艺术有更多亲缘关系的敦煌曲子,却往往以联章体的形式来表现一个相对完整的情景情节,如其《长相思》三首吟漂泊,《菩萨蛮》三首吟相思,等等。宋人作词,显然有循此而进的迹象。任半塘尝言:"《乐府诗集》所载《水调歌头》等五套大曲之词,内容极其庞杂。同一套中,前后各辞,往往全不联系,人所共睹。"①但这只是唐代的情形,入宋则不然。如曾巩之弟曾布,就以《水调歌头》七首组成一个联章体,来铺叙三河义士冯燕的故事。尽管并不是所有词人都有如此举动,但只要将这种现象与宋世借词之"可歌"而倾心于可歌之"词"的现象联系起来,结论就一清二楚了:一方面,存在着唱曲事业的繁荣与词客视唱曲为风流这种文化现象;另一方面,又存在着唱曲事业同样看重文学性而文人词客亦深明此理的现象。两方面彼此交合的结果,自然就有了宋世文人兼顾应歌时尚与吟咏传统的创作心态。

这意味着倚声填词而入唱曲之腔的风流情事,将在很大程度上实现向诗歌吟咏传统的内化。首先,真正精于音律且以词入腔者,也必将由随俗而转为自重,最终其词作的可歌性便会脱离市井唱曲格调而独立。也就是说,所谓"词别是一家"起初是相对于诗而言,到后来却是相对于市井歌词而言了。其次,音律的讲求将与诗歌声律的传统相合一,并在一定程度上与宋世诗歌创作的格调风尚相吻合。再次,沿着看重文学性的方向继续发展,便使倚声填词的原则转化为倚词谱声的原则了。

这里以周邦彦为例试作剖析。李清照《词论》未及周氏,依笔者之见,易安词论于各人皆有批评,不提及便是无可批评;再者,其论词除首标严守音律外,要领还有典雅、情致、故实、铺叙之兼备,而在这方面,周词亦堪称合格。周邦彦于音律,比柳永尤见精深。夏承焘云:"《乐章集》中严分上去者,犹不过十之二三,清真则除《南乡子》《浣溪沙》《望江南》诸小令外,其工拗句而严上去者,十居七八。"②王国维亦

---

① 《唐声诗》上编,上海古籍出版社1982年版,第560页。
② 《唐宋词字声之演变》,载《唐宋词论丛》,上海古籍出版社,1976年版。

曰:"先生之词,文字之外,须兼味其音律……今其声虽亡,读其词犹觉拗怒之中,自饶和婉,曼声促节,繁会相宣,清浊抑扬,辘轳交往,两宋之间,一人而已。"①此外,龙榆生也曾指出:"词中拗体涩调,其中平仄四声之运用,尤不可不确立成规。清真、白石、梦窗三家,比例尤多。"②唯其讲求音律如此,故其词极宜入腔传唱,在当时,"学士贵人市侩妓女皆知其词为可爱",③"欢筵歌席、率知崇爱",④"式燕嘉宾,皆以公之词为首唱",⑤真可谓雅俗共赏、风靡一时。不过,这中间却隐藏着一个问题,上引三家之说,都指出其"拗句""拗体"的特点。不言而喻,所谓"拗句""拗体"乃是从既定律诗之声律规范出发而言的,因此精于词体音律而工"拗句""拗体",就说明切合声腔音律的词体声律,与传统的诗律颇相乖违,倘以传统吟诗之法来吟词,必然会感到拗折不顺、滞涩不便。当然,我们必须看到,宋代诗坛上本来就存在着一种专求拗涩声律的风气,诗工拗律,正是江西诗派的典型特征。也就是说,这既是诗律规范外的别一家,又是诗律自身变创的新一派。当时词坛,尚无既定词律,倚声之际,全凭作者裁制;这样,词人专尚"拗句""拗体",或者出于倚腔便唱的考虑,或者出于刻意拗峭的诗心,此外不能有他。

那么,以周邦彦而论,究竟若何呢?宋人毛开《樵隐笔录》载:"绍兴初,都下盛行周清真咏柳《兰陵王慢》,西楼南瓦皆歌之,谓之'渭城三叠'。以周词凡三换头,至末段,声尤激越,惟教坊老笛师能倚之以节歌者。"看来,不是他迁就于歌者,而倒是歌者要迁就于他。既然如此,为入腔便唱而特工"拗句""拗体"的可能性便大大减小,而出于拗峭诗心的可能性就自然增大了。楼钥《清真先生文集序》谓其"经史百家之言,盘屈于笔下,若自己出",刘肃序《片玉集》亦谓"周美成以旁搜远绍之才,寄情长短句,缜密典丽,流风可仰,其征辞引类,推古夸今,

---

① 《清真先生遗事》,收于《王忠慤公遗书内编》。
② 《论平仄四声》。
③ 陈郁:《藏一话腴》。
④ 刘肃:《片玉集序》。
⑤ 强焕:《片玉词序》。

或借字用意,言言皆有来历,真足冠冕词林。"这些都能说明,周邦彦词确具有宋世文人以书卷涵养吟咏的典型特征。就连他那变柳永之平铺直叙为曲折顿挫之格的章法结构,也与江西派黄庭坚讲究命意曲折的风尚暗自契合。因此,其特工"拗句""拗体"自然是出于当时词人并书画艺术家皆求"便则须涩"①的文化心理了。由苏轼的企羡唱曲之妙,到周邦彦的擅于移宫换羽,可谓深入于唱曲风流;然而,密合之日亦即疏离之时,宋世文人特有的吟咏格调,却又以其浓重的书卷气和别致的拗涩体塑造着另一种词坛风流。

宋世词人中,真正精通音律者,除北宋柳永、周邦彦外,便要数南宋姜夔了。今天人们所能直接见到的歌词乐谱,也只有自注工尺旁谱的十七首白石道人歌曲。然而,这纯然已是吟咏之风流而不是唱曲之风流了。因为诚如姜夔自己所言:"余颇喜自制曲,初率意为长短句,然后协以律,故前后阙多不同。"②倚声填词已彻底变为倚词谱声了。当然,任何事情都不可能是绝对的。如在南宋之世,张炎之父张枢,就依然走着倚声便唱的路子,"有《寄闲集》,旁缀音谱,刊行于世。每作一词,必使歌者按之,稍有不协,随即改正"。③然而耐人寻味的是,无论姜夔的倚词谱声还是张枢的倚声填词,无论他们怎样地精于音律,市井社会已不再接受他们了。张炎曾不无感慨地说:"昔人咏节序,不惟不多,付之歌喉者,类是率俗,不过为应时纳祜之声耳。……岂如美成《解语花》赋元夕、史邦卿《东风第一枝》赋立春、黄钟《喜迁莺》赋元夕,如此等妙词颇多,不独措辞精粹,且观时序风物之盛、人家宴乐之同,则绝无歌者。"④何以至于如此呢?这与北宋乐籍乐人遭战乱而离散有关。文化重心南移后出现的南词,"其曲,则宋人词而盖以里巷歌谣,不叶宫调,故士大夫罕有留意者",虽有"永嘉杂剧兴,则又即村坊小曲而为之,本无宫调,亦罕节奏,徒取其畸农市女顺口可歌而

---

① 参看伍蠡甫《中国画论研究·文人画艺术风格初探》,北京大学出版社1983年版。
② 《长亭怨慢》词序。
③④ 张炎:《词源》。

已"。① 兴废系乎时序,唱曲之风流已另有时尚,非苏轼、周邦彦之时可比了。不过,事情还有另一面。直到吴文英、张炎的时代,吴、杭歌妓依然在传唱周邦彦词。② 这又说明,只有雅俗共赏者才能传之久远,若一味求雅守古,即便严于音律,也只能自我吟唱而难能普遍流布。

总之,北宋之世,有雅俗交合之风,新腔新词,层出不穷,文人视唱曲为风流,故能迎合新声;歌女视词章为要事,故能借雅士之力而彼此相长。尤其是文人词客,能将唱曲的时尚与传统诗律的吟咏有机结合,从而并擅音乐性与文学性之双美。可见,严肃艺术如何借助于时尚艺术来自我实现,是一个很值得思考的问题。南渡以后,词人刻意复雅,动辄称"吾辈只当以古雅为主",③纵然音律精严,也只能自视风流,而不可能像北宋那样成为并世风流了。南宋姜夔、张枢诸家,都于词集中旁缀音谱,其便唱应歌之心可谓殷切,但反不如周邦彦不缀音谱之词受人欢迎。自唐代格律诗兴,为调谐声韵,诗人早已养成吟咏风习,"新诗改罢自长吟",意境之外,兼求声韵之美,这既是词体能以大盛于士林的基础,又是文人词完全走向市井的障碍。宋世词坛上,自柳永历周邦彦而至于姜夔,正完成了一个三部曲,三家同精音律,而柳永是市井氛围中的风流,姜夔是雅士意趣中的风流,周邦彦则处两者之间,乃是一个转型过程中的关键人物。时至今日,人们还能欣赏姜夔词的音律之美,但遗憾的是,其已未必有宋世唱曲之风流了。

三、婉约基调的建构模式

宋词的风格基调是否就是婉约美呢?要明确解答这一问题,首先须将婉约美的内涵搞清楚;否则,说千道万,终是恍惚。学界早有豪放、婉约之分,可惜过于机械,无补于事。于是,又有两者交合之说;然交合的关键在于交合的形态以及所依规范如何,而在这些问题上,讨

---

① 徐渭:《南词叙录》。
② 见吴文英《惜黄花慢》词序、张炎《国香慢》词序。
③ 沈义父:《乐府指迷》。

论并未深入。

　　向来称扬苏轼词能提高词品者,莫不征引胡寅《题酒边词》"一洗绮罗香泽之态,摆脱绸缪宛转之度,使人登高望远,举首高歌,而逸怀浩气超然于尘垢之外"的慷慨议论。其实,胡寅下文尚有可玩之意,惜世人每不全引。如其文中有云:"观其退江北所作于后,而进江南所作于前,以枯木之心,幻出葩华,酌元酒之尊,弃置醇味,非染而不色,安能及此。"枯木葩华之喻,化为意象,便是"老树着花无丑枝",①酌元酒而弃醇味,便是天理流行处有香泽。其中分明存在着一种以相容于婉媚之姿的方式而自我超越的理性规范。胡寅在其题辞之末,又提到"亦犹读《梅花赋》而未知宋广平"。皮日休《梅花赋序》:"余赏慕宋广平之为相,贞姿劲质,刚态毅状,疑其铁肠石心,不能吐婉媚辞。然睹其文而有《梅花赋》清便富艳,得南朝徐、庾体,殊不类其为人也。"胡寅将皮日休的疑虑化解为"染而不色"的判断,也正是苏轼所谓"貌妍容有矉,璧美何妨椭,端庄杂流丽,刚健含婀娜"。② 一言以蔽之,苏轼与胡寅所企望的乃是既婉媚流丽而又不失雅健高迈的特殊境界。值得注意的是,这里的流丽婀娜之美,绝非外在之姿,而是出于内在的追求。苏轼最爱陶、柳诗,尝有评曰:"柳子厚诗在陶渊明下,韦苏州上。退之豪放奇险则过之,而温丽靖深不及也。所贵乎枯淡者,谓其外枯而中膏,似淡而实美,渊明、子厚之流是也。若中边皆枯淡,亦何足道。"③这里的"外枯而中膏",与胡寅所谓"以枯木之心,幻出葩华"如出一辙,说明那葩华流丽之美是从内心中幻化而出的。于是可以明白,就像宋世文人视儿女之情为人性自然,视应歌唱曲为风流情韵一样,婉媚轻约和流丽婀娜也属其审美心理的深层内容。一向被誉为指出向上一路的苏轼尚且如此,他人可想而知。当然,在苏轼、胡寅这样的人物看来,婉约者绝非纯然之婉约,而是一种能含纳对立风格于其中的复合建构,软媚中暗寓气骨,温丽中不乏高深,处俗不俗,雅润清丽。

---

① 梅尧臣:《东溪》。
② 《与子由论书》。
③ 《评韩柳诗》。

如此之婉约,显然能涵盖诸家诸派格调,因而自然就成为宋词的基本风格和审美本色了。

终宋之世,不仅沉溺于都会繁华而与绮罗香泽为伴者必然心契于婉约格调,即便是沉潜于义理人格而向往高迈雄健境界者,其人格风范和艺术格调也不失流丽婀娜之韵。婉约词美因此而具有典型性和普遍性。也正是在这个意义上,婉约本色必有一种不因人而异的基本的建构模式。

王灼《碧鸡漫志》卷二曰:"前辈云:'《离骚》寂寞千年后,《戚氏》凄凉一曲终。'《戚氏》,柳所作也。"王灼论词力诋柳永,故不以"前辈"所言为然。而"前辈"所言之《离骚》,乃是受屈、宋并称的习惯影响而以《离骚》代宋玉之辞赋。《戚氏》为柳永自创长调,其意境纯自悲秋兴起,词中有道"当时宋玉悲感,向此临水与登山",分明是以宋玉自况了。这是一个重要的信息。要想追寻宋词及宋世词人审美理想的文化艺术原型,结果必然会落脚在宋玉身上。如果说柳永本是位风流才子,宜以宋玉自况;那么,杜甫"摇落深知宋玉悲,风流儒雅亦吾师"[①]的心声,又该如何领会?

杜诗讲求用字,这"风流儒雅"四字,作为宋玉原型的历史铸塑,深可玩味。先说"风流"。"玉为人体貌闲丽",[②]说明他有姿容之美;"唯有多情宋玉知",[③]说明他生性多情;"何事荆台百万家,惟教宋玉擅才华",[④]说明他才华斐然。以上三项,有两项出自晚唐五代人之口。当时诗章格调已与词体颇有濡染,可见在与词体相关的历史塑造中,宋玉这一原型的"风流"特质,主要在于多情而擅才。北宋词坛上,柳、苏对峙乃一大景观,柳尝以宋玉自况,而苏亦自有"风流"之韵。向被许为豪放词代表作的《念奴娇》(大江东去),对于"千古风流人物"之"风流"的塑造,分明就有"多情"的一面;否则,何以要把发生在赤壁大战

---

① 《咏怀古迹五首》其二。
② 《登徒子好色赋·序》。
③ 韦庄:《天仙子》(怅望前回梦里期)。
④ 李商隐:《宋玉》。

之前十年的纳小乔之艳事移植于此,而用"遥想公瑾当年,小乔初嫁了,雄姿英发"的企羡之辞道出呢!再者,被王士禛誉为"恐屯田缘情绮靡,未必能过"①的《蝶恋花》(花褪残红青杏小)一词,生动抒写了"多情却被无情恼"的心思意绪;而如此情思,难道不与《念奴娇》中的"多情应笑我"机杼相合?凡此,足见苏轼意中之"风流"亦与宋玉原型有缘。当然,苏轼意中之"风流"还有别样内蕴,这可从"羽扇纶巾,强虏灰飞烟灭"中领略出来。"纶巾羽扇,一尊饮罢,目送断鸿千里",②将帅英武化为儒士雅度,运筹于谈笑之际,潇洒于建功之后,如此"风流",便是经济之志、江湖之趣与儿女之情的三位一体;志在兼济而行在独善的士大夫文化心理与多情善感的才子式生活情趣实现了水乳交融的统一,而与传统士大夫文化心理相互依存的艺术心理,也就自然存在于这种儒士雅度之中。杜甫所谓"风流儒雅"的"儒雅"二字,也正在于:文藻有托,微辞谲谏,婉而多讽,怨刺不怒。以此来规范婉媚之词,便有了情调和婉而不放荡、情思含蓄而不浅露、寄意深远而不生硬的理想风格。

还以杜甫诗意来作申说。"不薄今人爱古人,清辞丽句必为邻。窃攀屈宋宜方驾,恐与齐梁作后尘",③词人之"风流",词体之软媚,都与南朝绮靡风气遥相接续,但在当时,亦有"四言正体,以雅润为本;五言流调,以清丽居宗"④的理性要求。杜甫承前启后,其"清辞丽句"亦即"雅润""清丽"之谓,它是流丽绮靡之调的清雅化,而此艺术的清雅化,正与使才子风流进境于士林人格的清雅化同步同构。所谓清雅化,并非令此物变化为彼物;"风流"与"儒雅",恰似"清辞丽句必为邻",乃是两相依存之体。宋词婉约基调之艺术建构的基本模式,正在于此。张炎《词源》云:"簸弄风月,陶写性情,词婉于诗。"在诗词别体而相对成调的意义上,"风流儒雅"的基本模式一旦运用于词体,就不

---

① 王士禛:《花草蒙拾》。
② 苏轼:《永遇乐》(天末山横)。
③ 《戏为六绝句》。
④ 《文心雕龙·明诗》。

能不向风流才调上倾斜几分。

两宋词人中,秦观一般被视为婉约的典型。检阅前人评论,或曰"体制淡雅,气骨不衰,清丽中不断意脉";①或曰"意在含蓄""和婉醇正";②或曰"寄慨身世,闲雅有情思,酒边花下,一往而深,而怨悱不乱"。③一言以蔽之,无非是"风流儒雅""雅润清丽"之谓。在行家看来,秦观词乃是柳、苏对峙的一种中间状态,如夏敬观尝言:"少游学柳,岂用讳言?稍加以坡,便成为少游之间。"④细味其辞,当含有柳、苏中和乃成理想状态的意思,换言之,其实正是才子风情与雅士高致的兼容并蓄、和谐统一。苏轼尝以"山抹微云秦学士,露花倒影柳屯田"⑤来责备秦观学柳而终乏气格,又以"销魂当此际"⑥为其学柳之失的见证。由此联系到晏殊对柳词的不满,以及晏几道称其父不作妇人语,柳词之失及秦观学柳之失,无非在唯见软媚而脂腻气太重而已。因此,凡艳而不腻、媚而不软者,均在婉约词美理想之列。

众所周知,王灼论词颇苛,但于晏殊词却誉曰:"风流蕴藉,一时莫及,而温润秀洁,亦无其比。"⑦的确,不仅晏殊,包括晏几道在内,都是艳而不亵,风流绮靡中透出高贵庄重之态,缠绵多情中不乏雍容闲适之趣。晏几道《临江仙》词的"落花人独立,微雨燕双飞",与乃父"无可奈何花落去,似曾相识燕归来"的境界十分神似,杨万里说它"好色而不淫";⑧至其结句"当时明月在,曾照彩云归",谭献则评为"柔厚在此"。⑨传统诗学的风雅规范与宋世词坛的风流情调,就这样联翩而成一体了。中国传统美学喜欢以阴阳论道品艺,而婉约词美并不是纯然的阴柔之品。如李清照,王士禛曾主张"婉约以易安为宗",⑩而沈曾植

---

① 张炎:《词源》。
② 周济:《宋四家词选序论》。
③ 冯煦:《宋六十一家词选例言》。
④ 《映庵手校淮海词跋》。
⑤ 《避暑录话》卷三。
⑥ 《高斋诗话》。
⑦ 《碧鸡漫志》卷一。
⑧ 《诚斋诗话》。
⑨ 《谭评词辨》卷一。
⑩ 《花草蒙拾》。

又谓其"闺阁之秀,固文士之豪也"。① 又如周邦彦,张炎称其词"于软媚中有气魄"。② 总之,和婉中隐含刚毅,温柔中深藏凝重,流丽中透出清明,其形态多样,而终归于风流情韵与风雅气骨的辩证统一。

一般说来,词体之婉约,总与莺燕娇软的情事脱不了关系。但是,赋情缠绵却不等于词格婉约。就婉约词美的艺术生成而言,一求赋情有韵致,二求抒情能入景。关于韵致,自然可有各种说解,但毕竟有最基本的一点,那就是恰到好处。如晁补之曰:"子野与耆卿齐名,而时以子野不及耆卿。然子野韵高,是耆卿所乏处。"③而陈廷焯评张先词便说:"有含蓄处,亦有发越处,但含蓄不似温韦(按:偏指于温),发越亦不似豪苏腻柳。"④张先《一丛花令》有句曰"伤高怀远几时穷,无物似情浓",但其又自我吟赏于"沙上并禽池上暝,云破月来花弄影",情意浓挚而兴象空灵,境界之妙,在亦真亦幻亦明亦暗之间。所以,这种恰到好处的消息,既可从语气上去体会,又可从境象上去玩味。

周邦彦《少年游》词曰:"并刀如水,吴盐胜雪,纤指破新橙。锦幄初温,兽香不断,相对坐调笙。　　低声问,向谁行宿,城上已三更。马滑霜浓,不如休去,直是少人行。"陈廷焯评此词曰:"情急而语甚婉约,妙绝古今。"⑤谭献评此词曰:"丽极而清,清极而婉,然不可忽过'马滑霜浓'四字。"⑥此词显系宿妓之作,和抒写离情别绪、羁旅行役者比起来,本来是最宜有牵裾之鄙的。然而,词人却能使温香软玉之境中透出闲雅清幽的气息,毫不见浇薄之意,而唯有温厚之思。其关键在于,第一,情意急切而语气委婉;第二,情思缠绵而造境清幽。这不仅是一个艺术的分寸感问题,更包含着审美净化的机制和对读者想象的期待。融情于景,乃中国诗学之重要规范之一;美人香草,亦中国诗学古老传统所在,而两者恰在词体婉约的追求中得到了汇合——只是化

---

① 《菌阁琐谈》。
② 《词源》。
③ 魏庆之:《诗人玉屑》引。
④ 《白雨斋词话》。
⑤ 《云韶集·宋词选·周词评》。
⑥ 《谭评词辨》卷一。

比兴之象为实境赋写而已。张炎论词,明言"词婉于诗",亦明言"景中带情,而有骚雅",两相发明,可见词中含情之景当以清婉为主。风雨落花,烟柳津浦,固然属于清婉;月明华屋,斜阳栏杆,又何尝不是清婉!从柳永的"杨柳岸,晓风残月",到贺铸的"一川烟草,满城风絮,梅子黄时雨";从李清照的"人比黄花瘦",到姜夔的"数峰清苦,商略黄昏雨",这些传诵千古的绝唱,其意象无不带有清婉气息。要而言之,情真意切而措辞和婉,寄托遥深而造境清婉,婉约词美以其独到的方式,实现了诗家情景交融与美人香草之传统规范的艺术整合。

当然,说宋词以婉约为基调,并不意味着看轻婉约以外的种种格调。早就有不少学者指出过,仅仅从数量上考察,宋词主调也只能归于婉约。但本文立论的着眼点显然不在这里。本文所说的婉约词美,是宋词艺术实践和审美理想两相交会的基本态势,是宋世词人词派风格歧异而又相互吻合的共荣天地。从这个意义上说,婉约词美具有典型性与普遍性,亦即兼有众调而不失主调;就个人而言如此,就整体而言亦如此。以周、秦、姜、张一路而言,婉约格调未见得能概括其全部作品,何况苏、辛!但是,两宋词风的共时联系与历时变迁所体现出来的基本态势,其欲造之境与所造之境的会合境界,不能不说是正在于风流儒雅的婉约之美。

宋世风流,导致了应歌便唱之旨与吟咏自足之趣的交接、碰撞和转型性融合;同时,也导致了兼容流丽娇媚与雄深雅健两端而终成风流儒雅之格的婉约基调。词婉于诗,词媚于诗,这是毋庸赘言的。唯其如此,作为词的创作主体,词人自然要比诗人的角色自觉风流些。风流一词,本自有褒贬两极,故宋人的风流和宋词的品格,亦不妨作两面观。但笔者倾向于采取这样一种眼光:凡可作两面观的事物,其异质同构的组织结构便是最值得剖析的对象。艳科有雅韵,雅士有艳情,其形态异常生动,简单的二分法绝没有扣其两端而致诘的尝试来得有价值。

宋词：对峙中的整合与递嬗中的偏取

关于两宋词风的总体建构方式和基本演变势态的考察，在我看来，最好是从多维比较的角度去进行透视。就北宋词坛而言，最值得注意者，莫过于柳、苏之对峙，而对峙中实又酝酿着整合，兼取柳、苏以造境于刚健清婉自成大势所趋。由北宋而南宋，宜为学界所注意者，既有苏、辛之递变，又有周、姜之递变，而递变中复有交错。其中，周、辛之间与苏、姜之间的消息暗传，为两宋词风的演变平添了几分微妙。词风演变的形势，于词论有集中反映，北宋末李清照论词独独不及周邦彦，南宋末张炎论词独独推重姜夔，此中委曲，殊堪品味。不仅如此，在词学中兴的清代，常州、浙西两大流派的对峙，分明以宗北宋或者宗南宋为其分水岭，如果说这证明两宋词风之递变形势竟制约着异代词坛的风气变化，那么，反过来，由清代词派的对峙便不难窥见两宋词坛的情形了。总之，将比较本身置于活跃的宋词现象之界，并通过多维参照之背景下的比较分析，尽可能地发现宋词艺术气象的共时与历时建构势态，实在是一个非常诱人的课题。唯其如此，笔者才不揣浅陋，愿呈管见如斯。

一、从柳、苏对峙到词宗清真

柳永词之不可忽略的存在价值，从正面肯定中得到的认可少，而从反面批评中得到的确认多。晏殊"殊虽作曲子，不曾道'彩线慵拈伴伊坐"①的表白,和苏轼"不意别后,公却学柳七作词"②的指责,说明了一件事情的两面,那就是士人无意学柳而又往往学柳。学柳,是风气推动所致,不学柳,是自立意志使然,风气既成,而后才有别自树立的士人意志。徐度《却扫编》卷五云:"其后欧、苏诸公继出,文格一变,至为歌词,体制高雅。柳氏之作,殆不复称于文士之口,然流俗好之自若也。"既有今日之不复称誉,便有日前之曾经喜好,可见,在苏轼问鼎词坛之前,柳词是雅俗共赏的。柳词之所以能为雅士所欣赏,原因有二。首先,"《离骚》寂寞千载后,《戚氏》凄凉一曲终"③,只要将这里的《离骚》改为楚辞,则北宋"前辈"之论,就合情合理了,而此中之关键在于,柳永词能以赋家式的铺叙之笔,抒写千百年来文人雅士吟咏不衰的悲秋伤怀之思。李白乃诗国豪雄,却有《悲清秋赋》,欧阳修系文坛盟主,亦作有《秋声赋》,更不用说那回荡在历史长廊里的感怀诗章了。悲秋,蕴含着异常丰富的文化心理内容,凡生命之忧惕、人生之蹉跎、宇宙之意念,皆由此而兴发寄托。而"尤工羁旅行役"④的柳词,更是主要把悲秋的意绪与羁旅行役而登山临水的情景交融一体,从而以词这种新兴的体式拨动了士人文化心理中最敏感的琴弦。悲秋之思,始自宋玉,因此,柳永便每以宋玉自况,《戚氏》词曰"当时宋玉悲感,向此临水与登山",《玉胡蝶》词曰"晚景萧疏,堪动宋玉悲凉",《雪梅香》词曰"动悲秋情绪,当时宋玉应同",如此等等,尚不算"楚客登临,正暮秋天气"(《卜算子》)一类暗相比拟的作品。宋人最为推重杜甫,而老杜《咏怀古迹》便有"摇落深知宋玉悲,风流儒雅亦吾师"的名句。由此可见,以宋玉这一原型的再阐为中介而使宋代文人雅客认同于流俗喜爱的柳词,不仅是可能的,而且是必然的。其次,则正须从杜甫的"风流儒雅"处悟入:所谓"儒雅",自当是风雅诗旨与君子人格的统一体,此属不言而喻者;至于"风流",则与宋玉之体貌闲丽而多情擅才相关,

---

① 《宋艳》卷五引张舜民《画墁录》。
② 《高斋诗话》。
③ 《碧鸡漫志》卷二。
④ 陈振孙:《直斋书录解题》卷二十一。

而柳永亦尝曰"平生自负,风流才调"(《传花枝》);这样,"风流儒雅"四字,至少在宋世文化生活背景下,体现出因理学发达而执着于儒风雅诗的意识自觉和都市绮靡风俗所濡染的俗情艳调之心理内容的合一。而在这个意义上,文人雅士之欣赏柳词,正是如柳永一样风流自赏的表现。综上所说,柳词雅俗共赏中与雅士心理契合的一面,已经寓示着崛起而与其成对峙之势的苏词,绝非排斥性地对峙于柳词,而是取着一种冲撞中必有交合的争胜式对峙态度。

俞文豹《吹剑录》载:"东坡在玉堂日,有幕士善讴,因问:'我词比柳词何如?'"充分表现出苏轼与柳氏争雄词坛的心理。其《江城子·密州出猎》词成,又告友人曰:"近却颇作小词,虽无柳七郎风味,亦自是一家。"①更显出另立门户的意志。苏轼之前,晏殊虽亦有讥于柳词之俗,却没有另立门户之意,唯其如此,苏轼词作的出现,便以此另立门户而一争雄长的用心导致了北宋词坛上两峰对峙的格局。不言而喻,对立面的存在,使所有的人都有了对比判断的可能,至此,宋词便进入了实践开拓与理论导引相互促动的新阶段。王世贞《苏长公外记》尝言:"宋柳耆卿、苏长公各以填词名,而二家不同,当时士论各有所主。"理论自觉层次上的分歧,应视为词学成熟的表现之一。不过分歧尽管分歧,甚至于互相讥诮,而其中已隐然透出了交合的意态。如苏门中陈师道尝讥"子瞻以诗为词,如教坊雷大使之舞,虽极天下之工,要非本色";而胡仔却说道:"若谓以诗为词,是大不然。子瞻自言,平生不善唱曲,故间有不入腔处,非尽如此。"②虽持论相左,一抑一扬,但有一点却是共同的,那就是对协律本色的执着。由此可见,柳、苏两体之交合,首先须以此为前提,而苏轼本人亦从无异议。不过,这并非所以交合之关键。论北宋词而最重苏轼者,要数王灼,其论有曰:"东坡先生以文章余事作诗,溢而作词曲,高处出神入无,平处尚临镜笑春,不顾侪辈。或曰:'长短句中诗也。'为此论者,乃是遭柳永野狐涎

---

① 苏轼:《与鲜于子骏书》。
② 胡仔:《苕溪渔隐丛话》。

之毒。"请注意,其所谓苏词之"高处",是指"向上一路"的意趣高远,而"平处"则是流丽自赏的妩媚之体,唯其流丽自赏,故媚而不俗。由此亦可见,王灼非谓苏词仅以壮逸见长。而更须注意的是,正是这位嫉柳如仇的王灼,同时又道:"世间有《离骚》,惟贺方回、周美成时时得之。贺《六州歌头》《望湘人》《吴音子》诸曲,周《大酺》《兰陵王》诸曲,最奇崛。或谓深劲乏韵,此遭柳氏野狐涎吐不出者。"关于贺铸,其《六州歌头》(少年侠气)《小梅花》(缚虎手)诸作,确与"人以为近侠"的雄壮豪迈气概相表里,诚然是向以为苏、辛一派的作风,将他划入与柳永对峙的一面,乃是情理中事。问题在于周邦彦。王灼举出的《大酺》《兰陵王》两曲,初诵之毫不见雄放慷慨之姿,又何从谈"奇崛""深劲"呢?对此,我们不妨从前人有关评点中悟入。梁启超评点《兰陵王》词曰:"'斜阳'七字,绮丽中带悲壮,全首精神提起。"其评点《大酺》又曰"'流潦妨东毂'句,托想奇拙,清真最善用之。"①倘说如贺铸《六州歌头》《小梅花》者,其豪雄之气多外露,那么,似周邦彦此间被列举者,其悲壮奇拙之气便内敛而深藏了。龙榆生《清真词叙论》曾指出:"清真词之高者,如《瑞龙吟》《大酺》《西河》《过秦楼》《氐州第一》《尉迟杯》《绕佛阁》《浪淘沙慢》《拜星月慢》之篇,几全以健笔写柔情。"而这显然又绝非一家偏好之辞,检阅前人评点,或称其有沉郁顿挫之势,或称其得高健幽咽之姿,就连论词最重姜夔的张炎也称其"软媚中有气魄"。凡此,无不说明,周词确有刚健妩媚相兼之妙。而这样一来,问题便清楚了,苏轼本人之审美理想,不也正在"端庄杂流丽,刚健含婀娜"②吗?而这一审美理想又恰恰体现在周词风格之中,试问:苏轼与周邦彦之间,该是一种什么关系?苏轼词风中亦固有"恐屯田缘情绮靡未必能过"的一面,但他又视"山抹微云""露花倒影"为有气格之病,联系到他称誉柳词"霜风凄紧,关河冷落,残照当楼"之"不减唐人高处",同时也联系他与陈慥论词曰"但豪放太过,恐造物者不容人如此快活",足见

---

① 梁令娴:《艺蘅馆词选》乙卷。
② 苏轼:《与子由论书》。

苏词欲造之境,正在软媚中自饶高健气格。而问题的症结又在于,苏词欲造之境恰是周词能造之境,此中意味,怕已是不言而喻了吧!当然,苏、周之间,亦颇似贺、周之间,相形之下,周词的"奇崛""深劲"因内敛深藏而不易体会,张炎《词源》便说:"作词者多效其体制,失之软媚而无所取。此惟美成为然,不能学也。"有宋一世,词家别集刊行流布之盛,无如周氏,一般词手多法其声、依其调而效其体貌,但多得于形肖而罕能臻于神似。这种"神"韵,仍用王灼的话来说,便是"邦彦能得骚人意旨,此其词格之所以特高"①的"骚人意旨",也就是清人郑文焯所谓"清真风骨,原于唐人刘梦得、韩致光"②的"风骨"。众所周知,苏轼诗尝学唐人刘禹锡,苏辙便以为苏诗之多怨刺正由其学刘禹锡处来。这样,不仅苏、周之间的内在联系可得到进一步说明,而且告诉我们,对峙一时的柳、苏两派,正可借骚人风骨的弘扬而实现精神之交合。前文已经有述,宋世词坛"前辈"尝谓柳词能得《离骚》遗韵,而王灼则谓柳氏不解《离骚》,以柳永之每以宋玉自况,说明其所递承者乃宋玉之感伤。而自汉人以来便谓宋玉不能如屈原之直谏讥刺,此意宋人深解,故一面诋柳氏之未知《离骚》,一面赞周词之能得骚人意旨,柳、周之间的递传关系,本不待言说,而周词更因其援骚人风骨入乎词家娇艳之体而得以使传统的诗家风骨与词家风流交合一体。总之,北宋词坛上的柳、苏对峙,呼唤了源远流长的骚雅风骨,这一精神意旨,既为苏氏所恃,亦与柳氏有缘,故对峙中自有交合之势。当然,由对峙而交合,乃是一动态过程,而此一过程的相对完成,便在北宋末之周邦彦。众所周知,周邦彦乃是精于音律者,所以,其于北宋词坛的整合意义,便确有言音律则耆卿莫逮而主风骨则东坡在先的势态了。

北宋词坛上,兼柳、苏之体而能得交合之姿者,周邦彦之前,要数秦观,同在苏门之中,陈师道谓苏词"要非本色",而却称许于"秦七、黄

---

① 《碧鸡漫志》卷二。
② 郑文焯:《片玉词批本》。

九",若参照苏轼之病秦词气格,可知秦词颇与柳词相亲。清人况周颐有曰:"有宋熙、丰间,词学称极盛。苏长公提倡风雅,为一代斗山。黄山谷、秦少游、晁无咎,皆长公之客也。山谷、无咎皆工倚声,体格于长公为近。惟少游自辟蹊径,卓然名家。……若以其词论,直是初日芙蓉,晓风杨柳。"①既言其自辟蹊径,又取象拟容而曰"晓风杨柳",其自辟之径显然与柳氏家法相亲了。然而,另有一种评品却说:"后人动称秦、柳,柳之视秦,为之奴隶而不足,何可相提并论哉!"②倘说如此之评过于偏激,则又有持中之评曰:"少游学柳,岂用讳言,稍加以坡,便成为少游之词。"③的确,力诋柳词的王灼,于秦词却有"俊逸精妙"的好评,他明说过"黄、晁二家词,皆学坡公",却未道秦词之是否学苏,不过,以苏氏的影响,乃与柳氏之影响交合于一身,而秦观词本身之情致清婉的赋性,将使他只可能以清醇和婉的格调来自塑于学柳而创变之途,其结果,便是执柳、苏之两端而用乎其中。或曰:"子瞻辞胜于情,耆卿情胜于辞,辞情相称者,唯少游一人而已。"④此说未必精确,但毕竟透出了秦词体兼柳、苏的信息。唯其如此,秦词与周词之间,便自有一种递进关系。曾力辩秦词非柳词一路的陈廷焯,一边站在秦观的角度说"秦少游自是作手,近开美成,导其先路",一边又站在周邦彦的角度说"词至美成乃有大宗,前收苏,秦之终",⑤其言外之意分明是,由秦观而周邦彦,又有一次兼取而交融的整合过程。清常州派周济曾言:"少游意在含蓄,如花初胎,故少重笔","少游最和婉醇正,稍逊清真者,辣耳"。⑥ 秦词的含蓄,正是对柳词铺写无遗及苏词豪言快意的一种中和性改造,但毕竟缺乏老辣而凝重的笔力,所以,需要后起之周词以奇崛深劲之力来再加改造。经过两度改造,柳、苏对峙之势所造成的两种格调,遂在各极其妙的同时,交合而铸塑出雅俗共赏、和雅醇正

---

① 况周颐:《蕙风词话》卷二。
② 陈廷焯:《白雨斋词话》。
③ 夏敬观:《映庵手校淮海词跋》。
④ 沈雄:《古今词话》。
⑤ 陈廷焯:《白雨斋词话》。
⑥ 《宋四家词选目录序论》。

而又饶有奇崛风骨的周邦彦词。

　　于是,待到北宋末李清照来论词时,其对周邦彦的态度,便显得意味深长了。说到李清照之论词宗旨,首先必须指出,她实质上也是兼取北宋词坛或主于协律倚声或主于诗文吟咏之两种观念的。比如,北宋王安石就曾以倚声填词为不合"声依永"之古法而表示反对,后来王灼亦承此说而谓:"永言,即诗也,非于诗外求歌也。今先定音节,乃制词从之,倒置甚矣。"①李清照"词别是一家"的观念,显然正是针对这种"非于诗外求歌"的论调而发,在这一点上分明继承柳永"变旧声作新声"的事业而做出了理论上的总结。已有论家指出,李清照《词论》之所以讲音律比前人都严,是与北宋末年大晟府乐曲颁行天下,比切声调,较量宫徵,尤为词律家所重视的形势有关,而当时周邦彦正以妙解音律而提举大晟府。由此可知,李清照之理论,与周邦彦之实践,首先在音律精严上已形同互补了。可惜周邦彦为大晟府制撰万俟咏《大声集》所作的序文已经失传,否则互相参照,当更能明见当时情势。李清照论词,一方面讲"词别是一家",一方面却又强调词兼众格的综合标准。在这方面,首先值得注意的是,她说:"后晏叔原、贺方回、秦少游、黄鲁直出,始能知之(知词别是一家之理)"。晏几道词,黄庭坚谓其"寓以诗人之句法,清壮顿挫"。小晏词全是小令,声律多自五七言律句中来,黄庭坚以是有此论,但李清照却又曰"晏苦无铺叙",而铺叙之格本自柳永慢词创制而来,可知李清照言外自有合诗人句法与词人句法于一体的意识,也就是说,李清照的"别是一家"之论乃立足应歌协律而言,而在辞情意趣方面,并不简单地反对以诗为词或以文为词,而是要求融诗入词或融文入词。具体说来,这便是要求词作能兼有"铺叙""典重""故实""情致"之好。她批评说:"晏苦无铺叙。贺苦少典重。秦专主情致,而少故实。……黄即尚故实,而多疵病。"显然是病其各有所偏而难能集成,这样,其旨在集成的理论自觉就一目了然了。而问题的症结又在于,这一理论自觉恰与周邦彦的词风实际相契合。

---

① 《碧鸡漫志》卷一。

宋代其时,陈振孙称周词"多用唐人诗句,隐括入律,浑然天成"①;张炎亦称其"善于融化诗句"②;刘肃更称其"征辞引类,推古夸今,或借字用意,言言皆有来历"③,足见周词极善于融诗文辞意入词。王国维尝曰:"词中老杜,非先生不可。"④怕也是有感于其集北宋之大成的造诣吧!其实,关于这一点,也可从南宋末张炎的评论语气中体会出来:"所可仿效之词,岂一美成而已!旧有刊本《六十家词》,可歌可诵者,指不多屈。中期如秦少游、高竹屋、姜白石、史邦卿、吴梦窗,此数家格调不侔,句法挺异,俱能特立清新之意,删削靡曼之词,自成一家,各名于世。作词者能取诸人之所长,去诸人之所短,象而为之,岂不能与美成辈争雄长哉!"⑤由张炎集诸家之长以争雄长的意向,联想到李清照评北宋诸家而独不及周邦彦,人们将不难发现,李清照之意是旨在确立一种理想的词美规范,并为此进行了一番取诸人之所长而去诸人之所短的理论集成,亦唯其旨在理想规范之确立,故对现实中诸家词品便多所指责,而周词之不被指责,至少也说明其无违于这种集诸家之长的词美理想。当然,词家个性的局限必使其不能涵盖理想规范之全部,就像秦词取柳、苏之中而只是秦词,周词再合苏、秦之体也只是周词,也正是在这一认识层次上,我们要说,由对峙而整合的指向,须分别从周词品格与易安词论中去领会。

二、从苏、辛异趣看词宗白石

当张炎论词之际,词坛有所谓"远祧清真,近师白石"之说,而张炎之所以尤重白石,很有点苏轼论王维吴道子画而曰"吾观二子皆神骏,又于维也敛衽无间言"⑥的意味。而耐人寻味者更在于,姜夔尝自道

---

① 《直斋书录解题》卷二十。
②⑤ 《词源》卷下。
③ 陈元龙集注《片玉集》宋刘肃《序》。
④ 《清真先生遗事》。
⑥ 苏轼:《王维吴道子画》。

"稼轩辛公,深服其长短句",①清人周济也说白石脱胎稼轩,但推誉姜词的张炎却并不看好辛词。历来论词者无不视苏、辛为一路,姜夔既有脱胎稼轩之处,自然亦与东坡有所亲缘,但张炎在不重辛词的同时却又极重苏词,此中奥秘何在?张炎论词之旨,在"清空""骚雅"两义,莫非辛词在接力苏词之际未能弘扬其高迈清远的精神气质?如若是这样,苏词与姜词的神似处又何在?凡此,都很值得我们去思考。

南渡之后,中原与江南,实际上是以宋、金政权对峙为外在表征的两种文化情调的对峙。"江南言词者宗美成,中州言词者宗元遗山,词之优劣未暇论,而风气之异,遂为南北强弱之占,可感已。"②兴废系乎时序,强弱关乎风情,这种感慨,自然能引起我们强烈的历史文化共鸣。不过,文学艺术并不唯受政治文化和地理文化的影响,所以,此中原委,还当细加考辨。中州词坛推重元好问,而元好问又推重谁呢?先看张炎之论:"辛稼轩、刘改之作豪气词,非雅词也,于文章余暇,戏弄笔墨为长短句之诗耳。元遗山极称稼轩词,及观遗山词,深于用事,精于炼句,其风流蕴藉处,不减周、秦。如《双燕》《雁邱》等作,妙在模写情态,玄意高远,初无稼轩豪迈之气。岂遗山欲表而出之,故云尔?"如果说元好问确如张炎所推想的那样,有一种体乎周、秦然后"表而出之"的意向,那么,其意向所指,却是似在辛而实在苏的。其《遗山自题乐府引》曰:"乐府以来,东坡为第一。"而其《稼轩乐府引》又曰:"坡以来,山谷、晁无咎、陈去非、辛幼安诸公,俱以歌词取称,吟咏惰性,留连光景,清壮顿挫,能起人妙思。亦乃语意拙直,不自缘饰,因病成妍者,皆自坡发之。"首先,其最推重者为苏词。其次,所取于苏、辛递传之调者又在清壮顿挫,而这四个字却是黄庭坚曾用来形容晏几道词的。张炎尝谓其词"初无稼轩豪迈之气",现在看来,其自身确认之格调,也在"清"气而不在"豪"气。这样一来,元好问之词旨便与张炎接轨了。虽南北风情有异,却共同执着于词林"清"气之崇尚,看来,必有一种超越

---

① 《齐东野语》卷十二引。
② 赵文:《吴山房乐府序》。

于时代风云之上的源远流长的文化艺术心理在暗中制约着人们。

且让我们从词学中兴的清代词坛说起，以便从更深广的角度来透视这一文化艺术心理。在浙西词派崛起之前，清代词坛上曾鼓荡过声势颇壮的"稼轩风"。尤其是康熙十年(1671)发生在北京的"秋水轩唱和"现象，可以看作是复兴"稼轩风"的一次群体努力。而所谓阳羡词派的崛起，实际上正与"稼轩风"的鼓荡有关，那种视词作如"经史"的创作态度，以及沉郁悲凉的创作风格，都带有再阐稼轩词风的意义。浙西词派，是紧接着出现在清代词坛上的，其所以不取"稼轩风"的原因，该派中人其实早有交代，厉鹗便说："尝以词譬之画，画家以南宗胜北宋。稼轩、后村诸人，词之北宗也。清真、白石诸人，词之南宗也。"①在这里，一个极端重要的消息被揭露出来了：舍稼轩豪迈之风，就白石清空之调，这是中国文人崇尚逸品之特定文化艺术心理的体现。浙西词派的领袖人物朱彝尊，与王士禛本为诗友，待朱彝尊号召词林之际，王士禛也正到了"老造平淡"的境界，其论"神韵"，便比之于画中南宗，并以为，清远相兼之逸品，乃是诗画共尚之极品。尽管朱彝尊的论诗主张与王士禛不尽相同，但在以"逸品"为理想这一点上，却又十分默契。这样，诗学、画学兼词学，汇同于文人逸品意识之界，不仅有了诗与词的美学交合，而且有了使诗词一体而共表士人清远神韵的文化范式。这种文化范式的理性确认，分明是宋明理学背景下文人每讲吟咏性情则必企于萧散襟怀的结果，而北宋苏轼，又在其中起着至为重要的先导作用。苏轼是文人画的积极倡导者，其论诗也极为推崇"魏晋以来，高风绝尘"。唯其如此，当其以诗为词之际，便自能援士林清气入于浅斟低唱之间，最终指示出超旷清逸的雅意途径。亦唯其如此，无论北宋南宋，也无论江北江南，凡秉受传统文人之逸怀浩气者，都不能不视苏词为楷模。如前文所述，周邦彦词诚能以集成之力合柳、苏两体，但是，和南宋姜夔词相比，却未能弘扬苏词中的高远清旷意趣，是以词家有言："美成、白石，各有至处，不必过为轩轾。顿挫之

---

① 《樊榭山房全集》卷四《张今流红螺词序》。

妙,理法之精,千古词宗,自属美成。而气体之超妙,则白石独有千古,美成亦不能至。"①同样道理,就像白石理法乃祖祧清真一样,稼轩词风,乃接力于东坡向上一路。然而,稼轩虽能得东坡精神,却未能深悟其中的萧散神韵,是以词家有言:"苏、辛并称,然两人绝不相似。魄力之大,苏不如辛;气体之高,辛不逮苏远矣。"②于是,再说姜白石,他远祧清真而得其理法,又近师稼轩而上窥苏词之神韵,从而成为南宋词坛上一位具有整合性地位的词家。张炎之所以极重其词,原因正在这里。而张炎于苏、辛两体,则又不取辛派的豪气而唯尚苏氏之清空中意趣高远。要之,倘若说北宋柳、苏对峙的整合势态,是在刚柔交合、雅俗中和与音律并风骨相兼,也就是词体新貌与诗学传统的交合,那么,南宋词风的演化则体现出于北宋整合之势中更求逸品格调的价值取向。正是在这个意义上,我们可以说,两宋词风之递传,亦递变之谓,亦递进之谓,而递进又意味着偏取。

　　不过,这里隐藏着一个问题:如辛词者,其豪壮之体何以颇受非议呢？难道真是时运作祟,使江南词人无复豪迈气概了吗？当然不是。过去有一段时期,论南宋词动辄用爱国词人、爱国词派的术语,其实,这种政治定性式的评判,是很不合理的。比如姜夔,乃至张炎,其词中分明亦有家国时事之感慨,若依此而论,当应属爱国词人,但因此一来,谁人又当在此派之外呢？不仅如此,如辛弃疾者,其词中雄境壮语所表现的,实质上是一种英雄主题,而这一主题又被纳入到"士不遇"的传统主题之中,最终造就成英雄不遇的悲凉基调。而问题的关键又恰恰在于,不管是文士之不遇,还是英雄之不遇,其感于不遇而自我解脱的方式,却是一致的,那就是寄意于诗酒丘壑之间。说得更明白些,中国士人(包括像辛弃疾这样以英雄自任者)的心灵世界中,始终有一个我爱国而国不爱我的难解课题,所以,其忠爱之忱本就是悲凉不已的,而一旦他们体会到了这一层,便会因心灵的疲惫而企希于精神的闲逸——尽管闲逸中每涵悲壮之慨。说到忠君爱国,宋人最推

---

①② 陈廷焯:《白雨斋词话》。

杜甫,而杜甫《偶题》词却曰:"法自儒家有,心从弱岁疲。永怀江左逸,多病邺中奇。"苏轼既嘉许杜甫之一饭未尝忘君国,又心企于陶渊明之萧散闲适而绝俗,看似矛盾,实则深得杜甫之心,因为杜甫原有"经济惭长策,飞栖假一枝""稼穑分诗兴,柴荆学士宜"的意识。和杜甫相比,辛派中如辛弃疾、陈亮等人,当更富英雄气概,然而,一方面,在辛弃疾看来,"算平戎万里,功名本是,真儒事",①乃视沙场功业为儒士正当事业;而另一方面,"看渊明,风流酷似,卧龙诸葛",②将儒将之壮志与田园情怀合为一体,共同塑造成江左散逸式的风流人格。以上所论,尽管十分简略,但亦足以说明,那基于忠爱功名之心的英雄壮怀,在传统的文化心理规范的制约下,是必然要导向以"江左逸"为历史原型的人格风范的,而反映在词风上,那便是转豪情壮语为逸怀远趣。唯其如此,即便是志在恢复的人物,其词学意识的深处,依然企希于清空高远的超旷境界。如张孝祥,其《六州歌头》(长淮望断)真有"忠愤气填膺"的悲壮,席间抒怀,致感重臣罢席,然而,"尝慕东坡,每作为诗文,必问门人曰:'比东坡何如?'"③当年苏轼作词而问"比柳词何如",是意在对峙争雄,而张孝祥却是意在追慕。究竟慕东坡之何种情怀格调呢?陈应行为毛晋本《于湖词》作序时说:"所作长短句,凡数百篇,读之,泠然洒然,真非烟火食人辞语。予虽不及识荆,然其萧散出尘之姿,自在如神之笔,迈往凌云之气,犹可以想见也。"又如叶梦得,王灼便指出他属于"后来学东坡者",其《水调歌头》(秋色渐将晚)曰:"却恨悲风时起,冉冉云间新雁,边马怨胡笳。谁似东山老,谈笑静胡沙。"可谓念念不忘于恢复大业。而毛晋则又指出:"石林词一卷,与苏、柳并传,绰有林下风,不作柔媠语,真词家逸品也。"④可见,萧散出尘的逸品格调,乃是诸家精神之所同归。这里,还有一个细节值得注意,叶梦得用李白诗意而深期于东晋谢安之指挥闲逸,陈亮《念奴娇》(危楼还望)

---

① 《水龙吟》(为韩南涧尚书寿)。
② 《贺新郎》(把酒长亭说)。
③ 叶绍翁:《四朝闻见录》乙集。
④ 毛晋:《石林词跋》。

亦曰："正好长驱,不须反顾,寻取中流誓。小儿破贼,势成宁问强对?"在其慷慨壮辞中,都隐藏着自我情怀的铸塑,而必须指出,恰恰是这种"谈笑静胡沙"的情怀,在本质上是与逸品人格相合拍的。明代袁宏道曾有一番精彩的议论:"昔夫子之贤回也以乐,而其与曾点也以童冠咏歌,夫乐与咏歌,固学道人之波澜色泽也。江左之士,喜为任达,而至今谈名理者必宗之。俗儒不知,叱为放诞,而一一绳之以理,于是高明玄旷清虚淡远者,一切皆归之二氏。而所谓腐滥纤啬卑滞扃局者,尽取为吾儒之受用,吾不知诸儒何所师承,而冒焉以为孔氏之学脉也。且夫任达不足以持世,是安石之谈笑不足以静江表也;旷逸不足以出世,是白、苏之风流不足以谈物外也。"①这番议论,生动地揭示了宋明理学援佛、老入儒的建构势态,而此一势态之体现于士人性情规范者,又正在任达持世与旷逸出世的契合,王安石之谈笑,白、苏之风流,乃一体之两面,共同构成了由宋人创意的"阅世走人间"的人间情怀与"观身卧云岭"的绝尘意趣的兼胜境界。这种境界,用袁宏道的话来说,就是"学道有韵"的境界。唯其如此,南渡后江南江北莫不追慕东坡词调的现象,实应当看作是一种特定文化意识制约下的产物,它已经相对地超越了时代风云,已经把人们对词艺的体认提升到解悟天地人格之道谛的高度,很多时候,已不是以词之规范论词,而俨然是以道心论词了。由此可知,不取辛词豪气者,乃出于道学气韵之见。

以道心论词,张炎便如此。其曰:"东坡词,如《水龙吟》咏杨花,咏闻笛,又如《过秦楼》《洞仙歌》《卜算子》等作,皆清丽舒徐,高出人表。《哨遍》一曲,檃括《归去来辞》,更是精妙。周、秦诸人所不能到。"苏轼《哨遍》之作,不仅以诗为词,甚至以文为词,且多是议论之语,张炎论词,本要求"景中带情,而存骚雅",何以对此词称许如此呢?无他故,道心相契而已。道心所在,要人之性情精神"玄于清虚之境",神清骨冷,超然绝尘,而后以清冷萧散之襟怀吟咏风月,纵有人生悲慨、历史感叹,亦寄寓在清丽高远的景象之中。这便是张炎以"清空"嘉许姜白

---

① 《寿存斋张公七十序》。

石的深层文化动因。而其所以不取辛词之豪壮者,也正因为豪壮之辞雄肆太过,难与道心清虚之审美物化的清空词境相融洽。的确,辛词即便在抒写闲逸之趣时也依然有"慷慨纵横"之势,如"老合投闲,无教多事,检校长身十万松"①一类的词句,便不时出现。王国维尝言,苏词旷而辛词豪,旷者可入逸品,而豪者不能,唯其如此,在视逸品为极品的文化艺术观念制约下,辛词便难免要被冷落了。当然,就像我们今天并不因传统画学每重南宗而轻北宗就因循其法而轻视北宗一样,辛派豪迈之词的价值,自有定论而无须为之申辩。不过,若从词学史的客观角度出发,却不能不看到南宋词坛之风气变迁中道心微妙的显现,因为它是比时代风云更为内在的东西。正是在这里,词风的演变递进与宋学精神和源远流长的士人心理铸造史相为表里了。

南宋词坛的总体格局,可谓豪壮者羽翼稼轩,而婉丽者从流清真。张炎不满于辛派之豪气太甚,也不满于周词之意趣不能高远,而在他看来,清真"出奇之语,以白石骚雅句法润色之,真天机云锦也"。这就又透出一个消息,为要"立于清虚之境",豪壮雄肆者须内敛其豪气而清空出之,奇崛深劲者须疏远其情思而亦清空出之。不过,道心偏取之际,却凸显出另一种词风对峙的形势,作为南宋后期词坛标举"清空"美的对峙方面,辛词与周词之间,因此便又多了一层联系。将辛弃疾与周邦彦联系起来,是清代常州词派的一大创举。周济曰:"问途碧山,历梦窗、稼轩以还清真之浑化。余所望于世之为词人者,盖如此。"②众所周知,常州派论词之宗旨,在于"寄托",而且认为,"非寄托不入,专寄托不出"。唯其如此,其所谓"问途碧山",就是从王沂孙词多咏物而重寄托的特性入手。周济评王沂孙词有曰:"咏物最重托意,隶事处,以意贯穿,浑化无迹,碧山胜场也。"足见他不光取王词之重寄托,尤看重其能"浑化无迹"。明乎此,则其所以将稼轩与梦窗并列为由南追北之中介人物的用意,才可能得以领会。周济尝论稼轩词曰:

---

① 《沁园春》(叠嶂西驰)。
② 《宋四家词选目录序论》。

"稼轩郁勃,故情深;白石放旷,故情浅;稼轩纵横,故才大;白石局促,故才小。惟《暗香》《疏影》二词,寄意题外,包蕴无穷,可与稼轩伯仲。"联系到其尝谓碧山词"惟圭角太分明,反复读之,有水清无鱼之恨"的见解,则其词学追求俨然在托意丰厚而又浑融无迹。用这个标准来衡量辛、吴两家词,前者未免意气外露,而后者未免浓缩太密。至于周邦彦的清真词,则其托意每在就景抒写之间,是所谓比兴无端而令人联想无穷者,自然堪作诸家之归宿了。诚然,常州派周济的这种评述,未必尽然恰当。但是,倘若我们不是孤立地看待问题,而是把清代诗学讨论的总体格局和宋世诗学建构的基本走向联系起来,从而在诗学自觉的大背景下来分析词坛形势,周济此论的意义就容易被发现了。在这里,应分两个系统来讨论相关的问题。其一,宋初梅尧臣提出"状难写之景如在目前,含不尽之意见于言外"的诗美理想,待张戒论诗之际,分明接力此说而将其概括为"隐秀"诗美。"隐秀"概念,本中古刘勰所倡,经宋人之再阐,遂使中国诗学史上比兴言志的传统和"窥情风景"的传统实现了历史的整合,自此以后,源自《诗》《骚》的美刺比兴原则和兴于中古的穷情写物原则便彼此融合为一体,从南宋杨万里的"句中池有草,字外目俱蒿",[1]直到清代王夫之的"以写景之心理言情,则身心中独喻之微轻安拈出",[2]中国诗学的理想规范,正可用周济"北宋词多就景叙情,故珠圆玉润,四照玲珑"的话语来表述。其二,清代诗学界有关于"神韵"的论争,王士禛以逸品为神韵之旨归,其精神与浙西词派论词而分宗南北、并唯尚南宗者相一致,而与此同时,翁方纲《神韵论》针对王士禛之说而发难,以为"神韵"者,"正是谓涵盖万有也,岂以空寂言耶?"王氏于"神韵"颇专,倾心于"清音"一路,此正与张炎标举"清空"的意旨相合,这种"清音",又以其所称许之"字字入禅"的意境为形象表现,体现着老、庄与般若之学的精神影响所造就的所谓"天机清妙"的哲思诗韵,唯其如此,反对唯取空寂的神韵论者,便主

---

[1] 《和李天麟二首》之二。
[2] 《夕堂永日绪论内编》。

张包蕴丰富的空灵,也就是用丰富的寄托内容来充实空灵的意境,而这种诗学倾向,显然与常州词派由南宋之清泚返北宋之秾挚而借托意之妙来履践此志的意向相近。不言而喻,唯其注重寄托,便自然接续儒家诗学传统,从而也就与颇入释老庄禅之道者形成对峙。以上两点既然已经说明,则清代浙西与常州两派分别宗南宋北宋的诗文化背景就凸显了出来。而问题的症结还在于,作为魏晋以后又一个崇尚思理的时代,宋代文化精神的建构,乃是儒、道、释之整合中深含着义理执拗与神情超脱的激烈冲突,冲突的结果,便是既追求高旷萧散之趣又追求沉厚奇崛之志,当其与诗艺词艺相统一时,遂又生成了以清丽之境表清远逸趣的创作范式和以实境感受寄风雅之志的创作范式。两种范式,往往同时体现在一个作家身上,但若就其主调胜场而言,则又可以分判出派系流别。也正是在这个意义上,常州派理出清真、稼轩一派以对峙于东坡、白石一派的词史眼光,便具有揭示两宋词风演变之真相的价值,而并非全出于宗派门户之意气。

当然,在所谓两派对峙的格局中,仍然需要把握其相对处于主流的东西。就南宋词坛而言,诗骚风雅的格调终不似清空逸品的格调为士人所崇尚,这是因为,词入南宋,无论声腔辞情,都更带文人雅士特性,而支撑着文人雅士之人格自塑的宋学义理,毕竟倾向于对晋宋雅意之风流萧散的阐扬。

作为本文的结语,有以下几点需要强调:一、对柳、苏对峙之形势的清醒认识,须以不拘门户的兼容意识为前提,并且要运用一种藉竞争而彼此交合的历史眼光,尤其是柳、苏对峙之势已成词坛事实之后的整体形势,只有以两极运作而多元辐辏的方式来概括描述,才不至于偏执一端;二、说周邦彦的清真词具有兼取柳、苏的整合性词史地位,其实只能是在这样的意义上来说,那就是,它毕竟是以合乎当时人们关于词体本色之观念的方式来实现这一整合的;三、清真词地位之盛其实是在南宋,因此,张炎标榜白石词的努力便可视为南宋词坛新兴的对峙现象。对峙,依然意味着争雄角胜,但其理性的支撑体却在于超越于时代风云的清流意趣。唯其如此,和北宋之兼取性的整合相比，南宋"清空"之词旨固然有偏取之势，但这种偏取的根源却不在一时偏安的时代心理；四、苏、辛之体相亲而异，周、姜之体亦相亲而异，缘此，又有了苏、姜之超逸和周、辛之沉厚，这种错综交合的形势，正是词学深入发展的必然现象，而要想理出词学史的清晰脉络，则又不妨借助于对深广之诗文化背景的参照。

词体:两大声律系统的复合

所谓两大声律系统,是指以声韵格律的讲求为基本标志而分别形成五、七言律诗和四、六言骈俪两大走向的演化系统。本文关注的焦点,是这两大声律系统——辞章诗赋与词体以句式建构为中介而发生的历史联系。为了使讨论有一个约定的规则,我想在开始时就说明,在对有关句式建构的考察分析中,我主要从基本句式入手,例外情况不在讨论之列。

一

《诗经》《楚辞》共同构成了中国诗歌史辉煌的开端。这已是无可置疑的事实。但是,从基本句式的角度考察,这两者显然都不能与后来勃然兴盛而终于蔚为大观的五、七言诗体直接接轨。看来,这中间出现了些问题。古人的辨体之论,如刘勰《文心雕龙·辩骚》云:"固已轩翥诗人之后,奋飞辞家之前。"其《诠赋》又云:"及灵均唱骚,始广声貌,然则赋也者,受命于诗人,而拓宇于楚辞也。"分明已指示出由《诗》而骚而赋这样一种体式递变的轨迹。更有意思的是,钟嵘《诗品序》尝言:"自王、扬、枚、马之徒,词赋竞爽,而吟咏靡闻。"也就是说,那"受命于诗人,而拓宇于楚辞"的赋体,在崇尚五言诗体的中古诗学家看来,分明不是诗。也就是说,诗的源头竟然流向了散文的长河,这毕竟有点出人意料。若细心推求,其间演化变异的关键,恐怕正在所谓"奋飞辞家之前"的"辞"。我以为,"辞"的文化历史底蕴的核心内容,即人们通常所说的"春秋辞令"。在春秋赋《诗》的特定人文环境中,以四言为基本句式的诗歌韵语消解在政治文化的辞令运用之中了。它的消解,意味着变化重构,意味着转型创造,于是,当《诗》体和继之而兴的《骚》体以文本形式垂范后世的同时,文化历史的熔炉又将二者铸塑成新的体式,那就是辞令家的辞章与辞章之美。最确凿的证据是,屈原本人就是辞令家。《史记·屈原列传》云:"屈原既死之后,楚有宋玉、唐勒、景差之徒者,皆好辞而以赋见称,然皆祖屈原之从容辞令,终莫敢直谏。"楚辞作家,既是辞令家,其辞令之美,又与赋《诗》的修养有关,所谓"不学《诗》,无以言"(《论语·季氏》),因此,由《诗经》而《楚辞》而汉赋,一方面是"诗人"转型为"辞家",一方面则是《诗经》与《楚辞》的基本句式历史地复合为以四、六言为基本句式的辞赋体。

初看去,就像钟嵘不以辞赋为吟咏之体那样,四、六言的文体与五、七言的诗体自兹便分道扬镳了。其实未必。因为齐梁之际的声律论就是包容诗文两体的。换言之,倘说上古时代的辞令风习导致了诗骚因赋诵之别而裂变为二,那么,中古时代的声律则自觉地导致了辞赋之文与吟咏之诗因共求声律而合二而一——当然,起初只是一种趋势而已。再言之,由于辞赋者亦"受命于诗人",讲求辞令之美,故辞赋的秉性中已有诗心的因子。当它又逢声律讲求的机缘时,便自然会萌发出与诗声韵相投的激情。魏晋以来,所谓文学的自觉,其实有着两种相反相成的指向,一方面,自曹丕而陆机而挚虞,渐成文体别异之学,且有日渐精密之势,终于出现了刘勰《文心雕龙》中全面系统的文体论;而另一方面,声律学的自觉,则又在此求异的趋势中复生出趋同的意向,即《文心雕龙》所曰:"今之常言,有文有笔,以为无韵者笔也,有韵者文也。"(《总术》)此所谓"韵",当然兼指情韵与声韵,"绮縠纷披,宫徵靡曼,唇吻遒会,情灵摇荡"(萧绎《金楼子·立言》),不过,情韵无形而声韵有迹,情韵无规矩而声韵有法则。声韵声律的讲求,就这样为诗与赋、诗与骈文,骈文与赋的相互渗透交织提供了有形的媒体。"自建安以后,诗人多'以赋为诗',自曹植至大、小谢多有之;而不少作家则往往'以诗为赋'。"(吴小如《说"赋"——〈中国历代赋选〉序言》)如为世人所喜欢的六朝抒情小赋,便多有诗赋交织之体,而所谓交织,归根到底,即是四、六言句与五、七言句基本句式的复合,像庾信的《春赋》等。一般说来,齐梁诗固讲求声律,但近体律诗的定型,还要等到唐代。无独有偶,几乎与五、七言律诗严格成型的同时,唐代骈文以及作为其副产品的律赋,也严格定型为四、六律句。孙德谦《六朝丽指》云:"吾观六朝文中以四句作对者,往往只用四言,或以四字五字相间而出;至徐、庾两家,固多四六语,已开唐人之先,但非如后世骈文,全取排偶,遂成四六格调也。"大凡物至于极而必求新变。骈文律赋的四六格局,与律诗的五七类型,体现着汉民族文学语言在声律美建构上的奇偶两系,它们各自的定型,便意味着分别建构的圆满完成。接下来,自然是如何新变的问题了。在律诗中,遂有了排比声律的长篇排律和以古体句法入律的拗体律诗,不过,尚没有冲破五、七言体的齐言规范。倒是赋体作者之中,"甚而或以五七言之诗、四六句之联以为古赋者"(《文章辨体序说·古赋·唐》)。试将此种现象与六朝抒情小赋或参四六句式与五七句式而用的现象联系起来,就不难得出结论,伴随着格律诗、格律文的成熟,源出《诗》《骚》的四六句式和汉魏兴起的五七句式,分明有分道扬镳且又暗自复合的态势,真可谓分久必合、分中有合。

以上所论,表面上自然与词体的兴起成型无关。但是,如果我们不想割断历史的话,那就不能不注意到,作为一种声律声韵追求历程中的历史经验和创作传统,它们必将影响到文人词家的创作活动。历来研讨词体者,每泥于"倚声"之义而立说,以为"倚声"者必倚曲谱之谓,因此,词体之句读长短,也就只能是"依曲拍"而定了。殊不知,即使是"依曲拍"而定,但观词体之句式建构,亦不能不与上述的经验与传统有密切联系,我们固然不能过分强调这种因素的作用,但鉴于其长期被忽视的事实,却又不能不格外地予以强调。

那么,这种藉词体兴起而使格律诗的五、七句式与格律文的四六言句式参融复合为词体的文学史发展趋势,是否有清晰可见的轨迹留存呢?回答是令人遗憾的。其实,这种情形,完全可以想见。众所周知,词体初兴之际,是大雅君子不屑正视的小艺,纵有乐此不疲者,也往往讳莫如深。与此同时,自中唐古文复兴,骈俪之作,渐受冲击,虽善之者迷恋如故,在观念上却不多张扬,这种种情势,遂使格律诗文奇偶句式的复合近乎疑案或谜案。尽管如此,若细心寻绎,仍然可见其蛛丝马迹。上文已经说及,《诗》体《骚》体亦分别以文本形式垂范后世,因此,四、六言诗,也就历代不绝。而在声律论导引下的诗歌格律化历史运动中,此二者却大大地被冷落了。人们几乎没有听说过四言律诗。至于六言律诗,数量也少得可怜,《全唐诗》所收六言诗,据统计,不过七十余首,相对于近五万首的总数来说,几乎可以忽略不计,更何况,这为数可怜的六言诗又并非全是律体哩![1] 个中缘由,盖因四言六言的律化已被骈文律赋占尽风流。这便是历史演化过程中的自然分工。不过,一旦到了词体建构的领域,形势便大不相同。龙榆生《唐宋词格律》所收 153 个词调中,含六言律句者 91 调,几乎占总数的十分之六。可见,在除却词体依曲拍(这一点后文将有讨论)为句这一因素的情况下,在声律美讲求的历史延长线上,词体呈现出合奇偶句式以自塑的明显特性。据考察,并不多见的六言诗的格律化,主要是在中晚唐时期,而这一时期,恰值文人诗客尝试作词。这就意味着,六言诗的格律化是与词体格律句式的建构尝试相关的。检阅初期词调,多有五、七言与六言互用的现象,或者同一词调分别有五、七言体和六言体,或者一调之中五、七言与六言交织。如《渔父辞》,便有七言四句(又称《渔父引》)与六言三句两体;如《三台》,便有五言四句、七言四句与六言四句三体,其中韦应物"冰泮寒塘始绿"一首,前人或以为是六言绝句;又如《何满子》,便有五言四句与六言六句两体;如此等等。这种一调多体的现象,乃词体建构之初的必然。问题在于,和律诗建构之初的形势相比,其奇偶句式并重而兼容的势态,格外引人注目。不仅如此,随着由小令而长调的历史发展,词体中偶数句律的采用亦由

---

[1] 关于六言诗的问题,请参见刘继才《论唐代六言近体诗的形成及其影响》,载《文学遗产》1988 年第 2 期。

六言而扩至四言,甚至明显地呈现出与四六格调的亲近和神似,这就提示我们,词体中偶数句律的渊源,显然已超出了格律诗的范围而扩大至于格律文了。如果再考虑到晚唐五代以来正是骈俪辞章大为流行的时期,其间的运会消息,更是不难领悟了。

二

词作为长短句,其体式特性,便是句式长短参差,变化多样。然而,变中又有不变,其基本句式,乃有规律可循。所谓"基本句式",可分两方面说:一方面,是指词之句式建构虽"依曲拍为句",但又不失其基础构架,也即具有相对守恒性和独立性;另一方面,则指其大量反复出现,且作为各种句式"建构基础"的句式类型。以下,我将分别作些简要的说明。

清人吴衡照早就说过:"或前词字少而令多之,则融洽其多字于腔中;或前词字多而令少之,则引伸其少字于腔外,亦仍与音律无碍。盖当时作者述者皆善歌,故制辞度腔,而字之多寡、平仄参焉。"(《莲子居词话》)不言而喻,这便是"依曲拍为句"的相对性之所在。唐代之声诗,不拘曲调之别而多取七言绝句歌之。唐宋词中,调一而体二、三乃至于十余者亦屡见不鲜,凡此都证明,词者,非仅为歌词也,它和今天我们所说的歌词有着巨大的区别,它本身实际上是又一种新兴独立的句律长短相参的格律诗。认清这一点十分重要,它不仅能使我们在分析倚声填词之法时不至于胶柱鼓瑟,而且能提醒我们在寻索句法源渊时必要审时度势。如汪森《词综·序》尝曰:"自有诗而长短句即寓焉。《南风》之操,《五子之歌》是已。周之《颂》三十一篇,长短句居十八。汉《郊祀歌》十九篇,长短句居其五。至《短箫铙歌》十八篇,篇皆长短句。谓非词之源乎?"若依汪氏此说,则唐宋词所依之燕乐的曲拍特征可以忽略不计,更何况他还有一个更大的忽略,三代两汉之长短句歌诗,形成在声律学的自觉之前,而词体之长短句律,却以精于声律的自觉呈示了其理当被纳入声律自觉系统的赋性。在这个问题上,近人刘永济所论颇为精彩，其《词论·通论》曰："相间、相重之美，唐人近体已胜于汉魏五言。惟是近体，章有定句，句有定字，长于整饬而短于错综，其弊也拘，能常而不能变者也，故其道易穷。而词体承之以兴，参奇偶之字以成句，合长短之句以成章，复重而为双叠，演而为长慢，字句之错综既已极矣。而五声从之参伍其间，变乃无穷。故词之腔调，弥近音乐。其异于近体而进于近体者，在此；其合于美艺之轨则而能集众制之长者，亦在此。"既言"集众制之长"，则骈四俪六者应亦在内。刘氏已认识到词体"参奇偶之字以成句，合长短之句以成章"，却没有进一步指出，此一参合运动的基础——或者换句话说，它的历史渊源和文学传统究竟是什么。近体分五律七律，其间壁垒森严，而词体则参合用之，这是显而易见的。然而，其四六句律呢？倘说六言句律来自六言律诗，那么，四言句律呢？诗歌史上有四言律诗吗？可见，"众制之长"当包括古文的对立物——格律文。

　　或许有人要说：词中句式，从一字句到十一字句不等，又岂能用五七句律与四六句律的互补复合来概括？这就要涉及我们所说的"基本句式"的另一重旨意了。窃以为，我们在讨论这一问题时，必须注意到以下两点：第一，词中句式尽管从一字句到九字乃至十一字不等，但就出现频率高这一点而论，便可以划出一个句式长短变化的基本范围，也就是说，"各种长短句中，以三言至七言为绝大多数，一言句最少，二言八九言也是少数"，[①]可以发现，这种从三言到七言的基本变化范围，是与中国格律诗文五七言四六言整合而成的句式范围基本吻合的；第二，词体每句内部的建构方法，又要比律诗自由，一般来说，非拗体的五七言律句，多取"上二下三""上四下三"式，而在词体中，同样的五七句律，却可作"上三下二""上三下四"，或者径直作"上一下四""上一下六"，也就是说，当首一字是领字时，一些五七句律便转化为四六句律了。这就像词体中的八九言句其实往往是"上一下七""上二下七"一样，超出于七言范围者其声律规矩仍在七言之中，而五七言句律

[①] 谢崧：《诗词指要》，中华书局香港分局1979年版。

自身又每向四六句律切近。最终,不妨用五七言四六言的奇偶参合来概括。当然,这里还有个三字句的问题。但我认为,由于这种五七句律与四六句律的复合,实质上是格律诗与格律文的复合,从而也就必然要带有一定的文体化倾向,即便是唐代骈俪以四六定格以后,其行文句式也比齐言律诗自由得多,因此,用词体句式每有逸出四言至七言范围者来否定此间的声律复合现象,是不足以服人的。

何况,作为文学史研究对象的词,毕竟是文学作品,毕竟是诗。唯其如此,对其句式建构的分析,就不能不考虑到意象单位之相对独立的因素。即以宋人誉之为"百代词曲之祖"(黄升《唐宋诸贤绝妙词选》卷一)而相传为李白所作的两首词而言,其《忆秦娥》一阕中的"年年柳色,灞陵伤别"和"西风残照,汉家陵阙",就体现出与往昔四言诗不同的意象塑造特征,并与同调中的奇数字句所塑造的意象构成相得益彰的整体效果。尤其是在长调慢词发达以后,四六句律后来居上,而词中相对独立的意象单元亦往往以四六句律出之。试举数例以示范:如柳永之"远道迢递,行人凄楚,倦听陇水潺湲""未名未禄,绮陌红楼,往往经岁迁延"(《戚氏》)、"东南形胜,三吴都会,钱塘自古繁华""烟柳画桥,风帘翠幕,参差十万人家""羌管弄晴,菱歌泛夜,嬉嬉钓叟莲娃"(《望海潮》)、"鹜落霜洲,雁横烟渚,分明画出秋色"(《倾杯》);如苏轼之"纨如三鼓,铿然一叶,黯黯梦魂惊断""古今如梦,何曾梦觉,但有旧欢新怨"(《永遇乐》)、"人间如梦,一樽还酹江月"(《念奴娇》);周邦彦之"暮雨生寒,鸣蛩劝织,深阁时闻裁剪"(《齐天乐》);姜夔之"淮左名都,竹西佳处,解鞍少驻初程"(《扬州慢》);史达祖之"做冷欺花,将烟困柳,千里偷催春暮""隐约遥峰,和泪谢娘眉妩"(《绮罗香》);如此等等,不一而足。明眼人一看便知,这些相对独立的词意成分,其语言结构的方式乃至于遣辞达意的方式,都和骈俪之文相似,或者,换句话说,无论在语言形式还是词意情韵上,都得骈俪之美。况周颐尝曰:"'诗余'之'余',作赢余解。……词之情文节奏,并皆有余于诗,故曰诗余。"(《蕙风词话》)如果说词体之情文节奏固有承诗而来的佳绝之处,那么,其所以能再有"赢余"者,无非能得骈俪之情文节奏耳。

必须说明,能得骈俪之美,并不等于直接以骈文入词,而是说,词体之兴盛,为文人诗客提供了一次历史性机会,使他们有可能借讲求音律之美的契机而使以往声律美讲求的艺术经验得以历史地整合,而此艺术经验显然是包含格律诗与格律文两大系统的。若历史地看,律诗的对仗稳称,本与骈文相共,甚至可以说是受骈文的影响而生成的。陆辅之《词旨》摘名家词之对句以为示范,其所摘引者几乎全是四言对句,仅此一点,就可说明,词体创作的经验汲取,已超出五、七言律诗而进于辞赋骈俪之域。中唐倡复古文,宋代更是古文发达,但这并没有使人们失去对骈文的兴趣。程杲便道:"俗儒执韩子文起八代之衰,遂谓四六不逮古远甚,不知国家制策表笺,有必不能废此体者。即如柳、欧、苏、王,文与韩埒,而集中四六,典丽雄伟,何尝不与古文并传。"(《四六丛话序》)无论如何,存在着这样一种可能,正因为词体在当时并不被确认为庄重之体,所以,颇受古文家非议的骈俪文反觉与之相亲,于是,便自觉不自觉地浸润渗透到词体之中了。如前文所述,尽管《诗》《骚》之体历代有人仿作,但在历史活力推动下的直接演化物却是辞赋与骈文。值得注意的是,尽管人们在习惯上把汉赋看成是由楚辞变化发展而来,但赋中大量出现的俳偶形式,却分明四言出之,这就意味着,赋的重要作用之一,正是合四言六言于一体。四六句式本身的条件,使其很快酝酿出对仗排偶的语言风格,于是,在六朝声律藻采美学自觉的时代,才出现了俳赋与骈文的成熟。"在整个南朝,随着骈体文的成熟过程,这种文体形式,影响愈来愈大,应用范围越来越广,除了表章奏疏、箴铭论赞外,写景,抒情,叙事,理论著述,日常交往文字,几乎全都骈化,而且散文各种内在因素的发展也都和骈体结合在一起,在骈体的形式内体现出来。"[1]值此之际,律诗也正在酝酿之中,故其内在的各种因素便潜藏着与骈体结合的势能。只不过,要使潜能释放为功能,还需要必要的条件。至少,第一,要等到律诗成熟而有待变创;第二,要等到词体兴起这一契机的出现;第三,要等到骈体因受到

---

[1] 刘振东、高洪奎、杜豫:《中国散文发展史》,中州古籍出版社1991年版,第251页。

冲击而萌生出另觅出路的冲动。而所有这些条件,到宋人那里,全然具备了。还在晚唐五代,正当文人词酝酿之际,其时辞章亦"华而不实,取其刻削为工,声律为能"(柳开《河东集》卷五《上王学士第三书》),欧阳炯为《花间集》写的序文,就是一篇精丽工致的四六骈文。很难设想《花间集》的序文会是一篇古文!在当时,诗词殊科的观念,已同古文与骈文对立的观念实现了同构。尽管如此,指斥骈文"忘于教化之道,以妖艳相胜"(《文章论》)的牛希济,亦是花间词派中人。可见,"非章句声偶之辞,不置耳目"(穆修《河南穆公集》卷二《答乔适书》)的时代风气,也正是"艳科"小词不致夭折的温床。当然,晚唐五代词毕竟只是小令,作为唐人声诗与宋人慢词的过渡,还带着唐人多以诗句(尤其是七言绝句)入歌的痕迹,而四六言骈俪入境词体与五七言诗律会合的任务,则有待于北宋柳永诸家了。柳永是"变旧声作新声"(李清照《词论》)的创调大家,而他对旧声的改造,与其"雅词用六朝小品文赋作法"(夏敬观《手评乐章集》)的特殊笔法,应该说是有一定关联的,也就是在音律与声律的某种照应中实现了奇偶句式的参用复合。

胡适在他的《谈新诗》中曾说:"五七言诗成为正宗的诗体以后,最大的解放莫如从诗变为词。"我认为,胡适所谓"解放",不如称之为"开放"更恰当。由诗而词,具有开诗体之新路而集声律之大成的双重意义。解放诗体与固守声律,本是矛盾的,但文人诗客还是找到了一条以兼容求开拓的路子。从而以开放性的自律实现了律诗定型以后的格律诗体革新。并且,由于其向骈俪之体开放的运动有赖于慢词的创制,所以,也就留下了小令近诗而长调似赋这样的词体嬗变迹象。

三

句式建构,最终又是意象建构的问题,因为复合者不是简单的拼凑,作为新的艺术生命活体,它必将赋予彼此互补的双方及其复合整体以新鲜的艺术活力。

首先,传统五七言句律的语气语意和情韵意象,经过这种复合建构的改造,分明增强了其自身的艺术表现力。这里特别要提到的,还是那以四六句式为基础而对五七句律进行改造所产生的独特效果。试以苏轼《贺新郎》(乳燕飞华屋)为例,其中的"悄无人、桐阴转午""渐困倚、孤眠清熟""又恐被、西风惊绿",就既可以看作是三四句式,又可以看作是"上三下四"的七言句式,而在这种显然有别于诗律的语气语意顿挫之中,正可体味到介于诗与散文之间却又兼备两者之长的艺术情味。尤其是那种有领字提摄的词句,其韵味更自丰饶深长。如秦观《八六子》(倚危亭)中的"念柳外青骢别后,水边红袂分时",其实是由一"念"字领起两句六言对语,你甚至不妨认定第二句之首亦承上而省去了一个"念"字,于是,这也就是两句"上一下六"的七言对语了。而这一来,无形中便有对仗与单行之相生、奇数字句与偶数字句相得益彰的艺术效果了。他如周邦彦《六丑》(正单衣试酒)之"怅客里光阴虚掷",就既可以读作"怅客里、光阴虚掷",也不妨读作"怅——客里光阴虚掷",不同的语气语意顿挫,显然有不同的艺术效果,细味其词者自能知之。而同样重要的是,一句词语,竟然可有七言、四言、六言的多维解构!由此亦可见,况周颐的"情文节奏并皆有余于诗"一说,是慧眼识真的中肯之见。一般说来,如果拿同一作者的小令与其慢词相比较,定会发现,作为小令之基本句式的五七言律句,很少突破传统五七言诗之"上二下三""上四下三"的建构方式,此乃与慢词大异。黄庭坚在评晏几道词时曾说:"乃独嬉弄于乐府之余,而寓以诗人句法,清壮顿挫,能动摇人心。"(《小山词序》)看来,关于"诗人句法",人们是有着明确认识的。那么,"词人句法"呢?似乎还没有人明确倡言,这或许是因为一时间尚无规范可依吧!不过,又怎么见得不是因其变化丰富而只能以无法为法呢?宋人论诗喜讲"活法",而在词体的繁荣中,人们显然已就"诗人句法"而"死蛇解弄活泼泼"了。

其次,五七言句律与四六言句律的合理搭配造成了相得益彰的整体效果,并进一步为其他句式的安排开拓了自由空间。请试以《菩萨蛮》与《鹊桥仙》两调为例作一比较。《菩萨蛮》调,据《钦定词谱》,在唐教坊曲中即有名录,且敦煌曲中亦多见之;而《鹊桥仙》调,《钦定词谱》曰:"始自欧阳修,因词中有'鹊迎桥路接天津'句,取为调名。"同系令曲,早出者唯有五七言句律,而晚生者已参四六言七言而用之。这且不说。《菩萨蛮》调虽有五言七言两种句式,但组合搭配上缺少变化。《鹊桥仙》则不同,上下片都是在"四四六"的句式后接以七言两句,遂兼得俳偶与流走之致。不仅如此,上下片歇拍的一句七言,又都作"上三下四"的顿挫结构,这样,又令后段的奇数字句暗寓俳偶节奏,从而与前段的四言排比有彼此照应之妙。不言而喻,这种奇偶句式相间相重的结构变化之妙,在长调慢词的发展中将益发展示其形式艺术的魅力。词体非诗体可比之处,便在其几乎一调一体的多样性。又由于要相对地受到"依曲拍为句"这一因素的制约,故其间句式建构的规律很难把握。然而,只要大致地检阅一下就不难发现,其要领所在,无非有二:一是必须体现出奇偶相间之理;二是还须照顾到各相对独立单元的完整。而一个不可忽略的现象又在于,除非是像苏、辛派这些曲子中缚不住的人物,否则,词家铸句往往倒是偏重于对四言排比与四六格局的相对完整的照顾。也就是说,以诗入词或以文为词除了它的立意外,更有骈俪辞章之律。不过,尽管如此,和单纯的五七言诗律和四六骈俪比起来,词体以复合句式呈示出来的形式美,亦可叹为观止。其实,也正是这种复合,造成了突破五七句律亦突破四六格调的自由,使词人有可能应言情状物的需要而自由地遣辞造句。比如,苏轼《江城子》词中的"千里孤坟,无处话凄凉",周邦彦《瑞鹤仙》词中的"敛余红犹恋,孤城栏角",有的词谱定为四五句式或五四句式,而有的词谱便定为九言一句;又如苏轼《水调歌头》中的"不知天上宫阙,今夕是何年",有的词谱便亦定为十一言一句。这种词谱认定上的随机性,其实正是词家作词之际相对自由度的反映。倘若没有了奇偶句式参融复合的机制,这样的自由便难以设想。

再次,律诗和骈文都讲究对仗,作为其复合产物的词体,当然也讲求对仗。律诗与骈文之对,各有特点。待到词体合二而一,自然会兼得两家之长。沈义父《乐府指迷》曰:"遇两句可作对,便须对。短句须剪裁齐整。遇长句,须放婉曲,不可生硬。"况周颐《蕙风词话》云:"词中对偶,实字不求甚工。草木可对禽虫也,服用可对饮馔也。实勿对虚,生勿对熟,平举字勿对侧串字。深浅浓淡,大小轻重之间,务要侔色揣称。昔贤未有不如是精整也。"细味两家之说,一是讲词中对偶既有齐整稳称者,亦有脱化流动者;二是讲词中对偶既有不求甚工处,亦有精整工巧处。一言以蔽之,非诗非赋,亦诗亦赋,集二者之长以兴发新姿,其魅力远在二者之和以上。众所周知,自汉赋变易楚声以来,随着四言六言句的日渐其多,其对偶亦日多于散行,待到六朝骈赋和唐人律赋,则更求工于对偶。如唐人王棨《江南春赋》之"蝶影色飞,昔日吴娃之径;杨花乱扑,当年桃叶之船",便极巧思于对偶,同时,也因此而显得呆板无力。这种骈俪对偶的巧弱之病,在词体中便被克服,因为词体中的四言六言句式可由领字来打破对句的呆板。如张炎《高阳台》词中的"但苔深韦曲,柳暗斜川",如秦观《八六子》词中的"念柳外青骢别后,水边红袂分时",因有领字的摄引呼唤,便顿觉对仗工巧中复透出疏宕之气。而之所以能有如此效果,最终还是离不开词体以复合奇偶句式为能事这一点。他如蒋捷《一剪梅》之"一片春愁待酒浇,江上舟摇,楼上帘招。秋娘渡与泰娘桥,风又飘飘,雨又萧萧",两对四言成偶,而间以七言一句荡开,犹如双翼翩翩依于秋云一缕,自有对偶与散行相得益彰的好处。当然,我们此处绝无词中对偶必优于诗赋之意,只不过是想说,奇偶参用的词体句式,对对偶艺术来说,亦将不失为开拓新宇而另铸新姿的前提和条件。

最后,参奇偶句式以为体的词,在情景交融的艺术追求中,可以说具有得天独厚的优势。必须看到,"骈文所以能在描写文学中占据重要一席,正靠充分发挥这个特点。严整的格式和有限的地位迫使骈文作家千锤百炼,惜墨如金,把单词的表现力量提炼到最大强度"。[①] 像苏轼《赤壁赋》中"山高月小,水落石出"这样的句子,若换用五七言诗句出之,必不能有如此精炼凝粹的效果。早在陆机作《文赋》之际,便

---

① 吴兴华:《读〈国朝常州骈体文录〉》,载《文学遗产》1988年第4期。

有"诗缘情而绮靡,赋体物而浏亮"的意识,而词体之兼工情景,可谓合诗赋之长了。尤为重要的是,在穷情写物方面,五言诗与七言诗本各有所长,而辞赋骈文与诗体又各有所长。五言诗比七言诗多几分凝练,来得简明;七言诗比五言诗多几分曲折,来得丰润;四六文之写情状物,又易于铺排形容。凡此,熔铸于词体一炉,自然有和羹之制。这层道理,本是不待例证而自明的。不过,略举一例,却可使此间的讨论来得生动些。如周邦彦《兰陵王·柳》一词中的"渐别浦萦回,津堠岑寂,斜阳冉冉春无极"三句,历来为评者所称道,其中,"别浦"四言两句,以对仗状景,有强调效果,前面又冠以"渐"之领字,不仅突破了偶句的呆滞,而且暗示出漫长的情感时间。这种暗示,又由接下来的七言一句化为直觉形象,遂使寂寞空旷的情景向时空无极处弥漫。试想,若去掉领字之"渐"字而只取四言对句,或改为五言两句,怕是不会有这种既洗炼又排比的情韵吧!《织余琐述》云:"蕙风尝读梁元帝《荡妇思秋赋》,至'登楼一望,唯见远树含烟。平原如此,不知道路几千?'呼娱而谓之曰:'此至佳之词境也。看似平淡无奇,却情深而意真,求词词外,当于此等处得之。'"况周颐之意,当然是指"境界"。但我们却要补充说,"境界"和句式是有着必然联系的,词体至柳永而始以大量长调开拓局面,其句式亦相应渐多四六偶句,而评者亦谓柳词雅体之写法如六朝抒情小赋。如果说此前词家尚多"诗人句法",那么,"词人句法"的形成过程,就必然带有参合诗赋的性质了。而一经参用复合,便生出新的活力,是兼容更是超越。此诚如沈祥龙《论词随笔》所云:"史梅溪之'做冷欺花,将烟困柳',非赋句也;晏叔原之'落花人独立,微雨燕双飞',晏元献之'无可奈何花落去,似曾相识燕归来',非诗句也。然不工诗、赋,亦不能为绝妙好词。"非诗句赋句,亦诗句赋句,晏殊两句,分明就是其《示张寺丞、王校勘》七律中的颈联,此中蕴含着深刻的艺术辩证法。但无论如何,参奇偶句式以为体的词,因此而赋予自身以穷情写物的新特长,却是任何品词有得者必然认同的结论。

至此,让我们再回到"长短句"这个概念上来。我以为,在整个中国诗歌韵文发展史上,"长短句"现象是始终存在的,但是,我们必须看到,"长短句"现象又可以分作自发而无序无律,与自觉而有序有律两种。二者自然互相依存,但又各自独立。就词体来说,作为其天然源渊的敦煌曲子,就具有无序无律性。因为其句式不定、韵脚不定。而作为其另一源渊的声诗,便具有有序有律性。这样,当我们从有序有律这样一种文学史的角度来考察时,一方面,便不能不在诗词递变上多加关注;另一方面,由于有序有律者尚有律赋骈文之韵章,故亦不能不在诗赋复合而为词上多加关注。作为文学史的复合运动的机制,其中既有文本范式的作用,又有创作经验的作用。有形与无形同时施加影响,时序之运会又暗中促动,终于,导致了合奇偶句式以造格律丽辞之美的词体繁荣,并使缘情体物情景交融的诗美意志找到了臻于新境界的有效途径。当然,必须声明:第一,强调合五、七言诗律与四六言骈俪以成词体,绝不意味着否认"依曲拍为句"的词史事实,只不过是因为人们历来只讲后者,故特以强调前者就是了;第二,就像古文的复兴并没有使骈俪辞章自兹消亡,而词体的繁荣也没有使诗体衰微一样,艺术的复合运动,虽具有历史集成的意义,但最终也只是以其新创之体来补充发扬既有的传统体式;第三,继词兴之后又有曲之兴盛,倘说由诗到词是一次"开放性自律",那么,由词到曲,更是又一次"开放性自律"了。总之,艺术体式不像中国封建王朝的更替,此起则彼伏,我兴则你亡,而总是在传统整合与新体创制中日益走向繁荣。

第三辑

- 论汉魏"清峻"风骨
- 论儒家"风骨"的清虚化
- "在事为诗"申论
- 道德文化的生成与异化
- 自然之道与雕缛成体

论汉魏"清峻"风骨

在中国文学史上,"汉魏风骨"无疑是一个影响深远的批评概念。一般情况下,人们都把"汉魏风骨"视为"建安风骨"的同义语,从而将其所以产生的历史土壤确定在汉末建安这一特定的历史时期。殊不知,"汉魏风骨"的"汉",绝不应该只认作局部的"汉",而有必要从两汉历史的整体上去把握。"风骨"之美,作为一种整合了士风与文风的精神规范,实际上不能不是先秦士风的延续,经过两汉世情的塑造,终于在汉魏之际形成气候。当我们从"清"美文化的源头顺流而下,经过元典创造的先秦时代,便迎来了思想一统的秦汉时代,历史在这里有一个巨大的变化,强有力的政治性整合像地球引力一样使所有的思想观念和文化习俗都具有了政治向心力,并因此而形成了对前此思想文化的历史大总结。不言而喻,这种总结必然是一种大一统式的总结,如同结历史之旧账。如《淮南鸿烈》于道家思想文化,如《春秋繁露》于儒家思想文化,如《史记》《汉书》于史家思想文化,等等,都是具体之表现。不过,大一统的历史性大总结并不意味着万有归一式的思想化简,其间尤其包含着价值系统建构过程中的原创性思考,其意义是繁盛的盛朝气象和终有一天它会衰亡的衰弱景象所遮蔽不了的,也是"天人合一"的伟大意念所替代不了的。回味漫长的思想文化历史,咀嚼古人精神评价的特殊话语,我们不由得要超越建安时期而往上追索,以便真正在大历史背景下理解"风骨"这一关键范畴的丰富内涵。

刘勰"风骨"论的重读与再释
——以"气之清浊有体"为由

因为刘勰在《文心雕龙》中明确标明《风骨》之标题,所以,一切与此相关的讨论都应从这里入手,尽管人们都知道,如此一种方法难免重复之嫌——的确,仅在"龙学"范围里,有关"风骨"的讨论就已经有偏重之势!但,这并不能成为我们绕道而行的理由。问题还得从刘勰说起。

如果我们不是只看古人对原理的阐释,而是同时关注于他的具体批评,那么,其原理之发生机制便有线索可寻了。《文心雕龙》一书,其中《风骨》一篇是紧接着《体性》一篇的,故两篇之思的连续贯通之处有必要给予特殊的关注。《风骨》一篇特意提到曹丕《典论·论文》中"文以气为主,气之清浊有体,不可力强而致"的论断,而《体性》一篇又将他所总结的八种风格的发生机制归结为"功以学成,才力居中,肇自血气"。这样,其最终确认的"风清骨峻,篇体光华"的理想风格,按理就必须有"体性""血气"的内在源泉。显而易见,这里已经再鲜明不过地揭示出,元气清浊论正是其理论基础。与此同时,《风骨》云:"意气骏爽,则文风清焉。"又云:"相如赋仙,气号凌云,蔚为辞宗,乃其风力遒也。"而《体性》云:"是以贾生俊发,故文洁而体清。"倘若不是偶然,则刘勰论风骨清峻时特意列举这两个人——贾谊与司马相如,就值得琢磨琢磨了。

刘熙载《艺概·文概》:"贾长沙、太史公、《淮南子》三家文,皆有先秦遗意。"司马迁《史记·屈原贾生列传》:"自屈原沉于汨罗后百有余年,汉有贾生,为长沙王太傅,过湘水,投书以吊屈原。……是时贾生年二十余,最为少,每诏令议下,诸老先生不敢言,贾生为之对,人人各如其意所欲出。……太史公曰:'余读《离骚》《天问》《招魂》《哀郢》,悲其志。适长沙,观屈原所自沉渊,未尝不垂涕,想见其为人。及见贾生吊之,又怪屈原以彼其材,游诸侯,何国不容,而自令若是。读《鵩赋》,同死生,轻去就,又爽然自失矣。"不难看出,在司马迁的心目中,一方面,屈原与贾谊是命运相共的,是以同列一传;另一方面,司马迁通过

"太史公"语,传达了这样的思想信息:屈原以及贾谊对屈原的理解共同构成了一种意义,它正是司马迁所要阐释的人生价值和人格理想所在。刘勰在《体性》中讲的是"贾生俊发,故文洁而体清",这里之所谓"清",当然有"清""浊"识别之义,不过,在"体性"层面上,又必然有英发峻爽的精神意向,也就是一种超越于俗常的胆魄、见识和意志。其在秦汉大一统之后的时代,贾谊凭吊屈原而发出"历九州而其君兮,何必怀此都也"的感叹,司马迁撰屈、贾合传亦单独点明"游诸侯,何国不容"的主题,这样的见识,再与"诸老先生不敢言,贾生为之对,人人各如其意所欲出"的胆量相结合,分明已将所谓"俊发"的精神气质导向追求自由的思想境界了。思想个体的自由,个体思想的自由,思想言说的自由,言说思想的自由,一言以蔽之,刘勰所谓"意气峻爽",包括意志的自由驰骋与思想的自由推阐,而背后则是自我价值的充分实现。

司马相如作为汉代著名赋家,其作品素以想象和夸饰著称,刘勰《文心雕龙·夸饰》有云:"相如凭风,诡滥愈甚。"刘熙载《艺概·赋概》亦云:"相如一切文,皆善于架虚行危。"而其《大人赋》,扬雄曾有批评曰:"往时武帝好神仙,相如上《大人赋》欲以风,帝反飘飘有凌云之志。"[①]当然,从传统讽谏的原则出发,"相如赋仙,气好凌云",正应了"劝百讽一"这句话,可谓适得其反。不过,若转换一个角度,能使人"飘飘有凌云之志"者,不正是赋仙之作所应该产生的客观效果吗?这种客观上能使人飘飘然生凌云之志的文学世界,其主观上岂能没有凭虚凌云之志?而如此意志,归根到底,不正是艺术想象的自由驰骋吗?

当然,刘勰论文风之"清"而与"赋仙"之作相联系,毕竟不是偶然的。关于这中间的必然性联系,明眼人一看便知,是与道教文化的发展相关的。于是,可以提到两个关键人物:陈子昂和李白。他们尽管是后人,但所言所论却与这里的话题相关。

陈子昂在那篇几乎家喻户晓的《修竹篇序》中这样形容东方虬的《咏孤桐篇》诗:"骨气端翔,音情顿挫,光英朗练,有金石声。遂用洗心

---

① 《汉书·扬雄传》引雄语。

饰听,发挥幽郁。不图正始之音,复睹于兹,可使建安作者相视而笑。"可惜的是,多年以来,人们只关注陈子昂这篇序文的前半段,只在"兴寄都绝"处寻找微言大义,却忽略了这后半段的文辞意义。现在认真一看,就发现新问题了。

首先,所谓"骨气端翔",与刘勰"相如赋仙,气号凌云"者就有一缕神秘的联系,如果说"端"可以理解作刘勰所谓"结言端直"之"端直"的话,那么,"翔"呢? 恐怕只能是凌虚翱翔之意吧! 本来,在刘勰那里,"骨"就与文辞相关,而"风"则与"体气"相关,陈子昂所谓"骨气端翔"者,一旦联系到"体气",就很难与道教仙话脱离干系,因为陈子昂和他所处的唐代社会本就与道教密不可分。东方虬《咏孤桐篇》诗已佚,但陈子昂的《修竹篇》诗却在,诗之后段云:"信蒙雕斲美,常愿事仙灵。驱驰翠虬驾,伊郁紫鸾笙。结交嬴台女,吟弄升天行。携手登白日,远游戏赤城。低昂玄鹤舞,断续彩云生。永随众仙去,三山游玉京。"按常情常理,序文和正文是一理贯通的,序文所谓"骨气端翔",具体化为诗作正文,恰就是"驱驰翠虬驾,伊郁紫鸾笙",就是"升天""远游"。即使不沾滞于神仙想象,那种神游于白日彩云之间的意气,除了一个"翔"字也实在没有别的办法来形容。

"翔"字的社会文化底蕴,还可以从当时所谓"方外十友""仙宗十友"的道教话语中体会出来。《新唐书·陆余庆传》和《仙鉴》都记载着陈子昂与方外之士的交游,而作为"方外十友"和"仙宗十友"之一的他,不仅有着交游生活方面的需求,而且有着思想认识方面的定见,"陈子昂就在用道教哲学解释自然和历史发展的同时,解决了初唐四杰也曾苦苦思索过的时、才、命三者的关系,确认了士人用舍行藏的处世哲学"。[①] 试想,一个确认道教哲学为自己人生哲学之基础的人物,其文学观念中又岂能没有道教文化的因素呢? 翻检子昂诗句,企仙慕道之意,所在多见,而尤其重要的是,这种道教文化意识的潜移默化,必将使其本来属于儒家风雅之旨的诗学观念发生微妙的变化,如其

[①] 参葛晓音《诗国高潮与盛唐文化》第69页,北京大学出版社1998年版。

《感遇》诗所云:"玄感非象识,谁能测沉冥?"(其六)"吾爱鬼谷子,青溪无垢氛。囊括经世道,遗身在白云。"(其十一)"林居病时久,水木淡孤清。闲卧观物化,悠悠念无生。"(其十三)总之,其"骨气端翔"之主体精神,不能不是一种儒、道互补的结构。

其次,陈子昂说得很明白,"不图正始之音,复睹于兹",而《文心雕龙·明诗》云:"正始明道,诗杂仙心。"既然如此,陈子昂所谓"风骨",固然以"兴寄"为吁求,但其中也是深藏"仙心"与"玄感"的。众所周知,"正始之音"的代表当然是阮籍、嵇康,然此二公,又都是"竹林七贤"中人,从而,所谓"正始之音"者就未尝不是指"正始名士"的精神风度——通于建安作者而不同于建安作者的精神风度!

至于李白,我们要提到那首著名的诗篇《宣州谢朓楼饯别校书叔云》,其中写道:"蓬莱文章建安骨,中间小谢又清发。俱怀逸兴壮思飞,欲上青天揽明月。"不管人们怎样去理解"蓬莱文章",李白此诗所表抒的意思,已然将文章诗歌的最佳境界概括为"逸兴壮思飞"了。诗中所谓"建安骨",当然未必就是人们所说的"建安风骨",况且还有一个"中间小谢"。但问题在于,李白的文学思想,一方面是"自从建安来,绮丽不足珍",①另一方面就是"一生低首谢宣城"。② 这两方面确实存在着矛盾,已有不少学者注意到了这一点,并且认为其间实已包含着壮美与优美的矛盾组合机制。本人无意介入相关的讨论或争论,但在此想指出,在理解并阐释李白此诗之具体意蕴的时候,须切忌胶柱鼓瑟,比如,"建安骨"与"又清发",虽则给人以明显不同的风格印象,但李白接下来明明又说"俱怀逸兴壮思飞",我们怎能不注意这里的一个"俱"字呢?问题本来是很清楚的,在李白看来——实际上也就等于确认了一种适合于李白自己的理想风格,那就是汉魏六朝相通观的"风骨""清发"之美,用李白自己的语言,就是"俱怀逸兴壮思飞"。具体分析起来,所谓壮美者,又岂限于建安作风?而所谓优美者,同样

---

① 《古风》五十九首其一。
② 见王士禛《论诗绝句》:"青莲才笔九州横,六代淫哇总废声。白纻青山魂魄在,一生低首谢宣城。"

又岂限于小谢作风？何况,建安作风之与小谢作风的差异,也不是壮美与优美的泾渭分明！总之,李白"逸兴壮思飞"的形象描述,之所以与我们现在的认识显得有点格格不入,恰恰是因为我们现在对"风骨"的理解和阐释多局限在"建安风骨"的框架里,而李白他们却往往是就两汉魏晋乃至六朝统而言之的。

　　李白说"俱怀逸兴壮思飞",陈子昂说"骨气端翔",两者都是用飞翔的意象来做描述的。如上所述,从"相如赋仙"始,到陈子昂之作"方外十友"和李白被称为"诗仙",在中国古代特定的思想文化背景下,飞翔的意象因此而必然反映着道家或道教文化的信仰及心理,这一层意义是不言而喻的。而需要说明的是,所有这些以飞翔意象来描述或解说"风骨"的现象,最终都出自一种原因,那就是"气"之"清浊有体"的基本观念。刘勰论"风骨"而提到曹丕的体气之论,绝非偶然。深入分析曹丕《典论·论文》,将会发现,其在文章与体气之间,引进了一个中介物——音乐:"文以气为主,气之清浊有体,不可力强而致。譬诸音乐,曲度虽均,节奏同检,至于引气不齐,巧拙有素,虽在父兄,不能以移子弟。"已有不少学者注意到,魏晋时期文学理论之所以好用音乐为喻,其根源还在前此元气之说。[①] 而我们认为在上古,人们关于音乐文化的观念,实际上是由两个层次组成的,即"声音清浊"与"乐行而伦清"。以此对照于曹丕之说,所谓"引气不齐",显然是就"声音清浊"——完全个体化的声音清浊而言的,所以,他的"文以气为主",归根到底就是"文如其人"说。若沿着这样的思路,是不可能发展出"骨气端翔"而"俱怀逸兴壮思飞"之"风骨"观的。问题在于音乐论上的体气说很自然地就同宇宙论上的元气说相贯通了。而在古代的宇宙论中,"气之清浊有体"就意味着"道集于虚廓,虚廓生宇宙,宇宙生气,气有涯垠,清阳(扬)者薄靡而为天,重浊者凝滞而为地。清妙之合专易,重浊之凝竭难,故天先成而地后定。"[②]这种元气混沌而清浊分异为天

[①] 参张伯伟《中国诗学研究》第 215 页《略论魏晋南北朝时期音乐与文学的相互关系》,辽海出版社 2000 年版。

[②] 《淮南子·天文训》。

地的宇宙生成观念，原是人们所熟知的，而正是这里的"清扬"与"重浊"之分，从深层观念上确定了元气清扬而飞翔的思维定势。完全可以这样说，轻扬而飞翔，高引而升腾，但凡所有指示向上一路者，都将与"清"之概念有缘了。意气峻爽，是向上一路，慷慨激昂，也是向上一路，凌虚缥缈，也还是向上一路，在这个意义上，"风骨"之美，最终也只能概括为令人振作奋发而使意气飞扬的审美体验，前所谓吁求思想自由和体味想象自由者，因此而应该侧重于自由方面，一言以蔽之，"风清骨峻"之"风清"即精神自由翱翔之谓也。

当然，至此我们绝不能忽略"风清骨峻"之所谓"骨峻"。请注意刘勰《文心雕龙·风骨》原文之表述："昔潘勖锡魏，思摹经典，群才韬笔，乃其骨髓峻也。"同书《诏策》又曰："建安之末，文理代兴，潘勖九锡，典雅逸群。"依据这里的例说，所谓"骨峻"者，主要就是一个取法经典而文辞典雅的问题了。我想提请人们关注，刘勰在具体说明"风骨"之义时，竟并举"潘勖锡魏"和"相如赋仙"为例，对于习惯于从愤世嫉俗角度来理解"风骨"的人们来说，这确有点出乎意料。其中，事关"结言端直"的文章之"骨"，无论是"九锡"还是"赋仙"，都与我们惯常所说作家的社会责任感与历史使命感无关，甚至都带有一点歌功颂德、奉承劝进的意味。面对如此情形，该如何解释呢？我以为，这只能说明我们以往所习惯的眼光和话语太偏重于社会政治意义了，而刘勰之《文心雕龙》论"风骨"，反倒是专注于文章本身。

这里有一个非常典型的例子，那就是对屈原辞赋的评价。在我们现在的文学批评话语中，屈原辞赋正是所谓"风骨"之美的典型体现，因为其抒愤笔法与忧患意识正与后来所谓"建安风骨"的精神相通。而在刘勰那里，却是这样说的：首先，如众所周知者，以"典诰之体""规讽之旨""比兴之义""忠怨之辞"为合乎风雅，而以"诡异之辞""谲怪之谈""狷狭之志""荒淫之意"为异乎经典，从而鲜明表述了其取法风雅经典的基本标准；其次，则又曰："观其骨鲠所树，肌肤所附，虽取熔经意，亦自铸伟辞。"一般的理解，是把这里的"骨鲠"讲作文意，而把"肌肤"讲作文辞，我却不以为然。我认为，这里的"骨鲠"乃指"取熔经意",而"肌肤"乃指"自铸伟辞",也就是说,"骨鲠"为主,"肌肤"为辅。归结为"风骨"论,毕竟还是在强调"取熔经意",岂不闻其《风骨》篇有云:"周书云:'辞尚体要,弗惟好异。'盖防文滥也。然文术多门,各适所好,明者弗授,学者弗师;于是习华随侈,流遁忘反。若能确乎正式,使文明以健,则风清骨峻,篇体光华。""风骨"之美,总是要确认一个经典模式的。

至此,可有以下结论:

《文心雕龙》之"风骨",与后来唐人所倡导之"风骨",并不完全相同,如果说刘勰言下之"风骨"可谓古典美学"风骨"论之原初形态,那么,其基本特征之一,就是以此一范畴来概括自文明以来所有文辞创作的风格构成原理。唯其如此,"风骨"在原生意义上是与"风格"一词相通的。亦唯其如此,我们务必明确"风骨"理论之广、狭两义之间的历史关系。而就其广义言之,刘勰所强调的内容,大体有四:其一,"风骨"之美是个性个体之禀赋与文明世界之传统的有机结合,而恰是在这种结合的过程中,个体的自然禀赋被赋予刚健有力而昂扬奋发的文明精神;其二,这一个性化了的文明精神,在具体转化为文学文章之道时,又经过元气论与骨相说的浸染,最终以清气上扬而骨体端正的认识结构为框架,确定了"风骨"理论的基本思路;其三,在此基本思路上,通过对以往文学文章得失的评说,提出实现"风骨"之美的方法要领,那就是依托于经典而自铸新词,高扬其意气而骋思驰想;其四,不管是从理论阐释的角度看,还是从举例范围的角度看,刘勰"风骨"之论所涵盖的历史空间都是很广阔的,而在具体参照陈子昂所谓"汉魏风骨"和李白所谓"蓬莱文章建安骨,中间小谢又清发"的情况下,我们至少要使"汉魏风骨"包括两汉风骨在内。

楚汉风骨,如对文章太史公
——"清峻"风格申论之一

和一般意义上总是把"清"与"淡"结合起来而成"清淡"美范畴者

有别,这里我们需要进行一些新的审美风格阐释的努力。的确,在习惯的阐释系统中,"风骨"之美是不大可能与清淡格调相融洽的,但事实却是,"风骨"之美虽非清淡美系统,却属于"清"美系统,这也就意味着,"清"美系统实际上是可以历史地展开为两大走向的,而其中之一,就是这里即将进行分析的"清峻"之美。

葛洪《西京杂记》卷四云:"司马迁发愤作《史记》百三十篇,先达称为良史之才。其以伯夷居列传之首,以为善而无极也。"我们都知道,《史记》一书,其在魏晋时代,是并不受重视的,大约是从唐宋古文被提倡以来,才日渐被推到几乎经典的地位。但就是在《史记》不受重视的时代,葛洪不失为一个颇具眼力的人。如果说司马迁《史记》的文学价值主要就在于列传的话,那么,其以伯夷居列传之首这一现象,难道不值得深入琢磨一下?孟子以伯夷为"圣之清者",司马迁是否也是有意让"圣之清者"居于首位呢?如果确乎属于有意所为,那司马迁因此而表现出来的创作精神不就很值得注意了吗?

司马迁之撰人物列传,一般都是这样开头的:"管晏夷吾者,颍上人也","老子者,楚苦县厉乡曲仁里人也",如此等等,是为惯例。而作为列传之首的《伯夷列传》,一上来却是在讲述政权授受的问题,这就发人深省。在讨论《史记》之指导思想时,人们每说"究天人之际,通古今之变",此无异于总结社会历史发展的规律,与我们当今史学所强调的宗旨可谓一般无二,但问题的症结因此恰恰在于,对人类作为社会群体所具有的历史的发展来说,国家组织及其权力的延续接替,不正是最为重要的历史内容吗?如果说对于中国古代历史来说君臣关系乃是其国家政治组织的根本,那么,以"序列人臣事迹,令可传于后世"[①]为撰述宗旨的司马迁,当然就要把足以体现理想人臣之境界的人物置于列传之首了,而此所谓理想人臣境界,又必须能体现出同样属于理想境界的政权接替方式。从这个意义上来讲,司马迁列伯夷为列传之首,实在是意味深长的。

---

① 司马贞《史记索隐》。

不仅如此,整个一篇《伯夷列传》,基本上是一篇议论文字,而司马迁的思想境界也就鲜明生动地体现在这一篇议论文字之中。要之,这里呈现了作者关于"怨邪非邪"和"是邪非邪"的痛苦思考。首先,司马迁引述孔子之言:"伯夷、叔齐,不念旧恶,怨是用希。""求仁得仁,又何怨乎?"然后据《韩诗外传》及《吕氏春秋》所载伯夷、叔齐事迹,尤其是其人临饿死之际所作之歌,证明他们分明是有所怨恨的,至少,有怨与否,是一个问题。其次,针对"天道无亲,常与善人"之说,列举世间种种不合此论之现象,尤其如贤者之颜回、不贤如盗跖而其遭遇正然与所谓"常与善人"者相反,于是司马迁有"余甚惑焉"的感慨,道:"倘所谓天道,是邪非邪?"最后,还是引夫子之言"道不同不相为谋"而表示出自己"各从其志"的观点,并因此而举夫子之言以阐发其志:"富贵如可求,虽执鞭之士,吾亦为之。如不可求,从吾所好","岁寒,然后知松柏之后凋"。总之,这里所展开的思索,分明是一种与痛苦相伴随的思索,具有与先哲对话的性质,其在思想实质上,是关于社会价值和人生价值的终极思考,而所有这一切,又无非体现出一种独立思想者的人文精神。

独立的思想者,其最为难能可贵的精神,就在敢于用大于现实的思维方式去思考历史和现实。所谓大于现实,就是在价值选择上不随同于现实,也不屈从于现实,当然,也不因个人意气而嫉恨于现实。作为史家的客观态度要求他决不以个人好恶为判断史实之标准,而作为独立思想者的超越意识又要求他决不因循于既定之价值标准,这里因此就有了创造性意义上的主观与客观的统一。尤其重要的是,司马迁之作为独立的思想者,又是与其人格清浊的辨别意识相同一的,在对"怨邪非邪""是邪非邪"的难题表示了其怀疑性的思考之后,司马迁道:"举世混浊,清士乃见。岂以其重若彼,其轻若此哉?"这实质上已经非常明确地表示出了清者自以为清而浊者自以为浊的观念,也就是明辨清浊的思想观念。不仅如此,司马迁接着又道:"'君子疾没世而名不称焉。'贾子曰:'贪夫徇财,烈士徇名,夸者死权,众庶冯生。''同明相照,同类相求。''云从龙,风从虎,圣人作而万物睹。'伯夷、叔齐虽贤,得夫子而名益彰。颜渊虽笃学,附骥尾而行益显。岩穴之士,趣舍有时若此,类名湮灭而不称,悲夫!闾巷之人,欲砥行立名者,非附青云之士,恶能施于后世哉?"显而易见,这里既有"砥行立名"的人生自觉,又有"青云之士"的价值自许,司马迁不仅要像伯夷等人那样作"举世皆浊我独清"者,而且立志要使历史上湮没不闻的浊世清士因自己的努力而"名益彰""行益显"并"施于后世"。从这样的理解出发,司马迁之撰写人物列传,虽以类相从而丰富多样,但其判定人物之价值标准,最终还在清浊二字呵!

　　自从韩愈用"雄深雅健"四字形容司马迁文章风格以后,人们对两汉文章的概括也往往由此生发,于是,日久成习,却把一种更内在的精神给忽略了。司马迁《报任少卿书》有云:"夫人情莫不贪生恶死,念亲戚,顾妻子,至激于义理者不然,乃有不得已也。"此间的"不得已",正就是其于下文中讲到而又于《太史公自序》中重申的"圣贤发愤之所为作"。不言而喻,"圣贤发愤"之创作精神的倡导,确是司马迁对中国文学文章事业的伟大贡献,后世所谓"风骨"之美的精神支柱之一,也正就是这种精神。但是,"发愤"也好,"发奋"也好,都是指那种"意有所郁结,不得通其道"因此而"欲遂其志之思"的主体精神,换言之,也就是一种反作用于社会压抑的主体精神。也正因为如此,所以,其基本逻辑必然就是,社会压抑越大,反作用力也就越大,从而,自然就有了后来韩愈、欧阳修他们的"穷而后工"说。依"穷而后工"的逻辑来解释文学文章事业的成败得失,无异于确认悲剧性命运的必要性,社会时代对你的虐待,未尝不就是在成全你,这里明明有着化怨愤为动力的意味。作为司马迁本人的一种自我勉励,由于他本人已经遭受过非人性的迫害,因此就带有鲜明的自强不息的精神感召力。然而,若是作为一种普遍的创作原理或经典性的创作思想,其必然导致"穷而后工"之结论的"发愤"一说,就未免有"士不遇而文章辉光"的偏激色彩了。于是,我们就有必要为"发愤""发奋"之精神确定一种具体的思想内涵,也就是发掘出司马迁"圣贤发愤"一说的特定人文价值。其实,司马迁自己说得很明白,人都是贪生恶死的,但"激于义理者不然",关键就在这"激于义理"之"义理"。诚然,"司马迁看到了伟大的文学家和文学作品常常是在怀有崇高的正义感和远大理想的志士仁人同非正义的、黑暗势力的尖锐冲突中产生的"。① 所谓"义理"者,即此间所说"正义感"和"远大理想"。只是,和司马迁那些充满激情也充满思想的论述比起来,泛泛地讲所谓"正义感"和"远大理想",未免太肤浅了!也因此,我们需要再读其有关的文字并深入去作领会。

《史记·太史公自序》云:"七年而太史公遭李陵之祸,幽于缧绁。乃喟然而叹曰:'是余之罪也夫!是余之罪也夫!身毁不用矣。'退而深惟曰:'夫《诗》《书》隐约者,欲遂其志之思也。……'"而《报任少卿书》又云:"所以隐忍苟活,函粪土之中而不辞者,恨私心有所不尽,鄙没世而文采不表于后也。古者富贵而名磨灭,不可胜记,唯俶傥非常之人称焉。"我以为,这就像后来曹丕说文章乃不朽之盛事一样,遭受"身毁"之祸的司马迁,值此尤感"名"的价值,而这里"名"的自觉,实际上包括三方面的内容。

其一,正所谓"唯俶傥非常之人称焉",司马迁的人格自觉显然正就是此"俶傥非常之人"的自觉。如果说其言所云"激于义理"者必包括人格之"义理",那么,司马迁之人格自塑的模式,以及因此而必然导致的人物列传之性格塑造的模式,无疑都应该是"俶傥非常之人"型的。班固《汉书·司马迁传》云:"扶义俶傥,不令己失时,立功名于天下,作七十列传。"那么,这里所谓"扶义俶傥"的"义",该就是"激于义理"之"义"了吧!赵翼《陔余丛考》卷五《史记》有云:"惟列传叙事,则古人所无。古人著书,凡发明义理,记载故事,皆谓之传。"确实,如《春秋》三传,其中《公羊》《谷梁》二传便侧重于发挥义理,而《左氏》一传便侧重于记载故事了。不过,赵翼接着又道:"是汉时所谓传,凡古书及说经皆名之,非专以叙一人之事也。其专以之叙事而人各一传,则自史迁始。"而这一史书体例上的创意,难道同时不又意味着义理发挥上

---

① 李泽厚、刘纲纪主编:《中国美学史》第一册,中国社会科学出版社1984年版,第504页。

的创意吗？通过一个个"非常之人"的传奇故事，司马迁不就以形象的方式发挥了"扶义俶傥"的人格价值吗？人们早就在谈论，司马迁之写人物列传，有着为悲剧人物和传奇人物立传的倾向，现在看来，他之所以要如此，正是因为"激于义理"的缘故。

其二，司马迁《报任少卿书》云："所以隐忍苟活，函粪土之中而不辞者，恨私心有所不尽，鄙没世而文采不表于后世也。"这里的"文采"，应该比我们寻常所说的文采更具深远的含义。我认为，司马迁言下之"文采"，就是后来曹丕言下之"文章"。曹丕《典论·论文》曰："盖文章，经国之大业，不朽之盛事。年寿有时而尽，荣乐止乎其身，二者必至之常期，未若文章之无穷。是以古之作者，寄身于翰墨，见意于篇籍，不假良史之辞，不托飞驰之势，而声名自传于后。故西伯幽而演《易》，周旦显而制《礼》，不以隐约而弗务，不以康乐而加思。"人们不难看出曹丕此论与司马迁所说之间的精神联系。当然，和司马迁重在凸显主体"发愤"者相比，曹丕有着对超越"幽""显"及"隐约""康乐"之思的倡导，两者之价值趋向上的微妙区别，分明与两人的生活遭遇和社会地位有关。但是，在考虑到上述情况以后，两家论述之间的精神联系就很有必要作出理论的分析了。既然司马迁的"文采"就是曹丕的"文章"，那么，第一个提出文章事业乃不朽之事业的，就不是曹丕，而是司马迁。文学文章的事业高于生命，也高于功名富贵，这实质上是把未来的价值置于现实的价值之上，从而成为一种文学文章理想主义。

其三，《报任少卿书》又有曰："及如左丘明无目，孙子断足，终不可用，退论书策以舒其愤，思垂空文以自见。"在文章论述的章法上，在"及如"之前，正是历述圣贤发愤著作之种种的内容，并将其归结为一句话："此人皆意有所郁结，不得通其道，故述往事，思来者。"不仅如此，在其历述之中，已经有了"左丘失明"和"孙子膑脚"。也正是因为如此，接下来以"及如"相承而又专门所作的这一段议论，就有了特殊的意义了。其实，认真想来，之所以特别强调左丘失明和孙子膑脚，无非是其人所受残害类同于司马迁自己，从而需要特意叙述以表其共同之感慨,然而,在其"舒其愤"之际,"终不可用"的绝望,以及"垂空文以自见"的悲壮,无论如何都是不该被忽略的。特别是"垂空文以自见"这句话,说得非常悲凉,若以此为根据来分析阐释,则所谓"成一家之言"的宏伟志向,未见得就是坚定的信念或必胜的决心,在很大程度上,那只是一种自我实现的方式而已,对于此,其实作者自己也是非常清楚的。切不可轻视了这一点的学术意义,实质上,这里的"自见"意识一旦和"圣贤发愤"的认识联系起来,其意义就明显多了,毫无疑问,正是由于司马迁已经清楚地意识到这最终是一种"自见"行为,所以,个性个体的价值才真正得到了张扬,而且是在完全理性的层次上确认了个性个体的价值,确认了文章著述作为"自见"行为的价值。

综上所述,"名"的自觉包含着极其丰富的思想内涵。倘若我们需要用更简约的语言来概括以上的内容,那么,我们不妨用"圣贤发愤"以"自见"这样的表述来作概括。在这里,切不可忽略了"圣贤"二字的关键意义,要知道,"舒其愤"也好,"发愤"也好,"有所郁结"者的情绪发作是一个带有普遍性的问题,倘若没有一个明确的前提性的限定,那么,就很容易出现文学文章就是愤怒怨恨的宣泄这样一种奇怪的结论。也就是说,司马迁在这里之所以要特意标出"圣贤"二字,实在是至为关键的,那是因为,只有作为道德理想之个体人格体现者的"发愤""自见"才具有道德文化的意义和文学文章的意义。谁为圣贤?当然不止于"西伯""孔子""屈原""左丘""孙子""不韦""韩非"这些名人,也不止于像《伯夷列传》所树立的"清士"典型系列,人们想必已经注意到了,《太史公自序》和《报任少卿书》都在列举上述人物之后另起一句道:"《诗三百篇》,大抵圣贤发愤之所为作也。"这于是又告诉我们,向来被视为司马迁文艺思想之核心的"发愤"说,其最直接的前提,实际上与《诗》学密切相关。细心体会司马迁文章用心,似乎是要告诉人们,所谓"圣贤"者,既有有名有姓者,也有无名无姓者,但凡"倜傥非常之人",但凡自守清白而独立于混浊之世者,但凡"不得通其道"从而"述往事,思来者"者,按其理都应该被视为圣贤。不仅如此,以《诗三百》为"圣贤发愤"所为作,这里显然藏着一个深刻的思想:"圣贤发愤"

乃是"诗人"之真精神所在。①

《史记·太史公自序》："《诗》记山川溪谷禽兽草木牝牡雌雄,故长于风。"或以为此乃祖述董仲舒之语,其实更为明显的印记是祖述孔子之语。《论语·阳货》云:"子曰:'小子何莫学夫《诗》?《诗》,可以兴,可以观,可以群,可以怨。迩之事父,远之事君。多识于鸟兽草木之名。'"在孔子论述与司马迁言语之间,分明有着一脉相承的精神,那首先就是对比兴隐约之言的提倡,岂不闻司马迁《太史公自序》云:"夫《诗》《书》隐约者,欲遂其志之思也。"也就是说,"隐约"本身,是出于"遂其志"的特定考虑,从而"隐约"就成为一种言志的特定方式了。而这样一来,"长于风"的"风",便有比兴隐约之义。其实,在汉人的《诗》学论述中,"风"本是有着特定意义的,这在毛诗学中表现得非常鲜明。《毛诗序》云:"上以风化下,下以风刺上,主文而谲谏,言之者无罪,闻之者足以戒,故曰风。"自上而下者,固不用说,因为在下者无权,又岂能怪罪于在上者? 于是,《毛诗序》所谓"风",其实是指"下以风刺上",因为这时才有"言之者无罪"的问题。司马迁的认识显然与《毛诗序》相一致,归根结底是在倡导批评的意识和批评的权利——当然是"隐约"的批评和批判。

"隐约"的批评和批判,就是非现实的批评和批判,亦即所谓"空文"。在《太史公自序》中,司马迁借壶遂之口曰:"孔子之时,上无明君,下不得任用,故作《春秋》,垂空文以断礼义,当一王之法。"这与《报任少卿书》中所谓"思垂空文以自见"相互发明,共同说明着一个道理,那就是司马迁对一种非现实的精神世界的崇尚。具有"清士"人格的"倜傥非常之人",在现实中"不得通其道",故"述往事,思来者",有"往事"也有"来者",就是没有现时当下,他们"有所郁结",需要"舒其愤"的空间,而这个空间却是非现实的,因为正是在由现实转化为非现实的过程中,"郁结"的思想感情找到了"通其道"的渠道,然后藉此而进

---

① 参看陈桐生《史记与诗经》一书,尤其是第九章《司马迁的〈诗〉学批评观》,人民文学出版社 2000 年版。

入另一个世界。那就是"成一家之言"的世界,那就是可以"遂其志"的意志自由的世界,那就是"发愤之所为作"的文学原创世界,一言以蔽之,那是一个"空文"世界——只不过,这里的"空"并不应该被理解作空洞无物就是了。

"究天人之际,通古今之变,成一家之言",司马迁实际上确认了"一家之言"的伟大意义,在涵盖历史而又超越现实的思想和言语的世界里,自由与真理互相支撑着塑造出不朽的精神个体,作为独立的言语者和思想者,他留给后人的不仅是文章,更是人格。关于这种人格,司马迁在《屈原贾生列传》中写道:"屈平正道直行,竭忠尽智以事其君,谗人间之,可谓穷矣。信而见疑,忠而被谤,能无怨乎?屈平之作《离骚》,盖自怨生也。《国风》好色而不淫,《小雅》怨诽而不乱。若《离骚》者,可谓兼之矣。上称帝喾,下道齐桓,中述汤武,以刺世事。明道德之广崇,治乱之条贯,靡不毕见。其文约,其辞微,其志洁,其行廉,其称文小而其指极大,举类迩而见义远。其志洁,故其称物芳。其行廉,故死而不容。自疏濯淖污泥之中,蝉蜕于浊秽,以浮游于尘埃之外,不获世之滋垢,皭然泥而不滓者也。推此志也,虽与日月争光可也。"这一段情深理切的议论,完全与《报任少卿书》及《太史公自序》关于"圣贤发愤"的论述相贯通,并且有着互相发明的特殊联系。完全可以这样说,司马迁文学文章思想的理论表述是"圣贤发愤"说,而这一思想之表述于作家评论者即为《屈原贾生列传》。将两者结合起来,就很清楚地看到,那"垂空文以自见"的人格自塑的理想模式,其如屈原者,最终恰恰是落到了一个"清"字上。"举世溷浊,清士乃见",一篇屈原赞颂,原来与伯夷赞颂是一脉相承的。更值得注意的是,不仅司马迁个人如此,同时有识之士,已然不谋而合。严忌《哀时命》曰:"子胥死而成义兮,屈原沉于汨罗。虽体解其不变兮,岂忠信之可化?志怦怦而内直兮,履绳墨而不颇。执权衡而无私兮,称轻重而不差。概尘垢之枉攘兮,除秽累而反真。形体白而质素兮,中皎洁而淑清。"和司马迁所"言"相比,严忌之下字用语反倒更其古朴,也正因为其古朴,所以带有许多传统的印记,且看其所论述,涉及心志之"直",涉及形体素白而中心清明,显而易见,一个"清士"的典范已经鲜明地屹立在文学家们的精神世界里了。

以上的讨论无非是想告诉人们,仅仅像习惯上那样以所谓"雄深雅健"来理解和阐释"文章太史公"的风格和精神,显然是既不全面也不深入的。我们有必要同时强调"清明内直"。如果说一向所谓"雄深雅健"可以概括为一个"峻"字,那么,此地提出的"清明内直"就可以概括为一个"清"字,两者的结合正就是"清峻"这一既定的概念。又由于这里的"清"美人格具体落实在对屈原人格的描述上,而且后人都称司马迁《史记》为"史家之绝唱,无韵之离骚",所以,"文章太史公"所代表的理想风格,实际上就是楚辞与汉文章的整合,是谓楚汉风骨。

当然,我们必须认识到,"文章太史公"绝不是只指司马迁一人之文章著作,而是代表着整整一代文风和整整一个传统,所以,全面而深入地理解并阐发其思想精神,实在是很有意义的一件事。当问题涉及对"风骨"这一概念之历史内涵的发掘时,我们尤其需要努力去发现那被有关的古人评说所遮蔽了的历史真实。比如,刘勰之论"风骨",分明从古人说起,这就证明其所谓"风骨"之内涵远远大于后人所谓"建安风骨",我们因此而提出"汉魏风骨"应包含"两汉风骨"这一观点。而在如何认识并评价两汉文章"风骨"的这一点上,更有一个"非刘勰不入,专刘勰不出"的问题,也就是说,纳入刘勰"风骨"论之中的两汉文章风格,并不就是两汉文章风格的历史真实,尤其未见得就是真正具有美学历史价值的历史真实。在这里,有必要把刘勰看作是一位对话人,受他的启发,然后与他展开讨论。讨论的初步结果是,刘勰的"风骨"论因为受其"征圣""宗经"观念的限定,相对削弱了两汉文章风骨的与世抗争性和人格独立性。实质上,一旦抽去了如司马迁所一再强调的"倜傥非常之人"的"发愤"精神,一旦抽去了司马迁言下所谓"自遂其志""垂空文以自见"的自我实现意志,一旦抽去了司马迁以"隐约"相阐释的讽谏意识,那"贾生俊发""相如赋仙"式的思维自由和意气风发,还有什么积极的美学意义呢?正因为如此,需要揭示"意气峻爽"的深层历史内容有如上述。

这里的论述还将说明,"清浊"观念系列与"浓淡"观念系列的历史整合,并不是只有"清淡"美传统一条线索,也就是说,必须注意到"清"美思想双向历史展开的具体轨迹。一般来说,"清"与"浊"尽管是一对概念,但其阐释价值并不是对等的,在整个中国传统文化的价值阐释体系中,始终是扬"清"而抑"浊"的,如在汉代,董仲舒《春秋繁露·通国身》即曰:"气之清者为精……治身者以积精为宝。"其《天地之行》曰:"其官人上士,高清明而下重浊,若身之贵目而贱足也。"凡此,都将促成一种崇尚精神清明境界的思想文化风气,在此风气之推动下,所有的道论艺评都会出现以"清"之理念建构其观念体系的现象,从而,一般性地梳理理论材料,实际上是价值不大的。真正有价值的学术梳理,必然意味着对特定时代之特定思想观念的清理,并且因此而使人们对整个美学历史有一种新的体认。而在这里,我们的体会就在于,正是通过司马迁的文学思想,一种最终被纳入到"风骨"美理念中的"清峻"美风格精神,以其相对于"清淡"格调的独特价值追求,为中国古代的文学艺术创作和评论提供了可贵的理论资源。后来的所谓"建安风骨",因此而就不是无源之水了。

建安风骨,汉魏之际的风气转换
——"清峻"风格申论之二

自从有了"建安风骨"这一概念以后,人们对当时文学现象的认识就有点先入为主了。一般情况下,人们大都以刘勰《文心雕龙·时序》中的一番话来作概括:"观其时文,雅好慷慨,良由世积乱离,风衰俗怨,并志深而笔长,故梗慨而多气也。"说起来,这"慷慨"二字,未尝不是对"清峻"概念的生动注释。问题在于,仅仅以"慷慨"论"建安风骨",恐有简单之嫌。

诚然,曹植在其《前录自序》中就曾说过:"余少而好赋,其所尚也,雅好慷慨,所著繁多。"刘勰是否以此而认定建安文学有"慷慨"之风?请比较曹植与司马迁,其相通处恐怕正在"慷慨"。然而,问题却在于,此"慷慨"已非彼"慷慨"了。顾炎武《日知录·两汉风俗》曰:"孟德既有冀州,崇奖跅驰之士,观其下令再三,至于求……不仁不孝而有治国用兵之术者。于是权诈迭进,奸逆萌生。故董昭太和之疏,已谓当今年少不复以学问为本,专以交游为业;国士不以孝悌清修为首,乃以趋势求利为先。"其实,其先傅玄《举清远疏》早就有过类似的看法:"近者魏武好法术,而天下贵刑名,魏武慕通达,而天下贱守节。其后纲维不摄,而虚无放诞之论,盈于朝野,使天下无复清议,而亡秦之病,复发于外矣。"总之,汉魏之际,以政治形势为最重要的动力源泉,社会思潮的确发生了本质性的变化,那就是从看重道德人格转化为看重性情个性。正如同我们长期以来所说的"越名教而任自然",同为"清峻"一词,却有着重名教和重自然的差别。尽管这样的区分未免有简单化的弊病,但它毕竟指示出"世异事变"这一关键,如果说我们可以打通两汉魏晋来谈论"清峻"风骨之美,那么,就像《诗》学风雅之说其实包含着正变之义一样,"清峻"风骨之美,也应该有正、变两种含义。

曹丕《典论·论文》云:"文人相轻,自古而然。……斯七子者,于学无所遗,于辞无所假,咸以自骋骥䮪于千里,仰齐足而并驰,以此相服,亦良难矣。"似乎这里存在着一种多元并行的形势,与所谓彼此相服者同在的,乃是彼此独立而自足的思想意识,此即曹丕所谓"咸以自骋骥䮪于千里",而其弟曹植《与杨祖德书》亦道:"当此之时,人人自谓握灵蛇之珠,家家自谓抱荆山之玉也。"与汉人总有一种建构一统规范的思想意识相区别,建安时代的文人更倾向于建构个体自身的规范,人人自觉为天下英才的时代,换言之,也正是一个缺乏整体信念的时代,当我们将其理解为思想解放的时代时,也就意味着已经将其理解为解构的时代了。

解构,实际上并不是有意识的。在一定程度上,建安文人毋宁说是很传统的,也是很正统的,而这种传统和正统的思想意识,并不是出于别的什么原因,而只是因为建安时代的文学文章领袖恰恰就是政治领袖。当我们比较一下司马迁与曹丕两人的文学文章观念时,我们会发现,尽管两人都在强调文章的不朽价值,且都在呼吁当代文人以文章事业为人生最大目标,但是,司马迁如此考虑的思维前提之一是,一系列的历史人物以其悲剧性遭遇的人生经验证明着"穷而后工"式的文章命运,在他这里,文章的不朽与人生的不幸形成一种特定的同构关系;在曹丕那里,却是自然生命的有限与文章声誉的无限构成一种反比关系,人们因此而期望着借助文章事业来使自己的精神生命无限延伸。很清楚,作为一种前提性思想课题,社会命运的思考转化为生命自然的思考了。与此相关连,"风骨"之于司马迁,确是一种与世抗争的道德人格典范的体现,是浊世之中"倜傥非常"之"清士"的精神风范,其文章著作因此就是现实社会中"不得通其道"者"述往事,思来者"的意义境域;而在曹丕他们那里,刘勰为之概括出来的"梗慨而多气""志深而笔长"的"风骨"之美,不能不更多的是来自个体化生命自觉的意志力量,并因此而更多地使文学兴趣和文章自觉表现于对现实生活感性的描述和期望。人们以往把这个时代称为人学意义上个性自觉和文学意义上情感自觉的时代,不是没有道理的。只不过,必须说明,此前并非没有这种自觉,而是其历史和文化内涵有所区别就是了。一言以蔽之,这里有一个人格理想的转化问题,而所谓建安风骨者,其实恰恰处在此转化过程之中,从而,便具有解构与建构的双重性质。

我们最好还是从刘勰的相关论述入手。

《文心雕龙·明诗》:"暨建安之初,五言腾踊,文帝陈思,纵辔以骋节,王徐应刘,望路而争驱;并怜风月,狎池苑,述恩荣,叙酣宴,慷慨以任气,磊落以使才;造怀指事,不求纤密之巧,驱辞逐貌,维取昭晰之能;此其所同也。正始明道,诗杂仙心,何晏之徒,率多浮浅。唯嵇志清峻,阮旨遥深,故能标焉。若乃应璩百一,独立不惧,辞谲义贞,亦魏之遗直也。"《文心雕龙·乐府》:"至于魏之三祖,气爽才丽,宰割辞调,音靡节平。观其北上终引,秋风列篇,或述酣宴,或伤羁戍,志不出于淫荡,辞不离于哀思;虽三调之正声,实韶夏之郑曲也。"由于建安文学主要表现为诗歌艺术的新成就,所以不妨主要关注于刘勰《明诗》《乐府》两篇,而且有必要彼此参照地作全面性的理解和阐释。显然,《明诗》之所谓"任气""使才",与《乐府》的"气爽才丽"是相通的,从而就必然引出一个突出的"才气"问题。

实际上,刘勰在《时序》与《才略》两篇中对此又有总论与分论相结合的分析。《时序》有云:"自献帝播迁,文学蓬转,建安之末,区宇方辑。魏武以相王之尊,雅爱诗章;文帝以副君之重,妙善辞赋;陈思以公子之豪,下笔琳琅;并体貌英逸,故俊才云蒸。"而《才略》又云:"魏文之才,洋洋清绮,旧谈抑之,谓去植千里,然子建思捷而才俊,诗丽而表逸,子桓虑详而力缓,故不竞于先鸣;而乐府清越,典论辩要,迭用短长,亦无懵焉。但俗情抑扬,雷同一响,遂令文帝以位尊减才,思王以势窘益价,未为笃论也。"除了前面我们已经指出过的以政治领袖身份倡导文学文章的特殊意义外,刘勰"才略"议论中的一个突出要领在于,他明确地否定了"俗情"在"位尊"者与"势窘"者之间的抑扬态度。这一点并非无足轻重。要知道,从理性逻辑上去推求,但凡阐释并意图弘扬司马迁所谓"圣贤发愤"精神者,其潜在的语义指向中,就有着对作者现实遭遇与文学文章成就作反比例分析的逻辑自觉。也就是说,其"势窘"愈甚,则其"益价"亦愈甚。在这个意义上,刘勰之论,正然具有解构"文章太史公"之价值结构的客观效果。而这一客观效果实际上未尝不是当时的客观存在。既然当时的客观形势无异于"位尊"者之主导地位的凸显,那么,"才气"自觉也就不再只有"有所郁结"而"舒其愤"的抒愤特征,从而,反作用力式的才气发挥,遂同时兼备着正作用力式的才气发挥,而随着抒愤兼为抒情——亦即社会情感同时兼备自然情感之性质,"才气"一词也就同时属于一个自然生命意义上的概念了。

研究建安文学,应该注意到自然生命意识的觉醒。至少是近半个世纪以来,人们对建安文学主题的概括是偏重于"世积乱离"故而"慷慨使气"的,殊不知,邺下文人的创作,本来就有着刘勰所谓"怜风月,狎池苑,述恩荣,叙酣宴"的内容,全面来看,也是"或述酣宴,或伤羁戍",其所表现的人生意志,分明是双向展开的。不言而喻,当作者沉浸在"池苑""风月"之中时,其"梗概而多气""志深而笔长"的慷慨之气,就必然与"志不出于淫荡"的涤荡情性相一致了。《古诗十九首》有云:"涤荡放情志,何为自结束?"个体性情的解放,既意味着可以更为深入地体验并发扬"圣贤发愤"的创作精神,也意味着反向而去体验并表现个人情欲的快感内容,风雅正声与淫亵郑声并举,悲凉慷慨与欢娱放荡同在,"才气"驰骋于如此双重空间之内,那才是建安"风骨"的本色所在!

这分明就意味着,向所谓"建安风骨"的美学内涵,应包括缘情而绮靡的文学时尚。曹丕的《典论·论文》就有"诗赋欲丽"的看法,与陆机《文赋》的"诗缘情而绮靡,赋体物而浏亮"意气相投而开风气之先。若诚如陈子昂所说"齐梁间诗,彩丽竞繁",那么,这个崇尚抒情与华美的文学传统,是从建安文学那里就开了头的。当年刘师培论建安文学时就将其特色归纳为四点:一、清峻;二、通脱;三、骋词;四、华靡。① 刘勰论"风骨"时已经说得分明:"故辞之待骨,如体之树骸;情之含风,犹形之包气。……故练于骨者,析辞必精;深于风者,述情必显。"可见,在最基本的意义上,风骨之美,亦即情采与辞采之美,以精美的辞章去实现表达情感的目的,达到词美情真的效果,就是风骨之美的具体展现。而这里的"情",既然是与"华靡"辞章相表里的,那就不可能不包括"风月""池苑"之境域中的内容,比如风景之美,比如歌舞之美,再比如美人之美,等等。请一同欣赏曹植《与吴季重书》:"若夫觞酌凌波于前,箫笳发音于后,足下鹰扬其体,凤叹虎视,谓萧、曹不足俦,卫、霍不足侔也。左顾右盼,谓若无人,岂非吾子壮志哉!过屠门而大嚼,虽不得肉,贵且快意。当斯之时,愿举泰山以为肉,倾东海以为酒,伐云梦之竹以为笛,斩泗滨之梓以为筝,食若填巨壑,饮若灌漏卮,其乐固难量,岂非人丈夫之乐哉!"这样一种追求"快意"的"大丈夫之乐",尽管是带有艺术夸张的,也足以见出其时其人的精神风貌。尤其是那"鹰扬其体"四个字,不正描述了一种引体向上而有飞翔之意态的精神吗?"左顾右盼,谓若无人",何等的狂放自傲!而要知道,这

---

① 见刘师培《中国中古文学史》。

可是生活快感层面上的狂放自傲,其精神实质与《列子·杨朱篇》是相通的,而区别只在于,那种生命快感在这里是被艺术化了。曹植《王仲宣诔》有云:"文若春华,思若涌泉。发言可咏,下笔成篇。何道不洽,何艺不闲?棋局逞巧,博奕惟贤。……吾与夫子,义贯丹青,好和琴瑟。"完全可以说,随着对生命快感的追求,情欲自觉的空间同时已被各种艺术生活的情趣所充盈,从而,生命的自觉就是艺术和审美的自觉。当然,生命自觉的具体形态是有着时代特色的,其在建安时代,亦如"鹰扬其体,凤吟虎视",是带有鲜明的狂放壮伟格调的。

刘勰《明诗》尝曰:"晋世群才,稍入轻绮,张、潘、左、陆,比肩诗衢,采缛于正始,力柔于建安。"显而易见,"轻"的反面是"重","柔"的反面是"刚",同是"缘情而绮靡"的生命与审美自觉,毕竟有一个由重拙刚健渐变为轻绮柔靡的历史轨迹。也正是因为如此,历来评说建安文学文章者才都用"清峻""通脱"这样的概念。而我们现在更要认识到,此所谓"清峻""通脱",乃是生命与审美之自觉的整合性与狂放型的表现。

"清峻""通脱",若用鲁迅当年的说法,就是既严明又自由。自由与狂放相通,但严明却与狂放相背!这种看似自相矛盾的内容,实际上正是由特定的主体意识所决定的。要之,有如上文所指出,当时之客观真实便是"位尊"意识的存在,即便"势窘"如曹植,也具有随处可见的"位尊"意识,在这里,其《与杨德祖书》很有分析的价值。其文有曰:"吾虽德薄,位为藩侯,犹庶几勠力上国,流惠下民,建永世之业,留金石之功,岂徒以翰墨为勋绩,辞颂为君子哉?若吾志不果,吾道不行,亦将采史官之实录,辨时俗之得失,定仁义之衷,成一家之言,虽未能藏之名山,将以传之同好,此要之白首,岂可以今日论乎!"这显然与曹丕所说"文章乃经国之大业,不朽之盛事"者不同了,何以弟兄二人所见相异如此?当年鲁迅就曾断定曹植说的是违心话,[①]而胡应麟则

---

① 见《魏晋风度及文章与药及酒之关系》。

指出其"词虽冰炭,意实埙篪",①"埙篪"之通者恰在于"才气",而论到"才气",曹植将史官事业置于辞颂翰墨之上,无非因为"采史官之实录,辨时俗之得失,定仁义之衷"这些内容都属于"经国之大业",与辞颂翰墨之一般性的文学文章有别,从这里也正好可以发现,曹植实际上已经把文章事业分成两种:或有助于"经国之大业"者,或属于遣兴娱性者;前者属于大道,后者属于小道。在前者那里,他的观念与曹丕实际是完全相同的。建安诗歌创作,本就有"实录"从而具有"诗史"美誉的一面,而曹植更将其价值定位于"辨时俗之得失,定仁义之衷"的儒家政治理想,如此文章事业,和前此司马迁相比,更多一些伦理色彩,实际上也就是多了一些正统色彩。也恰恰就是这里的正统色彩,使其与司马迁的史官意识有了区别,那是因为,司马迁是站在一个独立的立场上来"究天人之际,通古今之变"的,尤其是站在一个不与现实相协调的位置上来"成一家之言"的。而曹植则相反。在《前录序》一文中,曹植分别介绍了"今世作者"的自负以后,接着说:"吾王于是设天纲以该之,顿八纮以掩之,今悉集兹国矣。"这种"吾王""兹国"的自负感,是无论如何也不该忽略的! 其《与杨祖德书》一文,在表述其经国撰史之大志以前,是这样写的:"辞赋小道,固未足以揄扬大义,彰示来世也。昔杨子云先朝执戟之臣耳,犹称壮夫不为也。吾虽德薄,位为藩侯……"请看,"执戟之臣"尚且如此,何况身居"藩侯"之位? 这不是"位尊"意识又是什么? 若将这里的"藩侯"意识与上文之"吾王""兹国"之意识联系起来,是否会感到一种强烈的与政治相关的领袖身份的自觉呢? 实际上,恰恰是这种领袖意志影响到他们的文学文章观念,使其慷慨自负的创作精神中,多少有一些居高临下而统领一切的味道! 在这种居高而统领的思想意识作用下所形成的"辞赋小道"的观念,其实质无异于以政治上的自信来挤压文学上的自信。而与此相应,其慷慨任气的主体精神,与其说是一种个性个体的自觉,毋宁说是一种特定的家国意识的自觉,是一种身居其位从而义不容辞的使命

---

① 《诗薮》外编卷一。

感。而必须指出的是，司马迁文学文章思想的核心"圣贤发愤"精神，其实质却是在凸显不在其位——所谓"不得通其道"者的使命感！两相对比，其异自见，"建安风骨"所具有的王侯气质，正是其"清峻"风格的特定时代内涵和特定人文内涵。

在中国历史的特定时代，处于一个"不知有几人称帝几人称王"的情势下，独断的霸权恰恰成了一统安定的需要，而在此独断霸权的主持下实现的文学文章事业的辉煌，实际上不能不体现为一种集团气象——以王侯气质为内在规定的集团气象。尽管曹植由于特殊的地位而不能不具有他人所不可能有的"郁结"之思，但是，表现为理论观念者，却总是透出"位尊"而居庙堂之高的精神期许。其《武帝诔》云："既总庶政，兼揽儒林。躬著雅颂，被之琴瑟。"其《前录序》亦云："故君子之作也，俨乎若高山，勃乎若浮云；质素也如秋蓬，摛藻也如春葩。泛乎洋洋，光乎皓皓，与雅颂争流可也。"两处都是只讲"雅颂"，恐怕不是偶然的吧！比如，在《与杨德祖书》中说"今往仆少小所著辞赋一通相与，夫街谈巷说，必有可采，击辕之歌，有应风雅，匹夫之思，未易轻弃也"。过去，人们多孤立地理解这一番话，于是以为曹植具有重视民歌的文学思想。现在看来，是有点一厢情愿了。实际的情形，必须将上述有关议论联系起来考虑才行。很清楚，在所谓"辞赋小道"的判断之前所发的这一通议论，已经将以往之作列入"小道"之列了，其所谓"有应风雅"者，显然是一种以退为进的话语艺术，既然"街谈巷说"都"未易轻弃"，那么"少小所著"就自然"必有可采"了，在这里，因为涉及"街谈巷说""击辕之歌"，所以要以"风雅"相概括。而一旦涉及"君子所作"，曹植便以"雅颂"相对。这种归类上的差异，当然是含有深意的，尤其是当我们已经有了对其时其人之王侯气象的体认以后，此处之深意便不难领会了。一言以蔽之，这主要有建安时代最富才华的作家曹植所表露出来的"雅颂"制作精神，充分表现了其时"风骨"美自上作的具体特性。

这样，归结到"清峻"风格的主体精神内容，如果说在"文章太史公"那里，确有一种反思历史而思索未来的"思想者"的风范，以及因此而必然具有的针对现实的批判讽喻意识,司马迁的文学文章思想因此而深得《诗》学"风诗"观念的精髓;那么,到建安作者这里,"风诗"观念就让位于"雅颂"观念了,其先"思想者"的遗世独立亦转化为"在位者"的坐领风骚。简言之,楚汉"清峻"风骨,其美若"风谏",而建安"清峻"风骨,具美若"雅颂"。

于是,被我们认定为文学讽喻之表征的"建安风骨",实际却意味着文学讽喻精神的转换,"建安风骨"的这种双重性质,人们应该有一个清醒的认识才是。"我们都能直觉地意识到从建安初到邺下时期,诗歌中直接反映现实,尤其是以讽喻、刺疾邪为主题的作品越来越少,这种情况也可以说是建安诗歌的现实性有所消减。这与汉魏之际学术风气的变化呈现出一致的趋势。"①而"学术和文学的这些变化,跟曹魏政治有直接的关系"。②很清楚,即使是在中国古代社会这一大前提下,曹魏政治绝不是一种开明宽松的政治,曹操姑且不说,就说曹丕,其《典论》有云:"桓灵之际,阉寺专命于上,布衣横议于下。干禄者殚货以奉贵,要名者倾身以事势,位成乎私门,名定于横巷。由是户异议,人殊论,论无常检,事无定价,长爱恶,兴朋党。"用不着复杂的推论,一眼便可看出,如此政治,当然只能提倡"趋同"的文学和学术了。正因为"趋同",所以容易造成统一的风格和主题,而真正作为精神内容充沛于这统一的风格和主题之中者,与其说是反映现实生活并有所寄托、有所讽喻,不如说是反映个性情感世界并体现出"趋同"性的格调和情趣。

综上所述,以政治领袖而兼为文学和学术领袖,从而决定了其时其人崇尚"雅颂"的整严有序和简明庄重,又以"位尊"者的自信自负,从而决定了其时其人崇尚"大丈夫之乐"的狂放壮伟和博雅兼容,前者能提醒后人去尊奉典雅高贵的既定规范,后者能激励后人去追求自由豪快的生命激情,"建安风骨"的历史价值,也许正就在这看似矛盾的双向建构吧!

---

①② 钱志熙:《魏晋诗歌艺术原论》,北京大学出版社 1993 年版,第 149、150 页。

论儒家"风骨"的清虚化

一、文学"风骨"论与儒家道德风化论的整合意识

文学"风骨"再阐于中唐,是以古文古道之复兴为契机,而又具体地以古文理论和新乐府理论为其阐释形态。韩愈论文,与风化气骨相关者,在"气盛言宜"观,而"雄深雅健"正可概括其自我树立之风范。刘熙载《艺概·文概》曰:"昌黎谓柳州文'雄深雅健似司马子长'。观此评,非独可知柳州,并可知昌黎所得于子长处。"又道:"《旧唐书·韩愈传》'经诰之指归,迁雄之气格'二语,推韩之意以为言,可谓观其备矣。"柳宗元评韩愈亦云:"退之所敬者,司马迁、扬雄。迁与退之,固相上下。若雄者,如《太玄》《法言》及《四愁赋》,退之独未作耳,若作之,加恢奇,至他文过扬雄远甚。"①由上可见,韩、柳互相推重而共同标举"迁雄之气格",应是不争之事实。这就启示我们,要深入领会其"气盛,则言之短长与声之高下者皆宜"②的"气盛言宜"观,绝不能忽略了"迁雄之气格"所包孕的丰富内蕴。

司马迁《报任安书》有云:"夫人情莫不贪生恶死,念亲戚,顾妻子,至激于义理者不然,乃有不得已也。……古者富贵而名磨灭,不可胜

---

① 《答韦珩示韩愈相推以文墨事书》。
② 韩愈:《答李翊书》。

记,唯倜傥非常之人称焉。"在这里,"激于义理"的"义理",可从其《史记·屈原列传》之"其文约,其辞微,其志洁,其行廉"处去领会,亦可从《史记·太史公自序》之"《诗》《书》隐约者,欲遂其志之思也"处去领会,参照扬雄"或问:君子言则成文,动则成德,何以也?曰:以其弸中而彪外也"①之说,同时充分考虑到众所周知的发愤著作之主体精神的确立,最终可知,"迁雄之气格"表现为文章风格固然在于"雄深雅健",而作为此一风格的内在人格支撑,则在"幽而发愤"②"弸中彪外"——有德者必有言而其言以微言大义寄愤世嫉俗之意。

明乎此,方可进而讨论韩愈的"气盛言宜"观。"气盛"这一观念,早在《乐记》中就已出现:"德者,性之端也;乐者,德之华也;……是故情深而文明,气盛而化神,和顺积中,而英华发外,唯乐不可以为伪。"此间思维逻辑,乃是以道德自觉为性情端始,而且以为和顺之气充盈正是德性生情之体现。韩愈之"气盛"观,分明与此相通:"虽然,不可以不养也,行之乎仁义之途,游之乎《诗》《书》之源,无迷其途,无绝其源,终吾身而已矣。"③这正是孟子"夫志,气之帅也;气,体之充也""其为气也,配义与道,无是,馁也"④之意的再阐。但是,韩愈的"气盛言宜"观又有着新发挥的内容和某种集大成的意味。韩愈尝言"吾常以为孔子之道,大而能博",⑤又说:"古圣人言通者,盖百行众艺备于身而行之者也。"⑥显然,道之博大和艺之兼通,乃是一体之两面,没有通博,不成其大,没有其大,难成通博。即使只从所谓"百行众艺备于身而行之"来看,也当有养其气而臻于无所不包之境界的意向。值得注意的是,韩愈的"气盛"观,其价值取向完全与汉魏以来的养气观殊途。魏曹丕倡"文以气为主"说,其所言之"气","清浊有体","虽在父兄,不能

---

① 《法言·君子》。
② 班固:《汉书·司马迁传赞》。
③ 《答李翊书》。
④ 《孟子·公孙丑上》。
⑤ 《送王秀才序》。
⑥ 《通解》。

以遗子弟",显然重在"不可力强而致"的个性自然之体气。① 后来刘勰《文心雕龙》专有《养气》之论,开篇明其渊源曰:"昔王充著述,制养气之篇,验己而作,岂虚造哉?"而王充《论衡·自纪》曰"养气自守,适食则酒,闭明塞聪,爱精自保",其旨乃近嵇康之《养生》。刘勰虽就"文心"而言"养气",但旨归亦在"务在节宣,清和其心,调畅其气",特别是"水停而鉴,火静而朗"的赞语,透出了以佛老清虚空静之机为养气之要的核心思理。相形之下,韩愈的养气至盛观,不重自然体气而重人生志气,不主清和而主雄健。其《闵己赋》曰:"昔颜氏之庶几兮,在隐约而平宽。固哲人之细事兮,夫子乃嗟叹其贤。"《与李翱书》再申此志曰:"孔子称颜回'一箪食,一瓢饮,人不堪其忧,回也不改其乐'。彼人者有圣者为之依归,而又有箪食瓢饮足以不死,其不忧而乐也,岂不易哉?若仆无所依归,无箪食,无瓢饮,无所取资,则饿而死,其不亦难乎?"说自己比颜回还贫困,是绝对信不得的托辞,此间旨趣,是在不取颜子之乐,因为颜子之乐乃"哲人之细事",而在他看来,"孔子之道,大而能博",他显然是要取"哲人之大事"了。哲人之大事又何谓?韩愈《论语新解》卷上释"温故而知新"曰:"先儒皆谓寻绎文翰,由故及新,此是记问之学,不足为人师也。吾谓'故'者,古之道也,'新'谓己之新意,可以为法。"不言而喻,以古道之新意为法,才是哲人之大事。有志于此者,自不取"隐约而平宽"之气象,而只有"才气壮健,可以兴西汉之文章"②的壮健才气,才足以有"气盛言宜"的效果。不仅如此,以古道之新意为法,实则是以"己之新意"为法,这样一来,必然高扬主体独创之精神,在以"新意"阐释"古道"之际,如同其文辞必陈言务去一样,其义理亦必有自我发挥处。于是,就像当时有陆质一派之"异儒"一样,司马迁那"是非颇缪于圣人"的独造意志,乃将复兴于此时。总之,韩愈的"气盛言宜"观,超越了汉魏以来的体气养生之理而直接与"迁雄之气格"相通,其外在表征为"才气壮健",而内在义理则在以"己之

---

① 《典论·论文》。
② 柳宗元:《与扬京兆凭书》。

新意"阐发"古道",最终,在舍"哲人之细事"而就"大而能博"之"道"的价值追求中,实现对主体独创之"异儒"风格的高扬。

在中唐兴起的古文古学思潮中,弥漫着韩愈所谓"古道""新意"的精神。这种精神,体现在"异儒"学派身上,诚如赵匡所言:"疏以释经,盖筌蹄耳。明经读书,勤苦已甚,既口问义,又诵疏文,徒竭其精华,习不急之业。而其当代礼法,无不面墙,及临民决事,取办胥吏之口而已。"①可见,以得鱼忘筌的思想方法来解决"当代礼法"之现实课题,正是此一精神的具体内涵,柳宗元因此而提出了作为儒者的基本要求:"得位而以《诗》《礼》《春秋》之道施于事,及于物,思不负孔子之笔舌。能如是,然后可以为儒。"②而当时"异儒"学派的主要成就又在《春秋》学。柳宗元以为,陆质、啖助、赵匡诸人"能知圣人之旨,故《春秋》之言及是而光明,使庸人小童,皆可积学以入圣人之道"。③ 积学《春秋》之言,意在奉行孔子笔舌之旨。韩愈曰:"《春秋》书王法,不诛其人身。《尔雅》注虫鱼,定非磊落人。"④不言而喻,"儒者"之志,就在秉承孔子《春秋》笔法。"腾褒裁贬,万古魂动",⑤而这种褒贬笔法,又被白居易整合于诗歌美刺之道:"故惩劝善恶之柄,执于文士褒贬之际焉;补察得失之端,操于诗人美刺之间焉。"⑥以褒贬美刺之言辞来实现惩劝善恶、补察得失之目的,这便是柳宗元施事及物精神的具体体现,也即是韩愈不屑于"哲人之细事"精神的具体体现。褒贬美刺,皆须关注于时事,而且是以复兴"先王文理化成之教"的意志来关注于现实,因此,就势必要同时弘扬两种传统:道德风化传统与文学风骨传统。而此二者交合的基本原理,正是韩愈所谓"不平则鸣"。

在传统的理解中,韩愈的"不平则鸣"被认为是对司马迁"发愤之所为作"精神的继承发扬。接着,人们又有所省悟,韩愈意中之"不

---

① 《举选议》。
② 《送徐从事北游序》。
③ 《唐故给事中太子侍读陆文通先生墓表》。
④ 《读皇甫湜公安园池诗书其后》。
⑤ 《文心雕龙·史传》。
⑥ 《策林六十八》。

平",并不限于"忧愁不平气",①而是兼忧乐两端而泛指一切有所激发者而言的。而在我们看来,以上两种认识,又须兼综统合。在这里,有以下要点须加以注意:

首先,"草木之无声,风挠之鸣,水之无声,风荡之鸣,其跃也或激之,其趋也或梗之,其沸也或炙之。金石之无声,或击之鸣。人之于言也亦然,有不得已者而后言,其歌也有思,其哭也有怀"。② 可见,其歌其哭,皆有所激发而不得不言,从而其所提倡者,无疑在于感事感物之有为而作的文学精神。

其次,韩愈历述上古至魏晋有鸣各家,其范围并不囿于儒家道统,然而,当其标举"鸣之善者"和"其善鸣者"时,则又推"载于《诗》《书》六艺""孔子之徒"和"司马迁、相如、扬雄"为典型,不仅如此,其论孟郊之以诗鸣曰"其高出魏晋,不懈而及于古,其他浸淫乎汉氏矣",可知在善其鸣与鸣之善的理想风范之确立问题上,韩愈是崇古而特标汉代"迁雄之气格"的,是以"才气壮健"为"不平则鸣"的理想风范。

再次,"抑不知天将和其声,而使鸣国家之盛耶,抑将穷饿其身,思愁其心肠,而使自鸣其不幸邪?"这是从天命时运的角度讲,自然期望着以和平之音鸣国家之盛;而其在《荆潭唱和诗序》中,对"德刑之政并勤,爵禄之报两崇,乃能存志乎诗书,寓辞乎咏歌"的充分肯定,更证明了其志存于德政诗文之并盛的精神意向。但是,"和平之音淡薄,而愁思之声要妙","然子厚斥不久,穷不极,虽有出于人,其文学辞章,必不能自力以致必传于后如今,无疑也",③这又意味着,当其从文学价值的角度出发时,便偏取于穷愁幽愤之所鸣了。

综上所述,"不平则鸣"乃有泛论与独标两层,而其思理所寄,正在于泛论中凸出独标之体。其泛论旨在有所激发而作,感事感物,辅道及时,志在有为,不尚清虚,至其独标之旨,则不仅在穷苦愁思之自鸣不幸,更在壮健其气以勃兴郁发。但必须看到,泛论之旨作为一般原

---

① 苏轼:《送参寥师》。
② 《送孟东野序》。
③ 《柳子厚墓志铭》。

理,恰恰赋予独标之体以普遍价值。柳宗元曰"大都文以行为本,在先诚其中",而"其归在不出孔子,此其古人贤士所懔懔者",①韩愈在称扬"有穷者孟郊,受材实雄骜"之际,又强调其"行身践规矩,甘辱耻媚灶。孟轲分邪正,眸子看瞭眊。杳然粹而清,可以镇浮躁",②这就是说,穷愁之思,雄骜之材,须合于儒家道德性情规范,然后才有价值。唯其如此,韩愈才有"建安能者七,卓荦变风操。逶迤抵晋宋,气象日凋耗"③的评说。和唐初陈子昂倡导"汉魏风骨"而包括"建安作者"与"正始之音"相比,中唐韩愈及白居易诸人对建安正始之作的态度带有一定的批判性。这显然是由特定的文化思想背景所造成的。"魏武好法术,而天下贵刑名;魏文慕通达,而天下贱守节",④因此而越名教以任自然,因此而失拘检以兴任诞,唯才是举的实用观念和世积乱离的慷慨之气,造就的是各骋其才的主体意志,由此最终酝酿出来的建安风骨,诚具有可用以振起柔靡的阳刚之气和救治葹藻之习的兴寄之体,但在中唐以光复儒学古道为己任的韩、白等人看来,分明缺少一种内在的性情风范。其实,若仅着眼于文学风格和作者意气,则中唐诸子所标举者,正与建安风力相符契。曹丕《典论·论文》有云:"应玚和而不壮,刘桢壮而不密","孔璋章表殊健,微为繁富"。倘说"才气壮健,可以兴西汉之文章",那么,曹氏之理想风范显然亦"浸淫乎汉氏矣"。至于"慷慨以任气,磊落以使才"⑤的创作作风,也显然与韩愈的"不平则鸣"相契合。正是在这个意义上,我们才认为,兴于中唐的诗文革新运动,是继陈子昂之后对建安风骨的再次弘扬,只是它又赋予此文学风骨以道德风化的目的论规定,从而使"风骨"本身成为受命于儒家人文意旨的儒家"风骨"。

儒家"风骨",作为文学"风骨"论和儒学风化论之统合精神的体现,除了上述诸项内蕴以外,还有一个常被人们所忽略的因素,那就是

---

① 《报袁君陈秀才避师名书》。
②③ 《荐士》。
④ 《晋书·傅玄传》载傅玄语。
⑤ 《文心雕龙·时序》。

对文学主体作为现实教化角色的自觉。且不说韩愈的"每自进而不知愧",①那是被朱熹指责为"他当初本只是要讨官职作"②的,柳宗元的"施于事,及于物",也分明以"得位"为前提。达则兼济,穷则独善,这本是传统之所固有,不必特意强调。但是,通过白居易新乐府创作理论的阐释,那体现儒家"风骨"的褒贬美刺,便不仅是秉道德伦理尺度以兴讽时事的创作原则,也不仅是志士失意而发挥幽郁的表现风格,而是明确地被认定为特定政治体制和政治气候中的特定职务角色的神圣使命和应有义务了。和唐初陈子昂倡导"风骨""兴寄"相比,白居易对褒贬美刺、风雅比兴的倡导,是与"选观风之使,建采诗之官"③的古制重演倡议相统一的,而其自作新乐府的创作实践,又是与"身是谏官,月请谏纸"④的角色自觉相统一的。正是在这个意义上,我们可以说,中唐之际的文学复古革新运动,实则是一场文化政治运动,而政治角色的现实品格,更赋予了"风骨"之主体以强烈的实践理性色彩。

当然,这样一来,儒家"风骨"就具有多层面价值内容相整合的丰富内蕴和复杂结构了。各层面之间看似互不相关,实则义理相交。如白居易那谏官角色自觉式的讽谕精神,与韩、柳所标举的"迁雄之气格",初看去确乎不相关涉,但若深加推求,则会发现,司马迁之雄深雅健乃以幽而发愤为内因,而他在推扬屈骚之际,曾说:"屈原既死之后,楚有宋玉、唐勒、景差之徒者,皆好辞而以赋见称,然皆祖屈原之从容辞令,终莫敢直谏。"⑤如此看来,"直谏"作风与慷慨"风骨"、"才气壮健"与品性方直,原是一气相通的。而它们之所以能够相通,正缘文学"风骨"已与道德风化相统合,"气盛言宜"含有配以道义而志气不馁之义,"不平则鸣"含有激发情志勃兴之义,道德人格与文学风格共同体现于现实人生态度。总之,值中唐儒学复兴与政治中兴之际,作为文学文化主体的"行道"之士,以"儒"者之自觉振兴"风骨"传统,用自己

---

① 《后二十七日复上书》。
② 《朱子语类》卷一三七。
③ 《策林六十九·采诗以补察时政》。
④ 《与元九书》。
⑤ 《史记·屈原贾生列传》。

的理论和实践确立起多维复合的价值规范,相对完成了道德政治建设与诗文复古革新的整合思维课题。

二、"法自儒家"的疲惫与"统合儒佛"的爽然

诚如有的学者所指出的,"白居易思想转变在卸拾遗任之际",[①]以特定政治气候下的角色自觉为支撑点的褒贬美刺精神,必然会因时过境迁而时移事变。白居易由力主讽谕转为多务闲适,再生动不过地表明,倘若没有超越于现实政治得失之上的忘我精神,倘若把救世济民的志向同企求统治者赏识的私念交织在一起,再壮健的文学"风骨"也极易疲软下来。而此间所谓忘我精神,实则也是对"君子道穷,命矣"[②]之"命"的价值体认。"命",自然意味着某种必然,但是,在对同一必然的认识前提下,却可以形成两种截然相反的人生价值选择。司马迁借总结历来幽而发愤之前哲风范而树立的原则,是述往思来,其本不企求于苟合现实,故可以独立于现实的主体人格来保证其兴讽时事微言褒贬的自由。而班固则因知"命"而主张"全命避害,不受世患",[③]从而也就反对直面现实。问题在于,对前者来说,其述往思来的原则显然将以托古兴寄为最佳方式,而这样一来,岂不也与"直谏"式的发愤著作之意相矛盾!至于后者,则更是主于明哲保身而无意于直面残酷之现实了。两者本相冲突,而又殊途同归,都将导致儒家"风骨"在现实压抑面前的隐微。

必须指出,隐微并不是退却。准确地讲,它是介于进退之间而以变通之理相调和的特殊的自由状态,也就是在两极之间而随机应变、无适不可的特殊智慧。用白居易的话来说,即"志在兼济,行在独善,奉而始终之则为道,言而发明之则为诗。谓之讽谕诗,兼济之志也;谓之闲适诗,独善之义也。"[④]请注意,"志""行"本是体用不二之关系,世

---

① 参见王谦泰《论白居易思想转变在卸拾遗任之际》,载《文学遗产》1994年第6期。
②③ 班固:《离骚序》。
④ 《与元九书》。

上绝无离"志"之"行"或离"行"之"志",所以,这句话的实质,无非在阐明一种精神统合的智慧,而这种智慧的核心内容,说到底,又在于将"全命保身,不受世患"的避祸心理提升到使忧道悯世之心相依于保身怡神之理的思理高度。

当儒家风化之道统一于文学"风骨"之际,由于高扬是非判断的道义价值,文学审美价值的独立性便往往被忽略。待到褒贬美刺之风骨因现实之不便批评而受挫,随着上述那种特殊智慧的形成,直面现实的是非判断便转化为道义自高的内省自美意识,疏离于道德风化之事功的文学审美性因而受到重视。而这一转化过程,从总体势态上看,无疑是由精神力量受激而外施转化为意态气度内凝而自适的过程。这一转化的客观外因,自然正是众所周知的历史内容,直谏受辱,讽刺招祸,无数次的历史重演,足令文士胆寒。理学向被视为儒学之哲学化,而理学外事功而主义理的内省倾向,又被后起的实学派指斥为"清谈"。其实,理学由酝酿而成熟的过程,安见得不是在某种程度上重演了汉魏之际由"清议"转为"清谈"的历史呢!王瑶先生曾说:"党锢之祸,名士言论受到惨毒的打击,以后的政局也同样是未便批评,于是,谈论之风遂由评论时事、臧否人物,渐趋于这种评论所依据的原理原则。……学术遂脱离具体趋于抽象,由实际政治讲到内圣外王天人之际的玄远哲理,由人物评论讲到才性之本,以及性情之分。"[①]尽管草率的类比势必导致判断的简单化,但我们却不能不看到,当明末清初的实学派批判地总结理学的时候,便在提倡着以议政为具体内容的"清议"作风,而这恰好说明,先前颇有"清谈"风格的学术思潮,未尝不隐含着回避现实的苦涩心理内容。说其苦涩,是因为这中间包含着不得不如此的被动性自觉性质。以即事名篇而开新乐府之路的杜甫在《偶题》诗中感叹道:"文章千古事,得失寸心知。……法自儒家有,心从弱岁疲。永怀江左逸,多谢邺中奇。"在这里,"法自儒家有"之"法",显然就是得失自知的文章之法,亦即能体现儒家"风骨"的褒贬美刺之法,

---

[①] 《中古文学史论》,北京大学出版社 1986 年版,第 39 页。

而"心从弱岁疲"之"心",亦即"得失寸心知"之心,而"得失",恰恰也包含有白居易"始得名于文章,终得罪于文章"的感慨。最后,一"疲"字意味深长,不仅"疲",而且"弱岁"已"疲",这就综合了对儒家"风骨"必然与时乖逢的理性预见和经验总结。唯其如此,文章之法,作者之心,都将谢建安作者之奇崛而就晋宋作者之清逸了。一言以蔽之,明知其不可为而为之,为之而后知其不可为,这就是苦涩心理的症结所在。而由于此一症结乃是矛盾两极的并行并存,因此,那与客观外因之压抑相对应的主观内因之反作用,便不是反压抑的冲动,而是化解外来压抑的精神释散。

从中唐复兴儒学之际《春秋》学的流行,到"北宋时期思想家借《易》以立言,蔚然成风",①分明折射出士人由取义于褒贬兴讽转而为用心于变通的心理历程。有鉴于"天道不难知,人情不易窥"②的痛苦经验,邵雍公然提倡"打乖"哲学,③而"打乖"的要诀,无非就是黄庭坚所谓"俗里光尘合,胸中泾渭分",④也就是以和光同尘的逍遥来涵养儒家的道德性情。说到底,这也就是白居易"志在兼济,而行在独善"的志行不二观。由此必然导致"统合儒佛"的思维势态。长期以来,学界已认识到,理学所以要援佛老以入儒,是为了引进其思辨学理。在此我们不能不补充说,此间必有与儒家"风骨"之受挫相关者。柳宗元,这位明确主张"统合儒佛"⑤的人,就曾说过"佛之道,大而多容。凡有志乎物外而耻制于世者,则思入焉。故有貌而不心,名而异行,刚狷以离偶,纡舒以纵独,其状类不一",⑥足见多有幽愤寓藏其间。而儒者之所以能够入佛而又不弃儒者,又是因为"浮图诚有不可斥者,往往与《易》《论语》合,诚乐之,其于性情奭然,不与孔子异道"。⑦ 所谓"性情

---

① 侯外庐主编:《宋明理学史》,人民出版社1962年版,第133页。
② 邵雍:《天道吟》。
③ 《打乖吟》。
④ 《次韵答王慎中》。
⑤ 《送文畅上人登五台遂游河朔序》。
⑥ 《送玄举归幽泉寺序》。
⑦ 《送僧浩初序》。

奭然",就是黄庭坚在《书王知载朐山杂咏后》中所提出的"胸次释然"。作为一个奉行"俗里光尘合,胸中泾渭分"的人生哲学的人,其视"强谏争于廷,怨忿诟于道"为一事的看法,并不奇怪,因为在他看来,"人皆以为诗之祸"者,其实乃"是失诗之旨"。换言之,诗之旨是决然不会招致祸患的。而要真正实现如此之诗旨,必须"其人忠信笃敬,抱道而居,与时乖逢,遇物悲喜,同床而不察,并世而不闻,情之所不能堪,因发为呻吟调笑之诗,胸次释然,而闻者亦有所劝勉"。呻吟缘其痛苦,调笑生自娱乐,悲喜交于一体,若冰炭之相战,如何能"释然"呢?原来,此中关键,还在悲喜"两忘"。如在黄庭坚诗论中,"怨忿诟于道"显然属于性情之邪,而"强谏争于廷"则有性情之累,邪者不该持,累者不宜持,道德修养统一于全命保身,"思无邪"统一于身无累,自然必须将彼此两端统统忘却。"两忘"则得"中道"。"大中者,为子厚说教之关目语,儒释相通,斯为奥秘。"①柳宗元所谓"大中",与天台宗之"中道"相契,龙树曾说:"常是一边,断、灭是一边,离是两边行中道,是为般若波罗蜜。"②这又诚如李翱《复性书》所谓"动静皆离","有静必有动,有动必有静,动静不息,是乃情也"。就其思理本质而言,无非是在提倡一种超越于两极对立且彼此转化之论的新思维,而这种新思维的意义,正在儒佛相济而兼得其旨趣。归结到关于儒家"风骨"命运的话题上,秉《春秋》褒贬与诗人美刺之义者,其发愤意气和壮健才气自然属于"动",而"风骨"销尽、心如死灰、无思无虑者则属于"静","方静之时,知心无思者,是斋戒也"。既然如此,主张"动静皆离"者,便既反对放纵其心,亦反对斋戒其心,两忘即两兼,最终只可能是追求一种超然于"风骨"的"风骨"。

于是,便有了对远离朝市之山林情趣的提倡,亦有了对不务事功之美感意趣的关注,而此两者又统一于"奭然"式的性情与美感规范。性好山林,寄怀丘壑,本是晋宋雅士的风流所在。陈子昂尝言"汉魏风

---

① 章士钊:《柳文指要》上《体要之部》卷七。
② 《大智度论》卷四三《释集散品第九下》,《大正新修大藏经》本。

骨,晋宋莫传",这也是因为闲静的山林旨趣是与慷慨的济世之志相背反的。一般说来,山林闲静之趣与庙堂忧患之心的判别,也就是儒家与佛老的判别。而现在则不同了,恰恰是在复兴儒学并进而形成理学的大文化背景下,随着援佛老以入儒的思理建构,山林闲静之趣已深入于"法自儒家有"者的襟怀了。理学先驱周敦颐有"雅意林壑"①之怀,邵雍有"江湖性气"②之吟,尤其可注意的是,作为理学集大成人物的朱熹,在论诗之际曾说:"因言《国史补》称韦为人高洁,鲜食寡欲,所至之处,扫地焚香,闭阁而坐,其诗无一字做作,直是自在,其气象近道,意常爱之。问:比陶如何?曰:陶却是有力,但语健而意闲,隐者多是带性负气之人为之,陶欲有为而不能者也,又好名。韦则自在,其诗则有作不着处,便倒塌了底。晋宋间诗多闲淡,杜工部等诗常忙了。陶云'身有余劳,心有常闲',乃《礼记》身劳而心闲则为之也。"③朱熹所心常喜爱的"气象近道"之"气象",显然是一种忘情静坐以体验超然物外之精神境界的性情涵养方式。朱熹尝自道其师承要领云:"李先生(侗)教人,大抵令于静中体认大本未发时气象分明,即处事应物自然中节,此乃龟山门下相传指诀。"④对此,现今学者有评云:"采取同一种沉静的体验方式,一个宗教徒所得到的体验可能是与神同体,而一个理学家所体验的则可能是一个与物同体的天地境界。但在心理体验这一点上二者又确乎相近,实际上佛教对理学的影响主要也在这里。"⑤我们接着来推断,理学对文学精神的影响也主要在这里。《史记·太史公自序》引古语云:"礼禁未然之前,法施已然之后,法之所为用者易见,而礼之所为禁者难知。"孔子作《春秋》,是"垂空文以断礼义,当一王之法",后人秉《春秋》褒贬之义使之与诗人美刺之义相合,因此也就具有"当一王之法"的文化意义。然而,就像白居易阐释褒贬美刺之义而申言"惩劝善恶""裨补时缺"一样,此"当一王之法"者,当然只

---

① 黄庭坚:《濂溪诗序》。
② 《安乐吟》。
③ 《清邃阁论诗》。
④ 《答何叔京二》,《朱文公文集》卷四〇。
⑤ 陈来:《朱熹哲学研究》,中国社会科学出版社1993年版,第93页。

能"施已然之后",其旨归在于疗救世病,而疗救远不及预防更能从根本上解决问题,唯其如此,理学执著于"未发"之际的涵养功夫,在实质上并不与提倡褒贬美刺的儒家"风骨"意旨相矛盾,而是恰恰相反,有着终极目的上的一致性。然而,由于其执著于这种心理体验方式的文化心理动因中,又有着持"风骨"而与时乖逢的苦涩经验,因此,终极目的上的一致性,便同时意味着具体方式上的调整转型。韩愈认为,"山林"非"忧天下"者所当安处其间,而理学家和与理学家气息会通的文士们却偏偏欣赏于"江湖性气"！当然,士人并非因此而企希于隐逸山林,只是崇尚那种与山林氤氲一体的气象而已。这种"气象近道"的"气象"一旦成为主体性情的自觉风范,就会有一种玄远清虚的意识流来冲洗"幽而发愤"的慷慨意气,而随着愤世嫉俗之不平之气的消解,崇尚壮健气格的艺术心理亦将随之而转型。

柳宗元《杨评事文集后序》曰:"文有二道:辞令褒贬,本乎著述者也;导扬讽谕,本乎比兴者也。著述者流,盖出于《书》之谟、训,《易》之象、系,《春秋》之笔削,其要在于高壮广厚,词正而理备,谓宜藏于简册也;比兴者流,盖出于虞、夏之咏歌,殷、周之风雅,其要在于丽则清越,言畅而意美,谓宜流于谣诵也。兹二者,考其旨义,乖离不合,故秉笔之士,恒偏胜独得,而罕有兼者焉。"柳宗元的这番议论,必须放在彼时曾倡导"文士褒贬""诗人美刺"之儒家"风骨"的背景下来考察。显然,这里所谓二者旨义之"乖离不合",已然是对褒贬美刺说的一种改造,而其所持之思想,则正在于指示出与《春秋》笔削相乖离的诗人意趣,一种与超然物外的清虚襟怀相符契的诗美风范。在这个意义上,其明示二者旨义相乖而又感叹偏胜不如两兼者,恰好表现出其志在两兼的主体意志。乖离其旨而又志在两兼,在宋代诗文革新的先驱梅尧臣那里,同样有明显的表现。其《寄滁州欧阳永叔》诗曰:"有才苟如此,但恨不勇为。仲尼著《春秋》,贬骨常苦笞。后世各有史,善恶亦不遗。君能切体类,镜照嫫与施。直辞鬼胆惧,微文奸魄悲。不书儿女书,不作风月诗。唯存先王法,好丑无使疑。"这是再典型不过的《春秋》诗笔观,且只言"贬"而不称"褒",其"风骨"更饶锋芒。然而,他在序林逋诗集时却说:"其顺物玩情为之诗,则平淡邃美,咏之令人忘百事也。其辞主乎静正,不主乎刺讥,然后知其趣尚清远,寄适于诗尔。"试将此"趣尚清远"而辞主"静正",与此前柳宗元的"丽则清越""言畅而意美"联系起来,同时又与此后朱熹称许韦应物之"气象近道"联系起来,将不难得出结论:从褒贬美刺一体论,到二者乖离而又两兼论,唯主儒家"风骨"的主体意志,变为"统合儒佛"的矛盾结构,矛盾之两极,一者依然是"高壮广厚,词正理备""直辞""勇为"之气格,而一者则是"静正""清远"之意趣,二者乖离背反,却又务必统合,这又将构成怎样一种意态呢?曾季狸《艇斋诗话》尝曰:"前人论诗,初不知有韦苏州、柳子厚,……至东坡而后发此秘,……遂以韦、柳配渊明。"韦、柳之并称,确与苏轼之倡导有关,而这种有意的倡导十足证明,尽管宋人在理学之气氛中无不注重性情涵养之本及诗文载道辅时之用,但其主体自觉的基础,却是佛老静达之趣。理学大师朱熹,尽管以醇儒之自觉指斥柳宗元"反助释氏之说"①和苏轼"到急处便添入佛老",②但其心爱韦应物之善于静中涵养的情趣指向,却未尝不与柳、苏之旨相合。有鉴于此,我们认为,在理学与文学相参照的意义上,复兴儒家之道德人性的文学—文化主体意识,表现出对佛老既攘又受的批判性含纳态度,而这种态度在文学创作思想上的体现,便是以柳宗元所谓"丽则清越"和苏轼所谓"温丽清深"③的风格规范来具体实现"高壮广厚"而富于"迁雄之气格""建安之风力"的儒家"风骨"。这就是儒家"风骨"清虚化的具体含义。

周紫芝《乱后并得陶杜二集》诗云:"少陵有句皆忧国,陶令无诗不说归。"曾巩《孙少述示近诗兼仰高致》诗云:"少陵雅健材孤出,彭泽清闲兴最长。"陶、杜并重,恰是宋人意志体兼儒家"风骨"与佛老"神韵"的集中体现。④ 但并重不等于并行,受"诗之祸"的怵惕惊觉和"江湖性

---

① 《朱子语类》卷一二二。
② 《朱子语类》卷一三七。
③ 《东坡题跋》卷二《评韩柳诗》。
④ 参见拙文《中国诗学史的宏观透视》,载《天津社会科学》1994年第5期。

气"之性情体验的合力推动,其最终有以陶之清闲自在行杜之忧愤雅健的意向。上引周诗所吟之杜甫"忧国"与陶令"言归"之间,正当以"法自儒家有,心从弱岁疲"为中介。而曾诗"清闲兴最长"之意向,亦分明凝聚有性情涵养与文学审美的复合内蕴。

三、"温柔敦厚"的老传统与
"大音希声"的新境界

两种互相背反的事物,要和谐地统合为一体,必须有一种特殊的建构机制,而这种机制必须同时具有主体意识结构和审美风格结构的价值。

先让我们来看一个典型的事例。韩愈《送高闲上人序》首先充分阐发其"气盛""不平"观,推许张旭草书乃"喜怒窘穷,忧悲愉佚,怨恨思慕,酣醉无聊,不平有动于心,必于草书焉发之",然后,又对高闲心艺表示不解:"今闲师浮屠氏,一死生,解外胶,是其为心,必泊然无所起;其于世,必淡然无所嗜。泊与淡相遭,颓堕委靡,溃败不可收拾,则其于书,得无象之然乎?然吾闻浮屠人善幻多技能,闲如通其术,则吾不能知矣!"显然,韩愈是"不平有动"方通神论者,在他看来,其心"泊然无所起"者,其艺必"颓堕委靡",心境淡泊而其艺精妙,在他是不可思议的。到苏轼,针对韩愈的困惑而作说解:"颓然寄淡泊,谁与发豪猛?细思乃不然,真巧非幻影。欲令诗语妙,无厌空且静。静故了群动,空故纳万境。阅世走人间,观身卧云岭。"①这一番说解,其核心意旨无非在"阅世"与"观身"互相兼综的内外兼修。其中,"阅世走人间"显然属于外向修养。对此,苏辙有着更为具体的阐发,在《上枢密韩太尉书》中,他针对韩愈"行之于仁义之途,游之于诗、书之源"的养气途径,提出"求天下奇闻壮观"以自广胸襟,这就与司马迁遍游名山大川的经验相契合,从而揭示出"迁雄之气格"非仅出于"壮健才气"的重要

---

① 《送参寥师》。

内蕴。"奇闻壮观"所激发者,必是奇伟壮健之气,这于是又与黄庭坚"推之使高,如泰山之崇崛,如垂天之云,作之使雄壮,如沧江八月之涛,海运吞舟之鱼"①相互补充,共同弘扬着中唐古文家崇尚"气盛"的美学精神。然而,在苏轼看来,这种"阅世走人间"的自我建构,难免"不识庐山真面目,只缘身在此山中"②的迷失。"处静而观动,则万物之情毕陈于前",③"幽居默处,而观万物之变,尽其自然之理",④必须同时有另一个超然静观的自我对阅世之自我作旁观者清的审视,而后才可能造境于能入能出的神化境界。如果说这里的能入能出主要是就人生态度而言,那么,与此相通的艺术哲学原理,便是外枯中膏之论。"所贵乎枯淡者,谓外枯而中膏,似淡而实美。""若中边皆枯淡,亦何足道。佛云:'如人食蜜,中边皆甜。'人食五味,知其甘苦者皆是,能分别其中边者,百无一二也。"⑤"中""边"并非"中""外","中"即"大中之道",有"动静皆离",就有"甘苦皆离",就有"淡泊、豪猛皆离",非此非彼,亦此亦彼,两极化合,融为一体,这才是问题的要害。只有在秉"中道"之原理以养气运思的情况下,才最终能够有"外枯而中膏,似淡而实美"的效果,因为其"中"之所造者已含彼此交合之两体,故"中""外"之间便不再有冲突不合之势了。总之,由韩愈而苏轼,从人生哲学到艺术哲学,都实现了"不平有动"之奇崛壮健与"颓然无所起"之淡泊空静的有机统一。

只是这有机统一的"有机"二字,又是需要给予具体阐释的。"有机"二字在这里的含义,应是指两体合一而又绝无异物在体之痕迹。在这里,李德裕《文章论》中的一席话殊堪寻味:"鼓气以势壮为美,势不可以不息;不息则流宕而忘返。亦犹丝竹繁奏,必有希声窈眇,听之者悦闻;如川流迅激,必有洄洑逶迤,观之者不厌。从兄翰常言:'文章如千兵万马,风恬雨霁,寂无人声。'盖谓是矣。"首先,鼓气有一个"度"

---

① 《答洪驹父书》。
② 《题西林壁》。
③ 苏轼:《朝辞赴定州论事状》。
④ 苏轼:《上曾丞相书》。
⑤ 苏轼:《评韩柳诗》。

的问题。一味地鼓气不泄,"流宕而忘返",则会导致力竭无余之感。唯其如此,含忍以求蓄势,流荡而又知返,便是具体的创作规范了。如苏轼论韩、柳诗曰"退之豪放奇险则过之,而温丽清深不及也",又如苏洵论韩、欧文,以"人望见渊然之光,苍然之色,亦自畏避不敢追视"为韩文特性,而以"气尽语极,急言竭论,而容与闲易,无艰难劳苦之态"者为欧文特性,并指出:"惟李翱之文,其味黯然而长,其光油然而幽,俯仰揖让,有执事之态。"①章学诚有云:"世称学于韩者,翱得其正,湜得其奇。"②宋人承韩而舍奇持正,敛豪放奇险使有温丽清深之致,去艰难劳苦之态而使有容与闲易之风。此虽就文章作风而言,但又深合于儒家"风骨"之新意态。如张戒论诗,便格外强调杜甫的"微而婉,正而有礼",③并以"其词婉,其意微,不迫不露"为国风之遗韵。细加考比,便可发现,这里的词婉意微,不迫不露,正是温丽清深、容与闲易之意。足见文章风格上的"度"也正是儒家"风骨"之实践中的"度",而这一"度"的价值内涵,分明是对先儒温柔敦厚之旨的理论再阐。由中唐诸子崇尚壮健气格以发扬褒贬美刺精神,到宋人重申温柔敦厚之义而企希于容与闲易之态,分明呈现出由自我激发转为自我约束的演化轨迹。但这还不是最新的追求。在李德裕的议论中,"千兵万马,风恬雨霁,寂无人声",作为一种形象生动的喻说,阐发了一种与"大音希声"之理相通的艺术哲学原理。这一极富理论魅力的喻说,旨在揭示以下道理:第一,发而外露之气势,远不及蕴而未发者更有潜在之震慑力量;第二,这种震慑人心的境界,必然是由整体强烈的意志自律造成的;第三,其于人心之作用,自然也在唤起其人凛然自警以自律之意志。在诗文审美风格的建构上,便意味着只有在颓然无为的精神体验中实现性情自律之自觉,才能真正融豪猛壮健于闲适淡泊之中而不见勉强之态。而在儒家"风骨"的实践上,这又意味着,褒贬美刺之义,须寓于"大音希声"境界,有形的指陈讽喻,当化为无形的灵魂拷问,在了

---

① 《上欧阳内翰书》。
② 《皇甫持正文集书后》。
③ 《岁寒堂诗话》。

无迹象的状态下,诗人无意讥刺,而闻者悚然自戒。宋人杨万里对此处之意蕴阐发最精。其《诗论》有曰:"而或者曰:圣人之道,《礼》严而《诗》宽。嗟乎,孰知《礼》之严为严之宽,《诗》之宽为宽之严也欤?……诗果宽乎?耸乎其必讥,而断乎其必不恕也,诗果不严乎?"而其《颐庵诗稿序》又倡导"去词去意"以求诗味,以"无刺之之词,亦不见刺之之意"的无形之刺,使闻之者"外不敢怒,而其中愧死矣"。综其两说,分明有于极宽处见极严的意思,于无声处闻惊雷,处春风和气中觉凛然,一言以蔽之,无为而无不为。于是,我们认识到,和强调"度"相比,这种深层次上的思理建构,是与援佛老以入儒的思想特质密切相关的。唯其如此,"有机"之奥秘,非儒与释道互补者不能明之。

《老子》有云:"天下皆知美之为美,斯恶矣。皆知善之为善,斯不善矣。故有无相生,难易相成,长短相较,高下相倾,音声相和,前后相随。是以圣人处无为之事,行不言之教,万物作焉而不辞。"万事万物之所以能有判别,皆根于对立面之存在,失去了对立面便无从判别,无从判别,则美丑善恶难分,难分则奸伪充斥其间,所提倡的东西变成时髦的装点,便毫无真实价值。老子之用意,是为了防伪而不为。但万事皆须两面观,若天下皆知美之为美、善之为善,则世俗又同乎公德,人人防伪,形成气候,伪者自然悚惕,是以正面的批评反倒可以表现出极大的宽容。杨万里《诗论》云:"盖天下之至情,矫生于愧,愧生于众,愧非议则安,议非众则私,安则不愧其愧,私则反议其议。圣人不使天下不愧其愧、反议其议也,于是举众以议之,举议以愧之,则天下不善者不得不愧。"这一节精彩的论述告诉我们,天下大众之公议风行之日,便是诗中讥刺之词意消融之时,全社会的"议"权,正是诗歌不必再充当"直谏"角色的前提。显然,一旦实现了天下众议之举,秉方直之人格者也将不再会"幽而发愤",将道德风化的职能还给社会,文学正好去扮演其审美愉悦的角色。总之,这也无非就是庄子"相忘于江湖"的境界。在众议成风的汪洋大海中,作家何须要作振聋发聩的多余之举呢?足见,犹如处大化运行之中而不觉自身有动,泊然无所起者,绝非幽单孤独之体所宜持守。而这又意味着,去词去意而使"风骨"化为无形的价值追求，并不是对"幽而发愤"传统的背弃，而是要将它化为普遍的人性本质和合理的社会机制。当然，所有这些，都带有强烈的理想主义色彩。亦唯其如此，所谓儒与佛老之互补，最终意味着佛老超然人格与儒家社会理想的互补。互补就是相互生发，"有机"之机，于斯存焉。

佛老的超然人格有遗世之神韵，儒家的社会理想亦与现实格格不入，两者互相生发，势必导致儒家"风骨"现实锋芒的消解。如果说宋人对"温柔敦厚"传统的再阐意味着艺术上的含蓄化和意志上的温和化，那么，当进而企希于"大音希声"的境界时，便是艺术上的逸品化和意志上的清虚化了。逸品至上，是中国封建社会后期即宋元以来整个文艺思潮的主旋律，而在此逸品至上的思潮中，授作家以褒贬美刺之柄复令其激发壮健意气的创作思想，势难保持其先前的主流地位。而尤其重要的是，尽管杨万里所揭示的举天下之众以议的人文气候只是一种理想，而去词去意式的无所刺之刺诗，却俨然成为创作的现实规范。"句中池有草，字外目俱蒿"①"不著一字，尽得风流"②的美学风格，"状溢目前""情在词外"③的艺术建构，提供给人们以怡神悦性的形象景观，酝酿出一种清新空灵甚至透出荒远清寒气象的审美氛围，而把褒贬时事、疗救世病的意义化作一种无形的期待——期待着其所暗示或隐喻的批判对象在良知发现之日"中心愧死"。恐怕这正是佛老悲观厌世与儒家道德憧憬彼此交合的奇特产物吧！在这个意义上，儒家"风骨"的清虚化正历史地积淀着道义主体的现实的疲惫与理想的执著。

作为一个特定的概念，这里所谓"清虚"，自然又与援佛老以入儒的理学文化背景有关。程颢《答横渠先生定性书》曰："与其非外而是内，不若内外之两忘也。两忘则澄然无事矣。无事则定，定则明。明则尚何应物之为累哉？"朱熹进而说："心之全体，湛然虚明，万理具

---

① 杨万里：《和李天麟二首》之二。
② 司空图：《诗品·含蓄》。
③ 张戒：《岁寒堂诗话》引刘勰《文心雕龙·隐秀》语。

足。""心虽是一物,却虚,故能包含万理。"①这种心的本体澄然虚明而定性之法唯在两忘的思想观念,影响到明代性灵之论,后者亦每每以"虚灵"相阐发,如屠隆有曰:"佛家般若,道家灵光,儒家明德,总之所谓性也。朱紫阳注'明德',指出虚灵二字甚善。"②以上足以证明,理学明心见性之学,在规范主体意志的课题上,是与佛老之学相参融的。同时,理学又有理气之辨,并且强调本源上的理在气先。既然如此,当理学阐发孟子养气之旨时,便强调"养之至则清明纯全"。③ 正是在这种思维定势的作用下,主张"气盛言宜"而执拗于"不平则鸣"的文学精神,遂在"茂其根本,探其渊源"的价值追求中,使"配义与道"的浩然之气澄然虚明了,从而也就使施事及物辅时补缺的外向意志内游而消融于虚明无限的空寂中了。而不容忽略的是,与此理学文化的发生发展相同步,在文学理论领域,以晚唐司空图为转运之关枢,也存在着一种由实返虚的美学思维趋势。杨廷芝《二十四诗品浅解》曰:"《诗品》首以'雄浑'起,统冒诸品,是无极而太极也。"而《雄浑》之品中的关键语,无疑正是"返虚入浑,积健为雄"。如前文所言,中唐诸子在整合文学"风骨"与儒家风化传统时,所秉持的主体意志,无论是讲"迁雄之气格",还是道义之方直,都可入于"积健"之义。而现在则要求"积健"与"返虚"相统一。怎样实现这种统一呢?王夫之后来的解说颇能启人神智:"每当近情处即抗引作浑然语,不使泛滥。"④何谓"抗引"?"文笔之差,系于忍力也。"⑤看来,"返虚"亦即含忍,含忍至于中和之"度"还不够,必使壮健之气所蓄积之势内化而消融无迹,方才是浑然理想境界。总之,理学与美学的同步思维,正是儒家"风骨"清虚化的理性动因。

在描述了儒家"风骨"清虚化的演化轨迹并探询了演化的原因之后,当面临如何评价这一历史的文学文化现象时,我们却颇感困惑:

---

① 《朱子语类》卷五。
② 《与汪司马论三教》。
③ 《二程遗书》卷二一。
④ 《唐诗评选》卷二杜甫《赠卫八处士》评。
⑤ 《古诗评选》卷一《羽林郎》评。

因为儒家"风骨"的振兴或者衰变，本身就是一个多维复合的课题，无论是慷慨其志还是清虚其神，都存在着价值指向上的非单纯性。当其以"迁雄之气格"弘扬褒贬美刺之义时，对人生社会的强烈的关注热情和冷静的批判意识，却是同得其位而尽其职的政治角色意识相一致的，在这个意义上，振兴弘扬之际安见得没有异化因素！而当其外受现实挫折、内受理学义理导引，从而敛约甚至消解其外向锋芒时，却将滞守在事功主义层面上的文学价值解脱了出来，并使其在注重怡神悦性的美感形式的同时，获得某种艺术哲学的灵性。在这个意义上，清虚化就既是一种衰变的过程，也是一种超脱的过程。历史的真实就是这样，我们无法改变。但是，探寻这一真实的发生与发展规律，将有益于我们作为现代文学文化人的意志建构。凡是不以文学为"玩"物，亦不以文化为"包装"的有识之士，想必都会和我们一道来继续与此有关的思考。

"在事为诗"申论
——对中国早期政治诗学现象的思想文化分析

长期以来,关于中国古典诗学之观念体系的确认,始终在由"诗言志"内游而递进到"诗缘情"的阐释惯性下进行,由此而形成的诗学理论体系已然自在而又自足。只不过,这样一来,诗学理论的中国特色便有意无意地被单极化了。殊不知,在"诗缘情"之外,尚有诗"缘事""在事"一义值得我们去关注。若说系于"事"的诗学观势必与叙事艺术的自觉相关,那么,就像古人每每以其"叙事"而将史书与小说一体相待那样,伴随着诗学与史学的联姻,相应会有"诗史"性的叙事自觉。但是,问题在于,"诗史"之价值追求,又岂限于叙事之工?在这里,问题的症结,乃是政治性的人文关怀。尤其是在自殷周而至于秦汉的社会历史变迁和思想文化递嬗中,诗学的自觉到底融含了哪些思想资源和文化因子呢?而这样一种诗学自觉又体现了怎样的政治性人文关怀呢?所有这些问题,都需要我们去认真关注"缘事""在事"的诗学问题。

一 两汉诗学思维中的"缘事"意脉

班固在《汉书·艺文志》中所说的"感于哀乐,缘事而发",是任何古典诗学的阐释者都未曾忽略过的,然而,现在看来,很多相关阐释的深度和广度都是不够的。同时,《毛诗序》在解释"风""雅"时所引入的"一国之事"与"天下之事"这种诗学话语的特殊意义,也还没有得到应有的确认。如果说《毛诗序》在阐释"变风变雅"时以凸显"国史"之"达于事变"意识而体现出来的"诗史"观,与《淮南鸿烈》所谓"《诗》《春秋》"之学①有着内在的联系,而此"《诗》《春秋》"之学则是汉人所谓六经之学总体之外的特殊学问,那么,与六经之学相交织而形成经学、纬学两大系统互补之势的谶纬之学,其投射于诗学观念世界者,按理也应该形成特殊的诗学范畴和命题,对此,已有的理论分析和价值阐释尤其显得薄弱。

显而易见,和"诗言志""诗缘情"者相比,"缘事""在事"的诗学观表现出关注客观社会的鲜明倾向,这一层意义,是人们早就认识到了的。同样显而易见,既然"诗史"②大传统的精神实质在于对褒贬"当时之事"的时事批评权力的吁求,那么,当班固为确认乐府诗宗旨而提出"缘事"原则时,其特定的含义无疑应该是"缘时事而发",这样,新的乐府精神就与传统的风雅精神完全接轨了。问题在于,和基于"《诗》《春秋》"之学的"诗史"观同构而又异质的是,"缘事"之旨,除了"缘时事而发"故系于天下国家之大事的内容以外,尚有其系于"经""纬"交织之学理形势的内容,这,就需要我们再作探讨了。

因此,我们首先需要完整地去把握班固言论的实际内容。在《汉书·艺文志》自"传曰:不歌而诵谓之赋,登高能赋可以为大夫"而至于"皆感于哀乐,缘事而发,亦可以观风俗,知厚薄云"那一段人们所熟知的叙述文字中,班固无疑是从春秋称《诗》之事论起,由当时的聘问歌咏风习到孔子的"不学《诗》,无以言",然后描述出学《诗》之士失志而抒愤的事实,并在明显有所抑扬的叙述中凸显出"风谕之义"。沿着这样的思路,接下来揭示汉乐府之艺术精神时所提出的"感于哀乐,缘事而发",分明就是风谕之义的必然引申,在这个意义上,我们不妨就此而提炼出"缘事风谕"的概念,以揭示"缘事"一说的价值向度。实际上,在长期以来的有关阐释中,人们也无不在强调如许论述所具有的

---

① 《淮南子·氾论训》有云:"王道缺而《诗》作,周室废、礼义坏而《春秋》作。《诗》《春秋》,学之美者也,皆衰世之造也……"
② 参看拙文《传统"诗史"说的阐释意向》,载《中国社会科学》1999年第三期。

有为而发的现实主义艺术精神。但不无遗憾的是,由于"缘事"一义特定的文化内涵不曾被揭示出来,所以,对"缘事风谕"的价值阐释只能停留在作为一般艺术原则和基本创作方法的现实主义层面上。

如果参照整体语境来把握,就不能不考虑,"感物造端,材知深美,可与图事"与"感于哀乐,缘事而发"之间,原有着内在的联系。这种联系,可从以下几个层面来分析。

其一,基于春秋称《诗》的背景,考虑到"微言相感"的方式,以及"以别贤不肖而观盛衰"的功能,此间"感物造端"的关键正在于政治性的人文关怀。是否具有这种人文关怀,直接决定着可否"为列大夫"。换言之,一个具备这种人文关怀的士大夫,因此而将具备一种特殊的敏感——政治敏感。这,才真正是"可与图事"之说的底蕴所在。其论述思路的趋向既然如此,那么,后面所谓"感于哀乐,缘事而发",其哀乐必然系于社会之兴衰,而其"缘事"之意识必然与"图事"之意识相接轨。显而易见,这里不仅是有为而发,更是欲有作为,"缘事而发",志在"图事"。须知,班固所谓"可与图事",其语义背景多少与司马迁之述评于屈原者有关,《史记·屈原贾生列传》云:"为楚怀王左徒,博闻强志,明于治乱,娴于辞令,入则与王图议国事,以出号令,出则接遇宾客,应对诸侯,上甚任之。"我们不难发现,其诗学思维的精神动力之一,乃是"与王图议国事"的政治参与意识,而在这个意义上,"缘事而发"的诗歌发生机制,未尝不反映着"图议国事"的政治参与方式。

其二,"秦燔乐经,汉初绍复。""暨武帝崇礼,始立乐府,总赵代之音,撮齐楚之气,延年以曼声协律,朱马以骚体制歌。"(《文心雕龙·乐府》)一个众所周知的事实是,汉武帝之立乐府,相当程度上是出于"夸侈之心,既缘饰为辞赋;荒淫之意,更萌兆于乐章"(刘永济《十四朝文学要略》卷二)的文化心理,"夸侈""荒淫"之评,虽未免言之过重,但声乐歌舞之喜好却是显而易见的。不过,问题的症结在于,武帝朝廷所以立乐府的用意,与班固等士大夫文人对这一行为的阐释,实际上必然是有差别的。就其精神实质而言,前者即使不出于"夸侈"之心,也至多以"崇礼"为出发点,旨在润色政治;至于后者,其阐释的出发点却在于批评政治,如其不然,为什么在强调"为列大夫""可与图事"之传统的同时,又数致意于"古有采诗之官,王者所以观风俗,知得失,自考正也"(《汉书·艺文志》)与"行人振木铎徇于路以采诗,献之大师,比其音律以闻于天子"(《汉书·食货志》)的先王遗制呢?

史家的价值阐释有时会大于事实陈述,这其实也正是史家之所以为史家的独立精神之所在,而在这里,在与"图事"相关的士大夫意志层面上,在与采诗遗制相关的政治设计层面上,"缘事而发"的发生机制已被赋予了重大的政治使命了。

综上所述,班固以史家姿态发言,在一般性地叙述"乐府"建立之史实以外,特别阐述以"图事"为宗旨的"缘事"风谕原则,其终极追求无疑在于参与公共政治事务,并有针对性地发表批评意见。这,既可以叫作政治性诗学,也可以叫作诗性政治学。

尤其需要指出的是,由于汉代特殊的思想文化环境,这种"缘事"风谕的诗学观念,遂表现出耐人寻味的形态,并因此而具有同样耐人寻味的历史意义和现实启示意义。

真德秀曰:"汉儒自仲舒前,未有言灾异者。"(见凌稚隆《汉书评注·五行志》上引)这也就是说,灾异谴告之学,虽说有着先秦文化的积淀,有着孔子述作的示范,但其自觉为理论观念毕竟属于汉人的新创。唯其如此,汉人政治诗学的文化背景中,至少不能缺少灾异谴告之学的内容。也因此,汉人之说《诗》论《诗》,往往带有谶纬色彩,便是情理中事。更何况,有道是"自中兴之后,儒者争学图谶,并复附以妖言"(《后汉书·张衡传》)。神学的迷雾因此而更其弥散了,与此相应,谶纬之说中所折射出来的汉人诗学思维的脉络,也就更加凸显。《纬书·乐纬·动声仪》曰:"诗人感而后思,思而后积,积而后满,满而后作。"同书《春秋纬·说题辞》曰:"诗者,天文之精,星辰之度,人心之操也。在事为诗,未发为谋,恬淡为心,思虑为志,故诗之为言志也。"试问:这"在事为诗"的"事",与"缘事而发"的"事",究竟有什么关系呢?谶纬之学的线索与诗学线索是否因此而相互扭结呢?如果我们已有对"图议国事"的理解作基础,那么,这里的"未发为谋"应不难理解,因为"图事""图议国事"与"谋"之间的语义联系是十分明显的。不仅如此，"在事为诗，未发为谋"，隐然有一种已发与未发的逻辑关系，从而，此间的诗学思维想就包含着某种关于政治预设及其验证的思想内容了。

汉儒的灾异谴告之学，是支撑在谶纬话语迷雾中的思想脊梁，反映了汉儒在大一统意识形态制约下吁求政治批评权利的思想追求，是先秦士人之理性精神在秦汉政治体制设计中的折射。

柳诒徵尝言："世多谓汉武帝绌诸子，崇儒学，为束缚思想之主因。然古先圣哲思想之流传，实武帝之功。以功为罪，正与事实相反。"（《中国文化史》第三十二章《两汉之学术及文艺》）的确，"广开献书之路"，"建藏书之策，置写书之官，下及诸子传说，皆充秘府"（《汉书·艺文志》）。自汉武置五经博士，与时发展，至东汉，"游学书盛，至三万余人"（《后汉书·儒林传》）。班固作《东都赋》遂有"四海之内，学校如林，庠序盈门"之句。即使是家居而教授者，其生徒亦相当可观，如楼望，"诸生著录九千余人"，如蔡玄，"其著录者万六千人"（俱见《后汉书》本传）。如此庞大的游学群体，其整体倾向的两个方面值得我们注意。

一方面，遂有所谓"危言深论，不隐豪强。自公卿以下，莫不畏其贬议，屣履到门"（《后汉书·党锢传》）的现象。"逮桓灵之间，主荒政谬，国命委于阉寺，士人羞与为伍，故匹夫抗愤，处士横议，遂乃激扬名声，互相题拂，品核公卿，裁量执政，悻直之风，于斯行矣。"（《后汉书·党锢列传序》）最终发展到士林与阉寺水火难容而产生党锢之祸，那只是结果，而酿成这一结果的原因更值得我们去关注。那么多的士人聚集在一起，所教授讨论的学问又无不带有经邦济世的特色，岂能不培养出"裁量执政"的作风！而其"横议"既然已经到了让公卿豪强"莫不畏其贬议"的地步，其左右政治的力量当可想见。

另一方面，则是汉人游学多攻天文星占与图律谶纬的形势。从《后汉书》列传的话语形态中，我们也可以窥知消息之一二，如所谓"星历谶记""图谶""春秋图纬""灾异谶纬""天文谶纬"，等等，一切都笼罩在谶纬的网络之中了。而对于谶纬之学，也绝不能一言以蔽之曰"神学迷信"，如李学勤便说过："这类学说的性质，也不能以愚昧迷信完全概括。"①实际上,所谓"纬学"者,与"经学"本来就有并行互补之势。钱穆《刘向·刘歆父子年谱》尝言:"时学者可分两派,一好言灾异,一好言礼制。言灾异者,上本之天意。言礼制者,下揆之民生。"(《燕京学报》第七期)而两派并行之际,又有内外之别,朱彝尊《说纬》有云:"东汉之世,以通《七纬》者为内学,通《五经》者为外学。"不仅如此,"当时之论,咸以内学为重"。如果再从《后汉书》列传称述传主之"内学"而有"穷神知变""探颐穷神"等话语来看,其与《易》学之学理又有着内在的联系。"一阴一阳之谓道,阴阳不测之谓神","《易》之义谁(推)阴与阳",以象数推算之术去把握变化不测之道,且不论其实际结果如何,其出发点是具有某种朦胧的科学探索精神的。在中国古代历史上,方术迷信往往与科学探索相交织,而与灾异谴告之学相依存的天文图谶之学,其性质尤有复杂微妙之处。《法言·扬子》有云:"通天地人为儒。"故天文星占之学本来就是儒者的本分。自唐、虞至于秦汉,历代都有"掌天文之官,仰占俯视,以佐时政"(《后汉书·天文志》)者,人们因此而可以说中国自来就存在着一个"政治天文学"的传统。当然,这里所谓"天文"乃是"究天人之际"的"通天"之学。经纬纵横,内外相辅,方是国人早期完整的世界观和宇宙观,在这个意义上,"纬学"的地位和价值不应该逊于"经学"。而在本文题目所关注的范围内,就意味着有必要充分重视"纬学"中所透露的诗学信息。换言之,有必要透过谶纬说《诗》论诗的荒诞谲诡,发现其政治诗学的潜在目的。

不言而喻,当上述两方面的内容交织一体时,会有一种特殊的政治诗学的思维方式和话语方式产生。于是,"在事为诗,未发为谋"所具有的已发未发的内在话语逻辑,就不仅有参与图议以求事功的一面,同时又有推算检测以求胜算的一面。相对于"在心为志,发言为诗"的理论表述,"纬学"化的《诗》学(诗学)理论表述已引入了特定的思想层面的内容,在当时已有的"言情"②观念的基础上,注入了理性精

---

① 李学勤:《〈易纬·乾凿度〉的几点研究》,《清华汉学研究》第一辑第25页,清华大学出版社1994年版。
② 刘歆《七略》便道:"诗以言情。情者,性之符也。"

神,唯其如此,才有"思虑为志"的概念。不仅如此,当"缘事而发"意味着"纬学"意义上的"在事为诗"时,这里的"缘事"意识便有几分刘向所谓"善谋"的文化底蕴了。刘向,钱穆言下之"好言灾异"者,高似孙言下之"为汉规监"(姚振宗《隋书·经籍志考证》引高似孙《子略》)者,其文艺思想又颇具影响,正好可以作为一个典型的个案来加以分析。其《说苑·贵德》云:"夫诗,思然后积,积然后满,满然后发,发由其道而致其位焉。"这番话,与《纬书·乐纬·动声仪》中的"诗人感而后思,思而后积,积而后满,满而后作"几乎一般无二,这就提醒我们,包含有思虑积累在内的诗人感发吟作,当这种思虑又受动于谶纬之学的推理方式时,其于感吟内容的选择,就只能遵循另外的标准了。刘向《新序》一书,余嘉锡《四库提要辨证摘要》谓"夫一书有一书之宗旨,向固儒者,其书亦儒家者流,但求其合乎儒术无悖于义理足矣,至于其中事迹皆采自古书,苟可以发明其义,虽有违失,固所不废。譬之赋诗,断章取义,要在读者不以文害辞,不以辞害志耳"。余氏又引《复堂日记》卷六语云:"《新序》以著述当谏书,皆与封事相发,董生所谓陈古以刺今。"应该说,这样的理解是符合刘向著述之原意的。而《新序》一书不仅专设《善谋》之篇,而且屡言某某人之谋,其评论战国秦、赵战事之际有说云:"虞卿之谋行而赵霸,此存亡之枢机,枢机之发,间不及旋踵,是故虞卿一言,而秦之震惧趋风驰指而请备。故善谋之臣,其于国岂不重哉?"这完全是在借"事"发挥,以强调"善谋"的重要。而正是从这里"谋行"犹如"枢机之发"的话语逻辑出发,我们认为,《纬书》所谓"在事为诗,未发为谋",除了是在借《诗》发挥以外,分明又凸显了"善谋之士"的主体意识。所谓"思虑为志",当然也应该理解作以"善谋之士"之"思虑"为主才对。

有必要强调,"善谋之士"之"思虑",在经("经学")纬("纬学")交织的思想文化格局中,固有一种制衡王权的特定意识。"缘事而发""在事为诗"的诗学自觉,在与这种意识相联系的层面上,其意义尚有待于我们去发掘和阐释。当年,朱自清《诗言志辨·正变》已经注意到了所谓"诗妖"问题,一方面引汪琬《唐诗正序》"史家传志五行,恒取其

'变'之甚者以为'诗妖'诗孽、'言之不从'之证"的表述来申论汉人"变风变雅"论所具有的怨刺精神,另一方面则据《汉书·五行志》而得出"'妖'与'夭胎'同义,是兆头的意思"的结论。可见,无论《诗》还是诗,都可以具有"占验"的功能。《汉书·刘向传》称:"向见《尚书·洪范》箕子为武王陈五行阴阳休咎之应,向乃上古以来历春秋六国至秦汉符瑞灾异之记,推迹行事,连传祸福,著其占验,比类相从,各有条目,凡十一篇,号曰《洪范五行传论》。"而据《开元占经·童谣》引《洪范五行传论》:"下既非君上之刑,畏严刑而不敢正言,则先发于歌谣,歌口事也。气逆则恶言至,或有怪谣,以此占之。故曰诗妖。"在这里,"歌其事"的民间歌谣,也就是我们所说的乐府民歌,被赋予了政治占验的特殊价值,也因此,"歌其事"的"事"的选择,就不能不与"推迹行事"而"著其占验"者相统一了,这也就等于让风谕怨刺的原则与灾异谴告的原理统一起来。如果说风谕怨刺的诗学原则以及风谕褒贬的"诗史"原则都是对一种源自先儒理性的人文传统的弘扬,其主要表现为主体精神的特定指向,那么,当这种原则与灾异谴告的原理相统一时,体现主体精神的主观意志,就与体现自然威力的客观经验互补互济且相得益彰了。换言之,在当时人们的思想中,这样一来,政治诗学的批评权力,因为有了自然威力的支持而显得更有实效。在这个意义上,将"纬学"化的诗学视为迷信诗学,就太失之于简单化了。

  无疑,以现代科学的知识水平来证明古人谶纬之学的荒谬,那是太轻而易举了。其实,在"天人感应"的知识结构中,人事与自然互为因果,而所谓客观规律也就是这种因果推移的逻辑。尤其重要的是,由于这与"经学"成内外互补之势的"纬学"主要是一种政治学思想,因此,其种种努力最终在于凸显特定推理逻辑以制约现实权威。本来,从"天惟时求民主"(《尚书·周书·多方》)、"天垂象,见吉凶"(《易·系辞上》),到"人主之情,上通于天。故诛暴则多飘风,枉法令则多虫螟,杀不辜则国赤地,令不收则多淫雨"(《淮南鸿烈·天文训》),天人之际的政治思考,之所以如此借重天象灾异,无非是为了表明,人间的批评是与天意之谴告相一致的,而拒绝批评的后果是灾难性的。尽管由于理论表述的缺乏系统而使有关的命题显得暧昧,但那实质上是挟"天意"以刺"天子"的诗学精神,以及意在客观威慑的诗学话语,却是很有价值的。

总之,只要不是孤立地看待"感于哀乐,缘事而发"的汉乐府特性,只要同时将《毛诗序》与《纬书》的阐释话语引入对汉人诗学思维的分析,只要参照"《诗》《春秋》"之学的特殊意义而去发现"经学""纬学"异质互补的特殊意义,就会认识到由"缘事""在事""图事""思虑""谋"等关键词语所表征的汉人政治诗学观的价值所在。决不能因为它是政治诗学而轻视,须知,对于中国历史文化而言,文学与政治的关系乃是最值得研究的课题。

二 关于采诗观风制度的正反经验

"匹夫庶妇,讴吟土风,诗官采言,乐盲被律"(《文心雕龙·乐府》),这种自汉代以来被士人所反复确认的诗文化传统及其相应的行政运作方式,究竟是先王遗制还是后王新政,这里且不作考究。我只觉得有必要指出,既然涉及一种带有诗文化特色的行政运作方式,那么,仅仅局限在诗学的范围之内来讨论显然是远远不够的。而一旦涉及行政运作,鉴于中国历史的特殊经验,我们就大有必要从正反两面去作考察和分析了。

萧涤非《汉魏六朝乐府文学史》曾明确指出,两汉时代既有采诗之制,复有采诗之实,由此可见当时对风谣民意之重视。萧著亦征引不少史料,其所论述令人颇为信服。只是,当时采诗观风之制以及言路疏通之法,本与"纬学"思维密切相关,这一层,萧著却未曾论及,是以我们需要在其基础上继续探讨。

翻检《汉书》《后汉书》,一个颇为引人注意的现象是,凡有自然灾异现象,谏言者每借此言事,而在位者也降诏罪己,所谓灾异谴告,显然并不仅是停留在观念层次上的信念。而在这史籍的字里行间,我们还可以读出:灾异谴告确实推动了言路的开放,如顺帝阳嘉二年已亥,京师地震,诏文便令"其各悉心直言厥咎,靡有所讳"(《后汉书·顺帝纪》)。当时光倒退近两千年,人们还无法用真正科学的知识来解释自然灾异现象时,谴告理论作为沟通人文理念与自然规律的学说,必然占据人们的信仰世界。而这样一来,经由天意谴告的折射,民意本身才具有了威慑的力量。唯其如此,两汉政治对民意的重视,以及因此而实施采诗观风的行政措施,至少部分地受动于对无意识自然力的有意识发挥。不过,事情还有另外一面,就像任何一种信仰都有可能被别有用心的人所利用一样,那在汉代确实存在过的采诗观风制度,事实上已经正反两极化地发挥作用了。正面的史实易为人知,倒是反面的事实需要引起人们的注意:

> 四年(元始四年)春……遣大司徒司直陈崇等八人分行天下,览观风俗……其秋(元始五年)……风俗使者八人还,言天下风俗齐同,诈为郡国造歌谣,颂功德,凡三万言。莽奏定著令。又奏为市无二价,官无狱讼,邑无盗贼,野无饥民,道不拾遗,男女异路之制,犯者象刑。刘歆、陈崇等十二人以治明堂,宣教化,封为列侯。
> ——《汉书》卷六十九《王莽传》

凡是经历丰富的中国人,对这种假造民谣以强奸民意的政治伎俩,都不会感到陌生的。而一旦有了这样的典型,"览观风俗"的制度就变质了,批判性的政治设计就异化为辩护性的政治计谋了。本来,采诗官制作为中国士人之政治诗学观的题内应有之义,是为历代诗人所向往、所吁求、所维护的,但眼前的这一事实却提醒我们,当整个政治体制以辩护性意识形态为其必要条件时,采诗观风的行政运作本身就很可能只是一种粉饰太平的行为。认识到这一点将是十分重要的,因为我们从此便不会轻信有关采风观政的美谈了,不仅如此,我们还因此而将在另一种意义上来认识所谓"真诗乃在民间"。

"缘事而发"也好,"在事为诗"也好,政治性诗学观念中理应包含对"真诗"之真实的追求。而历史的经验告诉人们,除了必须有重视民意而直言敢谏的"使者"来作中介以外,以什么样的政策来调动"民心""民意"也是至为关键的。《汉书》卷四十六《韩延寿传》载云:

> 颍川多豪强,难治,国家常为选良二千石。先是,赵广汉为太守,患其俗多朋党,故构会吏民,令相告讦,一切以为聪明,颍川由是以为俗,民多怨雠。延寿欲更改之,教以礼让,恐百姓不从,乃历召郡中长老为乡里所信向者数十人,设酒具食,亲与相对,接以礼意,人人问以谣俗,民所疾苦,为陈和睦亲爱销除怨咎之路。

韩延寿之所为,说到底,不过施行礼乐之教耳,但这里有一个比较:相互告讦与彼此亲睦,出于同一块"民意"土壤。以邻为壑,揭发告密,怨雠纠结,当民间处于彼此斗争的状态时,不仅无力顾及在上者的所作所为是否合理,而且因为其往往还会渴望在上者庇护自己以压倒对方,从而无形中为在上者实施阴谋提供机遇。此外,赵广汉治下的颍川风俗,虽然"民多怨雠",却只有在韩延寿"人人间以谣俗"时才可能流露出来,这又说明,正面渠道的设立非常关键。至于这一渠道的畅通,又有赖于"览观风俗"落实于选使标准和吏治水平之际的具体运作问题。政治诗学的内容确实与政治密切相关。由此看来,后来如白居易者,仅只呼吁"选观风之使,建采诗之官"(《白氏长庆集》卷四十八《策林六十九·采诗以补察时政》),显然是不够的。在这方面,两汉时事之中确有可资借鉴者。《后汉书·独行列传》载谯玄事迹有云:

> 时数有灾异,玄辄陈其变。既不省纳,故久稽郎官。……平帝元始元年,日食,又诏公卿举敦朴直言。……四年,选明达政事能班化风俗者八人。时并举玄,为绣衣使者,持节,与太仆王恽等分行天下,观览风俗,所至专行诛赏。

又《汉书·王尊传》云:

> 涿郡太守徐明荐尊不宜久在闾巷，上以尊为令，迁益州刺史。……尊居部二岁，怀来徼外，蛮夷归附其威信。博士郑宽中使行风俗，举奏尊治状，迁为东平相。

首先，让我们来领教一下《独行列传》之所谓"独行"的具体内涵："孔子曰：'与其不得中庸，必也狂狷乎！'又云：'狂者进取，狷者有所不为也。'此盖失于周全之道，而取诸偏至之端也。然则有所不为，亦将有所必为者矣；既云进取，亦将有所不取者矣。如此，性尚分流，为否异适矣。中世偏行一介之夫，能成名立方者，盖亦众也。或志刚金石，而克扞于强御。或意严冬霜，而甘心于小谅。亦有结朋协好，幽明共心；蹈义陵险，死生等节。虽事非通圆，良其风轨有足怀者。"这不禁使我们想起班固评屈原时所谓"亦贬絜狂狷景行之士"的"说法"，也使我们想起汤显祖"宁为狂狷，不为乡愿"的表白，并且从中悟到，除了"明达政事能班化风俗"的标准之外，特立独行的狂狷人格也许更为重要。总要有一点不肯媚上随俗的精神，总要有一点离经叛道的胆识，否则，其"览观风俗"之际，就很可能"诈为郡国造歌谣"。换言之，采诗观风之制，如果没有"独行"式的精神品格的必要补充，其结果或者是等同虚设，或者是适得其反。

值此，需要引申说明一点，这种制度设计与品德规范互相依存又互相牵制的文化现象，实在是中国特色之所在。从最著名的"内圣外王"一说就可以看出来，道德理想与政治权威的双重崇拜，道德追求与权利要求的双向选择，导致了中国民族在价值判断上的特殊困境：理论上的旨在两全和实践上的势必两难。而正是这种两全与两难之间的深刻矛盾，或者造成表里不一的政治文化现象，或者以"民意"的旗号来迫害民众，以美好的话语为丑恶的行径包装，或者使合理的"民意"要求反而得不到正常的权利形式，从而不得不寻找异常的表现形式。也正是因为这样，上面所引《后汉书·独行列传》关于"数有灾异"则诏求"直言"的史实才显得意味深长。不难理解，"灾异"作为自然现象，不同于"符瑞"之可以假造，唯其不可以人为假造，从而才具有客观的威慑力量；也正是因为这客观的威慑力量，使它成为唯意志论思想主导下的政治行为的异己存在，并因此而和特立"独行"之精神品格相互统一。

于是，我们至少明白了一点，即"缘事""图事""在事"与览观"风谣"的政治诗学观念为什么会活跃于两汉"纬学"发达的思想背景之下。此外，我们也认识到，"民意"具有很强的可塑性，从而，如何保证"谣俗"的真实性，就成为一切政治诗学之运作实践所头疼的问题。

最后，正是基于上述认识，我们不能不再就以下问题展开申说。

一、我们必须把"班宣风俗"和采诗观风区别开来，尽管二者未必不相重叠。问题在于，以执政者的意志去塑造（教育）民众，毕竟和以"民意"为参照来修缮政治不大一样。如果没有可以操作的"民权"形式，如果没有具体的威慑力量（"灾异"也是一种威慑力量）来制衡王权，则民歌风谣很可能被忽视、被篡改、被遮蔽、被封杀。细味汉人的有关论说，他们除了明确设计采诗观风的政治运作方式，并且明确提出"在事为诗""缘事而发"的诗学原则之外，又以特有的"纬学"式语言告诉人们，和一般性的"谣俗"相比，"诗妖"尤其值得注意。《左传》宣公十五年云："天反时为灾，地反物为妖。"从而，"诗妖"本身便不是正常现象而是反常现象而"君炕阳而暴虐，臣畏刑而箝口，则怨谤之气发于歌谣，故有诗妖"的说法，以及"'妖'犹夭胎，言尚微"（俱见朱自清《诗言志辩》引班固《汉书》及刘向《洪范》）的解释，都在告诉人们，"诗妖"这一反常现象的出现，恰恰是君主政治现实被视为反面现象的结果，也就是说，此乃"妖自上作"也。在观念层次上，士大夫对采诗观风制度的提倡，无疑是具有"民本"政治性质的。但是，除了凭借"灾异"谴告的自然力威慑以外，体现"民本"性质的采诗观风之制，根本得不到来自现实权威的实质的支持，至于来自"民意"本身的监督，就更不用说了。也因此，即使有制度化的采诗观风，也无法保证歌谣"民意"能以其真实的本来面貌被采集并被采纳。唯一的希望，当然只能寄托在有节操德行的士人身上了。不过，这同样是有问题的。

二、与采诗之制相关，观风使者究竟对谁负责，看来是问题的另一个症结。在一王强权专制的条件下,除了那带有"迷信"色彩的"灾异"力量,士人们又到哪里去寻找其作为批评主体所需要的实际存在的权威支持呢?当然,士人们可以信仰于"内圣外王"之"内圣"。但一个无法绕开的问题又在于,虽然"内圣外王"的题内应有之义正在于使有德行者有其位,但就像先秦孟子已经指出的那样,尽管按理说"惟仁者宜在高位,不仁而在高位,是播其恶于众也"(《孟子·离娄上》),但是,"匹夫而有天下者,德必若舜禹,而又有天子荐之者,故仲尼不有天下"(《孟子·万章上》),孟子意在告诉人们,道德人格的具备只是必要条件,而不是充分条件。不仅如此,当"内圣"与"外王"处于两端对立位置时,最常见的情况,就不能不是士人意志的分裂了:这意味着正反两面现象的出现是必然的。

三、如果正反两面现象的出现是一种必然,那么,对这种"成也萧何,败也萧何"的事实,我们除了陷于两难而苦闷,此外还能做什么呢?主要由汉人之论述所表现出来的政治诗学性质的采诗观风之事,就是这样一种陷人于两难之境的历史存在。现在,当我们直面史实并正视这种包含着正反两面经验的难题时,一方面,对汉人借"纬学"逻辑以伸张"缘事""在事"风谏之义、依"灾异"谴告之力以推进采诗观风之制的思想行为,我们不至于再简单化地以"迷信"相评价,而是终于多了几分理解;另一方面,诗学史的启示在于,政治诗学的问题不能只用诗学的方法去解决,而政治学的方法一旦被引入诗学领域,将有一系列问题需要研究。

三 "在事为诗"的历史文化语境分析

为了深入于与此相关的问题系列,我们很有必要就"在事为诗"这一观念之所以生成的历史文化语境进行分析。

众所周知,在传统文化经典性的话语系统中,"事"是属于"史"的功能范围的。《礼记·经解》云:"属辞比事,《春秋》教也。"在这里,"属辞比事"的《春秋》之教,自然是《春秋》褒贬之义尚未彰显之前的史家叙事职能。而这当然只是一般意义上的"事"。此外更有特殊意义上的"事"。《春秋繁露·玉英》云:"《书》著功,故长于事。"再往前推,《荀子·儒效》言"《诗》言是其志也,《书》言是其事也",《庄子·天下》亦言:"《诗》以道志,《书》以道事。"《尚书》之被定性为"道事",确有可玩味者在。孔安国《尚书序》谓"典谟训告誓命之文,凡百篇,所以恢弘至道,示人主以轨范也"。一种旨在确立政治"轨范"的历史文献总集,当然不同于主于叙事的史家著作,如果要说其以"著功"而"长于事",那么,其所长处只能是以事功而示"轨范"了。于是,在《尚书》被赋予"政治制度史"乃至于"政法大典"性质的同时,史官的一般职能便被引入到"至道""轨范"的大思路上来了。

司马迁《史记·五帝本纪》云"帝颛顼高阳者……依鬼神以制义",其《殷本纪》又云:"帝武乙无道,为偶人,谓之天神。与之搏,令人为行。天神不胜,乃僇辱之。为革囊,盛血,仰而射之,命曰'射天'。武乙猎于河、渭之间,暴雷,武乙震死。"请将这种对鬼神赏罚的生动描述与《尚书·微子》所谓"天毒降灾荒殷邦,方兴沉酗于酒"及《伊训》所谓"惟上帝不常,作善降之百祥,作不善降之百殃"的训示联系起来,那么,鬼神赏罚与灾异谴告之间便显得一脉贯通。显然,早在汉代谶纬之前,已有降灾惩罚之论。如果说灾异谴告因此而可以视之为一种思想文化传统,那么,这一传统经孔子之述作而得以经典化。"至《春秋》则凡庆瑞之符,礼文常事,皆削而不书。而灾异之变,政事阙失,则悉书之以示后世,使鉴观天人之理,有恐惧祇肃之意。乃史外传心之要典。"(皮锡瑞《经学通论》之四《春秋》)在这个意义上,第一,从《尚书》历《春秋》而到《史》《汉》,周秦以来史官文化所特有的话语模式,正是"在事为诗"一说的潜台词;第二,作为"史外传心之要典"的《春秋》要义,又值"《诗》《春秋》,学之美者也"而"儒者循之以教导于世"(《淮南鸿烈·汜论训》)的历史形势,其必然的结果就是"传心"于《诗》学而令其以灾异谴告之心"道事"了。不仅如此,"在事为诗"一说作为"纬学"式的《诗》学命题,是在对"诗言志"的解释中具体展开的,而这种解释与前此"诗言志"之原生意义之间的联系,实际上又确与"事"这一理论概念纠结在一起。《礼记·礼器》云："是故先王之制礼也,以节事,修乐以道志。故观其礼乐,而治乱可知也。"我们很容易从中抽绎出"礼以节事""乐以道志"这一组相互依存的命题。而人们早已熟知,所谓"礼由外入,乐自内出。故君子不可须臾离礼,须臾离礼则暴慢之行穷外;不可须臾离乐,须臾离乐则奸邪之行穷内"(《史记·乐书》),亦所谓"乐行而志清,礼修而行成","乐也者,和之不可变者也;礼也者,理之不可易者也。乐和同,礼别异;礼乐之统,管乎人心矣"(《荀子·乐论》),在周秦以来的礼乐文化思想中,"礼"与"乐"的内外统一,也就是"行"与"志"的统一,此外还是"事"与"志"的统一。惟其如此,当汉人循着未发为"内"已发为"外"的阐释逻辑来诠解"诗言志"这一经典原则时,一方面,自然有了"在心为志,发言为诗"(《毛诗序》),而另一方面,宜其又有了"在事为诗,未发为谋"(《纬书·春秋纬·说题词》),它们分别表示由内向外的两种意义走向。两种走向,历史地看,并非原生性的"两端"并存,而有着原生与次生的区别,也就是说,以"在事为诗,未发为谋"而解"诗言志",乃是"诗言志"固有系统上的历史增殖物,而其之所以会增殖如此,显然是很有研究价值的。

我倾向于认为,"诗言志"之观念乃是周人"礼乐文化"的产物。《诗·周颂·有瞽》云："有瞽有瞽,在周之庭。设业设虡,崇牙树羽。应田悬鼓,鞉磬柷圉。既备乃奏,箫管备举。喤喤厥声,肃雍和鸣。"而《周礼·春官·瞽朦》亦云："瞽朦,掌播鼗、柷、敔埙、箫、管、弦、歌。讽诵诗,世奠击,鼓琴瑟。掌九德六诗之歌,以役大师。"彼此比照,内容仿佛。然后再看《尚书·皋陶》所述"夔"之语曰："戛击鸣球,搏拊琴瑟以咏。……下管鼗鼓,合止柷敔,笙镛以间,鸟兽跄跄。……"其大体上相似的器乐品类和同样大体上相似的乐律风调,可以证明其属于同一文化系统——"礼乐文化"系统。即使我们认定像《尧典》这样的篇章甚至可能出于春秋战国时人(或者更晚到秦一统之后时人)之笔,也仍然不能否定其体现周人"礼乐文化"的基本属性。《马王堆帛书易传·要》载孔子之语云："赞而不达于数,则其为之巫,数而不达于德,则其为之史。""吾与史巫同涂而殊归者也。君子德行焉求福,仁义焉求吉,故卜筮而希也。"沿着"巫觋文化""祭祀文化""礼乐文化"的历史演进顺序,①周人"礼乐文化"具有鲜明的道德理性精神,而其体现于诗学者,就在于将原始诗、歌、舞三位一体的祭祀乐歌乐舞形态纳入到道德教化的体系之内。《尧典》"典乐""教胄子"及"直而温,宽而栗,刚而无虐,简而无傲"的论述再明确不过地表示着其道德理性的特质。既然如此,离开周人"礼乐文化"而孤立地讨论"诗言志"问题,这种研究方法本身就是很成问题的。

确认"诗言志"是为"礼乐文化"精神主导下的诗学命题,既有助于我们进而上溯去发现前"礼乐文化"背景下的诗学形态,如被伊尹称之为"巫风"的殷人之"恒舞""酣歌"(《尚书·商书·伊训》),其"女乐三万人,晨噪于端门,乐闻于三衢"(《管子·轻重甲》)的狂欢和浪漫,原本应该引起我们的极大兴趣;当然,同时也有助于我们继而去考察经历了礼崩乐坏的历史大变动后的诗学新形态,比如这里正在讨论的系于"事"之概念的诗学命题。

礼崩乐坏之际,最值得注意的人文现象,当然在于与百家争鸣相表里的士人"横议"。《孟子·滕文公下》有云:"圣王不作,诸侯放恣,处士横议。"尽管孟子对士人之"横议"争鸣表示出某种不满,但连同他自己在内,实际上都属于中国思想文化史上所谓"士文化"的系统。尽管"士文化"系统内部也充满着矛盾冲突,但正如汉人东方朔、扬雄所言"得士者强,失士者亡""得士者富,失士者贫",的确是那个时代政治文化形势的特征所在。也因此,"士文化"理应被视为继"礼乐文化"而兴起的新生文化形态。不言而喻,"士文化"形成于春秋战国之际这一点就决定了它的价值趋向将意味着"礼乐文化"的历史重构。在孔子那里,礼乐征伐出于天子,乃是天下有道的标志,孔子虽修《春秋》而垂一王之法于后世,但他老人家却不存帝王心理,没有太强烈的权力要求。而到了孟子那里,一者说:"舜何人也?予何人也?有为者亦若

---

① 此处我取陈来之说。请参看陈来《古代宗教与伦理》一书的有关章节,三联书店1996年版。

是。"(《孟子·滕文公上》)一者说:"如欲平治天下,当今之世,舍我其谁也。"(《孟子·公孙丑下》)并且明确提出"惟仁者宜在高位"(《孟子·离娄下》)的主张,从而反映出儒家思想中新生的权力要求意识。战国时秦王曾感叹:"万乘之君,得罪一士,社稷其危。"(《战国策·齐策》)足见士阶层左右政治的巨大影响力。郭隗尝言:"帝者与师处,王者与友处,霸者与臣处,亡国与役处。"(《战国策·燕策》)难怪荀子要说"国将兴,必贵师而重傅"(《荀子·大略》),而《吕氏春秋·士节》更道:"士之为人当理不避其难,临患忘利,遗生行义,视死如归,有如此者,国君不得友,天子不得臣。"这就比天子之"师"的地位更其特出,"士文化"所凸显出来的直欲问鼎政权的主体意志,真是再鲜明不过了。于是我们自然想到孟子那"民为贵""君为轻"的著名"说法",而同时颜蠋亦有"士贵耳,王者不贵"(《战国策·齐策》)的相近"说法",试将两种"说法"联系起来,我们是否可以在确认"民本"思潮的同时,也确认"士本"思潮为历史之真实存在呢? 答案应该是正面肯定的。

然而,等到汉承秦制而建构大一统的专制君主政治体制,"民本"与"士本"主义就不能不让位于"君本"主义了。如果说"士本"主义的传统仍在的话,在一个"安于覆盂,天下平均,合为一家,动发举事,犹运之掌"(东方朔《答客难》)以至于"言奇者见疑,行殊者得辟。是以欲谈者卷舌而同声,欲步者拟足而投迹"(扬雄《解嘲》)的新时代,其与"君本"之间的关系,已然不再是"士贵耳,王者不贵",而是恰恰相反了。但是,"士文化"的传统又不至于如此轻易地就被磨碾削解掉,在精心构造的"天人感应"的人文政治"话语"体系内,借助于"必有非人力所能致而自至者"(董仲舒《贤良对策一》)的"天命"之力,充分调动"礼乐文化"的内在动力,使"号为天子者,宜事天如父,事天以孝道也"(董仲舒《春秋繁露·符瑞》),从而曲线迂回地实现了其以"横议"而参政的传统意志。在"礼乐文化"阶段,"诗言志"之要义有二:一是区别于歌、舞形态的"言"这一特征,二是须合于"乐""教"目的之相应规范的"志"的内容,而两者的整合,显然是一种受命于"帝"而从上往下的教化体系。到了礼崩乐坏的阶段,受"处士横议"之风的鼓动,实际上已有从下往上的批评势力,而恰在此时,又有所谓"春秋辞命","不学《诗》,无以言"(《论语·季氏》),伴随着学《诗》之士遍天下,不仅有了"微言大义"式的特殊"话语"方式,而且有了"授之以政""使于四方"(《论语·子路》)的政治使命。使命感的强烈和话语的微妙,同时成为这一阶段的突出景观。待到在大一统政治格局下再来商略文化事业,"士本"主义与"君本"主义已成对立之势,而"柔顺"的"臣道"自然无法与"刚严"的"君道"抗衡,于是,自然就出现了上文所谓"曲线迂回"的"士文化"实现方式。上面所论述的这一历史文化"语境"的内在演化轨迹,实际上也有助于我们对《毛诗序》的进一步理解。在向所谓"大序"的内容中,关于"风",真可谓一篇之中三致意焉。首先,是"风,风也,教也;风以动之,教以化之"。显而易见,这是典型的教化诗论。其次,则是论及"六义"时说:"上以风化下,下以风刺上,主文而谲谏,言之者无罪,闻之者足以戒,故曰风。"同样显而易见,这是典型的讽刺诗论,而且已经包含了"时同多诡"(《文心雕龙·史传》)的历史文化内容。再次,则是论及风、雅、颂时说:"是以一国之事,系一人之本,谓之风;言天下之事,形四方之风,谓之雅。雅者,正也,言王政之所由废兴也。政有大小,故有小雅,有大雅。"此处话语逻辑,完全承上"变风变雅"之说,总之,"一国之事""天下之事""达于事变",是典型的政治诗论。如果从话语形态上着眼,则此处以"事"论《诗》者,与"在事为诗"的"纬学"诗论应属于同一话语系统。相形之下,首先致意的风动教化说,应是原初形态的遗留。虽然我们不能胶柱鼓瑟,但将《大序》内容视为一个意义增殖的历史产物,并与上文关于历史文化语境的分析联系起来,毕竟是很有意思的。如果说《毛诗序》真的如其"自谓"而原出于子夏,而子夏又受于孔子,孔子又问于大师的猜想也不失为一种颇合情理的猜想,那么,联系孔子论《诗》之宗旨,一个显见的认识应是,在如此承传的历史过程中,孔儒受"士文化"精神之导引而必然有所改造。这一改造的实质,要而言之,便是在礼乐教化《诗》学观的系统上增生出一种可以称之为《诗》用学的政治批评《诗》学观。在这种政治批评《诗》用学的体系内,"不学《诗》,无以言"的"言"语艺术与关乎"一国之事""天下之事"的风雅标准相结合而最终形成"在事为诗"的观念。就像孔子修《春秋》而有"改法创制"(胡安国《进春秋传表》)并"史外传心"一样,如果他老人家真的有过《诗序》之作,也不会完全因袭"太师"原义,而必有"诗外传心"之旨。

无论如何,"在事为诗,未发为谋,恬淡为心,思虑为志"(《纬书·春秋纬·说题辞》),其中所积淀的系于诗而不囿于诗的历史及思想文化史内涵,是很值得我们去探询的。

四 中国早期政治诗学观的启示意义

中国的传统文化,首先是政治文化。学界向来有一切学术皆出于史官一说,其实,另一句该说的话是,一切学问皆关于政治。显然,中国早期的诗学并非诗的哲学,而是诗的政治学。尽管对诗本体的关注要求我们必须重视诗学诗艺的独立价值,尽管惨痛的记忆一再提醒我们必须把诗学诗艺从政治决定论的垄断肌体上剥离下来,但我们同时又须明白,重视诗学诗艺的独立价值并不等于忽视其特殊的历史形态。而在总体的分析判断上,我认为,中国早期的政治诗学观,实质上是由诗学教化说和诗学批评说两个系统彼此交缠着组成的。以往的分析和描述不曾作出这种区别,因此需要给予理论上的补充。区分诗学教化与诗学批评,其意义犹如上文所讨论,人们可以因此而认识到,自上而下的教化与自下而上的批评,尽管有着同样的理论依据,实际上却往往是尖锐对立的。自上而下者是辩护性的,自下而上者是批判性的。"上以风化下,下以风刺上,主文而谲谏,言之者无罪,闻之者足以戒,故曰风。"(《毛诗序》)在这里,"谲谏"的苦衷,"无罪"的吁求,已经再清楚不过地显示出"上""下"之间的深层矛盾。

既然如此,所谓"风诗"之道,就理当分为"风化"与"风刺"两系,而绝不能笼统言之。诚然,在以往关于"现实主义"传统的诗歌史与诗歌理论史描述中,基于对反映现实和批评现实之创作精神与创作实践的正面评价态度,于"风刺"一说,多有肯定。不过,一旦脱离了"风化"与

"风刺"彼此矛盾的政治症结,"风刺"之道所体现的屈而不挠的主体精神,以及因此而赋予政治诗学的特殊价值,就难于解释清楚了。也就是说,当"风刺"诗道体现出反权利剥夺的价值选择时,诗的政治学自觉就与诗的美学自觉一样具有本体实现的意义。就像我们绝不能脱离"君主"体制而来孤立地讨论中国传统文化之"民本"思想一样,正是"风化"与"风刺"的内在冲突才使倡导"风刺"的"士文化"传统具有了反权利剥夺的诗的政治学价值。与上述讨论相关,我们又有必要区分乐府民歌的"缘事而发"和体现"士文化"价值选择的"在事为诗"。不过,和上文所论"风化"与"风刺"之间的区别相比,这里的区别则是另一种性质的。不言而喻,"饥者歌其食,劳者歌其事"(《公羊传·宣公十五年》何休注),"感于哀乐,缘事而发"的"事",出于百姓之生活感受,未必都与政治有关,也就是说,民歌的政治意义,需要"士文化"的正面揭示。就像那些观风使者也会"诈为郡国造歌谣"一样,作为一个中间阶层,作为一种文化中介,"士文化"主体是否具有"民间立场",是否具有批判精神,乃是政治诗学究竟发挥正面作用还是发挥反面作用的关键。对于中国诗歌史和中国诗学史来说,其创作实践和理论思想中的政治化倾向是显而易见的。问题在于,我们必须确认其观念形态的特征和所以如此的文化历史原因,否则,不仅无法评价这种政治化诗学的诗文化价值,而且也无法在普遍意义上讨论诗与政治的关系问题。

于是,在普遍的诗与政治的关系问题上,上述讨论至少可以提示我们,政治化的诗用学倾向,并不意味着让诗歌艺术成为政治的附庸。不仅如此,我们还因此而明白,为了防止和抵制诗歌艺术沦为政治的附庸物,人们不能只是强调诗歌艺术的独立性,同时还应该强调诗歌艺术的政治性当然是非附庸性质的政治性。如果这样的认识能够为人们所接受,那么,面对中国历史那悠久的政治附庸文化传统,我们便应该自觉地去发现和发扬与之相对的文化传统比如这里所讨论的政治诗学传统。

最后,让我们共同咀嚼并回味:倘若没有"特立独行"的"狂狷"之士的倡导和实践,倘若没有天谴的信仰和相关的"神秘"话语,倘若没有此两者赖以生成的人文历史环境即先秦"士文化"对前期鬼神信仰的改造,情形又会怎样?在中国诗学史的"话语"系统中,有没有必要区分官方政治"话语"与民间政治"话语"?而处于中间的"士文化""话语",其"叩其两端"的思维和踌躇两端的意态,是否会导致政治诗学的双重标准?如此等等,值得思考的问题还是很多的。

道德文化的生成与异化
——中国传统道德文化反思四题

当全世界都开始关注"普遍伦理"问题,并且因此而有意于在中国传统文化中寻找道德文化资源的时候,[①]当作为当代显学的经济学讨论中也频频出现有关道德关怀话题的时候,我们以新世纪之初所应有的"前瞻—回顾"的反思理性来重新审视传统道德文化,是很有必要的,因为这涉及我们能否真正清醒地同时面对道德文化建设的历史和未来。无疑,中国传统文化具有丰富的道德文化资源,尤其是儒家学说,素以倡导仁义、研修心性、主张德政而著称;而在现代华人的生活文化词典中,"礼仪之邦"也是习用而不疑的词语。于是,中国具有源远流长的道德文化传统,早已成为世人的既定认识了。然而,只要我们在新世纪之初重温一下上个世纪初文化先驱们面对国民性问题时的那份焦虑,或者耐心倾听一下历代文人墨客所反复抒写的"自古圣贤多寂寞"的感愤,就不禁会问:除了众所周知的长期为专制政治服务所必然会导致的异化之外,道德文化本身的生成机制,是否也存在着问题?文化史的真实是否是这样:道德文化传统和道德异化的传统,构成了中国文化特殊的双重性?这实在是一个诱人而又沉重的话题。但我们必须以反思的姿态介入这个话题,因为现代道德文化建设的滞后和艰难,分明与传统资源的贫乏有关(现实资源的贫乏需要另

---

① 请参看赵景来《关于"普遍伦理"若干问题研究综述》,载《中国社会科学》2000年第3期。

文讨论),而传统资源之所以贫乏,其原因之一,恰在于我们不能真正清醒地去认识中国传统道德文化之历史的"生成—异化"机制。

一、在以"殷鉴"而"敬德"的政治文化意识背后

对于具有把一切问题首先看作政治问题的中国历史文化来说,道德文化首先就是政治道德文化,而极具中国历史特色的政治道德文化,其重点无疑在于以"殷鉴"意识为原创动因的政权道德自律。中国传统政治文化的本质是"王权主义",专制王权而能道德自律,作为一种"主观心理因素的聚合"现象,①很有深入分析的必要。

让我们从孔门弟子子贡的怀疑说起。《论语·子张篇第十九》云:"子贡曰:'纣之不善,不如是之甚也。是以君子恶居下流,天下之恶皆归焉。'"这里的"下流",非常接近现在所谓"弱势地位"。子贡之大胆怀疑,意在告诉世人,从政治强势出发而针对政治弱势者所作的道德批判,其本身含有不道德的成分。子贡的怀疑,因其并非偏袒"居下流"者而更有价值,《论语·阳货第十七》又载子贡之语曰:"恶居下流而讪上。"他是分明维护"上""下"有序之伦理秩序的,并且认为"居下流而讪上"是有违君子之德的。但正是他又勇敢地站出来替"居下流"者说话!他维护"上流"的权威,同时却担心"上流"地位导致道德判断上的以强凌弱。如果说"恶居下流而讪上"之"恶"是出于伦理立场,那么,"君子恶居下流"之"恶"就是出于历史立场——对历史的道德反思立场。反思使人清醒。

意味深长的是,与子贡一起受到孟子"智足以知圣人"②之称赞的宰我,也有类似的反思。《论语·八佾篇第三》:"哀公问社于宰我,宰我对曰:'夏后氏以松,殷人以柏,周人以栗,曰:使民战栗。'子闻之,

---

① 请参看王琳《中国政治文化学术研讨会综述》,载《中国社会科学》1993年第4期。
② 《孟子·公孙丑上》。

曰：'成事不说，遂事不谏，既往不咎。'"宰我所言适与子贡所言构成互补，一个说"败者"没有那么坏，一个说"成者"未必那么好。而值此之际，孔子三句话的意思也耐人寻味，其中应该含有"木已成舟，说也无益"的感慨！只缘后人每每浅会孔子"吾从周"之义而又胶柱鼓瑟，所以长期曲为阐释罢了。其实，孔子不过是在强调一种"向前看"的态度，相形之下，宰我之说与子贡所疑则以互补的形式共建了面对历史的道德反思立场。反思之所指，恰在于以"明德""敬德"为表征的周人政治道德文化，而反思确有发现：在其正面价值的背后，存在着令人怀疑其为"道德暴力"——以道德的名义行使暴力，和"专制道德"——以专制的权利阐释道德的负面性质。

《尚书·周书·召诰》："惟不敬厥德，乃早坠厥命。""王其德之用，祈天永命。"前者是对亡国之族的道德法判决，后者是对兴国之族的政治期望，最初的道德思想，就这样与政权兴亡意识直接相关。有德则王权永命的信念，折射出道德追求意识与权力占有意识相统一的思想实质。从权力占有者的立场出发去讲"殷鉴"，说穿了，就是害怕别人模仿自己。一旦确认自己是以道德的名义使用了暴力，就意味着赋予自己"以暴易暴"的行为以道德的正义性，那也就意味着确认了这种"道德暴力"的普遍合理性，从而使下一次的"以暴易暴"成为题内应有之义。而这对已经占有了政权的政治力量来说，无疑是不愿意接受的。于是，以"殷鉴"而"明德""敬德"，在自我警示的后面，实际上是为维护"王命"而被迫"敬德"。不仅如此，这里的"敬德"之"善"，实际上又是暴力之"恶"威慑下的道德之"善"，其所信奉和崇拜者，当然有"以暴易暴"的暴力之"恶"，就像其道德追求乃与权力占有相统一那样。

"殷鉴"意识所凸显的，首先是"恭行天罚"的观念。《尚书·夏书·禹贡》："有扈氏威侮五行，怠弃三正，天用剿绝其命。今予惟恭行天之罚。"《尚书·商书·汤诰》："夏王有罪，矫诬上天，以布命于下。帝用不臧，式商受命，用爽厥师。"而《尚书·周书·牧誓》又曰："王曰：古人有言曰：牝鸡无晨。牝鸡之晨，唯家之索。今商王受唯妇言是用……今予发，唯恭行天之罚。"其殊可注意者，不正在于这可以适用于任何时代的"恭行天罚"的"说法"吗？而这最终是在强调惩罚的权力。当然，从"古人有言"的表述语气中，可以体会到其据以判定前朝之罪的道德法精神，实际上与"古人"之"禁忌"有关，而作为特定政治文化意识的"禁忌"意识，最终与《尚书·商书·伊训》"唯上帝不常，作善降之百祥，作不善降之百殃"的信念完全相通，其核心内容是基于政治生活之共同利益的维护而祈望于神秘力量的威慑。后来墨子的"明鬼"思想以及汉代谶纬之学关于"灾异谴告"的理论自觉，都可以看作是这种政治文化意识的延伸。但问题的症结又在于，这里有一个"禁忌"的转化问题，本来的神秘力量，现在转化为现实力量了，"恭行天罚"之际，通过天命授权，现实政治力量便获得了绝对的权威，那个替代"天"来行使惩罚权力的"明德""敬德"的暴力主体，因此就具有了和"上帝"一样"作善降之百祥，作不善降之百殃"的神圣权利。"殷鉴"的实质因此而有显隐两面：显者是强调失德者必失其位，而潜在者则是强调"恭行天罚"的神圣授权，在这里，与其说是历史地提出了"以德代暴"的问题，毋宁说是体现了"德""暴"交媾，以"暴"施"德"的政治文化意识。

"殷鉴"意识，同时又凸显了"政权灭亡的恐惧"心理。如《尚书·周书·召诰》中周公所言："殷既坠厥命，我有周既受，我不敢知曰厥基永孚于休。"这里"不敢"二字所表征的"殷鉴"意识之实质，说穿了，在于对"假想敌"的深深的警惕，其道德自律上的始终不懈，其实来自权力自卫上的常备不懈，而常备不懈的对"假想敌"的警惕，必然促使政权主体推行"使民战栗"的政法制度，因为这种警惕会自然导致以敌对的眼光看待事物。除非我们抱定"君性善"的信念，否则，政权灭亡的恐惧必然造成防患于未然式的专制之暴。其中，当然包括道德专制。《尚书·周书·康诰》有云："惟乃丕显考文王，克明德慎罚。……凡民自得罪，寇攘奸宄，杀越人于货，民不畏死，罔弗憝。王曰：封。元恶大憝，矧惟不孝不友。……惟吊兹，不于我政人得罪，天惟与我民彝大泯乱。曰：乃其速由文王作罚，刑兹无赦。"把"不孝不友"之罪置于"寇攘奸宄"之上，表面上看起来不过是具有泛道德法的色彩而已，或者也不过是具有以专政暴力替代教育感化的倾向而已,殊不知其真正的目的是在强化精神信仰世界的纪律。惟其如此,此所谓"孝""友"之道,就不单是一种伦理规范,它分明又是一种政治纪律——宗法家族专制政治的严明纪律。"明德"其实就是严明纪律。"刑兹无赦",当然会"使民战栗","明德"的政治秩序,究竟是建立在心悦诚服的道德自觉之上,还是建立在严刑威慑下的怵惕谨慎之上,这个问题是值得人们多去想想的。诚如《论语·学而篇第一》所言:"其为人也孝弟,而好犯上者,鲜矣;不好犯上,而好作乱者,未之有也。"为了防止日后的犯上作乱——新一轮"恭行天罚"者的出现,必须把生活伦理提升到政治高度来认识,而之所以会有"道德"酷法,谁说不是出于"政权灭亡的恐惧"?

于是,"殷鉴"意识,一方面因"恭行天罚"的观念而与"汤武革命"的思想相联系,另一方面又因"政权灭亡的恐惧"心理而惧怕并抵触"汤武革命",真是无法调和的自我矛盾。《尚书·商书·仲虺之诰》:"成汤放桀于南巢,惟有惭德。曰:'予恐来世,以台为口实。'"在"天下为公"而"尚贤""禅让"的制度安排下,贤能居于高位,政权和平交接,本来就没有你争我夺,从而也无所谓谁亡谁兴,自然也就不需要"殷鉴",自然也就不需要"惭德"。一旦需要"殷鉴",就说明与政权"争夺"必然联系在一起的现实政权之存亡忧患,已替代政治理想的实现而成为关注中心。当然,"汤武革命"而又"惟有惭德",说明其道德自觉是一种矛盾结构,一方面是确认对暴政采取了暴力手段这一行为的正义性,另一方面又自觉到暴力——即便是以道德的名义——夺权的非正义性,两端相悖,却异质同构。如果说"汤武革命"者恐来世以为口实的忧患,确立了其决心"以德代暴"的道德政治自觉,因为这里确实有着忏悔反省的意识,那么,一旦将此间之"惭德"与其"永保天命"[①]的意识相联系,则其"口实"之忧就成为防止后人"汤武革命"的意识了,换言之,即唯我能"汤武革命"了,这不就走向反面了吗?

---

① 《尚书·商书·仲虺之诰》。

郭店楚简有《唐虞之道》，其中关于"禅而不传"的命题，引起人们再次关注上古道德政治文化的热情，[①]而我们务必需要认清的是，和"禅"而"让"的原始民主政治理念相比，"传"而"争"者的"明德""敬德"所表征的政治信念要复杂得多。当"汤武革命""殷鉴不远"相伴随着出现时，其启发并规约于中国政治文化之价值选择者，就不单纯是如孟子所极力弘扬的面对"德不称位"之君则臣民有权革命这一点，必须看到，一旦"革命"的权利被"传而不禅"者所垄断，"殷鉴"实质上也就是"汤武革命"之鉴，"革命"成功之日，就是永被禁绝之时，"恭行天罚"的权利已被一次性抢断，不希望、不情愿、更不允许后来者再有一次了。《汉书·儒林传》载辕固与黄生在汉景帝前争论"汤武革命"，辕固主张"因天下之心而诛桀纣"者是为"受命"，黄生则强调"上下之分"，以为"臣不正言匡过以尊天子，反而过而诛之，代立南面，非杀而何？"辕固因此道："必若云，是高皇帝代秦即天子之位，非邪？"于是上曰："食肉毋食马肝，未为不知味也；言学者毋言汤武革命，不为愚。"当然，辕固的遭遇，比起因言"禅让"而被杀的圭孟来，[②]要幸运得多了，皇帝不过劝其缄口而已。但这也足以看出，王权独尊就意味着思想窒息，严明尊卑就意味着禁止犯上，"殷鉴"的实质不仅已变成"防止汤武革命"，而且在"唯我有德"的专制判断下，从此已经不可能再有什么"汤武革命"了。也正是因为这样，我们才认为，"汤武革命"者所具有的"殷鉴"意识，只有当他们因此而"惟有惭德"并转而信奉"禅让"政治时，其"殷鉴"而"敬德"的政治道德才不会被异化。但，实际又哪里是这样！

当然，有必要说明，周人天命观和道德观的结合，较殷人而言确是一种历史的进步，周人道德政治文化作为一种思想文化资源所具有的正面价值，以及其正面阐释的巨大可能，都是不能忽视的。但是，正由于其道德政治自觉是以"殷鉴"意识为中介，所以这种进步是要付出代

---

① 参看《郭店楚简研究》(中国哲学第二十辑)，辽宁教育出版社 2000 年版；《郭店简与儒学研究》(中国哲学第二十一辑)，辽宁教育出版社 2000 年版。
② 圭孟事迹见《汉书·圭孟传》。

价的。如果说"天命靡常"从而敬畏天命的观念必然导致神权信仰,那么,随着敬畏天命的意识沉潜为"殷鉴不远"的历史意识,神权信仰就必然要转化为探求历史规律(至少是总结历史经验)的理性思维,这在文明发展史上的意义显然是巨大的。但是千万不要忘记,"殷鉴"意识的主体,正就是"恭行天罚"的主体,正是它创造了"殷鉴"的历史经验,然后又用这种经验来警告自己,而在失去了对"天命"的绝对敬畏以后,王权自尊,天命在我,自我警告与自我辩护相一致,所谓历史规律无非就是政权自我意志的演绎,而"敬德"的道德政治话语体系,也无非就是自我辩护的理论武器罢了。何况,"殷鉴"——灭亡的教训,势必反弹性地导致王权永存而专权不让的政治意志,从惧怕灭亡的政权心理出发,其可能的选择绝不是只有道德自律这一种,倒是以防患于未然之心实施专制暴力的可能性更大,而这样一来,"德"就自然变成"暴"之辅翼了。

二、"有德"者的权力要求与"士"的历史命运

随着"礼崩乐坏"的历史巨变,诸霸相争,未有雌雄,战国兼并,形势未明,得士者富,失士者贫,于是有了"士"阶层的崛起。"居上流"者以"殷鉴""敬德"而永保天命的政治道德文化意识,作为经典"官方哲学",至此而不得不面临解构并重构的命运。而值此之际,一种新兴的非"居上流"者所自觉的"布衣哲学"却蔚然成了气候,大有与经典"官方哲学"成双峰对峙之势的趋势。

《论语·雍也篇第六》:"子贡曰:'如有博施于民而能济众,何如?可谓仁乎?'子曰:'何事于仁!必也圣乎!尧舜其犹病诸!'"如果说"仁"是"君子儒"之道德人格的最高标准,那么,"圣"就是其道德追求的终极目的,最高标准是现实性标准,而终极目的是理想性设定。确立这样一个终极道德目的的现实意义,是等于确立了一种至高无上的道德批判立场,包括尧舜在内的所有帝王权威,都在其道德审视的俯

瞰之下。连尧舜都有不足，何况文武周公，何况"今之执政者"！在这个终极目的面前，现存的一切就都是不完美的了，就都是可以批评的了。一种俯瞰王权而不是仰视王权的道德文化主体，因此而得以凸显出来。

由于"博施于民而能济众"乃是"圣"的实质所在，因此，道德追求的终极目的本身就不仅包含着对济世泽民之仁政内容的确认，而且包含着对实施仁政之政治权力的吁求。也正因为如此，从孔子的"必也圣乎"必然可以推出孟子的"惟仁者宜在高位"。然而，恰恰是这"宜在高位"的"宜"字，曲折反映出孟子道德政治思想本身的悖论结构。

面对万章"人有言：'至于禹而德衰，不传于贤而传于子，有诸？'"的提问，孟子的回答实在耐人寻味！一方面，他认为"天子不能以天下与人"，这意味着"天下"非"天子"之私物。不管是让于贤还是传于子，只要最终的处理权在"天子"，就都有以"天下"为"天子"之私物的意思。这一点非常重要，孟子因此超越"禅让"观念而树立起了天下公有的信念。只不过，天下公有并不等于天下民有，"舜有天下也，孰与之？天与之"，尽管有"天视自我民视，天听自我民听"的原则，但"民本"主义并非独立而自足，它必须与"天命"相统一，从而有所谓"天与之，人与之"。不仅如此，"民本"与"天命"的统一实际上是"天命"主导下的"民本"，"其子之贤不肖，皆天也"，"天与贤，则与贤；天与子，则与子"，最终则是天下公有与"天命"安排的统一。另一方面，孟子道："匹夫而有天下者，德必若舜禹，而又有天子荐之，故仲尼不有天下。"①因为天下公有，所以匹夫当然可以"有天下"，如果他具有与其"高位"相称的德性和德行的话。遗憾的是，"有德"毕竟只是必要条件，而不是充分条件，至于那充分条件，正是帝王天子之权威——"天子荐之"。就这样，天下公有便与天子专权合二而一了，于是有了天下公有而一王专制这种"集权专制公有制"的基本观念，以及这一观念指导下的政治体

---

① 《孟子·万章上》。

制。希望"仁者宜在高位"而又认为关键在于"天子荐之",即使从最基本的逻辑线索上去分析,其信念中的尊崇对象也是"天子"独有的决策权力。也正因为如此,我们认为,从孔子的"不在其位,不谋其政"①到孟子的"仁者宜在高位",②伴随着"士"人对政治权力之要求的日益强烈,其于"一王"体制的认同也日益鲜明。

从子贡的"君子恶居下流"到孟子的"仁者宜在高位",清晰体现出"士"人以道德文化主体而问鼎政权的历史追求。这其实也就是以道德改造政治的文化追求。如果说道德追求的终极目的就是成"圣",那么,由"仁者宜在高位"很自然地可以推导出"圣"者"宜"为"王",所谓"内圣外王"的建构原理,分明也就是由孔到孟的历史演进趋势。然而,历史之无情又在于,这一趋势又分明在突出"天子"权威!

前此,"官方哲学"是政权主体在阐释道德,其逻辑是谁拥有了绝对的权力,谁就拥有了绝对的美德和道德判断的绝对权威,这显然是一种权力决定论的道德价值系统,价值判断与权力归属乃是一而二、二而一的事。王命永存,这种形势也就永存。等到春秋战国之际士人集群崛起,俨然以道德文化的主体自居,情况于是不能不变,而变化的症结在于,王权之外又有了新的道德文化的主体。就像"礼失而求诸野",周天子权威的解体导致的权力多元化格局,使"不在其位"者有了政治文化的话语权利。于是诚如孔子"不在其位,不谋其政"所表述的那样,历史促成了"在位谋政"与"在野论道"两种价值选择。《子罕篇第九》:"太宰问于子贡曰:'夫子圣者与?何其多能也?'子贡曰:'固天纵之将圣,又多能也。'"一方面,明确维护"礼乐征伐自天子出"的"天子"权威,另一方面又在说"尧舜其犹病诸"的同时讲"夫子圣者与",原来合二而一的道德文化体系,如今一分为二了,"天子"和"圣人",分别为其终极代表。在同时如庄子的文化阐释中,"玄圣素王"与"帝王天

---

① 《论语·宪问》。
② 《孟子·离娄上》。

子"的并列,都是此一分为二之势的延伸。然而,这种分化却又是很不彻底的。一方面,后来历代王朝不断追封孔子,使这位在野论道的民间"素王"终于被招安,从而也就将其思想精神改造为"官方哲学",于是,随着"圣人"成为"圣王",尊奉"圣人"的"天子"也就成了"圣人",正是这一屡试不爽的文化政策,摧毁了以原始孔子为代表的非官方的民间布衣道德批判主体的独立地位。另一方面,孟子作为儒家道德文化传统的承传者,在他身上表现出战国之士鲜明的时代精神,"平治天下,舍我其谁"①的自信自负,透过"仁者宜在高位"的论断,表现出问鼎政权的逼人气势。显而易见,已经独立的道德文化主体,并没有放弃进入政权的宗旨,而之所以如此,诚如孟子所言:"不仁而在高位,是播其恶于众也。"②或者以政权的权威推行道德仁政,或者相反,这里同时涉及两个问题:其一,之所以要凸显"高位",当然是为了强调决策权,具行"平治天下"之志的参政,绝非一般意义上的入仕,这一点至关重要;其二,最高决策者的德性,因此也就至为关键,身居高位者按理应该受到苛刻的道德监督。必须指出,由于这里的两个问题都是像孟子这样的道德文化主体所提出的,因此,应该说,这是向当政者提出的双重挑战:一方面是对权力的要求,另一方面是对掌权者的道德要求。不言而喻,孟子比孔子更有挑战精神。但是,恰恰是这种挑战精神,反倒助长了"帝王天子"的无上权威,就像在论述孔子命运时孟子强调德比舜禹者也不可没有"天子荐之"一样,其挑战同时也就是投诚!真是二律悖反啊!

值此,一种必然的认识是:"在野论道"者所创造的道德文化传统,其历史命运必然与"士"阶层的命运一样,或者"君臣知遇"于是"依草附木"而成为"官方哲学"的附庸,或者"士不遇"而以"独善其身"的方式履践其道德追求。真正独立的"在野论道"传统,于是便日益走向边缘。也就是说,人文精神的失落,知识分子的边缘化,是由来已久的,

---

① 《孟子·公孙丑下》。
② 《孟子·离娄上》。

边缘化本身已经成为一种传统。从孔子到孟子,何曾成为主流?所以,真正的孔孟精神传统其实是边缘化的传统,真正的孔孟道德人格其实是边缘化的人格。

更为深刻的悲剧,是边缘的空间也是相当局促。当秦汉一统而结束了政治和思想文化的多元格局,"士"人作为道德文化主体的历史空间便日渐萎缩,而"有德"与"有位"相统一的理念遂呈现为另类形态。《中庸》有云:"子曰:'舜其大孝也与!德为圣人,尊为天子,富有四海之内,宗庙飨之,子孙保之。故大德必得其位,必得其禄,必得其名,必得其寿。故天之生物,必因其材而笃焉。故栽者培之,倾者覆之。诗曰:"嘉乐君子,宪宪令德。宜民宜人,受禄于天。保佑命之,自天申之。"故大德者必受命。'"尽管是在讲舜,但这里却流露出一种道德最大化者其利益也最大化的逻辑。按照这种逻辑,道德行为的推动力就直接与利益驱动有关了,而这种极端最大化了的利益驱动,难道不是"天子"心理之折射!《中庸》又曰:"非天子不议礼,不制度,不考文。今天下车同轨,书同文,行同伦。虽有其位,苟无其德,不敢作礼乐焉。虽有其德,苟无其位,亦不敢作礼乐焉。"这种明显具有秦汉一统时代色彩的话语,在其"有德"与"有位"兼求而无所偏向的意向背后,却是对一统王权的尊崇,"非天子不……"的表述方式,表面看起来,与孔子"礼乐征伐自天子出"的观念一脉相承,实质上却蕴涵着道德文化主体已经失去话语权威的历史真相。从"尧舜其犹病诸"到"非天子不……",俯瞰帝王的道德审视已然转化为尊崇天子的政治自觉,道德文化就这样被自己的政治自觉异化了。

结论不免于悲凉!如同我们不再会一厢情愿地谈论所谓传统"民本"思想,而是已经清醒地认识到那实质上是"王权"为体而"民本"为用一样,作为道德文化的命题,"有德"与"有位"的关系安见得不也是类似的体用关系呢?而一旦连道德文化主体都在尊崇"有位",道德岂不是自我贬值了吗?当然,"不仁而居高位,是播其恶于众也",世界上没有不可遏止的罪恶,除非"恶自上作"。反思历史而无奈之际,其间的启示和警示,还是应该记取的。

三、道家"道德之意":现实性大抗争与理想化大隐退

一般讨论中国道德文化传统者,按例主要关注于儒家著述,这是完全可以理解的。不过,习焉日久,另外存在的一些道德文化内容,就可能被遮蔽。比如《史记·老子列传》有云:"老子修道德,其学以自隐无名为务,居周久之,见周之衰,乃遂去,至关,关令尹喜曰:'子将隐矣,强为我著书。'于是乃著书上下篇,言道德之意五千言而去,莫知其所终。"又是"修道德",又是"言道德之意",道家与道德文化的关系因此而显得非常密切。

或问:司马迁何所据而言"老子修道德"? 合理的解答是:司马迁生活于公元前145年至公元前87年,而湖南长沙马王堆三号汉墓出土的帛书本《老子》甲乙两种,据考证,甲本抄写时间最晚在公元前206年至公元前195年,乙本则在公元前194年至公元前180年,①两者都在司马迁之前,众所周知,帛书乙本《老子》分为"德""道"两篇,而且是"德篇"在前,"道篇"在后,甲本虽无篇名,但结构顺序同于乙本,于是可知,司马迁的说法是以此前存在的历史看法为依据的。或者又问:《道德经》之"道德",未必就是本文所谓"道德"吧?答曰:虽不等同,却相关联,而关联的微妙处正有待于探讨。郭店楚简"简本"《老子》,专家考证其抄定时间约在公元前341年之后至公元前300年左右,②又在帛本《老子》前一百年左右。已有许多学者指出,对照"简本"和"帛本"可以发现,"简本"并没有"德篇""道篇"的篇名和区分,不过,今本和帛书本作"绝圣弃知"的相关论述,"简本"作"绝知弃辩",而今本和帛本作"绝仁弃义"者,"简本"则作"绝为弃作",于是,诚如学界所一

---

① 参陈鼓应《老子注译及评介》第409页,附录一《帛书老子甲乙本释文》,中华书局1984年版。
② 参中国哲学第二十辑《郭店楚简研究》中有关《老子》的论文,辽宁教育出版社2000年版。

致认为的那样,至少在战国中期,道家并不反对儒家的圣知仁义之说。不过,虽不反对,其中说的意向却相异,和儒家由孔子"仁"学演化为孟子"仁义"之学者相关而不相同,道家之言道德,则有一种从强调道德"防伪"到反对伦理异化的发展意向。

其实,道家"道德之意"的这一发展意向,也可以从儒家"孔、孟、荀"的递变意向上看出来。孟子的"性善"论为什么到荀子就变成了"性恶"论?联系并行的儒、道两条线索来考察就清楚多了。荀子生活于约公元前298年至前238年,时间正好与庄子生活的约前369年至前286年相衔接,而庄子生活的时代恰恰与"简本"《老子》抄定的时间大体重合。"简本"《老子》讲"绝为弃作",至于《庄子》一书,我们不能只看它讲"绝圣弃智""攘弃仁义",[①]还应看到它对道德伪化现象的抗议和批判,从而就能认识到,《庄子》学派实际上兼取了老子学派攘弃道德伪善的老传统和干脆否定仁义规范的新思路。而荀子作为改造孟子学说的儒家后学,显然是吸收了道家那种从"负"的方法入手的"道德之意",从而就形成了其"人之性恶,其善者伪也"[②]的人性论基本观念。如果这不失为一条合情合理的思想史阐释路线,那么,至此还有必要强调指出,这一阐释路线首先就凸显出了道家"道德之意"旨在揭示不道德社会现实和道德伪化现象的特殊价值。

早期的百家著作,其性质是综合性的,往往是抽象与形象并存、观念与情感交织,哲学式的思辨和文学式的描述并行不悖。也因此,比如道家《老》《庄》原典,其诗意感慨和哲思论辩之间的联系,恰恰是需要特别领会的。比如,《老子》一书,读来如哲人格言,又如诗人感愤,二十章"人之所畏,不可不畏",究竟意味着什么呢?十五章"豫兮若冬涉川,犹兮若畏四邻",又渲染出一种怎样的生存环境和生存意识?由此我们想到,老子那"不敢为天下先"而卑弱以自守的处世哲学,怕是与"不可不畏"的畏惧心理有点关系吧!至此我们不禁要问,一个怎样

---

① 如《庄子·胠箧》便有"故绝圣弃智,大盗乃止"和"攘弃仁义,而天下之德始玄同"。
② 《荀子·性恶》。

的社会才会使人连"四邻"都畏惧呢？我深信,这不仅是指战争动乱,而且是指人心险恶——不仅是一般人的人心险恶,更是执政者的人心险恶。由老子这一感慨出发,然后细细品味诸家语意,实不难发现弥漫在所谓"轴心时代"有识之士心中的忧患、困惑和愤懑。

其表现最强烈者当然是庄子。《庄子·骈拇》既有感于"意仁义其非人情乎！彼仁人何其多忧也？"①又自觉到："余愧乎道德,是以上不敢为仁义之操,而下不敢为淫僻之行也。"就是说,他既不愿如"不仁之人,决性命之情而饕贵富",也不愿如"今世之仁人,蒿目而忧世之患",前者反映出道家庄子实际上和老子一样具有道德情怀,后者则体现了庄子对"彼其所殉仁义也,则俗谓之君子"之"君子"人格的反省和批判。《马蹄》云："及至圣人,屈折礼乐以匡天下之形,悬跂仁义以慰天下之心,而民乃始好知,争归于利,不可止也。此亦圣人之过也。"庄子学派虽然也提倡"内圣外王之道",但最终保留着批评"圣人之过"的批评立场。"圣人"之所以有过,是因为其所倡导的仁义礼乐之规范,实际上起着"裁定"（"匡"）和"慰赏"（"慰"）世人行为的作用,尤其是王权专制政治化的道德规范,实际上已成为专制政治的一种赏罚机制。换言之,道德本身已不成为目的,而成为推广专制权威的有效方式了。庄子所谓"匡"与"慰"的意义,正当从此处去领会。在此基础上,于《胠箧》一篇中,庄子进而提出了一个发人深省的问题："所谓圣者,有不为大盗守者乎？"显然,他是在警示人们,仅仅有"圣知之法"是远远不够的,任何一种理论和思想,都可能被"负"的力量所利用,你结构得越严整,"负"的力量用起来就越方便。值此,庄子更用尖锐的语言指出："天下之善人少而不善人多,则圣人之利天下也少而害天下也多。"在一个"不善人"居多的社会里,人性土壤自然是不利于道德建设的,如果不是更有利于邪恶滋长的话。不仅如此,庄子更以痛切之言指出："且昔者桀杀关龙逢,纣杀王子比干,是皆修其身以下伛拊人之民,以

---

① 《中国古典名著译注丛书》本陈鼓应《庄子今注今译》,中华书局1994年版。下文凡引此书者,只注篇名。

下拂其上者,故其君因其修以挤之。"①历史经验直接告诉后人,修道德者的道德追求,有时恰恰成了暴君恶主迫害他们的方便法门,因为传统的道德规范具有维护君主权威的性质。总之,庄子之深意在于,当"天下之善人少而不善人多"的基本判断意味着"仁君少而暴君多"时,那种政治伦理化的道德理念和实践,难道不正是在做着"为大盗守"的事业吗?

《庄子》一书,反复强调一个理念:"彼窃钩者诛,窃国者为诸侯,诸侯之门而仁义存焉。"②我以为,这里的"盗""窃"概念,包含着对政权转移过程中太多阴谋诡计的强烈抗议,包含着对现实执政者暴虐阴险的强烈抗议。以此为基础,庄子之所以特意凸显"盗""窃"意象,我认为又应当联系儒家"有德"又"有位"者方有资格制作礼乐的观念来理解,这也就意味着,庄子其实已经认识到,谁窃取了国家的政权,谁就可以用道德的名义为所欲为。

《庄子》一书生动描述了人们道德生活体验的负面经验。《庄子·列御寇》借孔子之口说道:"凡人心险于山川,难于知天;天犹有春秋冬夏旦暮之期,人者厚貌深情。故有貌愿而益,有长若不肖,有顺而达,有坚而缦,有缓而钎。故其就义若渴者,其去义若热。故君子远使之而观其忠,近使之而观其敬,烦使之而观其能,卒然问焉而观其知,急与之期而观其信,委之以财而观其仁,告之以危而观其节,醉之酒而观其则,杂之以处而观其色。九征至,不肖人得矣。"九种人心检测方法,一眼可见都来自生活经验,从而说明,道家对人心险恶的担忧甚至恐惧,恰来自对生活的观察和体验。试将老子的"若畏四邻"与这里的"人心险于山川"联系起来,并参照孔子"古之愚也直,今之愚也诈而已矣"③的感叹,我们所得到的认识必然是:不管是执著于道德规范设计的儒家,还是意在解构道德规范的道家,都共同面对着一个不道德的

---

① 《庄子·人间世》。
② 此见《庄子·胠箧》,而《盗跖》篇则为:"小盗者拘,大盗者为诸侯,诸侯之门,义士存焉。"
③ 《论语·阳货》。

人心现实。其实，又何止儒、道两家，包括士人荟萃的稷下学派在内，同样摆脱不了这人心险恶的现实阴影的笼罩，《管子·枢言》云："人故相憎也。人之心悍，故为之法。法出于礼，礼出于治。治，礼道也。万物待治，礼而后定。"《管子》学派明确认识到人心凶悍而彼此憎恶的现实，所以为治以礼、为礼以法，对一般人心之善不存任何幻想。

面对这险恶的人心现实和虚伪的道德表象，道家老、庄以其激烈的抨击和辛辣的讥讽展示出社会批判者的鲜明形象，其抗争精神在千百年后仍具有巨大的感召力。但是，道家却没有始终坚持这种抗争和批判的立场，不管是和儒家一样称颂"圣人"，还是另外称颂"真人""大宗师"等等，道家"道德之意"最终所设计的理想人格，并不是抗争和批判的叛逆人格。《老子》第五章曰："天地不仁，以万物为刍狗；圣人不仁，以百姓为刍狗。"诸家解释，显有共识：无心故无所偏，无心故不相关，任其自然，略无强制，是为宗旨。不过，深思之下，问题似乎不宜如此简单。"仁"是孔子道德学说的中心范畴，老子于是就以"不仁"为标志而站在了孔儒的对立面。不过，就像孔子本身就认为"圣"的境界要高于"仁"一样，在这里，"不仁"，既可以解释作对"仁"的反向的否定批判，也可以解释作对"仁"的正面的涵纳超越。究竟应该怎样理解？可以从孔、老相通的话题中去分析，因为面对同一问题时彼此的观点才最有可比性，而道家"道德之意"的终极追求正由此而得以发现。

原始儒、道两家典籍中难得有几处话题相同而可以辨识其思路分异者，下面一例于是格外值得关注。《论语·宪问篇第十四》云："或曰：'以德报怨，何如？'子曰：'何以报德？以直报怨，以德报德。'"此间"或曰"之语，又见于《老子》第七十九章："和大怨，必有余怨；报怨以德，安可以为善？是以圣人执左契，而不责于人。有德司契，无德司彻。天道无亲，常与善人。"首先，显而易见的是，孔、老共同反对"或曰"之言，而朱熹就曾讲："或人之言，可谓厚矣。"① 的确，相对于孔子的

---

① 朱熹：《论语章句集注》卷七，中国书店据世界书局影印水影印《四书五经》上册，1985年版。

"以直报怨",主张"以德报怨"的"或人之言",体现的是绝对的道德原则。既然孔子和老子都反对这一绝对的道德原则,那就说明,对孔、老来说,道德原则并不是至高和唯一的原则,所以,孔、老两家就都是相对的道德主义者,其道德实践还需要同时遵循别的原则。

在孔子那里,"直"的意蕴很丰富。《论语·子路篇第十三》云:"叶公语孔子曰:'吾党有直躬者,其父攘羊,而子证之。'孔子曰:'吾党之直者异于是:父为子隐,子为父隐。直在其中矣。'"在这里,孔子明确表示不选择"大义灭亲"的道德原则,就像他不选择"以德报怨"一样,而这样一来,就有了两种意义的"直":一种是高于人情之常、也高于家庭伦理的绝对的道德律令;一种则是源自人情之常、从而也受制于家庭伦理的相对的道德自觉。很清楚,孔子所取在后者。但是,如果因此而断定孔子坚守"隐讳"之道,那就太简单化了。《论语·卫灵公篇第十五》又云:"子曰:'直哉史鱼!邦有道,如矢;邦无道,如矢。君子哉蘧伯玉!邦有道,则仕;邦无道,则可卷而怀之。'"据此,则"直"与"君子"之间,颇有狂狷人格与中庸理性的那种关系,两者之间,孔子何所取呢?《论语·子路篇第十三》云:"子曰:'不得中行而与之,必也狂狷乎!'"孔子显然是意在兼取而以狂狷人格为基础。《论语》一书,多有这方面的载述,如《雍也篇第六》:"子曰:'人之生也直,罔之生也幸而免。'"《阳货篇第十七》:"古之愚也直,今之愚也诈而已矣。"总之,恰好和简本《老子》之"绝为弃作,民复孝慈"者所强调的一样,与道德追求相伴随而出现的,首先是性情真诚坦直而不屈亦不曲的问题。儒、道两家,孔、老两位,在这一点上是完全一致的。道家素以主张返朴归真而著称,现在看来,性情的真实和正直,乃是儒、道两家共同的道德底线。从这底线出发,可以发展为对"性情中人"之特殊人格的追求。反对"乡愿"的儒家因此而始终提倡恩怨分明、爱憎分明,如《论语·里仁篇第四》云:"唯仁者能好人,能恶人。"但是,又有如《礼记·檀弓》所云:

子夏问于孔子曰:"居父母之仇,如之何?"夫子曰:"寝苫,枕干,不仕,弗与共天下也。遇诸市朝,不反兵而斗。"曰:"请问居昆弟之仇,如之何?"曰:"仕,弗与共国,衔君命而使,虽遇之不斗。"曰:"请问居从父昆弟之仇,如之何?"曰:"不为魁,主人能,则执兵而陪其后。"

这里所反映的孔子思想,不仅是恩怨必报,而且是依伦理有序而报。躬行直道而"直如矢"的狂狷人格,因此将受到伦常等差之格局的框定和限制。看来,孔儒是主张性情之"直"与伦理之"直"相统一,孔儒的道德主义因此而带有宗族保护和伦理优先的特色。也因此,孔儒道德思想的建构原理,即"直"与"中庸"的结合。倘说儒家唯取"中庸"之道,现在看来就成为偏见了。原始儒家之道德思想所具有的这种特殊的相对性,确实可以避免道德专制,如有学者值此所论:"余观英国法律,不强为人子、为人妻者证其父、其夫之罪恶,司法之官吏竭力调查证据,不患罪案不能成立。许为人子、为人妻者以自由秘密之权,使得伸其至情,而国家亦无废法之患,仁至义尽。先圣之言,于今为烈矣。"[①]我们当然应该充分注意到这种引申阐释的意义,并且使之与一味强调大义灭亲的惨痛历史经验相互联系起来,从而体悟到,一旦道德公益的价值空间无限扩张到个人亲情隐私无处存身,其公益性就会转化为公害性。然而,认真推究起来,那使道德公益原则异化为反道德之思想专制者,不是别的什么力量,恰恰是被无限放大了的伦常秩序,在时间超长的家族专制政治历史背景下,道德直行的实践范围,每每被尊贤隐讳的道德妥协所侵蚀,如果说中国古代确实具有道德法传统,那么,就像中国史学同时以实录直书和尊贤隐讳为最高宗旨一样,其价值体系本身的内在矛盾,难免要导致道德法本身的异化。刘知几《史通·曲笔篇》云:"盖子为父隐,直在其中,《论语》之训也;略外别内,掩恶扬善,《春秋》之义也,自兹以降,率由旧章,史氏有事涉君亲,

---

① 杨昌济:《论语类钞》,《北京大学百年国学文粹》哲学卷,第82—83页,北京大学出版社1998年版。

必言多隐讳,虽直道不足,而名教存焉。……但古来唯闻以直笔见诛,不闻以曲词获罪。……欲求实录,不亦难乎!"中国传统史学首重"史德",但正是这"直书"与"隐讳"的双重标准,导致了"直道"与"名教"的二元价值,而在"名教"政权化的前提下,"直遭"实际上已经被异化为"曲道"了。

于是,从孔子出发,自然可以到老子那里,因为老子既说"曲则全,枉则直"(二十二章),又说"大直若屈"(四十五章)。每遇一个问题,老子往往从反面去作思考,也因此,孔子的"以直报怨"到了老子这里便应是"以曲报怨",这,便是所谓"反的方法"。"和大怨,必有余怨,报怨以德,焉可以为善?"所谓"必有余怨",是从"大怨"之"大"处生出来的,问题的症结首先就在这"大"上。《老子》言下之"大",总是"最"量级的,有无限极端之意,唯其是为"最",所以"和"之道不可能彻底解决问题,是以曰"必有余怨"。面对"大怨"而又不希望留有"余怨",老子显然是主张根除怨仇因素的。以"无为而无不为"为核心命题的老子思想①,于是就越过"和"而提升自己到"天地不仁""圣人不仁"的境界:"是以圣人执左契,而不责于人。有德司契,无德司彻"。古代契卷以右为尊,这里的"圣人执左契",正表现了老子以卑弱自处的思想,作为债权人而不责求于债务人,也是卑弱自处的表现。更为关键的是,"彻"作为周人之税法,当然是有明确规定和具体实施办法的,《老子》七十五章云:"民之饥,以其上食税之多,是以饥。"而"司彻"者又岂能不"食税"? 由"司彻"转为"司契",无疑于居债权之位而不行使债权,这也正就是"圣人执左契,而不责于人"的意思。"太上,不知有之;其次,亲而誉之;其次,畏之;其次,侮之。"②"太上"之境,即君权或帝力的清虚无为,老子乃以权力的虚化为道德至上境界。权力的虚化,必然就是政治伦理的虚化,超越"亲而誉之"的伦理政治,然后可以"相忘于江湖"。其以清虚无为解构了伦理,也解构了权力,道德文化因此而有

---

① 参廖名春《〈老子〉"无为而无不为"说新证》,《郭店楚简研究》148 页,辽宁教育出版社,2000 年 1 月。
② 《老子》第十七章。

望于纯粹和自由了。

然而,道家却又将其引向了新的自我消亡。《庄子·外物》以"儒以诗礼发冢"的惊人语句来揭示和批判伪劣道德的可怕,真可谓痛心疾首!在庄子学派看来,彻底消除伪劣道德的唯一办法,如同只有废弃商品生产才能消除伪劣商品一样,必须彻底废弃道德产品的制造活动。于是,道家"道德之意"最终便分为两层:其一为"名""实"层次上的舍"名"求"实",如《庄子·天地》云:"至德之世,不尚贤,不使能,上如标枝,民如野鹿,端正而不知以为义,相爱而不知以为仁,实而不知以为忠,当而不知以为信,蠢动而相使,不以为赐。是故行而无迹,事而无传。"由此而更进一层,则是对人类创造道德性精神产品这一活动本身的否定,如《庄子·胠箧》云:"圣人不死,大盗不止。""故绝圣弃知,大盗乃止。""攘弃仁义,而天下之德始玄同矣。""玄同"境界,即《老子》五十六章所谓"挫其锐,解其纷,和其光,同其尘,是谓玄同。故不可得而亲,不可得而疏;不可得而利,不可得而害;不可得而贵,不可得而贱;故为天下贵。"显而易见,舍"名"而求"实",是消除伪劣道德产品的现实思路,如同现在的质量检测,而"绝圣弃知"则是彻底收回所有的道德讲求,如同放弃商品生产。问题之关键尤其在于,如此一种弃绝,并不伴随着困惑和焦灼,反倒与终得归宿的自足同在。"圣人不死,大盗不止",这是最惊心动魄的口号,它意味着道德理想和理想人格的彻底幻灭。但是,道家并没有沿着这一思想路线一直走下去,从而建构起类似于西方现代存在主义那样的观念世界,而是将这种幻灭的绝望情绪转化为另类希望的激情。就像前此老子比孔子更喜言"圣人"一样,高呼"圣人不死,大盗不止"口号的庄子,同样又大讲"圣人"之道,《庄子·天道》云:"夫虚静恬淡寂寞无为者,万物之本也。……以此处上,帝王天子之德也;以此处下,玄圣素王之道也。""处上"即子贡"君子恶居下流"、孟子"仁者宜在高位";"处下"即孟子"不有天下"。极具现实抗争精神的庄子,以"素王"对应于"帝王",大有分庭抗礼之势。但庄子学派终于没有摆脱"应帝王"的文化情结,其"处上""处下"的自由,无非是"穷""达"两可的翻版,既然如此,儒家"圣人"既死,便会有道家"圣人"出现,从《老子》到《庄子》,字里行间,这样的消息可谓层出不穷。而这样一来,道家在扬弃了儒家道德规范和理想人格以后,又立起了自己的人格偶像——只不过是以清虚无为作为宗旨就是了。

  道家清净无为之旨,于是就成了仁义礼乐之外的另一种道德文化规范,它超越了儒家的伦理,却又营造了自己的伦理,只不过前者外向而关乎人际世界的秩序,而后者内向而关乎人心世界的秩序就是了。"古之至人,假道于仁,托宿于义,以游逍遥之墟,食于苟简之田,立于不贷之圃。逍遥,无为也;苟简,易养也;不贷,无出也。古者谓是采真之游。"①值此,庄子还形象地说:"仁义,先王之蘧庐也,止可以一宿而不可久处。"道家自认为自己的道德文化选择高于儒家,因为儒家的选择只是半路上的借宿,只有道家自己才是终点上的归宿。但是,就像其"相忘于江湖"的"相忘"境界,必须以"江湖"这一完美理想的存在为前提一样,道家以批判道德现实的立场扬弃了儒家伦理,却又以乌托邦主义的立场建立自己的伦理,主体立场的转换势必导致其批判论和建设论的错位,所以,道家在道德文化批判上的确是激烈抗争的斗士,而在道德文化建设上则是沉浸在梦想中的精神自闭症患者。"逍遥,无为也",这等于说,最大的自由,就是不去要求自由的自由,因为在真正的自由世界里,是不需要去要求自由的!一种比儒家更理想主义化的思想,一种真正浪漫主义的道德理想。

  总而言之,庄子所谓"假道于仁,托宿于义,以游逍遥之墟",实际上是沿着"内游"路线的终极之旅,而那种可用"逍遥""江湖""朴素""婴儿"等来作描述的终极境界,在道德文化意义上,无异于将德性的原始零起点与德行的最高终结点直接重合起来,而完全省略德性自发而自觉、自足而外推以及德行培育、示范、推广的复杂的中间过程。以此而"以意逆志"去理解老子所谓"天地不仁""圣人不仁"之"不",则必有"不需要"之义,因为零起点就是终结点,目的已经达到,何须再作努

---

① 《庄子·天运》。

力！对世道人心的痛切批判,对伪劣道德的无情揭露,塑造出的与时抗争的道家形象,是与其作为儒家道德文化批判者的角色自觉相统一的,而一旦进入建构自家道德文化体系的角色自觉,那与时抗争的形象也就隐退在一派浪漫的逍遥梦思之中了。由大抗争而为大隐退,是为异化,因为其抗争对象并未消失,所以只能是抗争者自己消失了;抗争者的消失不是以悲剧自觉的方式,而是以自以为完美的精神状态,那就是双重的异化了。

四、反省修德范式:"两行"悖论型与天意考验型

中国传统文化素以重视道德修养而著称。姑且不谈从儒家思、孟学派开始绵延而至于宋明理学的一脉通贯,即便是道家文化传统又何尝不给人以"修道德"的历史印象!一般来说,关于道德修养的范式,我们首先会想到儒家所谓修、齐、治、平,殊不知,《老子》五十四章即云:"修之于身,其德乃真;修之于家,其德乃余;修之于乡,其德乃长;修之于邦,其德乃丰;修之于天下,其德乃普。故以身观身,以家观家,以乡观乡,以邦观邦,以天下观天下。吾何以知天下然哉?以此。"难怪司马迁有"老子修道德"的史家论断,也难怪有人把修、齐、治、平的范式看作是道家的原创①,原来老子早有层序修德的一套理论。也许,我们不妨把修、齐、治、平看作是儒、道共建的道德修养范式,但这样做的同时,却必须认识到,在"修道德"之方法论的自觉上,老子智慧的深邃而诡秘并不在此。

道家老子哲学的核心观念是"玄"。今本《老子》首章在关于"道"和"名"的著名辩证命题之后,接着道:"故常无,欲以观其妙;常有,欲以观其徼。此两者,同出而异名,同谓之玄。玄之又玄,众妙之门。"显然,所谓"玄"的本质,恰在于"有""无""此两者"的"同出而异名"。在

---

① 参看胡家聪《稷下争鸣与黄老新学》第78—84页,中国社会科学出版社1998年版。

老子看来,万物之本原及其运动之原理,本来就是由对立的两端两极的并存和互动所造就,既不是将一物一分为二,也不是将两物合二而一,而始终是"两者"之并存、并立、并生、并长。在这种"玄"学眼光的透视下,任何事物都是复合性的,其正与反总是叠合在一起,这也就难怪老子会有"明道若昧,进道若退"(第四十一章)和"大直若屈,大巧若拙,大辩若讷"(四十五章)式的格言了。可以肯定,老子"修道德"之范式,必与其"玄"学精神相统一,因此,其原理必然是"正修若反"式的。"若",意味着一定的模糊性和两可性,"两者同出",互依而动,除了彼此两者,还须关注于彼此之间,一种徜徉于两端的特异境界就这样诞生了。这种境界,被庄子称为"两行"。《庄子·齐物论》在申说打破"成心"之束缚的意义的基础上,进而指出:"是亦彼也,彼亦是也。彼亦一是非,此亦一是非。果且有彼是乎哉?果且无彼是乎哉?彼是莫得其偶,谓之道枢。枢始得其环中,以应无穷。是亦一无穷,非亦一无穷也。故曰莫若以明。""道行之而成,物谓之而然。有自也而可,有自也而不可。有自也而然,有自也而不然。恶乎然?然于然。恶乎不然?不然于不然。恶乎可?可于可。恶乎不可?不可于不可。物固有所然,物固有所可。无物不然,无物不可。""圣人和之以是非而休乎天钧,是之谓两行。"一言以蔽之,诚如"以马喻马之非马,不若以非马喻马之非马也",在一般人偏执一端的"成心"之外,新辟出反面观照的另一端,并且不使它成为新的偏执一端的"成心",于是便有了正反"同出"的"两行"范式。在这里,道家设计出一种正反并行的双向逻辑结构,运用二元依存的辩证方法,使思维路线如双行车道、如立交路口,自然可以"以应无穷"了。

问题是:这种特殊的智慧,体现于道德修养,又将如何呢?

我们注意到,上引《老子》五十四章在"修之于身"云云之前,首先已经说明:"善建者不拔,善抱者不脱,子孙以祭祀不辍。"此亦即二十七章所谓"善行无轨迹,善言无瑕谪,善数不用筹策,善闭无关键而不可开,善结无绳约而不可解"。循着这样的话语逻辑,自然应有"善修者不修"。《老子》三十八章云:"上德不德,是以有德;下德不失德,是以无德。"四十一章云:"上德若谷,广德若不足,建德若偷。"总之,从"无为而无不为"的基本命题出发,老子必然提倡"不修之修"。而用庄子"两行"范式来解释,则有"修亦一无穷,不修亦一无穷",也就是"修"的正反两面的悖论式复合。联系道家对社会现实之伪善及世道人心之险恶的痛切批判,其正反复合之方法自觉,包含着一个前提性的认识,即现有之"修道德"乃是一种自我异化。这样一来,"与物反矣","反者道之动",就成为反异化的响亮口号。认定现有之"修"是反道德之自然的异化行为,于是"反"其"反"而行之,"复归婴儿","比于赤子",其间隐藏着一个"负负得正"的朴素道理。离开了道家对现实的否定式判断,就无法合理地解释其"反者道之动"的哲学自觉。所谓"反的方法"的特异立场,是与其现实批判者的立场相统一的,道家"反的方法"的思想文化史价值也恰恰在这里。

但是,作为一种方法论自觉的"两行"范式,又因为其绝对的相对主义而必然会导致双重标准和似是而非,从而潜藏着导向反道德路线的危险!我们必须警惕,道家那从兵家辩证法中所提炼出来的方法论哲学,可能携带有兵不厌诈式的特异智慧,即便是出于应付伪善环境的动机,其正德若反的修养方法也极可能成为培养新伪善的特殊机制。历史上有不少人责怪老子学派坏人心术,其警示的合理性绝对不该被忽略。何况,如此"两行"式智慧,又难免导致对诡论式辩证方法的迷恋,"修道德"问题将因此而异化为与道德无关的方法迷信,成为一种左手为方而右手为圆式的纯粹的思维话语技巧。反思历史,难道不存在这样的现象吗?

和道家学派相比,承孔子"仁"学进而完善心性修养体系的孟子,在道德修养范式的设计问题上,却是以另一种特异的人格风范来凸显自己的。朱熹《孟子章句集注·孟子序说》云:"孟子有些英气,才有英气,便有圭角,英气甚害事。"朱熹的"英气害事"说反映了程、朱理学在"修道德"问题上敛约性情而内向体验的基本倾向,透露出理学"修道德"而参照佛教修悟方法所导致的人格清虚化消息。相形之下,我们倾向于选择孟子的"英气"所体现的人格风骨。这种风骨,不仅鲜明地体现在"我善养吾浩然之气",而且具体体现在怎样才能"不动心"。《孟子·公孙丑上》论"不动心"而提到"北宫黝之养勇"与"孟施舍之所养勇",我们因此注意到,在孟子那个时代,社会生活中确有具体可行的身心修养方式,而它们正是孟子借以建构其道德修养范式的经验基础之一。北宫黝,乃刺客之流,"不肤挠,不目逃"者,显然是一种为培养坚韧意志而特别设计的几近残忍的训练方法。尽管孟子并不以此为风范,但是,他却透露了当时的背景给我们,说明"战国之士"由于各自特殊的追求而探索过种种特异超常的精神训练法。从这一实际出发,有助于我们形成一个新的认识,那由儒家思、孟学派所创建的道德修养范式,除了来自孔子学说的基本内容以外,还吸收了其他思想文化资源,比如现实中自虐以"养勇"那样的精神训练法。而尤其值得注意的是,孟子的理想人格设计,竟有与其类似的地方。多少年来,人们绝少追问孟子"天将降大任于斯人也,必先苦其心志,劳其筋骨,饿其体肤,空乏其身,行拂乱其所为,所以动心忍性,曾益其所不能"①这一番议论的文化心理底蕴,绝少去推究这"苦""劳""饿""空"等摧残式的身心锻炼是否已远远离开了道德修养的合理要求,当然也绝少将这种特异的修养方式与当时烈士"养勇"之类的风习联系起来,也正是因为如此,儒家道德修养范式的特异导向便被忽略了。而一旦我们注意到了这一特异的导向,就会进而认识到,这种必须经过严酷考验和艰苦磨炼才能修养成功的理想人格,除了是对"舜发于畎亩之中,傅说举于版筑之间,胶鬲举于鱼盐之中,管夷吾举于士,孙叔敖举于海,百里奚举于市"之历史经验的概括外,显然还在申说着"天意考验"的价值和必要。

"天意考验"是"天降大任"的先决条件,"必先"二字赋予这种磨难式考验以唯一性和合理性。如果说修、齐、治、平的整体建构已经确认,塑造能担当"平治天下"之"大任"者是身心修养的最终目的,从而已经使道德修养与政治培养完全接轨,那么,"天意考验"型的磨难就

---

① 《孟子·告子下》。

显然意味着道德修养的范式是由政治考验的目的来决定的。修养意味着考验,而考验又必然意味着选拔,于是,一方面,潜在的选拔主体——"居上流"的权力拥有者就无论如何也不该被忽略,另一方面,修德者因此便会有一种等待选拔的心理,这同样不该被忽略,而无论是哪一种情况,都意味着修德实践不以修德本身为目的。所以,这种因磨难过分而显得是一种"过度塑造"的修德范式,同时也是一种异化塑造。

不仅如此,这种可以概括为崇高与磨难相统一的修德范式,除了具有过度的政治期许外,还具有精神的蒙蔽性,悲剧性的现实体验往往被宏伟的理想蓝图所遮蔽,受磨难者之所以视受难为光荣甚至神圣,无非因为这一考验来自"天"意,在看似高远的境界背后,实际上是崇敬"天"而蔑视"人"的思想观念。回首几千年来中国人民的心灵史,其自觉或不自觉地就范于这种崇高加磨难型的考验性修德范式的经验,难道还不够惨痛吗?当然,我们也要认识到,这里面含有孟子对民间之有德者的政治期许,含有对"君子儒"处"不堪其忧"之境而"不改其乐"之人格风范的嘉许。但是,我们更要认识到,即使在纯粹方法论的意义上,这种"苦修"式的特异范式的设定,实质上是以极端严酷的身心磨砺对应于极度宏伟的政治抱负,其中甚至有以自虐而自美的精神倾向。很难设想这将会成为值得推广的道德修养方式!

相对于秦汉以后官方伦理系统中的修养条例,相对于宋明理学之宗法伦理的客观规律化和修养实践的宗教体验化,先秦诸子的相关思想无疑是最具原创生命力的。然而,这种生命力中却有着"悖论塑造"和"过度塑造"的危险基因,这,不能不使人感到几分无奈,几分困惑,几分警惕!无疑,修德范式的设定,应遵循"适度塑造"的原则。也因为如此,传统的"中庸"理念,作为一种方法论的历史性和辩证性自觉,是很值得去发掘的文化资源。不过,"修德与中庸"这样的课题是需要专文讨论的,在这里,从反思的角度出发,我想再次强调,像道家那样的"两行"悖论型辩证法和儒家那样的"天意考验"型磨难,其历史存在的价值是与修德异化的危险同在的。

为了创造新的真正先进的道德文化,我们必须直面传统,而真正直面的冷静是需要无情剖析之理性的。面对复杂而又庞杂的传统道德文化资源,我们需要首先剥离其中的病变成分,然后才谈得上解放其富有价值的思想力。

自然之道与雕缛成体
——《文心雕龙》的自然雕饰美学思想

中国传统的文艺思想,无论从其艺术哲学之源起的老庄智慧处领悟,还是就其艺术实践的诗法画技处去验证,都是非常讲究辩证思维的,是以,讲诗文之法则有至法无法一说,讲书画笔墨则有以技而进道之说,其他似淡实浓、中腴外枯之说,真是无所不在。若此之类,相循阐说,日积月累,似乎已经形成了一种不妨称之为辩证性话语模式的言语习惯,颇有大而化之的倾向,很多具体问题,都被这辩证性话语模式一语带过,真正是天下事了犹未了何妨以不了了之! 但问题其实是被遮蔽了。《文心雕龙》恰恰在这个问题上有着启人深思的见解,那就是其关于"以雕缛成体"的文章本体论和"自然之道"的艺术哲学观。如果说中国文艺发展史上始终存在着雕饰美学的自觉与天然美学自觉两端追求的矛盾,那么,《文心雕龙》就已经在探讨自然雕饰的原理和方法,无论是赋予雕饰以自然的合理性,还是要求雕饰本身以自然天成为理想境界,其理论思维的最大特点就是骈然式的兼容并包。而在这一理论思维中起着核心理念作用的,则是作为其美学思想体系之哲学内核的"智术"理念。

一 刘勰的"智术"观与"人的自觉"

《文心雕龙·序志》云:"生也有涯,无涯惟智。"[1]与曹丕《典论·论

---

[1] 范文澜:《文心雕龙注》,人民文学出版社1998年版。本文引述《文心雕龙》原文及范注文字,均本此书。以下只注篇名,不再一一详细注明。

文》视文章制作为"经国之大业""不朽之盛事"的观念比起来,刘勰的"文心"赞词已显示出全新的意向,那就是由立言不朽的传统人生信念进境于心智崇拜的人学自觉。

学界有一种认识,将中西思维模式的差异区分为悟性之思与理性之思,认为理性之思是一种论辩之思、辩难之思、追问之思,是从体认世界(事物)达向解释世界、从领悟(洞察和把握)世界达向对世界进行(目的之合目的性)的秩序安排,理性之思必须达向智术之境和方法之域而生成构建普遍知识、拓展普遍知识,所以理性之思既可学也可教,这就是西方文明史中所讲的"理性的教化"之成为可能与现实的根本原因。① 中西思维之别,是否即悟性、理性之别,此事尚可从容讨论。这里之所以援引以上论说,关键在其智术之境和方法之域的观点对我们的论题有所启示。诚如许多"龙学"专家所指出,《文心雕龙》作为一部写作指导用书,是具有很强的方法论色彩的,本文后面也将着重讨论其自成系统的"术"学思想。《序志》所谓"智术",也是与"制作"骈然而出的,所有这些,都在说明着这部堪称中国古典系统文学理论著作的思想理论体系具有可学亦可教的方法论特质。既然如此,在认同理性之思必然注重可循之法的认识前提下,《文心雕龙》具有"理性之思"的特质,也就是毋庸置疑的了。由此也可以看出,以悟性之思和理性之思来截然区分中西诗学思维的基本特征,是有些简单化了。换言之,刘勰《文心雕龙》因此而值得我们从整合思维的角度去作新的考察。

当然,首先需要关注其"智术"说的重要意义。

在中国传统文化的理论话语中,"智术",是一个兼指思想能力和思想方法的概念,是所谓智慧和方略的整合,较之单纯的"智","智术"带有鲜明的方法技艺论的色彩,相反,较之单纯的"术","智术"又具有强调思维功能的性质。这种兼指性其实也非常鲜明地体现在《文心雕

---

① 唐代兴:《经验·观念·科学:理性的历史之思》,中国学术论坛 www.FRchina.net,2005年。

龙》的整体结构中,即"道"论与"术"论的有机组合,对此,下文将有具体的讨论。这里需要指出的是,刘勰《序志》明确标举"智术",在一定程度上反映出刘勰文学思想在思想结构上的丰富性,长期以来,在讨论刘勰《文心雕龙》的指导思想时,或主儒家,或主佛学,或主儒与释道之结合,各家自洽,争鸣有益,但有一点却始终未曾得到足够的重视,那就是刘勰所谓"群言雕龙"的整合性思维。如其《诸子》篇论述战国诸子争鸣态势,含纳儒、道、墨、名、农、阴阳、法、纵横、杂家,而总体描述话语则为"并飞辩以驰术",而赞语又云:"辩雕万物,智周宇宙。"联系上下文而作通释,并参照《序志》所谓"群言雕龙",其"智术"观,不仅有包容诸子百家之意,而且含有西方文化观念中有关"辩论术"的元素,以及由此而历史性辐射开来的人文精神创作活动。无论如何,就像《韩非子·孤愤》早已凸显了"智术之士,必远见而明察,不明察,不能烛私;能法之士,必强毅而劲直,不劲直,不能矫奸"这种"智术能法之士"的主体自觉一样,刘勰在"群言雕龙"之际,其思维理念中未尝不含有名、法之家的思想因素。正是在这个意义上,我们不仅需要关注其"弥纶群言"的理论集成性,而且要关注其辨析名法的思维细密特质。但还有一个隐含在这一切背后的精神事实,尤其需要得到应有的关注,那就是"智术"观所实际体现的人的主体性的高扬。众所周知,刘勰在《序志》中是以"智术"和"制作"对举的语言形式来作表述的,而"古来文章,以雕缛成体"又是循此推阐的核心观点,因此,"智术"就可以同时理解为"文章制作术"和"智慧文艺学",而无论怎样理解和阐释,"智术"说分明体现着对"性灵所钟"的人文"制作"的高度肯定,则是无疑的。

惟其如此,本文首先要明确指出,"智术"说的提出,可以看作中古时期"人的自觉"的鲜明标志之一。

二 "神思"论与"畅神"说的同构大语境

我们之所以作出上述判断,又是基于《文心雕龙》创作论首先推出的是"神思"论,这实际上正体现着心智崇拜的意识。值得注意的是,刘勰此间所表述的思想意识,又绝非偶然,而是反映出一种历史发展态势和时代思想潮流的同构趋势。只要我们沿着纵横两个方向去作必要的探寻,刘勰"神思"论之理论建构的历时语境和共时语境就自会凸显出来。

为简明起见,我们将关注于此前的扬雄和同时的宗炳,因为正是这两位代表性人物的思想观念,与刘勰有着历时性和共时性的同构关系。

问题首先需要从扬雄以"心"释"神"说起。扬雄《法言·问神》有云:

> 或问"神"。曰:"心。""请问之。"曰:"潜天而天,潜地而地。天地,神明而不测者也,心之潜也,犹将测之,况于人乎?况于事伦乎?"

这已不仅仅是心思若神之说,而是典型的心智崇拜观了。潜心思虑,神存想象,无远不届,可测天地。这里的"潜天而天,潜地而地",当然不仅仅指文学性想象,西方学者所谓"创造地想象""联想地想象""解释地想象"可能都在其中。① 即使只就文艺创作和文艺批评而言,此间所崇尚者,也主要在于想象之自由创造,而不仅仅是言为心声之真实讲求。扬雄"心画""心声"说的影响可谓深远而又深刻。遗憾的是,人们在阐发"心声""心画"说的美学意蕴时,却很少同时联系其以"心"释"神"的重要思想,从而也就未能充分发掘出"心声""心画"之所谓"心"的特定内蕴。也就是说,仅仅在表现内心真实和人格真实的意义上来作阐发,是不完全的,也是不深入的。理由是,"心声""心画"按理是应该包含着"心之潜也"的各种想象与思理世界的。换言之,扬雄思想建

---

① 文捷斯特:《文学批评原理》,转引自徐复观《中国文学精神》,上海书店2004年版,第65页。

构中本来很重要的一端,实际上是被忽略了。而今,我们尝试着全面把握并阐释之,那就意味着要同时强调"心画心声"的主体性情真实和"心之潜也"的心智创造世界。如果说前者是"人格"为本论,那后者就是"智术"为本论。

扬雄以"心"释"神"的相关论说,涉及文学艺术的根本问题。对此,钱锺书先生的悟解颇能启人远思,他曾就"模写自然"与"润饰自然"问题作过智慧的论说,以为李贺《高轩过》诗"笔补造化天无功"一语,韩愈《赠东野》诗"文字觑天巧"一语,各尽其妙,将"觑天巧"和"天无功"的人文艺术创造精神显示得格外生动。其说云:

> 不特长吉精神心眼之所在,而于道术之大原、艺事之极本,亦一言道着矣。夫天理流行,天工造化,无所谓道术学艺也。学与术者,人事之法天,人定之胜天,人心之通天者也。《书·皋陶谟》曰:"天工,人其代之。"《法言·问道》篇曰:"或问雕刻众形,非天欤。曰:以其不雕刻也。"百凡道艺之发生,皆天与人之凑合耳。顾天一而已,纯乎自然,艺由人为,乃生分别。综而论之,得两大宗。一则师法造化,以模写自然为主。……二则主润饰自然,功夺造化。……窃以为二说若反而实相成,貌异而心则同。夫模写自然,而曰"选择",则有陶甄矫改之意。自出心裁,而曰"修补",顺其性而扩充之曰"补",删削之而不伤其性曰"修",亦何尝能尽离自然哉。师造化之法,亦正如师古人,不外"拟议变化"耳。故亚理士多德自言:"师自然须得其当然,写事要能穷理。盖艺之至者,从心所欲,而不逾矩;师天写实,而犁然有当于心;师心造境,而秩然勿倍于理。"莎士比亚尝曰:"人艺足补天工,然而人艺即天工也。"圆通妙澈,圣哉言乎。人出于天,故人之补天,即天之假手自补,天之自补,则必人巧能泯。造化之秘,与心匠之运,沆瀣融会,无分彼此。①

---

① 钱锺书:《谈艺录》,中华书局1980年版,第60—62页。

钱说深入浅出,远胜高头讲章。但钱说所辨析阐发的道理,仍有待于我们来"接着说"。试将钱锺书赞为"圣哉"的莎翁妙语,与同样为其所引述的扬雄《法言·问道》所说作一比照,就不难发现,值此之际,中西美论确实是有所默契的。若问默契究竟何在,一言以蔽之,无非妙手天成一义。不过,历来解说此义者,大多偏走于"文章本天成,妙手偶得之"一端,而将"文章本人为,美妙若天成"一端给遗忘了。究其原因,无非是立场所致,站在"天"的立场上思考问题,结果自然如此。如若像莎翁那样,站在"人"的立场上思考,自然会有"人艺足补天工,然人艺即天工也"的见解。钱锺书引述莎翁妙语并作进一步发挥,使之与上引扬雄以"心"释"神"的见识彼此关联起来,其用意是显而易见的。在这样的语义背景下来领会扬雄"或问雕刻众形,非天欤。曰:以其不雕刻也"的意思,那就分明是在重申《尚书》"人其代之"的旨意。换言之,也就是在弘扬"人艺即天工"的精神。人们都熟悉《尚书》中有所谓"躬行天罚",其内在的思维逻辑类似于"替天行道",尽管含有君权神授和敬畏神明的意思,但精神实质却在于确认人的主体地位。同样道理,"人艺即天工"就意味着"躬行天成",尽管具有鲜明的师法造化的价值判断倾向,但精神实质同样是在确认人文人艺的主体地位。也正是在这个意义上,我们可以说,确实存在着一种植根于中华文明传统人文精神之中的人本主义文艺创造观念,扬雄之以"心"释"神"乃是此一观念的典型表述之一。

众所周知,扬雄兼有辞赋家和思想家的双重身份,扬雄以"心"释"神"之际,正是汉大赋兴盛之时,这两者之间的互动关系,无论如何也是值得注意的。《汉书·扬雄传》云:"雄以为赋者,将以风之,必推类而言,极丽靡之辞,闳侈巨衍,竞于使人不能加也。既乃归之于正,然览者已过矣。往时武帝好神仙,相如上《大人赋》,欲以风帝,反缥缥有凌云之志。繇是言之,赋劝而不止明矣。又颇似俳优淳于髡、优孟之徒,非法度贤人君子诗赋之正也。"这种出自班史之笔的综合性评述,包含着史家自身的价值观念,由于拘谨于"诗赋之正"的价值尺度,自然难以发现并阐发"竞于使人不能加也"的艺术追求所体现的创作主体精神的积极意义。即便如此,这里也反映出了"将以风之"的主观愿望和"赋劝而不止"的客观效果之间的尖锐矛盾,基于此而发出的"童子雕虫篆刻""壮夫不为也"之类的激愤话语,都是围绕着文学讽谏的社会功能而言的,至于文学讽谏的艺术形态以及其所体现的艺术精神,则未能全面顾及。殊不知,"雄以为赋者,将以风之,必推类而言,极丽靡之辞,闳侈巨衍,竞于使人不能加也"。这恰恰说明,扬雄心目中的辞赋讽谏之道,是与发挥想象力和修辞技巧而至于极限的艺文之道完全统一的。清人程廷祚《诗赋论》云:"子云之《长杨》《羽猎》,家法乎《上林》而有迅发之气。"《汉书》本传也道:"先是时,蜀有司马相如,作赋甚弘丽温雅,雄心壮之,每作赋,常拟之以为式。"既然如此,司马相如所谓"赋家之心,苞括宇宙,总览人物,斯乃得之于内,不可得而传"的"赋家之心",就正是扬雄作赋之际的创作心理,也就是其以"心"释"神"的文学实践基础和人文心理背景。岂不闻扬雄之称赞司马相如赋曰:"长卿赋不似从人间来,其神化所至邪?"(《西京杂记》卷三)我们想来,扬雄意中之"神化",应该与"心之潜也"者相关吧!

由此而下,经过陆机《文赋》而至于刘勰《文心雕龙》,一路阐发,渐行渐深,遂将带有"我思故我在"色彩的这一人文精神传统发扬光大,并以此而奠定了人本主义文艺美学理论的思想基础。陆机《文赋》序所谓"恒患文不逮意,意不称物。此非知之难,能之难也",表达的分明就是一种焦虑,而这种焦虑恰恰体现着"人艺"主体"人其代之"的强烈愿望,也就是通过推理和想象来认识和创造世界的无限欲望,而与此欲望相匹配的,则是那种"潜天而天,潜地而地"的自信与自觉。

这种自信与自觉乃是普遍存在的。如果说从扬雄到刘勰的思想递传,是这一普遍存在的历时性同构形态,那么,刘勰"神思"论与宗炳"畅神"说的契合,则是这一普遍存在的共时性同构形态。如宗炳《画山水叙》云:

> 夫理绝于中古之上者,可意求于千载之下,旨征于言象之外者,可心取于书策之内。况乎身所盘桓,目所绸缪,以形写形,以

> 色貌色也。夫以应目会心为理者，类之成巧，则目亦同应，心亦俱会，应会感神，神超理得。虽复虚求幽岩，何以加焉！又神本无端，栖形感类，理入影迹，诚能妙写，亦诚尽矣。于是闲居理气，拂觞鸣琴，披图幽对，坐究四荒。不违天励之藂，独应无人之野，峰岫峣嶷，云林森渺，圣贤映于绝代，万趣融其神思。余复何为哉？畅神而已。神之所畅，孰有先焉。

这里所表述的显然是一种贯穿着"人艺"自信的艺术美论，其间所谓"畅神"，固然含有道教、佛教"存想思神"式的神秘感悟，但同时也意味着"人艺"主体在充分发挥其"智术"的创造过程中体验到精神的自足与愉悦。所谓"意求""心取""应目会心""诚能妙写"等等话语，已然构成一个主旨明确的论说系统，其中的主导精神恰就是上文所说的那种普遍存在的自信与自觉。而中间以"类之成巧"为关键词的论说，则堪称中国特色的"模写自然"说。当然，这是一种综合了空间透视原理、物色描绘技艺、巧构形似心理和目击道存理念的"模写自然"说。其中前半部分以"目亦同应，心亦俱会，应会感神，神超理得"作结，是在阐发绘画创作原理；后半部分以"闲居理气，拂觞鸣琴，披图幽对，坐究四荒。不违天励之藂，独应无人之野，峰岫峣嶷，云林森渺，圣贤映于绝代，万趣融其神思"作结，是在阐发绘画鉴赏原理；特别是"披图幽对，坐究四荒"的境界，下启宋人"不下堂筵，坐穷泉壑"之思（郭熙《林泉高致》），足见"魏晋以来，高风绝尘"[①]境界的深远影响。也许，正因为人们大多关注于"高风绝尘"境界的审美实践，所以将其"畅神"理解为物我一体而主客观融合的精神舒畅，或者因此而体悟出"道"的意味来，如陶潜《饮酒》诗所谓"此中有真意"。至于原文本来含有的"模写自然"之美论，反倒被边缘化了。有鉴于此，完整的理解和阐释，是需要充分注意到画家面对山水自然之际自觉到"诚能妙写"这一创作主体意识的。正是在这个意义上，宗炳《画山水序》与《文心雕龙》创作论之

---

① 苏轼：《经进东坡文集事略》卷六〇《书黄子思诗集后》。

间,一方面互相作为思想语境而依存着,另一方面又彼此连通而共同构成一个集成的观念体系。关于这个集成观念体系的美学阐释,我们可以尝试着运用集成的方法,那就是将《神思》篇和《画山水叙》共同采用的"神思""畅神"两个概念集合起来,进而提炼出"神之所畅,其在神思"这样一个命题。

"神之所畅,其在神思",也就是"心之潜也,若有神明"。其关键尤其在于,这里包含着"以形写形,以色貌色"这种"类之成巧"性质的艺术实践,包含着在这一实践中发挥创作能力以创造"第二自然"的高度主体自觉,包含着自信"第二自然"的创造具有"人艺即天工"价值的人文价值观念。不言而喻,这样的"神思"与"畅神"说是具有"智术"自美意味的,从而也就在一定程度上具有雕饰美学的自觉意识。试将《画山水叙》所阐发的"夫以应目会心为理者,类之成巧,则目亦同应,心亦俱会,应会感神,神超理得"的画学理论,与钟嵘《诗品》每每以"巧构形似之言"来嘉许诗人"模写自然"之作的现象联系起来,所谓共时性同构大语境的存在,就是一个不争的事实了。刘勰的"智术"之赞,生成于这样的大语境之中,真是再自然不过了。

总之,我们不仅需要深入领会刘勰《序志》"心哉美矣"之赞叹的深长意味,而且需要结合其思想文化的大语境来探讨这种赞美心智之创造力的深远意义。从扬雄以"心"释"神",到刘勰"心哉美矣"之赞,"心"本体的中心地位历史地展现为"人艺"之美的创造性自觉,因此而有了"古来文章,以雕缛成体"的文学观念。黄侃《札记》针对"古来文章,以雕缛成体"的论断,以为"全书皆此旨"[①],也就是说,《文心雕龙》的理论体系具有雕饰美学的性质,《文心雕龙》一书如此命名的内在根据,亦本于"此旨"。惟其如此,确认"以雕缛成体"的全书主旨为刘勰文学思想体系的核心内容,实在是很有必要的。

当然,如此一来,就不可避免地要思考这一雕饰美学的理论特性与刘勰"自然之道"间的关系了。

---

① 黄侃:《文心雕龙札记》,上海古籍出版社2000年版,第217页。

三 "以雕缛成体"和"自然之道"

《文心雕龙》作为中国古典自然雕饰美学的理论典型,其内在的理论支点,就在于"以雕缛成体"的文学本体观念与"自然之道"的美学本体观念的契合点上。换言之,刘勰心目中的"自然之道",其主要内容就是以人文雕饰为自然和雕饰以自然为归宿这两者之间的思想整合。这可以说是一种雕饰自然论的观念,也可以说是一种自然雕饰论的观念,以此为前提,又有了雅润清丽之品味格调的讲求,又有了折中调和之技法结构的讲求,它们共同构成了《文心雕龙》自然雕饰美学的思想体系。

问题的关键,显然在"雕缛"与"自然"相统一的基本认识。

首先,《原道》篇展开论说的内在理路,就值得认真辨析。按照逻辑顺序,其最先推出的是"道之文"一说,接着是"天地之心"一说,而两说相互衔接的内在逻辑点,则是通过"仰观吐曜,俯察含章"的特定表述所实际确认的"人"的中心地位。惟其如此,这里首先就有一个"道"与"人"同体的理念,在此基础上就有了"自然"与"人文"同体的理念。这中间的道理,其实并不难理解:既然人是天地之心,那么,由人心智术所创造出来的"文",自然就是天地之文,自然就与天地原生之文一样,均为"道之文"。循此而深进一层,既然人文与天地之文的创造以"天地之心"为中介而合一,那么,人文艺术的生成之道本身也就是"自然之道"了。《原道》论述中有一句总括性的话语:"夫岂外饰,盖自然耳。""外饰"的反面想必就是"内饰",于是,"自然"也就意味着"内饰"——具有内在合理性的艺文雕饰。

其次,《原道》云:"傍及万物,动植皆文。"倘若我们将这里的"文"理解为"美"的话,刘勰所表述的就是一种近乎泛美学的观念。但问题的实质在于,《原道》接着道:"夫以无识之物,郁然有彩;有心之器,其无文欤!"由此可见,刘勰行文,实际运用了烘云托月的修辞手法,其"动植皆文"的铺垫,是为了凸显"有心之器,其无文欤"的结论。在这里,人为万物之灵的意识流露得异常鲜明。总括起来看,泛称天地万物之"文",是为基础,而专颂有心智术之"文",是为提炼,通过"动植皆文"的普遍现象,实质上已经使"以雕缛成体"成为天地万物的"自然之道",而"有心之器"又具有"天地之心"的赋性,于是乎,"古来文章,以雕缛成体"者,就合乎"自然之道",并且"雕缛"本身也便具有天然的合理性了。

《文心雕龙》这种以雕饰为自然的文艺美学观,"龙学"前辈其实已经有所揭示。如《原道》云:"文之为德也大矣,与天地并生者何哉?"结合下文所谓"人文之元,肇自太极",这显然是在说"人文"乃与天地并生。范注早已阐明此义。① 詹锳《文心雕龙义证》亦引述道:"吉川幸次郎认为,中国古代文学的特点,一言以蔽之,就是'人本主义''人本主义'世界观的最具有决定意义的东西,那便是'语言文化',典型而为'文学'。他举《文心雕龙》作证,《原道》篇曰:'故两仪既生矣,惟人参之,性灵所钟,是为三才。为五行之秀,实天地之心。心生而言立,言立而文明,自然之道也。'"② 其间"人本主义"一语,已将问题的实质揭示出来,从"人本主义"的角度去阐发"自然之道",宜有"人艺即天工"的结论。对此,王元化《文心雕龙创作论》亦有精到的阐发:一则认为刘勰将道之文与人文之文同归于"太极",视之为"自然之道";二则认为刘勰把文学产生的过程视之为"自然之道";三则强调指出,刘勰具有将自然美和艺术美一视同仁的思想观念。③ 王元化这一见解的意义,张少康等《文心雕龙研究史》④曾给予充分肯定。

现在,我们基于学术先行者的发现而作进一步的探求,那就需要说明:《文心雕龙》视文艺创作过程为"自然之道"的基本观念,是同"以雕缛成体"的文学本体自觉相统一的。统揽而言,中国自古以来论

---

① 范文澜:《文心雕龙注》上《原道第一》,人民文学出版社 1998 年版。
② 詹锳:《文心雕龙义证》,上海古籍出版社 1989 年版。《日本学者论中国古代文学的特点问题》,1974 年出版吉川幸次郎的《中国文学史》,见《古籍整理出版情况简报》1980 年第 2 期。
③ 王元化:《〈文心雕龙〉创作论》,上海古籍出版社 1984 年版。
④ 张少康:《〈文心雕龙〉研究史》,北京大学出版社 1999 年版。

文说艺者之所谓"自然",实际存在两种基本的阐释路向:或者是"自然"与"雕饰"相对立的"自然";或者是"自然"与"雕饰"相统一的"自然"。若李白诗所谓"清水出芙蓉,天然去雕饰",便倾向于前者,而刘勰的文艺观念,则倾向于后者。只不过,由于世人反复阐说者多是前者,后者的合理价值实际就处于被遮蔽着的状态了。其实,细读《原道》所谓"龙凤以藻绘呈瑞,虎豹以炳蔚凝姿;云霞雕色,有逾画工之妙;草木贲华,无待锦匠之奇",无非在申说万物自然成文之义,"夫岂外饰"的结论,正是说纯出自然。既然天地万物莫不如此,那么,通过"实天地之心"这一人文制作的主体,"有心之器"的人艺创造便以远胜"无识之物"的特出能力,使其"智术"所造者同样具有"夫岂外饰"而纯出自然的性质了。进而,"以雕缛成体"的文学事业也便属于"自然之道"的实际体现了。有鉴于此,我们倒是可以仿李白"天然去雕饰"之句型,反其意而造语曰"天然出雕饰",以便生动揭示其间雕饰美学的精神取向。

《文心雕龙》之所谓"文",当然是广义的"文",其范围远远大于文学作品。也正是因为如此,才可能同时含纳艺术美和自然美。但是,之所以能形成"天然出雕饰"这样的观念,却又确实与自然美审美经验的积淀直接相关,对此,原有的研究似乎不够充分。既然如此,我们不妨以最富形象化讲求的《明诗》为例,来具体考察其所以视"以雕缛成体"为"自然之道"的美感经验基础。

《明诗》以《尚书·舜典》之"诗言志,歌永言"为起点,经过将传统的"感物心动"说与"言志""缘情"说整合为一,最终总结道:"人禀七情,应物斯感。感物吟志,莫非自然。"显然,这里的"自然"既包含着感情生成的原理,也包含着诗歌创作的原理,是两个层面相复合的思想观念。

问题的症结在于"应物"这一观念。

有必要指出,讲情感生成而曰"应物",讲诗歌创作而曰"感物",这个"物"字实在是小觑不得。《文心雕龙》专有《物色》一篇,从范文澜开始,多有专家认为此篇现行的排序位置有误,它应该前移而置于《总术》之前才是,①因为在大家看来,这应该是属于"文术"探讨的范围。殊不知,问题并非如此简单。《物色》云:"自近代以来,文贵形似,窥情风景之上,钻貌草木之中。"《明诗》云:"宋初文咏,体有因革,庄老告退,而山水方滋,俪采百字之偶,争价一句之奇,情必极貌以写物,辞必穷力以追新,此近世之所竞也。"这些彼此互见的论述所说明的问题,实质在指出当时流行的文艺思潮——理论与实践相一致的文艺思潮。任何一种理论体系的形成,除了历史传统的影响,就是生活现实的影响,如果说上文所述宗炳《画山水叙》的画学理论与刘勰《文心雕龙》之间的共时性同构关系是理论层面上的,那么,"近世之所竞也"的内容就是实践层面上的。实践的影响,以及理论和实践相互作用着的影响,实际就意味着,《文心雕龙》之雕饰自然观的实践生成环境,恰恰是这样一个"文贵形似"而画尚"类之成巧"的时代环境,恰恰是这样一个山水诗兴发的时代环境,也正好是山水画美学理论已然高度自觉的时代环境。可以想象,当时必有一种特别欣赏于自然美的诗情画意的追求。试想,当这一切反映到刘勰的广文学意义上的理论体系中时,即便按照一般的逻辑和寻常的情理来推断,不也应该有一种人艺制作与自然天成相合一的观念出现吗?换言之,自然风景美的发现和诗情画意中风景美的创造,就将因其共同的审美对象而融洽一体,在这一共同的时代审美经验的基础之上,含有"天然去雕饰"意味的雕饰自然观的形成,就是再自然不过的事了。

岂止如此,《明诗》"应物斯感"所体现出来的"情以物迁"的性情观,在玄学家的思想意识中就有反映。如《三国志·魏书》钟会传附王弼传注,就记载有何晏与王弼关于情的讨论:"何晏以为'圣人无喜怒哀乐',其论甚精,钟会等述之。弼与不同,以为'圣人茂于人者,神明也;同于人者,五情也。神明茂,故能体冲和以通无;五情同,故不能无哀乐以应物。然则圣人之情,应物而无累于物者也。今以其无累,便谓不复应物。失之多矣'。"面对这一段世人熟知的记述,冯友兰先生

---

① 参看张少康等《文心雕龙研究史》第504页,北京大学出版社2001年版。

《中国哲学简史》的阐释是："王弼的理论,可以归结为一句话:圣人有情而无累。"此说诚是,人们大多也都沿袭此说。我却以为,此说有待于补充,因为上引记述文字中的关键点不止于"有情而无累",凡细读原文者不难看出,王弼论说的重点同时也在"今以其无累,便谓不复应物。失之多矣"这一点上,也就是说,是否"应物",在当时人看来,至为关键。我们因此而可以用"应物"意识来概括魏晋南朝的艺术哲学趣味。在这个意义上,很长一段时间以来学界习惯于以"诗缘情"来概括魏晋以降诗学发展新阶段之理论标志者,将需要加以调整,而由"缘情"与"应物"两个概念组合起来的"缘情应物",将不失为更加合理的概括性话语。

于是,基于自然美的发现而"缘情应物",遂为主客观统一的审美创作活动提供了具体可行而又富有典型意义的实践模式。《物色》中的"窥情风景之上,钻貌草木之中"两句,《明诗》中的"情必极貌以写物,辞必穷力以追新"两句,就是对"缘情应物"观念的最生动的描述性阐释。特别是"窥情风景"和"情必极貌以写物",已涵涉"诗中有画"和"情景交融"这双重性的追求,显示出"近代以来"新的文艺美学思潮的典型特征,也就是"情的审美物化"的特征。只要我们联系钟嵘《诗品》总序所谓"指事造形,穷情写物"的"写物""造形"来作思考,就不难发现这相当紧要的一点。由此看来,正是以"应物"为内在规定的"缘情"自觉,导致了原有抒情诗传统朝着融情于景的方向发展,而《文心雕龙》的雕饰自然观正是建构在这样一种艺术实践的基础之上的。

这样一来,既有强调"应物"的哲学观念,又有注重"物色"的艺术实践,在实践和理论两个层面上都提供了相应的基础,于是,"事出神思"的文学创作的理论自觉,就被赋予了合乎"自然之道"的内在价值,也就具有了体现"恒患文不逮意,意不称物"之审美追求的实践属性。在某种意义上,这正是一种"模写自然"观:不仅是艺术表现内容和审美实践经验上的亲近自然,而且是文艺创作原理上的"自然"的内化,"夫岂外饰,乃自然耳"——人艺创作之道即自然之道。

换言之,刘勰《文心雕龙》的"文之枢纽",具有鲜明的"人文"色彩,当"自然之道"是基于"人文"创制而展开时,其"自然之道"便是人文主义的"自然之道"。这样,就不仅仅是把自然美和人文美同等看待,也不仅仅是将自然美的发现纳入到人文主义艺术自觉之中,而更是将人为地创造艺术美世界的人类文艺活动,视为符合自然规律的自然现象。因此,我们才说刘勰《文心雕龙》的理论体系是中国古典自然雕饰美学的体系。也因此,这一古典自然雕饰美学的核心观念,可以用"自然之道"观和"以雕缛成体"说的整合来表述:一方面,文艺雕饰本身是合乎自然之道的,这赋予审美雕饰以理论合理性;另一方面,则是要求"雕缛成体"的艺术创作应以自然为审美理想。相对而言,学界对后者的阐释较为充分,所以本文着重申说前者。

四 《文心雕龙》的"术"学体系

既然《文心雕龙》乃以"智术"为核心理念,其论述必然多有言"术"之处。尤其是创作论《神思》以下直到《总术》篇,几乎篇篇言"术",分明形成了一个特有的"术"学体系。

《神思》论开篇"故寂然凝虑,思接千载"一段统揽创作思维的经典论述,就是以"此盖驭文之首术,谋篇之大端"为收束语的。"首术"一语,已然暗示着"术"学的系统化,因为有"首"就有"尾",有"首要"就有其次、再次,这本身就是一种基于系统思考的话语方式。再者,其与《总术》所谓"总术"之间,也是遥相呼应的。关于《神思》篇的要领,阐释者历来就有不同意向,如"是以意授于思,言授于意,密则无际,疏则千里;或理在方寸而求之域表,或义在咫尺而思隔山河。是以秉心养术,无务苦虑;含章司契,不必劳情也"一节,纪评谓:"'无务苦虑,不必劳情'等字,反似教人不必冥搜力索,此结字未稳,词不达意之处,读者毋以词害意。"黄侃《札记》则指出:"纪氏以为彦和结字未稳,乃明于解下四字,而未遑细审上四字之过也。"[①]范注循此再作分析,以为此乃就

---

① 黄侃:《文心雕龙札记》,上海古籍出版社2000年版,第94页。

"疏则千里"而言:"夫关键将塞,神有遁心,虽穷搜力索何益。若能秉心养术,含章司契,则枢机常通,万途竞萌,正将规矩虚位,刻镂无形,又安见其不加经营运用之功耶!"①如今看来,从纪昀的担忧到范文澜的辩解,其实已将问题的症结凸显出来,这里实际是一个如何按照艺术创作的规律来构思写作的问题。其间"秉心养术"一语,也正以此而至为关键,"秉心"绝不是在"养术"之外别有一番心性修习境界,而是在强调以"养术"本身为"秉心"之实际内容。换言之,就是要在"意授于思,言授于意"的创作全过程中,使"思""意""言"之间的关系,不仅是一般的"密则无际",而且是完全符合文学创作原理的微妙契合。如此看来,若说当时纪氏所言失之于浅解彦和,那么,后来范氏所言亦失之于笼统空泛,而笼统空泛之所以然者,恰恰在于未将"养术"二字的内蕴阐发透彻。如上所述,"意授于思,言授于意"所揭示的问题,俨然有"言意之辨"的色彩,只不过,这里实质体现出来的是"言尽意"观主导下的"言意之辨"就是了。范文澜注《神思》篇"密则无际"句有云:"似谓言尽意也。"和一般"言意之辨"的讨论不同的是,刘勰将言是否尽意的语言哲学问题引入文学创作的方法论领域,惟其如此,"秉心养术"说那基于"智术"前提的"术"学内蕴,就格外值得关注了。

《神思》以下各篇,无不各就其类而申说其"术"。举例而言,如《风骨》云:"能鉴斯要,可以定文,兹术或违,无务繁采。"可见,"风骨"培育,有"术"在焉。"龙学"研究中,"风骨"曾是最受关注的理论范畴之一,但翻检"风骨"研究史迹,基于"兹术"之"术"而作阐释者,却很少见,这不能不说是一个遗憾。黄侃《札记》尝言:"风骨篇之说易于凌虚,故首则诠释其实质,继则指明其途径,仍令学者不致迷罔,其斯以为文术之圭臬者也。"他因此而强调"言外无骨""意外无风",指出:"欲美其风骨者,惟有致力于修辞命意也。"②事情果然被黄侃所言中,往后的"风骨"研究大体是沿着美学理想的阐释路向,尽管这样的阐释

---

① 范文澜:《文心雕龙注》下册,人民文学出版社 1998 年版,第 501 页。
② 黄侃:《文心雕龙札记》,上海古籍出版社 2000 年版,第 101—103 页。

路向为学界开拓了广阔的理论空间,尽管具体的阐释过程中实际也都涉及命意修辞的内容,但《风骨》论作为"文术"论的性质,其实是被淡化了。

《通变》云:"然绠短者衔渴,足疲者辍途,非文理之数尽,乃通变之术疏耳。"《附会》云:"使众理虽繁,而无倒置之乖,群言虽多,而无棼丝之乱;扶阳而出条,顺阴而藏迹,首尾周密,表里一体,此附会之术也。"如此等等,皆直言某术某术。既然可以直接称"通变之术""附会之术",那么其他关涉于创作论的篇章,按说都能以"术"相称,如"神思之术""体性之术""情采之术"等等。与此相类,如《镕裁》所谓"若术不素定,而委心逐辞,异端丛至,骈赘必多"者,则是隐然在讲"镕裁之术"。又如《知音》曰:"是以将阅文情,先标六观:一观位体,二观置辞,三观通变,四观奇正,五观事义,六观宫商,斯术既形,则优劣见矣。"如果说《知音》篇是在讨论"知音之术",那么,在具体而微的分析阐释中,其实又可以进一步析出"知音之术"中的"六观之术"。

《定势》云:"夫情致异区,文变殊术,莫不因情立体,即体成势也。……自近代辞人,……秉兹情术,可无思耶!"首先,既然有"文变殊术"的观念,那么,文体辨识与文术讲求就是彼此依存的关系,这也正意味着文体论与创作论的统一。而在这个意义上,文体论与创作论的关系,实际就是文体论与文术论的关系。其次,更耐人寻味的是"情术"这一概念,考虑到这是在创作论的总框架里讨论问题,此间所谓"情术"未尝不可以阐释为抒写感情的艺术——整合情感发生与发展规律的抒情术。饶有兴味的是,《情采》又曰:"言以文远,诚哉斯念;心术既形,英华乃赡。"这里所谓"心术",当然不是传统的道德判断用语,而恰恰是"言以文远"的文学抒情术。

上述例证的列举,无非是想说明,"术"学话语以及由此体现出来的"术"学思想,原本就是《文心雕龙》的关键词和主题思想。

如果说上述例证已然说明,《文心雕龙》有一个个自成一体的子系统式的"术"论,那么,作为子系统之上的母系统者,便是《总术》一篇。黄侃《札记》曰:"此篇乃总会神思以至附会之旨,而叮咛郑重以言之,非别有所谓总术也。……然则彦和之撰斯文,意在提挈纲纬,指陈枢要明矣。"尽管如此,作为创作论诸分论之后的总论,其中一些论述,仍然值得注意。如曰:"凡精虑造文,各竞新丽,多欲练辞,莫肯研术。"又曰:"才之能通,必资晓术,自非圆鉴区域,大判条例,岂能控引情源,制胜文苑哉!"又曰:"是以执术驭篇,似善弈之穷数;弃术任心,如博塞之邀遇。"如此等等,曰"研术",曰"晓术",曰"执术",反复申说,而宗旨如一:想要创作成功,必须钻研并通晓相应之"术"。刘永济《文心雕龙校释》①曾考释"术"字之义:"一为道理,一指技艺。"并认为《总术》所言乃指文学原理,再进一步,又基于《总术》之"总"字申说,认为该篇主旨在于"以心术总摄文术"。这样的解读,反映出学界长期以来重视思想精神而轻视方法技艺的普遍倾向,实际又折射出类似于欧阳修《答吴充秀才书》所谓"大抵道胜者,文不难而自至也"的传统观念。这种观念的合理价值是不言而喻的,但若不能辩证阐释,则必将导致简单的二分法思维模式:一者为体,一者为用;一者为本,一者为末;如同一者为主流,一者必为边缘,绝不可能两者都是主流。循着如此这般的思维逻辑,"秉心养术"只能是以"心术"驾驭"文术",而绝不可能是"心术"与"文术"合二而一。殊不知,如此解读,却未必契合刘勰"是以执术驭篇,似善弈之穷数;弃术任心,如博塞之邀遇"的本意。黄侃《札记》尝云:"是以练术而后为文者,如轮扁之引斧,弃术而任心者,如南郭之吹竽。"②言下之意,分明是将"术"看作本体存在,就像音乐家的耳朵是节奏和旋律的耳朵、画家的眼睛是线条和光色的眼睛,九段高手的性情智慧几乎与棋艺融为一体,"秉心养术"的本意就是"化文术为心术"或曰"化心术为文术",使"心外无文"或曰"文外无心",如此方是理想境界。

有鉴于此,《文心雕龙》的"术"学思想,就不宜因循成见而阐释为从属于"道"论的"术"论,倒是不妨提炼其精髓为"道""术"合一之论。

---

① 刘永济:《文心雕龙校释》,中华书局1962年版。
② 黄侃:《文心雕龙札记》,上海古籍出版社2000年版,第208页。

从《神思之二十六》到《总术之四十四》,凡一十九篇,①占如此比重的篇幅,其内容都是在论说"文场笔苑,有术有门,……思无定契,理有恒存"的文笔制作原理,且总冠之曰"术",这就再生动不过地说明,刘勰在《序志》篇中对"智术"的赞美,是与《文心雕龙》全书注重"术"学的思想建构完全契合的。

如果说由《原道》诸篇所组成的"枢纽"和由文体辨析诸篇组成的"纲领",都处于较"毛目"更为重要的位置,从而说明刘勰的文学理论体系具有以"道"为体而以"术"为用之体用合一的特性,那么,当我们将其所说之"秉心养术"与"术不素定,而委心逐辞"等论说联系起来而作宏观性思考时,则又发现,在养心和养术相统一的意义层面上,"术"实际上又是一个深进于"心性"世界的内在元素,最起码,也不可轻易以其为"毛目"而小觑。

五 "文体"论与"文术"论互补的系统特征

"龙学"界早就注意到,《文心雕龙》作为一部自成体系的思想理论著作,其篇目数量的分配和各篇之间的关系,是深有意味的。对此,学界曾展开过充分的讨论。这里,显然没有必要详细介绍就此发表的各种见解。但"接着说"的必要却是显而易见的。本文的关注点,在于《文心雕龙》"文体"论与"文术"论相互补的系统特征。

首先,全书篇目以类相从的总体格局就引人注目。全书共五十篇,除《序志第五十》之外,共四十九篇:《原道》领起五篇为"枢纽",可称之为"道论";继之《明诗第六》以下至《书记第二十五》,共二十篇,乃文体论;而从《神思第二十六》以下至《总术第四十四》,共十九篇(或增其后个别篇章,无碍大局),为文术论;余者,可谓余论。即便各论之所

---

① 张少康等《文心雕龙研究史》第四章《当代的〈文心雕龙〉研究》下,专门设题综述有关《文心雕龙》创作论的研究心得,其中包括了下篇讨论"文术"者究竟是《神思》至于《总术》的十九篇,还是二十篇或者更多的评述。本文无意介入类似问题的讨论,这里举十九之数,也只是从最直接的篇目辨识上着眼。因为,无论其篇目总共有多少篇,有一个自成系统的"术"学思想体系,才是首要之认识。

含或有交叉重迭,即便学者辨识之际或有歧见,但"文体"论与"文术"论并行的整体结构,人们想必是早就发现了的。① 由此而凸显出来的以文体辨析和文术商榷为主干的文学理论批评体系,自然而然地赋予《文心雕龙》以"应称为写作方法泛论"的典型特征。②

"文体"论与"文术"论的并行,当然是作为有机整体的并行,如人之双手,如鸟之双翼,其形体虽若分立,而神理血脉必然相通。也正是在这个意义上,探求"文体"论与"文术"论之间系统化的内在联系,就是题内应有之义了。徐复观先生曾专门研讨此一课题,认为刘勰"文体多术"之"术",是指"创造文体的方法"。③ 他指出人们大多误以文章分类为文体剖析,这样一来,势必忽略"以雕缛成体"之说做为文体论核心命题的特殊意义。此说足以启人新思,为探求《文心雕龙》"文体"论与"文术"论的贯通之道,提示了路径。但是,因此而统揽全局地称《文心雕龙》为"古典的文体论",却又未免失之于简单。实际上,如若只是就《序志》所表述的"枢纽"、"纲领"和"毛目"之间依序展开的逻辑而言,则下篇"商榷文术"的内在规定性,恰恰来自"剖析文体"的上篇,就像上篇的内在规定性来自"枢纽"一样,一旦沿着这样的思维逻辑来推演阐释,则《文心雕龙》自可视为"文体论"为主体的著作,历来评述者大多也正是这样做的。问题在于,这样的阐释其实无法充分体现"古来文章,以雕缛成体"的核心观念,只有将体现雕饰美学原理的"文术"论提升到决定"文体"的高度和深度,从而实现"文体"论与"文术"论之间的阐释互动,形成契合于"自然之道"的"因术成体"或曰"因体成术"理论系统,才能既符合刘勰对"智术"之"制作"的自美意识,又切合其"以雕缛成体"的文学生成与发展规律学说。

---

① 范文澜《文心雕龙注》下《神思》注(1):"《文心》上篇剖析文体,为辨章篇制之论;下篇商榷文术,为提挈纲维之言。"人民文学出版社 1998 年版,第 495 页。前此,如曹雪芹《文心雕龙》序、黄叔琳《文心雕龙注·例言》等,皆中说类似见解,可以参看。

② 王运熙、杨明:《魏晋南北朝文学批评史》,上海古籍出版社 1996 年版,第 334—335 页。

③ 徐复观:《中国文学精神》之《〈文心雕龙〉的文体论》,上海古籍出版社 2004 年版,第 119 页。

之所以说这是一种关于文学生成与发展规律的学说，乃是基于《文心雕龙》就"古来文章"而作总体提炼的言说本身。在这个意义上，"自然之道"实际就意味着"蔚映十代，辞采九变"（《文心雕龙·时序》赞语）的文学发展史所证明了的文学基本原理，亦即"以雕缛成体"的基本原理。在此，确实需要再深入探讨一些问题。《隐秀》云："夫心术之动远矣，文情之变深矣。"在这里，鉴于"心术"与"文情"相对而言，于是可以抽绎出"心"与"文"的相对和"术"与"情"的相对，从而转换而生成"文心""情术"等相应概念，而这样一来，"昔诗人篇什，为情而造文"（《文心雕龙·情采》）者，自然也就具有"因术而造文"的意味，缘情观和文术论在这里就完全统一了。这也就可以说明，"智术"观念是一种性情真实讲求和艺术方法自觉的整合体。而这又可以在"心术"相对"英华"而言时得到证明，如《情采》云"心术既形，英华乃赡"，又如《体性》云："吐纳英华，莫非性情。"足见，"心术"和"性情"，乃是一而二又二而一的关系。具体说来，则有如《总术》所云："是以执术驭篇，似善弈之穷数；弃术任心，如博塞之邀遇。……若夫善弈之文，术有恒数，按部整伍，以待情会，因时顺机，动不失正。"此间所阐说的问题，说到底，就是"术"与"心"的审美创造统一问题。比拟而言，类似于如何培养画家的眼睛和音乐家的耳朵。而在这里，则是如何养育文学家的性情、灵感和智慧。换言之，"诗缘情"是一回事，"诗缘诗情"是另一回事。前者只道出了一层对应关系，而后者则揭示出双重的诗学内蕴。如刘勰所言："若夫善弈之文，术有恒数，按部整伍，以待情会，因时顺机，动不失正。"这中间分明是有规律可循，有方法可习的，相对于"以待情会"，"术有恒数"俨然处于更为内在的位置，所以才说："弃术任心，如博塞之邀遇。"一言以蔽之，反对"弃术任心"，就意味着主张"执术用心"。在这个意义上，一部以探讨"为文之用心"（《文心雕龙·序志》）为主旨的理论著作，实际上也就可以看作是探讨"执术以驭文"课题的理论著作。惟其如此，"文术"论是不应该仅仅被看作是"文体"论之附属的。

《文心雕龙》作为一部系统性很强的古典理论著作，其典型的理论建构形态,实际上就是"文体"论与"文术"论的互补模式。相互补者,必然并行而并重。但是,当我们再深进一层而探求其更为内在的联系方式时,则又发现,基于"古来文章,以雕缛成体"的基本体认,以及"术有恒数""才之能通,必资晓术。自非圆鉴区域,大判条例,岂能控引情源,制胜文苑哉!"(《文心雕龙·序志》)的系统分析,在以通晓文术为文章关键的阐释意义上,"文体"论与"文术"论的互补,实质上是"成体有术"式的互补模式。亦惟其如此,倘若说《文心雕龙》可以概括为中国古典文体论理论巨著,那么,我们需要进一步将其文体论明确为文体方法论。

这种典型的文体方法论体系,在下篇之首《神思》篇中就有着非常显著的体现。毫无疑问,《神思》篇之精髓,当在"其神远矣"之所谓"神",以及"思理为妙"之所以"妙"。如果说"思接千载"和"视通万里"的超时空想象与感觉自由,乃其"神"之精神所在,那么,"神与物游"就是其所以"神"之原理所在,《神思》因此而曰:"思理之妙,神与物游。"紧接着的"神居胸臆,而志气统其关键;物沿耳目,而辞令管其枢机",恰恰是"神与物游"之所谓"游"的具体形态,那就是"志气"和"辞令"交游融会的奇妙过程。向来以德行为主导的文学论者,每视文学辞令为从属性元素,而在刘勰这里,却将其内化为本质性存在了。这就像《庄子·养生主》寓言明道之际所谓"庖丁解牛"一样,庖丁针对文惠君"技盖至乎此"的惊叹,回答以"臣之所好者道也,进乎技矣!"长期以来,人们大多从道、技分离的思路上去阐说,殊不知,庖丁"进乎技"之所谓"进",非舍技而进,而显然只能是含技而进,最终实现"道""技"合一,是为"道术"。《庄子·天下》不也是在说"道术将为天下裂"吗?[①] 刘勰《神思》之论,反复申说"术"之关键,如曰"此盖驭文之首术""秉心养术""心总要术",其用心所在,确实需要深入体味。笔者以为,只有将辞令制作视为文学创作构思的一体化行为,从而确立审美想象过程与遣词造句过程完全统一的理念,也就是确立文学艺术是一种以语言艺

---

① 参看拙文《"游于艺"而"进乎技"》,载《学术月刊》,2006年第6期。

术形式来想象的理念,才能契合《文心雕龙》"以雕缛成体"的核心观念,从而合理地阐释其相应的"文体"与"文术"论说。

显然,问题的关键在于,只有不仅完全契合于文学艺术创作原理以及特定文体规约,而且完全与文学的语言艺术创造实践融为一体的"思理",才能称得上"思理为妙"。因此,"秉心养术"的理想状态,是和"难易虽殊,并资博练"的经验积淀相统一的。在这个意义上,刘勰的《神思》论本身,就带有鲜明的"术"论色彩。其所以要强调"秉心养术,无务苦虑;含章司契,不必劳情",要领正在于,必须按美的规律和文学的原理展开想象和构思,必须使作者想表达的内容成为完全契合于特定艺术方法的内容。总之,"秉心养术"实际上是和"以雕缛成体"的实践目的相统一的。

最终,如刘勰《序志》所言,由《原道》诸篇所组成的"枢纽",其所讨论的核心价值观,在于所谓"自然之道"。又如上文已经论述过的,《文心雕龙》的"自然之道",是和"古来文章,以雕缛成体"的文学艺术生成观和发展观相统一的,所以,"自然之道"便含有"以人文雕饰为自然"的价值判断。这样一来,"雕缛成体"者分别从"文体"论和"文术"论两翼展开,也就意味着"自然之道"的人文创作实践形态是一种"文体"论和"文术"论互补的建构模式。这样的理解阐释,不仅是合情合理的,而且是与其《文心雕龙》的命名完全契合的。

只不过,这一由《文心雕龙》文本现实所呈示出来的基本特性,却由于作者自己以及后来阐释者的习惯解说,实际上被遮蔽了。首先是刘勰自己,其《序志》篇所谓"枢纽""纲领"和"毛目"的叙说,就体现出以"道"为体而以"术"为用的鲜明倾向,后人循此解读,无论如何也谈不上误解。然而,作者未必然,读者未必不然,与作者自叙相出入的思想理论本身的客观性,恰恰体现着我们时常所说的"不以人的意志为转移的客观规律"。因此,本文认为,《文心雕龙》所表现的思想理论,乃是一种文学"道术"论。就像"道术"这一名词本身带有复合词特征那样,"道术"观念也相应具有复合性质,它是本体论与方法论、价值观与实践观的有机整合。其中的核心内容,凸显出"术者道之术,道者术之道"这样的理念。换言之,从古典自然雕饰美学的角度来阐释,"道之术"是指方法论具有本体论的内在规定,并因此而具有本体价值;同样,"术之道"则是指实践和方法本身具有足可提升到"道"层面的内容。这一认识的理论意义,是对"道胜者文不难而自至"一说的辩证矫正,而这也正是刘勰所谓"养术"的深刻用意所在。尤其是"秉心养术"一说,具有颇为鲜明的整合心性修养与技艺习得于一体的理论倾向,将有深刻启示于文艺美学发展史,后世诸如"文以载道"和"作文害道"间的矛盾,其调谐的思路其实已然隐含在《文心雕龙》的思考之中。《文心雕龙》的理论展开方式,是统揽文章而弥纶群言式的,是一种广文学意义上的文艺美学理论体系,是一种具有自然雕饰美学性质的文化学阐释文本,是一部大美学著作,具有整合人文传统而阐发艺文奥秘的特殊价值。

《文心雕龙》作为中国传统自然雕饰美学的理论经典,在当今文艺美学思想转型开拓的机遇与挑战期,具有作为思想资源和人文智慧的双重价值。面对大众传媒和市场机制强烈摄引下文学艺术的与时变异而异样繁荣,理论批评可以借鉴"文体"与"文术"并行互补的思路,在辨析文体增殖以丰富现代"文体"论系统的同时,务须钻研艺术之道以精熟各门技艺。在此基础上,则可以进一步探询诸如"审美雕饰的自然合理性""雕饰艺术的自然境界""人文艺术与自然美"等理论课题。

韩经太学术编年

1. 1984 年。写就硕士学位论文《清真词论稿》，指导老师赵西陆教授、喻朝刚教授。6 月在吉林大学中文系举行论文答辩，答辩委员会主席张松如（公木）先生，委员卞孝萱先生、马兴荣先生等。《论稿》中《清真词的章法结构》一章，以《极顿挫之致，穷勾勒之妙——论清真词的章法结构》为题发表于《学术月刊》1984 年第 9 期。当年暑假后，分配至北京语言学院（今北京语言大学）执教。

2. 1986 年。《笔染沧江虹月，思穿冷岫孤云——白石词美学风貌初窥》发表于《北方论丛》1986 年第 5 期；《清真白石词的异同与两宋词风的递变》发表于《文学遗产》1986 年第 3 期。

当年 3 月，全国第三次老舍研究学术研讨会在北京语言学院举行，来自前苏联和日本的专家提交了专题论文，国内外参加会议的专家学者形成颇为壮观的学术阵容，开幕式有吴祖光、陈昊苏、刘再复等著名文化人致辞，现代文学老舍研究界的著名学者如樊骏、赵园、吴小美、王行之、关纪新、范亦豪等。本人虽以古代文学研究为专攻，但身处北语，又兼向来喜好现代作家的作品，于是参与会议筹备并撰写论文《中国新文学发展中的老舍》，该文在大会发言获得好评，正式发表在《文学评论》1987 年第 1 期。正是此次会议，使我与老舍研究结缘，从此关注"老舍与京味文学"。为修改老舍研究一文，在《文学评论》编辑部得见王信先生、樊骏先生，亲聆教诲，至今受益。

3. 1987 年。当年春季，中国社科院文学研究所《文学评论》《文学遗产》编辑部在年前"宏观研究征文"的基础上，在西子湖畔的杭州大学举办古代文学宏观研究学术研讨会。西湖春日,群贤毕至,会上会下有幸拜识多位学界前辈,亦得以结识许多崭露头角的学术英才。裴斐先生的孤高和自信,徐公持先生的睿智和包容,陈伯海先生的敏锐和深刻,都是时光难以磨损的永恒印象。大会期间"套"小会,其间讨论过"宏观研究"与"新三论"的关系,鉴于当时已有思想文化领域"大气候"的调整,如此等等,其影响于新一代学人者至为深远。为本次研讨会所撰写的论文两篇:《中国古典诗学新探四题》,发表于《中国社会科学》1987年第6期;《从抒情主体的心态模式看古典诗歌的美学特质》,发表于《文学遗产》1987年第6期。会后,应《语文导报》约稿,撰写并在该刊发表《创造性:宏观研究的指向与优势》一文。值得记忆的是,我在《中国社会科学》发表第一篇论文的责任编辑周孟瑜先生,此前素不相识,为论文之修改发表有过几次信件来往,纯粹业务交流,待到后来有机会再去编辑部时,周先生已经退休,从此失去联系。近三十年过去,每当想起周先生第一次来信对自己的鼓励,都会经历一次感动的体验。

4. 1988年。《主体参与和学术独立——古典文学研究的现代化课题》发表于《文学遗产》1988年第4期。

5. 1989年。参加《文学遗产》编辑部举办"回顾与重建——四十年古代文论反思座谈会",并在《文学遗产》1989年第4期发表《古代文论研究应有多维视野》的笔谈文章。会上得以领略蔡钟翔、黄保真先生风采,从此与蔡先生建立深厚情谊,今先生已然仙逝,值此追念不已。

6. 1990年。《论中国古典诗歌的悲剧性美》发表于《中国社会科学》1990年第1期"创刊十周年纪念专号"。《文学遗产的接受与开放性自律》发表于《文学评论》1990年第3期。《论宋人平淡诗观的特殊指向与内蕴》发表于《学术月刊》1990年第7期。

学术专著《中国诗学与传统文化精神》,由四川人民出版社1990年1月出版。该书出版正值学术著作出版难时代,据责任编辑透露,当时出版社有印数2 000册以下不开机的规定,本书印数只有1 640

册,却能正式出版,真要感谢出版社领导对学术事业的支持。

7. 1991 年。《论中国诗学的平淡美理想》发表于《中国社会科学》1991 年第 3 期。《韵味与诗美》发表于《文学遗产》1991 年第 3 期。

专著《心灵现实的艺术透视——中国文人心态与古典诗歌艺术》作为"大文学史观丛书"之一种,由现代出版社于 1991 年出版。该丛书主编为傅璇琮先生与王学泰先生。王学泰是我在《文学遗产》发表的第一篇论文的责任编辑,为撰写《心灵》一书,多次聆听学泰先生海阔天空的高论,非常佩服他的世事洞见。

本年度荣获"全国优秀教师"光荣称号。

8. 1992 年。夏天,在吉林松花湖畔,参加《文学遗产》编辑部与吉林大学中文系联合举办的"中国诗歌艺术研讨会"。会议的中心议题之一,是确定由张松如(公木)先生主编的《中国诗歌史论》丛书的撰写方案,由此机缘,本人投入相当精力来钻研宋代诗歌,再加上硕士论文选题为宋词,遂被学术生活塑造为"宋代文学研究者"。

9. 1993 年。《论宋诗谐趣》发表于《中国社会科学》1993 年第 5 期。《诗歌史:关注方式的转换与审美心理的调整》发表于《文学评论》1993 年第 5 期。应约为王运熙、顾易生主编《中国文学批评通史》之《明代文学批评史》撰写书评,并发表于《文学遗产》1993 年第 1 期。《宋诗与宋学》发表于《文学遗产》1993 年第 4 期。应约为赵明等《先秦大文学史》撰写书评《不大通,何以得大有》,并发表于《文学遗产》1993 年第 5 期。

10. 1994 年。为张晶《辽金诗歌史》撰写书评《定位在自信式文化建构的基点》,并发表于《中国社会科学》1994 年第 5 期。《宋词与宋世风流》发表于《中国社会科学》1994 年第 6 期。《词体:两大声律系统的复合》发表于《文学遗产》1994 年第 5 期。

11. 1995 年。《中国诗歌史论》丛书由吉林教育出版社出版,本人撰写其中的《宋代诗歌史论》。值此学术回望之际,仍觉得有必要说明:本人当年撰写此书时,确有着"史论"理当与"史"有别的自觉意识,并且在一定程度上参照了王瑶先生《中古文学史论》的构型原则,也因此,在凸显"问题意识"的同时,诗歌史描述的脉络自然不够清晰,某种程度上,倒是带有"诗体论"专题论集的性质。在十卷本的丛书中,自己因此也显得有点另类吧!书评《清淡诗心的精神状态分析》发表于《文学遗产》1995年第4期。书评《诗本位与广视野的交融》发表于《文学遗产》1995年第5期。在台湾成功大学召开的第一届宋代文学研讨会,原拟邀请大陆学者六人,他们是南京大学莫砺锋、四川大学周裕锴、南京大学张宏生、四川大学曾枣庄、苏州大学杨海明和本人,因手续办理过程滞后,最终未能成行,但应邀学者之论文均刊载于会议论文集(台湾丽文文化事业股份有限公司高雄复文图书出版社1995年5月出版),本人论题为《宋人美学观念的结构分析》。

12. 1996年。《论儒家"风骨"的清虚化》发表于《中国社会科学》1996年第4期。《宋词:对峙中的整合与递传中的偏取》发表于《文学评论》1996年第5期。

首批入选国家"百千万人才工程"第一二等级(国家级人选)。

13. 1997年。专著《理学文化与文学思潮》由中华书局出版。该书入选国务院古籍整理规划领导小组主编《中国传统文化研究丛书》第二辑。

14. 1998年。《论唐人山水诗美的演生嬗变》发表于《文学遗产》1998年第4期。该文系本人参与陶文鹏先生等主编《灵境诗心——中国古代山水诗史》并撰写其第二编(唐代编)的论点提炼,书稿原文近十万字,勉强算得上唐人山水诗小史了。书评《学术现代性的开放性特质》发表于《文学遗产》1998年第5期。该书评乃应约为王瑶等主编《中国文学研究现代化进程》(北京大学出版社1996年出版)而作,由于顾及研究对象的学术地位和论文作者的学术影响,当时未能放开思路,如今回望而自省,的确是一篇不成功的书评文字。之所以要在学术编年中提及此事,是想借此说明,真正的书评文章是需要批评的勇气和高明的见识的。

15. 1999年。《传统"诗史"说的阐释意向》发表于《中国社会科学》1999年第3期。

《中国诗歌史论》丛书(合作项目,本人撰写其中《宋代诗歌史论》)荣获国家社科基金规划项目优秀成果三等奖。

16. 2000 年。 参与《华夏审美风尚史》丛书撰写。专著《徜徉两端:华夏审美风尚史宋代卷》,河南人民出版社出版。同年,该书荣获第五届国家图书奖。《诗学美论与诗词美境》,北京语言文化大学出版社出版。《"在事为诗"申论——对中国早期政治诗学现象的思想文化分析》发表于《中国文化研究》2000 年秋之卷。

17. 2001 年。《唐宋词学的自觉与乐府传统的新变》发表于《文学遗产》2001 年第 6 期。《论汉魏"清峻"风骨》发表于《中国文化研究》2001 年冬之卷。

18. 2002 年。《清谈、淡思、浓采——诗学与哲学之间的文化透视》发表于《中国诗歌研究》。《道义、滋味和技艺——中国古典文学思想与新世纪文学理念》发表于《中国文化研究》2002 年春之卷。《诗意生存的精神传统及其现代意义》发表于《求索》2002 年第 1 期。《古典文学思想的现代展开方式》发表于《光明日报》"文学遗产"专栏 2002 年 3 月 27 日。

19. 2003 年。《"清"美文化原论》发表于《中国社会科学》2003 年第 2 期。《也论中国诗学的"意象"与"意境"说——兼与蒋寅先生商榷》发表于《文学评论》2003 年第 2 期。《道德文化的生成与异化——中国传统道德文化反思四题》发表于《中国文化研究》2003 年冬之卷。

20. 2004 年。《经典的确认与学科的自觉——中国古代文学理论批评研究的现代展开》发表于《中国文化研究》2004 年冬之卷。是年开始撰写《20 世纪中国古代文学批评史研究》一书,该文即此书开篇之章节。

21. 2005 年。《诗艺与"体物"——关于中国古典诗歌的写真艺术传统》发表于《文学遗产》2005 年第 2 期。此文入选国家教育部发起、高等教育出版社与德国施普林格(Springe)出版公司合作出版的全英文系列刊物《中国高等学校学术文摘》之 *Frontiers of Literary Studies in China*(《中国文学研究前沿》2009 年第 4 期)。

专著《清淡美论辨析》作为蔡钟翔先生主编《中国美学范畴丛书》之一种，由百花洲文艺出版社出版。

22. 2006 年。《古典诗歌研究中的语言艺术自觉》发表于《文学遗产》2006 年第 2 期。《"游于艺"而"进乎技"——对文学理论之"元理论"的反思》发表于《学术月刊》2006 年第 6 期。

当年 10 月，应邀出席"北京论坛"（2006）"文明的和谐与共同繁荣——对人类文明方式的思考"之"世界格局中的中华文明"国学分论坛，发表专题演讲《躬行君子与忘言名道——全球化语境下中华文明的典型塑造》。

专著《20 世纪中国文学批评史研究》由福建人民出版社出版。

23. 2007 年。《中国诗学的语言哲学内核与语言艺术模式》发表于《文学评论》2007 年第 5 期。《中国诗学"意境"阐释的若干问题——与蒋寅先生再讨论》发表于《北京大学学报》（哲学社会科学版）2007 年第 6 期。《自然之道与雕缛成体——〈文心雕龙〉的自然雕饰美学思想》发表于《中国文化研究》2007 年秋之卷。

4 月《教育部关于增补教育部社会科学委员会委员的通知》发布，"经严格推荐与评审"，本人被遴选为教育部社会科学委员会委员。

24. 2008 年。12 月 30 日，北京语言大学首都国际文化研究基地揭牌，标志着北京语言大学首个北京市哲学社会科学基地正式成立，跨文化研究高层论坛同时举行。基地聘请张岂之先生、傅璇琮先生等为学术顾问，聘请袁行霈先生为学术委员会主席，詹福瑞、韩震、杨慧林、葛兆光、孙逊、赵敏俐等为学术委员。本人被北京市教育委员会和北京市哲学社会科学规划办公室聘为基地主任、首席专家。与此同时，有一些涉及北京文化的文章见诸报刊：《新解"胡同"文化》发表于《中华读书报》2008 年 7 月 9 日。《看文化北京，选择那扇窗》发表于《中国教育报》2008 年 6 月 20 日。《躬行君子——道德文化的实践品格》发表于《中国文化报》2008 年 8 月 6 日。《性情文化三题》发表于《励耘学刊》（文学卷），8 月 31 日北京师范大学出版。

25. 2010 年。《新世纪"国学"主体的实践理想自觉》发表于《中国文化研究》2010年冬之卷。

为了抢救、传承、推广吟诵，1月24日，经教育部批准、民政部注册，在北京成立了中国语文现代化学会吟诵分会(中华吟诵学会)。该会团结了一批有识之士，在近几年赴全国各地开展了抢救、采录、整理、研究的工作，并获得中央精神文明办、国家语委、教育部语用司的支持。开展了吟诵的宣传、推广工作。该学会是一个吟诵文化志愿者群众团体，也是唯一的全国性吟诵组织。经推荐选举，本人担任吟诵学会理事长。

26. 2011 年。《宋诗学阐释与唐诗艺术精神》发表于《文学遗产》2011年第2期。《马克思主义唯物论与古典现实主义》发表于《文学遗产》2011年第3期。《中国诗画交融若干焦点问题的美学思考》发表于《北京大学学报》(哲学社会科学版)2011年第3期。

与他人合著《老舍与"京味"文学》由北京大学出版社出版。

27. 2012 年。《古典文学艺术：价值追问与艺术讲求》发表于《文学遗产》2012年第2期。

本人担任宋代卷主编的《中国诗歌通史》(十一卷本)由人民文学出版社出版。该书系国家社会科学基金重点项目、北京市哲学社会科学"十一五"规划项目、北京市教育委员会重点项目。从2004年立项到2012年结项出版，历时八年。该书出版后，2013年获中国政府出版奖图书奖提名。由岳麓书院、凤凰网、凤凰卫视联合主办的"致敬国学——2014首届全球华人国学大典"2014年9月29日落幕，《中国诗歌通史》获得了"首届全球华人国学大典国学成果奖"。此次国学成果评奖，先由国内外200余位国学专家推荐60余部著作候选，19位国学评奖委员会(由国学大典六大学术支援单位和岳麓书院国学研究与传播中心学术委员会成员组成)评审等环节而成功入选，本奖项获奖成果按经史子集分类，《中国诗歌通史》名列集部大奖第一名。该书在2011年结项时，受到专家的高度评价，全国哲学社会科学规划办2012年1月16日在《光明日报》发表的《甘露无声润学林——2011年国家社科基金项目成果综述》一文中，将本成果作为2011年度全国哲学社会科学年度最具代表性成果予以介绍,称其为"折射出2011年国家社科基金项目成果的亮丽风景"。著名学者张炯2013年1月7日在《光明日报》发表书评,称本成果的出版"这是我国诗歌界的一件大事,也是我国文学研究界的一件大事",认为它是"目前最全面的中国诗歌通史""目前内涵最丰富的中国诗歌通史""也是具有许多新的观点、新的立论的中国诗歌通史"。2014年12月2日,北京市社会科学界联合会第六次代表大会召开。会上发布了《关于北京市第十三届哲学社会科学优秀成果奖的表彰决定》,《中国诗歌通史》荣获北京市第十三届哲学社会科学优秀成果特等奖。

28. 2013年。《"马乘飞燕":中国艺术的适意写实传统》发表于《人民政协报》2013年8月5日。《儒道元典中的思想主体意态》发表于《社会科学战线》2013年第5期。

与人合著《省鉴与传习:中国道德文化的传统与现实》由人民出版社出版。该书系北京市教育委员会与北京语言大学共建项目"中国传统道德文化的传统理念与现代践行"的最终成果。本人所撰《导论》,是在10年前《道德文化的生成与异化》(2003年刊于《中国文化研究》)一文的基础上,"再思考"而扩展补充以成。内文标题依次为:一、引言:道德文化研究中的"问题意识"与求解意志;二、"殷鉴"析论:政权专有制与维权式自律;三、"让王"透视:道德理想与政治原理的整合寓言;四、"内圣外王之道":《庄》学原义辨析与原创布衣精神;五、"以德报怨,可乎?":一个永恒道德难题的求解方式;六、儒道修养论比较:以"道枢"说和"不动心"说为中心;七、"传不习乎?":道德教化与社会实践习得论;八、道德现实感与理想现实主义。2003年发表时文章只有一万余字,此次《导论》扩展为八万字左右,主要是因为在近十年的时间里始终没有停止过这方面的思考,也因此,才在这里介绍其中标题,愿学界智士不吝指教。若能因此而使国人深刻认识素以道德文化著称于世的中国道德文化的本质和命运,则吾辈幸甚!

29. 2014年。《中国文学史学:历史逻辑与文学精神》发表于《首都师范大学》(哲学社会科学版)2014年第2期。

专著《中国审美文化焦点问题研究》入选2014年《国家哲学社会科学成果文库》。该书将由人民文学出版社2015年3月出版。

年初,经中国国务院批准,设立了"中华思想文化术语传播工程",旨在梳理反映中国传统文化特征和民族思维方式、体现中国核心价值的术语,用易于口头表达、交流的简练语言准确予以诠释,用于政府机构、社会组织、传播媒体等对外交往活动中,让世界更多了解中国国情、历史和文化。该工程专家团队由李学勤、林戊荪、叶嘉莹、张岂之担任顾问,国内历史、哲学、文艺、译审等学科领域22位专家和8位特邀海外汉学家组成专家委员会。本人被聘为"工程"专家委员会委员。

图书在版编目(CIP)数据

杏园陇人诗思/韩经太著. —上海:复旦大学出版社,2016.5
(当代中国古代文学研究文库)
ISBN 978-7-309-12064-6

Ⅰ.杏…　Ⅱ.韩…　Ⅲ.古典诗歌-诗学-研究-中国　Ⅳ.I207.22

中国版本图书馆 CIP 数据核字(2016)第 002429 号

杏园陇人诗思
韩经太　著
责任编辑/王汝娟

复旦大学出版社有限公司出版发行
上海市国权路 579 号　邮编:200433
网址:fupnet@fudanpress.com　　http://www.fudanpress.com
门市零售:86-21-65642857　　团体订购:86-21-65118853
外埠邮购:86-21-65109143
常熟市华顺印刷有限公司

开本 787×960　1/16　印张 33　字数 422 千
2016 年 5 月第 1 版第 1 次印刷

ISBN 978-7-309-12064-6/I·976
定价:70.00 元

如有印装质量问题,请向复旦大学出版社有限公司发行部调换。
版权所有　　侵权必究